Marie Brennan

Der Onyxpalast

Die Schatten-Königin

Ins Deutsche übersetzt von
Andrea Blendl

cross cult

Die deutsche Ausgabe von DER ONYXPALAST: DIE SCHATTENKÖNIGIN
wird herausgegeben von Amigo Grafik, Teinacher Straße 72, 71634 Ludwigsburg.
Herausgeber: Andreas Mergenthaler und Hardy Hellstern, Übersetzung: Andrea Blendl;
verantwortlicher Redakteur und Lektorat: Markus Rohde;
Lektorat: Kerstin Feuersänger; Korrektorat: Peter Schild;
Satz: Rowan Rüster/Amigo Grafik; Coverillustration: Martin Frei;
Printausgabe gedruckt von CPI Moravia Books s.r.o., CZ-69123 Pohořelice.
Printed in the Czech Republic.

Titel der Originalausgabe: ONYX COURT 1: MIDNIGHT NEVER COME

Print ISBN 978-3-95981-686-1 (Mai 2019)
E-Book ISBN 978-3-95981-687-8 (Mai 2019)

WWW.CROSS-CULT.DE

Dieses Buch ist zwei Gruppen von Leuten gewidmet.

Den Spielern von Memento:
Jennie Kaye, Avery Liell-Kok, Ryan Conner
und Heather Goodman.

Und ihren Charakteren, deren Geister
diese Geschichte immer noch heimsuchen:
Rowan Scott, Sabbeth, Erasmus Fleet
und Wessamina Hammercrank.

PROLOG

IM TOWER VON LONDON
März 1554

Ein böiger, kühler Luftzug wehte durch die kreuzförmigen Fenster des Bell Tower herein, und das Feuer half wenig dabei, ihn zu bekämpfen. Die Kammer war schlecht beleuchtet. Nur schwach drang das Sonnenlicht aus den Alkoven herein, und das flackernde Licht des Kaminfeuers verlieh den Steinmauern und spartanischen Möbelstücken einen düsteren, verzweifelten Anschein. Ein freudloser Ort – aber der Tower von London war kein Ort, der zur Freude gedacht war.

Die junge Frau, die mit zum Kinn angezogenen Knien am Feuer saß, war blass vom Winter und einer frisch überstandenen Krankheit. Die Decke über ihren Schultern war zu dünn, um sie warmzuhalten, doch das schien sie nicht zu bemerken. Ihre dunklen Augen waren auf die tanzenden Flammen geheftet, morbide in deren Bann gezogen, als würde sie sich deren Berührung vorstellen. Sie würde natürlich nicht verbrannt. Verbrennung war etwas für gewöhnliche Ketzer. Wahrscheinlich Enthauptung. Vielleicht würde man ihr wie ihrer Mutter einen französischen Scharfrichter gestatten, dessen Schwert sein Werk sauber tun würde.

Vorausgesetzt, die Gnade der Königin gewährte ihr dieses Zugeständnis. Vorausgesetzt, die Königin hatte überhaupt Gnade für sie.

Die wenigen Bediensteten, die sie behalten hatte, waren nicht da. In einem Wutanfall hatte sie sie fortgeschickt und mit den Wachen gestritten, bis sie diese privaten Augenblicke für sich selbst gewonnen hatte. So sehr die Einsamkeit sie bedrückte, sie konnte den Gedanken an Kameradschaft in diesem dunklen Moment nicht ertragen, das Risiko, vor anderen ihre Schwäche zu zeigen. Und so stieg, als sie aus ihrer Träumerei erwachte, weil sie wieder jemand anderen im Raum spürte, erneut Zorn in ihr auf. Die junge Frau warf die Decke ab und sprang auf die Füße, bereit, sich dem Eindringling entgegenzustellen.

Ihre Worte erstarben unausgesprochen, und hinter ihr brannte das Feuer nieder.

Die Frau, die sie sah, war kein Dienstmädchen, keine Hofdame. Niemand, den sie je zuvor gesehen hatte. Eine bloße Silhouette, in den Schatten kaum sichtbar – aber sie stand in einer der Nischen, wo man eine Decke aufgehängt hatte, um das schießschartenförmige Fenster abzudecken.

Nicht bei der Tür. Und sie war ohne irgendein Geräusch eingetreten.

»Ihr seid Prinzessin Elisabeth«, sagte die Frau. Ihre Stimme war kühl, geisterhaft, melodisch, weich und dunkel.

Groß war sie, größer als Elisabeth selbst, und schlanker. Sie trug ein glattes schwarzes Kleid, das am Oberkörper eng anlag, sich aber zu einem bauschigen Rock und einem hochstehenden Kragen weitete, die ihrer Präsenz Gewicht verliehen. Edelsteine funkelten hier und da in dunklen Farben und schenkten dem Stoff einen Hauch Eleganz.

»Die bin ich.« Elisabeth richtete sich würdevoll zu ihrer ganzen Größe auf. »Ich habe keinen Befehl erteilt, Besucher hereinzulassen.« Außerdem erlaubte man ihr keine, doch im Gefängnis wie vor Gericht konnte gespielte Tapferkeit alles bedeuten.

Die Stimme der Fremden antwortete unbewegt. »Ich bin keine Besucherin. Haltet Ihr diese Einsamkeit für Euer eigenes Werk? Die Wachen haben sie zugelassen, weil ich dafür gesorgt habe, dass sie das taten. Meine Worte sind allein für Eure Ohren bestimmt.«

Elisabeth spannte sich an. »Und wer seid Ihr, dass Ihr Euch herausnehmt, mein Leben auf solche Weise zu beeinflussen?«

»Eine Freundin.« Das Wort enthielt keine Wärme. »Eure Schwester hat vor, Euch hinrichten zu lassen. Sie kann Euer Überleben nicht riskieren. Ihr seid ein Angelpunkt für jede protestantische Rebellion, jeden unzufriedenen Adligen, der ihren spanischen Gatten hasst. Sie muss Euch loswerden, und zwar bald.«

So viel hatte sich Elisabeth selbst schon ausgerechnet. Hier zu sein, in den engen Mauern des Bell Tower, war eine Beleidigung für ihren Rang. Auch wenn sie eine Gefangene war, hätte man ihr eine komfortablere Unterkunft stellen müssen. »Ohne Zweifel kommt Ihr, um mir irgendeinen Ausweg von hier anzubieten. Ich spreche allerdings nicht mit Fremden, die ohne Vorwarnung zu mir einbrechen, ganz zu schweigen davon, ein Bündnis mit diesen zu schließen. Euer Ziel ist es vielleicht, mich zu irgendeiner Indiskretion zu verlocken, die meine Feinde ausnutzen können.«

»Das glaubt Ihr nicht.« Die Fremde trat einen Schritt vor, auf einen Fleck düsteres, graues Licht. Eine kreuzförmige

Schießscharte verlieh ihr einen Heiligenschein wie ein schmerzliches Imitat eines himmlischen Segens. »Eure Schwester und ihre katholischen Verbündeten würden mit jemandem wie mir nicht verhandeln.«

Hauchdünn, wie sie war, hätte sie skelettartig, ja, grotesk wirken sollen, doch davon war sie weit entfernt. Ihr Gesicht und Körper trugen die Merkmale überirdischer Perfektion, eine makellose Symmetrie und Eleganz, die ebenso verstörte, wie sie faszinierte. Elisabeth hatte ihre Kindheit mit Gelehrten als Tutoren verbracht und die klassischen Autoren gelesen, doch sie kannte auch die Geschichten aus ihrem eigenen Land: die Schönen, das Volk der Fae, die Guten Leute, deren zahlreiche Beinamen gewählt wurden, um ihren launenhaften Charakter zu mildern.

Die Fee bot einen Anblick, der erwachsene Frauen in die Knie gezwungen hätte, und Elisabeth war erst einundzwanzig. Seit ihrer Kindheit aber hatte die Prinzessin die Stürme politischer Unruhen überlebt, angefangen vom unrühmlichen Sturz ihrer Mutter zu ihrer eigenen Erhebung von Hand ihres Bruders, nur um wieder abzustürzen, als ihre katholische Schwester den Thron bestiegen hatte. Sie war intelligent genug, um Angst zu haben, doch stur genug, um dieser Furcht zu trotzen, um sich an ihren Stolz zu klammern, als ihr nichts sonst geblieben war.

»Haltet Ihr mich für einfacher zu ködern als meine Schwester? Manche sagen, Euer Volk bestünde aus gefallenen Engeln oder sei mit dem Teufel selbst verbündet.«

Das Lachen der Frau hallte an den Mauern der Kammer wider wie splitternde Kristalle. »Ich diene nicht dem Teufel. Ich biete Euch ein Bündnis mit gegenseitiger Unterstützung an. Mit meiner Hilfe könnt Ihr aus dem Tower befreit werden und den Thron Eurer Schwester besteigen. Den Thron Eures Vaters. Ohne sie wird Euer Leben sicherlich bald enden.«

Elisabeth wusste zu viel über Politik, um ein Angebot auch nur in Betracht zu ziehen, ohne es in Gänze gehört zu haben. »Und im Gegenzug? Welches Geschenk – zweifellos eine kleinere, unbedeutende Geste – würdet Ihr von mir verlangen?«

»Oh, das ist nichts Kleineres.« Ein winziges Lächeln umspielte die Lippen der Fremden. »So, wie ich Euch auf Euren Thron erheben werde, werdet Ihr mich auf meinen erheben. Und wenn wir beide an der Macht sind, werden wir einander vielleicht wieder von Nutzen sein.«

Jeder kluge Instinkt und jede Faser an Misstrauen in Elisabeth warnten sie vor diesem Pakt. Doch über ihr hing der Schatten des Todes, die wachsende Sicherheit über die Verbitterung und den Hass ihrer Schwester. Sie hatte natürlich ihre Verbündeten, doch sie waren nicht hier. Konnte man sich darauf verlassen, dass diese sie vor dem Henker bewahren würden?

Um ihre Gedanken zu überspielen, sagte sie: »Ihr habt mir Euren Namen noch nicht genannt.«

Die Fee hielt inne. Schließlich antwortete sie in einem bedächtigen Tonfall: »Invidiana.«

Als Elisabeths Bedienstete kurz darauf zurückkehrten, fanden sie ihre Herrin auf einem Stuhl beim Feuer sitzend vor, wie sie in dessen glühendes Herz starrte. Die Luft in der Kammer war eiskalt, aber Elisabeth saß ohne Mantel oder Decke da, während ihre langfingrigen, eleganten Hände auf den Armlehnen des Stuhls ruhten. Sie war an jenem Tag und für viele Tage danach ruhig, und ihre

Gesellschafterinnen machten sich Sorgen um sie, doch als die Nachricht kam, dass man ihr erlauben würde, manchmal auf dem Wehrgang zu spazieren und frische Luft zu schnappen, freuten sie sich. Sicherlich sah, wie sie hofften, ihre Zukunft – und die ihrer Herrin – endlich besser aus.

ERSTER AKT

»Die Zeit steht still, blicke in ihr Antlitz;
steh still und schau, wie die Minuten,
Stunden und Jahre ihr weichen.
Alles muss sich wandeln,
doch sie bleibt sich immer gleich,
bis der Gestirne Lauf sich wandelt
und die Zeit ihren Namen
verliert.«

JOHN DOWLAND
The Third and Last Booke of Songs or Aires

Kein Fußtritt stört die Stille, als der Mann – bei Weitem nicht so jung, wie er scheint – den Korridor entlanggeht, schwebend, als würde er auf den Schatten laufen, die ihn umfangen.

Sein Flüstern gleitet durch die Luft und hallt am feuchten Gestein der Mauern wider.

»Sie liebt mich ... Sie liebt mich nicht.«

Seine Kleidung ist prächtig, dicker Samt und glänzender Satin, schwarz und silbern über bleicher Haut, die seit Jahrzehnten kein Sonnenlicht gesehen hat. Sein dunkles Haar hängt offen, nicht in Locken diszipliniert, und sein Gesicht ist glatt rasiert. Wie sie es vorzieht.

»Sie liebt mich ... Sie liebt mich nicht.«

Die schlanken Finger zupfen an etwas Unsichtbarem in seinen Händen, als würden sie Blütenblätter von einer Blume abreißen, eines nach dem anderen, und sie alle fallen lassen, vergessen.

»Sie liebt mich ... Sie liebt mich nicht.«

Er bleibt abrupt stehen und starrt in die Schatten, dann fasst er mit einer zitternden Hand nach oben und berührt seine Augen. »Die will sie mir wegnehmen, weißt du«, vertraut er dem, was auch immer er sieht – oder zu sehen glaubt – an. Jahre an diesem Ort haben die Realität für ihn dehnbar, ja, unberechenbar gemacht, sie wandelt sich ohne Vorwarnung. »Sie hat heute wieder davon gesprochen. Meine

Augen wegzunehmen ... Tiresias war blind. Er war auch manchmal eine Frau. Hast du das gewusst? Er hatte eine Tochter. Ich habe keine Tochter.« Ihm stockt der Atem. »Ich hatte einst eine Familie. Brüder, Schwestern, eine Mutter und einen Vater ... Ich war verliebt. Vielleicht hätte ich eine Tochter bekommen. Aber alle sind jetzt fort. Ich habe nur sie, auf der ganzen Welt. Dafür hat sie gesorgt.«

Er sinkt wieder an die Mauer, spürt den Schmutz nicht, der seine feinen Kleider beschmiert, und gleitet nach unten, um sich auf den Boden zu setzen. Dies ist einer der hinteren Tunnel des Onyxpalasts, weit entfernt von der kühlen, glitzernden Schönheit des Hofs. Sie lässt ihn wandern, doch nie weit. Aber wen verletzt sie damit, dass sie ihn in ihrer Nähe hält – ihn oder sich selbst? Er ist der Einzige, der sich erinnert, was dieser Hof in seinen frühesten Tagen war. Selbst sie hat beschlossen, das zu vergessen. Warum also behält sie ihn?

Er kennt die Antwort. Diese verändert sich nie, egal wie die Frage lautet. Macht und gelegentliches Amüsement. Das sind die einzigen Gründe, die sie braucht.

»Das, was oben ist, ist wie das, was unten ist«, flüstert er seinem unsichtbaren Begleiter zu, einem Produkt seines fiebernden Verstands. »Und das, was unten ist, ist wie das, was oben ist.« Sein saphirfarbener Blick wandert zur Decke, als wolle er die Steine und Banne, die den Onyxpalast verborgen halten, durchdringen.

Oben liegt die Welt, die er verloren hat, die Welt, die er manchmal für nicht mehr als einen Traum hält. Ein weiteres Symptom seines Wahnsinns. Die geschäftigen, schmutzigen Straßen von London, sie strotzen vor Händlern und Arbeitern und Adligen und Dieben, Ausländern und Bauern, Holzhäusern und engen Gassen und Docks und dem breiten Fluss

Themse. Menschliches Leben in all seiner flatterhaften Pracht. Und der Glanz des Hofes oben, die Tudorherrlichkeit von Elisabeth Regina, Königin von England, Frankreich und Irland. Gloriana und ihr glorreicher Hof.

Ein gewaltiges Licht, das einen gewaltigen Schatten wirft.

Weit unten, in der Finsternis, krümmt er sich an der Wand. Sein Blick fällt auf seine Hände, und er hebt sie noch einmal nach oben, als würde er sich an die Blume erinnern, die er vor einem Augenblick gehalten hat.

»Sie liebt mich …«

»… Sie liebt mich nicht.«

PALAST VON RICHMOND
17. September 1588

»Tretet vor, Junge, und lasst Euch ansehen.«

Der holzvertäfelte Saal war voll von Leuten, von denen einige sich in der Nähe hielten und andere am Rand blieben, wo sie Karten spielten oder sich leise unterhielten. Ein Musiker, der an einem Fenster saß, spielte auf seiner Laute eine einfache Melodie. Michael Deven konnte sich des Gefühls nicht erwehren, dass sie ihn alle ansahen, offen oder heimlich, und die prüfenden Blicke machten ihn ungewohnt linkisch.

Er hatte sich mit mehr als der üblichen Sorge um sein Erscheinungsbild auf diese Audienz vorbereitet. Der Schneider hatte ihm versichert, dass der lackaffenartige Satin seines Wamses das Blau seiner Augen unterstrich, und die Ärmel hatten Schlitze mit Einsätzen aus weißer Seide. In seinem dunklen Haar, sorgfältig gekämmt, war keine Strähne fehl am Platze, und er trug jeden Edelstein, den er besaß, sofern dieser mit dem Rest harmonierte. Doch in dieser Gesellschaft war sein Erscheinungsbild wenig mehr als angemessen, und Seitenblicke wägten ihn bis auf die letzte Unze ab.

Diese Blicke jedoch würden kaum einen Unterschied machen, wenn er die Frau vor ihm nicht beeindruckte.

Deven trat mutig vor, als sei niemand sonst dort, und machte seine beste Verbeugung, wobei er den Saum seines halblangen Mantels zur Seite schlug, um einen besseren Effekt zu erzielen. »Eure Majestät.«

Als er so dastand, konnte er nicht höher als zum komplex bestickten Saum ihres Kleides mit dessen Motiven aus Schiffen und Wind sehen. Eine Erinnerung an die kürzliche Niederlage der Armada und mehr wert als seine gesamte Garderobe. Er hielt seine Blicke auf ein tapferes englisches Schiff geheftet und wartete.

»Seht mich an.«

Er richtete sich auf und sah die Frau an, die unter dem stattlichen Thronhimmel saß.

Er hatte sie natürlich aus der Ferne gesehen, bei den Prozessionen zum Jubiläum der Thronbesteigung und anderen großen Feierlichkeiten: eine strahlende, glitzernde Gestalt mit hübschem rostbraunem Haar und makelloser weißer Haut. Aus der Nähe zeigte sich, wie künstlich sie war. Kosmetik konnte die Pockennarben nicht völlig überdecken, und die feinen Knochen ihres Gesichts drückten gegen ihr alterndes Fleisch. Doch ihre dunklen Augen machten es wett. Wo die Schönheit versagte, würde Charisma mehr als ausreichen.

»Hmmm.« Elisabeth betrachtete ihn ausgiebig, von den polierten Spangen an seinen Schuhen zu der gefärbten Feder an seiner Kappe, mit besonderer Aufmerksamkeit auf seine Beine in deren Hose. Er hätte ein Pferd sein können, das zu kaufen sie überlegte. »Ihr seid also Michael Deven. Hunsdon hat mir etwas über Euch erzählt – aber ich würde es gerne von Euren eigenen Lippen hören. Was wollt Ihr?«

Die Antwort lag ihm bereits auf der Zunge. »Die allergnädigste Erlaubnis Eurer Majestät, in Eurer Präsenz zu dienen und Euren Thron und Eure Person gegen jene frevelhaften Feinde zu schützen, die diese bedrohen wollen.«

»Und wenn ich Nein sage?«

Der frisch gestärkte Kragen kratzte an seinem Kinn und seiner Kehle, als er schluckte. Sich dem Modegeschmack der Königin anzupassen, war mehr als unbequem. »Dann wäre ich der glücklichste und unglücklichste aller Männer zugleich. Glücklich, weil ich das geschafft hätte, von dem die meisten Menschen kaum zu träumen wagen – in der strahlenden Präsenz Eurer Gnaden zu stehen, sei es auch kurz –, und unglücklich, weil ich daraus fortgehen müsste und nicht zurückkehren dürfte. Aber ich würde Euch aus der Ferne dienen und beten, dass mir eines Tages mein Dienst für das Reich und seine glorreiche Herrscherin auch nur einen weiteren Augenblick mit einem solchen Segen einbringen möge.«

Er hatte die blumigen Worte geübt, bis er sie sagen konnte, ohne sich wie ein Narr zu fühlen, und hoffte die gesamte Zeit, dass dies nicht irgendein Streich war, den Hunsdon ihm gespielt hatte, dass die Höflinge nach seiner übertriebenen Lobhudelei nicht in Gelächter ausbrechen würden. Niemand lachte, und die Anspannung zwischen seinen Schulterblättern ließ nach.

Ein schwaches Lächeln zuckte um die Mundwinkel der Königin. Als sich ihre Blicke für einen winzigen Augenblick trafen, dachte Deven: *Sie weiß genau, was unser Lob wert ist.* Elisabeth war nicht länger eine junge Frau, der man mit hübschen Worten den Kopf verdrehen konnte. Sie erkannte die lächerlichen Höhen, auf denen die Komplimente ihrer

Höflinge flogen. Ihr Stolz genoss die Schmeichelei, und ihr politischer Verstand nutzte sie aus. *Durch unsere Worte machen wir sie überlebensgroß. Und das dient ihrem Zweck sehr gut.*

Dieses Verständnis machte es überhaupt nicht einfacher, ihr gegenüberzustehen. »Und Familie? Euer Vater ist ein Mitglied der Buchhändlergilde, glaube ich.«

»Und ein Gentleman, Madam, mit Landbesitz in Kent. Er ist Ratsherr für den Bezirk Farringdon Within und hatte das Vergnügen, der Krone zu dienen, indem er gewisse religiöse Texte druckte. Was mich betrifft, so bin ich ihm nicht in seinen Beruf gefolgt. Ich gehöre zur Anwaltskammer von Gray's Inn.«

»Obwohl Eure Studien unvollendet sind, wie ich höre. Ihr seid in die Niederlande gereist, nicht wahr?«

»In der Tat, Madam.« Ein schwieriges Thema in Anbetracht der Fehlschläge dort und des anfänglichen Widerwillens der Königin, Soldaten hinzuschicken. Doch seine militärischen Leistungen in den Niederlanden waren ein Teil dessen, was ihn ausreichend auszeichnete, dass er heute hier war. »Ich habe vor zwei Jahren in Zutphen mit Eurem Gentleman William Russell gedient.«

Die Königin fingerte müßig an einem Seidenfächer herum, doch ihre Blicke blieben immer noch auf ihn geheftet. »Welche Sprachen beherrscht Ihr?«

»Latein und Französisch, Madam.« Das wenige Holländisch, das er gelernt hatte, war nicht erwähnenswert.

Sie wechselte sofort ins Französische. »Habt Ihr Frankreich bereist?«

»Das habe ich nicht, Madam.« Er betete, dass sein Akzent adäquat war, und dankte Gott, dass sie nicht Latein gewählt hatte. »Meine Studien hielten mich beschäftigt, und dann machten die Probleme es gänzlich unmöglich.«

»Gut. Zu viele von unseren jungen Männern ziehen dorthin und kommen katholisch zurück.« Dies war anscheinend ein Scherz, denn einige Höflinge kicherten pflichtbewusst. »Was ist mit Poesie? Schreibt Ihr welche?«

Zumindest hatte Hunsdon ihn davor gewarnt, dass sie Fragen stellen würde, die nichts mit dem eigentlichen Grund seiner Anwesenheit zu tun haben würden. »Sie hat Standards«, hatte der Oberkammerherr gesagt, »für alle, die sie in ihrem Umfeld hält. Schönheit und einen Sinn für Schönheit. Was auch immer Eure Pflichten bei Hof sind, Ihr müsst auch eine Zierde für ihre Pracht sein.«

»Ich schreibe keine eigenen, Madam, aber ich habe mich an einigen Übersetzungsarbeiten versucht.«

Elisabeth nickte, als sei dies selbstverständlich. »Erzählt mir, welche Dichter habt Ihr gelesen? Habt Ihr Vergil übersetzt?«

Deven parierte diese und andere Fragen und mühte sich, um mit dem agilen Verstand der Königin Schritt zu halten, während dieser von Thema zu Thema sprang, und das alles auf Französisch. Sie mochte alt sein, aber ihr Geist zeigte keine Anzeichen, langsamer zu werden, und von Zeit zu Zeit machte sie einen Scherz für die umstehenden Höflinge, auf Englisch oder Italienisch. Er fand, dass sie bei den italienischen Witzen, die er nicht verstehen konnte, lauter lachten. Eindeutig würde er es, falls er bei Hof angenommen würde, lernen müssen. Zu seinem eigenen Schutz.

Elisabeth brach die Befragung ohne Vorwarnung ab und sah an Deven vorbei. »Lord Hunsdon«, sagte sie, und der Adlige trat vor und verbeugte sich. »Erklärt mir: Wäre mein Leben in Händen dieses Gentlemans sicher?«

»So sicher, wie es bei allen Gentlemen von Euer Gnaden ist«, antwortete der grauhaarige Baron.

»Sehr ermutigend«, entgegnete Elisabeth trocken, »wenn man bedenkt, dass wir vor nicht allzu langer Zeit Tylney wegen Hochverrats hingerichtet haben.« Sie wandte ihre konzentrierte Aufmerksamkeit erneut Deven zu, der gegen den Drang ankämpfte, die Luft anzuhalten, und betete, dass er nicht wie ein pro-katholischer Verschwörer wirkte.

Schließlich nickte sie entschlossen. »Er hat Eure Empfehlung, Hunsdon? Dann soll es so sein. Willkommen bei meinen Gentlemenpensionären, Master Deven. Hunsdon wird Euch über Eure Pflichten instruieren.« Sie streckte eine feine, langfingrige Hand aus, die Hände, die in vielen ihrer Porträts abgebildet waren, weil sie so stolz auf diese war. Eine zu küssen, fühlte sich zutiefst seltsam an, wie eine Statue zu küssen oder eine von den Ikonen, die die Papisten verehrten. Deven wich so schnell zurück, wie es höflich war.

»Mein untertänigster Dank an Euch, Euer Gnaden. Ich bete zu Gott, dass meine Dienste Euch nie enttäuschen werden.«

Sie nickte geistesabwesend, weil ihre Aufmerksamkeit bereits dem nächsten Höfling galt, und Deven richtete sich mit einem innerlichen Seufzen voll Erleichterung aus seiner Verbeugung auf.

Hunsdon winkte ihn fort. »Gut gesprochen«, sagte der Oberkammerherr und Hauptmann der Gentlemenpensionäre, »obwohl die Verteidigung die geringste Eurer

Pflichten sein wird. Ihre Majestät zieht natürlich nie persönlich in den Krieg, also werdet Ihr keine militärische Aktion sehen, außer Ihr sucht danach.«

»Oder Spanien beginnt eine erfolgreichere Invasion«, sagte Deven.

Das Gesicht des Barons verfinsterte sich. »Betet zu Gott, dass die nie kommt.«

Die beiden bahnten sich ihren Weg durch die versammelten Höflinge im Thronsaal und durch die mit herrlichen Schnitzereien verzierte Tür in die Wachkammer dahinter. »Das neue Vierteljahr beginnt am Michaelstag«, erklärte Hunsdon. »Dann werden wir Euch vereidigen. Das sollte Euch Zeit geben, Eure Angelegenheiten zu regeln. Eine Dienstzeit dauert ein Vierteljahr, und die Regeln verlangen, dass Ihr jedes Jahr zwei davon dient. In der Praxis lassen sich natürlich viele von Eurer Truppe von anderen vertreten, sodass einige beinahe ständig bei Hof sind, andere fast nie. Doch für Euer erstes Jahr verlange ich, dass Ihr beide zugewiesenen Dienstzeiten ableistet.«

»Ich verstehe, mein Lord.« Deven hatte fest vor, die nötige Zeit bei Hof zu verbringen, und noch mehr, wenn er konnte. Man erreichte keine Beförderung, ohne die Gunst jener zu gewinnen, die sie gewähren konnten, und das schaffte man nicht aus der Entfernung. Nicht ohne familiäre Verbindungen jedenfalls, und weil sein Vater so neu im Landadel war, fehlten ihm diese schmerzlich.

Was die Verbindungen betraf, die er hatte ... Deven hatte die Augen offengehalten, sowohl im Thronsaal als auch in diesem Vorzimmer, das von den weniger favorisierten Höflingen bevölkert wurde, doch nirgendwo hatte er den einen Mann gesehen, den zu finden er wirklich hoffte. Den Mann, dem er sein Glück an diesem Tag verdankte. Hunsdon hatte ihn der Königin empfohlen, was sein Privileg als Hauptmann war, aber die Idee war nicht von ihm gekommen.

Hunsdon, der sich Devens Gedanken nicht bewusst war, sprach weiter. »Lasst Euch bessere Kleidung nähen, bevor Ihr anfangt. Leiht Euch Geld, wenn Ihr müsst. Niemand wird etwas darüber sagen. Kaum ein Mann an diesem Hof ist nicht bei der ein oder anderen Person verschuldet. Die Königin hat große Freude an Mode, sowohl für sich selbst als auch an denen in ihrer Umgebung. Sie wäre nicht erfreut, wenn Ihr schlicht ausseht.«

Ein Besuch im elitären Reich des Thronsaals hatte ihn davon überzeugt. Deven war bereits verschuldet. Eine Bevorzugung kam nicht billig, und er musste jeden Schritt seines Pfades mit Geschenken pflastern. Es schien allerdings, dass er noch mehr würde leihen müssen. Dies, so hatte ihn sein Vater gewarnt, würde sein Schicksal sein: alles, was er hatte, und noch mehr auszugeben, in der Hoffnung, in Zukunft mehr zu *haben.*

Nicht jeder siegte in diesem Spiel. Doch Devens Großvater war beinahe Analphabet gewesen. Sein Vater, der als Drucker gearbeitet hatte, hatte genug Wohlstand erlangt, um in den Rang des Landadels aufzusteigen. Deven selbst hatte vor, noch höher aufzusteigen.

Er hatte sogar eine Idee, wie er das anstellen sollte – falls er nur den Mann finden konnte, den er brauchte. Als er zwei Schritte hinter Hunsdon eine Treppe hinunterstieg, fragte Deven: »Mein Lord, könntet Ihr mir einen Rat geben, wie ich den Staatssekretär finde?«

»Hm?« Der Baron schüttelte den Kopf. »Walsingham ist heute nicht bei Hof.«

Verdammt. Deven mühte sich um etwas wie äußerliche Gelassenheit. »Ich verstehe. In diesem Fall denke ich, ich sollte ...«

Seine Worte wurden abgeschnitten, denn auf der Galerie unter ihm warteten Gesichter, die er erkannte. William Russell war dort, zusammen mit Thomas Vavasour und William Knollys, zwei anderen, die er von den Kämpfen in den Niederlanden kannte. Auf Hunsdons bestärkendes Nicken hin brüllten sie freudig, stürmten vorwärts und klopften ihm auf die Schulter.

Der Vorschlag, den er gerade hatte machen wollen, dass er noch an jenem Nachmittag nach London zurückkehren würde, wurde zertrampelt, ehe er ihn auch nur aussprechen konnte. Deven rang für höchstens einen Augenblick mit seinem Gewissen, ehe er nachgab. Er war jetzt ein Höfling. Er sollte die Freuden des Lebens bei Hof genießen.

IM ONYXPALAST, LONDON
17. *September* 1588

Die Mauern aus poliertem Stein reflektierten das leise Gemurmel, das gelegentliche Schallen von kaltem, scharfem Lachen, das an den Kristallplatten und dem filigranen Silber, das den Raum zwischen den Spitzbögen ausfüllte, widerhallte. Kühles Licht schien auf ein Meer aus Körpern herab, groß und klein, hässlich und schön. Der Hof war nicht oft so gut besucht, doch man erwartete, dass heute etwas passieren würde. Niemand wusste, was – es gab Gerüchte, die gab es immer –, aber niemand wollte fehlen, wenn er die Möglichkeit hatte, dabei zu sein.

Und so versammelten sich die Fae von London im Onyxpalast und stolzierten über den schwarz-weißen *Pietre-Dura*-Marmor des großen Thronsaals. Man musste kein Höfling sein, um Zugang zu diesem Raum zu erlangen. Unter den Lords und Ladys waren Besucher aus entlegenen Gebieten, die meisten von ihnen in dieselbe gewöhnliche Kleidung gehüllt, die sie jeden Tag trugen. Sie bildeten einen einfachen, stämmigen Hintergrund, vor dem die Pracht der Höflinge umso strahlender leuchtete. Roben aus Spinnennetzen und Dunst, Wämser aus Rosenblättern, Rüstungen ähnlich. Juwelen aus Mondlicht und Sternenglanz und andere unfassbare Reichtümer: Die Fae, die den Onyxpalast ihr Heim nannten, hatten sich für ein Großereignis bei Hof ausstaffiert.

Sie hatten sich ausstaffiert, und sie waren gekommen. Nun warteten sie. Der einzige freie Platz lag am hinteren Ende des Thronsaals, eine erhöhte Plattform, auf der ein leerer Thron stand. Sein kunstvolles Netzwerk aus Silber und Edelsteinen hätte vielleicht das Netz einer Spinne sein können, das auf die Rückkehr seiner Spinnerin wartete. Niemand sah ihn offen an, doch jeder anwesende Fae warf von Zeit zu Zeit aus dem Augenwinkel einen Blick darauf.

Lune sah ihn öfter an als die meisten. Den Rest der Zeit schlenderte sie durch den Saal, schweigend und allein. Gerüchte verbreiteten sich schnell. Sogar die von außerhalb Londons schienen gehört zu haben, dass sie in Ungnade gefallen war. Oder vielleicht nicht. Die Fae vom Land hielten oft Abstand von den Höflingen, aus Befürchtungen, die von gut begründet bis lächerlich reichten. Was auch immer der Grund war, der Saum ihrer Saphirröcke streifte selten den von jemand anderem. Sie bewegte sich in einer unsichtbaren Sphäre aus ihrer eigenen Ungnade.

Vom gegenüberliegenden Ende des Saals hallte eine Stimme wie das Brechen von Wellen an einem felsigen Ufer. »Sie kommt! Von den weißen Klippen von Dover bis zu den Steinen der uralten Mauer herrscht sie über alle Fae Englands. Macht Platz für die Königin des Onyxpalasts!«

Das Meer aus Körpern ebbte plötzlich ab, als jeder anwesende Fae auf den Boden sank. Die bescheideneren – die angsterfüllteren – warfen sich auf den schwarz-weißen Marmor, wendeten das Gesicht ab und drückten die Augen fest zu. Lune lauschte, als die schweren Schritte vorbeidröhnten, gemessen und selbstsicher, und dann hinter ihnen das geisterhafte Rascheln von Röcken. Eine kühle Brise wehte durch den Raum, eher eingebildet als spürbar.

Einen Augenblick später knallten die Türen zum Thronsaal zu. »Auf Befehl Eurer Herrscherin, erhebt Euch und wohnt ihrem Hof bei«, hallte die Stimme wieder, und mit einem Schaudern erhoben sich die Höflinge auf die Füße und wandten sich zum Thron.

Invidiana hätte ein Porträt ihrer selbst sein können, so unbewegt saß sie da. Der Kristall und Gagat, mit dem ihre Robe bestickt war, bildete kühne Formen, die jene am Thron imitierten, während der Thronbaldachin über ihr ein Gegengewicht darstellte. Ihr hoher Kragen, der mit Diamanten besetzt war, umrahmte ein makelloses Gesicht, das keinen sichtbaren Ausdruck zeigte – doch Lune bildete sich ein, dass sie einen Hauch heimlichen Amüsements in den kalten, schwarzen Augen erkennen konnte.

Sie hoffte es. Wenn Invidiana nicht amüsiert war, war sie oft wütend.

Lune mied den Blick der Kreatur, die an Invidianas Seite wartete. Dame Halgresta Nellt stand wie eine Steinsäule da, die Stiefel weit auseinander, die Hände hinter dem breiten Rücken verschränkt. Das Gewicht ihres Blicks war spürbar. Niemand wusste, wo Invidiana Halgresta und ihre beiden Brüder gefunden hatte – irgendwo im Norden, obwohl einige behaupteten, sie seien einst Fae aus den Alfarlanden jenseits des Meeres gewesen, ehe sie für unbekannte Verbrechen exiliert worden waren –, doch die drei Riesen hatten sich vor Invidianas Thron einen Schaukampf um das Recht, ihre Leibwache zu befehligen, geliefert, und Halgresta hatte gewonnen. Nicht durch Größe oder Stärke, sondern durch Hinterlist. Lune wusste allzu gut, was die Riesen ihr gerne antun würden.

Ein hagerer Fae in einem smaragdgrünen Wams, das wie eine zweite Haut anlag, stieg zwei Stufen zur Plattform hinauf und verbeugte sich vor der Königin, dann wandte er sich zum Saal. »Gute Leute«, sagte Valentin Aspell und erhob seine schleimige Stimme, damit sie gehört würde, »heute sind wir die Gastgeber für Verwandte, die einen tragischen Verlust erlitten haben.«

Auf die Worte des Lord Herolds hin schwangen die Türen zum Thronsaal auf. Lune legte eine Hand auf die scharfe, gezackte Kante einer Säule und wandte sich wie alle anderen um.

Die Fae, die eintraten, boten einen armseligen Anblick. Sie waren schmutzig und hager, ihre einfache Kleidung hing in Fetzen herunter, und sie schlurften mit all der Panik und Bewunderung von Landvolk herein, das zum ersten Mal der kühlen Pracht des Onyxpalasts begegnete. Die starrenden Höflinge drängten sich zur Seite, um sie vorbeizulassen, aber da war nichts von dem Respekt, der sofort einen Durchgang für Invidiana freigemacht hatte. Lune sah mehr als einen Blick voll böswilligem Mitleid. Hinter den

Fremden ging Halgrestas Bruder Sir Prigurd, der sie mit geduldiger Entschlossenheit weitertrieb und vorwärts schob, bis sie am Fuß der Plattform zum Stehen kamen. Es gab eine Pause. Dann hallte ein Geräusch durch den Saal: ein leises Knurren von Halgresta. Die Bauern zuckten zusammen und warfen sich zitternd auf den Boden.

»Ihr kniet vor der Königin des Onyxpalasts«, sagte Aspell nur mäßig inakkurat. Zwei der Fremden knieten tatsächlich, statt auf dem Boden zu liegen. »Erzählt ihr und den versammelten Würdenträgern ihres Reichs, was Euch widerfahren ist.«

Einer der beiden knienden Fae, ein stämmiger Kobold, der wirkte, als sei er in Gefahr, seinen fröhlichen Leibesumfang zu verlieren, gehorchte dem Befehl. Er war geistesgegenwärtig genug, nicht aufzustehen.

»Edle Königin«, sagte er, »wir hamm alles verloren.«

Der folgende Bericht wurde in einem beinahe unverständlichen Bauerndialekt vorgetragen. Lune gab es bald auf, jede Kleinigkeit verstehen zu wollen. Der rote Faden war eindeutig genug. Der Kobold hatte seit ewiger Zeit einer gewissen Familie gedient, doch die Sterblichen waren vor Kurzem von ihrem Land vertrieben und ihre Häuser bis auf die Grundmauern niedergebrannt worden. Er war auch nicht der Einzige, der ein solches Unglück erlitten hatte: Ein naher Sumpf war trockengelegt worden, und das gesamte Gebiet, das ehemalige Haus und alles drumherum, wurde für eine neue Art von Landwirtschaft genutzt, während eine Straße, die gebaut wurde, um irgendeine unbedeutende Stadt mit einer etwas weniger unbedeutenden Stadt zu verbinden, für den Tod eines Grünen Mannes und die Planierung eines kleineren Fae-Hügels gesorgt hatte.

Als das Ende der Geschichte erzählt war, folgte eine weitere Pause, und dann rempelte der Kobold einen mitgenommen und armselig wirkenden Hausgeist an, der immer noch neben ihm auf dem Boden zitterte. Der Hausgeist quiekte schrill und nervös und zog irgendwo einen Leinensack heraus.

»Edle Königin«, sagte der Kobold erneut, »wir hamm Euch ein paar Geschenke gebracht.«

Aspell trat vor und nahm den Sack entgegen. Ein Teil nach dem anderen holte er dessen Inhalt heraus und präsentierte ihn Invidiana: eine Rose mit Rubinblättern, eine Spindel, die von selbst spann, eine Schüssel, die aus einer riesigen Eichel gedrechselt war. Zuletzt kam ein kleines Kästchen, das er zur Königin gewandt öffnete. Ein Knistern raschelte durch den Saal, als sich die Hälfte der Höflinge den Hals verrenkte, um etwas zu sehen, doch der Inhalt blieb verborgen.

Was auch immer es war, es musste Invidiana zufriedengestellt haben. Sie winkte Aspell mit einer weißen Hand fort und sprach zum ersten Mal.

»Wir haben die Geschichte eures Verlusts gehört, und eure Geschenke erfreuen unseren Blick. Man wird euch ein neues Heim finden, fürchtet euch nicht.«

Ihre kühlen, emotionslosen Worte entfesselten einen Wirbel aus Verbeugungen und Niederwerfungen der Landfae. Der Kobold, immer noch auf den Knien, drückte sein Gesicht immer wieder auf den Boden. Schließlich zerrte Prigurd sie auf die Füße, und sie hasteten aus dem Saal, wobei sie sowohl über ihr glückliches Schicksal als auch über ihren Abschied aus der Präsenz der Königin erleichtert wirkten.

Lune bemitleidete sie. Die armen Narren hatten Invidiana zweifellos alle Schätze übergeben, die sie besaßen, und es würde ihnen wenig nützen. Sie konnte die Mittel leicht erraten, durch die jene ländlichen Verbesserungsarbeiten angefangen hatten. Die einzige wahre Frage war, was die Fae aus jener Gegend getan hatten, um die Königin so zu erzürnen, dass sie sich rächte, indem sie ihre Heime zerstörte.

Oder vielleicht waren sie nicht mehr als ein Mittel zum Zweck.

Invidiana überblickte ihre Höflinge und sprach erneut. Der schwache Hauch von Freundlichkeit, den eine optimistische Seele zuvor vielleicht in ihrem Tonfall erkannt haben mochte, war verschwunden. »Als uns die Nachricht über diese Zerstörung erreichte, sandten wir unseren treuen Vasallen Ifarren Vidar zur Nachforschung.« An seinem vertrauten Platz am Fuß der Plattform schmunzelte der skelettdünne Vidar. »Er entdeckte eine schändliche Geschichte, eine, die sich unsere trauernden Vettern vom Land nicht hätten träumen lassen.«

Die gemessene Höflichkeit ihrer Worte war furchteinflößender, als Zorn es gewesen wäre. Lune schauderte und drückte den Rücken an die scharfen Kanten der Säule. *Sonne und Mond,* dachte sie, *lasst mich nicht darin verwickelt werden.* Sie hatte bei diesen unbekannten Ereignissen keine Rolle gespielt, doch das hatte nichts zu bedeuten. Invidiana und Vidar waren in der Kunst, nach Bedarf Schuld zu fabrizieren, wohlgeübt. Hatte die Königin sie vor Halgresta Nellt bewahrt, nur um ihr stattdessen diese Falle zu stellen?

Falls ja, dann war es eine tiefere Falle, als Lune sich vorstellen konnte. Die Geschichte, die Invidiana präsentierte, war zweifellos falsch – irgendeine erfundene Fabel über einen Fae, der Rache gegen einen anderen suchte, indem er dessen Heimatland zerstörte –, doch die Person, die sie anschuldigte, war niemand, den Lune gut kannte, ein niedrig gestellter Ritter namens Sir Tormi Cadogant.

Der beschuldigte Fae tat das Einzige, was irgendjemand unter diesen Umständen tun konnte. Wäre er nicht bei Hof gewesen, hätte er vielleicht fliehen können. Es war Hochverrat, Zuflucht bei den Fae von Frankreich oder Schottland oder Irland zu suchen, aber es hätte vielleicht auch Sicherheit bedeutet, wenn er es so weit geschafft hätte. Doch er war anwesend, und so bahnte er sich seinen Weg durch die Menge und warf sich mit unterwürfig ausgestreckten Armen vor dem Thron zu Boden.

»Vergebt mir, Eure Majestät«, flehte er, wobei seine Stimme vor sehr realer Furcht bebte. »Ich hätte das nicht tun sollen. Ich habe gegen Eure königlichen Rechte verstoßen. Ich gestehe es. Aber ich tat dies nur aus ...«

»Schweig«, zischte Invidiana, und er verstummte.

Also war Cadogant in dieser Angelegenheit vielleicht das Ziel. Oder vielleicht nicht. Er war jedenfalls unschuldig, aber das sagte Lune gar nichts.

»Tritt vor mich und knie«, befahl die Königin, und Cadogant, der zitterte wie Espenlaub, stieg die Stufen hinauf, bis er vor dem Thron stand.

Eine langfingrige weiße Hand glitt zur Korsage an Invidianas Robe. Das Juwel, das in der Mitte ihres tiefen Ausschnitts saß, löste sich und ließ in der kunstvollen Stickerei einen tiefschwarzen Fleck zurück. Invidiana stand von ihrem Thron auf, und alle knieten sich wieder hin, doch diesmal blickten sie auf. Alle von ihnen, von Aspell und

Vidar bis hinunter zum niederrangigsten, hirnlosen Wicht, wussten, dass sie bezeugen mussten, was als Nächstes kam. Lune beobachtete es von ihrem Platz an der Säule aus, von ihrer eigenen Panik in den Bann gezogen.

Das Juwel war sogar unter den Fae ein Meisterwerk, ein perfekt symmetrisches Flechtwerk aus Silber, das vom Mond selbst herabgezogen war und in seinem Zentrum einen echten schwarzen Diamanten beherbergte: nicht die bemalten Edelsteine, wie Menschen sie trugen, sondern einen Stein, der in seinen Tiefen dunkles Feuer enthielt. Perlen, die aus Meerjungfrauentränen geformt waren, umfingen ihn, und rasiermesserscharfe Obsidiansplitter umringten die Kanten des Juwels, doch der Diamant war der Kernpunkt und die Quelle seiner Macht.

Invidiana, die über dem knienden Cadogant aufragte, war eine gnadenlose Gestalt. Sie streckte ihre Hand aus und legte das Juwel an die Stirn des Fae, zwischen seine Augen.

»Bitte«, flüsterte Cadogant. Das Wort war in den hintersten Ecken des völlig stillen Saals zu hören. So tapfer er auch war, als er sich dem Zorn der Königin stellte und auf das hoffte, was bei ihr als Gnade durchging, er bettelte trotzdem.

Ein leises Klicken war seine Antwort, als sich sechs spinnenartige Klauen aus dem Juwel erstreckten und nadelscharfe Spitzen an seine Haut legten.

»Tormi Cadogant«, sagte Invidiana in einem kühlen, förmlichen Tonfall, »diesen Bann lege ich auf dich. Nie mehr wirst du innerhalb der Grenzen Englands einen Ehrentitel tragen. Ebenso wirst du nicht in fremde Länder fliehen. Stattdessen wirst du wandern, nie mehr als drei Nächte an einem Ort bleiben und mit niemand anderem ein

Wort sprechen oder schreiben. Du wirst wie ein Stummer sein, ein Fremder in deinem eigenen Land.«

Lune schloss die Augen, als sie spürte, wie die Macht aus dem Juwel schoss. Sie hatte schon früher gesehen, wie es benutzt wurde, und wusste teilweise, wie es funktionierte. Es gab nur eine Konsequenz, wenn ein solcher Bann gebrochen wurde.

Tod.

Nicht nur ein Exil, sondern eines mit dem Verbot jeglicher Kommunikation. Cadogant musste irgendeinen Hochverrat geplant haben. Und dies war eine Botschaft an seine Mitverschwörer, subtil genug, um verstanden zu werden, ohne den Unwissenden zu erklären, dass überhaupt je eine Verschwörung existiert hatte.

Ihre Haut prickelte überall. Ein solches Schicksal hätte auch ihr blühen können, wäre Invidiana über ihr Scheitern noch zorniger gewesen.

»*Geh*«, fauchte Invidiana. Lune öffnete erst die Augen, als die zögerlichen, taumelnden Schritte außer Hörweite waren.

Als Cadogant fort war, setzte sich die Königin nicht wieder. »Dieses Werk ist für den Moment beendet«, sagte sie, und ihre Worte enthielten die schreckliche Andeutung, dass Cadogant wohl nicht das letzte Opfer sein würde. Aber was auch immer als Nächstes passieren würde, es würde nicht sofort passieren. Alle senkten wieder den Blick, als die Königin aus dem Raum schritt, und als sich die Türen endlich hinter ihr schlossen, atmeten alle erleichtert auf.

Im Anschluss an ihren Aufbruch begann Musik eine klagende Melodie in die Luft zu weben. Als Lune einen Blick zurück auf die Plattform warf, sah sie einen blonden jungen

Mann, der auf den Stufen saß und eine Flöte in seinen flinken Fingern balancierte. Wie bei allen von Invidianas sterblichen Haustieren war sein Name den Geschichten der alten Griechen entnommen, und zwar aus gutem Grund. Orpheus' einfache Melodie schaffte mehr, als nur den Verlust und die Trauer der Bauernfae und über Cadogants Sturz heraufzubeschwören. Einige von denen, die zuvor grausame Belustigung gezeigt hatten, starrten nun finster drein, während Reue ihren Blick trübte. Eine dunkelhaarige Fae begann zu tanzen. Ihr schlanker Körper floss wie Wasser und verlieh den Tönen Gestalt. Lune presste die Lippen zusammen und hastete zur Tür, ehe auch sie in Orpheus' Bann gezogen werden konnte.

Vidar lehnte an einem Türrahmen und hatte die knochigen, in Seide gekleideten Arme vor der Brust verschränkt. »Hat Euch die Vorführung gefallen?«, fragte er, und dasselbe Schmunzeln umspielte wieder seine Lippen.

Lune sehnte sich nach einer Antwort darauf, irgendeiner perfekten, scharfzüngigen Antwort, die seiner Sicherheit, dass er in der Gunst der Königin stand und sie nicht, Einhalt gebot. Immerhin hatte man schon gehört, dass Fae offensichtlich in Ungnade gefallen waren, nur dass diese später als Teil irgendeines Plans enthüllt worden war. Doch kein solcher Plan schützte sie, und ihr Verstand versagte. Sie fühlte, wie Vidars Grinsen breiter wurde, als sie sich an ihm vorbei aus dem Thronsaal drückte.

Seine Worte hatten sie mehr getroffen, als ihr bewusst gewesen war. Oder vielleicht war es Cadogant oder diese armen, hilflosen Marionetten vom Land. Lune konnte es nicht ertragen, draußen in der Öffentlichkeit zu bleiben, wo jedes Flüstern, wie sie sich einbildete, von ihrem

Niedergang sprach. Stattdessen bahnte sie sich so hastig, wie sie es sich erlauben konnte, ihren Weg durch die Tunnel in ihr eigenes Quartier.

Das Schließen der Tür schenkte ihr die Illusion einer Zufluchtsstätte. Diese beiden Zimmer waren üppig dekoriert, in einem heimeligeren Stil als die öffentlichen Räume des Palasts. Dicke Teppiche aus gewebten Binsen bedeckten ihren Boden, und Gobelins mit den großen Mythen der Fae schmückten ihre Wände. Der offene Marmorkamin erwachte bei ihrer Ankunft zum Leben und streute ein wärmeres Licht auf die Einrichtung. Die Stühle, die davorstanden, warfen lange Schatten. Leere Stühle. In letzter Zeit hatte sie nicht viele Gäste empfangen. Eine Tür auf der gegenüberliegenden Seite führte in ihr Schlafzimmer.

Zumindest dies hatte sie noch, ihr Refugium. Sie hatte die Gunst der Königin verloren, aber nicht so schrecklich, dass sie aus dem Onyxpalast verstoßen worden war, um wie jene armen Bastarde auf der Suche nach einem neuen Heim herumzustreifen. Nicht so schrecklich, wie es Cadogant geschehen war.

Der bloße Gedanke ließ sie erschaudern. Lune schüttelte sich und ging durch das Zimmer zu einem Tisch, der an ihrer Schlafzimmertür stand, und dem Kristallkästchen darauf.

Sie zögerte, ehe sie es öffnete, weil sie wusste, welch traurigen Anblick ihre Augen vorfinden würden. Drei Häppchen lagen darin: drei Bissen hartes Brot, wer wusste, wie alt, aber immer noch so frisch wie damals, als irgendeine Hausfrau auf dem Land sie als Geschenk an die Fae auf die Türschwelle gelegt hatte. Drei Bissen, um sie zu nähren, falls das Schlimmste passieren sollte und sie aus dem

Onyxpalast fortgeschickt würde – hinaus in die Welt der Sterblichen.

Sie würden sie nicht lange schützen.

Lune klappte das Kästchen zu und schloss die Augen. Es würde nicht passieren. Sie würde einen Weg finden, um Invidianas Gunst wiederzuerlangen. Es würde vielleicht Jahre dauern, aber inzwischen war alles, was sie tun musste, zu vermeiden, dass sie die Königin noch einmal erzürnte.

Oder Halgresta irgendeinen Vorwand zu geben, sie zu verfolgen.

Lunes Finger zitterten an der verzierten Oberfläche des Kästchens. Ob aus Furcht oder Zorn, das konnte sie nicht sagen. Nein, sie konnte nicht einfach auf ihre Chance warten. So überlebte man im Onyxpalast nicht. Sie würde sich eine Gelegenheit suchen müssen ... oder noch besser, eine schaffen.

Aber wie sollte sie das tun, wenn sie so wenige Ressourcen zur Verfügung hatte? Drei Bissen Brot würden ihr nicht besonders helfen. Und Invidiana würde jemandem, der in Ungnade gefallen war, kaum mehr gewähren.

Die Königin war allerdings nicht die einzige Quelle sterblicher Nahrung.

Wieder zögerte Lune. Um das zu tun, würde sie den Onyxpalast verlassen müssen – was bedeutete, eines ihrer verbliebenen Stücke zu nutzen. Das, oder eine Botschaft zu senden, was sogar noch gefährlicher wäre. Nein, das konnte sie nicht riskieren. Sie würde persönlich gehen müssen.

Lune betete, dass die Schwestern so freigebig sein würden, wie sie hoffte, nahm ein Stück Brot aus dem Kästchen und ging hinaus, ehe sie es sich anders überlegen konnte.

RICHMOND UND LONDON
18. *September* 1588

Das ist also, dachte Deven verschlafen, als er den Deckel zurück auf den Leibstuhl fummelte, *das Leben eines Höflings.*

Seine rechte Schulter kämpfte mit seinem Kopf darum, wer schlimmer schmerzte. Seine neuen Brüder von den Gentlemenpensionären hatten ihm am vorherigen Abend in der Kammer mit den hohen Wänden, die man für diesen Zweck draußen in den Gärten gebaut hatte, beigebracht, wie man Tennis spielte. Er hatte sich innerlich geärgert, weil er für den Eintritt hatte zahlen müssen, doch sobald er drinnen gewesen war, hatte er sich mit vielleicht mehr Enthusiasmus, als klug gewesen war, hineingestürzt. Dann war es ans Trinken und Kartenspielen gegangen, bis spät in die Nacht, bis Deven wenig Erinnerungen hatte, wie er hierhergekommen war, zusammen mit Vavasour in dessen Bett, während ihre Bediensteten ausgestreckt auf dem Boden lagen.

Ein dringendes Bedürfnis, sich zu erleichtern, hatte ihn geweckt. Im Bett schlief Vavasour weiter. Deven rieb sich die Augen und dachte darüber nach, dem Beispiel seines Kameraden zu folgen, sagte sich jedoch resigniert, dass er seine Zeit auch nutzen konnte. Ansonsten würde er bis Mittag schlafen und dann wieder im gesellschaftlichen Tanz gefangen sein. Dann wäre es zu spät zum Aufbruch, also würde er eine weitere Nacht bleiben, und so weiter und so fort, bis er eines Tages feststellen würde, dass er mit trüben Augen und bankrott vom Hof wegkröche.

Als er seine Geldbörse überprüfte, korrigierte er diesen letzten Gedanken. Vielleicht nicht bankrott, seinem offensichtlichen Glück mit den Karten in der vergangenen Nacht nach zu urteilen. Doch solche Gewinne würden sein Leben nicht finanzieren. Hunsdon hatte recht: Er musste Geld leihen.

Deven unterdrückte den Drang zu stöhnen und rüttelte Peter Colsey wach. Sein Leibdiener war in einem wenig besseren Zustand als er selbst, nachdem er andere Bedienstete gefunden hatte, mit denen er sich vergnügen konnte, aber zum Glück war er auch wortkarg am Morgen. Er rollte sich von der Matratze und beschränkte sich auf mürrische Blicke auf ihre Stiefel, das Wams seines Herrn und alles andere, was die Frechheit besaß, zu einer solch frühen Stunde Arbeit von ihm zu benötigen.

Der Palast zeigte um diese Tageszeit ein anderes Antlitz. Am vorherigen Morgen war Deven viel zu sehr auf sein Ziel konzentriert gewesen, um es zu bemerken, aber jetzt sah er sich um und versuchte, sich sanft zu wecken. Diener hasteten durch die Korridore, die die Livree der Königin oder unterschiedlicher Adliger trugen. Draußen hörte Deven Hühner kreischen, während zwei Stimmen stritten, wer wie viele bekommen sollte. Hufe dröhnten im Innenhof, die sich schnell bewegten und abrupt stoppten. Vielleicht ein Bote. Er hätte seinen Gewinn aus der Vornacht darauf verwettet, dass Hunsdon und die anderen Männer, die den Kronrat dominierten, bereits wach waren und hart an den Geschäften der Regierung Ihrer Majestät arbeiteten.

Colsey brachte ihm etwas zum Frühstück und ging wieder nach draußen, um ihre Pferde satteln zu lassen. Bald ritten sie im viel zu hellen Licht der Morgensonne hinaus.

Sie sprachen für die ersten paar Meilen nicht. Erst, als sie an einem Bach anhielten, um ihren Pferden Wasser zu geben, sagte Deven: »Also, Colsey, wir haben bis zum Michaelstag. Dann soll ich zum Hof zurückkehren, und ich habe Befehle, besser gekleidet zu sein, wenn ich das tue.«

Colsey brummte. »Dann lerne ich besser, wie man Samt bürstet.«

»Besser schon.« Deven strich seinem schwarzen Hengst über den Hals, um das Tier zu beruhigen. Der war bei normalen Ritten ein dummes Vieh – das Pferd war für den Krieg trainiert –, doch er gehörte zu der Fiktion, dass die Gentlemenpensionäre immer noch eine Streitmacht waren statt einer Truppe, die zufällig einige Männer vom Militär einschloss. Drei Pferde und zwei Diener. Er hatte noch einen Mann anstellen müssen, um Colsey zu assistieren. Das brachte ihm immer noch mehr als nur ein paar finstere Blicke ein.

Am Nachmittag standen die Häuser, an denen sie vorbeiritten, dichter beisammen, drängten sich entlang des Südufers der Themse und reihten sich an der Straße auf, die zur Brücke führte. Deven hielt an, um sich in einer Taverne in Southwark mit Bier zu erfrischen, dann richtete er seinen Blick zum Himmel. »Ludgate zuerst, Colsey. Wir werden sehen, wie schnell ich herauskommen kann, hm?«

Colsey war vernünftig genug, um keine Vorhersage zu treffen, zumindest nicht laut.

Ihr Tempo wurde wesentlich langsamer, als sie die London Bridge überquerten, weil sich Devens Hengst seinen Weg durch die Menge, die diese bevölkerte, schieben musste. Deven hielt behutsam eine Hand an den Zügeln. Reisende wie er bahnten sich ihren Weg einen Schritt nach dem anderen, mischten sich mit denen, die in den Geschäften einkauften, die über die ganze Brücke gebaut waren. Er konnte es dem Schlachtross nicht verdenken, falls es jemanden beißen würde.

Auch auf der anderen Seite verbesserte sich die Lage nicht sehr. Sein Pferd, das sich mittlerweile auf das langsamere Tempo eingestellt hatte, wurde entlang der Thames Street nach Westen abgedrängt und suchte sich Lücken, wo immer es sie finden konnte. Colsey spie wenig unterdrückte Flüche, als sein eigener Cob Mühe hatte, Schritt zu halten, bis sie endlich an ihrem Ziel im wiederaufgebauten Bezirk Blackfriars ankamen: John Devens Geschäft und Haus.

Egal, welche heimliche Schätzung Colsey über die Länge ihres Besuchs getroffen hatte, Deven vermutete, dass sie nicht kurz war. Sein Vater war erfreut, als er von ihrem Erfolg erfuhr, doch natürlich reichte es nicht, einfach das Ergebnis zu hören. Er wollte jede Kleinigkeit wissen, von der Kleidung der Höflinge bis zu den Dekorationen im Thronsaal. Er hatte den Hof einige Male, aber nicht oft, besucht und hatte nie solch erhabene Gefilde betreten.

»Vielleicht werde ich das eines Tages selbst sehen, hm?«, sagte er und strahlte vor unverhohlenem Optimismus.

Und dann musste natürlich seine Mutter Susanna alles hören, und sein Cousin Henry, den Devens Eltern nach dem Tod von Johns jüngerem Bruder aufgenommen hatten. Das funktionierte für alle Beteiligten gut. Henry hatte den Platz eingenommen, der ansonsten Michael gehört hätte, als Johns Lehrling unter der Patronage der Buchbindergilde, und Michael befreit, damit er einem ehrgeizigeren Pfad folgen konnte. Das Gespräch wandte sich Neuigkeiten aus dem Geschäft zu, und dann war es natürlich so spät, dass sie zum Abendessen bleiben mussten.

Eine kleine Stimme in Devens Hinterkopf überlegte, dass das sowieso gut war. Wenn er hier aß, kostete es ihn keine Münze aus seiner eigenen Börse. Warum er sich um Pennys kümmern sollte, wenn er in Pfund verschuldet war, ergab keinen Sinn, aber so war es eben.

Nach dem Abendessen, als Susanna und Henry hinausgeschickt worden waren, saß Deven mit seinem Vater am Feuer und ließ einen Kelch mit feinem Malvasierwein zwischen seinen Fingern schaukeln. Das Licht flackerte wunderschön durch das venezianische Glas und den Rotwein darin, und er beobachtete es angenehm entspannt.

»Dein Platz ist dir sicher, Sohn«, sagte John Deven und streckte mit einem fröhlichen Seufzen seine Füße zum Feuer.

Elisabeths ominöse Worte über Tylney waren Deven im Gedächtnis geblieben, doch sein Vater hatte recht. Es gab Graubärte bei den Pensionären, einige von ihnen kaum geeignet für irgendwelche Kampfhandlungen. Solange er nichts zutiefst Dummes tat – wie zum Beispiel eine Verschwörung, die Königin zu töten –, konnte er wohl bleiben, bis er austreten wollte.

Einige Männer traten tatsächlich aus. Familienprobleme riefen sie fort, oder das Leben bei Hofe gefiel ihnen nicht mehr. Einige verloren ihr Vermögen, statt eines zu machen. Siebzig Mark pro Jahr, das Gehalt eines Pensionärs, war in jener Welt nicht viel, und nicht allen gelang es, die Art von Bevorzugung zu erlangen, die mehr einbrachte.

Aber dann vertrieb sein Vater mit einem einfachen Satz alle Geldsorgen aus seinen Gedanken. »Jetzt«, sagte John Deven, »müssen wir eine Frau für dich finden.«

Er lachte verblüfft. »Ich habe mir gerade einmal einen Platz verdient, Vater. Gib mir Zeit, um wenigstens auf die Füße zu kommen.«

»Ich bin es nicht, den du um Zeit bitten solltest. Du hast dir gerade eine bevorzugte Position gesichert, eine nahe bei Ihrer Majestät. Die Frauen vom Landadel werden dich umkreisen wie die Falken. Vielleicht sogar Hofdamen.«

Am Vortag hatten definitiv Frauen die Tennisspieler beobachtet. Ein Zucken in Devens Schulter ließ ihn sich fragen, wie schlimm er sich zum Narren gemacht hatte. »Zweifellos. Aber ich weiß es besser, als irgendetwas zu überstürzen, besonders wenn ich wirklich der Königin diene. Es heißt, dass sie sehr eifersüchtig über ihre Umgebung wacht und skandalöses Verhalten ihrer Höflinge nicht gutheißt.« Das Letzte, was er brauchte, war es, im Tower zu enden, weil er irgendeine Hofdame geschwängert hätte.

Das beste Auge, in das man fallen konnte, war natürlich das der Königin selbst. Doch obwohl Deven ehrgeizig war und ihre Zuneigung einen schnellen Weg zum Erfolg bot, war er überhaupt nicht sicher, ob er mit Leuten wie dem jungen Grafen von Essex konkurrieren wollte. Das würde ihn schnell in Situationen bringen, die er nicht überleben konnte.

»Heirat ist kein Skandal«, sagte sein Vater. »Achte darauf, wie du dich benimmst, aber halte dich nicht zu sehr abseits. Eine Verbindung bei Hofe könnte sich als wirklich sehr vorteilhaft erweisen.«

Sein Vater wirkte, als würde er das Thema wahrscheinlich weiterverfolgen. Deven schüttelte ihn mit einer Ablenkung ab. »Wenn alles wie geplant läuft, wird meine Zeit wahrscheinlich anderswo sehr gründlich gebunden sein.«

John Devens Miene wurde ernster. »Dann hast du also mit Walsingham gesprochen?«

»Nein. Er war nicht bei Hof. Aber das werde ich bei der ersten Gelegenheit tun.«

»Sei vorsichtig, wenn du dich in solche Dinge stürzt«, warnte sein Vater. Viel von der entspannten Atmosphäre im Raum war verflogen. »Er dient einer ehrbaren Sache, allerdings nicht immer mit ehrbaren Mitteln.«

Deven wusste das sehr gut. Er hatte in den Niederlanden einiges von dieser Arbeit getan. Jedoch nicht die schmutzigsten Teile davon, ganz sicher nicht. »Er ist meine beste Chance auf eine Bevorzugung, Vater. Aber ich werde auf mich aufpassen, das verspreche ich.«

Damit musste sein Vater sich zufriedengeben.

LONDON UND ISLINGTON
18. *September* 1588

Den Onyxpalast zu verlassen, war nicht so simpel, wie Lune es sich vielleicht erhofft hatte. Im Labyrinth der Palastpolitik würde irgendjemand einen Weg finden, um ihren Aufbruch als verdächtig zu interpretieren, sollte sie zu bald nach Invidianas Verurteilung von Cadogant hinausgehen. Vidar, falls niemand sonst.

Also wanderte sie eine Weile durch die Gänge des Onyxpalasts und sah, wie Fae vor ihrer Gesellschaft zurückschreckten. Es war eine einfache Art, die Zeit totzuschlagen. Obwohl der unterirdische Feenpalast nicht so groß wie die Stadt darüber war, war er weitaus größer als jedes Gebäude an der Oberfläche, wobei Passagen die Rolle von

Straßen spielten und Kammerkomplexe unterschiedlichen Zwecken dienten.

In einer offenen Säulenhalle fand sie Orpheus wieder, der diesmal Tanzmusik spielte. Fae klatschten, als einer von ihnen mit einer Partnerin in einer wilden Schau herumwirbelte. Lune stellte sich an die Wand und beobachtete, wie ein grinsender Hauself ein armes, stolperndes Menschenmädchen mitzerrte, immer schneller. Die Sterbliche sah recht gesund, aber erschöpft aus. Sie war wahrscheinlich ein Dienstmädchen, das für ein kurzes Vergnügen in den Onyxpalast gelockt worden war, und würde am Ende desorientiert und ausgelaugt an die Oberfläche zurückgebracht werden. Jene, die seit langer Zeit da waren wie Orpheus, nahmen ein todgeweihtes Aussehen an, das dieses Mädchen noch nicht hatte.

Ihre Aufmerksamkeit galt dem Tanz. Unbeobachtet schlich Lune zur anderen Seite der Halle und zu einer anderen Tür hinaus.

Sie nahm eine umständliche Route, die jeden, der sie vielleicht vorbeigehen sehen mochte, verwirren würde, aber auch nötig war. Man konnte nicht einfach direkt zu seinem Ziel gehen. Der Onyxpalast war an einer Vielzahl von Orten mit der Welt darüber verbunden, doch diese Orte passten nicht zueinander. Zwei Eingänge konnten an der Oberfläche an verschiedenen Enden der Stadt, aber unten nebeneinander liegen. Das war einer der Gründe, warum Besucher den Palast fürchteten. Wenn sie einmal darin waren, würden sie vielleicht nie wieder einen Weg hinaus finden.

Doch Lune kannte ihren Weg. Schon bald trat sie in eine kleine, verlassene Kammer, wo die Steinmauern des Palasts einem herabreichenden Netzwerk aus Wurzeln Platz machten.

Als sie unter diesem Dach stand, holte sie tief Luft und konzentrierte sich.

Das schimmernde, nachthimmelfarbene Saphirblau ihrer Robe beruhigte sich und wurde einfacheres blaues Gewebe. Die Juwelen, die sie schmückten, verschwanden, und der Ausschnitt schloss sich, sodass er in einem sittsamen Kragen endete, während eine Kappe ihr Haar bedeckte. Lunes eigener Körper war schwieriger. Sie musste sich angestrengt konzentrieren, um ihre Haut welken zu lassen, ihr Haar von silbern zu einem fahlen Blond und ihre strahlenden Augen zu einem fröhlichen Blau zu verwandeln. Fae, die gut darin waren, wussten, dass genau die Aufmerksamkeit auf Details entscheidend war. Nichts unverändert lassen und einige dieser Feinheiten hinzufügen – hier ein Muttermal, dort Pockennarben –, die überzeugend von gewöhnlicher Menschlichkeit sprechen würden.

Doch die Illusion aufzubauen, reichte allein nicht. Lune fasste in das Säckchen, das an ihrem Gürtel hing, und holte das Brot aus ihrem Kästchen heraus.

Die grob gemahlene Gerste verfing sich in ihren Zähnen. Sie achtete darauf, alles zu schlucken. Als Nahrung verschmähte sie es, doch es diente seinem eigenen Zweck, und dafür war es wertvoller als Gold. Als der letzte Bissen verschlungen war, streckte sie einen Arm nach oben und strich über die nächste Wurzel.

Mit einem leisen Rascheln schlossen sich die Ranken um sie und zogen sie hoch.

Sie trat aus dem Stamm einer Erle, die an der St. Martin's Lane stand, nicht mehr als einen Steinwurf von den

Bauwerken entfernt, die wie Knollen aus dem großen Torbogen und den Mauern um Aldersgate gewachsen waren. Es war, wie sie überrascht entdeckte, früh am Morgen. Der Onyxpalast stand nicht wie die entfernteren Reiche außerhalb der menschlichen Zeit – das hätte Invidianas Lieblingsspiele zu kompliziert gemacht –, doch es war leicht, den Überblick über die Stunden zu verlieren.

Lune strich ihre Kappe glatt und ging von dem Baum weg. Niemand hatte bemerkt, dass sie aus dem Stamm gekommen war. Es war die letzte Grenze des Onyxpalasts, der letzte Rand der Zauber, die den unterirdischen Palast schützten, der ungesehen unter sterblichen Füßen lag. Genau wie der Ort selbst unentdeckt blieb, so würde man Leute nicht sehen, die kamen und gingen. Doch sobald man sich von seinem Eingang fortbewegte, endete der Schutz.

Als wollten sie diesen Punkt eindringlich belegen, dröhnten die Glocken der St.-Pauls-Kathedrale die Stunde aus der dicht gedrängten Masse von London heraus. Lune konnte ein winziges Zucken nicht unterdrücken, selbst als sie spürte, wie das Geräusch harmlos über ihr abebbte. Sie hatte das schon zahllose Male getan, und doch machte sie die erste Prüfung ihres eigenen Schutzes immer nervös.

Aber sie war in Sicherheit. Von sterblicher Nahrung gegen die Macht des sterblichen Glaubens geschützt, konnte sie unter ihnen wandeln und musste nie befürchten, dass ihr wahres Gesicht enthüllt würde.

Lune entspannte sich in ihre Illusion, lief los und marschierte zügig durch das Tor aus London hinaus.

Der Morgen war hell mit einer frischen Brise, die sie kühlte, während sie marschierte. Die Häuser, die sich entlang der Gasse drängten, standen bald großzügiger und weiter auseinander, doch es herrschte reger Verkehr, ein endloser Strom an Vorräten, Reisenden und Gütern in und aus der Stadt. London war ein gieriges Ding, es biss mehr ab, als es wieder ausspuckte, und in den letzten Jahren hatte es angefangen, den ländlichen Raum zu verschlingen. Lune staunte über die pulsierenden Massen, die die Stadt überfluteten, bis sie überschwappte, und sich aus ihren uralten Mauern ergossen und in den ehemals grünen Feldern, die außerhalb lagen, Wurzeln schlugen. Sie lebten wie Ameisen, bauten riesige Hügel, in denen sie zu Hunderten und Tausenden lebten, und dann starben sie binnen eines Wimpernschlags.

Eine Meile oder so weiter draußen war es eine andere Sache. Der Lärm von London verstummte hinter ihr. Vor ihr, jenseits der wachsenden Felder, lag das benachbarte Dorf Islington mit seinen Herrenhäusern und uralten, Schatten spendenden Bäumen. Und entlang der großen Straße nach Norden das freundliche, willkommen heißende Gebäude des *Angel Inn.*

Das Gasthaus war mäßig belebt. Reisende und Bedienstete gleichsam überquerten den Hof, der zwischen der Taverne und den Ställen lag, aber das machte Lunes Werk einfacher. Wenn so viele Leute in der Nähe waren, bemerkte niemand eine weitere Person besonders. Sie ging am Vordereingang vorbei nach hinten, wo der Hang von einem riesigen Rosenbusch dominiert wurde, einer verworrenen, stachligen Masse, bei der selbst der tapferste Kerl Angst hätte, sie zurechtzustutzen.

Auch dieser hatte seine eigenen Schutzzauber. Niemand war dort, um zu beobachten, wie Lune eine spät blühende Rose mit ihrer Hand umschloss und ihren Namen in die Blütenblätter sprach.

Wie die Wurzeln der Erle in London raschelten die Dornzweige und bewegten sich, sodass sie einen geflochtenen Durchgang bildeten, der mit gelben Blüten übersät war. In diesem Durchgang waren Stufen, die durch die Erde hinunterführten, ihr Holz von zahlreichen Fußtritten abgewetzt. Zauberhafte Lichter warfen einen warmen Schein auf das Innere. Lune begann hinabzusteigen, und der Rosenbusch schloss sich hinter ihr.

Das Aussprechen ihres Namens öffnete den Busch nicht. Es sagte den Bewohnern nur, dass jemand gekommen war. Doch man ließ Besucher selten warten, draußen oder drinnen. Zu dem Zeitpunkt, als Lune den Treppenabsatz erreichte, stand schon jemand dort, um sie zu empfangen.

»Willkommen im *Angel*, meine Lady«, sagte Gertrude Goodemeade mit einem strahlenden Lächeln auf ihrem pausbäckigen Gesicht, als sie in einen Knicks sank. »Ist immer ein Vergnügen, Euch hier zu sehen. Kommt herein, bitte, bitte!«

Ohne Zweifel erwiesen die Goodemeadeschwestern jedem, der ihre Türschwelle betrat, dieselbe freundliche Begrüßung – genau wie zweifellos mehr Höflinge herkamen, als sie es zugeben würden –, und doch bezweifelte Lune nicht, dass die Worte aufrichtig waren. Es lag den Schwestern in der Natur. Sie kamen ursprünglich aus dem Norden – Braunwichte waren Hauselfen aus dem Grenzland, und Gertrudes Stimme enthielt noch Spuren des Akzents –, aber sie hatten dem *Angel Inn* seit dessen Bau gedient und angeblich davor einem anderen Gasthaus und so weiter, länger, als sich irgendjemand erinnern konnte. Viele Hauselfen waren eigenbrötlerische Leute, die sich an eine bestimmte sterbliche Familie banden und nicht um irgendwen anders kümmerten, aber diese beiden verstanden es, Fremden Gastfreundschaft zu erweisen.

Die schlimmste Anspannung, die Lunes Rücken seit Tagen hatte erstarren lassen, verflog in der Wärme des bequemen Heims der Braunwichte.

Lune ließ sich von Gertrude in ihre behagliche kleine Kammer führen und setzte sich auf eine gepolsterte Bank an einem der kleinen Tische. »Wir haben Euch hier schon einige Zeit nicht mehr gesehen«, sagte Gertrude. Sie wuselte herum, wobei ihr bestickter Rock bei ihren schnellen Bewegungen raschelte, und holte Lune ungefragt eine Tasse Met. Das war natürlich genau das, wonach sich Lune im Augenblick sehnte. Die Talente von Hauselfen galten heimeligen Dingen, wurden aber trotzdem geschätzt.

Von einer Hauselfe zumindest. Lune machte den Mund auf, um zu fragen, wo Gertrudes Schwester war, dann hielt sie inne, als sie ein Geräusch von der Treppe hörte. Einen Moment später war ihre Frage beantwortet, denn Rosamund trat ein. Sie trug ein rotbraunes Kleid, das abgesehen von der Stickerei an ihrer Schürze – Rosen statt Gänseblümchen – der Zwilling von Gertrudes Kleid war, genau wie ihr fröhliches Gesicht das ihrer Schwester widerspiegelte.

Hinter ihr kamen andere, die weniger fröhlich waren. Lune erkannte den hageren männlichen Kobold sofort. Die anderen waren weniger vertraut, weil sie ihre Gesichter hauptsächlich auf den Boden des Onyxpalasts gedrückt hatten, als sie sie zuletzt gesehen hatte.

Gertrude machte ein mitleidiges Geräusch und hastete zu ihnen. Für eine kurze Zeit wirkte der Raum überfüllt, von einem Ende zum anderen voller Wichte und Kobolde und einer schlanken Flussnymphe mit trauriger Miene, die

Lune beim ersten Mal zwischen ihnen übersehen hatte. Doch keine Hauselfe konnte es lange ertragen, wenn es Verwirrung gab oder Gäste stehen mussten. Schon bald waren einige von den Fremden an Tischen platziert und von Brot frisch aus dem Ofen und scharfem, krümeligem Käse umgeben, während die erschöpfteren unter ihnen durch eine weitere Tür geschoben und ins Bett gebracht wurden.

Lune schloss ihre Finger um ihren Met und fühlte sich unwohl. Sie hatte ihre Illusion von Sterblichkeit abgelegt – es wäre ihr seltsam vorgekommen, sie drinnen aufrechtzuerhalten, als hätte sie einen Reisemantel anbehalten –, doch der Bissen von menschlichem Brot, den sie gegessen hatte, machte sie immer noch immun gegen Kirchenglocken, metallene Hufeisen und andere Anti-Feenzauber. Wie die Flüchtlinge aus dem Onyxpalast zum *Angel* gekommen waren, wusste sie nicht, aber sie bezweifelte, dass es so einfach gewesen war. Rosamund musste allerdings bei Hof anwesend gewesen sein. Lune schalt sich, weil sie die Menge nicht genauer betrachtet hatte.

Gertrude hatte sie nicht vergessen. Augenblicke später erfüllte der Duft von gegrilltem Kaninchen den Raum, und Lune wurde mit den anderen bedient. Das Essen war einfach, ländlich und gut. Man konnte sich leicht vorstellen, dass Sterbliche dasselbe aßen, und es ließ die aufwendigen Palastbankette kitschig und übertrieben wirken.

Vielleicht, dachte Lune, *komme ich genau deshalb hierher. Um eine Perspektive zu bekommen.*

Wäre es so schlimm, den Hof zu verlassen? Ein simpleres Leben zu finden, irgendwo außerhalb von London?

Es wäre sicherlich einfacher. Auf dem Land herrschte weniger Bedarf, sich gegen sterbliche Tricks zu schützen.

Das Landvolk sah von Zeit zu Zeit Fae und erzählte Geschichten von seinen Begegnungen mit schwarzen Hunden oder Goblins, aber niemand machte eine große Sache daraus. Oder zumindest nur selten. Allgemein versuchten sie nur, Kreaturen zu vertreiben, die selbst zu viel Ärger machten. Und dort draußen war man weit von den Intrigen des Onyxpalasts entfernt.

Neben Lune auf der Bank begann ein Wicht mit struppigem Kopf in sein Brot zu schniefen.

Wo auch immer diese ländlichen Fae hergekommen waren, es war nicht weit genug weg, um sie vor Invidiana zu bewahren.

Nein, sie konnte London nicht verlassen. Den Strömungen des Hofs unterworfen zu sein, aber unfähig, sie zu beeinflussen …

Es gab natürlich eine andere Möglichkeit. Über die Grenze des Zwielichts, jene freundlichen Pfade hinunter, die weder zum Himmel noch zur Hölle führten, und in die tieferen Gefilde des Feenreichs, wo Invidianas Autorität und Einfluss nicht hinreichten. Doch wenige Sterbliche wanderten je so weit, und bei all den Gefahren, die sie für Fae darstellten, wollte Lune sie dennoch nicht zurücklassen. Sterbliche waren unendlich faszinierend, mit ihrem kurzen, bunten Leben und all der Leidenschaft, die sie antrieb.

Rosamund fing an, die anderen wegzuscheuchen, und murmelte etwas von Bädern und schön weichen Betten. Gertrude kam vorbei, als der Wicht Lunes Bank freigemacht hatte. »Nun denn, meine Lady – verzeiht mir das. Die armen Dinger waren bis auf die Knochen abgemagert. War es nur ein Bissen zu essen, nach dem Ihr sucht, und ein Hauch guter Landluft?«

Ihr pausbäckiges Gesicht strahlte solch hilfsbereite Freundlichkeit aus, dass Lune den Kopf schüttelte, ehe sie sich davon abhalten konnte. Sofort verwandelte sich Gertrudes fröhliche Miene zu Besorgnis. »Ach herrje. Erzählt uns davon.«

Lune hatte die Geschichte nicht teilen wollen, doch vielleicht war es angemessen. Sie konnte wohl kaum um Hilfe bitten, ohne zumindest etwas davon zu erklären, warum sie sie brauchte, und die Goodemeades ignorierten Politik im Allgemeinen. Sie waren vielleicht die nahestehendsten Fae, die es noch *nicht* gehört hatten.

»Ich bin bei Hof in Ungnade gefallen«, gab sie zu.

Sie versuchte zu sprechen, als sei es nur eine Kleinigkeit. Tatsächlich war es das manchmal. Wenn jeder, der Invidiana erzürnt hatte, Cadogants Schicksal erlitten hätte, wären bald keine Höflinge mehr übrig gewesen. Aber sie stand auf Messers Schneide, und das war nie ein angenehmer Aufenthaltsort.

Gertrude machte ein mitleidiges Gesicht. »Die Königin hat sich gegen Euch gewandt, oder nicht?«

»Mit gutem Grund«, sagte Lune. »Ihr lauscht den Gesprächen im sterblichen Gasthaus, ja?«

Die Hauselfe schmunzelte unschuldig. »Von Zeit zu Zeit.«

»Dann wisst Ihr, dass sie eine Invasion aus Spanien befürchten und dass eine große Armada erst kürzlich zurückgeschlagen wurde.«

»Oh, das haben wir gehört! Große Schlachten auf See oder so etwas.«

Lune nickte und sah auf die Überreste ihres Kaninchens hinunter. »Gewaltige Schlachten. Aber davor und danach auch gewaltige Stürme. Stürme, für die wir einen zu hohen Preis bezahlt haben.« Sie hatte die Details nur Invidiana gestanden und wollte sie nicht wiederholen. Das hätte den Zorn der Königin nur angeheizt. Aber sie konnte Gertrude die Grundzüge erzählen. »Ich war Invidianas Botschafterin beim Meeresvolk und habe nicht gut genug verhandelt. Sie ist mit den Zugeständnissen, die ich versprochen habe, unzufrieden.«

»Oh je.« Gertrude verstummte, um dies zu verarbeiten. »Was war denn so schlimm? Ich kann mir nicht vorstellen, dass sie will, dass wir überrannt werden. Sicherlich war das den Preis wert.«

Lune schob ihr Tranchiermesser weg und zwang ein Lächeln über den ständig präsenten Kloß an Besorgnis in ihrem Hals. »Kommt, Ihr wollt nicht über derartige Dinge sprechen. Dies ist ein Hafen, der vom Hof und dessen Netzen weit entfernt ist – und möge er lange so bleiben.«

»Wie wahr«, stimmte die Hauselfe zu und tätschelte ihre Schürze mit plumpen, aber von der Arbeit gezeichneten Fingern. »Nun, Ende gut, alles gut. Wir haben keine gemeinen spanischen Soldaten, die durch das *Angel* stapfen, und ich bin mir sicher, Ihr werdet bald genug Euren Weg zurück in die Gunst Ihrer Majestät finden. Ihr habt ein Talent für solche Dinge, meine Lady.«

Die Worte erinnerten Lune an ihr ursprüngliches Ansinnen. »Ich frage euch dies nur zögerlich«, gestand sie und blickte zu der Tür, durch die die letzten Flüchtlinge verschwunden waren. »Ihr habt jetzt so viele, um die Ihr Euch kümmern müsst – zumindest, bis sie sich anderswo ansiedeln können. Und ich frage mich, wie Rosamund sie überhaupt sicher herbringen konnte.«

Ihr Zögern zeigte genau die gewünschte Wirkung. »Ach, ist das alles?«, rief Gertrude abwinkend aus und sprang auf die Füße. Ehe sich Lune versah, drückte ihr die Hauselfe einen ganzen Laib Brot in die Hand. Es unterschied sich nicht sehr von dem, was die Goodemeades aufgetischt hatten, aber jeder Fae konnte mit einer Berührung eines vom anderen unterscheiden. Sterblichkeit hatte ein spezielles Gewicht.

Als sie auf das Brot hinuntersah, fühlte Lune sich seltsam schuldig. Die Dienstmägde im *Angel* stellten zuverlässig Brot und Milch hinaus. Alle wussten das. Und Invidiana besteuerte die Goodemeades entsprechend, genau wie sie viele ländliche Fae besteuerte. Weit mehr Menschen auf dem Land stellten Nahrung für die Fae hinaus als das Stadtvolk, jedoch war es in der Stadt, wo man diese am dringendsten brauchte. Der Onyxpalast schirmte den Lärm der Glocken und andere derartige Bedrohungen ab, doch ungenährt auf die Straßen hinauszugehen, bedeutete sicheren Ärger.

Sie brauchte dies. Aber genauso brauchten es die Goodemeades, die ihre Gäste versorgen mussten.

»Na los, nehmt es«, sagte Gertrude mit sanfter Stimme und legte ihre Hände um das Brot. »Ich bin sicher, dass Ihr eine gute Verwendung dafür findet.«

Lune schob ihre Schuldgefühle beiseite. »Danke. Ich werde Eure Wohltätigkeit nicht vergessen.«

ERINNERUNG
Mai—August 1588

In Dörfern und Städten überall entlang der Küste von England warteten Holzstapel auf die Fackeln, und Männer fürchteten den ersten Blick auf das Verderben, das kommen und sie verschlingen würde.

Im belebten Hafen von Lissabon erwarteten die Schiffe der *Grande y Felicísima Armada* den Befehl, der sie für Gott und König Philip losschicken würde, um die ketzerische Königin zu stürzen.

Über den Wassern, die sie trennten, brauten sich Stürme zusammen und ließen Regen und heftige Winde über das Land auf beiden Seiten des Ärmelkanals peitschen.

Die Armada war in Erzählungen großartiger als in der Realität. Die fünfhundert mächtigen Schiffe, die eine unaufhaltsame Armee an Englands Küsten tragen würden, ihre Bäuche bis oben hin voll mit Folterwerkzeugen und katholischen Ammen für die englischen Säuglinge, die nach dem gründlichen Massaker an ihren Eltern verwaist sein würden, waren tatsächlich hundertdreißig Schiffe mit einem unterschiedlichen Grad an Seetüchtigkeit, von Knechten aus Lissabon bemannt, von denen einige noch nie auf See gewesen waren, und von einem Landsmann befehligt, dem man sein Kommando erst vor einigen Monaten übertragen hatte. Seuchen und die Plünderungen der englischen Plage Sir Francis Drake hatten ihren Preis von Gottes Waffe gegen die Ketzer gefordert.

Doch das Schlimmste sollte noch kommen.

In diesem, dem ruhigsten Monat des Jahres, als alle erfahrenen Seeleute dem Herzog von Medina-Sidonia versichert hatten, dass die See ruhig und die Winde nach England günstig sein würden, flauten die Stürme nicht ab. Stattdessen wurden sie stärker. Orkane trieben die Schiffe zurück, wenn sie weiterzufahren versuchten, und zerstreuten die schwächeren, weniger seetüchtigen Boote. Dickbäuchige Handelsschiffe, Galeeren aus dem Mittelmeer, die für die Böen auf offener See ungeeignet waren, dahinwalzende Versorgungsschiffe, die das Tempo der gesamten Flotte bremsten: Die Große und Glücklichste Armada bot wirklich einen armseligen Anblick.

Verzögerungen hatten das, was vom Mai übrig geblieben war, aufgefressen. Der Juni verrottete im Hafen von La Coruña, während Seeleute krank wurden und verhungerten und ihre Verpflegung durch das grüne Holz der Fässer, in denen sie aufbewahrt wurde, verdarb. Die Befehlshaber der Flotte fanden neue Ausdrücke, mit denen sie Drake verfluchen konnten, der im vorherigen Jahr die gealterten Fassleisten verbrannt hatte.

Im Juli segelten sie wieder, in Gottes Mission ergeben.

Rote Kreuze wehten auf weißen Flaggen. Das Banner von Medina-Sidonias Schiff trug die Heilige Jungfrau, einen gekreuzigten Christus und das Motto *Exsurge, Domine, et judica causam tuam!* Mönche beteten täglich, und selbst den Seemännern verbot man, den Namen des Herrn zu missbrauchen.

Aber nichts davon half.

Leuchtfeuer entflammten entlang der englischen Küste: Man hatte die Spanier gesichtet. Der Wind stand für die Engländer günstig, und ebenso waren es die Kanonen. Die schlanken englischen Schiffe verweigerten Enterversuche, tänzelten um ihre unbeholfenen Feinde, feuerten mit ihren längeren Kanonen los, während sie außerhalb der spanischen Reichweite blieben. Wie Hunde, die einen angeketteten Bären zerfleischten, jagten sie die Spanier die Küste hinauf nach Schottland, während die Stürme ihren gnadenlosen Angriff aufrechterhielten.

Stürme, ständig Stürme, auf jedem Stück des Weges.

Stürme trafen sie in Orkney und wieder vor der irischen Küste, als sich die Armada mühte, nach Hause zu kriechen. Von Lissabon bis in den Ärmelkanal, um all die Inseln von England, Schottland und Irland – überall, wo die Flotte hinfuhr, folgte ihr der Zorn von See und Himmel.

Vor Skorbut und Typhus todkrank, von Hunger und Durst in den Wahnsinn getrieben, schrien die Seeleute etwas über Gesichter im Wasser, Stimmen am Himmel. Gott war auf ihrer Seite, doch die See war es nicht. Flatterhaft wie immer hatte sie ihnen ein nicht zu besänftigendes Antlitz zugewandt, und all die Gebete der Mönche konnten ihren guten Willen nicht erlangen.

Denn ein Handel war vereinbart worden, in den Palästen unter Wasser, von denen nur die Geschichten betrunkener Seeleute erzählten. Die See gehorchte anderen Mächten als denen der Menschen, und jene Mächte – denen menschliches Leid ewig gleichgültig war – waren überzeugt worden, für die englische Sache zu handeln, gegen ihre übliche uninteressierte Neutralität.

So kam es, dass die Himmel auf Kommando wüteten und fremdartige Gestalten durchs Wasser glitten, mühelos um die kämpfenden Schiffe tanzten, Männer über Bord lockten und sie unter Wasser zerrten, viele zurückwiesen, die danach aufgebläht und verwesend an der irischen Küste angespült wurden, doch einige für zukünftige Vergnügungen behielten. Es war schwer zu sagen, wer das unglücklichere Schicksal hatte: jene, die starben, oder jene, die überlebten.

In Spanien läuteten die Glocken zu einer verfrühten Feier, während Seine Katholische Majestät auf Neuigkeiten von seiner allerheiligsten Mission wartete.

In England versammelte die ketzerische Königin ihr Volk, während Berichte von Drake und dem Lord Admiral ankamen und von englischen Heldentaten erzählten.

In den aufgewühlten Gewässern des Atlantiks quälten sich die Überreste der Armada, die Hälfte ihrer Schiffe verloren, gekapert oder versenkt, nach Hause und nahmen damit die Hoffnungen auf eine spanische Eroberung Englands mit.

IM ONYXPALAST, LONDON
18. *September* 1588

Der sterbliche Schein fiel in dem Augenblick von Lune ab wie ein abgelegter Mantel, als sich die Erle um sie schloss, und sie versteckte das Brot in den tiefen Falten ihres Rocks. Jene, die das wünschten, würden bald genug herausfinden, dass sie es hatte und woher, doch sie würde es verstecken, so gut sie konnte. Viele niedriger gestellte Höflinge würden kommen und um einen Krümel betteln, wenn sie es wüssten.

Einige von ihnen würden es vielleicht an ihr riechen. Gewisse Fae hatten eine Nase für Sterblichkeit. Lune hastete durch den Onyxpalast zu ihren Kammern und stopfte den Brotlaib in ihr Kästchen, noch während sich die Tür hinter ihr schloss.

Als er sicher verstaut war, legte sie die Hände auf die verzierte Tischoberfläche und folgte mit einer Fingerspitze den Linien ihrer Dekoration. Ein sterblicher Mann kniete am Fuß eines Turms. Der Künstler hatte beschlossen, nur den unteren Teil des Bauwerks darzustellen und der Fantasie zu überlassen, was für eine Feendame sein Herz erobert hatte und ob sie seine Liebe erwiderte.

Das passierte manchmal. Nicht jeder behandelte Sterbliche als Spielzeuge. Manche, wie Wichte, dienten ihnen treu. Andere schenkten Dichtern und Musikern Inspiration. Einige liebten sie, mit der unsterblichen Leidenschaft eines Feenherzens, umso stärker, weil sie so selten verschenkt wurde.

Doch Sterbliche waren nicht das, womit sich Lune beschäftigte, abgesehen davon, dass sie ihr vielleicht einen Weg zurück in Invidianas Gunst zur Verfügung stellen würden.

Sie ließ sich auf das bestickte Kissen eines Hockers sinken. Mit überlegten, bedächtigen Bewegungen fing Lune an, die juwelenbesetzten Nadeln aus ihrem Haar zu nehmen, und legte jede auf den Tisch, um ihre Gedanken darzustellen.

Die erste, die sie hinlegte, leuchtete in Bruchstücken von Sternenlicht und verschob die Grenzen dessen, was man ihr, einem in Ungnade gefallenen Höfling, an Schmuck erlauben konnte. *Ein Geschenk,* dachte Lune. Einen seltenen Feenschatz oder ein sterbliches Haustier oder Informationen. Irgendetwas, das Invidiana wertschätzen würde. Es war der gewöhnlichste Pfad zur Gunst, nicht nur für Fae, sondern auch für Menschen. Die Schwierigkeit war, dass der Königin so viele Geschenke zu Füßen gelegt wurden, dass nur wenige ausreichend hervorstachen, um ihre Aufmerksamkeit zu erregen.

Eine zweite Nadel. Der Knopf am Ende von dieser enthielt die Indigoedelsteine, die man als Herz der See kannte. Lunes Finger krallten sich darum. Sie hatte sich in Eile für den Thronsaal gekleidet und nicht darauf geachtet, welche Haarnadeln sie ausgewählt hatte. Hatte Vidar sie gesehen? Sie betete, dass er das nicht hatte. Schlimm genug, den guten Willen der Königin durch diese desaströse Abmachung mit dem Seevolk verloren zu haben. Noch schlimmer, im Haar deren Geschenk an die Botschafterin vom Onyxpalast zu tragen.

Dame Halgresta hatte es sicherlich nicht gesehen. Dessen konnte Lune sich sicher sein, weil sie weder blutete noch tot war.

Sie legte sie auf den Tisch und zwang ihre Gedanken zurück zu deren Aufgabe. Wenn kein Geschenk, was dann? Ein Hindernis entfernen vielleicht. Der Niedergang eines Feindes. Aber wer? Der Botschafter von den Höfen des Nordens hatte nach der Hinrichtung der sterblichen Königin der Schotten den Onyxpalast erzürnt verlassen und Invidiana beschuldigt, deren Tod arrangiert zu haben. Es gab in jener Koalition aus schwachen und starken Monarchen zahlreiche Feinde, die Höfe von Distel und Heide und Ginster. Um einen Zug gegen sie zu machen, würde Lune allerdings selbst dorthin ziehen müssen: eine lange Reise, an deren Ende keine Werkzeuge oder Verbündeten auf sie warteten.

Was andere Feinde betraf, so war sie nicht närrisch genug, um zu denken, dass sie etwas gegen die Wilde Jagd unternehmen und überleben konnte.

Lune seufzte und zog eine dritte Nadel aus ihrem Haar.

Silberne Locken lösten sich, als sie das tat, und ließen die verbliebenen Nadeln auf den Boden fallen. Lune ließ sie liegen, wo sie aufkamen, und befühlte die Schneeflocke am verzierten Ende von der in ihrer Hand. Der Königin etwas geben, das sie wollte, oder etwas aus dem Weg räumen, das zwischen ihr und dem stand, was sie wollte. Was gab es sonst noch?

Vergnügen. Die Königin war eine kühle Frau, herzlos und grausam, doch sie konnte vergnügt sein. Ihre liebsten Scherze waren jene, die gleichzeitig noch ein anderes Ziel verfolgten. Doch selbst ohne das bestünde eine Möglichkeit, die Königin irgendwie zu amüsieren …

Es war ein reichlich dünner Strohhalm, aber der letzte, den sie greifen konnte.

Lune hielt die Schneeflockennadel und presste frustriert die Lippen zusammen. Die Grundzüge ihrer Optionen waren simpel genug. Die Schwierigkeit lag darin, von einem Konzept zum Handeln überzugehen. Alles, was ihr einfiel, war schwach, zu schwach, um ihr wirklich zu helfen, und sie war nicht in der richtigen Position, um mehr zu tun. Die Falle des höfischen Lebens. Jene, die in der Gunst standen, waren in der besten Position, um an Gunst zu gewinnen, während die, die in Ungnade fielen, oft in einer Spirale aus immer mehr Pech gefangen waren.

Sie würde das nicht akzeptieren. Während sie mit dem Daumen über die scharfen, polierten Kanten der Schneeflocke strich, disziplinierte Lune ihre Gedanken. Wie konnte sie ihre Position im Onyxpalast verbessern?

»Findet Francis Merriman.«

Lune war binnen eines Augenblicks auf den Füßen. Die Schneeflockennadel verwandelte sich und wurde in ihrer

Hand zu einem schlanken Dolch. Ihre Privatkammern waren gegen Eindringlinge verzaubert, eine grundlegende Vorsichtsmaßnahme im Onyxpalast, und niemand würde jene Schutzzauber durchbrechen, außer er war gekommen, um ihr etwas anzutun.

Niemand, außer der schlanken Gestalt in den Schatten.

Lune atmete langsam aus und entspannte ihre Hand um den Dolch, obwohl sie ihn nicht weglegte. »Tiresias.«

Er war oft dort, wo er nicht sein sollte, sogar wo er nicht sein *konnte*. Jetzt hockte er in der Ecke, seine mageren Arme um die Knie geschlungen, und sein bleiches, entrücktes Gesicht schwebte in der Finsternis.

Lune mied Invidianas sterbliche Haustiere aus einer Vielzahl an Gründen: Orpheus aus Furcht vor der Wirkung, die seine Musik vielleicht auf sie haben konnte, Eurydike wegen ihrer geisterhaften Blicke, Achilles wegen der kaum gezügelten Gewalttätigkeit, die nur der Wille der Königin im Zaum hielt. Tiresias war anders. Sie fürchtete die Gabe nicht, nach der er benannt war. Manchmal bezweifelte Lune, ob selbst Invidiana sagen konnte, welche Visionen wahr waren und welche bloße Erfindungen seines wahnsinnig gewordenen Verstands.

Nein, es war der Wahnsinn selbst, der sie Abstand halten ließ.

Er war älter als die anderen Haustiere, sagte man, und hatte länger überlebt als alle anderen. Achilles starb so oft, dass einer der schnellsten Wege zu Invidianas Gunst war, wenn auch nur kurz, einen weiteren Sterblichen mit der Gabe des Blutrauschs zu finden und ihn zum Hof zu bringen. Sie ließ ständig den derzeitigen Namensträger gegen den ein oder anderen Feind antreten, nur zur

Abendunterhaltung. Sie kämpften gut, alle von ihnen, und früher oder später starben sie blutig.

Sie überlebten selten lang genug, um die Effekte des Onyxpalasts zu erleiden.

Tiresias überlebte und zahlte den Preis.

Er war bei ihrer plötzlichen Bewegung zusammengezuckt. Furcht verzerrte sein Gesicht. Jetzt blickte er fragend zu ihr auf. »Seid Ihr real?«, flüsterte er.

Er stellte die Frage ständig, weil er die Realität nicht länger von seinen Halluzinationen unterscheiden konnte. Das sorgte unter den grausameren Fae für viel Spaß. Lune seufzte und ließ den Dolch wieder zu einer Nadel werden, dann legte sie sie auf den Tisch. »Ja. Tiresias, du solltest nicht hier sein.«

Er drückte sich weiter zurück in die Schatten, als wolle er mit der Wand verschmelzen und durch sie hindurch. Vielleicht konnte er das und tauchte so an solch unerwarteten Orten auf. »Hier? Das ist nicht mehr als ein Schatten. Wir sind nicht hier. Wir sind in der Hölle.«

Lune ging vom Tisch weg und sah, wie seine Blicke auf dem Kästchen hinter ihr hängen blieben. Einige Bissen sterbliches Brot konnten den Feenmakel auf seiner Seele nicht entfernen. Nach unzähligen Jahren im Onyxpalast bezweifelte sie, ob irgendetwas das konnte. Wenn er einen Fuß nach draußen setzte, würde er dann zu Staub zerfallen? Aber manchmal hungerte er nach Sterblichkeit, und sie wollte nicht, dass er an das Brot dachte, das sie hatte. »Geh zu deiner Herrin zurück. Ich habe keine Geduld für deine Spinnereien.«

Tiresias stand auf, und für einen Augenblick dachte Lune, dass er wohl gehorchen würde. Er wanderte allerdings in die falsche Richtung – weder auf die Tür zu noch auf das Kästchen. Die Rückseite seiner Kleidung war zerrissen, ein dünner Stofffetzen, der hinter ihm flatterte wie der winzige Geist eines Flügels. Lune machte den Mund auf, um ihn wieder hinaus zu befehlen, verstummte dann aber. Er hatte etwas gesagt, das sie vor Schreck überhört hatte.

Lune bewegte sich langsam, um ihn nicht zu ängstigen, und näherte sich Tiresias' Rücken. Er wäre immer ein schlanker Mann gewesen, selbst wenn er als normaler Mensch gelebt hätte, aber das Leben unter den Fae hatte ihn substanzlos, geisterhaft gemacht. Sie fragte sich, wie viel länger er durchhalten würde. Sterbliche konnten unter den Fae hundert Jahre oder länger überleben – jedoch nicht im Onyxpalast. Nicht unter Invidiana.

Er fummelte am Rand eines Wandteppichs herum und starrte ihn an, als könne er etwas anderes als die überschwemmten Ufer des verlorenen Lyonesse sehen. Lune sagte: »Du hast einen Namen genannt und mich gebeten, jemanden zu finden.«

Ein fahler Finger folgte einer gestickten Linie, Mondlicht, das auf einen untergegangenen Turm herabschien. »Jemand irrte, und deshalb sank es. Ist es nicht das, was Ihr glaubt? Aber nein – der Irrtum kam danach. Weil sie es falsch verstanden.«

»Lyonesse ist seit Ewigkeiten untergegangen«, antwortete Lune mit erschöpfter Geduld. Sie hätte genauso gut gar nicht da sein können, bei all der Aufmerksamkeit, die er ihr schenkte. »Der Name, Tiresias. Wen sollte ich nach deiner Bitte finden? Francis Merriman?«

Er drehte sich um und heftete seine saphirblauen Blicke auf sie. Die Pupillen in seinen Augen waren winzig, als würde er in ein helles Licht starren. Dann weiteten sie sich, bis all das Blau beinahe verschwunden war. »Wer ist er?«

Die Unschuld in seiner Frage machte sie wütend, und als sie abgelenkt war, ließ sie ihn vorbeischlüpfen. Aber er ging nicht weit, sondern blieb mitten im Raum stehen und fasste nach irgendeiner imaginären Form in der Luft vor ihm. Lune atmete langsam aus. Francis Merriman: ein sterblicher Name. Ein Höfling? Wahrscheinlich, in Anbetracht der politischen Spiele, die Invidiana spielte. Niemand, von dem Lune wusste, aber sie kamen und gingen so schnell.

»Wo kann ich ihn finden?«, fragte sie und versuchte, ihren Tonfall sanft zu halten. »Wo hast du ihn gesehen? In einem Traum?«

Tiresias schüttelte wild den Kopf und fuhr sich mit den Händen durch sein schwarzes Haar, das er in Unordnung brachte. »Ich träume nicht. Ich träume nicht. Bitte, bittet mich nicht zu träumen.«

Lune konnte sich die Albträume vorstellen, die Invidiana ihm zu ihrer Unterhaltung sandte. »Ich werde dir nichts tun. Aber warum sollte ich ihn suchen?«

»Er weiß es.« Die Worte kamen in einem heiseren Flüstern heraus. »Was sie getan hat.«

Ihr Herz schlug schneller. Geheimnisse – die waren mehr wert als Gold. Lune versuchte zu ergründen, wen Tiresias meinen konnte. »Sie. Eine der Hofdamen? Oder ...« Ihr stockte der Atem. »Invidiana?«

Bitteres, spöttisches Lachen antwortete dem Vorschlag. »Nein. Nicht Invidiana. Das ist nicht der Punkt. Habt Ihr nicht zugehört?«

Lune schluckte das Verlangen hinunter, ihm zu sagen, dass sie mit dem Zuhören anfangen würde, wenn er etwas

Verständliches und Substanzielles sagte. Sie starrte in das angespannte Gesicht des Sehers und versuchte eine andere Taktik. »Ich werde diesen Francis Merriman suchen. Aber wenn ich ihn finden sollte, was dann?«

Langsam, ein Muskel nach dem anderen, entspannte sich sein Körper, bis seine Hände schlaff an seinen Flanken hingen. Als er schließlich sprach, war seine Stimme so klar, dass sie für einen Wimpernschlag dachte, er sei in einem seiner seltenen hellen Momente – ehe sie auf seine Worte hörte. »Steht still, ihr ewig wandelnden Himmelssphären …« Ein schmerzvolles Lächeln verzog seine Lippen. »Die Zeit steht still. Erstarrt, kalt, kein Herzblut, um sie wieder zum Leben zu erwecken. Ich habe Euch gesagt, wir sind alle in der Hölle.«

Vielleicht hatte es von Anfang an keine Substanz gegeben. Lune jagte vielleicht einer Illusion hinterher und steckte zu viel Hoffnung in das Geplauder eines Wahnsinnigen. Nicht alles, was er sagte, kam aus einer Vision.

Aber es war die eine Möglichkeit, die ihr irgendjemand angeboten hatte, und die einzige, die sie wahrscheinlich bekommen würde. Ansonsten war ihre beste Hoffnung, ihr Brot gegen Informationen einzutauschen, die vielleicht helfen würden. Es gab reichlich Höflinge, die einen Nutzen dafür hätten, wenn sie ihre Spiele in der Welt oben spielten.

Wenn sie ihre Geschäfte machen würde, würde sie nach diesem Francis Merriman fragen. Allerdings insgeheim, damit sie ihren Vorteil der Königin nicht verraten würde. Der Überraschungseffekt konnte viel erreichen.

»Du solltest gehen«, murmelte sie, und der Seher nickte geistesabwesend, als hätte er vergessen, wo er war und warum. Er drehte sich weg, und als sich die Tür hinter ihm schloss, kehrte Lune zu ihrem Tisch zurück und sammelte die verstreuten Nadeln ein, die aus ihrem Haar gefallen waren.

Es gab Möglichkeiten. Sie musste einfach eine zur Verwirklichung bringen.

Und zwar schnell, ehe die Strudel bei Hof sie nach unten zerrten.

PALAST VON RICHMOND, RICHMOND
29. *September* 1588

»... Ihr sollt keiner Person oder Personen, egal welchen Ranges oder welcher Stellung, durch Schwur, Uniform, Abzeichen, Versprechung oder anderes verpflichtet sein, sondern nur Ihrer Gnaden, ohne Ihre besondere Erlaubnis ...«

Deven unterdrückte bei diesen Worten eine Grimasse. Wie streng wurden sie durchgesetzt? Das mochte seine Pläne für eine Karriere bei Hof hindern, falls die Königin mit dieser Erlaubnis geizig war. Er wäre nur ihrem Dienst verpflichtet, ohne einen anderen Förderer. Sicherlich dienten einige Männer anderen Herren, doch wie lange hatten sie darum betteln müssen, dass man ihnen das gestattete?

Hunsdon redete immer noch. Der Eid, um den Gentlemenpensionären beizutreten, war fürchterlich lang, aber wenigstens musste er nicht jedes Wort nach dem Hauptmann der Truppe wiederholen. Deven bejahte nur die verschiedenen Punkte, die Hunsdon aufzählte. Er erkannte Elisabeth als Oberhaupt der Kirche an. Er würde nichts verheimlichen, was ihrer Person schaden konnte. Er würde seine vorgeschriebene Zahl an drei Pferden und zwei Dienern behalten, alle ausgestattet, wie es im Kriegsfall nötig wäre. Er würde jeden Kameraden, der in diesen Dingen nachlässig wäre, beim Hauptmann melden. Er würde die Statuten der Truppe einhalten, ihren Offizieren gehorchen, ihre Geheimnisse geheim halten, mit seinen Dienern antreten, wenn nötig, und nicht ohne Erlaubnis den Hof verlassen. Alles wurde natürlich in ausschweifender juristischer Sprache aufgezählt, sodass es doppelt so lange dauerte, etwas zu sagen, wie es der Inhalt selbst bedurft hätte.

Deven bestätigte bei jedem Punkt seine Hingabe, während er vor Hunsdon auf dem Teppich kniete. Wie befohlen hatte er sich feiner gekleidet und seinen Schneider in der Mincing Lane mit seiner Forderung, dass die Kleidung für die heutige Zeremonie am Michaelstag fertig sein musste, in den Wahnsinn getrieben. Das Wams war aus Taft in einem schillernden Dunkelgrün, mit Silbereinsätzen, die munter gegen die Gesetze gegen übertriebenen Luxus verstießen, aber ein Besuch bei Hof hatte gereicht, um Deven zu zeigen, wie wenige Leute sich um jene Beschränkungen scherten. Die Schnürsenkelenden an seinen Schuhen waren emailliert, ebenso der Gürtel, der seine Taille umschloss, und er war jetzt bei einem Goldschmied in Cheapside mit weiteren fünfzig Pfund verschuldet. Als er zuhörte, wie Hunsdon die letzten Worte rezitierte, betete er, dass sich die Ausgaben als lohnend erweisen würden.

»Erhebt Euch, Master Deven«, sagte der Baron schließlich, »und seid bei den Gentlemenpensionären Ihrer Majestät willkommen.«

Der Oberkammerherr legte ihm eine Goldkette um die Schultern, als er aufgestanden war, den zeremoniellen

Schmuck der Gentlemenpensionäre, und überreichte ihm die vergoldete Hellebarde, die er im Dienst tragen würde, wenn er die Tür zwischen Thronsaal und Privatkammer bewachen oder Ihre Majestät am Morgen zur und aus der Hofkapelle eskortieren würde. Deven war vom Gewicht dieses Dings überrascht. Zeremoniell mochte es ja sein, und auch aufwendig verziert, aber keine reine Dekoration. Die Gentlemenpensionäre waren die Eliteleibwache des Monarchen, seit Elisabeths Vater Heinrich, der Achte dieses Namens, beschlossen hatte, dass seine Würde eine bessere Eskorte verlangte, als er bisher besessen hatte.

Ehe Deven die vergoldete Hellebarde nutzen müsste, würde sich natürlich jeder Angreifer durch die königliche Leibgarde in der Wachstube kämpfen müssen, ganz zu schweigen vom Rest der Soldaten und Gardisten, die in jedem Palast stationiert waren, wo der Souverän gerade residierte. Trotzdem war es beruhigend zu wissen, dass er die Mittel hätte, das Leben der Königin zu verteidigen, sollte es notwendig werden.

Das bedeutete, dass *er* auch nicht rein dekorativ war.

Seine Kameraden prosteten ihrem neuesten Mitglied mit Wein zu, und ein Fest sollte gleich folgen. Theoretisch versammelte sich die gesamte Truppe am Michaelstag und drei weiteren Feiertagen bei Hof. Praktisch waren etwas weniger als die vollen fünfzig anwesend. Einigen hatte man anderswo Pflichten zugewiesen, in entfernteren Ecken von England oder sogar im Ausland. Andere waren, wie Deven vermutete, derzeit freigestellt und hatten sich einfach nicht die Mühe gemacht zu kommen. Man konnte einem Mann das Gehalt kürzen, wenn er nicht anwesend war wie befohlen – das stand in den Statuten, die zu befolgen er geschworen hatte –, aber ein ausreichend wohlhabender Mann musste sich kaum Sorgen machen, wenn ihm der Lohn für ein paar Tage abgezogen wurde.

Trotz der Feierlichkeiten kehrten Devens Gedanken immer wieder zu der Frage der Protektion zurück. Seine Blicke suchten in der lachenden, scherzenden Menge von Männern, die die Kammer füllten, in der sie speisten, nach Hunsdon. Die Offiziere der Truppe saßen an einem höheren Tisch – Hunsdon und Fitzgerald, plus drei andere, die der Standartenträger der Kompanie, der Zahlmeister und der Vorläufer waren.

Er konnte Hunsdon fragen. Aber das käme dem gleich, dem Baron zu erklären, dass er vorhatte, einen anderen Herrn zu suchen.

Sicher jedoch wäre das keine Überraschung. Hunsdon wusste, wer Deven die Stellung bei den Gentlemenpensionären gesichert hatte.

Deven fasste reflexartig nach seinem Wein, verzog das Gesicht, dann grinste er in sich hinein. Er wusste nicht, wie er die Sache mit seiner Gönnerschaft regeln sollte, doch eine Sache wusste er: Es war nicht klug, irgendwelche Pläne über derartige Dinge zu schmieden, während er betrunken war. Der Versuch, seinem Hauptmann heikle Fragen zu stellen, wäre sogar noch unklüger. Deshalb war der einzige Weg, dem ein kluger Mann folgen konnte, weiter zu trinken, den Abend zu genießen und sich am Morgen Gedanken über solche Themen zu machen.

PALAST VON RICHMOND, RICHMOND
30. *September* 1588

Deven war schon früher unter Männern vom Militär gewesen. Er hätte damit rechnen sollen, was der Morgen bringen würde. William Russell, der entweder die Konstitution eines Ochsen besaß oder am Vorabend bei Weitem nicht so viel getrunken hatte, wie es schien, kam zu einer Stunde bei seiner Kammer an, die vernünftig gewesen wäre, wenn Deven vor der Morgendämmerung schlafen gegangen wäre, und rollte ihn mit Gewalt aus dem Bett. »Auf die Füße, Mann. Wir können die Königin nicht warten lassen!«

»Hmpf«, sagte Deven und versuchte sich zu erinnern, ob es in den Statuten irgendetwas gab, das ihm verbot, einen seiner Kameraden zu schlagen.

Zu zweit bekamen ihn Colsey und Ranwell, sein neuer Diener, auf die Füße und steckten ihn in seine Kleider. Deven dachte müßig, dass irgendjemand zum Michaelstag ein Wunder arrangiert hatte. Er hatte keinen Kater. Ungefähr zu dem Zeitpunkt, als er sich mit den anderen für die morgendliche Prozession der Königin zur Kapelle aufstellte, wurde ihm bewusst, dass es daran lag, dass er noch betrunken war. Und natürlich hatte Fitzgerald ihn an jenem Tag so zum Dienst eingeteilt, dass er im Thronsaal zur Schau gestellt wurde, als sich der unvermeidliche Kater meldete. Er klammerte sich grimmig an seine Hellebarde, versuchte, sie gerade zu halten, und betete, dass er sich nicht vor seinen Mithöflingen übergeben würde.

Er überlebte, wenn auch nicht glücklich, und bestand die Prüfung, der man ihn unterzogen hatte. Darüber hinaus hatte er seine Belohnung. Die Königin trat aus ihren

Privaträumlichkeiten, gerade als er an seinem Platz von Edward Greville abgelöst wurde, und sie bedachte ihn mit einem Nicken. »Gott schenke Euch einen guten Tag, Master Deven.«

»Und Euch auch, Eure Majestät«, antwortete er und verbeugte sich reflexartig. Die Welt schaukelte etwas, als er das tat, aber er blieb auf den Füßen, und dann war sie fort.

Die Königin erinnerte sich an seinen Namen. Das hätte ihn nicht so sehr freuen sollen, aber natürlich tat es das, und genau deshalb sagte sie es. Elisabeth hatte eine Art, einen Menschen zu grüßen, die ihn sich für den Augenblick, in dem ihre Aufmerksamkeit ihm galt, besonders fühlen ließ. Selbst seine Kopfschmerzen wirkten im Nachhinein nicht so schlimm.

Allerdings kamen sie in voller Stärke zurück, als er fortging. Er überreichte seine Hellebarde Colsey und ließ sich von Ranwell irgendeine Tinktur einflößen, von der der Mann schwor, dass sie selbst den schlimmsten Kater heilen würde. Weniger als eine Minute später rebellierte sein Magen, und er würgte alles wieder hoch. »Flöße mir das noch einmal ein«, sagte Deven zu seinem neuen Diener, »und du wirst feststellen, dass man dich zum Kämpfen nach Irland schickt.«

Colsey, der immer noch nicht begeistert war, dass er seinen Herrn mit einem Emporkömmling teilen musste, schmunzelte.

Deven wusch sich den Mund aus und holte tief Luft, um sich zu stählen. Er wollte wenig mehr, als sich wieder ins Bett fallen zu lassen, aber das würde niemals funktionieren, also widmete er sich stattdessen den anstehenden Geschäften.

Es hatte keinen Sinn, Hunsdon zu befragen, ob es erlaubt sei, sich einen weiteren Förderer zu suchen, wenn er nicht bereits einen solchen Mann hatte, der ihm freundlich gesinnt war. Deven hoffte, dass er einen hatte, doch bis das bestätigt war, wollte er das Thema bei Hunsdon besser gar nicht ansprechen.

Deven straffte seine Schultern, biss die Zähne zusammen und machte sich auf die Suche, Kater oder nicht.

Aber das Glück, das ihm durch die Quälerei am Morgen geholfen hatte, war in dieser Sache nicht auf seiner Seite. Der Staatssekretär war, wie er erfuhr, krank und deshalb vom Hof abwesend. Seine Nachforschungen führten ihn zu einem anderen Mann, der einen dicken Stapel Papiere trug, welcher in Walsinghams Abwesenheit an den Sitzungen des Kronrats teilnahm.

Deven war frech genug, einen Moment von Robert Beales Zeit zu stehlen. Nachdem er sich vorgestellt und sein Ansinnen zumindest in groben Zügen erklärt hatte, fragte er: »Wann wird der Staatssekretär denn wohl zum Hof zurückkehren?«

Beale presste die Lippen zusammen, jedoch nicht, wie Deven feststellte, verärgert oder beleidigt. »Ich kann es nicht sagen«, antwortete der Sekretär. »Er braucht natürlich Ruhe, und Ihre Majestät ist um seine Gesundheit höchst besorgt. Ich würde ihn nicht bald zurückerwarten – mindestens einige Tage und wahrscheinlich länger.«

Noch einmal verdammt. Deven zwang ein Lächeln auf sein Gesicht. »Ich danke Euch für Eure Zeit«, sagte er und trat Beale aus dem Weg.

Er konnte kaum Gefallen von einem Mann auf dem Krankenbett erbitten. Er konnte einen Brief schicken – aber nein. Besser in der Angelegenheit nicht drängeln. So sehr es ihn auch ärgerte, er würde warten müssen und hoffen, dass sich der Staatssekretär schnell erholte.

IM ONYXPALAST, LONDON
20. *Oktober* 1588

Zehntausende Sterbliche lebten in London und noch mehr in den Städten und Dörfern, die es umgaben. Lune konnte nicht einmal ansatzweise abschätzen, wie viele es im gesamten England waren.

Außer zu sagen, dass es zu viele waren, wenn sie versuchte, einen Bestimmten zu finden.

Sie musste bei ihren Nachforschungen diskret vorgehen. Wenn man Tiresias trauen konnte – wenn er wirklich eine Vision gehabt oder etwas belauscht hatte, während er herumschlich –, dann wusste dieser Francis Merriman etwas Nützliches. Daraus folgte, dass sie ihn nicht mit anderen teilen wollte. Doch bisher hatte Diskretion ihr gar nichts gebracht. Der Sterbliche war nicht leicht zu finden.

Als ein spindeldürrer kleiner Kobold kam, um sie vor Vidar zu zitieren, war ihr erster Gedanke, dass es mit ihrer Suche zu tun hatte. Es gab keinen Grund, das zu denken, aber die Alternativen waren nicht wesentlich ansprechender. Lune verheimlichte diese Gedanken und bedachte den Boten mit einem Nicken. »Sag dem Großsiegelbewahrer, dass ich komme, sobald ich kann.«

Der Bote lächelte, wobei er scharfe, goblinartige Zähne zeigte. »Er hat Eure sofortige Anwesenheit verlangt.«

Natürlich hatte er das. »Dann werde ich mit Vergnügen kommen«, sagte Lune und stand auf, noch während sie die höfliche Lüge aussprach.

In besseren Zeiten hätte sie ihn wohl warten lassen können. Vidars erhabener Stand war etwas Neues, und bis vor Kurzem war Lune eine Hofdame mit Zugang zu Invidianas Privatgemächern gewesen, eine der Vertrauten der Königin – sofern sie mit irgendjemandem vertraut war. Diese Freiheit war jetzt dahin. Wenn Vidar sagte, sie sollte springen, dann musste sie springen.

Und natürlich ließ er sie warten. Vidars Aufstieg zum Großsiegelbewahrer hatte ihn zu einem sehr erstrebenswerten Förderer gemacht, reich sowohl an Vermögen als auch Zaubern, und jetzt drängten sich in seinem Vorzimmer hoffnungsvolle Höflinge und Fae vom Land, die um den einen oder anderen Gefallen bitten wollten. Er hatte zwar ihre sofortige Anwesenheit verlangt, doch er gewährte erst einem wilden Schreckgespenst, zwei Elfen aus Devonshire und einem von der Reise beschmutzten Faun in italienischer Kleidung Audienzen, ehe er Lune in die eigentliche Kammer rief.

Er saß auf einem Stuhl am anderen Ende des Raums und stand nicht auf, als sie hereinkam. Einige Fae folgten anderen Moden mit ihrer Kleidung, aber er folgte genau den modernen Stilen. Die Kristalle und der Gagat, die auf sein Wams gestickt waren, glitzerten im Licht, eine offensichtliche Imitation von Invidianas Kleidung. Gerüchte behaupteten, dass das schwarze Leder seiner hohen, eng anliegenden Stiefel die Haut einiger unglückseliger Fae war, die er im Namen der Königin gefangen, gefoltert und hingerichtet hatte, aber Lune wusste, dass die Gerüchte von Vidar selbst kamen. Es war gewöhnliches Hirschleder, nicht mehr. Doch dass er wollte, dass man das glaubte, war vielsagend genug.

Sie machte den Knicks vor ihm, den sein Rang vorschrieb, und kein bisschen mehr. »Lord Ifarren.«

»Lady Lune.« Vidar schwenkte einen Kristallkelch in seinen knochigen Fingern. »Wie freundlich von Euch zu kommen.«

Sie wartete, aber er bot ihr keinen Stuhl an.

Nachdem er sie ausgiebig betrachtet hatte, stellte Vidar den Kelch ab und stand auf. »Wir kennen einander seit langer Zeit, oder nicht, meine Lady? Und wir haben in der Vergangenheit zusammengearbeitet – zu unserem gegenseitigen Nutzen, wie ich es sehe. Es schmerzt mich, Euch so in Ungnade gefallen zu sehen.«

Wie es einen brünstigen Hirsch schmerzte, einen Rivalen unter dem Pfeil eines Jägers fallen zu sehen. Lune senkte bescheiden ihren Blick. »Es ist freundlich von Euch, das zu sagen, mein Lord.«

»Oh, ich habe vor, Euch mehr Freundlichkeit als nur ein mitleidsvolles Wort anzubieten.«

Sofort wurde sie wachsam. Lune fiel nichts ein, was Vidar gewinnen konnte, indem er ihr echte Hilfe anbot, aber das bedeutete nicht, dass er das nicht *würde*. Weil sie so vom inneren Kreis des Hoftratschs abgeschnitten war, hatte er vielleicht irgendein Ass im Spiel, das sie nicht sehen konnte. Aber was würde sie ihm anzubieten haben?

Keine Chance, es herauszufinden, außer tiefer in seine Falle zu treten. »Ich wäre höchst erfreut, alles zu hören, was Eure Lordschaft mir vielleicht anbieten könnte.«

Vidar schnippte mit den Fingern, und ein Paar kleinerer Goblins huschte an seine Seite. Auf seinen Wink fingen sie an, die Schnüre an seinen Ärmeln zu lösen und sie abzunehmen, um die schwarze Seide seines Hemds darunter freizulegen. Vidar ignorierte sie und fragte: »Ihr habt einst für eine längere Zeit unter Sterblichen gelebt, ja?«

»In der Tat, mein Lord.« Er hob eine nadeldünne Augenbraue, und sie erläuterte: »Ich war eine adlige Hofdame für Lady Hereford – wie Lettice Knollys damals genannt wurde. Ihre Majestät befahl mich dorthin, um täglich ein Auge auf den sterblichen Hof zu werfen und ihr dessen Machenschaften zu berichten.«

Der skelettartige Fae schauderte, eine zuckende, insektenähnliche Bewegung. »Ein ziemliches Opfer, das Ihr für die Königin gebracht habt. Tag und Nacht unter einer sterblichen Maske zu leben, von all der Pracht unseres eigenen Hofs abgeschnitten ... Asche und Dornen. Ich würde das nicht noch einmal machen.«

Das konnte wohl die erste aufrichtige Aussage sein, die er getroffen hatte, seit Lune eingetreten war. Vidars eigene sterbliche Maskerade, diejenige, die ihm seine neue Stellung eingebracht hatte, war eher sporadisch als permanent gewesen, und sie hatte ihm nicht gefallen. Lune sagte bescheiden: »Ich habe mich gefreut, Ihrer Majestät in einer solchen Rolle zu dienen.«

»Natürlich habt Ihr das.« Er ließ die zynische Note in der Luft hängen, dann bot er an: »Wein?«

Lune nickte und nahm den Kelch, den ein Goblin ihr brachte. Der Wein war ein feiner Roter, der nach dem rauchigen, verblassenden Licht des Herbstes schmeckte, der feurigen Pracht der Blätter und ihrem trockenen Rascheln unter den Füßen, dem wachsenden Beißen der Winterkälte. Sie erkannte ihn vom ersten Schluck an: sicher eine der letzten verbliebenen Flaschen, die man Invidiana als Geschenk mitgebracht hatte, als Madame Malline le Sainfoin de Veilée den alten Botschafter aus Frankreich abgelöst hatte. Einige Jahre zuvor war das gewesen. Madame Malline war im Onyxpalast geblieben, als der Botschafter von den Höfen des Nordens abgereist war, doch die Beziehungen waren angespannt. Es würde keine derartigen Geschenke mehr geben, nicht für eine lange Zeit.

»Vielleicht«, sagte Vidar und riss sie aus ihrer Träumerei, »habt Ihr eine Gelegenheit, wieder Ihrer Majestät zu dienen.«

Sie konnte nicht ganz verbergen, wie sehr ihr Interesse plötzlich geweckt war. »Sprecht weiter.«

»Kehrt an den sterblichen Hof zurück.«

Der plumpe Vorschlag ließ ihr den Atem stocken. Wieder unter Sterblichen zu leben ... Es war anstrengend, gefährlich und vergnüglich. Wenige Fae hatten Talent dafür oder fanden sogar Gefallen daran. Kein Wunder, dass Vidar nach ihr geschickt hatte.

Aber welchen Zweck hatte er im Sinn? Sicher nicht ihre frühere Zielperson, Lettice Knollys. Wenn die Bruchstücke an Klatsch, die Lune gehört hatte, zutreffend waren, war sie nicht länger bei Hof. Sie war wegen des Todes ihres zweiten Ehemanns, des Earls von Leicester, in Trauer.

Lune nahm einen weiteren Schluck Wein. Dieser brannte mehr als der erste. »Zurückkehren, mein Lord? Zu welchem Zweck?«

»Natürlich um Informationen zu sammeln, wie Ihr es zuvor getan habt.« Vidar hielt inne. »Und vielleicht, um Zugang zu – oder sogar ein Druckmittel gegen – eine gewisse Person zu erlangen.«

Sie hatte sich in letzter Zeit zu viel mit Fae-Politik beschäftigt: dem Handel mit dem Volk des Meeres, den Überfällen von Alfarschiffen, den nie endenden Spannungen mit den Höfen des Nordens. Lune verwünschte sich, weil sie die Taten der Sterblichen nicht genauer im Auge behalten hatte. Sie wusste nicht, wer jetzt prominent war oder wem sie ihrem Auftrag gemäß Schwierigkeiten machen sollte. Vielleicht würde sie den Namen, den Vidar ihr sagen würde, nicht einmal erkennen. »Und wer könnte das sein, mein Lord?«

»Sir Francis Walsingham.«

Geschliffener Kristall grub sich in ihre Finger. Lune sagte bedächtig: »Ich glaube, ich erkenne diesen Namen.«

»Das solltet Ihr. Für einen Sterblichen hat er eine recht lange Zeit durchgehalten und ist hoch aufgestiegen. Erster Staatssekretär von Königin Elisabeth ist er jetzt.« Vidar machte einen Wink, und ein Goblin brachte ihm wieder seinen Weinkelch. »Habt Ihr ihn je getroffen?«

»Er kam erst an den Hof, nachdem ich meine Maskerade beendet hatte.« Allerdings wusste sie, wer er war – und das reichte, um sich zu fürchten.

»Ihr werdet ihn leicht genug finden. Der sterbliche Hof ist derzeit in Richmond, wird aber binnen kurzer Zeit nach Hampton Court umziehen. Dort könnt Ihr Euch anschließen.«

Lune reichte ihren Kelch einem Diener. Der Wein schmeckte zu sehr nach Bedauern und bevorstehendem Verlust. »Mein Lord, ich habe noch nicht gesagt, dass ich diese Aufgabe annehme.«

Ein dünnes, raubtierhaftes Lächeln zog sich über Vidars Gesicht. Mit schnurrender Stimme sagte er: »Ich glaube nicht, dass Ihr eine Wahl habt, Lady Lune.«

Wie sie befürchtet hatte. Aber was war das größere Risiko: sich zu weigern oder zu akzeptieren? Egal welchen Honig Vidar nutzte, um es zu glasieren, er bot ihr diese Aufgabe nicht an, weil er ernsthaft sehen wollte, wie sie ihre vergangenen Fehler wiedergutmachte. Walsingham war nicht nur Staatssekretär. Er war einer der obersten Geheimdienstler an Elisabeths Hof. Und sein Protestantismus war von der puritanischen Art, die annahm, dass alle Fae verkleidete Teufel waren. Jeder Versuch, an ihn heranzutreten, und noch viel mehr, ihn zu überwachen, konnte wohl darin resultieren, dass er sie ertappte, und sollte er sie ertappen ...

Nur sterbliche Nahrung, die man den Fae als Zehnten gab, schützte Zauber und andere Magie. Eine kurze Zeit im Gefängnis konnte in einem Desaster enden.

Nahrung. Lune sagte: »Solche Maskeraden sind teuer, Lord Ifarren. Um eine glaubwürdige Präsenz bei Hofe aufrechtzuerhalten, muss man jeden Tag dort sein. Sterbliches Brot ...«

»Das werdet Ihr bekommen«, erwiderte Vidar herablassend. »Ein Kobold wird es Euch jeden Morgen bringen – oder abends, falls Euch das lieber ist.«

Er hatte viel zu leicht kapituliert. »Nein. Ein solcher Plan lässt keinen Spielraum zur Sicherheit übrig. Würde man mir irgendwelche Verpflichtungen andernorts befehlen und ich würde den Boten verpassen, würden wir eine Enttarnung riskieren. Einen ganzen Laib auf einmal, oder mehr als einen.« Ein ganzer Laib, von dem man nur aß, wenn es nötig wurde, konnte in einer sterblichen Tarnung eine recht lange Reise überbrücken. Lange genug vielleicht, um in einem anderen Land Sicherheit zu finden.

Wenn es wirklich zum Schlimmsten kommen sollte.

Vidars zynische Augen schienen ihre Gedanken zu durchblicken. »Ihr überschätzt das Vertrauen, das Ihre Majestät in Euch setzt. Doch eine Woche könnte arrangiert werden. Vielleicht an Freitagen. Die Sterblichen vermuten, dass wir diesen Tag bevorzugen. Wir können ebenso ihrer Fantasie entsprechen. Und dann braucht Ihr deren heiligen Tag nicht zu fürchten. Ich entnehme aus diesem harten Verhandeln, dass Ihr eingewilligt habt?«

Hatte sie das? Lune entgegnete Vidars Blick, suchte in der tiefen Schwärze seiner Augen nach einem Hauch von – etwas. Irgendetwas. Irgendeinem Krümel Informationen, der sie vielleicht leiten würde.

Sie konnte sich nicht einmal sicher sein, ob diese Befehle von Invidiana kamen. Vidar konnte sie wohl erfunden haben, als Mittel, um sie dauerhaft aus dem Weg zu räumen.

Nein. Nicht einmal er würde den Onyxpalast auf solche Art in Gefahr bringen, indem er riskierte, dass ihre wahre Natur enthüllt würde.

... Oder würde er das doch? Sein Streben war in den höhergestellten Kreisen bei Hof kein Geheimnis. Selbst Invidiana wusste, dass ihr Ratgeber den Thron begehrte. Während die Wilde Jagd die Königin vernichten und den Onyxpalast Stein um Stein abreißen wollte, war Ifarren Vidar subtiler. Er würde alles lassen, wie es war, aber die Krone für sich selbst beanspruchen. Wenn er nur einen Weg finden konnte.

War es das? Sollte Lune eine Marionette in irgendeinem geheimen Plan von ihm werden?

Falls ja – wenn sie das Muster aufdecken und Invidiana informieren konnte ...

Es gab mehr als einen Weg zurück in ihre Gunst.

Lune breitete ihren Rock aus und erwies ihm keinen bescheideneren Knicks als zuvor. Bescheidenheit würde ihm verdächtiger vorkommen als Stolz. »Ich bin äußerst dankbar für die Chance, Ihrer Majestät zu Diensten zu sein.«

»Natürlich.« Vidar betrachtete sie zufrieden. »Würdet Ihr Euch gerne setzen, Lady Lune? Ich habe eine Beschreibung der Rolle, die Ihr annehmen sollt, vorbereitet …«

»Lord Ifarren.« Sie hatte Vergnügen daran, ihn zu unterbrechen. »Meine Aufgabe soll so sein, wie Ihr gesagt habt? Informationen zu sammeln und Zugang zu Sir Francis Walsingham zu bekommen?«

»Und Druckmittel, welcher Art auch immer es sich anbieten mag.«

Nichts würde sich von selbst *anbieten*, aber sie würde vielleicht persönlich etwas erschaffen. Doch das tat nichts zur Sache. »Dann werde ich meine eigene Rolle kreieren, so, wie es mir Ihre Majestät in der Vergangenheit zugetraut hat.«

Missfallen verzerrte seinen Mund. »Ihre Majestät hatte Euch ebenfalls zugetraut, hart mit dem Meeresvolk zu verhandeln.«

Lune verdammte den Tag, an dem man sie unter die Wellen entsandt hatte. Vidar war nicht dort gewesen, mit der Aufgabe, die Bewohner eines fremdartigen Landes zu überzeugen, dass die Machenschaften der Sterblichen sie etwas angingen. Sie mochten zwar Fae sein, doch anders als ihre an Land lebenden Geschwister hatten die Meerjungfrauen und Meereszentauren und anderen Meereswesen nicht die derzeitigen Gebräuche der höfischen Herrschaft angenommen. Und ihre Vorstellung von Interaktionen mit Menschen hatte mit Schiffbruch und einem gelegentlichen Liebhaber, nicht mit Politik zu tun. Sie hatte Glück gehabt, dass sie *irgendetwas* gefunden hatte, das sie wollten.

Aber das zu sagen, würde verdrossen und schwach klingen. Stattdessen sagte sie: »Ihr verachtet das sterbliche Leben, Lord Ifarren. Würdet Ihr ein Pferd reiten, das von jemandem aufgezogen wurde, der Tiere hasst?«

»Ich kenne Walsingham«, sagte Vidar.

»Und ich werde mir ganz bescheiden Eure Ratschläge anhören, sofern er betroffen ist. Doch Ihr habt nach mir geschickt, weil es im Onyxpalast niemanden gibt, der in dieser Kunst talentierter ist als ich. Wenn ich mich dem sterblichen Hof annähere, werde ich das zu meinen eigenen Bedingungen tun.«

Die Kampfansage hing zwischen ihnen in der Luft. Dann winkte Vidar mit einer Hand, als sei es egal. »So sei es. Ich werde Euch über die Bewegungen des Hofs informieren. Und *Ihr* werdet *mich* über Eure gewählte Rolle informieren, ehe Ihr Euch ihnen anschließt.«

»Ich werde davor etwas Brot benötigen.«

»Warum?« Jetzt war er derjenige, der verdrossen klang.

Lune sagte ruhig: »Um mich mit der Situation vertraut zu machen, mein Lord. Ich war seit vielen Jahren nicht mehr an diesem Hof.«

»Ach, na gut. Jetzt geht mir aus den Augen. Ich habe andere Dinge zu erledigen.«

Lune machte ihren Knicks und zog sich zurück. Falls Vidar vorgehabt hatte, sie in eine Position zu bringen, in der sie scheitern würde, war sie zumindest einer Falle entgangen. Und mit der Ration, die man ihr geben würde, konnte sie sich erlauben, ihr eigenes Brot gegen Informationen bei anderen Fae einzutauschen.

Vor langer Zeit hatte sie sich ihren Weg von der Bedeutungslosigkeit zu einem begünstigten Stand hochgearbeitet, indem sie klug handelte und zum richtigen Zeitpunkt Dienste leistete. Wenn sie das einmal geschafft hatte, konnte – und würde – sie es wieder schaffen.

PALAST HAMPTON COURT, RICHMOND

14. Oktober 1588

Deven ritt in den geräumigen äußeren Hof des Palasts und stieg beinahe schon ab, ehe sein brauner Wallach zum Stehen kam. Die Oktoberluft trug seit Sonnenuntergang eine merkliche Kühle, die in seine Wangen biss, und seine Finger waren in den Handschuhen kalt geworden. Es braute sich ein Sturm zusammen, der der sanften Herbstwärme des Nachmittags nachfolgen würde. Deven drückte seine Zügel einem Diener in die Hand, rieb die Finger aneinander und ging zu dem Torbogen, der tiefer in den Palast führte.

Eine Treppe zu seiner Linken innerhalb des Tors führte nach oben zu der altmodischen Großen Halle. In Hampton Court war der veraltete Raum nicht länger der zentrale Versammlungsort für Monarch und Adlige, sondern wurde meistens den Dienern des Haushalts überlassen, außer zu Gelegenheiten, die nach großem Pomp verlangten. Deven durchquerte ihn, ohne innezuhalten, und ging zu den Kammern dahinter, wo er jemanden finden konnte, der vielleicht die Antwort auf seine Frage wüsste.

Die Königin nutzte diesen Trakt nicht als ihre persönlichen Gemächer, sondern hatte sich in einen anderen Teil des riesigen Palasts zurückgezogen, doch trotz der späten

Stunde war eine Anzahl niedriger gestellter Höflinge immer noch in einem Raum versammelt, der manchmal als Wachstube der Königin benutzt wurde. Von ihnen erfuhr er, dass Elisabeth eine schlaflose Nacht hatte, wie so oft seit dem kürzlichen Tod ihres Favoriten, des Earls von Leicester. Um sich abzulenken, war sie in einen Trakt an der Südseite des Brunnenhofs gegangen, um zu lauschen, wie eine ihrer Hofdamen am Spinett spielte.

Die Tür wurde natürlich bewacht, und Deven gehörte nicht zu jenem Eliterang der Höflinge, die ohne Einladung die Königin stören konnten. Er verbeugte sich vor seinen beiden Kameraden von den Gentlemenpensionären, dann wandte er sich an den Kammerdiener mit den müden Augen, der erfolglos versuchte, ein Gähnen zu unterdrücken.

»Meine aufrichtigste Entschuldigung, dass ich Ihre Majestät störe, doch man hat mich hergeschickt, um ihr eine Botschaft von einiger Wichtigkeit zu überbringen.« Deven holte das versiegelte Pergament heraus und überreichte es mit einer weiteren Verbeugung. »Es war Sir James Crofts ausdrücklichster Wunsch, dass sie Ihrer Gnaden so bald wie möglich überbracht wird.«

Der Kammerdiener nahm es mit einem Seufzen. »Worum geht es bei der Nachricht?«

Deven schluckte die mürrische Antwort hinunter, die sein erster Reflex war, und sagte mit schlecht überspielter Verärgerung: »Ich weiß es nicht. Sie ist versiegelt, und ich habe nicht nachgefragt.«

»Also gut. Wollte Sir James eine Antwort?«

»Das hat er nicht gesagt.«

»Dann wartet hier.« Der Kammerdiener öffnete die Tür und schlüpfte hinein. Heraus schwebte eine unzusammenhängende Melodie vom Spinett und ein weibliches Lachen. Nicht das der Königin.

Als der Kammerdiener wieder herauskam, hielt er etwas in der Hand. »Keine Antwort an Sir James«, sagte er, »aber Ihre Majestät bittet Euch, diese zurück in die Paradieskammer zu bringen.« Er hielt ein Paar Elfenbeinflöten hoch.

Deven nahm sie zögerlich und versuchte, sich einen Ausweg einfallen zu lassen, damit er sich nicht blamieren würde. Er scheiterte. Der Kammerdiener lächelte ihn mitleidsvoll an und fragte: »Kennt Ihr den Weg?«

»Nein«, gestand er gezwungenermaßen. Hampton Court war in Etappen gewachsen. Jetzt war es eine weitläufige Ansammlung von Höfen und Galerien, die in England nur von Whitehall selbst übertroffen wurde, das, wie ihm seine Kameraden versicherten, noch verwirrender zu erkunden war.

»Der schnellste Weg wäre durch diese Kammern zur Langen Galerie«, sagte der Kammerdiener. »Aber weil sie benutzt werden, geht Ihr zurück zur Großen Halle ...«

Es war nicht so schlimm, wie er befürchtete. Zwei Galerien führten von Norden nach Süden durch den hinteren Teil des Palasts und verbanden die Lange Galerie im Süden mit den Kammern, wo Elisabeth während dieses Besuchs zu residieren beschlossen hatte. In der südöstlichsten Ecke des Palasts, am anderen Ende der Langen Galerie, lag die Paradieskammer.

Deven sperrte die Tür auf und ließ die Flöten beinahe fallen. Die Kerze, die er trug, warf Tausende glitzernde Lichtpunkte zurück. Als er sie hob, sah er, dass die finstere Kammer dahinter bis an die Wände mit unbeschreiblichen Reichtümern vollgestopft war. Zahllose Juwelen und Barren aus

Gold und Silber. Reich bestickte Wandteppiche aus gefärbter Seide. Perlenbesetzte Kissen. Und eine Wand wurde von einem unbenutzten Thron unter einem Baldachin dominiert. Das königliche Wappen von England schmückte den Baldachin, von einem Hosenband eingerahmt, und der Diamant, der am Ende des Hosenbands hing, hätte Deven den Rest seines Lebens in großem Stil verbringen lassen können.

Ihm wurde bewusst, dass er die Luft angehalten hatte, und er zwang sich wieder zum Atmen. Nein, nicht den Rest seines Lebens. Zehn Jahre vielleicht. Und zehn Jahre Reichtum würden ihm nicht viel nützen, wenn er hingerichtet würde, weil er ihn gestohlen hätte.

Der gesamte Inhalt des Raums allerdings ...

Kein Wunder, dass sie ihn Paradies nannten.

Er legte die Flöten auf einen Tisch, in den Perlmutt eingearbeitet war, und ging wieder hinaus, dann versperrte er die Tür zu dem atemberaubenden Schatz darin, ehe dieser ihn noch mehr in Versuchung führen konnte. *Sie würden ein kleines Stück wohl kaum vermissen, in all dem Durcheinander ...*

Vielleicht waren es seine eigenen schuldbewussten Gedanken, die ihn so nervös machten. Als Deven ein Geräusch hörte, wirbelte er wie ein aufgeschrecktes Tier herum und sah jemanden, der nicht weit von ihm entfernt stand.

Nach einem Augenblick entspannte er sich etwas. Regen hatte angefangen, auf die Welt draußen zu prasseln, und verdeckte den Mond, sodass die Lange Galerie nur von seiner einen Kerze erleuchtet wurde, nicht genug, um ihm die Gestalt deutlich zu zeigen, doch der Silhouette fehlte die Robe oder die aufgeplusterte Kleidung, die sie zu einem alten Höfling oder einem jungen gemacht hätte. Außerdem, erinnerte er sich, musste er sich wegen nichts schuldig fühlen. Er hatte nicht mehr als das getan, was man ihm befohlen hatte, und niemand, Diener oder sonst wer, konnte die begehrlichen Gedanken in Devens Kopf hören.

Aber das erinnerte ihn an seine Pflichten. Obwohl die Königin nicht anwesend war, war er sicherlich auch verpflichtet, das zu verteidigen, was ihr gehörte. »Stehen bleiben«, sagte er und hob die Kerze, »und identifiziert Euch.«

Der Fremde rannte weg.

Deven jagte ihm hinterher, ohne nachzudenken. Die Kerze verlosch, ehe er zwei Schritte weit gekommen war. Er ließ sie mitsamt Halter fallen, damit er sich durch die Tür stürzen konnte, durch die der Fremde verschwunden war. Sie war nur ein kurzes Stück von der Paradieskammer entfernt, und als er hindurchstürmte, fand er sich in einem Treppenhaus wieder, wo Fußtritte über ihm hallten.

Zu dem Zeitpunkt, als er den dritten Stock erreichte, war der Fremde verschwunden, aber die Schritte führten weiter nach oben in ein zweites Treppenhaus, das enger war und in einer halbhohen Tür endete, die offensichtlich für Wartungsarbeiten genutzt wurde. Deven riss die Tür auf und zwängte sich hindurch in den kalten, strömenden Regen.

Er war auf dem Dach. Zu seiner Rechten schützten flache Zinnen die Kante zur niedrigeren Paradieskammer. Er sah nach links über die steilen Bleiplatten und konnte gerade noch die Gestalt des Fremden ausmachen, wie er über das Dach rannte.

Es war Wahnsinn, jemanden über ein Dach zu jagen, wo sein Untergrund durch regennasses Blei trügerisch geworden war. Doch Deven hatte nur einen Augenblick, um sich zu entscheiden, wie er handeln sollte, und sein Blut war in Wallung.

Er verfolgte ihn.

Das Dach war ein fremdartiges Land, lauter steile Winkel und Kanten mit Zinnen, über denen sich hier und da Türmchen wie Masten ohne Segel erhoben. Der Pfad, den der Fremde nahm, war aber gerade und eben, nicht von Kammern unterbrochen, und genau das war es, was Deven in seinem bruchstückhaften Plan von Hampton Court Orientierung gab: Sie rannten gerade über das Dach der Langen Galerie, zurück in die Richtung, aus der er gekommen war.

Im Kopf hörte er den Kammerdiener sagten: *Der schnellste Weg wäre durch diese Kammern …*

Die Galerie führte direkt zu dem Raum, wo Elisabeth mit ihren Hofdamen saß und sich ihre Schlaflosigkeit mit Musik vertrieb.

Deven verdoppelte seine Anstrengung, schlug jede Vorsicht in den Wind und blieb hauptsächlich deshalb auf den Füßen, weil ihn sein Schwung vorwärts trug, ehe er stürzen konnte. Er holte zu dem Fremden auf, nicht nahe genug, um ihn zu packen, aber fast …

Ein Blitz zuckte über den Himmel und machte ihn halb blind, und als Donner direkt darauf folgte, versuchte Deven zu spät, anzuhalten.

Ziegel schlugen gegen seine Knie und bremsten seinen Schritt sofort. Doch sein Gewicht riss ihn vorwärts. Er stürzte über die Zinnen und ruderte verzweifelt mit den Armen, bis die Finger seiner linken Hand etwas packten und ihn in einem Schwung, der seine Schulter beinahe ausrenkte, herumschleuderten. Seine rechte Hand fand gerade rechtzeitig einen Ziegelstein, um ihn davor zu bewahren, dass er den Halt verlor und ein ganzes Stockwerk tief auf das niedrigere Dach unter ihm fiel.

Er hing an den Zinnen, japste nach Luft, und der Regen prasselte in Wasserströmen durch sein Haar und seine Kleidung und bildete Lachen in seinen Stiefeln.

Seine linke Schulter und Hand schmerzten von der Wucht, mit der sie seinen Sturz abgefangen hatten, aber Deven zog sich hoch, vor Anstrengung grunzend, bis er endlich einen Fuß über die Ziegel haken und seinen Körper über die Kante wuchten konnte. Dann sank er auf den schmalen Sims, wo die Dachschräge an die niedrige Zinnenmauer stieß, und ließ sich selbst verarbeiten, dass er nicht in den Tod stürzen würde.

Der Fremde.

Deven drehte sich, um über die Mauer auf das Dach der Kammern zu blicken, wo Elisabeth gerade dem Spinett lauschte. Er sah nirgends auf dem regennassen Blei eine Spur des Eindringlings, und an den Türmchen, die an den Ecken des Anbaus aufragten, standen keine Luken offen. Über dem Grollen des Gewitters hörte er leise Musik. Doch das bedeutete gar nichts, außer dass noch niemand verletzt worden war.

Selbst wenn Deven den Sprung nach unten geschafft hätte, konnte er nicht zur Königin hineinplatzen, nass bis auf die Knochen und mit zerrissenem Wams, dessen Futter wie weiße Baumwolleingeweide herausquoll. Er schob sich auf die Füße, zuckte zusammen, als seine geprellten Knie schmerzhaft stachen, und begann zurück über die Lange Galerie zu humpeln, zu der Tür, die ihn ursprünglich dort hinaufgeführt hatte.

Seine Neuigkeiten sorgten, wie vorherzusehen war, für einen fürchterlichen Aufruhr, und bald wurden sehr viele Leute aus dem Bett geworfen, doch der Eindringling war spurlos verschwunden. Einige Zeit später fand sich Deven, nicht länger triefend, aber immer noch beträchtlich nass, vor Lord Hunsdon wieder und musste ihm die Geschichte erzählen, von seiner Ankunft in Hampton Court an jenem Abend bis zum aktuellen Augenblick.

»Ihr habt nichts von seinem Gesicht gesehen?«, fragte Hunsdon und tappte mit den Fingern in einem besorgten Rhythmus auf den Schreibtisch vor ihm.

Deven war gezwungen, den Kopf zu schütteln. »Er trug eine Kappe, die er weit über den Kopf gezogen hatte, und wir standen ein Stück auseinander, mit nur einer Kerze als Beleuchtung. Er wirkte wie ein kleinerer Kerl und war eher wie ein Arbeiter als ein Adliger gekleidet, aber mehr als das kann ich nicht sagen.«

»Wo, glaubt Ihr, ist er hin, nachdem Ihr ihn verloren hattet?«

Die Kammern dort waren in der Ecke mit den Höflingsquartieren verbunden, die den äußeren Hof umringten. Von dort hätte der Mann beinahe überall hinrennen können, obwohl ihn die gewaltige Höhe der Großen Halle gezwungen hätte, den Innenhof zu umgehen, wenn er irgendwo anders hingewollt hätte. Es gab keinen guten Zugang zum Boden. Alles war mindestens zwei Stockwerke hoch. Mit einem Seil mochte er wohl durch ein Fenster im ersten Stock gekommen sein, aber sie fanden kein solches Seil und auch keine Spur davon, dass ein sehr nasser Mann irgendwo nach drinnen gekommen war.

Das Letzte, was Deven von dem Mann gesehen hatte, war, als sie das Ende der Galerie erreicht hatten und der Fremde … über die Kante gesprungen war.

Nein, nicht ganz. Der Mann war gesprungen, ja, aber nach oben, in die Luft – nicht, wie ein Mann springen würde, wenn er vorhätte, auf einem geneigten Dach weiter unten zu landen.

Danach bot ihm sein Gedächtnis nur das Flattern von Schwingen an.

Er schüttelte wieder den Kopf und zitterte in seinen kalten, unbequemen Kleidern. »Ich weiß es nicht, mein Lord. Hinaus in die Gärten vielleicht, und von dort in die Themse. Oder vielleicht erwartete ihn ein Boot.« Wie er von einem Dach über dem ersten oder zweiten Stock in die Gärten gekommen war, konnte Deven nicht sagen, aber er hatte keine bessere Erklärung anzubieten.

Ebenso wenig, schien es, hatte Hunsdon eine. Der Mund des Barons war zu einer grimmigen Linie verzogen. »Es scheint, dass die Königin für den Augenblick in Sicherheit ist. Aber wir werden uns vor zukünftigem Ärger in Acht nehmen. Falls Ihr den Kerl noch einmal seht ...«

Deven nickte. »Ich verstehe, mein Lord.« Er konnte wohl auf der Straße an dem Mann vorbeigehen und ihn nicht erkennen. Aber Deven glaubte jetzt, wie er es zuvor nicht wirklich geglaubt hatte, dass die Feinde der Königin eine Bedrohung für ihr Leben darstellten. Seine Pflicht war größer, als einfach mit einer vergoldeten Hellebarde vor ihrer Tür zu stehen.

Er betete, dass eine solche Bedrohung nicht noch einmal kommen würde. Doch falls sie es tat, würde er beim nächsten Mal effektiver darin sein, sie aufzuhalten.

ERINNERUNG
12. Juli 1574

Der schlafende Mann lag in einem unordentlichen Haufen auf seinem Bett. Die Decken, die er vor einiger Zeit weggetreten hatte, enthüllten einen alternden Körper, einen hängenden Bauch, der gewöhnlich vom Gansbauch an der Vorderseite seines Wamses verborgen wurde, und sein dunkles Haar war schütter. Er war immer noch ausreichend in Form – nicht halb so heruntergekommen wie einige andere Höflinge –, aber die Jahre fingen an, ihren Tribut von ihm zu fordern.

In seinen Gedanken aber, in seinen Träumen, war er immer noch der junge Mann, der er vor ein oder zwei Jahrzehnten gewesen war.

Was dem Ansinnen des Wesens, das ihn in jener Nacht besuchen kam, sehr gelegen kam.

Wie es hineingeschlüpft war, hätte kein Beobachter sagen können. Unter der Tür durch vielleicht, oder aus dem Stoff der Schatten selbst. Es zeigte sich zuerst als Wirbel in der Luft, der sich zu einer vagen Gestalt verdichtete, welche sanft durch die Kammer trieb, bis sie das Bett erreichte.

Die Gestalt schwebte über dem schlafenden Mann und nahm eine festere Form und Farbe an. Ein flatterndes Leinenhemd, befreit von den Zwängen von Korsett und Surkot und dem üblichen Tand des Hofs. Rotbraunes Haar, das offen hing, während seine Spitzen nicht ganz den Mann darunter berührten. Eine hohe Stirn und karminrote Lippen, die sich zu einem einladenden Lächeln teilten.

Der Mann seufzte und entspannte sich tiefer in seinen Traum.

Robert Dudley jagte, ritt in einem schnellen Galopp über offene Felder und verfolgte Hunde, die bellend riefen, dass sie Beute gesichtet hatten. An seiner Seite ritt eine Frau, eine rothaarige Frau. Er dachte kurz, dass sie vor einem Augenblick jemand anderer gewesen war – sicher war es so –, doch jetzt war sie jünger, ihr Haar hatte eine dunklere Rotfärbung.

Und sie ritten nicht, sie spazierten, und die Hunde waren verschwunden. Ein freundlicher Bach lachte vor sich hin, irgendwo im Schilf auf einer Seite verborgen. Das Sonnenlicht war warm und warf ein golden-grünes Leuchten zwischen den Bäumen durch. Vor ihnen öffnete sich die Landschaft zu einer Wiese, wo etwas im Gras stand. Ein Gebäude. Eine Kemenate.

Gardinen flatterten einladend um das Bett, das darin stand.

Die Kleidung verschwand mit einem Gedanken, brachte sie Haut an Haut, und gemeinsam stürzten sie in das Bett. Rotbraunes Haar fiel um ihn, eine zweite Gardine, und Robert Dudley starrte hingebungsvoll ins Gesicht von Lettice Knollys. Jede Logik und jeder Verstand zerbrachen unter dem Ansturm der Leidenschaft, der ihn überwältigte.

Es war einfach genug, die Flammen einer anfänglichen Tändelei zu einem Flächenbrand zu entfachen. Er würde sich an dies nicht erinnern, wenn er aufwachte, nicht als irgendetwas mehr als einen unklaren Traum, doch es würde trotzdem seinen Zweck erfüllen. Und wenn Lettice Knollys in Wahrheit Lettice Devereux, Lady Hereford, und anderweitig verheiratet war, machte das keinen Unterschied. Dudley musste sie nicht heiraten. Er musste ihr nur sein Herz schenken und es von dem Ziel abwenden, auf das es schon immer fixiert gewesen war: seine geliebte Königin Elisabeth.

Robert Dudley, Earl von Leicester, stöhnte aus tiefster Kehle, als er sich auf dem Bett wand, und war sich nichts bewusst als des Traums, der seine Gedanken erstickte. Über ihm schwebte die geisterhafte Gestalt von Lettice Knollys, perfekt, wie sie es nie gewesen war, selbst in der Blüte ihrer Jugend.

Die Gelehrten in Europa sprachen über Dämonen, die sie Succubi nannten. Doch mehr als eine Art von Kreatur auf der Welt verfügte über solche Macht, und nicht alle dienten dem Teufel.

Einige dienten einer Feenkönigin und führten mit Vergnügen ihre Befehle aus, indem sie ihren treusten und standhaftesten Bewunderer von der sterblichen Königin abwendeten.

Ein Mann konnte an einer solchen Übersättigung sterben. Die geisterhafte Gestalt verlor ihre Umrisse, verblasste wieder zu vagem Nebel, und mit einem unerfüllten Seufzen sank der Earl von Leicester in einen traumlosen Schlaf.

Es würde andere Nächte geben. Die Kreatur, die ihn besuchte, betrachtete sich als Künstler. Sie würde ihn langsam und schrittweise bearbeiten, sein Sehnen aufbauen, bis er an niemanden sonst mehr dachte. Und wenn sich sein Herz von der sterblichen Königin abwandte und das Werk der Kreatur hier getan wäre ...

Es würde andere Sterbliche geben. Invidiana hatte immer Verwendung für einen Künstler.

PALAST VON WHITEHALL, WESTMINSTER
3. *November* 1588

Deven stand vor dem polierten Spiegel und strich sich mit einer Hand übers Kinn, um nach Stoppeln zu tasten. Colsey hatte ihn an jenem Morgen rasiert, und sein Haar war frisch in einen der gedämpfteren Stile, die derzeit modern waren, geschnitten. Er trug ein rosenrotes Wams mit einem tiefen Kragen, das er erst am Vortag vom Schneider abgeholt hatte, als der Hof seinen Umzug nach Whitehall beendet hatte, und selbst seine flachen Schuhe waren mit Seidensenkeln geschnürt. Er sah besser aus als damals, als man ihn zum ersten Mal der Königin präsentiert hatte, doch er fühlte sich beinahe genauso inadäquat.

Hinter ihm sagte Colsey: »Brich besser auf, Herr.«

Die Erinnerung war willkommen, wenn auch etwas überheblich – Colsey vergaß gelegentlich, dass er nicht Devens Vater war und ihn herumkommandieren durfte. Darauf holte Deven tief Luft, wandte sich von seinem verschwommenen Spiegelbild ab und ging auf die Tür zu wie ein Mann beim Turnier.

Turnier. Er hatte darüber nachgedacht, sich für das Tjosten am kommenden Tag der Thronbesteigung zu melden, wusste jedoch, dass es eine Verschwendung seiner Zeit und seines Geldes wäre. Sicher konnte man der Königin ins Auge fallen, wenn man sich gut schlug, aber er war mit der Lanze höchstens durchschnittlich. Er würde sich mit dem üblichen Festzug der Gentlemenpensionäre zufriedengeben müssen, die sich während der Feierlichkeiten um Elisabeth tapfer zur Schau stellen würden.

Er fand es allerdings schwierig, sich auf einen Festzug zu konzentrieren, wenn seine Füße ihn auf eine echte Chance auf Erfolg am Hof zuführten.

Er fummelte an den Schlaufen unten an seinem neuen Wams herum und fragte sich, ob es zu frivol wirkte. Ein nutzloser Gedanke – er hatte nicht die Zeit, um sich umziehen zu gehen –, aber er zweifelte heute an jeder Ecke an sich.

Deven biss die Zähne zusammen und versuchte, seine Nerven im Zaum zu halten.

Mehrere Männer waren in der Kammer, als er ankam, und einige weitere kamen und gingen. Das war die unvermeidliche Konsequenz der Abwesenheit vom Hof, selbst wenn jemand wie Beale einem die Pflichten abnahm. Aber Deven wurde erwartet, und so musste er nur kurz Geduld haben, ehe er in die nächste Kammer geschoben wurde, wo der Staatssekretär hinter einem kleinen Papierberg saß.

Deven schritt durch den halben Raum und kniete sich dann auf den Teppich. »Herr Sekretär.«

Sir Francis Walsingham wirkte im düsteren Novembersonnenlicht, das durch die schmalen Fenster des Palasts gefiltert wurde, müde. Man hatte nicht gelogen, als man sagte, er sei krank. Die Anzeichen davon zeigten sich deutlich. Deven hatte ihn schon zweimal getroffen – der Rest ihrer Verhandlungen war über Mittelsmänner gelaufen –, und so hatte er eine ausreichende Vergleichsgrundlage. Walsingham war für einen Engländer ein dunkler Typ, aber seine Haut hatte einen bleichen, ungesunden Anschein, und unter seinen Augen waren Ringe zu sehen.

»Ich freue mich«, sagte Deven, »dass Gott es für angebracht hielt, Eure Gesundheit wiederherzustellen.«

Walsingham bedeutete ihm aufzustehen. »Meine Krankheit war unglücklich, aber nun ist sie vorbei. Beale sagt mir, Ihr habt eine Angelegenheit, um die Ihr mich bitten wollt.«

»In der Tat.« Er hatte mehr Vorgeplänkel erwartet, aber in Anbetracht des Stapels an Arbeit vor Walsingham sollte er wohl nicht überrascht sein, dass der Mann direkt auf das kommen wollte, was relevant war. Das ermutigte Deven, offen zu sprechen, wie er es vorzog, anstatt seine Worte mit Schmeicheleien zu überladen, wie es bei Hof eine bedeutende Kunstform zu sein schien.

Er verschränkte die Hände hinter dem Rücken und fing an. »Ich wollte Euch persönlich für Eure wertvolle Hilfe danken, mir die Stellung zu sichern, die ich jetzt bei den Gentlemenpensionären habe.«

»Das ist keine große Sache«, sagte Walsingham. »Ihr habt mir unter den Protestanten in den Niederlanden gute Dienste geleistet, und Euer Vater hat Ihrer Majestät bei der Unterdrückung staatsgefährdender Flugblätter sehr geholfen.«

»Ich freue mich, dass ich zu Diensten sein konnte«, antwortete Deven. »Aber ich hoffe, mein Nutzen endet vielleicht nicht dort.«

Die dunklen Augen verrieten nicht mehr als milde Neugier. »Sprecht weiter.«

»Herr Sekretär, die Arbeit, die ich für Euch erledigte, während ich auf dem Kontinent war, machte mir klar, dass die Verteidigung Ihrer Majestät – die Verteidigung Englands – von vielen Arten an Handlungen abhängt. Einige, wie Armeen und Seestreitkräfte, sind öffentlich. Andere nicht. Und Ihr seid eindeutig ein General in der geheimen Art von Krieg.«

Die Lippen des Staatssekretärs zuckten unter ihrem schützenden Bart. »Ihr sprecht in poetischen Ausdrücken davon. Ich befürchte, es liegt wenig Poesie darin.«

»Ich suche keine Poesie«, sagte Deven. »Nur eine Gelegenheit, meine Spuren auf der Welt zu hinterlassen. Ich habe kein Interesse, meinem Vater in die Buchhändlergilde zu folgen, und Gray's Inn kann mich auch nicht halten. Um ganz offen zu sein, ersehne ich mir, von Nutzen für Männer wie Euch selbst zu sein, die die Macht und den Einfluss haben, mich belohnen zu lassen. Mein Vater verdiente sich den Rang eines Gentlemans. Ich hoffe, mir mehr zu verdienen.«

Und das, hoffte er, würde ihm Sympathie einbringen. Walsingham war in eine Familie mit weitaus besseren Verbindungen als Devens eigene geboren worden, doch er hatte sich seinen Ritterschlag und seine Position im Kronrat verdient. Ob Deven ein derart hohes Ziel erreichen konnte, bezweifelte er – aber er wollte so hoch zielen, wie er konnte.

Oder vielleicht würden sich seine Worte verdrehen, wie ein Messer in seinen Händen, und ihn schneiden. Walsingham sagte: »Also dient Ihr nicht aus Liebe zu England und seiner Königin, sondern aus Ehrgeiz.«

Deven unterdrückte den Drang, zusammenzuzucken, und rettete, was er konnte. »Die beiden stehen nicht miteinander im Konflikt, Sir.«

»Für einige schon.«

»Ich bin kein ketzerischer Katholik, Herr Sekretär, und auch kein Verräter, der an den Geldbörsen einer fremden Macht hängt, sondern ein guter und aufrichtiger Engländer.«

Walsingham betrachtete ihn, als würde er jede seiner Tugenden und Fehler, Schwächen und Nutzen allein mit seinen Blicken abwägen. Er war auf seine Art ebenso hart zu konfrontieren wie Elisabeth.

Unter dem scharfen Stechen jenes Blicks fühlte Deven sich gezwungen, weiterzusprechen, einige der Karten, die er besaß, auf den Tisch zu legen, damit sie den Staatssekretär vielleicht überzeugen und den Schaden limitieren würden, den seine vorhergehenden Worte angerichtet hatten. »Habt Ihr von dem Vorfall in Hampton Court gehört?« Walsingham nickte. Natürlich hatte er das. »Dann wisst Ihr, dass ich es war, der dem Eindringling begegnete.«

»Und Ihr habt ihn über die Dächer verfolgt.«

»Genau.« Devens Finger hatten sich hinter seinem Rücken fest ineinander verkrampft. »Ihr habt keinen Grund, mir zu glauben, Herr Sekretär – aber Ehrgeiz lag mir in jener Nacht völlig fern. Ich verfolgte jenen Mann ohne Gedanken an meine eigene Sicherheit. Das erzähle ich Euch nicht aus Stolz. Ich möchte, dass Ihr versteht, dass ich, als ich nur einen Augenblick zum Nachdenken hatte, an die Sicherheit der Königin dachte. Und als der Mann fort war – in die Nacht verschwunden –, gab ich mir selbst die Schuld an meinem Scheitern, ihn zu erwischen.

Ich verspüre keinen Wunsch, wieder über die Dächer zu rennen. Ihr, Herr Sekretär, widmet Euch der Aufgabe, derartige Dinge unnötig zu machen, indem Ihr Bedrohungen ausschaltet, ehe sie Ihrer Gnaden so nahe kommen können. Das ist eine Aufgabe, der ich mich gerne zuwenden würde. Ich wäre der Königin und ihrer Sicherheit gerne von mehr Nutzen, als einfach mit einer goldenen Hellebarde in der Hand vor ihrer Tür zu stehen.«

Er hatte nicht vorgehabt, so lange zu sprechen, aber Walsingham hatte ihn ohne Unterbrechung plaudern lassen. Ein kluger Schachzug. Je mehr Deven sprach, desto weniger geplant wurden seine Worte und desto mehr neigte er dazu, von Herzen zu sprechen. Er hoffte nur, dass sein Herz eher wie ein eifriger Patriot denn wie ein unreifer, idealistischer Junge klang.

In das Schweigen, das seinem Fazit folgte, sagte der Staatssekretär: »Was wollt Ihr dann tun? Gegen Katholiken kämpfen? Die Gläubigen konvertieren? Spionieren?«

»Ich bin dem Dienst Ihrer Majestät hier bei Hof verpflichtet«, sagte Deven. »Aber sicher habt Ihr Bedarf an Männern hier, nicht, um die Informationen zu finden, sondern um zu erschließen, was sie bedeuten.« Er lächelte entschuldigend. »Ich … ich mochte Rätsel schon immer.«

»Mochtet Ihr.« Die Tür knarzte hinter Deven. Walsingham winkte fort, wer auch immer es war, und dann waren sie wieder allein. »Also kurz gesagt würdet Ihr gerne in meinen Diensten Rätsel lösen.«

Und davon profitieren – aber Deven war nicht dumm genug, um das noch einmal zu sagen, auch wenn sie beide jene Worte immer noch in der Luft hängen hörten. Er zögerte, dann antwortete er: »Ich hätte gerne die Gelegenheit, Euch meinen Wert in solchen Angelegenheiten zu beweisen.«

Das war die richtige Antwort, oder zumindest eine gute. Walsingham sagte: »Informiert Beale über Eure Wünsche. Ihr sollt Eure Chance bekommen, Michael Deven. Seht zu, dass Ihr sie nicht verschwendet.«

Er kniete wieder, beinahe bevor die Worte ausgesprochen waren. »Ich danke Euch, Herr Sekretär. Ihr werdet das nicht bereuen.«

ZWEITER AKT

»Es gibt keinen Schatz, der so universell nützt,
wie es ein guter Fürst tut, und keinen Schaden,
der so universell schadet, wie ein schlechter Fürst.«

BALDESAR CASTIGLIONE
The Courtyer

Die Kammer ist klein und nicht möbliert. Was auch immer einst hier lag, niemand erhebt jetzt Anspruch darauf. Es gibt solche Räume im Onyxpalast, vergessene Ecken, die leer gelassen wurden, als ihre Besitzer starben oder flohen oder in Ungnade fielen.

Für ihn fühlen sie sich an wie zu Hause: Sie sind vernachlässigt, genau wie er es ist.

Er kam zur Tür herein, aber jetzt kann er sie nicht wiederfinden. Stattdessen wandert er hin und her, von einer Wand zur anderen, tastet blind nach dem Stein, als würde ihm der schwarze Marmor sagen, in welche Richtung er gehen muss, um frei zu sein.

Eine Hand berührt die Mauer und zuckt zurück. Er starrt die Oberfläche an, lehnt sich in die eine Richtung, dann die andere, wie ein Mann sich selbst vielleicht im Spiegel betrachten würde. Er starrt einen langen Augenblick, dann erbleicht er und wendet sich ab. »Nein. Ich werde nicht schauen.«

Aber er wird schauen. Es gibt kein Entkommen vor seinen eigenen Gedanken. Die gegenüberliegende Wand fällt ihm jetzt ins Auge. Er geht zu ihr hinüber, mit zögerlichen Schritten, und streckt einen Arm aus, bis seine Finger über den Stein streichen und das Bild nachzeichnen, das er sieht.

Ein Gesicht, ähnlich und unähnlich dem seinen. Eine zweite Gestalt, ähnlich und unähnlich wie ihre. Er wirbelt herum, aber sie ist nicht dort bei ihm. Nur ihr Abbild. Nur in seinem Kopf.

Gegen seinen Willen dreht er sich um, er will und will nicht sehen.

Dann zerrt er am Gestein, zieht an dem Spiegel, den er sich einbildet, bis er heruntergekracht kommt, doch das bringt ihm keine Erleichterung. Überall um ihn herum sieht er Spiegel, sie bedecken jede Wand, sie stehen frei auf dem Boden, jeder zeigt eine andere Reflexion.

Eine Welt, in der er glücklich ist. Eine Welt, in der er tot ist. Eine Welt, in der er nie unter die Fae gekommen ist, nie sein sterbliches Leben aufgegeben hat, um mit unsterblichen Wesen zu leben.

Eine Welt, in der …

Er schreit und schlägt um sich. Blut fließt aus seiner Faust. Das silbrige Glas ist Einbildung, doch es verletzt ihn trotzdem. Hinter diesem liegt ein weiteres, und bald stürmt er durch den Raum, zerbricht die Spiegel, wirft sie um, schlägt auf sie ein, bis sie in blutroten Splittern auf den Boden fallen. Seine Hände treffen Stein, immer wieder, sein Fleisch platzt auf, seine zarten Knochen brechen.

Bis er nicht länger den Willen hat, zu kämpfen, und in der Mitte der Kammer in die Hocke sinkt, während er seine zerfleischten Finger tief in seinem Haar vergräbt.

Überall um ihn herum spiegeln die Bruchstücke seines Verstands tausend andere zersplitterte Leben wider.

Er könnte viel sehen, wenn er in sie hineinschauen würde. Aber dazu hat er auch nicht länger die Willenskraft.

»Es gibt keine anderen Leben«, flüstert er und versucht, es sich selbst glauben zu machen, gegen all die Beweise vor seinen Augen. »Was vorüber und getan ist, kann nicht

verändert werden. Es ist in Stein gemeißelt und wird nicht verblassen.«

Seine blutenden Hände sinken hinunter und fangen an, seltsame, unleserliche Hieroglyphen auf den Boden zu schreiben. Er muss es aufzeichnen. Die Wahrheit darüber, was passiert ist. Sonst werden jene, die nach ihm kommen, sich im Labyrinth aus Spiegeln und Reflexionen verirren und nie wissen, was Realität und was Lüge ist.

Es wird keinen Unterschied für sie machen. Aber für ihn macht es einen Unterschied, der er so lange versucht hat, die Wahrheit aus den Zukünften, die er sah, zu erkennen. Jene Gabe ist zur Verräterin an ihm geworden. Sie bringt nicht mehr als Schmerz und Verzweiflung, und so flüchtet er sich in die Vergangenheit, schreibt sie unter den zersplitterten Stücken von hundert Was-wäre-wenns auf.

PALAST HAMPTON COURT, RICHMOND
6. Januar 1590

Die Winterluft enthielt eine frische Schärfe, die zu mildern das Sonnenlicht wenig nützte, doch ausnahmsweise kam kaum mehr als eine Brise von der Themse, gerade genug, um den Saum von Devens Mantel zu bewegen, als er durch den Geheimen Garten hastete. Er kam an unbepflanzten Blumenbeeten vorbei, die von Strohschichten geschützt wurden, und blinzelte in die Helligkeit. Er war dazu eingeteilt gewesen, die Königin beim Abendessen zum Dreikönigsabend zu bedienen, aber diese Pflicht hatte ihn kaum davon abgehalten, an den Feierlichkeiten teilzunehmen. Deven hatte keine Ahnung, wie viele Kelche Weinpunsch er hinuntergeschüttet hatte, doch es fühlte sich wie ein Dutzend zu viel an.

Er war auch nicht der Einzige, der es übertrieben hatte, aber das war zu seinem Vorteil. Deven war nicht ohne Grund zu dieser gottlosen Stunde aufgestanden. Weil so viele Höflinge und die Königin selbst noch im Bett waren, konnte er sich einige Momente für sich selbst stehlen, fernab von neugierigen Blicken – und ebenso konnte das diejenige, die zu treffen er sich beeilte.

Sie erwartete ihn schon im Hügelgarten, wo sie an der windabgewandten Seite des Banketthauses stand, gut in einen pelzbesetzten Umhang und Handschuhe eingepackt. Die Kapuze fiel zurück, als Deven nach ihrem Gesicht fasste, und Lippen berührten kalte Lippen in einem Kuss, der sie schnell beide aufwärmte.

Als sie sich voneinander lösten, sagte Anne Montrose ein wenig atemlos: »Ich warte schon eine Weile.«

»Ich hoffe, dir ist nicht zu kalt.« Deven rubbelte eine schlanke Hand zwischen seinen eigenen. »Zu viel Weinpunsch, fürchte ich.«

»Natürlich, gib dem Wein die Schuld«, sagte sie schnippisch, lächelte dabei allerdings.

»Er stiehlt den Männern den Verstand und die Fähigkeit zum Wachwerden.« Frost glitzerte auf dem Boden und an den nackten Zweigen der Bäume, wie zehntausend winzige Diamanten, und bildete eine strahlende Einfassung für das Juwel, das Anne Montrose war. Jetzt, wo ihre Kapuze zurückgefallen war, leuchtete ihr offenes Haar wie bleiches Gold in der Sonne, und ihre großen Augen, ein veränderliches Grau, hätten an der Königin des Winters, die ein prominenter Bestandteil des Maskenballs am Vorabend gewesen war, nicht fehl am Platz gewirkt. Sie war nicht die größte Schönheit am Hof, doch das kümmerte ihn wenig. Deven bot ihr seinen Arm an. »Sollen wir spazieren gehen?«

Sie schlenderten gemütlich durch die winterschlafenden Gärten und wärmten sich durch die Bewegung. Es war nicht verboten, dass man sie gemeinsam sah. Anne war die Tochter eines Gentlemans und angemessene Gesellschaft für ihn. Es gab jedoch Schwierigkeiten. »Hast du mit deiner Herrin gesprochen?«, fragte Deven.

Er brachte das Thema nur zögerlich auf, weil es den glitzernden Frieden dieses Morgens stören konnte. Es hatte ihn allerdings schwer belastet, seit er es einige Monate zuvor zum ersten Mal vor Anne angesprochen hatte. Die vermehrten Verpflichtungen am Hof im Winter und die unendlichen Zeremonien der Weihnachtszeit hatten sie davon abgehalten, mehr zu tun, als einen kurzen Gruß auszutauschen, wenn sie aneinander vorbeigingen, und jetzt war er nervös und ungeduldig und wollte eine Antwort.

Anne seufzte, und ihr Atem kam als Dampfwolke heraus. »Das habe ich, und sie hat versprochen, zu tun, was sie kann. Es ist aber schwierig. Die Königin mag es nicht, wenn ihre Höflinge heiraten.«

»Ich weiß.« Deven verzog das Gesicht. »Als Scudamores Ehefrau um Erlaubnis bat, verprügelte die Königin sie so schlimm, dass sie Lady Scudamore einen Finger brach.«

»Ich bin froh, dass ich nicht *ihr* diene«, sagte Anne düster. »Die Geschichten, die ich über ihr Temperament höre, sind schrecklich. Aber ich bin nicht diejenige, die den Großteil ihres Zorns abbekommen würde. Es kümmert sie wenig, was eine Landadlige im Dienst der Gräfin von Warwick tut. Du andererseits ...«

Eine Heirat ist kein Skandal, hatte sein Vater gesagt, als er vor über einem Jahr seinen Dienst bei Hof angetreten hatte. *Such dir eine Frau,* hatten seine Kameraden bei der Truppe gesagt. Es war der Lauf der Welt, dass Männer und Frauen heirateten – aber nicht in den Augen der Königin. Sie blieb jungfräulich und allein, und sie würde es vorziehen, wenn ihre Höflinge das auch taten.

»Sie ist neidisch«, sagte Anne, als hätte sie diesen Gedanken gehört. »Es gibt in ihrem Leben keine Liebe, und so soll es im Leben jener, die sie umgeben, auch keine geben – außer Liebe zu ihr natürlich.«

Das war im Prinzip wahr, aber auch ungerecht. »Sie hatte Liebe. Ich glaube die schmutzigeren Gerüchte über sie und den verstorbenen Earl von Leicester nicht, aber sicherlich hatte sie ihn gerne. Wie man es auch von Alençon sagt.«

»Ihrem froschartigen französischen Prinzen. Das war Politik, nicht mehr.«

»Was würdest du davon wissen?«, fragte Deven amüsiert. »Du kannst nicht älter als zehn gewesen sein, als er nach England kam.«

»Glaubst du, die Hofdamen haben aufgehört, darüber zu tratschen? Einige sagen, es war ehrliche Zuneigung, aber meine Lady Warwick sagt, das war es nicht. Oder eher, sie sagt, dass jede Zuneigung, die die Königin vielleicht hegte, von ihrem Bewusstsein für Politik im Zaum gehalten wurde. Er war immerhin katholisch.« Anne dachte darüber nach. »Ich glaube, es war Verzweiflung. Maria war alt, als sie heiratete. Elisabeth wäre noch älter gewesen, in ihren Vierzigern. Es war ihre letzte Chance. Und weil sie diese verloren hat, lässt sie jetzt ihren Frust an denen in ihrem Umfeld aus, die vielleicht miteinander ihr Glück finden könnten.«

Die Brise von der Themse frischte auf und brachte eine schärfere Kühle. Anne schauderte und zog die Kapuze an ihrem Mantel hoch. Deven sagte: »Genug von der Königin. Ich bin einer ihrer Gentlemenpensionäre. Sie nennt mich hübsch, gibt mir kleinere Geschenke und findet mich gelegentlich amüsant, aber ich werde nie einer ihrer Favoriten sein. Sie kann nicht sehr wütend über meine Heiratsaussichten sein.« Es war Mary Shelton gewesen, Kammerzofe Ihrer Majestät, nicht John Scudamore von den Pensionären, die den gebrochenen Finger erlitten hatte.

Anne lachte unerwartet von innerhalb der Tiefen ihrer Kapuze. »Solange du mich nicht schwängerst und dafür im Tower endest wie der Graf von Oxford.«

»Wir würden davor fliehen.« Das war eine romantische und dumme Aussage. Wo würden sie hingehen? Die einzigen Orte, die er kannte, waren London, Kent und die Niederlande. Erstere waren zu nahe in Reichweite der Königin, und Letztere überhaupt keine Zuflucht. Doch Anne schenkte ihm ein amüsiertes Lächeln, eines, das er einfach erwidern musste.

Allzu bald jedoch kehrte der Frust zurück, um ihn zu plagen, wie er es so oft tat. Sie spazierten ein Stück schweigend. Dann fragte Anne, die seine Laune spürte: »Was ärgert dich?«

»Praktische Dinge«, gestand er. »Ein wachsendes Bewusstsein, dass mein Ehrgeiz und ich in getrennten Sphären leben und ich wohl nie weit genug aufsteigen werde, um ihn zu befriedigen.«

Ihre behandschuhte Hand streckte sich und hakte sich dann in seiner Armbeuge ein. »Erklär es mir.«

Genau deshalb liebte er sie. Bei Hof musste ein Mann immer darauf achten, was er sagte. Worte waren sowohl eine Währung als auch eine Waffe. Man nutzte sie, um Verbündeten Gefallen zu entlocken und Feinde zu zerschmettern. Und die Damen waren wenig besser. Elisabeth mochte ihren Hofdamen zwar verbieten, sich stark in die Politik einzumischen, doch sie hielten ein aufmerksames Auge auf die Launen der Königin und konnten die Angelegenheiten von Bittstellern vorbringen, wenn sie den Augenblick für geeignet hielten – oder sie behindern. Selbst diejenigen, denen das Ohr der Königin nicht gehörte, konnten jenen, denen es gehörte, Geschichten weitertragen, und ein Mann konnte wohl feststellen, dass sein Ruf vergiftet war, ehe er sich versah, nur wegen einiger achtloser Worte.

Bei Anne spürte er nie den Bedarf an solcher Vorsicht, und sie hatte ihm nie einen Grund dazu gegeben, nicht in dem Jahr, seit er sie kannte. Sie hatte einmal, im letzten Herbst, gesagt, dass sie sich in seiner Gesellschaft entspannen konnte, und er empfand dasselbe. Sie war nicht die größte Schönheit am Hof und auch nicht die beste Partie, aber er hatte das gerne für die Möglichkeit eingehandelt, das auszusprechen, was er dachte.

»Ich sehe Lord Burghley an«, sagte er und näherte sich dem Ziel über eine Tangente. »Viel von dem, was Walsingham tut, baut auf den Grundlagen auf, die Burghley gelegt hat, und tatsächlich unterhält der alte Baron immer noch seine eigenen Verbindungen zu Agenten und Informanten. Wenn Burghley stirbt oder sich aus dem Dienst Ihrer Majestät zur Ruhe setzt – was erst nach dem Jüngsten Gericht passieren wird –, erbt sein Sohn Robert seine Baronie, seine Ämter und seine Agenten.«

Als er innehielt, sagte Anne: »Aber du bist nicht Robert Cecil.«

»Sidney hätte es sein können – er war mit Walsinghams Tochter verheiratet, ehe wir beide an den Hof kamen –, doch er ist tot. Und ich bin bei Walsingham nicht ausreichend beliebt, um seinen Platz einzunehmen, und werde es wahrscheinlich auch nie sein.«

Anne drückte beruhigend seinen Arm. Sie spazierten zu dicht nebeneinander, sodass ihr Reifrock bei jedem Schritt sein Bein streifte, aber keiner von ihnen machte Anstalten, sich zu trennen. »Musst du es sein?«

»Um zu tun, was Walsingham tut? Ja. Ich besitze nicht den Reichtum, um eine derartige Unternehmung zu stützen, geschweige denn die Verbindungen. Beale und ich überbringen ständig Briefe und Petitionen die Befehlskette hinauf und hinunter, beantragen Erlaubnis für Auslandsreisen,

Begnadigungen für Gefangene, die vielleicht nützlich sein könnten, bitten um Geschenke oder Pensionen, um jene zu belohnen, die von Nutzen waren. Sie erhalten nicht oft eine Bezahlung, aber das Wichtige ist, dass sie glauben, dass sie vielleicht eine bekommen. Ich kann das nicht versprechen und glaubwürdig sein. Und selbst wenn ich das könnte … Ich gehöre nicht zu den Ratsherren der Königin.« Devens Mund zuckte kurz vor unartikuliertem Frust. »Ich bin der Sohn eines unwichtigen Gentlemans, durch mein Verhalten in den Niederlanden genug ausgezeichnet, um mit einer Stellung bei Hof belohnt zu werden, freundlich genug, um gelegentlich bevorzugt zu werden – doch nicht mehr. Und wahrscheinlich auch nie mehr.«

Diese Rede, die er leise und monoton vortrug, weil ihr die Vertrautheit jegliche Leidenschaft entzogen hatte, brachte sie zurück ins Zentrum des Gartens, wo das Banketthaus stand. Es war jetzt mitten am Vormittag. Die Königin würde bald erwachen, und er musste zur Ehrenwache dort sein, wenn sie für den Dreikönigsgottesdienst in einer Prozession zur Kapelle zog. Doch die Kammern des Palasts waren eng und stickig, zu voll mit Leuten, die sich am winterlichen Hof scharten. Hier draußen war die Luft sauber und frisch, und er wollte nicht aufbrechen.

Anne drehte sich, um ihm ins Gesicht zu sehen, und nahm seine behandschuhten Hände in ihre, gelbes Leder an braunem. »Du bist siebenundzwanzig«, stellte sie heraus. »Die Männer, von denen du sprichst, sind *alte* Männer. Sie haben ihre Stellung mit der Zeit erreicht. Wie alt war Walsingham, als Elisabeth ihn zu ihrem Staatssekretär machte?«

»Einundvierzig. Aber er hatte Verbindungen am Hof …«

»Die auch mit der Zeit aufgebaut wurden.«

»Nicht alle davon. Viel davon ist eine Sache der Familie: Väter und Söhne, Brüder und Vettern, Heiratsverbindungen ...«

Ihre Finger spannten sich etwas über seinen, und Deven gebot sich Einhalt. »Ich würde dich für einen politischen Vorteil nicht verlassen«, versprach er.

Die Worte brachten ein Lächeln über ihr Gesicht, das ihre grauen Augen wärmte. »Ich dachte nicht, dass du das würdest.«

»Das wahre Problem ist die Königin. Ich will nichts gegen sie sagen«, fügte er hastig an und konnte sich einen kurzen Blick um sich herum nicht verkneifen, um sich zu versichern, dass sie allein im Garten waren. »Ich bin ihr treuer Diener. Aber sie zieht Leute aus Familien vor, die sie kennt – oft diejenigen, die bereits über Blutsbande mit ihr verbunden sind. Dazu gehöre ich nicht.«

Anne ließ seine Hände los, damit sie ihre Kapuze glätten konnte. »Was wirst du dann tun?«

Er zuckte mit den Schultern. »Walsingham so nützlich sein, wie ich kann. Hoffen, dass er mich für meine Dienste belohnt.«

»Dann habe ich etwas für dich.«

Deven sah sie verblüfft an, dann runzelte er die Stirn. »Anne, ich habe dir das schon früher gesagt – es ist weder angemessen noch sicher für dich, Geschichten weiterzuerzählen.«

»Klatsch ist eine der großen Triebfedern dieses Hofs, wie du sehr wohl weißt. Ich lausche nicht an Schlüssellöchern, versprochen.« Sie war eine recht große Frau, die Oberkante ihrer Kapuze war auf seiner Augenhöhe, und so musste sie den Kopf nicht weit zurück neigen, um ihn anzusehen. Stattdessen legte sie ihn mit blitzenden Augen zur Seite. »Bist du nicht das winzigste bisschen neugierig?«

Er war es, und das wusste sie. »Du wirst sowieso einen Weg finden, es mir zu erzählen.«

»Ich könnte subtiler sein, aber das ist so viel einfacher.« Anne faltete die Hände züchtig vor ihrem Mantel. »Es ist in meinen Augen eine kleinere Sache, doch ich weiß nie, wann eine Kleinigkeit in die größeren Muster passt, die du und dein Herr sehen. Du weißt von Doktor Dee?«

»Dem Astrologen? Er hatte vor einem Monat in Richmond eine Audienz bei der Königin.«

»Kennst du den Inhalt davon?«

Deven schüttelte den Kopf. »Er war nur ein oder zwei Tage bei Hof, und ich habe nicht mit ihm gesprochen.«

»Meine Lady Warwick erzählt mir, es geht um irgendein Problem mit seinem Haus und seinen Büchern. Jemand hat ihn beraubt, während er im Ausland war. Er wünscht eine Wiedergutmachung. Du kannst erwarten, mehr von ihm zu sehen, würde ich meinen – oder zumindest zu hören, wie Leute sich für ihn aussprechen.«

»Leute wie deine Gräfin?«

»Ich dachte, du willst nicht, dass ich Geschichten weitererzähle.« Sie lachte, als er sie scherzhaft finster anstarrte. »Ich kann mir vorstellen, dass dein Herr von seiner Situation weiß – sie sind Freunde, oder nicht? –, aber ich kann mehr herausfinden, wenn du möchtest.«

Genau so, dessen wurde er sich unangenehm bewusst, funktionierte Spionage oft. Wenige von denen, die Walsingham Informationen zukommen ließen, taten das auf eine organisierte und direkte Weise, infiltrierten absichtlich

Orte, wo sie nicht hingehörten, oder verkleideten sich als etwas, das sie nicht waren. Ein Großteil der Geheiminformationen, die den Staatssekretär erreichten, kamen von Männern, die einfach die Augen und Ohren offenhielten und ihm schrieben, wenn sie etwas Interessantes sahen oder hörten.

Männern, und sehr selten Frauen.

Als hätte sie diesen Gedanken gehört – für sie musste er so durchschaubar wie Glas sein –, sagte Anne: »Es ist nicht so, als würde ich anbieten, Informationen vom Hof des Heiligen Römischen Kaisers oder aus dem stillen Örtchen des Papstes einzuholen. Ich werde dir einfach erzählen, falls Doktor Dee die Gräfin wieder besucht.«

»Ich kann eine Frau nicht bitten zu spionieren«, sagte Deven. »Das wäre anrüchig.«

»Es ist Zuhören und nicht Spionieren, und du bittest mich nicht. Ich tue es aus meinem eigenen, freien Willen. Betrachte es als eine Art immaterielle Mitgift, die im Voraus bezahlt wird.« Anne nahm wieder seine Hand und zog ihn einen Schritt vorwärts, sodass sie im Schatten des Bankethauses standen. Dort umfing sie sein Kinn mit ihren behandschuhten Fingern und küsste ihn wieder. »Nun muss ich zurückgehen. Meine Lady wird schon aufstehen.«

»Genau wie meine«, murmelte Deven über sein schnell pochendes Herz. »Du wirst mir erzählen, was die Gräfin sagt – ob die Königin beim Gedanken an unsere Hochzeit wütend wäre?«

»Ja«, versprach Anne. »Sobald ich kann.«

ERINNERUNG
21. Dezember 1581

Viele Teile des unterirdischen Palasts bestanden aus nebeneinander liegenden Kammern, von denen sich eine ohne Zwischenraum in die nächste öffnete. Einige waren um abgeschlossene Innenhöfe mit Skulpturen oder nachtblühenden Pflanzen arrangiert. Andere waren über lange Galerien verbunden, in denen Wandteppiche und farbenprächtige Gemälde hingen.

Aber es gab andere Gänge, geheime. Wenige Fae sahen sie je und fast keine Sterblichen.

Der Mann, der durch den Tunnel eskortiert wurde, war eine seltene Ausnahme.

Von den anderen Sterblichen, die man auf diesem Weg hergebracht hatte, waren die meisten attraktiv. Jene, die es nicht waren, nahmen bei Hof oder im Handel einflussreiche Stellungen ein und kompensierten ihre fehlende Schönheit durch ihre Nützlichkeit. Dieser hier war anders. Weil man ihm die Kutte abgenommen hatte, waren seine zerschnittenen, verstümmelten Ohren nackt und für alle sichtbar, und obwohl er nicht alt war, beraubten Durchtriebenheit und Misstrauen – und im Moment Furcht – sein Gesicht jeglicher Ansehnlichkeit. Er war auch kein mächtiger Mann.

Er war niemand. Aber er wusste ein wenig über Fae, und jetzt hatten seine Nachforschungen ihn hierhergebracht, in eine Welt, deren Existenz er niemals auch nur vermutet hatte.

Eine bronzebeschlagene und schwarz bemalte Tür versperrte am Ende des Ganges den Weg. Ein Fae aus der Eskorte, ein buckliges, goblinartiges Ding, hob seine knochige

Hand und klopfte. Keine Antwort kam durch die Tür, aber nach einem Augenblick schwang sie an geölten Scharnieren auf, wie von selbst.

Die Kammer, in die der sterbliche Mann trat, war so herrlich wie der Korridor draußen düster. Auf dem Boden lagen weder Läufer noch Teppiche, doch da war ein feines Marmormosaik, seltsame Gestalten, die er gerne genauer betrachtet hätte. Kühle Silberlichter blitzten an den Wänden. Aus einem Augenwinkel glaubte er zu sehen, wie sich Schwingen bewegten. Die Wände bestanden ebenfalls aus Marmor und waren in regelmäßigen Abständen mit Gobelins aus gefärbter Seide geschmückt, die hier und da mit Edelsteinen verziert waren. Die Decke war eine meisterhaft dargestellte astrologische Notation, die die derzeitige Konstellation der Sterne weit über ihm darstellte.

Aber all dieser Prunk wurde von dem Vorhang vor ihm in den Schatten gestellt.

War es schwarzer Samt, der kunstvoll mit Silber verziert war? Oder Silberstoff, der mühsam mit schwarzer Seide bestickt war? Seine Eskorte, seine Bewacher, standen zwischen ihm und dem Vorhang, als könne er sich nähern wollen, um diesen zu untersuchen. Einige der Juwelen, die den Stoff beschichteten, wirkten wie Diamanten, während andere brillanter und lebendiger waren als alle Diamanten, die er je gesehen hatte. Perlen, so groß wie Kolibrieier, beschwerten das untere Ende. Der Vorhang allein stellte Reichtum zur Schau, wie ihm nur die gekrönten Häupter Europas gleichzukommen hoffen konnten, und nicht einmal alle von ihnen.

Er war nicht überrascht, als ein Fae aus seiner Eskorte ihn in die Kniekehle trat und auf den Boden zwang.

Der Marmor drückte hart und kalt gegen seine Knie, während er wartete.

Und dann sprach eine Stimme von hinter dem Vorhang.

»Ihr trachtet nach Magie, Edward Kelley.«

»Ja.« Die Worte kamen beim ersten Versuch rostig und schwach heraus. Er befeuchtete seine Lippen und sagte es erneut. »Ja. Und ich habe sie gefunden.«

Mehr gefunden, als er sich je erträumt hatte.

Ein weiches Geräusch kam von hinter dem Vorhang, ein kühles Lachen. Die Stimme war melodisch und kontrolliert, und falls das Gesicht, das sie begleitete, ihr annähernd entsprach, musste sie die schönste Feendame sein, die je England ihr Heim genannt hatte.

Dame – oder Königin? Er bezweifelte, ob selbst unter Fae solcher Reichtum häufig war.

Die Dame sprach hinter ihrem Sichtschutz erneut. »Ihr habt nur die kleinsten Krümel vom Tisch der Magie gefunden. Es gibt mehr, viel mehr. Ihr wünscht, die Geheimnisse der Schöpfung kennenzulernen? Wir haben sie in Bücher gebunden. Ihr wünscht, unedles Metall in Gold zu verwandeln? Das ist für solche wie uns ein Kinderspiel.«

Feengold. Es verwandelte sich binnen kurzer Zeit zu Laub oder Stein – aber man konnte sehr viel damit anfangen, solange es noch glänzte. Und obwohl es ein schlechter Ersatz für eine wahre Verwandlung, den Stein der Weisen, war, würde es seine alchemistische Arbeit wohl voranbringen, davon zu lernen.

Ja, es gab hier ein Fest für ihn.

»Ich wäre der bescheidenste Schüler Eurer Ladyschaft«, sagte er und senkte den Kopf.

»Da bin ich sicher«, sagte die Dame. »Doch Ihr müsst wissen, Edward Kelley – alle Geschenke kosten einen Preis. Besonders die von Fae.«

Er war ein gelehrter Mann. Manche glaubten, dass Fae Teufel in einer anderen Tarnung waren. Andere stellten sie in die Mitte zwischen Himmel und Hölle: über die Menschen in der Hierarchie der Schöpfung, aber unter die himmlischen Mächte, die Gott dienten.

Ungeachtet der Erklärung waren sich alle einig, dass es eine gefährliche Sache war, einen Handel mit ihrem Volk einzugehen. Doch wenn er so viel gesehen hatte, konnte man von keinem Mann, der eine intellektuelle Neugier für sich behauptete, erwarten, dass er wieder gehen würde.

Er musste schlucken, ehe seine Stimme funktionieren wollte. »Welchen Preis würdet Ihr verlangen?«

»Verlangen?« Die Dame wirkte gekränkt. »Ich werde nicht um Eure Seele oder Euer erstgeborenes Kind bitten. Ich habe nur eine Bitte an Euch, die Ihr, wie ich glaube, leicht genug zu gewähren finden werdet.«

Das war ominöser, als eine direkte Bedingung gewesen wäre. Er wartete mit Blicken auf die hängenden Perlen darauf, mehr zu hören. Diese berührten den Boden nicht ganz, und in den Schatten dahinter konnte er, wie er meinte, gerade noch den Saum eines glitzernden Rocks erkennen.

Schließlich sagte die Dame: »Es gibt einen sterblichen Gelehrten, der als Doktor John Dee bekannt ist.«

Kelley nickte, dann erinnerte er sich, dass die Dame ihn nicht sehen konnte. »Ich weiß von ihm.«

»Er möchte mit Engeln sprechen. Zu diesem Zweck hat er die Dienste eines Mannes namens Barnabas Saul angeheuert. Mein Ansinnen ist, dass Ihr Sauls Platz einnehmt. Der Mann ist nicht mehr als ein Scharlatan, ein Betrüger, der Doktor Dee ausnutzen will. Wir werden arrangieren, dass er diskreditiert wird, und Ihr werdet ihn als Wahrsager ersetzen.«

»Und dann?« Kelley wusste, dass es damit nicht enden würde. »Sobald ich in Dees Vertrautenkreis bin – angenommen, ich schaffe es dort hinein ...«

»Das ist leicht einzurichten.«

»Was wollt Ihr, dass ich dann tue?«

»Nichts Schädliches«, versicherte ihm die verborgene Dame. »Er wird nie mit Engeln sprechen, egal welchen Wahrsager er damit beauftragt, ihm zu assistieren. Aber es liegt in unserem Interesse, dass er denkt, er hätte das getan. Ihr werdet Visionen für Dee beschreiben, wenn er Euch bittet, in den Kristall zu blicken. Ihr dürft einige erfinden, wenn Ihr wünscht. Von Zeit zu Zeit wird Euch in jenem Glas einer von meinen Leuten besuchen und Euch erklären, was Ihr sagen sollt. Und im Gegenzug werden wir Euch die Geheimnisse lehren, die Ihr erfahren wollt.«

Kelley hatte den Mann nie getroffen. Was kümmerte es ihn, wenn Dee von Feen in die Irre geführt würde? Allerdings machte es ihn trotzdem nervös. »Könnt Ihr mir versprechen, dass die Dinge, die ich sage, ihm nicht schaden werden? Könnt Ihr mir Euer Wort geben?«

Überall um ihn herum spannten sich die schweigenden Fae seiner Eskorte an.

Schweigen von hinter dem Vorhang. Kelley fragte sich, wie schlimm er sie verärgert hatte. Aber falls ihm die Dame Visionen einflüstern würde, die Dee zum Hochverrat verleiteten oder etwas ähnlich Schädliches ...

»Ich gebe Euch mein Wort«, sagte die Dame in einem kurz gefassten, harten Tonfall, ganz anders als ihre vorherige Stimme, »dass ich keine Befehle für Visionen geben werde, die Doktor John Dee schaden würden. Wenn Ihr ihn mit Eurer eigenen Erfindung in die Irre leitet, ist das nicht unsere Schuld. Wird das reichen, Edward Kelley?«

Das sollte ausreichen, um sie zu binden. Hoffte er. Er wagte es nicht, auf mehr zu bestehen. Doch er hatte einen weiteren Wunsch, unabhängig vom ersten. »Ich bin zutiefst dankbar«, sagte er und senkte wieder den Kopf. »Ihr habt mir bereits mehr gegeben, als ich mir je erträumt hätte, indem Ihr mich hergebracht habt. Doch obwohl es dreist von mir ist, möchte ich um eine weitere Sache bitten. Eure Stimme, Lady, ist die Schönheit selbst. Dürfte ich das Privileg haben, in Euer Antlitz zu schauen?«

Wieder Schweigen, aber diesmal nahm seine Eskorte es nicht so schlecht auf.

»Nein«, sagte die Dame. »Ihr werdet mich heute Nacht nicht sehen. Doch an irgendeinem zukünftigen Tag – wenn mir Euer Dienst zusagt –, dann, Edward Kelley, werdet Ihr vielleicht erfahren, wer ich bin.«

Er wollte ihre Schönheit sehen, doch sie hatte richtig vermutet. Er wollte auch sehen, wem er diente. Aber es sollte nicht sein.

War er willens, das zu akzeptieren, im Tausch für das, was die Fae ihn vielleicht lehren würden?

Er hatte diese Frage beantwortet, bevor er überhaupt zugestimmt hatte, sie unter die Straßen von London zu begleiten.

Edward Kelley verbeugte sich, bis seine Stirn den kalten Marmor berührte, und sagte: »Ich werde Euch dienen, Lady, und zu Doktor Dee gehen.«

IM ONYXPALAST, LONDON

5. Februar 1590

Der Nachtgarten im Onyxpalast hatte keinen Taggarten, zu dem er im Kontrast stand, trug jenen Namen aber trotzdem. Er war gewaltig, an Größe mit dem großen Thronsaal zu vergleichen, aber von einem ganz unterschiedlichen Charakter. Anstelle von kaltem, geometrischem Stein war dort die Weiche von Erde, die sanfte Biegung von Ästen. Die ruhigen Wasser des Walbrook, des unterirdischen Flusses von London, durchschnitten das Herz des Gartens. Pfade wanden sich durch sorgfältig angelegte Beete mit Engelstrompete, Königin der Nacht und Nachtkerze. Mondblumen wanden sich ihren Weg an Säulen und um Fontänen hoch. Hier und dort standen Vasen, die mit Lilien aus den tieferen Teilen des Feenlands gefüllt waren. Die Nacht dauerte hier ewig, und die Luft war mit sanften Düften getränkt.

Lune atmete tief ein und spürte, wie sich etwas in ihr entspannte. So sehr sie es genoss, unter Sterblichen zu leben, es war anstrengender als alles, was sie sonst kannte. Es war einfach genug, eine menschliche Tarnung für einen Ausflug nach Islington und zurück anzunehmen. Unter ihnen zu leben, war eine andere Sache. Wieder im Onyxpalast zu sein, fühlte sich an, wie nach einem langen Tag in der Sonne und im Wind kühles, klares Wasser zu trinken.

Die Decke über ihr war in Schatten gehüllt und mit strahlenden Feenlichtern übersät: winzigen, beinahe hirnlosen Kreaturen, sogar noch unter einem Irrlicht – kaum genug ihrer selbst bewusst, um Fae genannt zu werden. Die Konstellationen, die sie bildeten, änderten sich von Zeit zu Zeit, ebenso ein Teil der Ausgestaltung des Gartens wie die

Blumenbeete und die grazilen Bäche, die durch sie plätscherten. Ihre Form ähnelte jetzt einem Jäger, der vom Geweih eines Hirschs durch die Luft geschleudert wurde.

Das war besorgniserregend. Es musste vor Kurzem einen Zusammenstoß mit der Wilden Jagd gegeben haben.

Lune war nicht die Einzige im Garten. Ein Stück entfernt hatte sich ein kleines Grüppchen aus vier Fae unter einer kunstvoll gestutzten Stechpalme versammelt. Ein schwarz gefiederter Kerl hockte in den Ästen, während sich zwei Damen um eine dritte drängten, die mit einem Buch in den Händen auf einer Bank saß. Was auch immer sie ihnen laut vorlas war zu leise, als dass Lune es hören konnte, aber es sorgte für viel Erheiterung bei ihrem Publikum.

Schritte auf den Pflastersteinen ließen sie herumwirbeln. Lady Nianna Chrysanthe hastete an ihre Seite und sagte außer Atem: »Ihr müsst früh hergekommen sein.«

»Ich war früher als erwartet mit meinen Geschäften fertig.« Vidar hatte sie bei Weitem nicht so genau befragt, wie er es vielleicht gekonnt hätte. Lune war nicht sicher, ob sie das besorgniserregend finden sollte oder nur als Zeichen betrachten, dass er nicht so kompetent war, wie er gerne glaubte. »Was habt Ihr für mich?«

Die elfenhafte Dame mit dem honigfarbenen Haar sah sich um, dann gab sie Lune einen Wink, ihr zu folgen. Sie gingen tiefer in den Garten und fanden ihre eigene Bank, wo sie sich hinsetzten. Sie waren immer noch in Sichtweite der Gruppe unter der Stechpalme und jetzt eines anderen Paars am Rand eines Springbrunnens, aber das Wichtige war, dass niemand sie belauschen konnte.

»Sagt mir«, flüsterte Nianna, eher aus Aufregung als aus Vorsicht, »was tut …«

»Überbringt mir erst Eure Neuigkeiten«, schnitt Lune ihr das Wort ab. »Dann werde ich es Euch erzählen.«

Nianna zu drängen, war gefährlich. Lunes Arbeit unter den Sterblichen hatte einiges dabei geholfen, ihren Status wiederherzustellen, aber nicht ihre frühere Stellung im Kronrat, und einzig Nianna ließ sich von ihren früheren Kameradinnen dort dazu herab, überhaupt viel mit ihr zu sprechen. Lune wollte ihre verlässlichste Informationsquelle nicht verlieren. Doch sie kannte Nianna, und sie wusste, wie weit die Dame gedrängt werden konnte. Nianna zog einen Schmollmund, gab jedoch nach. »Also gut. Womit, wünscht Ihr, soll ich anfangen?«

Lune deutete auf die Feenlichter in ihrer Konstellation. »Wie stehen die Dinge mit der Wilden Jagd?«

»Nicht gut.« Nianna sackte ein wenig in sich zusammen. Ihre schlanken Finger zupften an der emaillierten Kette, die von ihrem Gürtel hing. »Es gibt Gerüchte, dass sie sich letztlich mit den Höfen des Nordens verbünden werden ...«

»Es hat schon immer solche Gerüchte gegeben.«

»Ja, aber diesmal wirken sie ernsthafter. Ihre Majestät hat ein vorläufiges Bündnis mit Temair geschlossen. Ein Regiment Ritter vom Roten Zweig, um gegen die Wilde Jagd – oder die Schotten, oder beides – zu kämpfen, wenn sie ihren Einfluss auf den sterblichen Hof nutzt, um die Geschehnisse in Irland für deren Zwecke zu beeinflussen. Sie sind gewillt, das zumindest in Betracht zu ziehen. Die unbeantwortete Frage ist, wie viel Hilfe sie ihnen im Gegenzug leisten müsste.«

Lune atmete langsam aus. Ritter vom Roten Zweig. Diese wären ein ordentlicher Vorteil, falls Invidiana sie bekommen konnte. Die englischen Fae konnten sich gegen Schottland behaupten, selbst wenn die Rotkappen entlang der Grenze zur anderen Seite hielten, aber die Wilde Jagd war eine andere Art von Bedrohung und war es schon immer gewesen. Das Einzige, was sie bisher im Zaum gehalten hatte, war ihre absolute Weigerung, in diesem Krieg an irgendeiner sterblichen Front zu kämpfen. Und Invidiana war nicht närrisch genug, die Sicherheit des Onyxpalasts zu verlassen, mitten im sterblichen London begraben, und sie zu deren Bedingungen zu treffen.

»Gab es irgendeine aktive Bedrohung von der Jagd?«

»Einen Assassinen«, sagte Nianna abwertend. »Einen katholischen Priester. Ich glaube, er ist immer noch in der Wachstube aufgeknüpft, falls Ihr ihn sehen wollt.«

Das wollte sie nicht. Möchtegern-Assassinen und deren Bestrafung waren ein häufiges Vorkommnis. »Aber von der *Jagd*?«

»Deshalb denken alle, dass sie vielleicht ein echtes Bündnis mit den Höfen des Nordens eingegangen sind.«

Falls das stimmte, war es besorgniserregend. Die schottischen Fae hatten keine Skrupel, im Kampf Sterbliche zu benutzen. Sie schlossen schon seit Jahren Pakte mit Hexen und sandten sie nach Süden, um Ärger zu machen. Die Anführer der Jagd beanspruchten alle die Königsherrschaft über die eine oder andere Ecke Englands für sich. Vielleicht hatten sie beschlossen, dass sie dringend genug Ländereien und Unabhängigkeit ersehnten, um wegzuschauen, während sich ihre Verbündeten die Hände mit sterblichen Werkzeugen schmutzig machten.

Lune bezweifelte das, aber sie war nicht in der richtigen Position, um es zu beurteilen. »Was noch?«

Nianna legte einen lackierten Fingernagel an ihre Lippen und dachte nach. »Madame Malline fragt herum und versucht herauszufinden, wie die Vereinbarung mit dem Volk des Meeres geschlossen wurde. Ich weiß nicht, was der Cour du Lys mit solchem Wissen will, doch es muss irgendetwas im Busch sein. Ihr solltet Euch von ihr fernhalten.«

Das oder mit ihr verhandeln. Falls sie das auf eine Weise tun konnte, die Invidiana nicht erzürnen würde. »Weiter.«

»Das ist alles, was ich über ihre Ziele weiß. Lasst mich sehen ... Es sind einige weitere Fae vom Land gekommen und haben sich beschwert, dass ihre Heime zerstört wurden.« Nianna winkte das einfach ab. Sie war seit langer Zeit Kammerzofe bei Invidiana. Die Leiden des Landvolks waren für sie unbedeutend. »Ach ja, und eine Delegation von Muryans aus Cornwall – sie sind gerade angekommen. Noch weiß niemand, was sie wollen. Was noch? Lady Carline hat einen neuen Sterblichen, den sie gerade einwickelt. Vielleicht darf sie ihn eine Weile behalten. Invidiana hat Lewan Erle wieder mit ins Bett genommen, also ist ihre Aufmerksamkeit anderweitig gebunden. Oder auch nicht.«

Schlafzimmerpolitik interessierte Lune nicht. Diese mochte zwar auf einige eine einnehmende Faszination ausüben, doch sie beeinflusste selten die Angelegenheiten, um die sie sich kümmerte. Worüber hatte sie noch keine Frage gestellt? »Der spanische Botschafter?«

»Don Eyague ist immer noch hier und hat einige Besucher beherbergt. Gerüchte besagen, dass er von einer wachsenden Fraktion in Spanien umschmeichelt wird, die unzufrieden damit ist, in einer katholischen Nation zu leben. Aber ich weiß nicht, was sie vorhaben. Ich bezweifle, dass sie die Zahlen oder Ressourcen haben, um irgendeinen entscheidenden Wandel in der sterblichen Regierung einzufädeln, selbst wenn sie beschließen, Ihre Majestät nachzuahmen. Soweit ich weiß, ziehen sie eine Auswanderung in Betracht – hierher oder in die Niederlande. Wer kann das schon sagen?«

Fae emigrierten selten, aber egal. Lune hatte nur noch eine Frage für Nianna übrig. Sie warf beifällig einen Blick auf das Paar Fae am nahen Springbrunnen, um sicherzustellen, dass sie nicht lauschten. Die Dame saß auf der Steinmauer am Rand und präsentierte sich selbst und ihre rote Seidenrobe hübsch vor der kunstvollen grotesken Statue, die Wasser in fünf Richtungen spie, während der Gentleman stand und ihr aus einem Buch vorlas. Der Anblick lenkte sie für einen Augenblick ab. Es sah aus wie dasselbe Buch, das die anderen zuvor unter der Stechpalme gelesen hatten.

Während sie das dachte, ging das Buch in Flammen auf.

Der Gentleman schrie erschrocken auf und ließ die brennenden Seiten fallen. Lune erhaschte einen kurzen Blick auf etwas, das durch die Gärten rannte. Sie drehte sich um, um es im Blick zu behalten, und sah, dass das Buch, das die anderen hielten, ebenfalls Feuer fing. Dann schoss der Salamander wieder nach unten und verschwand zwischen den Blumen im Garten. Eine Rauchfahne zeigte kurz, wo er hinlief, dann war er fort.

Lune fragte sehr bedächtig: »Was war das?«

»Ich habe es nicht gesehen, aber ich glaube, es war ein Sal…«

»Ich frage nicht nach der Kreatur. Was hat sie gerade verbrannt?«

»Ach.« Nianna kicherte, dann verbarg sie es schuldbewusst hinter ihrer Hand. »Ein sterbliches Buch. Es ist furchtbar beliebt bei Hof, doch wie es scheint, findet Ihre Gnaden es nicht amüsant.«

Lune rollte mit den Augen und setzte sich wieder auf die Bank. »Ah. Wäre das wohl dieses Gedicht namens *Die Feenkönigin*?«

»Ihr wisst davon?«

»Die Königin – die sterbliche Königin – mag es sehr, also muss natürlich jeder Höfling, der sich bei ihr anbiedern will, mit einer Ausgabe gesehen oder zu jeder passenden Gelegenheit gehört werden, wie er daraus zitiert.« Und zu einigen, die nicht so passend waren. Lune hatte das Werk reichlich satt. »Ich bin nicht überrascht, dass es Invidiana missfällt.«

»Nun, es *ist* sehr inakkurat. Aber würde ihr das nicht gefallen? Immerhin, wenn die Sterblichen die Wahrheit kennen würden, dann würden sie mit Kruzifixen und Priestern hier herunterkommen und uns vertreiben.«

Nianna war eine hirnlose Närrin. Die Beleidigung war nicht, dass es inakkurat war. Niemand erwartete Genauigkeit von Dichtern. Bauern mochten vielleicht – in einem gewissen Ausmaß – die Wahrheit über Fae wissen, doch Dichter nahmen diese Wahrheit, trockneten sie aus, rieben sie zu Pulver, vermischten sie mit seltsamen Chemikalien und nutzten sie, um Fäden zu färben, aus welchen sie einen Teppich woben, der nur die winzigste Ähnlichkeit mit echten Fae und ihrem Leben hatte.

Nein, die Beleidigung war, dass die Feenkönigin im Titel ein durchschaubares Symbol für Elisabeth war. Genau das wäre es, was Invidiana nicht ausstehen konnte.

Der Gentleman am Springbrunnen komponierte jetzt spontan mit sehr lauter Stimme ein Gedicht über den schnellen und gnadenlosen Zorn der Königin. Er war nicht sehr gut darin. Lune ignorierte ihn und fragte Nianna: »Was ist mit Francis Merriman?«

»Was?« Nianna hatte dem Gedicht gelauscht. »Ach ja. Einige Leute haben diesen Namen gehört.«

»Haben sie?« Lune zügelte ihr Interesse. Sie hatte ihr Gespräch mit Tiresias vor über einem Jahr nicht vergessen. Es gab keinen Francis Merriman an Elisabeths Hof, zumindest noch nicht. Sie vermutete, dass sie ihn dort finden würde – vielleicht war Elisabeth selbst diejenige, deren Geheimnis Merriman bewahrte? –, aber sie musste andere Möglichkeiten in Betracht ziehen. »Wer weiß von ihm?«

Nianna begann, mit ihren juwelengeschmückten Fingern Namen aufzuzählen. »Dieser verdammte Kerl Bobbin ... Lady Amadea Shirrell ... ein oder zwei andere, glaube ich. Das ist egal. Sie haben alle dasselbe gesagt. Tiresias hat den Namen vor ihnen erwähnt, das ein oder andere Mal. Einige von ihnen haben nach ihm gesucht, aber niemand hat irgendetwas entdeckt.«

Die Hoffnung verschwand wie eine angestochene Seifenblase. Lune unterdrückte ein frustriertes Seufzen. Sie wollte nicht, dass Nianna dachte, die Sache sei so wichtig für sie. Sie hatte bereits Schwierigkeiten gehabt, der Dame die Vorteile einzubläuen, ihre Nachforschungen diskret zu halten, damit Invidiana nicht davon erfahren würde, ehe Lune diesen Sterblichen in der Hand hätte.

Niannas Worte bestärkten ihre steigende Überzeugung, dass sie einfach zu früh war. Tiresias war ein Seher. Wenn er nicht verwirrt von Dingen faselte, die nie existierten, sprach er von der Zukunft. Francis Merriman war vielleicht noch nicht einmal geboren.

Doch wenn er auftauchen würde, hatte Lune vor, die Erste zu sein, die ihn fände.

»Lady Lune«, hauchte Nianna und zupfte an ihrem Ärmel, »ich habe Informationen für Euch gesammelt, wie Ihr mich gebeten hattet – ich habe Euch alle Neuigkeiten vom Hof erzählt und all Eure Fragen beantwortet. Wollt Ihr mir nicht von meinem Geliebten erzählen?«

Ach ja. Lune sagte: »Er wird Euch am nächsten Freitag treffen, in der Taverne namens *The Hound*, die in der Nähe von Newgate liegt.«

Viele Fae bei Hof hatten sterbliche Freunde oder Geliebte. Einige wussten, dass ihre Kameraden Fae waren. Ein wesentlich größerer Teil wusste das nicht. John Awdeley, ein Geselle in der Kerzenzieherei im Palast von Whitehall, wusste es nicht, und so brauchte Nianna Hilfe dabei, Treffen mit ihm zu arrangieren, zu einer Zeit und an einem Ort, wo sie ihren Vorwand aufrechterhalten konnte, ein Dienstmädchen im Haus eines Londoner Stoffhändlers zu sein.

Sie liebte ihn natürlich nicht, aber sie war für den Augenblick in ihn verschossen ... und weil sie eine Fae war, war der Augenblick alles, was zählte.

Lune beantwortete Niannas folgende Fragen mit rapide schwindender Geduld. Sie hatte kein Interesse daran, den Zustand von Awdeleys Bart zu beschreiben oder zu erzählen, wie oft er nach seinem geliebten Dienstmädchen gefragt hatte. »Das reicht«, sagte sie abrupt, als Nianna zum siebten Mal fragte, ob er irgendeine Vorliebe für andere Frauen gezeigt hätte, und falls ja, deren Namen und Stand, damit sie sie verfluchen und sie lehren konnte, wie närrisch es war, sich mit einer Fae anzulegen. »Ich folge dem Mann nicht jeden Moment, den er wach ist. Ich habe wenig mit ihm zu tun. Und unsere Abmachung war nicht, dass ich Euch all seine Machenschaften bis hin zum Inhalt seines Abendessens erzähle. Ihr habt Euer Treffen mit ihm und ich die neuesten Nachrichten vom Hof. Jetzt macht Euch davon.«

Nianna richtete sich in einem eleganten, gekränkten Rascheln auf. »Wie wagt Ihr es, so abwertend mit mir zu sprechen? Für wen haltet Ihr Euch?«

»Wer ich bin?« Lune lächelte und gab sich einen bösartigen Unterton. »Während Ihr Invidiana hinterherschlurft, esse ich jeden Tag sterbliches Brot und berichte ihr die geheimen Vorgänge von Elisabeths Hof. Ich bin darüber hinaus Euer Zugang zu diesem Sterblichen, auf den Ihr ein Auge geworfen habt. Jegliche Hilfe, die ich Euch da zukommen lasse, kann ich widerrufen. Seine Gedanken einer anderen Frau zuzuwenden, wäre einfach.«

Die Dame zischte, jegliche Wärme war sofort aus ihrem Gehabe verschwunden. »Eure Leiche würde am nächsten Morgen in Queenhithe treiben, damit Fische und Möwen sie anpicken können.«

»Würde sie das?« Lune erwiderte ihr Starren, ohne zu blinzeln. »Seid Ihr sicher?«

Das Schreckgespenst der Königin war so leicht heraufzubeschwören. Und während Invidiana sicher nicht jeder Fae zu Hilfe kam, die diese Möglichkeit für sich in Anspruch nahm, nahm sie es auch nicht übel, so angerufen zu werden. Es diente ihrem Zweck, für ihre Höflinge eine Schreckensgestalt zu sein. Gelegentlich machte sie die Drohungen sogar wahr, einfach um alle im Ungewissen zu halten. Die Drohungen würden ihre Bedeutung verlieren, wenn sie nie Zähne hatten.

Nianna wich zurück, aber nicht würdevoll. Lune würde vielleicht eine neue Informantin finden müssen, um auf dem neuesten Stand zu bleiben. Sie hätte Nianna vielleicht nicht so gegen sich aufgebracht, aber das Gespräch mit Vidar hatte sie genervt und ihr keine Geduld für die kurzzeitige Verschossenheit der Dame in einen Sterblichen übrig gelassen.

Sie trennten sich mit kühler Höflichkeit, und Lune schlenderte allein durch den Garten. Zwei Feenlichter lösten sich aus der Konstellation über ihr und schwebten über ihrer Schulter. Lune wischte sie weg. Seit sie ihre Stellung im Kronrat verloren hatte, hatte sie weder den Rang noch die Beliebtheit, um einen solchen Schmuck zu verdienen, und sie wollte nicht, dass irgendjemand Geschichten über ihre Anmaßung erzählte. Zu dem Zeitpunkt, bis sie die Ohren der Machthaber erreichten, wäre das zufällige Treiben von zwei Feenlichtern zu einem prächtigen Glorienschein geworden, den sie selbst geformt und auf ihrem eigenen Kopf platziert hätte.

Das Gespräch mit Nianna hatte sie ermüdet. Sie hatte vorgehabt, mehr Zeit im Onyxpalast zu verbringen, um selbst zu sehen, wie sich die Muster aus Bündnissen und Macht verschoben hatten, doch all das Gerede über Awdeley hatte ihre Gedanken zurück zum sterblichen Hof gelenkt. Niannas Verschossenheit war leicht zu verstehen. Lune selbst verbrachte einen großen Teil ihrer Zeit damit, eine eben solche Zuneigung vorzutäuschen.

Ihre Füße suchten die Kammer unter den Erlenwurzeln. Sie hatte eine kurze Freistellung von den Pflichten ihrer Tarnrolle. Sie würde nach Islington gehen und sich im *Angel* ausruhen, unter der freundlichen Sorge der

Goodemeades, ehe sie zum Leben und den Verpflichtungen von Anne Montrose zurückkehrte.

PALAST VON RICHMOND, RICHMOND
12. Februar 1590

Die Weihnachtszeit war vorüber, und damit war ein Großteil der Fröhlichkeit und Festlichkeit verflogen. Während einige privilegierte Höflinge weiterhin im nahen Hampton Court lebten – unter ihnen die Gräfin von Warwick –, zog der Kern von Elisabeths Hof nach Richmond weiter, in einen viel kleineren Palast, der eher für Geschäfte als für Vergnügen genutzt wurde.

Deven hätte das nichts ausgemacht, wenn es nicht so gewesen wäre, dass er Anne nicht länger auch nur im Vorbeigehen sah. Das gesamte Korps der Gentlemenpensionäre war verpflichtet, an Weihnachten der Königin zu dienen, und die gesteigerte Personalstärke nahm niemandem die Arbeitsbelastung ab. Stattdessen waren die zusätzlichen Anstrengungen, die nötig waren, um die volle Truppe während der üppigen Zeremonien der Festsaison zu organisieren, erschöpfend. Das Leben in Richmond war einfacher, wenn auch spartanischer, und Freizeit war leichter zu bekommen.

Leichter zu bekommen und leichter zu verbringen: Deven fand sich oft in einer Kammer mit Robert Beale, Walsinghams Sekretär, wieder. So sehr das gemeine Volk auch gerne geglaubt hätte, dass die Niederlage der Armada die Bedrohung aus Spanien beendet hatte, hatten sie kein solches Glück, wie die Berichte, die von Agenten im Ausland hereinkamen, zeigten. Philip von Spanien hatte immer noch seinen Blick auf das ketzerische England und dessen ketzerische Königin geheftet.

»Habt Ihr gehört«, sagte Beale, legte ein Papier ab und rieb sich die Augen, »dass Essex den Befehl über die Streitkräfte will, die in die Bretagne geschickt werden?«

Der Raum war klein genug, dass das Feuer ihn stickig machte. Deven nutzte Beales Pause, um sein eigenes Lesematerial wegzulegen und die Vorderseite seines Wamses aufzuknöpfen, sodass er es abstreifen konnte. Der grüne Damast löste sich an den Schultern auf, aber das Kleidungsstück war bequem, und Fitzgerald hatte ihn heute nicht zum Dienst eingeteilt. Deven hatte sich an diesem Morgen nicht einmal die Mühe mit einem Kragen oder Manschetten gemacht. Er war im halb bekleideten Zustand von seinem Quartier hierher geschlüpft und hatte vor, den gesamten Tag vom höfischen Zeremoniell weggesperrt zu verbringen.

Er legte das Wams über einen unbenutzten Stuhl und zwang seine Gedanken zurück auf das, was Beale gesagt hatte. »Ihr seid mir wie üblich voraus«, gab Deven zu und kehrte zu seinem Stuhl zurück. »Ich wusste nicht einmal, dass die Expedition in die Bretagne genehmigt worden ist.«

»Ist sie nicht, aber das wird sie.«

Deven schüttelte den Kopf. »Die Königin wird ihn niemals gehen lassen. Sie mag den Kerl überaus gern.«

»Was bedeutet, dass er vor Frust unausstehlich sein wird. Man sollte dem Mann erlauben, ins Ausland zu gehen und ein wenig zu töten. Das würde seinen Hitzkopf vielleicht abkühlen.«

»Wenn diese Berichte zutreffen, wird er bald genug seine Chance bekommen.« Deven starrte finster auf die Notiz in seinen Händen. Jemand hatte eine chiffrierte Botschaft abgefangen, und Walsingham hatte sie seinem Steganografen Thomas Phelippes übergeben. Der Bericht, den Phelippes ihnen zurückgeschickt hatte, war in einer klaren Handschrift verfasst, und Devens lückenhaftes Spanisch war ausreichend, um ihn zu übersetzen. Das Problem musste in der Botschaft selbst liegen. »Ich bezweifle allerdings die Genauigkeit von diesem hier, außer Philip plant, jeden Mann, jede Frau, jedes Kind und jede Kuh in Spanien zu bewaffnen.«

»Vergesst Spanien.« Die Stimme kam von hinter Deven. Er drehte sich rechtzeitig auf seinem Stuhl, um zu sehen, wie Walsingham die Tür hinter sich schloss.

Das Gesicht des Staatssekretärs wirkte gequält, und seine Worte waren verblüffend. Spanien vergessen? Es war der Große Feind. Deven hätte ebenso wenig erwartet, dass Walsingham Spanien vergessen würde, wie dass Philip Elisabeth vergessen würde.

»Nicht Ihr, Robin«, sagte Walsingham, als der Sekretär Anstalten machte, die Papiere, die er in der Hand hielt, wegzulegen. Beale seufzte und behielt sie. »Ich habe eine Aufgabe für Euch, Deven.«

»Sir.« Deven stand auf und verbeugte sich, wobei er wünschte, er hätte zumindest sein Wams anbehalten. Seine Hose, die in Abwesenheit eines Wamses, an das man sie schnüren konnte, nur lose befestigt war, drohte am Bauch aufzuklaffen.

Walsingham ignorierte seine unangemessene Kleidung. »Irland.«

»Irland?« Er klang dämlich, als er die Aussage des Staatssekretärs wiederholte, doch diese kam völlig unerwartet. »Was ist damit, Sir?«

»Fitzwilliam hat Perrot des Hochverrats bezichtigt – er hätte sich mit Philip verschworen, um Ihre Majestät zu stürzen.«

Sir John Perrot war ein Name, mit dem Deven erst kürzlich vertraut geworden war. Er war einer von Walsinghams Männern und anderthalb Jahre zuvor von einer Dienstzeit als Lordprotektor in Irland zurückgekehrt. Fitzwilliam musste also Sir William Fitzwilliam, sein Nachfolger sein.

Beale hatte gelauscht und nicht gelesen. Jetzt sagte er: »Unmöglich.«

Walsingham nickte. »In der Tat. Und genau deshalb werdet Ihr, Deven, Eure Gedanken von Spanien nach Irland abwenden. Fitzwilliam hat ein Problem mit Perrot. Er ärgert sich, dass Perrot im Kronrat sitzt und Ihre Majestät in irischen Angelegenheiten berät, und er ärgert sich noch mehr, dass die Lords in Irland sich angewöhnt haben, ihm direkt zu schreiben und damit Fitzwilliams eigene Autorität zu umgehen. Ich bin nicht überrascht über seine Feindseligkeit. Was mich überrascht, ist die Form, die diese angenommen hat. Warum diese Anschuldigung, und warum jetzt?«

Deven wollte den Gedanken, der ihm durch den Kopf geschossen war, nicht aussprechen, doch zweifellos hatte Walsingham bereits dasselbe gedacht. »Die Antworten darauf, Sir, liegen höchst wahrscheinlich in Irland.«

Er wollte nicht dorthin. Abgesehen davon, wie unangenehm eine Reise nach Irland im Allgemeinen war, würde sie ihn vom Hof und von Anne fortführen, und er wollte keinen von beiden lange verlassen. Aber er konnte nicht Walsingham seinen Dienst versprechen und dann einen

Rückzieher machen, wenn er gebeten wurde, ihm andernorts zu dienen. Es wäre ein Anzeichen für das Vertrauen des Staatssekretärs. Beale selbst war zuvor auf diplomatische Missionen gesandt worden.

Doch Walsingham schüttelte jetzt den Kopf. »Dazu kann es wohl kommen, aber noch nicht. Ich vermute irgendeinen Grund hier bei Hof. Fitzwilliam ist Burghleys Mann. Ich bezweifle, dass Burghley ihn zu dem hier angestachelt hat, aber es gibt vielleicht involvierte Fraktionen, die ich nicht sehe. Bevor ich Euch irgendwohin schicke, möchte ich, dass Ihr Euch bei Hof umseht. Wer zeigt ein Interesse an Irland? Wer formuliert Petitionen zu Angelegenheiten dort, die den Kronrat noch nicht erreicht haben?«

»Vielleicht hat es gar nichts mit Irland zu tun. Vielleicht hat dieser Zug nur etwas mit Perrot zu tun, und Fitzwilliam ist einfach ein praktisches Werkzeug dafür.«

Beale nickte daraufhin, Walsingham jedoch schüttelte wieder den Kopf. »Das glaube ich nicht. Haltet natürlich Eure Augen bei allem, was Perrot betrifft, offen – aber Irland ist Euer Fokus. Sucht nach allem, was ich übersehen haben könnte.«

»Ja, Sir.« Deven verbeugte sich wieder und fasste nach seinem Wams.

»Nach *allem*«, wiederholte Walsingham, als Deven schnell seine Schnürung an der Vorderseite des Wamses einfädelte und mit den Knöpfen anfing. »Selbst Dingen in der Vergangenheit – Jahre in der Vergangenheit. Was auch immer Ihr finden könnt.«

»Ja, Sir.« Als er wieder genug bekleidet war, um hinauszugehen, verabschiedete Deven sich. Er würde Colsey finden und sich vernünftig anziehen müssen, angefangen mit einem Wams, an dem die Nähte nicht völlig aufgegangen waren. Sein ruhiger Tag in Abgeschiedenheit würde, wie es schien, warten müssen.

PALAST VON HAMPTON COURT, RICHMOND

13. *Februar* 1590

Die glühenden Kohlen im offenen Kamin warfen einen düsteren, gedämpften Schein auf das Schlafzimmer, kaum genug, um dessen Inhalt zu erleuchten: die Truhen, die Kleidung und Schmuck enthielten, das Bett, auf dem Decken gestapelt waren, die Klappbetten für Schläfer auf dem Boden.

Anne Montrose lag wach, die Blicke auf dem unsichtbaren Balkenwerk der Decke über ihr, und lauschte den Atemzügen ihrer Kameradinnen. Ein sanftes Schnarchen hob an. Die Gräfin war eingeschlafen. Eine der anderen Edeldamen machte leise schmatzende Geräusche und rollte sich herum. Einige Funken flammten im Kamin auf, als ein glühendes Holzscheit unter seinem eigenen Gewicht zerbröckelte. Das Schnarchen hörte auf, als die Gräfin in einen tieferen Schlaf sank.

Leise wie ein Geist rollte Anne ihre eigenen Decken zurück und stand auf.

Die Läufer kitzelten ihre nackten Füße, als sie sich über den Boden stahl. Die Angeln quietschten nicht, als sie die Tür öffnete. Sie achtete besonders darauf, diese immer gut geölt zu halten. Ein dumpfes Knarzen war das einzige Geräusch, das sie verraten konnte, als sie wegging.

Mitternacht war bereits verstrichen, und der Palast lag im Schlaf. Selbst die Höflinge, die sich mit unerlaubten

Rendezvous vergnügten, hatten sich mittlerweile zurückgezogen. Der dunkle Mantel, den sie trug, war symbolisch ebenso wie praktisch. Er diente als nützlicher Angelpunkt für den kleineren Zauber, den sie heraufbeschworen hatte. Niemand, der vielleicht noch wach war, würde sie sehen, wenn sie es nicht wollte.

In den dünnen Lichtstrahlen, die durch die Fenster zum Hof hereinschienen, suchte sie sich ihren Weg entlang der Galerie zu der geheimen Treppe, die zu den Gärten hinunterführte. Schnee hatte während des Tages das Gelände überzogen. Im Mondlicht wirkten die heraldischen Tiere, die die Ecken des Geheimgartens markierten, mit weiß bedeckten Schultern und Köpfen noch seltsamer als üblich, wie gefrorene Monster, die vielleicht ohne Vorwarnung losspringen würden. Sie warf Blicke zur Seite auf sie, als sie an ihnen vorbeiging, doch sie blieben lebloser Stein.

Vor ihr ragte das Banketthaus hoch und finster im Hügelgarten auf, von Bäumen umgeben, die sorgfältig zu Grotesken gestutzt waren. Und an der gegenüberliegenden Seite davon murmelte die Themse unter einer dünnen Eisschicht vor sich hin.

Eine Gestalt wartete in den Schatten der Wassergalerie, kurz vor dem Flussufer.

»Ihr seid spät.«

Lune hielt die Tarnung von Anne Montrose über ihren Gesichtszügen. Sie wollte sich nachher nicht die Mühe machen müssen, diese wieder aufzubauen. Sie musste jedoch nicht wie ein Mensch denken, und so stand sie barfuß auf dem eisigen Boden, während ihr Mantel jetzt frei im Wind flatterte.

»Ich bin nicht spät«, sagte sie, als ein Glöckner im Uhrturm des Palasts anfing, die zweite Stunde nach Mitternacht einzuläuten.

Vidar lächelte sein raubtierhaftes Lächeln. »Mein Fehler.«

Warum Vidar? Gewöhnlich sandte er einen unwichtigen Goblin, um ihr Brot zu bringen. Lune vermutete, dass sie die Antwort bald genug erfahren würde, doch sie wollte ihm nicht die Genugtuung schenken, zu fragen. Stattdessen streckte sie eine Hand aus. »Wenn ich bitten darf. Ich bin kurz vor dem Ende meiner Ration.«

Sie war nicht überrascht, als Vidar sich nicht bewegte. »Welchen Unterschied macht das? Außer Ihr erwartet, dass ein Priester aus dem Fluss springt und Euch im Namen seines göttlichen Herrn verbannt, seid Ihr nicht in unmittelbarer Gefahr, enttarnt zu werden.«

Monate zuvor hatte Lune einige Tage für sich allein zugebracht, indem sie eine kranke Verwandte in London erfunden hatte, um ihre Abwesenheit zu erklären. Jene Tage, an denen sie ihr wahres Gesicht aufgesetzt hatte, hatten ihr erlaubt, den Zeitplan für ihre Rationen zu verschieben. Die Goblins lieferten sie an Freitagen, doch sie aß sie erst dienstags. Dieser Sicherheitspuffer konnte eines Tages wichtig werden. Aber Vidar wusste das nicht, und so spielte sie die Nervosität vor, die sie fühlen sollte, als sie hörte, wie er so nahe daran kam, den sterblichen Gott in ihrer Anwesenheit beim Namen zu nennen.

»Meine Herrin könnte aufwachen und feststellen, dass ich fort bin«, wich sie Vidars Bemerkung aus. »Ich sollte mich beeilen.«

Er zuckte mit den knochigen Schultern. »Erzählt ihr, dass Ihr Euch für ein Rendezvous mit diesem sterblichen

Spielzeug von Euch davongeschlichen habt. Oder irgendeine andere Geschichte. Es kümmert mich nicht, was Ihr ihr vorlügt.« Er lehnte sich mit dem Rücken an die Ziegelmauer der Wassergalerie und verschränkte die Arme vor seiner schmalen Brust. »Welche Neuigkeiten habt Ihr?«

Lune steckte ihre ausgestreckte Hand wieder unter ihren Mantel. *Aha.* Erneut war sie nicht überrascht. Sie wusste, dass sie wohl kaum die einzige Quelle des Onyxhofs für Informationen über die Sterblichen war. Doch es bedeutete etwas, wenn Vidar die Angelegenheit für dringend genug hielt, um sie hier aufzusuchen. Wie die Herrin, die er zu imitieren und irgendwann zu stürzen hoffte, verließ er selten den Schutz des Onyxpalasts.

»Sir John Perrot wurde des Hochverrats bezichtigt«, sagte sie und erlaubte sich, so zu tun, als würde Vidar das nicht bereits wissen. »Er ist ein politischer Klient von Walsingham, und deshalb macht der Staatssekretär Anstalten, ihn zu verteidigen. Deven wurde mit der Untersuchung beauftragt: wer ein Interesse an irischen Angelegenheiten hat und zu welchem Zweck.« Dass Deven und Walsingham beide in Richmond waren, sagte sie nicht. Die Gräfin von Warwick war vor einigen Tagen dorthin befohlen worden, um der Königin zu dienen, und durch diesen glücklichen Zufall hatte Lune von Devens Auftrag erfahren. Vidar wäre wenig erfreut, wenn er wüsste, wie selten sie ihn momentan sah. Er war ihre Verbindung zu Walsingham. Ohne ihn hatte sie sehr wenig.

Vidar tippte mit einem scharfen Fingernagel an eine juwelenbesetzte Spange, die den Ärmel seines Wamses geschlossen hielt. »Hat Euer Spielzeug Euch gebeten, ihm zu erzählen, was Ihr hört?«

»Nein, aber er weiß, dass ich das ohnehin tun werde.« Lunes Blicke wanderten von dem tippenden Fingernagel zu Vidars Gesicht, wo seine tief liegenden Augen im Schatten verborgen waren. »Ist die Anschuldigung Euer Tun?«

Der Fingernagel hielt inne. Vidar sagte: »Ihr seid hier, um die Befehle der Königin auszuführen, nicht um Fragen zu stellen.«

Wie die Entfernung Perrots Invidianas Verhandlungen mit den irischen Fae vorantreiben würde, konnte sich Lune nicht denken, doch Vidars Versuch, der Frage auszuweichen, sagte ihr, dass sie das tun würde. »Je besser ich die Pläne der Königin verstehe, desto besser kann ich ihr dienen.«

Das sorgte bei Vidar für ein bitteres, aber ehrliches Lachen. »Was für ein charmanter Gedanke – ihre Pläne zu verstehen. Das Leben unter den Sterblichen hat Euch zu einer optimistischen Närrin gemacht.«

Lune presste verärgert die Lippen aufeinander, dann glättete sie ihre Gesichtszüge. »Habt Ihr dann Instruktionen für mich? Oder soll ich einfach zuhören und berichten?«

Vidar dachte darüber nach. Was ihr wieder etwas sagte: Invidiana erlaubte ihm in dieser Angelegenheit ein gewisses Maß an Eigeninitiative. Er war nicht einfach als Sendbote hierhergekommen. Und das sagte ihr, warum es Vidar war und kein Goblin, der ihr heute Nacht ihr Brot brachte.

Sie speicherte diese Information ab und fügte sie ihrem mageren Vorrat an Wissen hinzu.

»Findet die interessierten Parteien heraus«, sagte er mit überlegten und bedächtigen Worten. »Stellt eine Liste mit ihnen zusammen. Was sie sich wünschen und warum und was sie dafür zu tun bereit wären.«

Dann hatte man noch keine Vereinbarung mit den irischen Fae geschlossen. Wenn man eine hätte, hätte man Lune spezifischer befohlen, sich mit einer bestimmten Fraktion anzufreunden. War die Bezichtigung Perrots einfach eine Demonstration von Invidianas Macht, um die Iren von ihrer Fähigkeit zu überzeugen, ihre Versprechungen wahr zu machen?

Sie konnte es von hier aus nicht feststellen, und Lady Nianna war, auch wenn sie ihr freundlich gesinnt war, nicht ausreichend, um sie informiert zu halten. Es war angenehm, unter Sterblichen zu leben, nahe genug am Zentrum des Tudorhofs, um sich in dessen Pracht zu sonnen, ohne sich in seinem Netz zu verfangen, und die Illusion der Freiheit von den immer bösartigeren Intrigen am Onyxhof zu genießen, doch sie durfte nie vergessen, dass es eine Illusion war. Nirgends war sie sicher. Und falls sie das je aus ihren Gedanken verdrängte, würde sie entdecken, was es bedeutete, wahrlich in Ungnade zu fallen.

»Also gut«, sagte Lune zu Vidar und erlaubte es einem gelangweilten Unterton, in ihre Stimme zu schlüpfen. Sollte er sie für sorglos und unaufmerksam halten. Es war immer besser, unterschätzt zu werden. »Jetzt mein Brot, wenn ich bitten darf.«

Er blieb für einige Augenblicke unbewegt, und sie fragte sich, ob er versuchen würde, irgendwelche weiteren Dienste von ihr zu erpressen. Doch dann zog er unter seinem Mantel ein kleines Samtbündel heraus.

Vidar hielt es knapp vor ihre ausgestreckte Hand hin und sagte: »Ich will sehen, wie Ihr es jetzt esst.«

»Natürlich«, antwortete Lune locker mit nur einem winzigen überraschten Unterton. Es machte für sie keinen

Unterschied. Jetzt eine Woche an Schutz hinzuzufügen, würde die Reste, die sie immer noch besaß, nicht ihrer Wirksamkeit berauben. Vidar musste den Verdacht haben, dass sie das Brot hortete, statt es zu essen. Was sie getan hatte, ein bisschen, aber nur unter größter Vorsicht. Das Letzte, was sie wollte, war, dass ihre Tarnung durch eine sorglose Anrufung Gottes zerstört wurde.

Das Brot war diesmal grob und nicht fertig gebacken. Ob Vidar es aus dem Zehnten vom Land ausgewählt hatte oder Invidiana oder jemand anderer, es war klar, dass derjenige sie beleidigen wollte. Doch es tat sein Werk, ob es gutes oder schlechtes Brot war, also schluckte Lune die sieben teigigen Bissen hinunter, wenn auch ohne Genuss.

In dem Augenblick, als sie fertig war, richtete Vidar sich auf. »Es wird ab jetzt ein Draca im Fluss sein. Falls sich irgendetwas von unmittelbarer Wichtigkeit entwickelt, informiert Ihr ihn sofort.«

Diesmal gelang es Lune nicht, ihre Überraschung völlig zu verbergen, doch sie machte einen tiefen Knicks. »Wie mein Lord befiehlt.«

Zu dem Zeitpunkt, als sie sich wieder aufrichtete, war er fort.

PALAST VON RICHMOND, RICHMOND
3. *März* 1590

So gerne Deven Walsingham auch eine erstaunliche, in Gold gefasste und mit Zuchtperlen besetzte Enthüllung präsentiert hätte, nachdem er die irische Frage zwei Wochen lang untersucht hatte, musste er seine Niederlage eingestehen.

Es war nicht so, dass er gar nichts erfahren hatte. Im Gegenteil, er wusste jetzt mehr, als er je erwartet hätte, über das komplizierte Thema der Politik, die sich um die Nachbarinsel im Westen drehte. Was sehr viel über den irischen Earl von Tyrone einschloss und die Feinheiten davon, Ulster zu regieren. Es gab dort Dispute, die eine Ewigkeit zurückreichten und in die sowohl Sir John Perrot als auch der derzeitige Lordprotektor Fitzwilliam involviert waren.

Doch insgesamt ergab das genau gar nichts, was Walsingham nicht bereits gewusst hätte.

Also legte Deven alles vor seinem Herrn dar und hoffte, dass der Staatssekretär etwas daraus machen konnte, das er selber nicht sah. »Ich werde weiter lauschen«, sagte er, als er fertig war, und versuchte, sowohl eifrig als auch entschlossen zu klingen. »Vielleicht gibt es etwas, das ich übersehen habe.«

Für diese Unterredung hatte man ihn zum ersten Mal in Walsinghams Privatgemächer gelassen. Diese waren nicht besonders prächtig. Deven wusste durch Beale von den finanziellen Schwierigkeiten, die der Staatssekretär hatte. Er hatte seit seinen frühesten Tagen bei Hof verstanden, dass viele Leute dort verschuldet waren, doch die Enthüllung über Walsinghams eigene Finanzen hatte ihm jeden verbliebenen Gedanken ausgetrieben, dass die schwerste Bürde auf ehrgeizigen jungen Männern wie ihm selbst lag. Einige Hundert Pfund, die er einem Goldschmied schuldete, waren im Vergleich zu Zehntausenden Pfund, die man der Krone selbst schuldete, verschwindend unbedeutend.

Natürlich war Elisabeth selbst bei einer Vielzahl an Leuten verschuldet. Das war der Lauf der Welt, zumindest bei Hof.

Aber Walsingham lebte auch nicht in Armut. Seine Möbel waren schlicht wie seine Kleidung, aber fein gebaut, und die Kammer war gut beleuchtet, sowohl durch Kerzen als auch das Feuer, das im offenen Kamin brannte, um die feuchte Kühle zu vertreiben. Deven saß auf einem Hocker neben jenem Feuer gegenüber von Walsingham und wartete, ob sein Herr etwas sah, das er nicht erkannte.

Walsingham stand auf und ging ein kleines Stück weg, während er die Hände hinter dem Rücken verschränkte. »Ihr habt das gut gemacht«, sagte er schließlich, wobei seine bedächtige Stimme nichts verriet. »Ich hatte nicht erwartet, dass Ihr so viel über Tyrone entdecken würdet.«

Deven senkte den Kopf und betrachtete seine Hände, während er mit dem Daumen über die raue Kante eines Fingernagels strich. »Ihr wusstet bereits von diesen Angelegenheiten.«

»Ja.«

Er konnte ein Seufzen nicht ganz unterdrücken. »Was war dann der Sinn? Einfach nur, mich zu prüfen?«

Walsingham antwortete nicht sofort. Als er es tat, war seine Stimme seltsam schwer. »Nein. Obwohl Ihr, wie ich sagte, bewundernswert gearbeitet habt.« Wieder eine Pause. Deven blickte auf und stellte fest, dass sich der Staatssekretär umgedreht hatte, um ihn anzusehen. Das Feuerlicht, das auf seinem Gesicht tanzte, ließ ihn einzigartig krank aussehen. »Nein, Michael – ich hatte gehofft, Ihr würdet noch etwas mehr entdecken. Die fehlende Lösung für ein Rätsel, das mich schon seit einiger Zeit besorgt.«

Die Aufrichtigkeit in seiner Stimme verblüffte Deven. Das Eingeständnis eines persönlichen Scheiterns, das

Benutzen seines Vornamens – die Wahl dieser Kammer statt eines Büros, um das Thema zu diskutieren ... Beale hatte davor gesagt, dass Walsingham gelegentlich ein überraschendes Bedürfnis hatte, anderen sensible Angelegenheiten anzuvertrauen. Anderen, einschließlich Beales.

Anderen, die bisher Deven nicht eingeschlossen hatten.

»Frische Augen sehen manchmal Dinge, die erfahrene nicht sehen können«, sagte er in der Hoffnung, weder nervös noch aufdringlich zu klingen.

Walsingham entgegnete seinen Blick, als würde er etwas abwägen, dann wandte er sich ab. Seine Hand strich über ein Schachspiel, das auf einem Tisch aufgebaut war. Er hob eine Figur hoch und hielt sie nachdenklich in der Hand. Dann stellte er sie auf einen kleineren Tisch neben Deven. Es war eine Dame, die schwarze Dame. »Die Angelegenheit der Königin der Schotten«, sagte er. »Wer waren die Spieler in diesem Spiel? Und wonach trachteten sie?«

Der Gedankensprung verwirrte Deven für einen Augenblick – von Irland nach Schottland, ohne offensichtliche Verbindung. Doch er war mittlerweile die unerwarteten Arten, auf die Walsingham seine Intelligenz und Auffassungsgabe prüfte, gewohnt, sodass er seine Gedanken weiterzwang. Die gesamte Affäre hatte angefangen, als er sehr jung gewesen war – möglicherweise davor, abhängig davon, wie man zählte – und hatte geendet, ehe er an den Hof gekommen war, doch die schottische Königin hatte mehr Einfluss auf die englische Politik gehabt, als sich die meisten Höflinge in ihrem Leben erträumen konnten, und ihr Nachhall war immer noch zu spüren.

»Maria Stuart«, sagte er und hob die Schachfigur hoch. Sie war aus irgendeinem Holz, das er nicht identifizieren konnte, fein geschnitzt und dunkel gefärbt. »Sie sollte selbst als Spielerin betrachtet werden, nehme ich an. Außer Ihr würdet sie einen Bauern nennen?«

»Niemand, der durch die französische Botschaft so viele Briefe hinausgeschmuggelt hat, könnte Bauer genannt werden«, bemerkte Walsingham trocken. »Sie hatte wenig, mit dem sie ihre Zeit füllen konnte, außer Sticken und Planen, und es muss eine Grenze für die Anzahl an Wandteppichen und Kissen geben, die eine Frau herstellen kann.«

»Dann werde ich mit ihr anfangen.« Deven versuchte, sich in ihre Situation hineinzudenken. Gezwungen, von ihrem Thron abzudanken und in ein Nachbarland als Zuflucht zu fliehen – eine Zuflucht, die zu einer Falle wurde. »Sie wollte ... na ja, nicht hingerichtet werden, kann ich mir vorstellen. Aber wenn wir das über eine längere Zeitspanne betrachten, dann wünschte sie sich zweifellos ihre Freiheit aus der Gefangenschaft. Sie war wie lange gefangen, zwanzig Jahre?«

»Beinahe.«

»Freiheit also, und einen Thron – jeglichen Thron, nach dem, was ich höre. Englisch, schottisch, wahrscheinlich französisch, wenn sie ihn hätte zurückbekommen können.« Deven stand auf und ging zu dem Schachbrett hinüber. Wenn Walsingham schon mit der Metapher angefangen hatte, dann würde er sie fortsetzen. Er wählte die weiße Dame aus und setzte sie ihrer dunklen Schwester gegenüber. »Elisabeth und ihre Regierung. Sie – Ihr – wünschten sich Sicherheit für den protestantischen Thron. Gegen Maria als Thronräuberin, doch es gab eine Zeit, oder nicht, als sie als mögliche Erbin in Betracht gezogen wurde?«

Walsinghams Miene war undeutbar, wie so oft, besonders wenn er Devens Politikverständnis prüfte. »Viele Leute wurden als das betrachtet.«

Er hatte es nicht geleugnet. Maria Stuart hatte Tudorblut, und Katholiken betrachteten Elisabeth als Bastard, unfähig, den Thron zu erben. »Doch wie es scheint, war sie mehr Bedrohung als Perspektive. Wenn ich das so direkt sagen darf, mein Lord, dann glaube ich, Ihr wart eine der führenden Stimmen, die nach ihrer Entfernung aus dem Spiel riefen.«

Der Staatssekretär sagte gar nichts. Deven hatte das auch nicht erwartet. Er dachte bereits über seine nächste Wahl auf dem Schachbrett nach. »Die protestantische Fraktion in Schottland und deren Herrscher, sobald er alt genug wurde, um zu regieren.« Der schwarze König kam auf den Tisch, doch Deven platzierte ihn neben der weißen Dame statt neben der schwarzen. »Ich kenne Jakob von Schottland nicht. Ich weiß nicht, welche Liebe er für seine verstorbene Mutter empfinden mag. Aber sie wurde von der protestantischen Fraktion abgesetzt und als Mörderin bezichtigt. Die, glaube ich, liebten sie nicht.«

Nachdem er die Protestanten erwähnt hatte, waren die nächsten Komponenten klar. Deven zögerte nur bei der Wahl seiner Spielfiguren. »Katholische Rebellen, sowohl in England als auch Schottland.« Diese stellte er mit Bauern dar, einem schwarzen und einem weißen, die er beide als Unterstützer der schwarzen Dame positionierte. Es wäre ein Fehler anzunehmen, dass die Rebellen alle ungebildete Bauern waren, doch letztlich waren sie ungeachtet ihrer Geburt Bauern für die Kronen, die sie unterstützten. »Ihre Motive sind klar genug«, sagte er. »Die Wiederherstellung des katholischen Glaubens in diesen Ländern unter einer katholischen Königin mit Anspruch auf beide Throne.«

Was hatte er noch nicht bedacht? Ausländische Kräfte, die die Rebellen unterstützten, die er als Bauern dargestellt hatte. Diese passten nicht in die Aufteilung, die er geschaffen hatte, indem er schwarze Figuren für die Schotten und weiße für die Engländer benutzt hatte. Am Ende nahm er die beiden schwarzen Läufer. »Frankreich und Spanien. Beide wollen wie die Rebellen die Wiederherstellung des Katholizismus. Frankreich investiert schon lange seine Männer und Munition in Schottland, um uns besser heimsuchen zu können, und Spanien schickte die Armada als Vergeltung für die Hinrichtung von Maria Stuart.«

Walsingham sagte endlich etwas: »Eher ein Vorwand als eine zugrunde liegende Ursache. Doch Ihr habt sie richtig platziert.«

Die Spielfiguren waren auf dem Tisch in einem seltsamen, unorganisierten Schachspiel aufgestellt. Auf einer Seite stand die schwarze Dame mit ihren beiden Läufern, einem Bauern und einem zweiten, weißen Bauern. Auf der gegenüberliegenden Seite die weiße Dame und der schwarze König. Hatte er irgendjemanden vergessen? Die englische Seite war schlimm in der Unterzahl. Doch das war eine wirklichkeitsgetreue Darstellung. Sie hatte protestantische Verbündete, aber keine, deren Einmischung in schottische Angelegenheiten für Deven ersichtlich war.

Die einzige Gruppe, über die er sich noch Gedanken machte, waren die Iren, mit denen diese gesamte Diskussion angefangen hatte. Er wusste allerdings nicht von irgendeiner Beteiligung von deren Seite und konnte sich auch keine vorstellen, die einen Sinn ergeben hätte.

Wenn er an der Prüfung gescheitert war, dann sollte es so sein. Er wandte sich an Walsingham und deutete eine Verbeugung an. »Habe ich bestanden, Sir?«

Statt einer Antwort nahm Walsingham einen weißen Springer und stellte ihn auf die englische Seite. »Der Kronrat Ihrer Majestät«, sagte er. Dann schob er die weiße Dame in die Mitte, in den Freiraum zwischen beiden Seiten. »Ihre Majestät.«

Er trennte Elisabeth von ihrer Regierung. »Sie wollte nicht, dass die Königin der Schotten hingerichtet wird?«

»Sie war zwiegespalten. Wie Ihr beobachtet habt, war Maria Stuart eine potenzielle Erbin, allerdings eine, die für jene mit unserem protestantischen Glauben niemals akzeptabel sein würde. Ihre Majestät fürchtete außerdem, die gesalbte Herrscherin eines anderen Landes hinrichten zu lassen.«

»Aus Furcht vor dem Präzedenzfall, den dies darstellen würde.«

»Es gab natürlich jene, die nach dem Tod unserer Königin trachteten, ungeachtet eines Präzedenzfalls. Doch wenn eine Königin getötet werden kann, kann es auch eine andere. Darüber hinaus dürft Ihr nicht vergessen, dass sie Verwandte waren. Ihre Majestät erkannte die Bedrohung für ihre eigene Sicherheit und die für England, doch sie war zutiefst widerwillig.«

»Dennoch unterzeichnete sie am Ende den Hinrichtungsbefehl.«

Walsingham lächelte düster. »Erst, als sie durch überwältigende Beweise und die geduldigen Anstrengungen von uns, ihren Kronratsmitgliedern, dazu getrieben wurde. Das herbeizuführen, war keine einfache Aufgabe, und ihr

Sekretär Davison ging dafür in den Tower.« Auf Devens erschrockenen Blick hin nickte er. »Elisabeth überlegte es sich am Ende anders, aber zu spät, um Marias Hinrichtung zu verhindern. Davison bekam die volle Wucht ihres Zorns zu spüren, obwohl er ihn wenig verdient hatte.«

Deven blickte auf den Tisch hinunter, wo die weiße Dame verloren, unentschieden, zwischen den beiden Seiten dastand. »Was ist also das Rätsel? Die wahre Meinung Ihrer Majestät zur Königin der Schotten?«

»Es gibt einen Spieler, den Ihr übersehen habt.«

Deven biss sich auf die Lippen, dann schüttelte er den Kopf. »So sehr ich auch versucht bin, die Iren vorzuschlagen, ich glaube nicht, dass sie es sind, die Ihr meint.«

»Sie sind es nicht«, bestätigte Walsingham.

Deven betrachtete die Schachfiguren erneut, sowohl die auf dem Tisch als auch die ungenutzten auf dem Brett, dann zwang er sich dazu, die Augen zu schließen. Die Metapher war attraktiv, doch es war zu leicht, sich darin zu verfangen. Er durfte nicht an Springer, Türme und Bauern denken. Er musste an Nationen und Anführer denken. »Der Papst?«

»Völlig durch jene katholischen Kräfte, die Ihr bereits genannt habt, repräsentiert.«

»Also ein protestantisches Land.« Nicht in Schwarz-Weiß denken. »Oder jemand in weiterer Entfernung? Russland? Die Türken?«

Walsingham schüttelte den Kopf. »Näher an der Heimat.«

Ein Höfling, oder ein Adliger, der nicht bei Hof war. Deven konnte sich viele denken, doch keinen, der Grund hatte, mit der schottischen Königin in Verbindung zu stehen. Er gestand sich seine Niederlage ein und schüttelte den Kopf. »Ich weiß es nicht.«

»Ich auch nicht.«

Die leisen Worte ließen ihn den Kopf geschwind heben. Walsingham erwiderte seinen Blick, ohne zu blinzeln. Die tiefen Falten, die sich von seinen Augen aus auffächerten, waren besser zu sehen denn je, ebenso das Grau in seinem Haar und Bart. Die Vitalität des Verstands des Staatssekretärs machte es leicht, sein Alter zu vergessen, doch bei diesem Eingeständnis seiner Niederlage wirkte er alt.

Nicht Niederlage. Walsingham würde nicht ausmanövriert werden. Doch wie es schien, war er für den Augenblick mattgesetzt worden. »Was meint Ihr?«

Walsingham zog seine lange Robe um sich und setzte sich wieder, dann bedeutete er Deven, es ihm gleichzutun. »Ihre Majestät hatte keine andere Wahl, als Maria Stuart hinrichten zu lassen. Die Beweise gegen sie waren unumstößlich. Und wurden über Jahre gesammelt, möchte ich hinzufügen. Ich wusste aus früherer Erfahrung, dass ich sehr viele brauchen würde. Doch trotz all der Mühen des Kronrats und all jener Beweise war es eine knappe Sache – wie ihr Umgang mit Davison zeigt.«

»Ihr glaubt, jemand anderer hat sie am Ende überzeugt? Oder hat dagegen argumentiert und sie nach ihrer Entscheidung umgestimmt?«

»Ersteres.«

Devens Gedanken rasten an diesen neuen Pfaden entlang, die Walsingham ihm eröffnet hatte. »Dann also niemand auf der katholischen Seite.« Das schloss einen guten Teil von Europa aus, aber weniger in England, selbst mit einigen wohlinformierten Vermutungen, wer insgeheim ein Papist war.

»Da ist noch mehr.« Walsingham verschränkte seine tintenbefleckten Finger und warf seltsame Schatten über sein müdes Gesicht. »Einige von den Beweisen gegen die Königin der Schotten fielen mir zu leicht in die Hand. Es gibt gewisse Glückssträhnen, die zu bequem scheinen, gewisse Personen, deren Hilfe zum zu passenden Zeitpunkt kam. Nicht nur am Ende, sondern die gesamte Zeit. Während der Untersuchung zum Tod ihres Gatten behauptete sie, dass jemand die Briefe in jenem Kästchen gefälscht hätte, indem er ihren Geheimcode imitiert hätte, um sie zu belasten. Eine unhaltbare Verteidigung – doch vielleicht war sie wahr.«

»Jemand unter den protestantischen Schotten. Oder Burghley.«

Doch Walsingham schüttelte den Kopf, ehe die Worte auch nur ausgesprochen waren. »Burghley hat schon lange seine Agenten, genau wie Leicester vor seinem Tod. Aber obwohl wir nicht immer freigebig mit den Erkenntnissen waren, die wir erlangt haben, glaube ich nicht, dass sie eine solche Unternehmung vor mir verborgen halten wollen oder hätten können. Die Schotten sind eine bessere Vermutung, und ich habe sehr viel Mühe dafür aufgewendet, sie zu untersuchen.«

Sein Tonfall sagte genug. »Ihr glaubt auch nicht, dass sie es waren.«

»Es endet nicht mit der Königin der Schotten.« Walsingham stand wieder auf und fing an, hin und her zu marschieren, als würden seine Gedanken seinem müden Körper nicht erlauben, still zu sitzen. »Das war der offensichtlichste Vorfall mit einer Einmischung, und, wie ich glaube, der längste von der Planung und Ausführung her. Ich habe jedoch andere Anzeichen gesehen. Höflinge, die unerwartete Petitionen präsentieren, oder veränderte Standpunkte, die fest etabliert schienen. Oder die Königin selbst.«

Elisabeth, nicht Maria. »Ihre Gnaden hatte schon immer ein … launenhaftes Temperament.«

Walsinghams trockener Blick sagte, dass er keine Erinnerung brauchte. »Irgendjemand«, sagte der Staatssekretär, »übt schon lange einen verborgenen Einfluss auf die Königin aus. Jemand, der nicht zum Kronrat gehört. Ich kenne meine Kameraden dort gut genug. Ich kenne ihre Positionen. Diese Interventionen, die ich gesehen habe, haben von Zeit zu Zeit zur Agenda des einen oder anderen Ratsherrn gepasst … doch nie beständig zu einem einzigen.«

Deven respektierte Walsingham genug, um dieser Auswertung zu glauben, statt anzunehmen, dass ihn irgendjemand so lange erfolgreich in die Irre geführt hatte. Dennoch musste irgendjemand das getan haben, oder nicht? So unglaublich es auch war, jemand hatte einen Weg gefunden, dieses Spiel zu spielen, ohne enttarnt zu werden.

Der Staatssekretär fuhr fort: »Es würde scheinen, dass unser verborgener Spieler, wie wir alle, gelernt hat, dass es nicht produktiv ist, direkt an die Königin heranzutreten. Öfter agiert er durch Höflinge – oder vielleicht sogar ihre Hofdamen. Doch es gibt Momente, wo ich mir keine Erklärung vorstellen kann, außer dass er ein geheimes Gespräch mit Ihrer Majestät geführt und sie auf diese Weise überzeugt hat.«

»Binnen der letzten zwei Jahre?«

Walsinghams finsterer Blick traf wieder den von Deven. »Ja.«

»Ralegh.«

»Er ist nicht der erste Höfling, den sich Ihre Majestät herangezogen hat, ohne ihn vor dem Kronrat zu benennen. Tatsächlich denke ich manchmal, sie hat ihre Freude daran, uns zu verärgern, indem sie andere konsultiert. Aber wir kennen diese Personen und achten auf sie. Es ist nicht Ralegh und auch kein anderer, den wir sehen können.«

Deven ging in Gedanken all jene mit dem Zugangsrecht zum Thronsaal und den Privatgemächern durch, all jene, mit denen er die Königin in den Gärten spazieren gesehen hatte. Jeden Namen, den er vorschlug, eliminierte Walsingham. »Aber Euer Blick ist gut«, sagte der Staatssekretär mit einem verschlagenen Grinsen. »Es gibt einen Grund, warum ich Euch in meine Dienste aufgenommen habe.«

Hatte er über dieses Thema gegrübelt, seit Deven am Hof erschienen war? Schon davor, wie es klang. Deven sollte nicht überrascht sein, falls er sich als Bauer in diesem Spiel wiederfinden würde. Oder, um die Metapher zu wechseln, als Bluthund, der benutzt wurde, um die Duftmarken einer Beute zu erschnüffeln. Doch er stellte sich als schlechter Jagdhund heraus. Deven atmete langsam aus. »Dann gibt es, mein Lord, nach Euren Argumenten eine Anzahl an Personen, die es nicht sein können, aber wesentlich mehr, die es *vielleicht* sein können. Jene, die Ihr beiseitelegen könnt, sind ein paar Tropfen in einem Ozean aus Möglichkeiten.«

»Wäre es nicht so«, sagte Walsingham wieder mit unbewegter Stimme, »hätte ich ihn vor Jahren erwischt.«

Deven akzeptierte diese Erwiderung und ließ den Kopf hängen.

»Aber«, fuhr der Staatssekretär fort, »ich bin noch nicht besiegt. Wenn ich diesen Kerl nicht mit Logik finden kann, werde ich ihn in sein Versteck verfolgen – indem ich sehe, wohin er sich als Nächstes bewegt.«

Jetzt kamen sie endlich zum wahren Grund, aus dem Walsingham jene erste Schachfigur genommen und Fragen über die Königin der Schotten gestellt hatte. Es störte Deven nicht, dass er die Rolle eines Jagdhunds des Staatssekretärs spielte, wenn man ihm eine derart spannende Aufgabe stellte. Und er kannte sogar seinen Jagdgrund. »Irland.«

»Irland«, bestätigte Walsingham.

Mit diesen frischen Enthüllungen im Kopf versuchte Deven, die Karten eines verborgenen Spielers in den Ereignissen zu finden, die Perrot, Fitzwilliam und Tyrone in sich verstrickten. Doch erneut besiegte ihn der Wirrwarr.

»Ich glaube nicht, dass unser Spieler bereits einen Kurs gewählt hat«, sagte Walsingham, als Deven dies eingestand. »Ich hatte ihn als Urheber der Anschuldigung gegen Perrot verdächtigt, doch das, was Ihr aufgedeckt habt, lässt mich das infrage stellen. Es gibt Opposition gegen jene Anschuldigung, die ich nicht erwartet hatte, was vielleicht ebenfalls das Werk dieses unbekannten Manns sein könnte.«

Deven wägte dies ab. »Dann spielt er vielleicht ein längeres Spiel. Wenn er, wie Ihr sagt, die Ereignisse um die Königin der Schotten manipulierte, hat er kein Problem damit, Jahre darauf zu verwenden, sein Ziel zu erreichen.«

»In der Tat.« Walsingham strich mit einer Hand über sein Gesicht und zwickte in seine Nasenwurzel. »Ich vermute, dass er die Grundlage für irgendeinen zukünftigen

Zug legt. Was vorsichtig von ihm ist und klug, besonders, wenn er will, dass seine Karten ungesehen bleiben. Doch seine Vorsicht gibt uns auch Zeit, um ihn aufzuspüren.«

»Ich werde weiterhin lauschen«, sagte Deven mit mehr Enthusiasmus, als er zuvor verspürt hatte. Jetzt, wo er wusste, *wonach* er lauschen sollte, war die Aufgabe weitaus fesselnder. Und er wollte das Vertrauen, das Walsingham in ihn bewiesen hatte, indem er dieses ungelöste Rätsel überhaupt enthüllt hatte, nicht enttäuschen. »Euer verborgener Spieler muss gut sein, wenn er so lange unsichtbar geblieben ist, aber jeder macht irgendwann einen Fehler. Und wenn er das tut, werden wir ihn finden.«

ERINNERUNG
9. Dezember 1585

Der Mann war kaum auf das Dock in Rye getreten, als er feststellte, dass zwei kräftige Kerle an seiner Seite standen und ein dritter vor ihm, der breit und ohne Wärme grinste. »Ihr sollt mit uns kommen«, sagte der Grinsende. »Auf Befehl des Staatssekretärs.«

Die beiden Kerle packten die Ellbogen des Reisenden. Ihr Gefangener wirkte harmlos genug: ein junger Mann, entweder glatt rasiert oder von der Sorte, die sich unter keinen Umständen überhaupt einen Bart wachsen lassen konnte, gut, aber nicht extravagant gekleidet. Das Schiff war allerdings aus Frankreich gekommen, und in diesen gefährlichen Zeiten war allein dies beinahe Grund genug, um ihn zu verdächtigen. Diese Männer waren keine Kontrolleure, die autorisiert waren, ankommende Schiffe nach

Schmuggelware oder katholischer Propaganda zu durchsuchen. Sie waren wegen ihm gekommen.

Er war ein Mann gegen drei. Der Gefangene zuckte mit den Schultern und sagte: »Ich stehe dem Staatssekretär zur Verfügung.«

»Ganz recht, das tut Ihr«, murmelte einer der Kerle, und sie führten ihn vom Dock in die schmutzigen Straßen von Rye.

Nachdem ihr Gefangener festgenommen war, ritten die Männer unter einem grauen und halb gefrorenen Himmel nach Nordwesten. Drei kalte, elende Tage brachten sie zu einem Privathaus nahe dem Palast von Placentia in Greenwich, und der nächste Tag brachte ein Klopfen an der Tür. Der Anführer murmelte: »Auch nicht zu früh«, und ging sie öffnen.

Sir Francis Walsingham trat herein und schüttelte die Falten seines dunklen Mantels aus. Draußen bezogen zwei bewaffnete Männer auf beiden Seiten der Tür Stellung. Walsingham warf keinen Blick zurück auf sie und auch nicht auf die Männer, die er angeheuert hatte, obwohl er den Mantel löste und ihn an einen jener Männer übergab. Seine Blicke galten dem Gefangenen, der aufgestanden war und sich verbeugte. Es war schwer zu sagen, ob die Verbeugung spöttisch gedacht war oder ob die Unbeholfenheit seiner gefesselten Hände diesen Eindruck erweckte.

»Herr Sekretär«, sagte der Gefangene. »Ich würde Euch Gastfreundschaft anbieten, aber Eure Männer haben all meine Besitztümer beschlagnahmt – außerdem gehört mir das Haus nicht.«

Walsingham ignorierte den Sarkasmus. Er bedeutete den beiden Knappen hinauszugehen, aber ihrem Anführer zu bleiben, und als sie drei allein im Raum waren, hielt er einen Brief hoch, den man dem Gefangenen abgenommen hatte, sein Siegel sorgfältig entfernt. »Gilbert Gifford. Ihr kamt aus Frankreich hierher und hattet einen Brief vom katholischen Verschwörer Thomas Morgan an die entthronte Königin der Schotten dabei – einen Brief, der Euch ihr als vertrauenswürdigen Verbündeten empfiehlt. Ich nehme an, Ihr erkennt, was die Konsequenzen daraus sein könnten.«

»Ja«, antwortete Gifford. »Ich erkenne auch, dass Ihr, wenn Ihr diese Konsequenzen im Sinn hättet, nicht hierhergekommen wärt, um unter vier Augen mit mir zu sprechen. Sollen wir also die Drohungen und Einschüchterungen beiseitelegen und uns dem wirklich wichtigen Thema widmen?«

Der Staatssekretär betrachtete ihn für einen langen Moment. Seine dunklen Augen waren in ihrem Nest aus Krähenfüßen undeutbar. Dann setzte er sich auf einen der wenigen Stühle im Raum und gab Gifford einen Wink, den anderen zu nehmen, während Walsinghams Mann vortrat und seine Hände losband.

Als das getan war, sagte Walsingham: »Ihr sprecht wie ein Mann, der vorhat, etwas anzubieten.«

»Und Ihr sprecht wie jemand, der vorhat, über etwas zu verhandeln.« Gifford knetete seine Hände und untersuchte sie, dann legte er sie behutsam auf die Armlehnen des Stuhls. »Einfach ausgedrückt ist meine Situation die folgende: Ich komme mit diesem Empfehlungsschreiben in der Hand, ja, und habe auch vor, es zu nutzen. Was ich noch nicht entschieden habe, ist, wie ich es nutzen werde.«

»Ihr bietet Eure Dienste an.«

Gifford zuckte mit den Schultern. »Ich habe mir einen Überblick über die andere Seite verschafft. Zweifellos habt Ihr irgendwo eine Akte, in der alles dargelegt ist, Douai, Rom, Reims …«

»Ihr wurdet im April zum Diakon der katholischen Kirche geweiht.«

»Ich wäre enttäuscht, wenn Ihr das nicht wüsstet. Ja, ich habe in deren Seminaren studiert und dabei einen gewissen Status erreicht. Hätte ich das nicht, würde Morgan mich jetzt nicht an Maria Stuart empfehlen. Aber wenn Ihr von diesen Dingen wisst, kennt Ihr auch meine Konflikte mit meinen angeblichen Verbündeten.«

»Ich bin mir derer bewusst.« Walsingham saß ruhig da, völlig ohne das Zappeln, das weniger herausragende Männer kennzeichnete. »Dann wollt Ihr also sagen, dass diese Konflikte von Euch ein Anzeichen wahrer Meinungsverschiedenheiten waren und dass Euer kürzlich erreichter Status erworben wurde, um deren Vertrauen zu gewinnen.«

Gifford deutete ein Lächeln an. »Vielleicht. Ich wäre gerne irgendwem nützlich. Ich hege keine besondere Leidenschaft für den katholischen Glauben, ungeachtet meiner Familie, und ich habe den Eindruck, dass Eure Sache im Aufstieg begriffen ist. Allerdings ist vielleicht meine Bereitschaft, die Seiten zu wechseln, Grund genug für Euch, mir nicht zu vertrauen. Ich bin kein Ideologe für den Glauben von irgendjemandem, Euren eingeschlossen.«

»Ich habe mit weltlichen Männern ebenso viel zu tun wie mit Ideologen.«

»Es freut mich, das zu hören. Dies ist also meine Situation: Ich wurde gesandt, um irgendeine Möglichkeit zu finden, wieder geheime Kommunikationswege für Maria

Stuart herzustellen, damit ihre Verbündeten hier und im Ausland wieder einmal einen Plan für ihre Freilassung ersinnen können. Wenn Ihr diese Kommunikation blockieren wollt, könnt Ihr mich einfach genug aufhalten – aber dann werden sie jemand anderen finden.«

»Wohingegen ich, wenn ich Euch nutze, wissen werde, was besprochen wird.«

»Natürlich vorausgesetzt, dass ich der einzige Kurier bin und nicht geschickt wurde, um Euch von den wirklichen Kommunikationskanälen abzulenken.«

Die beiden Männer saßen schweigend da, vom dritten beobachtet, während das Feuer knisterte und seine Wärme abgab. Zwischen Walsingham und Gifford bestand keine Illusion von Wärme – aber da war eine Gelegenheit, und aller Wahrscheinlichkeit nach zogen beide diese der Wärme vor.

»Ihr wurdet in aller Öffentlichkeit verhaftet«, sagte Walsingham schließlich. »Was werdet Ihr Morgan erzählen?«

»Er ist Waliser. Ich werde ihm erklären, dass ich Euch erzählt habe, ich sei hergekommen, um die Interessen der walisischen und englischen Fraktionen gegen die Jesuiten voranzutreiben.«

»Worauf ich, der ich jede Art von internem Streit unter meinen Feinden gern habe, Euch freiließ, um diese Angelegenheit zu verfolgen.«

Gifford lächelte spöttisch.

Walsingham wog ihn für einen langen Augenblick ab, ohne mit seinen verschlagenen Augen zu blinzeln. Letztlich sagte er: »Ihr werdet mich informiert halten, wenn Ihr Kontakt mit der Königin der Schotten herstellt, damit wir uns einen Weg ausdenken können, um ihre Korrespondenz im Auge zu behalten.« Er nahm den Brief von Morgan und gab ihn Gifford zurück. »Geht zur Finch Lane, in der Nähe vom Leadenhallmarkt. Es gibt dort einen Mann namens Thomas Phelippes. Ihr werdet ihm diesen Brief geben und in seiner Gesellschaft bleiben, bis ich Euch weiterschicke. Die Verzögerung wird nicht bemerkt werden. Der Aufenthaltsort der Schottin wird verlegt, und bis er wieder feststeht, wird niemand von Euch erwarten, sie zu kontaktieren. Phelippes wird Euch den Brief zurückgeben, wenn Ihr geht.«

Gifford nahm den Brief an und steckte ihn ein. »Möge dies profitabel für uns beide sein.«

Doch als sie ihn freiließen, ging er nicht wie befohlen nach Leadenhall. Die Zeit dafür würde kommen, aber zuerst hatte er andere Geschäfte zu erledigen.

Das Haus, das er aufsuchte, stand direkt im Fischgestank von Billingsgate, doch trotz seiner Lage waren seine Fenster und Türen mit Brettern vernagelt. Zu dem Zeitpunkt, als er dort ankam, hatte er die Männer des Staatssekretärs, die ihm folgten, abgeschüttelt, und so trat er allein in den winzigen Innenhof.

Die Abenddämmerung war angebrochen, als er sich mit penibler Sorgfalt auf den Boden kniete und mit den langen Fingern am Rand eines Pflastersteins entlangstrich. Mit einer kleinen, angestrengten Grimasse zog er ihn zwischen den anderen heraus und brachte darunter keinen Staub zum Vorschein, sondern einen vertikalen Gang, wo eine Leiter an einer Wand lehnte. Als sich der Pflasterstein über ihm wieder auf seinen Platz legte, streckte er eine Hand zur Seite aus, fand glatten Stein und legte seine Lippen in einem widerwilligen Kuss daran.

Ein Flüstergeräusch, als sich der Stein verwandelte, und eine Welle von kühlem Licht.

Er trat hindurch in einen Ort, der sowohl unter dem Innenhof des Hauses bei Billingsgate war als auch nicht. Als er das tat, fiel der letzte Anschein der Fassade, die Gilbert Gifford war, ab, und mit einem verstörend fließenden Schulterzucken zeigte sich ein neuer Mann.

Er hatte es sehr knapp werden lassen. Etwas länger, und sein Schutzzauber wäre verblasst. Er hatte unterschätzt, wie verflucht langsam das Reisen sein konnte, wenn man darauf beschränkt war, auf gewöhnlichen Pferden über gewöhnliche Straßen zu kriechen, und Nahrung, die nicht speziell als Opfergabe dargebracht wurde, half nicht dabei, seine Fassade aufrechtzuerhalten. Doch er hatte den Onyxpalast sicher erreicht, und er konnte seine Verzögerung dabei, zu Phelippes zu kommen, irgendwie erklären.

Zuerst würde er seiner Königin Bericht erstatten.

Mit einem letzten raschelnden Schaudern, das den verbleibenden Makel der Menschlichkeit abschüttelte, machte sich Ifarren Vidar tiefer in den Onyxpalast auf, um von seiner Arbeit gegen die Schottin zu erzählen und sich für weitere Zeit, die er in einer sterblichen Tarnung gefangen verbringen musste, bereit zu machen.

PALAST VON RICHMOND, RICHMOND
6. März 1590

Der Draca war nicht der einzige Fae an Elisabeths Hof. Lune war die Einzige, die als Mensch lebte, aber andere kamen und gingen, um Geheimnisse zu erfahren, Geliebte zu besuchen oder einfach Streiche zu spielen. Manchmal wusste sie von deren Anwesenheit. Zu anderen Zeiten wusste sie es nicht.

Doch sie nahm an, selbst bevor sie den Onyxpalast verließ, um die Grundlage für Anne Montroses Auftreten zu schaffen, dass man jemanden geschickt hatte, um sie zu beobachten. Bei den endlosen Wanderungen von Elisabeths Hof war das nötig. Sie konnten nicht mehr als ein oder zwei Monate in einer Residenz verbringen, ehe sie durch das Bewohnen verschmutzt war, und die Launen der Königin konnten binnen eines Wimpernschlags alle packen lassen. Die Wichte und Goblins, die dazu eingeteilt waren, Lune freitags Brot zu bringen, mussten wissen, wo sie sie finden konnten.

Das war aber kaum der einzige Zweck des Beobachters. Sie ließ sich nie vergessen, dass jemand anderer Bericht über ihre Aktionen erstattete.

Seit Vidars Erscheinen in Hampton Court hatte Lune sich noch vorsichtiger als üblich verhalten. Ihre vorgebliche Aufgabe dort war es, Walsingham zu überwachen und durch Deven Zugang zu ihm zu bekommen, aber sie konnte mit einem Augenblick Vorwarnung gebeten werden, etwas in der irischen Angelegenheit zu unternehmen. Eine weniger subtile Fae hätte vielleicht einen oder mehr Höflinge bezaubert, damit sie sich verhielten wie gewünscht. Lune wusste, dass ihr Wert in ihrer Fähigkeit lag, über menschliche Kanäle zu arbeiten. Invidiana wollte nicht, dass ihr Einfluss auf den sterblichen Hof durch indiskrete Nutzung von Fae-Magie verraten wurde.

Also sammelte sie Geheimnisse und merkte sich Gefallen und wartete darauf, zu sehen, was passieren würde, während sie ein Auge auf die wenigen winzigen Bruchstücke an Informationen über ihren eigenen Hof hielt, die sie von ihren Kontakten aufschnappen konnte.

Der Draca im Fluss war nützlich. Wassergeister waren oft geschwätzig, und dieser hier bildete keine Ausnahme. Er hatte zwar keinen Zugang zum Alltagsleben am Onyxhof – er schwamm nie am Unterwassereingang im Hafen von Queenhithe vorbei –, aber er sprach mit anderen wasserlebenden Fae und sogar (wie er behauptete) mit der Themse selbst, die die Lebensader von London war. Mehr Neuigkeiten kamen von ihm, als man vielleicht erwartet hätte. Als an einem Nachmittag überraschend warmes und sonniges Wetter aufzog, überredete Anne Montrose die Gräfin, am Fluss entlangzuspazieren, und Lune verbrachte beinahe eine Stunde damit, mit dem Draca zu sprechen und zu erfahren, was er wusste.

Als Elisabeth die Gräfin zu sich rief, um ihr in Richmond Gesellschaft zu leisten, folgte der Draca ihnen flussabwärts. Lune nutzte ihn nie, um Vidar und Invidiana Nachrichten zu überbringen, doch an einem stürmischen Tag im März warnte der Draca sie: Vidar selbst würde ihr in dieser Nacht ihr Brot bringen.

Lune war nicht überrascht – sie hatte erwartet, dass sie ihn wiedersehen würde, angesichts der offensichtlichen Wichtigkeit von Irland für beide Höfe im Moment –, doch sie wäre vielleicht verblüfft gewesen, wenn sie ihn unvorbereitet getroffen hätte. Sie dankte dem Draca, belohnte ihn mit einem goldenen Ohrring, den sie der Gräfin entwendet hatte, und ging weiter ihrer Arbeit nach, als sei nichts Ungewöhnliches geschehen.

Irgendjemand beobachtete sie immer.

Richmond war kleiner, und es war schwieriger, dort herumzuschleichen. Lune verließ die Kammer der Gräfin weit vor ihrem vereinbarten Treffen und opferte ihre mühsam errichtete Tarnung von Anne Montrose zum Zweck der Heimlichkeit. Es war möglich, sterbliche Blicke abzuwenden, aber anstrengend. Viel einfacher, als jemand zu erscheinen, der das Recht hatte, wach und unterwegs zu sein, selbst zu seltsamen Stunden. Ein Haushaltsdiener in diesem Teil des Palasts, ein bewaffneter Mann in jenem Teil, obwohl sie Männer schlecht spielte und kein Gespräch als einer führen wollte.

Einen behutsamen Schritt nach dem anderen suchte sie sich ihren Weg nach draußen in die Nacht.

Wenn sie in Hampton Court war, traf sie ihren Kurier am Fluss. Hier lag der vereinbarte Treffpunkt in den Schatten des Obstgartens. Sie duckte sich unter die herabhängenden, winterkahlen Zweige einer Weide und warf, als sie sich aufrichtete, ihr sterbliches Erscheinungsbild gänzlich ab.

Der Fae, der sie erwartete, war nicht Vidar.

Lune fluchte innerlich, doch sie hielt ihr Gesicht unbewegt. Eine Planänderung? Eine absichtliche Täuschung von Vidars Seite? Oder einfach eine Lüge des Dracas zu seinem eigenen Vergnügen oder aus Eigeninteresse? Es war egal. Gresch, einer ihrer gewöhnlicheren Kontakte, wartete schon auf sie.

»Euer Brot«, grunzte er und warf es ihr ohne Umstände entgegen. Wie die meisten Goblinfae war er ein gedrungenes und unförmiges Ding. Zeremoniell hätte bei ihm quälend spöttisch gewirkt. Lune dachte manchmal, dass das der Grund war, warum so wenige von ihnen wichtige Stellungen am Onyxhof einnahmen. Zusätzlich zu ihrer chaotischen und ungehobelten Natur, die die Eleganz störte, welche Invidiana schätzte, sahen sie unpassend aus.

Hauptsächlich arbeiteten sie als Lakaien der elfenhaften Fae oder hielten sich vom Hof völlig fern.

Doch Eleganz und Schönheit waren nicht das Einzige, was wichtig war. Dame Halgresta und ihre beiden Brüder bewiesen das. Pure Hässlichkeit und Stärke hatten ebenfalls ihren Platz.

Lune fing das Brot auf und untersuchte es. Man hatte ihr mehr als einmal eine zu kleine Ration gebracht. Der Klumpen war allerdings groß genug, um die benötigten sieben Bissen auszumachen, und so steckte sie ihn in ihren Säckel.

»Also, was habt Ihr?«, fragte Gresch und kratzte über die zottigen, drahtigen Haare in seinem Bart. »Macht schnell – nur das wichtige Zeug – habe mit meiner Zeit Besseres zu tun, als unter irgendeinem triefenden Baum zu sitzen und mir Klatsch anzuhören.« Er funkelte zu den schaukelnden Zweigen der Weide hoch, als hätten sie ihn persönlich beleidigt.

Sie hatte einen Großteil des Tages mit der Planung verbracht, was sie zu Vidar sagen und wie sie die Fragen beantworten würde, die er voraussichtlich stellen würde. Als sie sich nur mit Gresch konfrontiert sah, fühlte sie sich ziemlich enttäuscht. »Der Earl von Tyrone wird wahrscheinlich bald wieder vor den Kronrat kommen«, sagte sie. »Falls Ihre Majestät irgendwie eingreifen will, wäre dies ein günstiger Zeitpunkt. Er ist ein ehrgeiziger Mann, und ein streitlustiger. Man kann ihn je nach Bedarf kaufen oder provozieren.«

Gresch zupfte etwas aus seinem Bart, untersuchte es und warf es dann mit einem enttäuschten Seufzen weg. »Was ist mit Wie-heißt-er-noch-mal? Der Kerl, den Ihr eigentlich beobachten sollt. Nicht der irische Kerl.«

»Walsingham ist zwar mein Auftrag«, sagte Lune unbewegt, »aber er ist nicht der einzige Weg, um die Interessen unserer Königin bei Hof voranzutreiben. Ich habe mit den bedeutendsten Neuigkeiten angefangen.«

»Plant Ihr, mich mit unbedeutenden Neuigkeiten zu langweilen?«

»*Weniger* bedeutend ist nicht dasselbe wie *unbedeutend.*«

»Verschwendet keine Zeit mit Diskussionen. Einfach raus damit.«

Mühsame Erfahrungen hatten sie gelehrt, dass man Gresch weder mit Charme noch mit Einschüchterungen zu besserem Benehmen bringen konnte. Es lag einfach nicht in seiner Natur. Lune schluckte ihren Ärger hinunter und fuhr fort. »Walsingham verteidigt weiterhin Sir John Perrot gegen die Anschuldigung des Hochverrats. Sein Gesundheitszustand ist allerdings schlecht. Wenn er sich wieder Urlaub nehmen muss, wird ihn Robert Beale wahrscheinlich im Kronrat vertreten, wie er es schon zuvor getan hat, doch während Beale die Wünsche seines Herrn befolgen wird, wird er ein weniger effektiver Fürsprecher für Perrot sein.«

Gresch runzelte entweder vor Schmerz oder durch intensives Nachdenken die Stirn, dann erhellte sich seine Miene. »Walserdingens, Walsserwienochmal ... ach, richtig! Etwas, das ich Euch fragen sollte.« Er äffte einen nachdenklichen Blick nach. »Oder sollte ich Euch darauf warten lassen?«

Lune machte sich nicht die Mühe, darauf zu reagieren. Das hätte ihn nur noch mehr amüsiert.

»Richtig, also, Waterwieauchimmer. Habt irgendeinen sterblichen Kerl an der Angel, der ihm dient, richtig?«

»Michael Deven.«

»Genau, den. Wie treu ist er?«

»Mir?«

»Seinem Herrn.«

Diese Frage hatte sie nicht erwartet. Um Zeit zu schinden, sagte Lune: »Er steht seit ungefähr anderthalb Jahren in Walsinghams Diensten …«

Gresch schnaubte mit einem schleimigen Rotzen. »Ich frage nicht nach einer Geschichte. Würde Euer sterblicher Welpe ihn betrügen?«

Ihre Nerven summten wie Harfensaiten, die plötzlich angeschlagen wurden. Lune antwortete bedächtig: »Das hängt davon ab, was Ihr mit Betrug meint. Würde er direkt gegen Walsinghams Interessen handeln?« Darüber musste sie nicht einmal nachdenken. »Nein. Deven ist, wie sein Herr, dem Wohlergehen von England und Elisabeth verpflichtet. Es kann höchstens sein, dass sich seine Meinung, wie man diesem Wohlergehen dient, von der von Walsingham unterscheidet. Ich nehme an, falls sie sich weit genug unterscheiden und er die Lage für kritisch genug halten sollte, würde er vielleicht eigenmächtig handeln. Aber einen direkten Betrug? Niemals. Das Maximum, was er bisher getan hat, war es, indiskret einige Informationen zu teilen, die er hätte geheim halten sollen.«

»Ach echt?« Gresch nahm dies mit einem begierigen Grinsen auf. »Wie zum Beispiel?«

Lune achtete darauf, sorglos mit den Schultern zu zucken. »Angelegenheiten, die ich bereits Ihrer Majestät mitgeteilt habe. Wenn Ihr nicht eingeweiht seid, geht mich das nichts an.«

»Ach, kommt schon.« Der Goblin machte einen Schmollmund – ein wahrlich hässlicher Anblick. »Keine neuen

Häppchen, die Ihr in Richtung dieser armen, gelangweilten Seele werfen könntet?«

Warum hakte er nach? »Nein. Ich habe nichts Neues zu berichten.«

Es hätte der Wind sein können, der in den Ästen der Weide raschelte. In dem Moment, als ihr bewusst wurde, dass er es nicht war, war das Messer bereits an ihrer Kehle.

»Wirklich?«, hauchte Vidar in ihr Ohr, seine Stimme sanft und bösartig. »Würdet Ihr Euch diese Aussage noch einmal überlegen, Lady Lune?«

Gresch kicherte und führte einen kleinen Tanz auf.

Sie schloss die Augen, ehe diese sie verraten konnten. Mehr, als sie es bereits hatten. Weil sie nichts mehr sah, wurden ihre anderen Sinne geschärft. Sie hörte jedes leise Knistern, wenn sich die kahlen Äste der Weide trafen und trennten, das kühle Pfeifen der feuchten Frühlingsbrise. Der Frost bildete eine harte Kruste auf dem Boden und einen harten Hauch in der Luft.

Die Klinge an ihrer Kehle kratzte beinahe unmerklich über ihr Fleisch, als sie einatmete, ihre Berührung leicht genug, um die Haut unverletzt zu lassen, stark genug, um sie die Präsenz des Messers nicht vergessen zu lassen.

»Habt Ihr etwas Gegenteiliges gehört, Lord Ifarren?«, fragte sie, wobei sie ihr Kinn so wenig wie möglich bewegte.

Sein linker Arm war um ihre Taille geschlungen. Die Nägel seiner Hand gruben sich hart genug hinein, dass sie sie durch die Stäbe ihres Korsetts spüren konnte. Vidar war größer als sie, doch mit seinem skelettartigen Körperbau wog er in etwa gleich viel. Was würde Gresch tun, sollte sie Anstalten machen, gegen Vidar anzukämpfen?

Es hatte keinen Sinn, das zu versuchen. Selbst wenn sie ihm das Messer abnehmen konnte, was sollte sie dann tun? Ihn töten? Invidiana war bekannt dafür, dass sie bei Morden gelegentlich ein Auge zudrückte, aber Lune bezweifelte, dass dieser hier ungestraft bleiben würde. Falls sie den Fae-Lord überhaupt überwältigen konnte.

Er lachte still. Sie fühlte es dort, wo er seinen Körper gegen ihren Rücken drückte. »Was für eine schrecklich ausweichende Antwort, Lady Lune.« Vidar sprach ihren Titel wie eine Drohung aus. »Ich habe tatsächlich etwas sehr Interessantes gehört. Ich habe gehört, dass Ihr mit diesem sterblichen Spielzeug von Euch gesprochen habt.«

»Ich spreche oft mit ihm.« Die Worte kamen völlig unaufgeregt heraus, als würden sie in einem gewöhnlichen Gespräch stehen.

»Nicht so oft, wie Ihr es könntet. Ihr hättet mir erzählen sollen, dass er ohne Euch in Richmond war.«

»Verzeihung, mein Lord. Das war ein Versehen.«

Wieder ein stilles Lachen. »Oh, da bin ich mir sicher. Aber dieses kürzliche Gespräch – das ist es, was mich interessiert. Ein leises Flüstern behauptet, er habe Euch etwas Wichtiges erzählt.« Sein Griff um ihre Taille wurde fester, und die Klinge drückte stärker. »Etwas, das Ihr nicht mitgeteilt habt.«

Sie wusste, welches Gespräch er meinte. Es war unmöglich, dass der Draca es gehört haben konnte. Zu jenem Zeitpunkt hatten sie am Hundezwinger des Palasts, weitab vom Fluss gestanden. Welche Art von Fae hätte sie belauschen können, ohne gesehen zu werden?

Ein Schwarzer Hund vielleicht – irgendein Geisterhund oder Höllenhund. Unter den Jagdhunden versteckt. Aber wie viel hatte er gehört?

Nicht alles, sonst wäre Vidar jetzt nicht hier und würde die Informationen aus ihr herauspressen. Doch sie musste sehr vorsichtig damit sein, was sie sagte.

Sie öffnete die Augen. Gresch war verschwunden, seine Pflicht war getan. Falls er lauschte, wäre das Vidars Problem.

»Sir Francis Walsingham«, sagte sie, »hat Verdacht geschöpft.«

Vidar erstarrte an ihrem Rücken. Dann löste sich sein Arm. Der Elfenlord hielt das Messer weiter an ihre Kehle, als er um sie herumging und sich vor sie stellte. Seine schwarzen Augen funkelten in der beinahe völligen Finsternis.

»Was habt Ihr gesagt?«, flüsterte er.

Sie befeuchtete ihre Lippen, ehe sie die nervöse Bewegung unterdrücken konnte. »Der Staatssekretär hat Verdacht geschöpft, dass jemand, der ihm unbekannt ist, in der englischen Politik mitmischt.«

»Was hat er gesehen?«

Die Frage peitschte heraus wie eine Geißel. Aber es war einfacher für Lune, die Fassung zu bewahren, selbst während das Messer immer noch auf ihre Haut drückte, jetzt wo ihr Körper nicht mehr in einer gewalttätigen, intimen Umarmung an den von Vidar gepresst wurde. »Gesehen? Gar nichts. Er vermutet es nur.« Sie musste ihm mehr als das geben. »Die kürzlichen Ereignisse, die Irland betreffen, haben seine Aufmerksamkeit geweckt. Er fängt an, sich Angelegenheiten aus der Vergangenheit anzusehen, wie zum Beispiel die Königin der Schotten.«

Vidars Schultern hoben sich vor Anspannung ein winziges Stück. Lune wusste, dass diese Sache ihm Sorgen bereiten würde.

»Und was«, fragte Vidar, dessen Stimme jetzt kontrolliert und hart klang, »wird er mit diesem Verdacht machen?«

Lune schüttelte den Kopf, dann erstarrte sie, als sie erneut spürte, wie das Messer über ihre Kehle streifte. »Ich weiß es nicht. Deven weiß es nicht. Walsingham hat nur kurz davon gesprochen, und das auf konfuse Art. Es geht ihm nicht gut. Deven glaubt, dass es eine fiebrige Halluzination ist, die durch Überarbeitung verursacht wird.«

Sie stand unbewegt da und wurde kurz vergessen, während Vidar über ihre Worte grübelte. Der Schwarze Hund – falls das der fragliche Beobachter war – konnte sie über dem Lärm, den die anderen Hunde machten, nicht gehört haben. Er hatte sie nur reden sehen und aus ihrer Reaktion geschlossen, dass das, worüber auch immer Deven gesprochen hatte, wichtig war. Vidars scharfe Reaktion auf ihre erste Erklärung hatte das deutlich gemacht.

Was bedeutete, dass sie sich erlauben konnte, die Wahrheit zu beugen – mit gewissen Grenzen.

Vidars Blick wurde schärfer und wanderte zurück zu ihr. »Also«, sagte er. »Ihr habt davon erfahren – einer eindeutigen und unmittelbaren Bedrohung für die Macht der Königin und die Sicherheit unseres Volkes – und beschlossen, diese Information für Euch selbst zu behalten.« Seine Lippen glitten in der Nachahmung eines Lächelns von seinen Zähnen. »Erklärt Euch. Warum?«

Lune schnaubte verächtlich. »Warum? Ich würde das für offensichtlich halten, sogar für Euch. Das hier ist die Art von Situation, die die Leute das Denken aufhören lässt und sie in blinde Panik versetzt, woraufhin sie gegen die angebliche Drohung zuschlagen und nur darauf aus sind, sie zu zerstören. Was wiederum vielleicht eine furchtbare Verschwendung einer Chance ist.«

»Chance.« Vidar entspannte seinen Arm. Das Messer bewegte sich weg, obwohl es immer noch in seiner Hand blitzte, ohne Scheide und bereit. »Eine Chance für Lady Lune vielleicht – und der Onyxpalast und alle Fae, die unter seiner Macht Schutz suchen, hätten das Nachsehen.«

Sie fragte sich, ob diese Rhetorik aus ihrer Gewohnheit stammte, Sterbliche nachzuahmen. Das größere Wohl des Onyxpalasts und der Rasse der Fae insgesamt wurden gelegentlich als Rechtfertigung für gewisse Aktionen oder als Lobpreis für Loyalität eingesetzt. Es hätte vielleicht mehr Bedeutungskraft gehabt, wäre es nicht nur ein gelegentliches Stilmittel gewesen – oder falls irgendwer geglaubt hätte, dass es mehr als leere Worte waren. »Nicht im Geringsten«, sagte sie und hielt ihre Stimme ruhig und unbeeindruckt. »Ich bin keine Närrin. Was könnte ich möglicherweise damit gewinnen, wenn ich Ihre Majestät auf solche Art verraten würde? Aber ich bin in einer besseren Position als alle anderen, um zu sehen, in welche Richtung sich Walsingham bewegt, welche Maßnahmen er vornimmt. Und ich sage Euch, dass schnelles Handeln hier nicht ratsam wäre. Weit besser ist es, ihn zu beobachten und einen plötzlichen Zug zu machen, wenn das Glück uns eine Gelegenheit bietet.« Sie erlaubte sich ein ironisches Lächeln. »Selbst falls er die Zeitpunkte und Orte entdecken sollte, an denen wir eingegriffen haben, glaube ich kaum, dass er sich vorstellen kann, dass Fae die Schuldigen sind.«

Und das war absolut wahr. Doch Vidars bösartiges Lächeln kam zurück. »Ich frage mich, was Ihre Majestät von Eurer Logik halten würde?«

Hinter ihrer gefassten Fassade setzte Lunes Herz einige Schläge aus.

»Ich könnte es Ihr vielleicht nicht erzählen.« Vidar betrachtete die Spitze seines Dolchs und kratzte mit einem klauenartigen Fingernagel irgendeinen imaginären Schmutzfleck weg. »Das wäre für mich natürlich ein Risiko – wenn sie es herausfände ... Doch ich wäre vielleicht willens, Euch diese Gnade anzubieten, Lady Lune.«

Sie musste fragen. Er wartete darauf. »Zu welchem Preis?«

Seine Augen blitzten über die Klinge in seiner Hand. »Euer Schweigen. An irgendeinem Punkt in der Zukunft werde ich Euch bitten, einige Erkenntnisse für Euch zu behalten. Etwas, das vergleichbar mit dem ist, was ich jetzt für Euch tue. Und Ihr werdet an Euer Wort gebunden sein, der Königin diese Angelegenheit vorzuenthalten.«

Sie konnte das recht gut übersetzen. Er verpflichtete sie, bei irgendeinem zukünftigen Versuch, den Onyxthron zu erobern, seine Komplizin zu sein.

Doch was war ihre Alternative? Zu ihm zu sagen, *Dann sagt es der Königin und seid verdammt,* und daraufhin Invidiana vor Vidars Ambitionen zu warnen? Von diesen wusste sie bereits, und er hatte nichts ausreichend Spezifisches gesagt, um verurteilt zu werden. An diesem Punkt wäre Lune von nichts weiter als der Gnade einer gnadenlosen Königin abhängig.

Lune zwang sich mit reiner Willenskraft, nicht mit den Zähnen zu knirschen, und sagte in einem Tonfall, der nur ein wenig angespannt klang: »Also gut.«

Vidar senkte das Messer. »Euer Wort darauf.«

Er überließ nichts dem Zufall. Lune schluckte ihre Galle hinunter. »Im Namen der uralten Mab schwöre ich, diesen Gefallen mit einem Gefallen zurückzuzahlen, von angemessener Art und Wert, wenn Ihr zu einer zukünftigen Gelegenheit darum bitten solltet, und kein Wort davon zur Königin durchdringen zu lassen.«

Das, oder ihn als Bedrohung unschädlich zu machen, ehe er je eine Gelegenheit hatte, sie zu bitten. *Sonne und Mond*, dachte Lune verzweifelt, *wie bin ich nur in eine solche Lage gekommen, dass ich mich mit Vidar verschwören muss?*

Der Dolch verschwand, als hätte er nie existiert. »Ausgezeichnet.« Vidar lächelte dieses raubtierhafte Lächeln. »Ich freue mich darauf, Eure zukünftigen Berichte zu hören, Lady Lune.«

PALAST VON OATLANDS, SURREY
14. *März* 1590

Als Deven in Habachtstellung neben der Tür verharrte, die vom Thronsaal in die Privatgemächer führte, heftete er seine Blicke auf die gegenüberliegende Wand und ließ seine Ohren die Arbeit tun. Es war eine langweilige Aufgabe und eine, die seine Füße wund machte – es wurde nicht gern gesehen, wenn man sein Gewicht verlagerte –, aber sie gab ihm eine gute Gelegenheit zum Lauschen. Er war zu der Vermutung gekommen, dass Elisabeths Vorliebe dafür, sich in einer Vielzahl von Sprachen zu unterhalten, ebenso eine Verschleierungstaktik wie eine Demonstration ihrer Bildung war. Ihre Höflinge waren ein polyglotter Haufen, die dem Beispiel ihrer Königin folgten, doch wenige konnten jede Sprache sprechen, die sie beherrschte. Er selbst wurde oft von ihrer stakkatoartigen Sprechweise besiegt, aber mittlerweile beherrschte er genug Italienisch, um die Bedeutung eines Satzes herauszufiltern, und sein Französisch war gut geübt. Also starrte er in die Entfernung, hielt die Hellebarde präzise gerade und lauschte.

Er lauschte besonders auf Gespräche über Irland.

Ein verborgener Spieler, hatte Walsingham gesagt. Deven hatte bereits kalkuliert, dass jeder solche Spieler entweder ein Zugangsrecht zum Thronsaal – wahrscheinlich auch zu den Privatgemächern – oder ansonsten Gefolgsleute mit einem derartigen Recht haben musste. Ersteres ergab mehr Sinn, weil man die Maschinerie eines Hofs nicht lange effektiv aus der Entfernung beeinflussen konnte, aber er durfte das nicht zu fest annehmen.

Leider war der Zugang zwar einer großen Menge Personen verwehrt, einer großen Menge Personen jedoch nicht. Hochadlige, Ritter, Gentlemen – sogar einige reiche Kaufleute – Botschafter auch. Konnte es einer von denen sein? Weder die Spanier noch die Franzosen hätten einen Grund gehabt, Elisabeth zu Marias Hinrichtung zu drängen, und sie hatten wenig genug Grund, sich zu kümmern, was in Irland vorging, obwohl ein Teil der Anschuldigungen sowohl gegen Perrot als auch den Earl von Tyrone darin bestand, dass sie sich mit den Spaniern verschworen hatten.

Doch Botschafter kamen und gingen. Falls Walsingham richtig lag, war dieser Spieler seit Jahrzehnten aktiv. Sie ergaben schlechte Verdächtige, außer die wahren Spieler waren ihre entfernteren Herrscher – diese allerdings waren sozusagen bereits auf dem Spielbrett.

Devens Gedanken führten immer wieder im Kreis, während er aus den Augenwinkeln beobachtete, wie Höflinge kamen und gingen, und jedem Gesprächsfetzen lauschte, den er erhaschen konnte.

Ein Tippen auf seine Schulterborte riss ihn aus seiner Träumerei. Weil er sich so sehr auf das Ende des Raums konzentriert hatte, hatte er überhaupt nicht darauf geachtet, was vor seiner Nase passierte.

Ralph Bowes stand vor ihm, die zeremonielle Stangenwaffe in der Hand. Auf der anderen Seite der Tür tauschte John Darrington gerade mit Arthur Capell den Platz. Deven entspannte sich und nickte Bowes dankend zu.

Als er beiseitetrat, sah er etwas, das ihn von dem endlosen Rätsel in seinem Kopf ablenkte. Auf der anderen Seite der Kammer legte die Gräfin von Warwick ihren Stickrahmen beiseite und stand von ihrem Sitzkissen auf. Sie machte einen tiefen Knicks vor Elisabeth, dann ging sie rückwärts weg. Deven nahm seine Hellebarde in die linke Hand und ging schnell zur äußeren Tür, wo er sich verbeugte und sie der Gräfin aufmachte.

Er folgte ihr hinaus in die Wachstube, an der königlichen Leibwache und dem Kammerdiener an jener Tür vorbei, und sobald sie außer Hörweite waren, fragte er: »Lady Warwick, wenn ich um einen Augenblick Eurer Zeit bitten dürfte?«

Sie wirkte etwas überrascht, nickte jedoch und bedeutete ihm, an ihrer Seite zu laufen. Zusammen gingen sie aus der Wachstube, die mit jenen Höflingen gefüllt war, die auf eine Gelegenheit hofften, Zugang zu den beschränkteren und privilegierteren Räumlichkeiten dahinter zu bekommen. Deven wartete, bis sie diesen neugierigen Ohren entkommen waren, ehe er sagte: »Ich bitte Euch untertänigst um Verzeihung, weil ich Euch mit dieser Angelegenheit belaste. Ich bin mir sicher, es gibt viele andere, dringendere Sorgen, die die Zeit Eurer Ladyschaft in Anspruch nehmen. Aber sicherlich könnt Ihr verstehen, wie die Zuneigung das Herz eines Mannes zur Ungeduld treibt. Habt Ihr schon irgendeinen Hinweis, wie Ihre Majestät im Hinblick auf mein Anliegen disponiert ist?«

Das war bei Weitem nicht die blumigste Rede, die er bei Hof je gehalten hatte, doch er schien die Gräfin verwirrt zu haben. »Euer Anliegen?«

»Mistress Montrose, Eure adlige Kammerzofe«, sagte Deven. »Sie hat mir erzählt, sie hätte Eure Ladyschaft gebeten, herauszufinden, wie der Wind bei der Königin steht – ob Ihre Gnaden vom Gedanken an unsere Heirat erzürnt wäre.«

Ihre Schritte wurden minimal langsamer. Seit er in Walsinghams Diensten stand, hatte Deven eine Vielzahl zwielichtiger Männer befragt. Er hatte gelernt, Körpersprache sehr gut zu deuten. Was er aus ihrem Zögern las, ließ es ihm kalt den Rücken hinunterlaufen. »Master Deven ... sie hat keine derartige Bitte an mich gerichtet.«

Sie gingen ein paar Schritte weiter. Devens Beine trugen ihn gehorsam vorwärts, weil er ihnen noch nicht befohlen hatte, etwas anderes zu tun.

»Keine derartige Bitte«, wiederholte er schockiert.

Der Blick, den sie ihm zuwarf, war zurückhaltend, aber voller Mitleid. »Wenn Ihr es wünscht, kann ich die Inklination Ihrer Majestät in der Sache herausfinden. Ich bin mir sicher, sie würde nichts dagegen haben.«

Deven schüttelte langsam den Kopf. »Nein ... nein. Das heißt ... Ich danke Euch, meine Lady.« Die Worte kamen rein mechanisch heraus. »Vielleicht bitte ich in dieser Angelegenheit später um Eure Fürsprache. Aber ich … ich sollte mit Anne sprechen.«

»Ja«, sagte die Gräfin sanft. »Ich kann mir vorstellen, dass Ihr das solltet. Gott schenke Euch einen guten Tag, Master Deven.«

PALAST VON OATLANDS, SURREY
15. *März* 1590

Er suchte Anne erst am nächsten Tag auf. Den Abend verbrachte er allein in seiner Kammer, nachdem er Ranwell auf einen unnötigen Botengang geschickt hatte. Colsey bediente ihn an jenem Abend allein, weil der den Mund halten würde.

Der Ort, an den ihn seine Gedanken führten, war nicht angenehm, doch er konnte ihn nicht meiden. Und eine Verzögerung würde die Lage nicht verbessern. Als er am folgenden Nachmittag freihatte, machte er sich auf die Suche nach Anne.

Sie war nicht bei der Gräfin. Man hatte ihr an jenem Tag andere Aufgaben zugewiesen. Oatlands war im Vergleich zu Hampton Court oder Whitehall ein kleiner Palast, doch an jenem Tag wirkte er wie der sprichwörtliche Heuhaufen, und Anne war die Nadel, die seiner Suche immer wieder entglitt. Erst kurz vor der Abenddämmerung fand er sie, als er wieder die Privatgemächer der Gräfin prüfte und sie antraf, als sie eine Notiz über eine Bücherlieferung machte.

Er hielt auf der Türschwelle an, seine Bewegung plötzlich verzögert, und sie blickte von ihrem Papier auf. Das

Lächeln, das ihr Gesicht erhellte, ließ ihn hoffen, dass alles ein einfaches Missverständnis war – doch das glaubte er nicht.

»Wir müssen reden«, sagte er ohne Umschweife.

Anne legte ihre Feder ab und biss sich auf die Lippen. »Die Gräfin könnte bald zurückkehren. Ich sollte …«

»Sie wird Euch diese Abwesenheit verzeihen.«

Eine dünne Falte bildete sich zwischen ihren bleichen Brauen, aber sie stand von ihrem Stuhl auf. »Also gut.«

Er wollte dieses Gespräch nicht drinnen führen. Es gab immer lauschende Ohren, ob sie zu Höflingen oder Dienern im Haushalt gehörten. Anne holte einen Mantel. Deven hatte nicht daran gedacht, sich selbst einen mitzubringen. Gemeinsam gingen sie in den Obstgarten hinaus, wo die Bäume sie nur unvollständig gegen den Frühlingswind schützten.

Anne ging schweigend neben ihm her und gewährte ihm die Zeit, die er brauchte. Die Worte waren in seinem Kopf vorbereitet, dennoch kamen sie nicht leicht heraus. Nicht mit ihr an seiner Seite.

»Ich habe heute mit der Gräfin gesprochen.«

»Ach?« Sie wirkte vorsichtig neugierig, nicht mehr.

»Über die Königin. Über … dich und mich und die Sache mit unserer Hochzeit.« Seine Wangen und Lippen wurden bereits kalt. »Das war das erste Mal, dass sie davon hörte.«

Annes Schritte wurden langsamer, genau wie die der Gräfin zuvor.

Deven zwang sich, sich umzudrehen und sie anzusehen. Seine Eingeweide verkrampften sich, als würde er sich nur noch mit Muskelkraft im Zaum halten. »Wenn du mich nicht heiraten willst, ist alles, was du tun musst, das zu sagen.«

Die Worte waren ausgesprochen, und sie verneinte sie nicht sofort. Stattdessen neigte sie ihr Kinn, sodass ihre Kapuze ihr Gesicht halb verbarg. Auch diese Geste war für ihn deutlich. Er wartete, versuchte nicht zu zittern und überhörte es beinahe, als sie flüsterte: »Es ist nicht so, dass ich nicht möchte. Ich kann nicht.«

»Du kannst nicht?« Er hatte sich darauf eingestellt, dass ihre Zuneigung abgekühlt war, oder es versucht. Jetzt klammerte er sich mit vermischter Hoffnung und Verwirrung an diese Worte. »Warum?«

Sie schüttelte den Kopf und sah ihm nicht in die Augen.

»Billigt dein Vater es nicht?«

Wieder ein Kopfschütteln von ihr. »Ich … ich habe keinen Vater.«

»Bist du schon einem anderen versprochen? Mit einem anderen *verheiratet*, Gott bewahre?« Wieder leugnete sie es. Deven suchte nach anderen möglichen Gründen. »Bist du katholisch?«

Ein wildes, unangemessenes Lachen entkam ihr, dann verstummte sie abrupt. »Nein.«

»Dann in Gottes Namen, warum nicht?«

Er sagte es lauter, als er vorgehabt hatte. Anne zuckte zusammen und drehte sich weg, sodass sie ihm die Rückseite ihres Mantels präsentierte. »Ich …« Ihre Stimme war rau, wie seine, aber fest entschlossen. Er wusste genau, wie stark ihr Wille war, doch dieser war nie zuvor gegen ihn gewandt gewesen. »Es tut mir leid, Michael. Du verdienst eine Erklärung, und ich habe keine. Aber ich kann dich nicht heiraten.«

Das angestrengte Pochen seines Herzens markierte die Zeit, während er sie anstarrte und auf weitere Worte wartete, die nicht kamen. »Jetzt oder nie?«

Eine weitere quälend lange Pause. »Nie.«

Dieses Geständnis entzog ihm schneller die Wärme, als es die bitterkalte Luft je gekonnt hätte. Deven schluckte die ersten drei Antworten, die ihm auf der Zunge lagen, hinunter. Selbst jetzt, in seiner Verwirrung und seinem Schmerz, wollte er sie nicht verletzen, obwohl der Drang dazu in ihm aufflammte. Schließlich sagte er, wobei er die Rauheit in seiner eigenen Stimme hörte: »Warum hast du mich dann glauben lassen, dass du es tun würdest?«

Endlich drehte sie sich zurück, und die Tränen, die in ihren Augen hätten stehen sollen, fehlten. Sie wirkte irgendwie distanziert, und obwohl das vielleicht einfach ihre Art war, wie sie Schmerz zeigte, machte es ihn wütend. Hatte ihr dies alles gar nichts bedeutet?

»Ich befürchtete, dass du mich verlassen würdest, wenn du es wüsstest«, sagte sie. »Du bist der Erbe deines Vaters und musst heiraten. Ich wollte dich nicht an eine andere verlieren.«

Die Worte waren zu manipulativ. Sie erwartete, dass er protestieren und ihr erklären würde, dass es in seinem Herzen keine andere gab, doch obwohl das wahr war, wollte er es nicht sagen. »Wenn du wolltest, dass ich bei dir bleibe, hättest du mich nicht wie einen Fisch an der Angel halten sollen. Ich hätte geglaubt, dass du mir mehr vertraust – wie ich dir vertraut habe.«

Jetzt funkelten Tränen in ihren Augenwinkeln. »Verzeih mir.«

Er schüttelte langsam den Kopf. Es gab hier irgendein Rätsel, das er nicht lösen konnte, aber er hatte nicht die Willenskraft, es zu entwirren. Falls er noch länger bliebe, würde er etwas sagen, das er bereuen würde.

Er drehte sich um und ließ sie in der toten Wildnis des Obstgartens stehen, wo ihr Mantel im kalten Wind flatterte.

PALAST VON OATLANDS, SURREY
19. *März* 1590

Die Gräfin war eine freundliche Frau, was Hofdamen betraf. Sie behielt nicht nur die Königin, der sie diente, genau im Auge, sondern auch die Frauen, die wiederum ihr dienten. Es entging ihr nicht, dass sich zwischen ihrer adligen Kammerzofe Anne Montrose und Michael Deven von den Gentlemenpensionären ein Problem entwickelt hatte, und nachdem dieses Problem enthüllt worden war, hatten sich die beiden zerstritten.

Lune hätte es vorgezogen, wenn Lady Warwick sich weniger um ihr Wohlergehen gesorgt hätte. So aber besann sie sich beinahe auf Feenmagie, um ihre menschliche Herrin zu überzeugen, dass sie sie in Ruhe lassen sollte. Anne Montrose musste aufgewühlt sein, aber nicht *zu* aufgewühlt, damit die Gräfin nicht zu genau hinsehen würde. Hinter dieser Maske verborgen musste Lune die geübten Gewohnheiten ihrer Rolle ablegen und sich überlegen, was sie als Nächstes tun sollte.

Sie verfluchte sich für ihren Fehltritt. Ursprünglich hatte sie seine Besorgnis über Elisabeths mögliche Eifersucht gefördert, weil diese eine praktische Verzögerungstaktik darstellte. Ihre Romanze war nützlich, aber sie konnte sich auf keinen Fall erlauben, eine echte Hochzeit durchzuziehen. Und er war leider nicht die Art von Höfling, der jahrelang eine unerlaubte Affäre genoss, ohne sich um einen Skandal zu sorgen. Es wäre einfacher gewesen, wenn er ein solcher gewesen wäre. Doch er hatte bald klargemacht, dass er sie heiraten wollte, und so hatte sie Wege finden müssen, um ihn davon abzubringen.

Sie hätte damit rechnen müssen, dass er die Gräfin direkt ansprechen würde. Sie hätte wissen müssen, als sie zum ersten Mal gelogen und behauptet hatte, dass sie ihre Herrin gebeten hätte, sich die Angelegenheit anzusehen, dass ein Zeitpunkt kommen würde, an dem sie eine Antwort geben musste.

Es war ein Problem, das sie nicht als Anne Montrose lösen konnte, denn Anne liebte Deven. Die sterbliche Frau, die zu sein sie vorgab, würde ihn heiraten, und damit wäre es erledigt. Als Lune war ihr einziger, bitterer Trost, dass Deven Fae-Manipulation bei Hof wahrscheinlich nicht aufdecken würde, jetzt wo die naheliegendste Fae-Manipulatorin von ihm getrennt war.

Aber was jetzt? Sie hatte keine Antwort auf diese überaus wichtige Frage. Walsingham hatte weitere Vertraute – Robert Beale, Nicholas Faunt –, doch wenn sie sich diesen in ihrer derzeitigen Tarnung annäherte, wäre alles, was sie erreichen würde, Verdacht zu erregen. Die effektivere Handlungsweise wäre es langfristig, sich zurückzuziehen und unter einer neuen Tarnung und Persönlichkeit zurückzukehren, doch da der Staatssekretär nach Beweisen für Invidianas Einmischung suchte, konnte sich Lune die Monate nicht erlauben, die es dauern würde, sich wieder so weit zu integrieren, dass sie nützlich wäre.

Vielleicht würde sie keine Wahl haben, als sich auf direktere Methoden zu besinnen: Unterschlagung, Lauschen, Diebstahl von Papieren und andere heimliche Aktivitäten.

Das zu tun, würde die ausgiebige Nutzung von Zaubern nötig machen, und soweit es sie betraf, waren diese ein letztes Mittel – doch vielleicht war sie an diesem Punkt angelangt. Vidar erwartete von ihr, Informationen zu bringen, und zwar bald.

Devens Abwesenheit hinterließ eine spürbare Lücke in ihrem Leben. Ihre Pflichten hatten sie oft getrennt gehalten, doch sie hatten es sich zur Gewohnheit gemacht, Chancen für ein Treffen zu suchen, selbst wenn sie einander nur im Vorbeigehen sahen oder ein Lächeln tauschten, während sie in entgegengesetzter Richtung eine Galerie entlang oder durch eine Kammer gingen. Jetzt mied sie ihn und er sie. In der Nähe voneinander zu sein, war zu unangenehm.

Was würde sie ohne ihn tun? Erst als er fort war, wurde ihr bewusst, wie sehr sie von ihm abhängig gewesen war. Sie sah Walsingham zweimal, aus der Entfernung, und machte sich Gedanken darüber, was der Staatssekretär wohl gerade tat.

Was Deven wohl gerade tat. Er war, wie er gesagt hatte, Walsinghams Bluthund.

Am folgenden Donnerstag lag sie bis spät in die Nacht schlaflos da und starrte in die Finsternis, als würde diese eine Antwort bieten. Und so war sie wach, als die Gräfin von ihrem Bett aufstand und nach einem Morgenmantel fasste.

Anne Montrose flüsterte: »Meine Lady?«

»Ich kann nicht schlafen«, murmelte die Gräfin zurück und zog den gefütterten pelzbesetzten Mantel an. »Ich brauche frische Luft. Wollt Ihr mit mir spazieren gehen?«

Anne streifte ihre Decken ab und half ihrer Herrin, indem sie eine Haube holte, um ihren Kopf und ihre Ohren draußen warmzuhalten. Sie zogen sich beide Überschuhe an, dann verließen sie die Kammer, wo die anderen Edelfrauen ungestört blieben.

In den Tiefen ihres Verstands, wo Anne Montrose Lune Platz machte, dachte die Fee: *Irgendetwas stimmt nicht.*

Die Gräfin ging nicht schnell, aber sie bewegte sich gezielt durch den Palast auf die nächste Tür nach draußen zu. Anne folgte ihr blinzelnd, um in der beinahe völligen Finsternis zu sehen, und dann waren sie draußen, wo die Luft unnatürlich still war.

In der Stille glaubte sie, ein Geräusch zu hören.

Musik.

Musik, die nur für die Ohren der Gräfin gedacht war.

Anne Montroses Miene nahm einen misstrauischen, wachsamen Ausdruck an, den zu sehen ihre Herrin überrascht gewesen wäre – hätte sie Augen für irgendetwas anderes als den Miniatursteinturm im Kräutergarten vor ihnen gehabt.

Wer würde sie zu sich rufen? Wer würde ein Feenlied spielen, um die Gräfin von Warwick aus ihrem Bett in die Schatten der Nacht zu locken?

Sie umrundeten den Kräutergarten und stellten fest, dass jemand sie erwartete.

Orpheus' langgliedriger Körper war sanft um die Leier gekrümmt, während ihr seine Finger eine Melodie entlockten, die immer noch so gut wie unhörbar war, für alle außer ihrem eigentlichen Ziel. Die Gräfin sank vor ihm zu Boden und ignorierte die Feuchte, die sofort in und durch ihren Morgenmantel drang. Ihr Mund stand offen, als sie den sterblichen Musiker bewundernd anstarrte und seinem unsterblichen Lied lauschte.

Schwere Schritte schmatzten im feuchten Boden hinter Lune, und erneut, wie bei Vidar, wurde ihr die Wahrheit zu spät bewusst.

Die Gräfin war nicht das Ziel. Sie war bloß der Köder, um Lune nach draußen zu bringen, fort von sterblichen Blicken.

Lune warf sich nach links, weil sie hoffte, dem, was hinter ihr war, auszuweichen, doch serviertellergroße Hände warteten auf sie. Sie ließ sich zu Boden fallen – die Finger schlossen sich über ihren Schultern und verfehlten knapp ihr Ziel –, aber dann wurde ein Stiefel nach vorn gerissen und traf sie direkt am Rücken, sodass sie mit dem Gesicht voran in den Dreck geschleudert wurde.

Zwei Schritte entfernt saß die Gräfin selig da, der Welt entrückt, durch die Macht von Orpheus' Gabe gefesselt.

Ein Knie platzierte sich auf Lunes Rücken und drohte, durch sein reines Gewicht ihre Wirbelsäule durchzubrechen. Sie schrie gegen ihren Willen auf und hörte als Antwort ein fieses Kichern. Ihre Arme wurden nach oben und hinten verdreht und mit brutaler Effizienz aneinandergefesselt. Dann zerrte ihr Fänger sie an ihren Haaren hoch und schleuderte sie mit Gewalt an die Steinmauer des Kräutergartens.

Hustend, taumelnd, mit vor Schmerz tränenden Augen konnte Lune immer noch die gewaltige und verhasste Körpermasse von Dame Halgresta Nellt ausmachen.

»Du hast Scheiße gebaut, Schlampe«, knurrte die leise, raue Stimme. Trotz aller Giftigkeit war ihr Vergnügen unüberhörbar. »Die Königin hat dir einmal verziehen – Mab weiß warum. Aber diesmal wird sie dir nicht verzeihen.«

Lune zwang ihre Lungen zum Luftholen. »Das habe ich nicht«, brachte sie hervor, dann versuchte sie es erneut. »Vidar weiß es. Alles, was ich weiß. Was hier vorgeht. Ich berichte an ihn.«

Halgresta war nicht allein gekommen. Sechs Goblins materialisierten sich aus den Schatten, bewaffnet, gerüstet und bereit, Lune einzufangen, falls sie zu fliehen versuchte – als könne sie einer Riesin davonrennen. Sie musste sich ihren Weg hinausreden.

Ihren Weg hinausreden, bei Halgresta. Das wäre, als würde sie eine Stecknadel nutzen, um eine eisenbeschlagene Tür auseinanderzunehmen.

Die Riesin grinste, wobei sie Zähne wie geschärfte Felsblöcke zeigte. »Vidar weiß alles, hm? Tja, jetzt tut er das. Aber nicht von dir.«

Was? Was hatte Vidar erfahren? Wie hatte er jemanden näher an Walsingham bekommen als sie?

»Du hast dein Spielzeug verloren, Miststück.« Halgrestas Stimme traf sie wie ein weiterer Schlag und raubte ihr den Atem. »Du hast dieses Spielzeug von dir verloren.«

Deven.

Der stechende Schmerz in ihren Rippen ließ nach. Lune glaubte nicht, dass etwas gebrochen war. Sie zwang sich, trotz ihrer unbeholfen gefesselten Arme aufrechter zu stehen. »Ich bin noch nicht fertig«, sagte sie mit so viel Selbstbewusstsein, wie sie aufbringen konnte. »Deven ist nur ein Zugang zu Walsingham. Es gibt andere Möglichkeiten, mit dem Problem umzugehen …«

Halgresta spuckte aus. Die Spucke traf die Gräfin an der Schulter und rann unbemerkt an ihr hinunter. Orpheus' Melodie hing immer noch in der Luft, klagend und sanft.

»Klar. Andere Möglichkeiten. Und andere Leute, die sich darum kümmern. Du? Du kommst jetzt mit zurück zum Onyxpalast.«

»Lass mich mit Vidar sprechen«, sagte Lune. Hatte sie einen derartigen Tiefpunkt erreicht, dass er wie ein Fünkchen Hoffnung schien? Ja. »Ich bin sicher, dass er und ich zu einer Übereinkunft kommen können.«

Die Riesin beugte sich vor, bis ihr hässliches, versteinertes Gesicht das Einzige war, was Lune sehen konnte, in der Finsternis beinahe unsichtbar. »Vielleicht könnten du und Vidar das«, knurrte Halgresta. »Wer weiß, was für Pläne du und diese Spinne ausgeheckt haben. Aber er ist nicht derjenige, der mir befohlen hat, dich abzuliefern.

Das war die Königin.«

ST.-PAULS-KATHEDRALE, LONDON
7. April 1590

Sir Philip Sidney, der verstorbene Ehemann von Sir Francis Walsinghams Tochter, war in einem feinen Grab in der St.-Pauls-Kathedrale bestattet worden, als er 1586 gestorben war.

Nun wurde das Grabmal wieder geöffnet, um die Leiche von Sir Francis Walsingham zu empfangen.

Die Zeremonie war einfach. Der Staatssekretär war bei seinem Tod verschuldet gewesen. Sein Testament, das man in einem geheimen Einbauschrank in seinem Haus an der Seething Lane gefunden hatte, hatte verlangt, dass man für seine Beerdigung nicht viel ausgeben sollte. Sie begruben ihn in der Nacht, um zu vermeiden, dass sie die Aufmerksamkeit seiner Gläubiger auf sich zögen.

Und so gab es keine große Prozession, keine bewaffneten Männer, die passende Uniformen trugen – nicht einmal die Königin. Sie hatte oft mit Walsingham gestritten, doch am Ende hatten die beiden einander respektiert. Sie wäre gekommen, wenn sie gekonnt hätte.

Deven stand neben Beale und anderen, die er entfernter kannte: Edward Carey, William Dodington, Nicholas Faunt. Ein Stück entfernt standen die bleichen, trauernden Gestalten von Ursula Walsingham und ihrer Tochter Frances. Die Trauergemeinde war nicht groß.

Die Stimme des Priesters rollte wohlklingend weiter, während seine Worte Deven überspülten und in die hohen gotischen Spitzbögen der Kathedrale hinauf verklangen. Die Leiche wurde ins Grab gelegt und das Grab über ihr geschlossen.

Die Leiche. Deven hatte schon früher den Tod gesehen, aber nie hatte er so viele Schwierigkeiten gehabt, einen lebenden Mann mit dem leblosen Fleisch zu verbinden, das er zurückließ.

Er konnte nicht glauben, dass Walsingham tot war.

Der Priester sprach einen Segen. Die versammelten Trauernden begannen aufzubrechen.

Deven blieb an seinem Platz wie angewurzelt stehen, heftete die Blicke auf den behauenen Stein des Grabmals und dachte düster: *Herr Staatssekretär – was mache ich jetzt?*

DRITTER AKT

»Oh Himmel, warum machtet ihr Nacht,
um Sünd' zu verbergen?
Bei Tag wär' diese finstre Tat nicht geschehen.«

THOMAS KYD
The Spanish Tragedy

Sie tanzen in kunstvollen Mustern, kommen zusammen und trennen sich wieder, Röcke und lange Ärmel schaukeln im Gegenzug zu ihrem Rhythmus. Doch seine Ohren können die Musik oder den Klang ihres Gelächters nicht hören. Seine Welt hat ihn mit Stille umfangen. Für seine Augen sind die um ihn herum Geister: Sie tanzen unter der Erde, wo das Reich der Toten liegt, und die Toten haben keine Stimme, mit der sie sprechen können. Aeneas nährte seine Geister mit Blut und Odysseus auch, aber hier existiert kein solcher Held. Es gibt kein Blut, das ihre Stimmen wieder zum Leben erwecken könnte.

Er schwebt gegen eine Säule, fasziniert und furchtsam, und die anderen Geister starren ihn an. Nein – keine Geister. Er erinnert sich jetzt. Sie sind lebendig. Sie sprechen, doch er kann sie nicht hören. Nur Flüstern, geisterhafte Geräusche, nicht real.

Sie fragen sich, warum er nicht mit ihnen spricht. Das ist es, was die Lebenden tun. Sie reden, sie unterhalten sich, sie beweisen ihre Existenz mit Worten. Aber während Tiresias blind war, ist der Mann, der seinen Namen trägt, stumm. Er ist unfähig – wagt es nicht – zu sprechen.

Seine Kiefer schmerzen, weil sie fest zusammengepresst werden. Worte toben in ihm wie Vögel im Käfig, panisch, verzweifelt, kämpfen darum, sich zu befreien, und wenn er sie in seinem Inneren gefangen lässt, hacken sie mit Klauen und Schnäbeln auf ihn ein, bis er aus tausend unsichtbaren Wunden blutet. Er kann nicht sprechen. Wenn er ein Geräusch macht, das winzigste Geräusch ...

Seid ihr real? Er will es verzweifelt wissen. Wenn sie real wären ... wenn er sicher sein könnte, dann hätte er vielleicht den Mut.

Nein. Keinen Mut. Der ist gestorben, auf der Folterbank dieses Ortes zerbrochen. Er sieht zu viel von dem, was kommen wird – oder was gekommen ist, was vielleicht kommt, was nie sein könnte. Er glaubt nicht länger an einen Unterschied. Ein Unterschied würde bedeuten, dass seine Entscheidungen wichtig wären. Seine Entscheidungen und seine Fehler. Die Fehler von allen.

Feuer. Feuer und Asche und Blut füllen sein Gesichtsfeld. Der Tanz verschwindet. Die Mauern werden aufgerissen, Steine verstreut, der Himmel herabgebracht, um gegen die Erde zu kämpfen. Er presst seine Hände an seinen Kopf, auf seine Augen, härter, härter, wirft sich gegen die Säule – hat er aufgeschrien? Furcht schnürt ihm die Kehle zu. Kein Geräusch. Kein Geräusch. Gewisse Worte sind die falschen Worte. Die einzig sicheren Worte sind keine Worte.

Sie starren ihn an und lachen, aber er hört nichts.

Die Stille erstickt ihn. Vielleicht könnte er sprechen und es hinter sich bringen.

Aber nein. Er kann es nicht tun. Ihm fehlt die Kraft. Zu viel ist verloren. Der Mann, den er braucht, ist fort, fort, jenseits jeglicher Erinnerung. Allein, stumm hat er nicht den Willen zu handeln.

Dafür hat sie gesorgt.

Er krümmt sich auf dem Stein, weiß nicht, wo er liegt, es ist egal, und schlingt seine bebenden Hände um seine Kehle.

Die Vögel wollen fliegen. Doch er muss sie in Sicherheit halten, sie im Inneren halten, wo sie niemandem außer ihm schaden werden.

Nichts davon ist real. Aber Träume haben die Macht zu töten.

IM TOWER VON LONDON
9. April 1590

Das Licht schmerzte in Lunes Augen, aber sie weigerte sich, es sich anmerken zu lassen. »Tiresias. Der Seher der Königin. Werdet Ihr ihm befehlen …« Nein, nicht befehlen. Sie hatte kein Recht, solche Dinge zu verlangen. »Werdet Ihr ihn bitten, mich zu besuchen?«

Ein hartes Lachen antwortete ihr. Sir Kentigern Nellts Stimme grunzte eine Oktave tiefer als die seiner Schwester und war doppelt so hässlich. Sie passte zum Rest von ihm, von seinem grobschlächtigen Gesicht bis zur Grausamkeit seines Geistes. Ob er sich überhaupt die Mühe machte, ihre Bitten weiterzugeben, wusste Lune nicht, aber sie musste fragen.

Zuerst Vidar. Sie stand bereits in seiner Schuld, doch sie hätte noch mehr versprochen, um aus dieser Zelle zu kommen. Er kam allerdings nicht. Ebenso wenig kam Lady Nianna, was keine Überraschung war. Lune war mit dem vorherigen walisischen Botschafter gut ausgekommen, dem Bwganod Drys Amsern, aber die Tylwyth Teg wechselten ihre Botschafter regelmäßig aus. Sie wollten nicht, dass irgendwer zu lange unter dem verderblichen Einfluss des Onyxhofs stand. Amsern war fort. Und die Goodemeades hatten keinerlei politischen Einfluss, mit dem sie ihr helfen konnten.

Der Seher war die letzte Person, die ihr einfiel, nach der sie fragen konnte.

Auf eine Geste von Sir Kentigern hin hievten ihre Goblingefängniswärter an der schweren Messingtür ihrer Zelle und schoben sie wieder zu.

Die resultierende Schwärze war absolut. Ihr Schutz gegen den menschlichen Glauben war lange abgelaufen. Darüber hinaus konnte sie nicht sagen, wie lange sie schon dort war. Oder wann sie hinauskommen würde, falls überhaupt. Der Onyxpalast erstreckte sich nicht über die Mauern von London hinaus, doch der Tower lag innerhalb jener Mauern, und auch er hatte seine Reflexion darunter. Diese Zellen wurden für Leute genutzt, mit denen Invidiana sehr unzufrieden war. Und während ein Sterblicher schnell verendete, wenn man ihm die Nahrung entzog – ohne Wasser sogar noch schneller –, war das bei Fae nicht so. Zu verhungern, konnte Jahre dauern.

Als sie in der Finsternis saß, dachte Lune: *Sonne und Mond. Wann bin ich so einsam geworden?*

Sie vermisste ... *alles.* Das gesamte falsche Leben, das sie sich aufgebaut hatte, binnen eines Augenblicks verloren. Sie vermisste Anne, was keinen Sinn ergab. Anne war nie real gewesen.

Aber das brachte lange begrabene Erinnerungen zurück. Nicht nur ihre kürzliche Zeit an Elisabeths Hof. Jenes entfernte, in Nebel gehüllte Zeitalter – wie lange her? –, bevor sie zum Onyxpalast gekommen war. Lune konnte sich nicht länger erinnern, wo sie damals gelebt hatte oder wer in ihrer Nähe gewesen war, aber sie wusste, dass das Leben anders gewesen war. Sanfter. Nicht diese endlose, tödliche Intrige.

Sie war die Intrigen so leid. Sie war es leid, niemanden zu haben, den sie ehrlich »Freund« nennen konnte.

»Zu viel sterbliches Brot«, flüsterte Lune vor sich hin, nur um das Schweigen zu durchbrechen. Ein Jahr davon hatte sie verändert, verweichlicht. Ließ sie den Verlust solch sterblicher Dinge wie Wärme und Kameradschaft bedauern. Sie erfand jetzt schon Erinnerungen, verlor sich in Halluzinationen wie Tiresias, sehnte sich nach einer Welt, die nie sein konnte.

Das war allerdings nicht wahr. Es *gab* solche Fae, Fae, die Freunde sein konnten. Die Goodemeades waren der lebende Beweis, dass es möglich war.

Jedoch nicht im Onyxpalast.

Und wenn Lune überleben wollte, konnte sie es sich nicht leisten, in solchen Fantasien zu schwelgen. Sie biss die Zähne zusammen. Um den Intrigen zu entkommen, musste sie erst ihren Weg in die Freiheit planen. Der einzige Weg hinaus war mitten hindurch.

Schlüssel klirrten vor ihrer Zelle. Das Schloss klapperte und knackste, und dann kam der vertraute Protest der Angeln, als die Tür aufschwang. Licht flutete herein. Lune stand auf, nutzte die Mauer, um sich aufrecht zu halten, und sah blinzelnd auf die Öffnung, wobei sie ihren Blick nur schrittweise hob, wie ihre Augen das Licht ertragen konnten.

Eine Gestalt kam herein. Nicht gedrungen genug für einen Goblin. Nicht groß genug für Kentigern. Aber auch nicht Tiresias. Die Silhouette hatte einen breiten, dreieckigen Umriss: eine Frau in höfischer Kleidung.

»Lasst die Tür offen«, sagte eine melodiöse Stimme mit einem Akzent. »Sie wird nicht fliehen.«

Der Goblin draußen verbeugte sich und trat zurück.

Lunes Augen hatten sich endlich angepasst. Ihre Besucherin trat auf eine Seite, sodass sie nicht länger von hinten erleuchtet wurde, und mit einem verwirrten Schreck erkannte Lune sie. »Madame«, sagte sie und sank in einen Knicks.

Die Botschafterin vom Cour du Lys wirkte in ihrer schmutzigen Umgebung umso makelloser. Sie trug eine Kristallrobe nach der neuesten Mode, während ihr liebliches kupferrotes Haar gelockt und unter einem neckischen kleinen Hut hochgesteckt war. Malline le Sainfoin de Veilée betrachtete Lunes dreckige Haut angeekelt, neigte aber ihren Kopf zum Gruß. »Der *Chevalier* hat mir die Erlaubnis gegeben, mit Euch zu sprechen, und seine Diskretion versprochen.«

Kentigern würde dieses Versprechen wahrscheinlich halten, wenn auch nur, weil er nicht subtil genug war, um einen Käufer für seine Informationen zu suchen. »Ist Diskretion nötig, *Madame Ambassadrice*?«

Lunes Verstand fühlte sich so rostig an wie die Türangeln. Dass ihr die französische Botschafterin Hilfe anbot, konnte sie akzeptieren, aber warum? Und was wollte sie im Gegenzug?

Madame Malline erklärte es nicht sofort. Stattdessen schnippte sie mit den juwelenbesetzten Fingern, und als ein Kopf in der Tür erschien – ein Kobold, der zur Botschaft gehörte, nicht der Goblingefängniswärter –, sprach sie befehlshaberisch auf Französisch und verlangte zwei Stühle. Einen Augenblick später wurden diese hereingebracht, und Madame Malline setzte sich auf einen, während sie Lune bedeutete, den anderen zu nehmen.

Als sie beide saßen und Madame Malline ihren glitzernden Rock zu ihrer Zufriedenheit drapiert hatte, sagte sie: »Ihr wisst wohl, dass ich mit Eurer Königin in Verhandlungen stehe über den Konflikt mit den Höfen des Nordens und darüber, welche Seite mein König unterstützen wird. Ihr, Lady Lune, seid als Faustpfand nicht wertvoll genug, um in dieser Debatte viel zu bewirken, aber Ihr seid etwas wert. Ich bin bereit, Invidiana gewisse Zugeständnisse an Neutralität anzubieten – kleinere, nicht mehr – im Tausch für Eure Freiheit aus dieser Zelle.«

»Ich würde in Eurer Schuld stehen, Madame«, sagte Lune reflexartig. Das Sitzen im Licht auf einem Stuhl mit Kissen hatte die steifen Muskeln ihres Verstands aufgewärmt. Sie erinnerte sich jetzt, wie sie diese Schuld vielleicht zurückzahlen konnte.

Sie hoffte, dass die Botschafterin etwas anderes meinte.

»In der Tat«, murmelte die französische Fae. »Ich weiß von Euch, Lady Lune, obwohl wir nicht oft miteinander gesprochen haben. Ihr habt mehr als nur Watte zwischen Euren Ohren. Ihr hättet nicht so lange überlebt, wäre es nicht so. Ihr wisst bereits, worum ich bitten werde.«

Lune wünschte sich verzweifelt ein Bad. Es kam ihr wie eine triviale Sache vor, ihr ungewaschener Zustand, wenn man ihn mit ihrer politischen Zwickmühle verglich, doch die beiden waren miteinander verbunden. Weil sie schmutzig war, ihr Haar in Strähnen um ihr Gesicht klebte, die von Silber zu Grau ausgeblichen waren, fühlte sie sich der französischen Elfe unterlegen. Das würde sie in den Verhandlungen, die kommen mussten, unterminieren.

Aber sie würde ihr Bestes tun. »Meine Königin«, sagte Lune, »weiß ebenso, worum Ihr bitten werdet. Ich wäre wahrlich dumm, wenn ich sie verraten würde.«

Madame Malline winkte dies mit einer zartgliedrigen Hand ab. »*Certainement,* das weiß sie. Aber sie hat mir in diesem Wissen gestattet, herzukommen. Wir dürfen deshalb schließen, dass sie es nicht als Verrat sieht.«

»Was wir schließen dürfen, *Madame Ambassadrice*, ist, dass es sie amüsiert, mir genug Seil zu gewähren, damit ich mich selbst aufhängen kann.« Lune deutete auf die Mauern ihrer Zelle. »Dass ich hier eingesperrt wurde, bedeutet, dass sie sich noch nicht dazu entschlossen hat, mich zu vernichten. Das hier ist vielleicht ihr Weg, eine Entscheidung zu treffen: Falls ich Euch mehr erzähle, als sie wünscht, dann wird sie das zum Hochverrat erklären und mich hinrichten.«

»Aber dann wäre der Vogel bereits abgeflogen, *non*? Ich hätte die Informationen, von denen sie nicht möchte, dass ich sie habe. Außer Ihr wollt andeuten, dass sie Euch tödlich treffen würde, noch während Ihr sprecht.«

Invidiana konnte das tun, mit diesem schwarzen Diamanten. Doch sie hatte ihn an Lune nicht genutzt, und die Gesandte hatte ein gutes Argument. Zu dem Zeitpunkt, wenn Lune tot wäre, wäre die Information bereits weitergegeben. Und trotz allem glaubte Lune nicht, dass Invidiana so unentschuldbar gegen das Protokoll verstoßen würde, eine ausländische Botschafterin auf englischem Boden zu töten. Sie beugte die Regeln von Politik und Diplomatie oft, bis diese blutige Tränen weinten, doch sie direkt zu brechen – besonders während solcher Verhandlungen –, würde ein Bündnis gegen sie schaffen, das nicht einmal der Onyxpalast überleben konnte.

Es war ein reichlich schmaler Faden, um ihr Leben daran zu hängen. Aber was war ihre Alternative? Invidiana würde vielleicht ohnehin noch beschließen, sie zu töten – oder noch schlimmer, sie vergessen. Eines Tages würde die Tür sich nicht mehr öffnen, und dann würde Lune bis ins Nichts verschmachten, allein in der Dunkelheit, und ihre letzten Jahre in einem steinernen Sarg fortschreien.

»Ich bin willens zu verhandeln«, sagte sie.

»*Bon!*« Madame Malline wirkte ehrlich erfreut. »Dann lasst uns reden. Ich lasse Wein bringen, und Ihr erzählt mir …«

»Nein.« Lune fiel ihr ins Wort, als die französische Elfe eine Hand hob, um wieder einen Diener zu rufen. Sie stand auf und glättete ihren Rock, wobei sie dem Drang widerstand, Schmutz von ihm abzuklopfen. Es würde nicht helfen und sie schwach wirken lassen. »Ihr sichert meine Freilassung, und *dann* erzähle ich Euch, was ich weiß.«

Bei diesem Vorschlag schwand die Wärme im Lächeln der Botschafterin abrupt. Sie konnte jedoch nicht überrascht sein. Misstrauen und Verdächtigungen waren das tägliche Brot am Onyxhof. Und in der Tat spielte sie im Gegenzug dieselbe Karte aus. »Aber sobald Ihr aus dieser Zelle befreit seid, was versichert mir dann noch, dass *ich* bekomme, was *ich* will?«

Lune hatte nicht erwartet, dass ein derart offensichtlicher Trick erfolgreich wäre, doch es war einen Versuch wert gewesen. »Ich werde Euch jetzt einige Dinge erzählen, und mehr, sobald ich frei bin.«

Madame Malline schürzte ihre vollen Lippen und dachte darüber nach. »Erzählt mir etwas, und ich werde dafür sorgen, dass Ihr in eine bessere Zelle gebracht werdet, und von da aus so weiter.«

Die Alternative war, ihr Wort zu geben, und Lunes Hälfte der Vereinbarung war notwendigerweise zu vage, als dass dies funktioniert hätte. »Also gut.«

Wieder tauchten Bedienstete auf. Ein Kobold schenkte den Wein ein, während sich ein anderer verbeugte und Lune einen Teller mit frischen Trauben präsentierte. Sie zwang sich, diese langsam zu essen, als würde sie sie nicht wirklich brauchen. Die Verhandlungen waren nicht beendet. Sie konnte sich immer noch nicht erlauben, schwach zu wirken.

»Das Meeresvolk«, sagte sie, als sich die Kobolde verbeugt und in eine Ecke im Raum zurückgezogen hatten. »Sie sind verärgert, wenn man sie Fae nennt, und ich weiß wirklich nicht, ob sie welche sind. Das ist eine Frage, die Philosophen debattieren können. Ich ging wegen der Politik zu ihnen.«

Madame Malline nickte. »Die sterbliche Armada, ja.«

»Sie sind ein heimlichtuerisches Volk. Sie heißen Handel mit Fremden nicht gut und behaupten von sich, dass es sie wenig kümmert, was über der Wasseroberfläche vorgeht. Tatsächlich sind sie jenen, die an Land leben, in einigen Fällen feindlich gesinnt.« Wie zum Beispiel dem Cour du Lys, dem mächtigsten Feenhof im Norden Frankreichs. Lune wusste nicht, welches Verbrechen dort begangen worden war, doch sie wusste, dass es eines gegeben haben musste. Sie würde vorsichtig sein müssen, um der Botschafterin keinerlei Informationen anzubieten, die wohl dabei nützlich sein konnten, diesen Streit beizulegen.

Aber ihre Erklärungen mussten natürlich und unbeeinflusst klingen. »Sie wollen nicht direkt mit irgendjemandem sprechen, der an der Oberfläche lebt«, sagte Lune, »aber manchmal sprechen sie mit unseren Flussnymphen. Wir hatten über die Themsemündung bei Gravesend gelegentlich Kontakt. Darüber arrangierte Invidiana meine Mission. Sie stimmten zu, dass ich zu ihnen kommen durfte. Ich weiß nicht, was sie ihnen für dieses Zugeständnis versprach.«

»Seid Ihr allein gegangen?«, fragte die Gesandte.

»Zwei von den Mündungsnymphen begleiteten mich, weil ihre Toleranz für Salzwasser höher ist als die ihrer flusslebenden Schwestern. Darüber hinaus wurde ich vom Volk des Meeres begleitet.«

»Und wie seid Ihr zu ihnen gekommen?«

Sie konnte immer noch die Luft an ihren Wangen rauschen fühlen, die krampfhafte Furcht in ihren Eingeweiden, dass dies alles irgendein grausamer Scherz von Invidiana war. Lune schloss die Augen, dann zwang sie sich, sie zu öffnen und Madame Mallines Blick zu erwidern. »Ich sprang von den Klippen von Dover. Und das, *Madame Ambassadrice*, ist alles, was ich für den Moment sagen werde.« Sie stand auf, trat von ihrem Stuhl weg und breitete ihren schmutzigen Rock in einem Knicks aus. »Wenn Ihr mehr wissen wollt, dann zeigt mir, was Ihr für mich tun könnt.«

Madame Malline betrachtete sie, dann nickte sie nachdenklich. »*Oui*, Lady Lune. Das werde ich tun. Und ich freue mich darauf, die Fortsetzung Eurer Geschichte zu hören.«

Binnen eines Augenblicks war sie fort und die Tür wieder geschlossen, alles Licht blockiert. Aber ein Stuhl blieb zurück, ein Versprechen, dass Unterstützung kommen würde.

ST.-JAMES-PALAST, WESTMINSTER
10. *April* 1590

Am Ende kam sein Urin aus seinem Mund und seiner Nase hervor, mit einem derart schlimmen Gestank, dass niemand es ertragen konnte, in seine Nähe zu kommen.

Der Bericht wurde abrupt in Devens Hand zerknüllt. Er zwang sich, seine Finger zu entspannen. Dann legte er das Papier auf den Tisch, glättete es und unterdrückte den Drang, es ins Feuer zu schleudern.

Walsingham war kaum in seinem Grab, und schon frohlockten die Katholiken und verbreiteten in ihrer Freude verdammungswürdige Gerüchte. Sie machten aus dem Tod des Staatssekretärs etwas so absolut Ekelhaftes ...

Das Papier wurde wieder zerknüllt. Deven knurrte und wandte ihm den Rücken zu.

Er tat das rechtzeitig, um zu sehen, wie Beale den Raum betrat. Der ältere Mann wirkte, als hätte er in der vorherigen Nacht nicht gut geschlafen, aber er war gefasst. Beales Blick wanderte an Deven vorbei zu dem mitgenommenen Bericht.

»Sie betrachteten ihn als ihren schlimmsten Verfolger«, sagte er ruhig und wischte eine Strähne ergrauendes Haar aus seinen Augen. »Eine solch schreckliche Gestalt kann nicht wie ein gewöhnlicher Mann sterben, und so erfinden sie Geschichten, welche ihren Glauben bestärken, dass er ein Atheist und die Quelle übelster Verderbnis war.«

Devens Kiefer schmerzten, als er sie bewegte, weil sie so fest zusammengepresst worden waren. »Zweifellos wird es in Spanien ein Fest geben, wenn die Nachricht Philip erreicht.«

»Zweifellos.« Beale kam weiter in den Raum, suchte sich einen Stuhl und ließ sich darauf sinken. »Während wir hier um ihn trauern. Die englische Krone hat einen großartigen Unterstützer verloren. Einen großartigen Mann.«

In dem Augenblick, wo wir ihn am meisten brauchen.

Der Gedanke war beiläufig, reflexartig – und die Implikationen trafen ihn wie ein Donnerschlag.

Seine ruckartige Bewegung zog Beales Blicke an. »In der Tat«, sagte Deven halb vor sich hin. »Die Katholiken sind sehr froh darüber. Aber er sagte, er glaube nicht daran, dass der Schuldige katholisch sei.«

Beale runzelte die Stirn. »Der Schuldige?«

Deven drehte sich von plötzlicher Energie angetrieben zu ihm an. »Er muss mit Euch darüber gesprochen haben – er hatte großes Vertrauen zu Euch. Ein verborgener Spieler, erzählte er mir vor kaum einem Monat. Jemand, der die Finger in unserem Hof hat und im Geheimen agiert.«

»Ach«, sagte Beale und sein Stirnrunzeln wurde tiefer. »Ja.«

»Zweifelt Ihr an ihm?«

»Nicht gänzlich.« Beales Hände bewegten sich, um die über den Schreibtisch ausgebreiteten Papiere zu glätten, als bräuchten sie etwas zu tun, während sein Gehirn und sein Mund anderweitig beschäftigt waren. »Er hat Euch von der Königin der Schotten erzählt, nehme ich an? In dieser Angelegenheit pflichte ich ihm bei. Ich war in gewisse Teile dieser Affäre eng verstrickt, und ich glaube tatsächlich, dass irgendjemand die Königin beeinflusst hat. Was die kürzlichen Ereignisse um Perrot betrifft ... da bin ich nicht so sicher.«

Deven ignorierte den letzten Teil und sagte: »Aber Ihr glaubt, dass es einen solchen Spieler gibt.«

»Oder gab. Vielleicht ist er jetzt fort.«

»Walsingham hat mich darauf angesetzt, diesen Mann zu jagen. Er hoffte, dass frische Augen sehen würden, was er nicht sehen konnte. Und jetzt ist er tot.«

Das Ordnen der Papiere hörte auf, als Beale sah, worauf er abgezielt hatte. »Deven«, sagte er, wobei er seine Worte deutlich sorgfältig wählte, »Sir Francis ist ... war seit langer Zeit krank. Denkt an seine Abwesenheit letztes Jahr. Das ist keine plötzliche Entwicklung, die sich im letzten Monat aus dem Nirgendwo ergeben hat.«

»Aber falls der verborgene Spieler noch hier *ist* und in die irische Sache eingebunden ist ...«

»Falls, falls«, sagte Beale ungeduldig. »Ich bin von nichts davon überzeugt. Und selbst wenn dem so wäre, warum nicht *Euch* eliminieren? Immerhin seid Ihr derjenige, der bis zu den Ellbogen im Ärger um Perrot steckt. Wenn irgendjemand kurz davorsteht, das Geheimnis zu lüften, dann wärt Ihr das.«

Deven schnaubte. »Ich habe keine derart hohe Meinung von mir selbst, dass ich denke, ich stelle eine größere Bedrohung als Walsingham dar. Wenn ich es nicht lüfte, dann hätte das schon früher jemand anderer getan und es ihm weitergegeben.«

Beale stand auf und kam um die Ecke des Tischs, um ihn an den Schultern zu packen. »Michael«, sagte der ältere Sekretär, sanft aber bestimmt, »ich weiß, es wäre einfacher zu glauben, dass jemand Sir Francis vergiftet oder verflucht und seinen zu frühen Tod herbeigeführt hat. Aber er war ein kranker Mann, einer, der zuvor oft eine Krankheit aus schierer Entschlossenheit, sein Werk fortzusetzen, abgeschüttelt hatte. Das ist die einzige Erklärung, die es da gibt.«

Der Griff an seinen Schultern brachte seine Selbstkontrolle ins Wanken. Nur einen kurzen Monat zuvor hatte Deven eine strahlende und aufregende Zukunft vor sich gesehen, mit sowohl einem Förderer als auch einer Ehefrau, die seinem Leben einen Sinn gaben. Jetzt hatte er auf beides keine Aussicht mehr.

Alles, was er hatte, war die Pflicht, die der Staatssekretär ihm auferlegt hatte.

Deven trat zurück, unter Beales Händen weg. Seine Stimme kam ruhiger als erwartet heraus, als er sagte: »Zweifellos habt Ihr recht. Doch das beantwortet die Sache mit diesem verborgenen Spieler nicht. Ihr wisst nicht, ob er noch hier ist, aber Ihr wisst auch nicht, dass er fort ist. Ich habe vor, das herauszufinden. Wollt Ihr mir helfen?«

Beale zog eine Grimasse. »Wie ich kann. Der Tod von Sir Francis hat alles ins Chaos gestürzt. Wenn irgendetwas von der Arbeit, die er geleistet hat, den Agenten und Informanten, die er angeworben hat, erhalten werden soll, muss ich jemand anderen finden, der sich ihrer annimmt.«

Das durchbrach den trübseligen Nebel, der sich in Devens Kopf festgesetzt hatte. Er hatte nicht daran gedacht, doch natürlich hatte Beale recht. Nur jemand, der gut im Kronrat platziert war, konnte Walsinghams Leute gut nutzen. »Hattet Ihr jemanden im Sinn?«

»Burghley hat Avancen gemacht, was ich erwartet hatte. Aber Essex hat auch Interesse gezeigt.«

»Essex?« Deven wusste, dass das respektlos war, konnte sich allerdings ein Schnauben nicht verkneifen. »Er hat nicht die Geduld für Geheimdienstarbeit.« Oder den Verstand.

»Nein, hat er nicht. Aber er hat Sir Francis' Tochter geheiratet.«

»*Was?*«

Beale seufzte tief und setzte sich wieder. »Heimlich. Ich weiß nicht wann, und ich weiß nicht, ob Sir Francis davon wusste. Doch Essex hat es mir erzählt, um seine Position zu stärken.« Seine müden Blicke wanderten wieder zu Deven. »Sagt das nicht der Königin.«

»Und riskieren, dass sie einen Schuh auf mich wirft? Sicher nicht.« Essex war seit dem Tod seines Stiefvaters Leicester ihr Favorit, obwohl Gott allein wusste, warum. Sie war Ende fünfzig und Essex noch keine fünfundzwanzig. Aber Deven glaubte nicht, dass der Mann viel Zuneigung zu seiner Herrscherin hegte. Elisabeth mochte wohl noch für ihren Verstand und ihren politischen Scharfsinn bewundert werden, doch nicht für ihre Schönheit, und Essex wirkte nicht wie der Typ, der ihren Verstand lieben würde. Seine Zuneigung würde ganz genauso lange andauern wie die greifbaren Belohnungen für ihre Gunst.

»Leider«, fuhr Beale fort, »kann ich, wenn alles gesagt und getan ist, nicht alles intakt weitergeben – selbst falls Burghley oder Essex den Platz für den jeweils anderen räumen. Zu viel davon war im Kopf von Sir Francis und wurde nie schriftlich niedergelegt. Selbst ich weiß nicht, wer alle seine Informanten waren.«

Dabei konnte Deven nicht helfen. Walsingham hatte nie all seine Geheimnisse mit irgendjemandem geteilt, und jetzt, ohne einen richtigen Förderer, fehlte Deven der Einfluss, um politisch von Nutzen zu sein. Er würde hart um Gefallen und Bevorzugungen kämpfen müssen.

Außer ...

Falls Walsingham recht hatte und der verborgene Spieler gelegentlich direkten Zugang zur Königin hatte, dann wusste Elisabeth sicherlich, wer er war. Aber war sie mit dieser Situation glücklich? Wenn man ihren Widerwillen kannte, von ihren Ratsherren gelenkt zu werden, nein. Falls Deven die Identität des Mannes aufdecken und das Wissen nutzen konnte, um dessen Einfluss zu brechen ...

Er hatte nicht die Schönheit von Essex. Er wollte allerdings nicht die Bürde, Elisabeths Favorit zu sein. Alles, was er wollte, war ihre Gunst.

Das hier konnte sie ihm vielleicht einbringen.

Deven setzte sich wieder auf seinen Stuhl und schob den Bericht über katholische Gerüchte zur Seite, ohne ihn anzusehen. »Erzählt mir«, sagte er, »was Ihr über den verborgenen Spieler wisst.«

IM ONYXPALAST, LONDON
12. *April* 1590

Die Verbesserungen in ihren Umständen kamen in einem verlockenden Schritt nach dem anderen. Erst war es der Stuhl, der in ihrer Zelle gelassen wurde, nach kurzer Zeit gefolgt von einer Fackel und einem Klappbett, auf dem sie schlafen konnte. Dann die Verlegung in eine bessere Zelle, eine, die nicht unter den Grundfesten des Weißen Towers lag. Um diese zu verdienen, musste Lune Madame Malline von ihrem Sprung von den Klippen von Dover erzählen, als sie dreihundert Fuß tief in die aufgewühlten Wasser des Ärmelkanals gestürzt war. Es war kein Scherz: Die seltsam schimmernde Perle, die man ihr zum Schlucken gegeben hatte, hatte ihr erlaubt, unter Wasser zu überleben, wenn auch nicht, sich mit der Eleganz ihrer Nympheneskorte oder des Meeresvolks zu bewegen, das sie weiter unten erwartete.

Das Meeresvolk. Die Roane. Die winzigen Geister, die aus dem Dunst über den brechenden Wellen geboren wurden. Seltsamere Dinge in tieferen Gewässern. Sie sah nicht den Leviathan selbst, doch kleinere Seeschlangen spukten immer noch gelegentlich im Ärmelkanal zwischen England und Frankreich herum.

Waren das Meeresvolk Fae? Was definierte die Fae-Natur? Sie waren fremdartig, faszinierend, verstörend, selbst für jemanden wie Lune. Kein Wunder, dass die Sterblichen solch seltsame Geschichten über sie erzählten.

Doch sie waren von der menschlichen Gesellschaft wenig berührt. Das, erklärte sie Madame Malline, war das Schwierigste an ihnen. Jene Fae, die in den Ritzen und Schatten der sterblichen Welt lebten, taten das wegen ihrer Faszination für Menschen und menschliches Leben. Der Onyxhof war nur der lebhafteste Beweis für diese Faszination, die intensivste Imitation sterblicher Gewohnheiten. Das Meeresvolk war eher wie die Bewohner tiefer im Feenland, weniger von den Strömungen der Veränderung berührt. Aber zumindest atmeten jene, die im Feenland lebten, Luft und standen auf der Erde. Unter den Wellen lag eine Welt, in der oben und unten wenig Unterschied zu Norden oder Osten machten, wo die Ereignisse entlang undurchschaubarer Rhythmen flossen.

Selbst als sie von ihnen sprach, besann sie sich wieder auf die Metaphern in der Sprache, die sie dort gelernt hatte, wo alles mit dem subtilen Verhalten des Wassers verglichen wurde.

Diese Information brachte Lune in eine bequemere Zelle. Eine Einführung in die Diplomatie der Unterwassergesellschaft führte sie zurück in ihre eigenen Gemächer, wo sie unter Hausarrest wohnte, wobei Sir Prigurd Nellt statt Sir Kentigern die Wachen befehligte, die ihre Tür versperrten.

Dann kam die finale Verhandlung, diejenige, die sie seit einiger Zeit vorhergesehen hatte.

»Also«, sagte Madame Malline, als sie die Höflichkeitsfloskeln hinter sich gebracht hatten, »Ihr wisst, was ich hören möchte. Geschichten darüber, wie Ihr ins Meer gereist seid, was Ihr dort vorgefunden habt – die sind interessant, und ich danke Euch für sie. Doch ich habe Euch meinen guten Willen gezeigt, indem ich Euch bisher geholfen habe, und der Zeitpunkt ist für Euch gekommen, das zurückzuzahlen.«

Sie saßen in Lunes äußerer Kammer mit Weingläsern in der Hand am Feuer. Nicht mit dem feinen französischen Jahrgangswein, den Vidar an dem Tag angeboten hatte, als er Lune auf Walsingham angesetzt hatte, aber trotzdem mit einem guten Tropfen. Lune konnte beinahe ignorieren, wie ihre Gemächer nach ihrem Sturz geplündert worden waren, ihre Zauber gebrochen, ihr Schmuck und ihr kleiner Vorrat an sterblichem Brot von unbekannten Händen gestohlen.

»*Au contraire, Madame Ambassadrice*«, sagte Lune und fiel kurz in die eigene Sprache der Gesandten, um die Unhöflichkeit dessen, was sie gleich anbieten würde, abzumildern. »Sichert meine Freiheit, lasst die Wachen vor meiner Tür entfernen. Dann werde ich Euch die Information geben, die Ihr wollt.«

Madame Mallines Lächeln war wunderschön und bar jeglicher Wärme. »Das glaube ich nicht, Lady Lune. Sollte ich das tun, gäbe es nichts außer Dankbarkeit, was Euch zukünftig daran binden würde, mir zu helfen. Und obwohl Ihr vielleicht dankbar wärt, wenn man dies gegen Eure Furcht davor, Invidiana zu erzürnen, abwägt …« Sie hob ihren Weinkelch in einer eleganten, mit Ringen geschmückten Hand, und ihr Lächeln wurde nur das winzigste bisschen bösartig. »*Non.* Ihr werdet es mir erzählen und Euch bei Eurer Königin auf Euer Glück verlassen.«

Alles, wie Lune erwartet hatte. Und auf gewisse Weise, wie sie es gebraucht hatte.

»Nun gut«, sagte sie, wobei sie die Worte widerwillig aussprach. »Ihr wollt also wissen, worauf wir uns einigten. Welchen Preis ich ihnen im Tausch für ihre Unterstützung gegen die spanische Armada anbot.«

»*Oui.*«

»Frieden«, sagte Lune.

Eine sorgfältig gezupfte Augenbraue hob sich. »Das verstehe ich nicht.«

»Das Meeresvolk ignoriert nicht alles, was an der Luft vorgeht. Ich weiß nicht, wer die Gerüchte verbreitete. Vielleicht lauschte ein Draca oder ein anderer Wassergeist dem indiskreten Gespräch von irgendjemandem, sprach dann mit jemand anderem und so weiter, bis die Nachrichten den Fluss hinunterströmten und sie erreichten. Invidiana hatte vor, einen Krieg gegen das Meeresvolk anzufangen. Und das Zugeständnis, das ich ihnen anbot, war eine Übereinkunft, von diesem Unterfangen abzusehen.«

Madame Malline betrachtete sie mit zusammengekniffenen Augen und geschürzten, vollen Lippen. Schließlich sagte sie bedächtig: »Ich glaube Euch nicht.«

Lune erwiderte ihr Starren ohne zu zucken. »Es ist wahr.«

»Eure Königin ist von sterblichen Gewohnheiten, sterblicher Macht besessen. Selbst ihre Kriege gegen die Höfe des Nordens nahmen ihren Ursprung in sterblichen Angelegenheiten, der Anschuldigung, dass sie die Königin der Schotten sabotierte. Es gibt draußen auf dem Wasser keinen menschlichen Hof. Warum sollte Invidiana nach Macht über das Meeresvolk streben? Was kümmert es sie, was die unter der Oberfläche tun?«

»Es kümmert sie gar nicht«, sagte Lune. »Aber es kümmert sie sehr, was das Meeresvolk mit Sterblichen *an* seiner Oberfläche tun kann. Wären die Pläne Ihrer Majestät schneller fortgeschritten, hätten wir nicht über deren Unterstützung gegen die Armada verhandeln müssen, doch sie war noch nicht ganz bereit, die Herrschaft über die Unterwasserwelt zu übernehmen. Wenn sie das getan hätte ... stellt Euch vor, was sie tun könnte, wären sie daran gebunden, ihr zu gehorchen.« Lune hielt inne, damit Madame Malline darüber nachdenken konnte. Die Vorherrschaft spanischer Schiffe brechen. Englischen Schiffen günstiges und ihren Feinden furchtbares Wetter geben. Küstengebiete mit vernichtenden Stürmen überziehen.

Der Verstand der Botschafterin ging schnell zur nächsten Komplikation über. »Aber Ihr habt mir selbst erzählt, dass sie noch nicht organisiert sind, dass sie keinen *Grand Roi* haben – dass Ihr mit einem Dutzend Adligen von der ein oder anderen Sorte verhandeln musstet, um zu irgendeiner Einigung zu kommen. Selbst die Höfe des Nordens haben sich mehr als das vereint. Eure Königin konnte sich nicht erhoffen, die Ozeane zu kontrollieren.«

»Das würde sie nicht müssen. Eine kleine Streitmacht würde reichen. Sie sind höchst mobil, das Meeresvolk, und passen sich schnell an. Einige engagierte, gehorsame Gruppen wären fähig, genug Chaos anzurichten, um ihren Zweck zu erfüllen.«

Lune nutzte die Pause, um nach ihrem eigenen Wein zu fassen und ihr Gesicht hinter dem Kelch zu verbergen.

Madame Malline starrte ins Feuer und ging eindeutig die Konsequenzen daraus durch. Und suchte nach einem Weg, diese zum Vorteil des Cour du Lys zu nutzen. Sie hatten ihre eigenen Konflikte mit Spanien, mit Italien, mit heidnischen Fae jenseits des Mittelmeers.

Sicherlich konnte Madame Malline sich denken, warum Lune Invidianas Rache fürchten musste, sobald sie gesprochen hatte.

Die Blicke der französischen Elfe wanderten schließlich wieder auf Lunes Gesicht. »Ich verstehe«, sagte die Botschafterin mit etwas atemloser Stimme. »Ich danke Euch, Lady Lune. Eure Königin hat natürlich Lauscher für diesen Raum, aber ich habe sie geschmiert. Für Eure Ehrlichkeit werde ich mehr tun, als Euch befreien zu lassen. Ich werde Euch auch vor ihrer Vergeltung schützen. Sie wird von ihren Spionen hören, dass Ihr mir eine überzeugende Lüge erzählt habt. Ich kann nicht versprechen, dass das reichen wird, aber das ist alles, was ich tun kann.«

Lune glättete die Sorgenfalten in ihrem Gesicht. Sie stand von ihrem Stuhl auf und knickste vor der Gesandten. »Euch gehört mein unterwürfigster Dank, *Madame Ambassadrice.*«

THE STRAND, AUSSERHALB VON LONDON
13. *April* 1590

Die Liste, die Beale Deven gab, war deprimierend kurz.

Gilbert Gifford hatte für seine Arbeit dabei, die Briefe der Königin der Schotten weiterzugeben, eine angenehme Pension von hundert Pfund im Jahr zugewiesen bekommen, doch Thomas Phelippes hatte vor mehr als zwei Jahren berichtet, dass er von den französischen Behörden verhaftet und ins Gefängnis geworfen worden war. Soweit Beale wusste, war Gifford immer noch dort. Nach allen Berichten war er der am wenigsten vertrauenswürdigste und der käuflichste Mann, den Walsingham je angeheuert hatte. Gerüchte behaupteten, dass er später mit Mendoza, dem ehemaligen spanischen Botschafter in England, versucht hatte, die Ermordung Elisabeths einzufädeln. Er konnte wohl einem anderen Herrn dienen. Aber Deven konnte ihn nicht gut befragen, wenn er in einem französischen Kerker saß. Und sein Vetter bei den Gentlemenpensionären war, obwohl er an und für sich ein dubioser Charakter war, für Deven nicht nützlich.

Henry Fagot war ein weiterer Informant, bei dem Walsingham vermutet hatte, dass er ihn zu leicht hatte anwerben können, aber er war noch weniger zugänglich als Gifford. Niemand wusste, wer er gewesen war. Er hatte vor sechs oder sieben Jahren Informationen aus der französischen Botschaft weitergegeben, sich jedoch hinter einem falschen Namen verborgen. Die potenziellen Verdächtigen waren natürlich lange aus England fort.

Und das waren seine beiden besten Aussichten. Von dort aus wurde die Liste noch schlimmer. Einige Individuen waren tot. Andere waren verschwunden. Wieder andere waren überhaupt keine Individuen, sondern eher Verdächtigungen wie »irgendjemand im Dienst von Lord und Lady Hereford« oder sogar noch weniger konkrete Hinweise als das.

Dies waren die Informationen, die Walsingham ihm nicht gegeben hatte, weil er befürchtet hatte, er wäre dann voreingenommen und würde seine Gedanken Pfade entlangführen, die andere bereits erkundet hatten. Nachdem er darüber nachdachte, musste Deven ihm beipflichten. Die Vergangenheit würde ihm die Antwort nicht geben. Er musste sich die Gegenwart ansehen. Falls Walsingham recht hatte und der Spieler immer noch aktiv war, mit den Fingern in der irischen Situation ... sehr viel »falls«, wie Beale gesagt hatte. Aber welchen anderen Spuren konnte er folgen?

Nichts außer seinem Verdacht über Walsinghams Tod. Und Beale hatte gut dagegen argumentiert.

Als er eine Botschaft von einer Ratsversammlung im Somerset House zum St.-James-Palast brachte, den Mantel als schwachen Schutz gegen einen prasselnden Regensturm fest um sich gezogen, erinnerte Deven sich abrupt an Beales Worte.

»Ich weiß, es wäre einfacher zu glauben, dass jemand Sir Francis vergiftet oder verflucht hat ...«

Gift, nein. Doch Deven fiel mindestens ein Mann ein, der vielleicht die Fähigkeit hatte, den Tod eines Mannes durch teuflische Magie herbeizuführen.

Doktor John Dee.

Er hob den Kopf, ohne auf das Wasser zu achten, das an seinem Gesicht hinunterströmte, und starrte blind durch den grauen Vorhang aus Regen. Dee. Ein Nekromant, sagte man, der mit Dämonen und Geistern, die seinem Willen unterworfen waren, verkehrte. Aber auch Walsinghams Freund. Hätte Dee ihn so schrecklich betrogen?

Es gab andere Probleme. Dee war sechs Jahre lang auf dem Kontinent gewesen – sechs entscheidende Jahre in der Geschichte der Königin der Schotten. Aber Fagots Arbeit in der Botschaft hatte ungefähr zu der Zeit angefangen, als

Dee fortgegangen war. Und auch Gifford war praktischerweise zu jenem Zeitpunkt aufgetaucht.

Konnten sie für den Astrologen gearbeitet haben, während er im Ausland war?

Jemand hatte Elisabeth überzeugt, möglicherweise durch ein persönliches Treffen mit ihr. Dee konnte das nicht getan haben, außer jemand hatte sich sehr viel Mühe gemacht, Gerüchte über seine Reise mit Edward Kelley zu fälschen. Es war schwierig vorstellbar, dass der Mann über Mittelsmänner so effektiv arbeiten konnte. Und was sollten Dee Ereignisse in Irland kümmern?

Deven schüttelte den Kopf, sodass Wasser spritzte. Unter ihm setzte sein brauner Wallach behäbig einen Fuß vor den anderen und ignorierte sowohl den Regen als auch die Gedanken seines Reiters. Zu viele Fragen ohne Antworten – aber es war bisher die beste Möglichkeit. Vor seinem Aufbruch zum Kontinent hatte Dee großspurige Visionen über Englands Schicksal auf der Welt mit Elisabeth auf dem Thron gesponnen. Die Königin der Schotten wäre ein Hindernis für jene Visionen gewesen, eines, das zu entfernen er vielleicht Schritte unternommen hatte.

Und vielleicht stammten seine derzeitigen Schwierigkeiten zumindest teilweise von Elisabeths Enttäuschung darüber, wie man sie dazu getrieben hatte, ihre schottische Cousine zu töten.

Was wusste Deven über Dees derzeitige Aktivitäten, die Stellungen und Gefallen, um die er bei der Krone ersuchte?

Die Antworten kamen ihm gehorsam in den Sinn – und mit ihnen noch etwas. Der Grund, warum er diese Antworten kannte.

Anne.

»Es ist Zuhören, nicht Spionieren, und du bittest mich nicht. Ich tue es aus meinem eigenen freien Willen.«

Ja, sie hatte ihm ziemlich eifrig Informationen über Doktor Dee weitergegeben. Deven wusste alles über die große Armut des Mannes, den Diebstahl von Büchern und unbezahlbaren Instrumenten aus seinem Haus in Mortlake, den Disput mit dem Bruder seiner Frau über das Eigentum an jenem Haus. Selbst Burghleys Versuche, Dees Verbündeten Edward Kelley nach England zurückzuholen, damit er seinen Stein der Weisen nutzen konnte, um Gold für Elisabeth herzustellen. Informationen, die Deven angenommen und beiseitegeschoben hatte, weil er nicht sah, was er damit tun sollte.

Der Gedanke an Anne bohrte sich wie ein Messer in sein Herz. Sie hatten seit jener Konfrontation im Obstgarten nicht miteinander gesprochen. Kurz darauf hatte Anne laut der Gräfin von Warwick darum gebeten und die Erlaubnis erhalten, ihren Dienst zu beenden. Deven wusste nicht, warum, und hatte auch nicht gefragt. Das Thema war zu schmerzhaft, die unbeantworteten Fragen zwischen ihnen zu schneidend. Diese Gedanken allerdings warfen ein neues und unangenehmes Licht auf die gesamte Situation.

Was sie möglicherweise in Dees Dienst tun konnte, wusste er nicht. Aber falls Dee der Spieler war …

Wieder falls. Er hatte jedoch so wenige Namen zu verfolgen. Und Dee direkt hinterherzujagen, wäre nicht klug.

Dachte er daran, weil er Anne wirklich verdächtigte und glaubte, sie zu finden, würde irgendetwas erreichen? Oder wollte er sie einfach nur wiedersehen?

»Ein bisschen von beidem«, gestand er laut für niemand Speziellen ein. Der Wallach zuckte mit den Ohren, was Regentropfen herumschleuderte.

Zu dem Zeitpunkt, als er triefend und bibbernd am St.-James-Palast eintraf, hatte er einen Entschluss gefasst. Er nahm sich nur einen Moment, um sich umzuziehen, weil es nicht angemessen war, am Boden einer Adligen Pfützen zu verursachen.

Die Gräfin von Warwick runzelte die Stirn, als Deven fragte, welchen Grund Anne für ihr Weggehen angegeben hatte. »Sie sprach nicht von Eurem Streit, obwohl ich vermute, dass der eine Rolle spielte. Nein, sie benannte irgendeinen anderen Grund …«

Deven stand mit nassen Haaren und trockener Kleidung da und versuchte, nicht vor Ungeduld mit den Füßen zu scharren.

»Es ist schwierig, mich zu erinnern«, gab die Gräfin schließlich zu und wirkte peinlich berührt. »Es tut mir leid, Master Deven. Ein krankes Familienmitglied vielleicht. Ja, ich erinnere mich, das war es – ihr Vater, glaube ich.«

»Ich habe keinen Vater«, hatte Anne gesagt, als er gefragt hatte, warum sie nicht heiraten konnte.

Also hatte sie entweder die Gräfin oder ihn angelogen. Und sie hatte ihn schon zuvor angelogen.

Er setzte eine ehrlich besorgte Miene auf. »Es tut mir sehr leid, das zu hören. Vielleicht war es Sorge um ihren Vater, die zu unseren Problemen führte. Wisst Ihr, wo ihre Familie wohnt? Man hat mir Urlaub von meinen Pflichten gegeben. Vielleicht könnte ich sie besuchen und ihr mein Mitgefühl bezeugen, wenn nichts sonst.«

Die Verwirrung der Gräfin verflog, und sie lächelte ihn gnädig an, wobei sie zweifellos an jugendliche Liebe dachte. »Das wäre sehr freundlich von Euch. Sie kommt aus London, aus der Pfarrei St. Dunstan in the East.«

Wenig mehr als einen Steinwurf von Walsinghams Haus, südwestlich die Tower Street hinunter. Deven wäre bis Yorkshire geritten, aber er musste überhaupt nicht weit reiten.

»Ich danke Euch, meine Lady«, sagte Deven und brach so hastig auf, wie es der Anstand erlaubte.

IM ONYXPALAST, LONDON
14. *April* 1590

Obwohl beinahe alle Wertsachen nach ihrem Sturz aus Lunes Gemächern geplündert worden waren, waren ihre Roben noch da. Offensichtlich wollte niemand gesehen werden, wenn er die Kleidung einer Verräterin trug, die unter dem Weißen Tower im Gefängnis saß.

Sie kleidete sich in Rabenfedern, simpel aber elegant, mit einem vorne geöffneten Kragen und Manschetten, die sich von ihren Händen in feiner Spitze nach hinten wanden. Gerade zum jetzigen Zeitpunkt wollte sie ihre Loyalität für Invidiana zeigen, indem sie die Farben der Königin trug. Die einfachen Nadeln, die ihr silbernes Haar hielten, waren ihr einziger Schmuck. Bescheidenheit, zusammen mit Loyalität, wäre heute Abend ihr Schlüsselwort.

Als sie fertig war, holte sie beruhigend Luft, dann öffnete sie die Tür zu ihrer Kammer und trat hinaus.

»Seid Ihr bereit?«, fragte Sir Prigurd mit seiner hallenden Bassstimme und wartete auf ihren kurzen Knicks. »Dann kommt mit.«

Zwei Wachen begleiteten sie durch den Palast. Lune wurde nicht in den Thronsaal gebracht. Ein gutes oder schlechtes Zeichen? Sie konnte nur spekulieren. Prigurd führte sie weiter, und bald wusste Lune, wo sie hingingen.

Der Saal der Statuen war eine lange Galerie, die um die Tiefe einer halben Treppe unter die normale Ebene der Räume gesenkt war. Statuen waren an beiden Seiten aufgereiht, die von einfachen Büsten über volle Figuren bis zu einigen massiven Werken rangierten, die groß genug waren, um selbst eine kleine Kammer zu füllen. Einige waren von menschlichen Künstlern hergestellt, andere von Fae. Einige waren überhaupt nicht hergestellt worden, außer man konnte den Basilisken einen Hersteller nennen.

Lune betete, die Geschichten wären nicht wahr, dass Invidiana in irgendeiner verborgenen Ecke des Onyxpalasts einen Basilisken hielt.

Prigurd und seine Wachen blieben auf dem Absatz oben an der Treppe. Lune ging allein hinunter. Als ihr Schuh den Boden berührte, sah sie im Augenwinkel eine Bewegung. Sie zuckte unwillkürlich zusammen, weil sie an Basilisken dachte.

Kein Monster. In ihrer Nervosität hatte sie den Mann einfach für eine Statue gehalten. Der Sterbliche namens Achilles hatte mehr, um sich bei Invidiana beliebt zu machen, als seinen Blutrausch. Sein beinahe nackter Körper hätte ein bildhauerisches Modell für die Perfektion der menschlichen Gestalt sein können.

Er packte sie am Arm, wobei seine harten Finger die Gewalttätigkeit verrieten, die immer knapp unter der Oberfläche brodelte. Lune wusste es besser, als zu glauben, dass diese gegen sie gerichtet war, aber sie wusste es auch besser, als sich für vor dieser sicher zu halten. Sie leistete keinen Widerstand, als Achilles sie die Galerie entlang an den beobachtenden Statuen vorbeiführte.

Ein Stuhl war ein Stück den Saal der Statuen hinunter platziert worden und ein Thronbaldachin darüber errichtet. Ehe Lune auch nur in dessen Nähe kam, ließ sie sich elegant auf die Knie sinken – so elegant, wie sie konnte, während Achilles einen Arm immer noch in einem eisernen Griff hielt.

»Bring sie näher.«

Der Sterbliche zerrte Lune auf die Füße, ehe sie selbst aufstehen konnte, zog sie ein paar Schritte vorwärts und schob sie wieder nach unten.

Die Augenblicke verstrichen in Schweigen, unterbrochen nur durch Atemzüge und ein Knarzen vom Eingang zur Galerie, als Sir Prigurd sein Gewicht verlagerte.

»Man gibt mir zu verstehen«, sagte Invidiana, »dass Ihr Madame Malline Lügen erzählt habt.«

»Ja«, sagte Lune, die immer noch in einem Meer aus Rabenfedern kniete. »Mehr, als ihr bewusst ist.«

Einige weitere Herzschläge verstrichen. Dann ließ Achilles auf irgendein unausgesprochenes Signal der Königin hin Lunes Arm los. Sie blieb auf den Knien und richtete ihre Blicke auf den Boden.

Invidiana sagte: »Erklärt Euch.«

Es hatte keinen Sinn, die ersten Schritte der Angelegenheit zu erklären. Diese kannte Invidiana bereits. Vielleicht wusste sie sogar, was Lune am Ende gesagt hatte. Aber das war der Teil, den sie hören wollte, und so erklärte Lune in kurzen, aufrichtigen Umrissen die Lüge, die sie der Botschafterin erzählt hatte. »Sie glaubte mir, denke ich«, sagte Lune, als sie fertig war. »Doch falls sie das nicht tut, macht das nichts. Die Lüge sagt ihr nichts, was sie nutzen kann.«

»Und so habt Ihr Eure Freiheit erlangt.« Invidianas Stimme war so seidig und kühl wie ein Eisdolch, der einen töten und dann wegschmelzen konnte, als hätte er nie existiert. »Indem Ihr Eure eigene Herrscherin verunglimpft habt.«

Lunes Herz pochte schmerzhaft. »Eure Majestät ...«

»Ihr habt eine Lüge verbreitet, die meinen Ruf in anderen Ländern schädigen wird. Ihr habt der *Ambassadrice du Lys* Informationen über die Unterwasserwelt gegeben, die vielleicht gegen England verwendet werden könnten. Ihr habt, um Eure eigene Haut zu retten, Details über eine königliche Mission verkauft.« Das Peitschen ihrer Worte hielt inne. Invidiana murmelte den nächsten Teil sanft, beinahe intim. »Sagt mir, warum ich Euch nicht töten sollte.«

Federn bröckelten in ihren Fingern, während deren zerbrochene Schäfte in ihre Haut stachen. Lunes Herz pochte so stark, dass ihr Körper bebte. Aber sie zwang sich zur Konzentration. Invidiana war wütend, ja, doch die Wut war kalkuliert, sie kam nicht von Herzen. Eine ausreichend gute Antwort würde die Königin wohl erfreuen, und dann würde der Zorn verschwinden, als hätte er nie existiert.

»Eure Majestät«, flüsterte sie, dann machte sie ihre Stimme kräftiger. »Wenn diese anderen Länder hören, dass Ihr davon träumt, Eure Macht über das Meeresvolk auszudehnen, dann werden sie Euch fürchten, und das ist keine schlechte Sache. Was Madame Malline betrifft, so *hoffe* ich tatsächlich, dass sie ihrem König erzählt, was ich gesagt habe, und dass er versucht, dem nachzugehen. Wenn er dem Meer mit Krieg droht, weil er glaubt, dass er damit irgendein Zugeständnis erringen kann, dann werden wir das Vergnügen haben, zu beobachten, wie dieses stolze und mächtige Volk ihn zerstört. Darüber hinaus habe ich, indem ich sie mit dieser Lüge zufriedenstellte, ihre neugierigen Fragen beendet, die ansonsten vielleicht die Wahrheit über meine Mission und die Geheimnisse, die ich für Euer Gnaden bewahre, herausbekommen hätten.«

Nachdem sie ihre politischen Gründe angegeben hatte, riskierte Lune einen Blick nach oben. Ein Aufblitzen von Weiß fiel ihr ins Auge, und sie stellte fest, dass sie in einen trüben saphirblauen Blick sah. Tiresias kniete jetzt zu Invidianas Füßen und lehnte sich an ihren Rock, wie ein Hund es würde, während ihre spinnenartigen Finger in seinem Haar verfangen waren. Er trug kein Wams, und das Weiß seines Batisthemds leuchtete in der Finsternis des Saals.

Sie schluckte und hob ihr Kinn höher, heftete ihre Aufmerksamkeit knapp unter Invidianas Gesicht. »Und wenn ich das so frei sagen darf, Eure Majestät – keine Fae, die nicht einen Weg findet, selbst zu profitieren, während sie auch dem Onyxthron dient, gehört an Euren Hof.«

Invidiana dachte darüber nach, während sie mit einer Hand müßig über Tiresias' Haar strich. Er schmiegte sich an die Bewegung, als sei sonst niemand anwesend.

»Hübsche Worte«, sagte die Königin schließlich nachdenklich. Sie packte Tiresias fester und zerrte seinen Kopf nach hinten, bis er zu ihr hinauf starrte, den Mund geöffnet, die Kehle frei und verwundbar. Die Königin blickte nach unten in die Augen ihres Sehers, als könne sie dort seine Visionen erkennen. »Doch was liegt hinter ihnen?«

»Euer Gnaden.« Lune riskierte die Unterbrechung. Schweigen konnte sie genauso sicher töten. »Ich kehre gerne in den Dienst zurück, den ich verlassen habe. Ich habe Dame Halgresta erzählt, dass ich andere verfügbare Optionen hatte. Schenkt mir die Freiheit, und ich werde alles herausfinden, was Ihr über Walsingham wissen wollt.«

Tiresias lachte atemlos, immer noch unter Invidianas Hand gefangen. »Ein Körper, der revoltiert, die Naturgesetze hängen schief. Es kann nicht passieren. Doch die Geschichten besagen, dass es passiert ist, und sind Geschichten nicht wahr?« Eine Hand hob sich, als würde sie etwas suchen. Sie zögerte mitten in der Luft und kam unter dem offenen Kragen seines Hemds zum Ruhen. »Nicht jene, die Lügen sind.«

Bei seinen Worten verhärtete sich Invidianas schwarzer Blick. Sie ließ einen Fingernagel am Gesicht des Sehers hinuntergleiten. Dann verharrte ihre Hand in der Nähe des Juwels im Zentrum ihres Korsetts, des schwarzen Diamanten, der von Obsidian und Meerjungfrauentränen eingefasst war. Der Anblick ließ Lune vor Furcht erstarren. Aber als die Königin finster drein starrte und ihre Aufmerksamkeit wieder Lune zuwandte, ließ sie das Juwel dort, wo es befestigt war. »Walsingham ist nicht länger ein Problem. Ihr vielleicht schon. Doch ich werfe ungern ein Werkzeug weg, das sich vielleicht noch als nützlich herausstellen wird, und so werdet Ihr leben.«

Lune beugte sofort wieder den Kopf. »Ich bin höchst dankbar für …«

»Ihr werdet leben«, wiederholte Invidiana in einem honigsüßen, giftigen Tonfall, »als Warnung an jene, die mich in Zukunft vielleicht enttäuschen. Eure Gemächer gehören Euch nicht länger. Ihr dürft im Onyxpalast bleiben, doch für Gastfreundschaft seid Ihr auf andere angewiesen. Jeder, der Euch sterbliche Nahrung gibt, wird bestraft. Wenn sich

Hände gegen Euch erheben, werde ich ein Auge zudrücken. Ab jetzt seid Ihr nicht länger eine meiner Hofdamen.«

Die Worte schlugen ein wie Hammerschläge auf Stein. Lunes Hände lagen schlaff und taub in ihrem Schoß. Sie hätte vielleicht weinen können – vielleicht wollte Invidiana Tränen, Flehen, eine demütige Niederwerfung auf dem Boden, eine Zurschaustellung kriecherischer Furcht. Aber sie konnte sich nicht dazu bringen, sich zu bewegen. Sie starrte mit trockenen Augen in das eisige, verächtliche Gesicht der Königin und versuchte zu verstehen, wie sie gescheitert war.

»Nimm sie mit«, sagte die Königin, nun mit teilnahmsloser Stimme, und diesmal musste Achilles Lune wirklich auf die Füße und aus der Halle zerren.

ERINNERUNG
6. April 1580

Es begann als Zittern, ein Klirren von Tassen und Tellern auf Regalen, ein Klappern von Fensterläden gegen Wände.

Dann begannen die Wände selbst zu beben.

Die Leute flohen auf die Straßen von London, weil sie fürchteten, dass ihre Häuser über ihnen einstürzen würden. Einige wurden dort draußen getötet, als sich Steine lösten und auf die Straße krachten. Nichts war ausgenommen: Ein gemauerter Spitzturm der Westminster Abbey zerbrach und stürzte hinab. Die Königin spürte es in ihrem großen Saal in Whitehall. Überall in Südengland erschallten Glocken in Kirchtürmen, ohne dass eine Hand sie läutete.

Gottes Urteil, so dachten die Gläubigen, war endlich über sie gekommen.

Das Urteil allerdings kam nicht von Gott – und es war auch nicht für sie gedacht.

Draußen auf dem Ärmelkanal hob sich die See, und die Wellen stiegen auf furchteinflößende Höhen. Die Wasser verschlangen alles unter sich, ohne Rücksicht auf das Land. Engländer, Franzosen und Flamen ertranken alle gleichsam, als ihre Schiffe kenterten und sanken.

Einige wenige waren nah genug, um den Grund des Bebens in den kurzen Augenblicken vor ihrem Tod zu sehen.

Die Körper schlugen mit titanischer Kraft im Wasser ein. Jene wenigen, hilflosen Seemänner sahen gewaltige Köpfe, Hände von der Größe von Kutschpferden, Beine dicker als uralte Bäume. Dann stieg das Wasser, und sie sahen nichts mehr.

In Dover zeigte eine klaffende weiße Narbe, wo ein Abschnitt der Klippen abgebrochen und während des Kampfes hinabgestürzt war.

In den folgenden Tagen würden Sterbliche auf beiden Seiten des Ärmelkanals die Nachbeben der Erschütterung spüren, doch wenig Verdacht hegen, dass unter den immer noch aufgewühlten Wellen schreckliche Seemonster die Leichen von Gog und Magog zerrissen, den gewaltigen Riesen von London, die jeden Mittsommertag an der Spitze der Prozession des Bürgermeisters als Abbilder in der Parade gezeigt wurden.

Selten waren die Konflikte der Fae so öffentlich spürbar. Doch die Riesen, stolze und uralte Brüder, hatten sich lange geweigert, irgendeine Königin über ihnen anzuerkennen, und Invidiana nahm Rebellion nicht wohlwollend auf. Einige sagten, sie sei einst mit ihnen befreundet gewesen, aber andere winkten ab. Sie hatte keine Freunde. Die Riesen waren höchstens nützlich für sie gewesen.

Jetzt waren sie nicht mehr nützlich.

Man konnte sich der Riesen nicht still und heimlich entledigen. Sie sandte eine Legion aus Lakaien gegen sie aus, Elfenritter und Hobyahs, Schwarze Hunde und Kobolde aus dem Norden Englands, und den brutalen Sir Kentigern Nellt, um sie anzuführen. Auf den Klippen von Dover hatte die Schlacht getobt, bis erst ein Bruder und dann der andere vor ihren Gegnern gefallen waren. In einer letzten Geste der Verachtung schleuderte Nellt ihre Leichen in die See und erschütterte die Erde im Umkreis von Meilen.

Während die Sterblichen sich zusammenkauerten und beteten, lachten die Krieger über ihre gefallenen Feinde. Und als die Wellen sich legten und es nichts mehr zu sehen gab, zogen sie sich zurück, um ihren blutigen Triumph zu feiern.

TOWER WARD UND FARRINGDON WITHOUT, LONDON

15. *April* 1590

Eine monumentale steinerne Elisabeth starrte auf Deven herunter, als er den Ludgate Hill zur Stadtmauer hinaufritt, wobei er sich wie ein kleiner Junge fühlte, den man dabei erwischte, wie er seine Pflichten vernachlässigte. Er hatte vom Leutnant der Gentlemenpensionäre die Erlaubnis, an diesem Tag abwesend zu sein, aber trotzdem atmete er auf, als Colsey und er durch das Tor mit dessen Bildnis der Königin und nach London hineinritten.

Die Regenfälle, die in letzter Zeit auf die Stadt geprasselt waren, hatten sie ausnahmsweise annähernd sauber gewaschen. Die schmaleren Gassen waren immer noch ein trügerisches Sumpfmeer, doch Deven hielt sich an die breiteren Straßen, wo gepflasterte oder befestigte Oberflächen glitzerten, nachdem sie begossen worden waren. Erst als er nach Norden auf den St.-Dunstans-Hill abbog, musste er auf die Huftritte seines Pferdes achten.

Auf dem Kirchhof hielt er an und warf seine Zügel Colsey zu. Er stieg mit zwei Schritten die Treppe, die zur Kirchentür führte, hinauf, vorbei an einem verblüfften Arbeiter, der sie gerade sauber schrubbte, und ging hinein.

Das Innere der Kirche war nach dem regennassen Glitzern draußen düster. Devens Augen hatten sich noch nicht daran gewöhnt, als er eine Stimme sagen hörte: »Wie kann ich Euch zu Diensten sein, junger Herr?«

Die Worte kamen von links vor ihm. Deven drehte seinen Kopf in diese Richtung und sagte: »Ich suche ein Gemeindemitglied von Euch, doch ich weiß nicht, wo das Haus liegt. Könnt Ihr mir den Weg erklären?«

»Mit Vergnügen. Den Namen?«

Seine Sicht genügte jetzt, um einen Priester mit schütterem Haar auszumachen. Deven sagte: »Die Familie Montrose.«

Die Stirn des Priesters warf entlang tief gefurchter Linien Falten. »Montrose … in dieser Gemeinde, sagtet Ihr?«

»Ja. Ich suche nach Anne Montrose, einer jungen Frau von nobler Geburt, die bis vor Kurzem im Dienst der Gräfin von Warwick stand.«

Doch der Priester schüttelte, nachdem er noch einen Augenblick länger nachgedacht hatte, den Kopf und antwortete: »Es tut mir leid, junger Herr. Ich habe kein Gemeindemitglied mit diesem Namen. Vielleicht sucht Ihr die Kirche St. Dunstan in the West, außerhalb der Stadtmauern, in der Nähe von Temple Bar?«

»Ich werde dort fragen«, sagte Deven mechanisch, dann dankte er dem Priester für seine Hilfe und ging hinaus. Die Gräfin hätte die beiden Gemeinden nicht verwechselt. Dennoch ließ ihn irgendeine vergebliche Hoffnung einen Kreis um St. Dunstan reiten, bei allen Kirchen, die in der Nähe standen, nachfragen und dann wieder die gesamte Stadt durchqueren, um das andere St. Dunstan zu besuchen, an dem er an jenem Morgen auf seinem Weg von Westminster vorbeigeritten war.

Nur eine Kirche, St. Margaret Pattens, hatte irgendwelche Gemeindemitglieder mit dem Familiennamen Montrose: eine bitterarme Familie ohne Kinder, die älter als sechs waren.

Colsey blieb während dieser gesamten Unternehmung bemerkenswert still, wenn man bedachte, dass Deven ihm nichts über den Sinn der Sache erzählt hatte. Als sein Herr allerdings aus St. Dunstan in the West trat, fragte der Diener zögerlich: »Gibt es irgendetwas, das ich tun kann?«

Das Zögern in Colseys Stimme sagte Deven etwas über seine eigene Miene. Im normalen Lauf der Dinge zögerte der Mann nie, etwas zu sagen. Deven gab sich Mühe, die Düsternis, die er fühlte, an einen weniger öffentlichen Ort zu verbannen, doch sein Tonfall war immer noch brüsk, als er fauchte: »Nein, Colsey. Gibt es nicht.«

Als sie durch das Viertel Strand zurückritten, rang er mit dieser Düsternis und kämpfte, um sie zu etwas zu formen, das er beherrschen konnte. Anne Montrose war falsch wie die Hölle. Sie hatte ihre Herrin über ihr Heim und ihre Familie belogen. Zweifellos war sie nicht die Einzige bei Hof, die unangenehme Wahrheiten hinter ein oder zwei Lügen versteckt hatte, doch im Licht des Verdachts, den Deven geschöpft hatte, konnte er die Spur dort nicht kalt werden lassen.

Der Geist Walsinghams spukte in seinem Kopf, stellte Fragen, spornte seinen Verstand an. Also war Anne falsch. Was sollte sein nächster Schritt sein?

Sie durch andere Mittel aufzuspüren.

ST.-JAMES-PALAST, WESTMINSTER
16. *April* 1590

Hunsdon wirkte zweiflerisch, als er Devens Bitte hörte. »Ich weiß nicht … Ostern steht uns in einer Woche bevor. Es ist die Pflicht der Gentlemenpensionäre Ihrer Majestät, während der Feiertage in ihrem Gefolge zu sein. *Aller* Gentlemenpensionäre.«

Deven verbeugte sich. »Ich verstehe, mein Lord. Aber in meiner Zeit hier war niemals jedes einzelne Mitglied des Korps gleichzeitig anwesend, selbst letzten Monat beim Appell nicht. Ich habe, seitdem ich meine Stellung erlangt habe, permanent gedient und die Pflichtzeiten von anderen übernommen. Dies ist das erste Mal, dass ich um Erlaubnis bitte, mehr als einen Tag abwesend zu sein. Ich würde das nicht tun, wäre es nicht wichtig.«

Hunsdons prüfender Blick hatte nicht halb so viel Gewicht wie der von Walsingham, aber Deven stellte sich vor, dass er genug sah. Er hatte seit dem Tod des

Staatssekretärs – in Wahrheit seit seinem Streit mit Anne – nicht gut geschlafen, und nur die vereinten Bemühungen von Colsey und Ranwell bewahrten ihn davor, völlig zerzaust auszusehen. Niemand konnte ihm bei der Ausführung seiner Pflichten etwas vorwerfen, doch seine Gedanken waren anderswo, und sicherlich konnte Hunsdon das sehen.

Der Baron fragte: »Wie lange wäret Ihr abwesend?«

Deven schüttelte den Kopf. »Wenn ich das für Euch vorhersehen könnte, würde ich es tun. Aber ich weiß nicht, wie lange ich brauchen werde, um diese Angelegenheit zu regeln.«

»Nun gut«, seufzte Hunsdon. »Ihr werdet für Eure Abwesenheit an Ostern eine Geldstrafe erhalten, aber nicht mehr. Wenn alle – oder zumindest der Großteil des Korps – zum Hof kommt, sollte es nicht schwierig sein, jemanden zu finden, der Euch bis zum Ende des Vierteljahrs ersetzt. Ihr habt Euch eine Pause verdient, das ist wahr. Benachrichtigt Fitzgerald, wenn Ihr vorhabt, für das neue Vierteljahr zurückzukehren.«

Falls ihn dieses Thema bis Ende Juni beschäftigen würde, wäre es noch schlimmer, als er befürchtet hatte. »Danke, mein Lord«, sagte Deven und verbeugte sich erneut.

Sobald er sich von Hunsdon verabschiedet hatte, ging er direkt wieder zur Gräfin von Warwick.

Sie hatte Anne als Gefallen für Lettice Knollys, die verwitwete Gräfin von Leicester, aufgenommen, die letztes Jahr zum dritten Mal geheiratet hatte, Sir Christopher Blount. Eine Frage an ihren neuen Gatten bestätigte, dass seine Frau, die bei Elisabeth in Ungnade gefallen war, auch nicht leicht zu erreichen war. Sie hatte sich unehrenhaft auf ein Gut in Staffordshire zurückgezogen. Blount selbst wusste nichts von Anne Montrose.

Deven knirschte frustriert mit den Zähnen, dann zwang er sich, damit aufzuhören. Hatte er erwartet, dass sich die Antwort einfach so anbieten würde? Nein. Also würde er weitergraben.

So sehr die persönlichen Dienste von Ranwell auch schlechter waren als die von Colsey, man konnte dem neueren Diener diese Angelegenheit nicht anvertrauen. Deven schickte Colsey mit einem Brief an die Gräfin nach Norden und machte selbst Pläne, Doktor John Dee zu besuchen.

IM ONYXPALAST, LONDON
18. *April* 1590

Lunes eigene Worte verspotteten sie, bis sie dachte, sie hörte diese an den gnadenlosen Mauern des Palasts widerhallen: *Keine Fae, die nicht einen Weg findet, selbst zu profitieren, während sie auch dem Onyxthron dient, gehört an Euren Hof.*

Das war wahr, aber nicht ausreichend. Lune glaubte nicht einen Moment lang, dass Invidiana über die Lüge wütend war, die sie Madame Malline aufgetischt hatte. Das war einfach ein Vorwand. Doch die Königin hatte sich gegen Lune gewandt, ehe jene Audienz überhaupt angefangen hatte – ehe Lune überhaupt in den Tower gebracht worden war. Hätte irgendetwas dies verändert?

Schon seit sie unters Meer gereist war, hatte sich ihr Los verschlimmert. Der Auftrag mit Walsingham hatte wie eine Verbesserung gewirkt, allerdings nur eine temporäre. Was hatte er ihr am Ende eingebracht?

Zeit unter Sterblichen. Ein gestohlenes Jahr, in dem sie wie eine Motte nahe am Licht des menschlichen Hofs geschwebt hatte. Eine Lüge, die der Wahrheit, die sie nun lebte, bei Weitem vorzuziehen war.

Sie lebte als Exilantin in ihrem eigenen Heim, verbarg sich in Schatten, versuchte, sich von denen fernzuhalten, die sie für deren politischen Aufstieg oder einfach zum Spaß verletzen wollten. Lune vermisste ihr Leben als Anne mit einem heftigen und unentrinnbaren Schmerz. So sehr sie auch versuchte, ihre Gedanken zu disziplinieren, sie konnte nicht anders, als an andere Orte, andere Personen zu denken. Eine andere Königin.

Elisabeth hatte ihre Eifersucht, ihre Wutanfälle, und sie hatte ihre Damen und Höflinge für eine Vielzahl an Vergehen in den Tower geworfen. Doch bei all ihrem lauten Getöse, das an den Wänden ihrer Gemächer hallte, wenn sie drohte, denen, die sie nervten, den Kopf abschlagen zu lassen, tat sie das selten aus einem geringeren Grund als echtem, unwiderlegbarem Hochverrat.

Und trotz dieser Wutanfälle strömten die Menschen an ihren Hof.

Sie kamen wegen Geld, wegen Prestige, wegen Verbindungen und Heiraten und der Pracht, die von Elisabeth ausging. Doch es steckte mehr als das dahinter. So alt sie auch war, so widerborstig und launenhaft sie auch war, sie liebten ihre Gloriana. Sie bezauberte sie, schmeichelte ihnen, umwarb sie, band sie mehr mit Charisma als durch Furcht an sich.

Wie würde sich das anfühlen, seine Königin zu lieben? Ihre Gesellschaft wegen mehr als nur der Vorteile, die sie bringen mochte, zu genießen, ohne Sorge über die Grube unter seinen Füßen?

Lune spürte die Blicke auf ihr, als sie sich durch den Palast bewegte und nie lange an einem Ort blieb. Eine rothaarige Feenfrau, in eine prächtige, juwelenbesetzte schwarze Robe gekleidet, die einen schnellen Aufstieg am Hof andeutete, beobachtete sie mit scharfen und berechnenden Blicken. Zwei bösartig grinsende Wichte folgten Lune, bis sie, um ihnen zu entkommen, durch einen schmalen Gang kriechen musste, von dem wenige wussten, und auf der anderen Seite schmutzig herauskam.

Sie bewegte sich andauernd. Wenn sie an einem Ort blieb, würde Vidar sie finden. Oder Halgresta Nellt.

Ohne sterbliches Brot war es unmöglich, in die Stadt zu gehen. Aber als sie vertraute, schwere Schritte hörte, rannte sie los, ohne nachzudenken. Der nächste Fluchtweg lag im Brunnen der Threadneedle Street, einem der Ausgänge aus dem Onyxpalast.

Das Schicksal schenkte ihr dieses eine Zeichen seiner Gunst. Ohne Ahnung, welche Zeit es in der sterblichen Stadt war, fand Lune sich mitten in der Nacht an der Oberfläche wieder. Sofort legte sie einen Tarnzauber über sich und duckte sich in die Schatten einer winzigen Gasse, wo sie wartete, bis sie sich sicher war, dass die Riesin ihr nicht gefolgt war.

Es war ein gefährlicher Aufenthaltsort. Eines der Dinge, die im Onyxpalast einer unumstößlichen Regel gleichkamen, verbot es, unter Sterblichen zu viel Aufmerksamkeit auf sich zu ziehen. Die Nacht erlaubte einem mehr Bewegungsfreiheit als der Tag, doch ohne Brot oder Milch wäre sie auf die herumschleichenden Streiche eines Goblins beschränkt.

Oder sie konnte fliehen.

Wie eine Nadel, die auf den Polarstern deutete, drehte sich ihr Kopf unweigerlich, um die Threadneedle hinaufzublicken, als könnte sie durch die Häuser bis Bishopsgate und die Straße dahinter sehen. Aus London fort.

Invidiana wollte, dass sie blieb und litt. Aber musste sie das?

Wo auch immer Lune gewesen war, ehe sie hergekommen war, London war jetzt ihr Heim. Einige wenige Fae wanderten aus, sogar in fremde Länder, doch sie konnte ihre Stadt nicht eher verlassen, um in Schottland zu leben, als sie beim Meeresvolk leben konnte.

Sie blickte zurück auf den Brunnen. Dame Halgresta besaß nicht die Geduld, um auf der Lauer zu liegen. Ob sie Lune gejagt hatte oder einfach vorbeigekommen war, mittlerweile wäre sie fort.

Lune trat wieder auf die Threadneedle Street hinaus, legte ihre Hand an das Seil und stieg in den Brunnen hinunter, hinab in die Finsternis des Onyxpalasts.

MORTLAKE, SURREY
25. April 1590

Deven ritt unkonzentriert, den Blick auf den Brief in seiner Hand geheftet, obwohl er dessen Inhalt bereits auswendig kannte.

Ich habe für Mistress Montrose auf die Bitte ihrer Cousine, einer ehemaligen adligen Hofdame in meinem eigenen Dienst, Margaret Rolford, eine Stellung bei Lady Warwick arrangiert.

Colsey war kein Narr. Er wusste, warum sein Herr London von einem Ende bis zum anderen abgesucht hatte. Er hatte die nächste logische Frage gestellt, ehe er Staffordshire verlassen hatte, weil er gewusst hatte, dass er ansonsten umdrehen und noch einmal hinreiten musste. Die Antwort wartete in dem Brief.

Margaret Rolford lebt jetzt in der Gemeinde St. Dunstan in the East.

Der Diener hatte auch diese Antwort parat gehabt. »Auch keine Rolfords. Nicht dort und auch nicht in der Fleet Street. Das habe ich schon überprüft.«

Keine Margaret Rolford. Keine Anne Montrose. Deven fragte sich, wie Margaret Rolford zu ihrer Stellung bei Lettice Knollys gekommen war, doch es war nicht wert, wieder jemanden nach Staffordshire zu senden, um das zu fragen. Er glaubte nicht länger, dass er auf dieser Route irgendetwas Nützliches entdecken würde. Anne schien aus dem Nirgendwo gekommen und zurück an denselben Ort verschwunden zu sein.

Er starrte finster drein und steckte den Brief in seine Tasche.

Bauernhäuser überzogen das Land vor ihm, ruhig und ländlich, während sich ein bescheidener Kirchturm über sie erhob. Hatte er das richtige Dorf erreicht? Deven hatte seinen beiden Dienern einen Tag freigegeben und war alleine hinausgeritten. Colsey hätte nicht gebilligt, dass er herkam. Also musste er selbst einen Kerl heranwinken, der mit einem Korb auf dem Rücken den Treidelpfad am Fluss entlangschlurfte, und fragen: »Ist dieses Dorf Mortlake?«

Der Mann sah sein Taftwams und die Samtkappe auf seinem Kopf und verbeugte sich so tief, wie es das Gewicht des Korbs zuließ. »Ganz genau, Sir. Kann ich Euch helfen?«

»Ich suche den Astrologen Dee.«

Er erwartete beinahe, dass seine Worte den freundlichen Ausdruck im Gesicht des Mannes auslöschen würden, doch nichts dergleichen. Der Kerl nickte, als sei der Gelehrte ein gewöhnlicher Bürger, nicht ein Mann, den man der schwarzen Magie verdächtigte. »Haltet Euch an diese Straße, Sir, und Ihr werdet ihn finden. Da ist eine Ansammlung von Häusern, aber das, was Ihr wollt, ist das größte, mit den extra Teilen, die dazu gebaut sind.«

Der Dörfler fing den Penny, den Deven ihm zuwarf, dann machte er schnell einen Schritt zur Seite, um die Kontrolle über seine Last wiederzuerlangen, als diese verrutschte.

Deven sah schnell, was der Mann gemeint hatte. Die »extra Teile« waren Anbauten, die locker so groß wie das Haus selbst waren. Das ergab ein schiefes, weitläufiges Bauwerk, das sich den Landhäusern um es herum näherte. Gepflasterte Pfade verbanden dieses Gebäude mit mehreren in der Nähe, als seien sie alle Teil desselben Komplexes. Und nichts davon war das, was Deven erwartet hatte. Nichts am Äußeren legte Nekromantie oder Teufelsbeschwörung nahe.

Er stieg ab, schlang die Zügel seines Pferdes um einen Zaunpfahl und klopfte an der Tür. Diese wurde einen Moment später von einer Dienstmagd geöffnet, die prompt knickste, als sie einen Gentleman auf der Treppe vorfand.

Einen Augenblick danach war er im Salon, wo er wiederholt die unauffällige Möblierung betrachtete. Aber er hatte nicht lange Zeit zum Gaffen. Bald trat ein älterer Mann mit einem spitzen, schneeweißen Bart ein.

»Doktor Dee?« Deven verbeugte sich höflich vor ihm. »Ich bin Michael Deven von den Gentlemenpensionären der Königin und ehemals im Dienst von Master Sekretär

Walsingham. Ich bitte um Verzeihung, dass ich mich Euch aufdränge – ich hätte im Voraus einen Brief schicken sollen –, aber ich habe von meinem Herrn viel über Euch gehört und hoffte, dass ich um Hilfe von einem derart gelehrten Mann bitten könnte.«

Seine Nerven waren gespannt, während er sprach. Falls sein Verdacht zutraf, war er närrisch herzukommen, sich derart seiner Beute auszusetzen. Doch er hatte es nicht geschafft, sich diese Reise auszureden. Das Beste, was er tun konnte, war es, absichtlich keinen Brief zu senden, damit Dee keine Warnung vor seinem Kommen hatte.

Aber was erhoffte er sich zu finden? Es waren keine mystischen Zirkel auf dem Boden, keine Abbilder von Höflingen, die auf ein Begräbnis an einer Kreuzung oder unter einem Baum warteten. Und Dee zuckte bei der Nennung von Walsinghams Namen nicht einmal. Der Mann mochte zwar der verborgene Spieler sein, doch es war zunehmend schwierig für Deven zu glauben, dass er Walsingham durch finstere Magie getötet haben konnte.

»Hilfe?«, fragte Dee und bedeutete Deven, sich hinzusetzen.

Deven schaffte es, peinlich berührt auszusehen. Er konnte seine Tendenz zum Erröten ebenso gut nutzen. »Ich ... ich habe gehört, Sir, dass Ihr der fähigste Astrologe seid, der in England lebt. Ich bin sicher, Eure Zeit wird sehr davon in Anspruch genommen, im Auftrag der Königin zu arbeiten, aber wenn Ihr einen Augenblick entbehren könntet, um einem jungen Mann in Nöten zu helfen ...«

Dees aufmerksame, konzentrierte Augen verengten sich darauf ein wenig. »Ihr wollt, dass ich ein Horoskop erstelle? Zu welchem Zweck?«

Deven sah weg und erlaubte sich ein nervöses, selbstironisches Lachen. »Ich ... also, das heißt ... wisst Ihr, es gibt da eine junge Frau.«

»Master Deven«, sagte der Astrologe in einem unnachgiebigen Tonfall, »ich kalkuliere gelegentlich im Auftrag von einigen am Hof Ihrer Majestät, aber nicht oft. Ich bin kein Straßenprophet, der Ehen, Wohlstand und das Wetter für jeden voraussagt, der vorbeikommt.«

»Sicher nicht!«, versicherte Deven dem Mann hastig. »Ich würde nicht einmal fragen, wäre es einfach eine Sache von ›Will sie oder will sie nicht‹. Aber ich bin in Schwierigkeiten geraten ... und nachdem ich alles, was mir zur Verfügung steht, versucht habe, weiß ich nicht mehr, wie ich weitermachen soll.« Er musste diesen Teil vorsichtig umschreiben. Er wollte Dee nicht mehr Informationen geben als nötig. Vorausgesetzt, der Mann hatte seinen Namen nicht schon von Anne gehört. »Ich bin sicher, Ihr habt viele wichtigere Nachforschungen, die Eure Zeit in Anspruch nehmen – ich wäre mehr als erfreut, diese ein wenig mit zu finanzieren.«

Die Worte waren perfekt gewählt. Dee wäre über den Vorschlag entrüstet gewesen, für seine Arbeit bezahlt zu werden. Zweifellos wollte sich der Mann als kein gemeiner Magier auszeichnen. Aber das Angebot einer Förderung, egal wie flüchtig und gering, verfehlte seinen Zweck nicht, besonders in Anbetracht der finanziellen Schwierigkeiten des Astrologen.

Dees Überlegungen dauerten nicht lange. »Ein Stundenhoroskop ist leicht genug zu erstellen. Ich kann mir anhand Eurer erröteten Gesichtsfarbe vorstellen, dass die Sache für Euch von einiger Dringlichkeit ist?«

»In der Tat, Sir.«

»Dann kommt mit mir. Wir können Eure Frage direkt beantworten.«

Deven folgte seinem Gastgeber durch das Haus in einen der Anbauten, wo er mitten auf der Türschwelle wie angewurzelt stehen blieb, weil ihm der Anblick, der ihn begrüßte, vor Faszination die Sprache verschlug. Im Raum reihten sich Regale auf, eine gewaltige Bibliothek, die sogar jene, die den Gelehrtesten unter Devens Bekanntschaften gehörten, in den Schatten stellte. Doch sie machte den Anschein, kürzlich misshandelt worden zu sein, was ihm in Erinnerung rief, was Anne über Dees Probleme gesagt hatte. Es gab dort leere Regalbretter, Narben auf dem Holz und ein auffälliges Fehlen von Lesepulten oder anderer Ausstattung, die er von einer Bibliothek erwartete.

Dee bat ihn zum einzigen Tisch, der noch im Raum stand, mit einem Stuhl auf jeder Seite davon und einem Stapel Papier darauf. Die Papiere wurden weggelegt, ehe Deven versuchen konnte, sie zu lesen, und frische Blätter wurden mit einem Tintenfass und einer in die Jahre gekommenen Feder gebracht.

»Zuerst«, sagte Dee, »beten wir.«

Verblüfft nickte Deven. Die beiden Männer knieten sich auf den Boden, und Dee begann zu sprechen. Seine Worte waren Englisch, aber sie kamen nicht aus dem Buch des gemeinsamen Gebetes. Deven lauschte mit aufmerksamem Interesse. Nicht katholisch, aber vielleicht auch nicht gänzlich aus der Kirche von England. Dennoch betrachtete der Mann offenbar ein Gebet als zwingende Voraussetzung für jede Art mystischer Arbeit.

Nichts davon war das, was er erwartet hatte.

Als das Gebet erledigt war, setzten sie sich hin, und Dee schärfte seine Feder mit einem Taschenmesser. »Also. Was ist die Frage, die Ihr beantwortet haben wollt?«

Deven hatte ihre präzise Formulierung im Kopf noch nicht bedacht. Er begann, wobei er seine Worte sorgfältig wählte: »Wie ich sagte, es gibt da eine junge Edeldame. Sie und ich hatten unsere Schwierigkeiten, die ich glätten möchte, aber sie ist fortgegangen, und trotz meiner besten Bemühungen kann ich sie nicht finden. Was ...« Er überlegte sich die Frage anders, ehe sie überhaupt aus seinem Mund kam. »Wie kann ich sie wiederfinden?«

Dee saß mit geschlossenen Augen da und lauschte, dann nickte er kurz und fing an, ein Quadrat auf dem Papier, das vor ihm lag, zu skizzieren.

Nachdem Deven den Astrologen für einige Minuten beobachtet hatte, fragte er zögernd: »Wollt Ihr nicht mein Geburtsdatum wissen?«

»Das ist unnötig.« Dee blickte nicht einmal auf. »Für ein Stundenhoroskop ist das Entscheidende der Moment, in dem die Frage formuliert wurde.« Er wählte ein Buch aus einem Stapel auf dem Boden hinter ihm aus und konsultierte es. Deven erhaschte einen Blick auf ordentliche Tabellen mit Nummern und seltsamen Symbolen, einige davon in roter Tinte markiert.

Er wartete und versuchte, seine Erleichterung nicht zu zeigen. Das hatte ihn am meisten besorgt, die Aussicht, Dee solche Informationen über sich selbst geben zu müssen. Ein Magier konnte mit diesem Wissen wohl sehr viel anfangen. Wie es jetzt stand, konnte er ein gewöhnlicher Gentleman sein, der nach irgendeiner gewöhnlichen Frau fragte. Er hatte Annes Namen nicht einmal erwähnt.

Aber hatte sie den seinen erwähnt?

Dee arbeitete mehrere Minuten lang schweigend, wertete die Tabelle im Buch aus, stellte Kalkulationen an und notierte die Resultate dann auf dem quadratischen Horoskop, das er skizziert hatte. Es dauerte nicht lang. Bald lehnte Dee sich auf seinem Stuhl zurück und betrachtete das Papier, während er mit einer Hand müßig über seinen weißen Spitzbart strich.

»Seid guter Dinge, Master Deven«, sagte Dee letztlich in einem abwesenden, nachdenklichen Tonfall, der seinen Worten entgegenstand. »Ihr werdet Eure junge Frau bald sehen. Ich kann nicht sagen, wann, aber seht hier – der Mond steht im Zwölften Haus, und das Stellium von Mars, Merkur und Venus – ihr Einfluss hat Euer Leben noch nicht verlassen.«

Deven sah nicht dorthin, wo der tintenbefleckte Finger hindeutete. Stattdessen betrachtete er Dee. Das Diagramm sagte ihm gar nichts, während die nachdenkliche Miene des Astrologen sehr viel sagte. »Ist da noch mehr?«

Die scharfen Augen wanderten hoch, um ihn anzusehen. »Ja. Feinde drohen – ihre Feinde, glaube ich, aber sie können auch für Euch eine Gefahr darstellen. Die Disposition der Edeldame ist mir verborgen, fürchte ich. Konflikte umgeben sie und verkomplizieren die Angelegenheit. Der Tod wird sie wieder auf Euren Pfad führen.«

Tod? Es lief Deven kalt den Rücken herunter. War das eine Drohung? Er tat sein Bestes, um die Besorgnis des liebeskranken Mannes vorzutäuschen, der zu sein er vorgab, während er im Blick des anderen nach jeglichem Hauch von Böswilligkeit suchte. Vielleicht sagte das Diagramm dies wirklich. Er wünschte, er wüsste irgendetwas über Astrologie.

Deven beugte sich über das Papier, damit Dee nicht zu viel aus seiner eigenen Miene lesen konnte. »Was soll ich tun?«

»Seid vorsichtig«, sagte der Philosoph lapidar. »Ich glaube nicht, dass die Frau Euch schaden will, aber vielleicht bringt sie Schaden über Euch. Die Präsenz von Saturn im Achten Haus deutet an, dass sich eine Autorität gegen diese Sache wendet, aber das Trigon mit Jupiter ...« Er schüttelte den Kopf. »Da sind Einflüsse, die ich nicht lesen kann. Verbündete vielleicht, wo Ihr sie nicht erwartet.«

Vielleicht war es nichts weiter als ein Trick, etwas, das ihn panisch machen und in die Flucht schlagen sollte. Doch zumindest klang es nicht wie die Art von Horoskop, die ein ungeduldiger Mann wohl erfunden hätte, um einen liebeskranken Fremden abzuwimmeln. Entweder war es eine kodierte Warnung, oder es war echt.

Oder beides.

»Ich danke Euch, Doktor Dee«, sagte er und überspielte seine Gedanken mit Höflichkeit. »Man sagt, das Wissen über die Sterne hilft dabei, einen Mann auf das, was kommen wird, vorzubereiten. Ich hoffe nur, dass es bei mir so ist.«

Dee nickte, immer noch ernst. »Es tut mir leid, dass ich Euch solch üble Neuigkeiten überbringen musste. Aber Gott leitet uns alle. Vielleicht ist es so zum Besten.«

Deven verabschiedete sich, nahm seine Börse heraus und legte sie auf den Tisch. Es war mehr, als er zu bezahlen vorgehabt hatte, er konnte sich jedoch nicht dazu bringen, darin nach Münzen zu fischen. »Für Eure Forschung. Ich bete, dass sie Euch zu Wissen und Glück führen möge.«

IM ONYXPALAST, LONDON
25. April 1590

Eine Traube plappernder Wichte und Pucks kam durch den Raum, lachend und sorglos. Alle Fae in England widmeten sich eifrig den Vorbereitungen auf den ersten Mai, und die Höflinge bildeten keine Ausnahme. Jedes Jahr übernahmen sie die Moorfelder nördlich der Mauer und spannen Zauber und Tarnungen, die die Sterblichen fernhalten würden. Und falls sich einige zwischen sie verirrten, nun, der erste Mai und Mittsommer waren die beiden Gelegenheiten, an denen die Menschen auf eine freundlichere Behandlung durch Fae-Hände hoffen durften. Zu diesen großen Festen ließ sogar die Grausamkeit des Onyxhofs für kurze Zeit nach.

Lune beobachtete von ihrem Sitz weit oben, wie sie fortgingen. Die Kammer hatte ein riesiges Balkenwerk aus Spitzbögen, das ihre Decke stützte, und genau auf einem davon saß sie, den Rock um ihre Füße geschlungen, sodass er nicht hinunterhängen und Aufmerksamkeit erregen würde. Es war kein perfektes Versteck. Eine Reihe an Kreaturen im Palast hatte Schwingen. Doch es schenkte ihr eine kurze Auszeit sowohl von bösartigem Geflüster als auch von denen, die sie verletzen wollten.

Als um sie herum alles still war, senkte sie sich langsam auf den Boden. Ihre Robe aus Rabenfedern war ideal, um sich zu verstecken, und sie hatte ihre Samtpantoffeln schon lange abgelegt. Die bleiche Haut ihrer nackten Füße mochte sie zwar verraten, doch so konnte sie sich viel leiser bewegen. Sie lebte im Onyxpalast wie eine Ratte, verbarg sich in Ecken und stahl Krümel, wenn niemand hinsah.

Sie hasste jeden Augenblick davon.

Aber Hass war gut. Zorn war gut. Sie gaben ihr die Energie, weiterzukämpfen, wenn sie ansonsten aufgegeben hätte.

Sie wollte sich von ihren Feinden nicht so besiegen lassen.

Lune schlich barfuß aus der Kammer, einen Gang hinunter, der so gut wie unbenutzt wirkte, und hob den zerschlissenen Saum ihres Rocks, damit er keine Spuren im Staub hinterlassen würde. Bis sie ihr Rattenleben angefangen hatte, war ihr nie bewusst gewesen, wie viele vergessene Ecken der Palast besaß. Er war riesig, weit größer als jede sterbliche Residenz, und auch wenn er für die Fae, die darin lebten, sowohl als Palast als auch als Stadt diente, war er immer noch mehr als groß genug für deren Bedürfnisse.

Eine enge Treppe hinauf und durch eine Tür, die von miteinander verflochtenen Haselnusszweigen gebildet wurde, und sie war in Sicherheit – so sicher, wie sie sein konnte. Niemand schien von dieser verlassenen Kammer zu wissen, was bedeutete, dass sie bereits einen Teil von Invidianas Urteil über sie vermieden hatte, nämlich dass sie für einen Platz zum Ausruhen von anderen abhängig sein sollte. Dieser Ort gehörte allein ihr.

Doch jemand anderer hatte ihn gefunden.

Lune erstarrte, zwischen Flucht- und Kampfreflex hin- und hergerissen, weil sie sofort annahm, dass es Vidar war. Oder Dame Halgresta. Oder einer ihrer Diener. Ihre Hände spannten sich zu Klauen an, als sei das von irgendeinem Nutzen, und ihre nackten Füße stemmten sich auf den staubigen Boden, bereit, in jede Richtung zu springen.

Sie sah niemanden. Aber irgendjemand war da.

Lune wusste, dass sie fliehen sollte. Das war in diesen Tagen ihr Leben. Genau so überlebte sie. Aber die spärlichen Möbel in der Kammer, einige davon anderswo im Palast geplündert, konnten auf keinen Fall die große, schwere Gestalt des Hauptmanns der Onyxwache verbergen, und falls es nur irgendein Goblinlakai wäre ...

Sie sollte trotzdem fliehen. Lune war keine Kriegerin.

Stattdessen bewegte sie sich vorwärts, einen lautlosen Schritt nach dem anderen.

Niemand hockte hinter dem schmalen Bett, dessen Matratze mit Stroh gefüllt war. Niemand stand im Schatten eines hohen Spiegels, der da gewesen war, als Lune den Raum gefunden hatte, seine kristallene Oberfläche so zersplittert und zerkratzt, dass man in seinen Tiefen nichts sehen konnte. Niemand wartete zwischen den mit Spinnennetzen überzogenen und ausgebleichten Wandteppichen und steinernen Mauern.

Sie hielt inne, lauschte und hörte gar nichts. Und doch ...

Von ihrem Instinkt geleitet kniete Lune sich hin und schaute in den Freiraum unter dem Bett.

Tiresias starrte sie aus einem bleichen und tränenüberströmten Gesicht an.

Lune seufzte angeekelt. Ihre Anspannung verflog nicht völlig, aber sehr viel davon löste sich. Sie hatte nicht einmal gesehen, wie der Wahnsinnige irgendjemanden angriff. Und er sah nicht aus, als würde er spionieren. Er sah aus, als würde er sich verstecken.

»Komm da unten raus«, knurrte sie. Wie hatte er dort hineingepasst? So klein er auch war, sie hätte nie erwartet, dass sich der Seher in diesen engen Raum quetschen konnte. Bei ihren Worten schüttelte er den Kopf, doch die Verletzung von selbst diesem mageren Refugium erzürnte Lune. Sie fasste unter das Bett und zerrte ihn mit Gewalt heraus. Invidiana würde sie wahrscheinlich nicht hinrichten, nur weil sie eines ihrer Haustiere ruppig anfasste.

Als Tiresias in das düstere Licht herauskam, warf er ihr ein verzerrtes Lächeln zu, das vielleicht freundlich gedacht war. »Nicht alles ist so leicht zu finden«, sagte er ernst. »Aber wenn man einen guten Zweck hat ... dann schafft man es vielleicht.«

»Raus hier«, fauchte Lune. Sie konnte sich kaum davon abhalten, ihn zu schlagen und dem Zorn freien Lauf zu lassen, den sie auf niemanden sonst im Onyxpalast loszulassen wagte. »Du bist eines *ihrer* Haustiere, *ihrer* Werkzeuge. Bei allem, was ich weiß, hat sie dich zu mir geschickt – und alles, was du sagst, kann eine Falle sein, die sie mir stellt. Alles ist bei ihr eine Falle.«

Er nickte, als hätte sie etwas zutiefst Weises gesagt. »Eine Falle schafft eine andere.« Das Versteck unter dem Bett hatte sein Haar unordentlich gemacht, Strähnen verfilzten mit den Spitzen seiner Wimpern und zuckten, als er blinzelte. »Würdet Ihr die Fallen gerne zerstören? Alle von ihnen?«

Lune lachte bitter und wich vor ihm zurück. »Oh, nein. Ich werde dir nicht zuhören. Eine derangierte, sinnlose Mission reicht – oder wäre das hier dieselbe? Willst du mir wieder sagen, dass ich Francis Merriman suchen soll?«

Tiresias hatte sich in Richtung Tür gewandt, als wollte er mitten im Gespräch davonwandern, doch seine Bewegung geriet ins Stocken, als sie das sagte, und er drehte sich zurück und sah sie an. »Habt Ihr ihn gefunden?«

»Habe ich ihn gefunden«, wiederholte sie, knapp und wenig amüsiert. »Nein. Habe ich nicht. Er ist niemand am sterblichen Hof – kein Gentleman oder Lord, kein wohlhabender Kaufmann, kein Offizier, der in irgendeiner Kapazität dient. Er ist kein Dichter oder Autor oder Maler in der Stadt und auch kein Gefangener im Tower. Falls er in irgendeiner zukünftigen Zeit lebt, die du gesehen hast, dann bezweifle ich, dass ich noch hier sein werde, um ihn zu erleben, außer mein Schicksal wendet sich rapide zum Besseren. Falls er jetzt lebt, ist er niemand Bemerkenswerter, und ich habe keinen Grund, ihn zu suchen.« Sie funkelte ihn voll Zorn an, als sei all ihr Fall in Ungnade seine Schuld. Das war er nicht, aber sie konnte und wollte ihn dafür beschuldigen, wie lange sie einer vergeblichen, falschen Hoffnung hinterhergerannt war. »Ich glaube, du hast Francis Merriman aus einer deiner eigenen verrückten Fantasien erfunden.«

»Vielleicht habe ich das.« Es kam unaussprechlich müde heraus, voll schwermütiger Resignation. Er sah nach unten, seine zarten Schultern senkten sich unter dem vertrauten Gewicht des Schmerzes. »Vielleicht ist nur Tiresias real.«

Die Worte raubten ihr den Atem. Ihr Zorn erstarb ohne Vorwarnung, als ihr klar wurde, was er meinte. »Du«, flüsterte Lune und starrte ihn an. »*Du* bist Francis Merriman.«

Seine Blicke enthielten Lebensspannen voll sehnsüchtiger Trauer. »Vor langer Zeit, glaube ich.«

Invidianas Haustiere mit ihren klassischen Namen, jeder Einzelne wegen eines besonderen Talents gesammelt. Lune hatte wenig darüber nachgedacht, woher sie kamen, wer sie waren, ehe sie unter die Schatten des Onyxhofs gefallen waren. Und wie lange war Tiresias schon da? Nach so vielen Jahren, wer würde sich da noch die Mühe machen, sich an Francis Merriman zu erinnern?

Außer ihm. Und selbst er nicht immer. »Warum?«, fragte Lune und hob in wortloser Verwirrung die Hände. »Du erinnerst dich kaum überhaupt noch, wer du warst. Welche neue Strömung hat dich dazu gebracht, diesen Namen wieder auszusprechen?«

Er schüttelte den Kopf, sodass sein Haar nach vorne fiel wie ein Vorhang, der zu kurz war, als dass er sich dahinter verstecken konnte. »Ich weiß nicht.«

»Es war in meiner Kammer«, sagte Lune, die sich erinnerte. »Ich dachte über meine Situation nach. Ich fragte mich, wie ich meine Stellung am Onyxhof verbessern konnte – und dann sprachst du. Erinnerst du dich?«

»Nein.« Eine Träne glitzerte am Rand seines saphirblauen Auges.

Ein schneller Schritt brachte sie näher an ihn heran. Sie packte ihn an den Armen und schüttelte ihn einmal, hielt ihren Drang zur Gewalt aber im Zaum. Hätte sie ihren Niedergang verhindern können, wenn sie gesehen hätte, was direkt vor ihrer Nase lag? »Doch, *tust* du. Du magst ein Wahnsinniger sein, aber es war kein Zufall, dass du jene Worte sagtest. Du sagtest, du wüsstest, was sie getan hat. Wer?«

»Ich kann nicht.« Sein Atem fing sich rau in seiner Kehle, und er wand sich unter ihrem Griff. »Ich kann nicht. Wenn ich ...« Er schüttelte verkrampft den Kopf. »Fragt mich nicht. Zwingt mich nicht, das zu tun!«

Er riss sich los und taumelte weg, fing sich an der Mauer. Lune betrachtete einen Augenblick lang seinen Rücken und bemerkte in gnadenloser Detailliertheit das Zittern seiner mageren Schultern, das Weiß seiner Finger, wo sie sich an den Stein klammerten. Er fürchtete etwas, ja. Aber ihr *Leben* hing in der Schwebe. Sie konnte ihren Feinden nicht ewig einen Schritt voraus sein.

Wenn der Preis für ihr Überleben war, ihn zum Sprechen zu zwingen, dann würde sie nicht zögern.

»Francis Merriman.« Sie sprach den Namen mit sanfter Präzision aus. »Erzähl es mir.«

Sein ganzer Körper verkrampfte sich. Er hätte in jenem Moment wohl alles tun können. Lune spannte sich an und fragte sich, ob er sie schlagen würde. Stattdessen flüsterte er, fast unhörbar leise: »Vergib mir, Suspiria. Vergib mir. Das ist alles, was ich jetzt für dich tun kann. Vergib mir ...«

Seine Stimme verklang. Francis Merriman hob den Kopf und drehte sich zurück, um sie anzusehen, und Lune erkannte, wie er mit überirdischer Willenskraft die Nebel und Schatten ungezählter Jahre unter den Fae fortschob, sodass seine Blicke erschöpft und angestrengt, aber klar wurden. Die resultierende Klarheit, die Entschlossenheit machte ihr mehr Angst, als es sein Wahnsinn je getan hatte.

Mit einer überlegten Bewegung streckte er die Hände aus und packte Lunes Arme, worauf sich seine Fingerspitzen in den dünnen Stoff ihrer Ärmel gruben.

»Jemand muss es tun«, sagte er. »Ich weiß das seit Jahren. Ihr habt gefragt, und Ihr habt wenig zu verlieren. Deshalb erlege ich es jetzt Euch auf. Ihr müsst ihre Macht brechen.«

Lune befeuchtete ihre Lippen und zwang sich, nicht wegzusehen. »Wessen Macht?«

»Invidianas.«

In dem Augenblick, als er ihren Namen aussprach, schleuderte ein Krampf seinen Kopf nach hinten, und seine Hände klammerten sich schmerzhaft an Lunes Arme. Sie schrie auf und streckte die Hände zu ihm aus, weil sie glaubte, er würde zusammenbrechen, doch er hielt sich auf den Beinen und neigte den Kopf wieder nach vorn. Sechs rote Punkte waren in einem Ring an seiner Stirn erblüht, Blumen aus Blut, und aus ihnen strömten blutrote Bäche, als er schnell mit zusammengebissenen Zähnen weitersprach. »Ich habe es gesehen, aber nicht *verstanden* – und sie auch nicht. Es ist meine Schuld, dass sie diesen Pakt geschlossen hat, und wir haben alle darunter gelitten, Fae und Sterbliche gleichsam. Ihr müsst ihn brechen. Es war nicht richtig. Sie ist immer noch v…«

Die Worte kamen röchelnd, immer wilder und mühsamer, bis das Einzige, was ihn auf den Füßen hielt, ihr gegenseitiger Griff und die zersplitterten Überreste seiner Willenskraft waren. Nun erstarb seine Stimme in einem gequälten Schrei, und seine Beine gaben nach. Er glitt aus Lunes Händen und sank schlaff auf den Boden, sein Gesicht eine Maske aus Blut.

Das einzige Geräusch im Raum war das Pochen von Lunes Herz und das raue Japsen ihres eigenen Atems, als sie auf ihn hinunterstarrte.

Ich kann nicht, hatte er gesagt, als sie verlangt hatte, dass er sprechen sollte. *Wenn ich …*

Wenn ich es tue, sterbe ich.

Lune rief sich in Erinnerung, wo sie war. In einer Kammer im Onyxpalast, wo der wahnsinnige Seher der Königin blutüberströmt und tot vor ihren Füßen lag.

Sie rannte los.

MORTLAKE UND LONDON
25. April 1590

Ein Mann wurde wohl kaum für seltsam gehalten, wenn er ein frühes Abendessen einnahm, ehe er die acht Meilen zurück nach London ritt, und ebenso wenig, wenn er fröhlich über den Grund sprach, warum er nach Mortlake gekommen war. Devens Beobachtungen auf seinem Hinweg waren zutreffend. Obwohl einige im Dorf bei Dees Beschwörungen misstrauisch waren, enthüllte beiläufiger Tratsch während seiner Mahlzeit, dass der Astrologe oft bei lokalen Problemen als Vermittler diente, Streit schlichtete und Ratschläge anbot.

Deven war nicht sicher, was er denken sollte.

Die Verzögerung bedeutete allerdings einen späten Aufbruch zurück nach London, und es war völlig finster, lange bevor er das Southwark-Ende der London Bridge erreichte. Die Stadt bot an diesem Ufer viele Gaststätten, doch ohne Diener wäre es nervig, und Deven war noch nicht in der Laune, anzuhalten. Sein Kopf war zu voll von Gedanken. Obwohl die große Glocke von Bow schon lange zur Sperrstunde geläutet hatte, erkaufte er sich seinen Weg durch das große Wachhaus, das die Brücke bewachte, indem er seine Münzen und seinen Status als Gentleman und Gentlemanpensionär geltend machte.

Dee konnte Walsingham nicht mit schwarzer Magie ermordet haben. Deven glaubte das einfach nicht. Aber bedeutete das, dass Walsingham aus rein natürlichen Ursachen gestorben war, wie Beale behauptete, oder bloß, dass Deven seinen Verdacht auf den falschen Mann gesetzt hatte? Der Astrologe konnte vielleicht immer noch der verborgene Spieler sein, ohne ein Mörder zu sein. Arbeitete er mit Anne zusammen oder nicht? Und falls ja, wie viel Glauben – falls überhaupt – sollte Deven der Vorhersage des Mannes schenken?

Er dachte, er bliebe zumindest einigermaßen wachsam, was Bewegungen in seiner Nähe betraf. Die Cloak Lane war verlassen, frei von anderen, die wie er mutig die Sperrstunde missachteten, aber es konnte dort Straßenräuber geben. Allein, ohne Diener, hatte Deven nicht vor, sich überraschen zu lassen.

Und doch wurde er überrascht, als eine Gestalt abrupt aus der Schwärze einer schmalen Gasse stolperte.

Das braune Pferd stieg, ebenso überrascht wie sein Reiter, und Deven kämpfte mit einer Hand darum, das Tier zu beherrschen, während er mit der anderen nach seinem Schwert fasste. Der Stahl glitt ins Freie, die Hufe seines Wallachs krachten auf die ungepflasterte Straße, und er hob seine Klinge, bereit zum Zuschlagen …

… und dann hob die Gestalt ihr Gesicht, und Deven erkannte sie.

»*Anne.*«

Sie schreckte vor ihm zurück, die Hände erhoben, wie um sich selbst zu verteidigen. Das Schwert war immer noch in seiner Hand. Deven überblickte schnell die Cloak Lane, aber er sah niemand anderen.

Dee hatte von Feinden und Konflikten gesprochen.

Er hatte gesagt, dass der Tod Anne wieder auf seinen Pfad führen würde.

Sie stand mit dem Rücken an der versperrten Front eines Ladens, wie ein Tier, das in die Enge getrieben war. Der Anblick durchbrach seinen Verteidigungswall und löste gegen seinen Willen Mitleid aus. Deven beschloss einen

Kompromiss. Er stieg ab, um nicht über ihr aufzuragen, hielt aber das Schwert bereit, locker an seiner Seite. »Anne. Ich bin es – Michael Deven. Verfolgt dich jemand? Bist du in Schwierigkeiten?«

Sie hatte sich verändert, seit er sie zuletzt gesehen hatte. Ihre Gesichtsknochen zeichneten sich deutlicher ab, als hätte sie Gewicht verloren, und ihr Haar wirkte heller denn je. Ihre Kleidung war eine traurige Nachahmung der feinen Kleider einer adligen Dame, und – sie musste wirklich vor jemandem auf der Flucht sein – sie stand barfuß im Dreck.

»Michael«, flüsterte sie. Das Weiß in ihren Augen zeichnete sich in ihrem schockierten Gesicht deutlich ab. Sie setzte an, etwas zu sagen, dann schüttelte sie wild den Kopf. »Geh. Lass mich allein!«

»Nein«, sagte er. »Du bist in Schwierigkeiten. Das weiß ich. Lass mich dir helfen.« Ein närrisches Angebot, und doch musste er es machen. Er streckte die linke Hand aus, wie zu einem wilden Pferd, das vielleicht durchgehen würde.

»Du *kannst* mir nicht helfen. Das habe ich dir schon gesagt!«

»Du hast mir gar nichts gesagt! Anne, in Gottes Namen, was geht hier vor?«

Bei seinen Worten zuckte sie zurück und riss die Hände hoch, um ihr Gesicht zu schützen, und Deven gefror das Blut in den Adern, als sie sich verwandelte.

Haar – silber. Robe – schwarze Federn, die mit ihr bebten. Und ihr Gesicht, nicht völlig von ihren Händen geschützt, in überirdische Schönheit verzaubert, mit hohen Wangenknochen und seltsam, die silbernen Augen vor Schreck und Furcht weit aufgerissen.

Die Kreatur, die Anne Montroses Gesicht getragen hatte, blieb einen Augenblick länger stehen, an die Mauer gedrängt, als würde sie erwarten, auf der Stelle niedergestreckt zu werden.

Dann schrie sie auf und floh in die Finsternis der Stadt.

DAS *ANGEL INN,* ISLINGTON
25. April 1590

Der schützende Zauber, den sie über sich warf, während sie rannte, tarnte sie nicht perfekt, ein schlechter Versuch von Menschenanschein, bis sie beinahe in Aldersgate war. Dann läuteten die Glocken, und er verflog wie Nebel und ließ sie enttarnt. Lune floh aus der Stadt, als sei ihr die Wilde Jagd auf den Fersen.

Sie floh nach Norden, ohne innezuhalten, um ihren Kurs zu überdenken, und kam japsend am Rosenbusch hinter dem *Angel Inn* an.

Was sie ihnen erzählen würde, wusste sie nicht. Aber sie rief, bis sich der Durchgang zeigte, dann stürzte sie die Treppe zum Raum darunter hinunter.

Beide Goodemeades waren dort. Rosamund fing sie auf, als sie hineinkam. »Meine Lady«, sagte die Hauselfe überrascht, dann blickte sie zu ihrem Gesicht auf. Sofort veränderte sich ihre Miene. Die Besorgnis blieb, doch eiserne Entschlossenheit stieg dahinter auf. »Gertrude«, sagte sie, und die andere Hauselfe setzte sich in Bewegung.

Auf einen Wink hin schoben sich die Teppiche und verstreuten Kräuter, die den Boden bedeckten, in ordentliche Haufen zur Seite, und wo sie sich teilten, sah Lune weitere

Stufen, während weiter unten Lichter zum Leben erwachten. Sie hatte keine Gelegenheit, Fragen zu stellen, und nicht die Geistesgegenwart, diese zu formulieren. Die Hauselfen schoben sie hastig durch diese Geheimtür, und hinter ihnen schlossen sich die Bodenbretter.

Der Raum darunter enthielt zwei bequeme Betten und einen Kamin, in dem jetzt ein Feuer flackerte, aber keine anderen Bewohner. Rosamund führte sie zu einem Bett und ließ sie sich hinsetzen, sodass Lune auf Augenhöhe mit der kleinen Hauselfe war. Ihre Miene zeigte immer noch Besorgnis und Entschlossenheit und eine scharfäugige Neugier, die neu war.

»Also, meine Liebe«, sagte sie mit sanfter Stimme, während sie Lunes Hände hielt, »was ist passiert?«

Lune holte unsicher und schaudernd Luft. Sie hatte nicht darüber nachgedacht, was sie sagen sollte, welche Geschichte sie ihnen erzählen würde, um ihren zerzausten Zustand zu erklären. Zu viel war passiert, Invidiana, der Seher, Michael. All ihre misstrauischen Instinkte hatten versagt. »Tiresias ist tot.«

Ein leises Japsen folgte auf ihre Aussage. »Wie?«, flüsterte Rosamund. Ihre plumpen Finger zitterten in Lunes. »Wer hat ihn getötet?«

Lune konnte ein wildes, kurzes Lachen nicht unterdrücken. »Er selbst. Er wusste, dass es seinen Tod bedeuten würde, doch er sprach trotzdem.«

Die Schwestern tauschten erschrockene, traurige Blicke. Tränen blitzten in Gertrudes Augen, und sie legte eine Hand auf ihr Herz. »Ach, der arme Francis.«

»Was?« Lune zog ihre Hände aus denen von Rosamund und starrte Gertrude an. »Ihr wusstet, wer er war?«

»Ja.« Gertrude antwortete ihr, während Rosamund mit einer Hand freundlich auf ihre Schulter drückte, um sie vom Aufstehen abzuhalten. »Wir wussten es. Francis Merriman ... wir erinnern uns daran, als er diesen Namen trug, obwohl das herzlich wenig andere tun. Und wenn er gestorben ist, wie Ihr sagt ...«

Rosamund beendete ihren Satz. »Dann hat er sie endlich verraten.«

Die Hauselfe musste sich nicht sehr anstrengen, um Lune an ihrem Platz zu halten. Deren Knie fühlten sich wie Brei an und zitterten von ihrer überstürzten Flucht, während Devens Anrufung Gottes und das Läuten der Glocken immer noch in ihren Knochen hallten. Lune grub ihre Finger in die bestickte Tagesdecke. »Wie ...«

»Das Juwel«, sagte Rosamund. »Das, welches sie an ihrem Korsett trägt. Wir vermuten schon seit Ewigkeiten, dass sie es ihm auferlegt hatte, damit er über gewisse Dinge unter Androhung seines Todes nicht sprechen konnte. Das war die einzige Erklärung, die wir für sein Schweigen finden konnten. Und wir konnten ihn nicht bitten zu sprechen – nicht, wenn es einen solchen Preis kosten würde.«

Lune erinnerte sich an die sechs blutigen Punkte, die an seiner Stirn erschienen waren, wo die Klauen des Juwels ihn berührt hatten. Nie zuvor hatte sie gesehen, wie dessen Macht zuschlug.

Sie schluckte die Übelkeit hinunter, die in ihrer Kehle aufstieg. *Sie* hatte ihn gebeten zu sprechen. Ihn gezwungen.

»Mädel.« Gertrude trat vor, um eine Hand auf Lunes andere Schulter zu legen, sodass sie von beiden Schwestern eingerahmt wurde. »Ich würde Euch nicht so kurz nach seinem Tod befragen, aber wir müssen es wissen. Was hat er gesagt?«

Seine brennenden, klaren Augen schwebten in ihrem Gesichtsfeld. Lune erschauderte und fühlte sich plötzlich eingesperrt. Die Hauselfen ließen sie los, als sie aufzustehen versuchte, und sie ging zum Kamin, als könnten dessen Flammen die kalte Stelle in ihrer Magengrube erwärmen. »Er hat mir gesagt, dass ich ihre Macht brechen soll. Dass sie … dass sie eine Art Pakt geschlossen hat. Und dass dieser allen schadet, sowohl Sterblichen als auch Fae.«

Sie sah nicht, wie die Schwestern hinter ihrem Rücken einen Blick tauschten, aber sie spürte es. Als sie im versteckten Raum unter ihrem Haus stand, kam Lune endlich wieder genug zu Sinnen, um sich zu wundern. Die Goodemeades halfen jenen in Not – deshalb war sie zu ihnen gekommen –, doch ansonsten hielten sie sich aus der Politik am Onyxhof heraus. Alle wussten das.

Alle, die nicht ihre Fragen gehört, nicht die aufmerksame Neugier in Rosamunds Blicken gesehen hatten.

Sie waren aufmerksamer, als alle vermuteten.

»Dieser Pakt«, sagte Rosamund hinter Lune. »Was hat er Euch darüber erzählt?«

Lune erschauderte wieder, als sie sich an seine heisere Stimme erinnerte, die verzweifelt, trotz der Qualen, die ihn erschütterten, die Worte hinauspresste. »Sehr wenig. Er … er konnte kaum sprechen. Und es streckte ihn nieder, das – das Juwel –, ehe er mir alles erzählen konnte. Sie interpretierte irgendeine seiner Visionen falsch.« Sie schloss ihre Hände fest um ihre Ellbogen, drehte sich um und sah die Goodemeadeschwestern an. »Welche Vision?«

Gertrude schüttelte den Kopf. »Wir wissen es nicht. Er sprach nie mit uns darüber.«

»Aber dieser Pakt«, sagte Lune und sah von Gertrude zu Rosamund. Ihre runden, freundlichen Gesichter waren ungewöhnlich ernst, aber auch weise. »Ihr wisst davon, oder nicht?« Die Schwestern tauschten wieder Blicke, eine schweigende und schnelle Kommunikation. »Erzählt es mir.«

Ein Flattern von Schwingen platzte in den Raum, ehe sie sprechen konnten. Lune zuckte bei der Bewegung heftig zusammen. Ihre Nerven waren jenseits aller Erträglichkeit angespannt, und die von Furcht inspirierte Energie, die sie so weit angetrieben hatte, war verflogen. Doch der kleine braune Vogel setzte sich auf Gertrudes Hand, fächerte seinen rötlichen Schwanz auf, und sie sah, dass er nur eine Nachtigall war – nicht einmal ein Fae in verwandelter Gestalt.

Aber er musste von Fae-Magie berührt sein, denn er zwitscherte recht energisch, und die Hauselfen nickten beide, als würden sie ihn verstehen. Sie stellten ihm auch Fragen, Fragen, die noch mehr Panik in Lunes Herz steigen ließen – »Wer?« und »Wie viele?« und »Wie lange, bis sie ankommen?«

Und dann, nach einem weiteren Herausplatzen von Vogelzwitschern: »Sag uns, wie er aussieht.«

Schließlich nickte Gertrude. »Danke, kleiner Freund. Halte weiter Wache und warne uns, wenn sie in die Nähe kommen.«

Die Nachtigall hob sich in die Luft, flog zu einer Öffnung in der Mauer, die Lune zuvor nicht aufgefallen war, und verschwand.

Rosamund wandte sich wieder an Lune. »Sie suchen nach Euch, meine Lady. Ein halbes Dutzend Soldaten, und diese schreckliche Hünin Halgresta. Sie können nicht wissen, dass Ihr hier seid, denke ich, aber sie verdächtigen uns immer, wenn jemand in Schwierigkeiten steckt. Doch fürchtet Euch nicht. Wir sind gut darin, ihren Verdacht abzulenken.«

»Wie es allerdings scheint«, fügte Gertrude an, »haben wir auch einen Besucher, der um unseren Rosenbusch herumschleicht. Sagt mir, wissen sie von diesem netten jungen Mann, mit dem Ihr am sterblichen Hof zusammen wart?«

»Netten jungen …« Lunes Herz setzte einen Schlag aus. »Ja, wissen sie.«

Gertrude nickte entschieden. »Dann müssen wir uns auch um ihn kümmern.«

LONDON UND ISLINGTON
25. April 1590

Sein Zögern hatte ihn jede Hoffnung gekostet, die silberhaarige Kreatur im Blick zu behalten. Aber sie hatte eine Spur hinterlassen: Rabenfedern, die aus ihrer Robe fielen, während sie floh.

Deven folgte ihnen durch die schmalen und verwinkelten Straßen von London. Sie mied die Watling Street, Old Change und Cheapside und suchte sich stattdessen ihren Weg nach Nordwesten über kleine Gässchen, bis er eine Feder unter dem Torbogen von Aldersgate selbst fand.

Das Tor hätte über Nacht geschlossen sein müssen, aber die schweren Torflügel standen offen, während die Wachen dort desorientiert blinzelten.

Die Spur führte nach Norden. Deven, der jetzt auf seinem Pferd saß, hätte in der Nacht die schwarzen Federn aus dem Auge verlieren müssen, doch ihr schwaches Glimmen zog seine Blicke an. Zu dem Zeitpunkt, als er Islington erreichte, hatte er eine Handvoll der Dinger, fluoreszierend und seltsam.

Die letzte Feder fand er auf den Dorn eines Rosenbuschs hinter dem *Angel Inn* gespießt.

Licht zeigte sich hier und dort entlang der Rückwand des Inns, und er wusste, dass man an der Vorderseite immer noch einen Reisenden willkommen heißen würde. Aber die Frau konnte nicht in diese Richtung gelaufen sein …

Außer, flüsterten seine Gedanken nervös, *sie hat wieder Annes Gesicht aufgesetzt.*

Die Federn raschelten in seiner Faust. Gegen seinen Willen ging Deven um den Rosenbusch herum, als könne er irgendeine andere Spur finden. Die dornigen Zweige blieben stumm.

Da stellten sich die Härchen in seinem Nacken auf. Deven warf einen Blick zum Himmel, doch der war von einem Horizont bis zum anderen klar, ohne eine Wolke in Sicht. Warum fühlte er dann, dass ein Gewitter aufzog? Er zog wieder sein Schwert, nur für die Beruhigung, die der Stahl bot, aber es nützte ihm wenig. Etwas kam, und all seine Nerven schrien, dass er fliehen sollte.

»Master Deven! Hier entlang, schnell!«

Er wirbelte herum und sah eine Frau aus einer Tür winken, in der warmes, beruhigendes Licht leuchtete. Er war auf der Treppe, ehe er realisierte, dass die Tür im Rosenbusch stand, war in der komfortablen Taverne, ehe er darüber nachdachte, dass er gerade unter die Erde gegangen war, und durch die Öffnung im Boden, ehe er sich selbst fragte: *Wer ist diese Frau? Und warum bist du ihr gerade gefolgt?*

»Sodala«, sagte ein nördlicher Akzent zufrieden, von irgendwo in der Nähe seines Gürtels. »Ich würde normalerweise nicht auf Zauber zurückgreifen, aber wir konnten wohl kaum dort stehen bleiben und diskutieren. Entschuldigung, Master Deven.«

Das Schwert zitterte in seiner Hand.

Zu der Frau, die ihn nach unten gelockt hatte, gesellte sich eine zweite, genauso klein und ähnlich, wie es nur eine Schwester sein konnte. Sie trugen ordentliche kleine Kleider, mit sauberen, bestickten Schürzen bedeckt, und ihre pausbäckigen Gesichter sprachen von Freundlichkeit und Vertrauen – aber sie gingen ihm nur bis zum Gürtel und waren nicht menschlicher als die Gestalt, deren Silhouette er vor dem Feuer sah, wo ihr Haar wie in Gold getränktes Silber glänzte.

»Michael«, hauchte sie.

Er trat einen Schritt zurück, riskierte einen Blick über seine Schulter und sah, dass sich der Boden hinter ihm geschlossen hatte. Deven richtete seine Schwertspitze auf die drei und sagte: »Kommt nicht näher.«

»Wirklich«, antwortete eine der kleinen Frauen, diejenige, auf deren Schürze Rosen gestickt waren, »das ist nicht nötig. Wir haben Euch nach unten gebracht, Master Deven, weil einige recht unangenehme Leute hierherkommen und Ihr hier unten sicherer seid. Ich verspreche, wir wollen Euch nichts Böses.«

»Wie in *Gottes* Namen soll ich das glauben?«

Alle drei zuckten zusammen, und eine der Frauen machte einen erstickten Schrei – diejenige mit den

Gänseblümchen auf ihrer Schürze. »Na, na«, sagte die Rosenfrau, etwas strenger. »Das ist nicht sehr gentlemanhaft von Euch. Um gar nicht zu erwähnen, dass wir unser Haus nicht gerne ohne so viel wie eine Erlaubnis oder eine Entschuldigung an die Leute über uns aus dem Boden auftauchen sehen würden. Wir sind Fae, Master Deven. Sicher müsst Ihr wissen, was das bedeutet.«

Ominöses Krachen antwortete, ehe er es konnte. Alle vier von ihnen blickten nach oben. »Sie sind am Rosenbusch«, sagte die Gänseblümchenfrau, und dann hallte ein Knurren durch die Kammer, tief und hart, wie Donner in einem hässlichen Sturm.

»*Aufmachen, im Namen der Königin.*«

Die beiden Kleinen tauschten Blicke. »Ich bin die bessere Lügnerin«, sagte die Gänseblümchenfrau, und die Rosenfrau antwortete: »Aber sie werden Verdacht schöpfen, wenn sie uns nicht beide sehen.« Sie heftete ein Starren auf Deven, das äußerst wirksam war, obwohl es von einer derart kleinen Kreatur kam. »Ihr werdet Euer Schwert wegstecken, guter Herr, und Euch unterstehen, gewisse Namen anzurufen, solange Ihr in unserem Haus seid. Wir schützen Euch vor dem, was oben ist, was sowohl für Euch als auch für uns gut ist. Sobald wir diese Nervensägen los sind, werden wir jegliche Fragen, die Ihr habt, beantworten.«

»Sofern wir die Antworten darauf wissen«, korrigierte die Gänseblümchenfrau sie. »Komm, wir müssen uns beeilen.«

Darauf legten die beiden ihre Schürzen ab, rauften ihr Haar, gähnten theatralisch und hasteten die Treppe hinauf, sodass sie für den Rest der Welt wirkten, als seien sie gerade aus dem Bett gerissen worden.

Der Boden öffnete sich, um sie durchzulassen, dann schloss er sich wieder, wie ein Keller ohne Tür.

Deven sagte, halb zu sich selbst: »Was ...«

»Psst«, zischte die silberhaarige Kreatur. Sie hatte nicht gesprochen, seit sie seinen Namen gehaucht hatte, und jetzt galt ihre Aufmerksamkeit höchstens halb ihm. Sie blickte immer noch nach oben und lauschte, als schwere Stiefel über den Boden trampelten.

»Wo ist sie?« Die Stimme, die er zuvor gehört hatte. Sie brachte Deven dazu, sich zu fühlen, als würden seine Knochen aneinander mahlen.

»Ich bitte um Verzeihung, Dame Halgresta ...« Die Worte wurden von einem Gähnen unterbrochen. »Wir hatten uns gerade für die Nacht zurückgezogen. Möchtet Ihr gerne etwas Met?«

Ein plätscherndes Klirren, als würde ein Metallkrug auf den Boden geschleudert. »Möchte ich nicht. *Sagt mir, wo sie ist!*«

Die andere Schwester: »Wer?«

»Lady ...« Die tiefe Stimme hielt mit einem Geräusch irgendwo zwischen einem Knurren und einem Lachen inne. »Nicht mehr Lady. Die Schlampe Lune.«

Deven warf einen Blick durch den versteckten Raum zu seiner unfreiwilligen Gesellschaft. Die silberhaarige Frau schauderte unbewusst und hob die Hände, um sie um ihre Ellbogen zu schlingen. Oben parierten die beiden Schwestern die Fragen der Fremden mit einer meisterhaften Mischung aus Unschuld, Verwirrung und wohlgeplanter Ablenkung. Nein, sie hätten die Lady – pardon, die Frau Lune nicht gesehen. Ja, natürlich würden sie es sagen, wenn sie das hätten; waren sie nicht die loyalen Untertanen der

Königin? Nein, sie hätten sie schon seit einiger Zeit nicht gesehen – überhaupt sehr selten, seit sie an den sterblichen Hof gegangen sei.

Daraufhin sah die Fae-Frau endlich durch den Raum zu ihm. Ihre Augen glänzten unverwechselbar silbern, nicht gewöhnlich grau … aber ihr Aussehen war ihm aus vielen liebevollen Betrachtungen vertraut.

Keiner von ihnen wagte es zu sprechen, während so dicht über ihnen Gefahr lauerte. Stattdessen starrten sie einander an, bis die Fae-Frau – Lune – ihre Blicke losriss und sich wegdrehte.

Er hatte dem Rest des Gesprächs über ihm nicht gelauscht. Weitere schwere Schritte, helle Stimmen, die versuchten, die aufbrechenden Besucher dazu zu drängen, etwas Pökelfleisch oder Bier für den Ritt zurück in die Stadt mitzunehmen. Dann Schweigen, und das bedrückende Gefühl verflog.

Deven beschloss, es zu riskieren. Er ging durch den Raum, trat so nahe an Lune heran, wie er sich traute, und fragte in einer Stimme, die so leise war, dass sie nicht weiter als bis zu ihren Ohren drang: »Was ist aus Anne Montrose geworden?«

Das spitze Kinn hob sich ein winziges Stück. Mit gleich leiser Stimme sagte Lune: »Sie war immer so, unter der Maske.«

Er wandte sich ab, bemerkte, dass das Schwert immer noch in seiner Hand war, und schob es in die Scheide. Und dann warteten sie, bis die Schwestern zurückkehrten.

»Dame Halgresta ist fort«, sagte Rosamund zu Lune, als sie wieder die Treppe herunterkamen. »Ich nehme an, Ihr habt gelauscht? Sie wissen nichts von Francis' Tod. Irgendjemand sah Euch aus dem Palast fliehen, das ist alles. Seid vorsichtig, meine Lady. Sie möchte Euch sehr gerne töten.«

Gertrude stieß ihre Schwester in die Rippen, während sie ihre Gänseblümchenschürze wieder anzog. »Manieren, Rosamund. Jetzt, wo wir diese fürchterliche Riesin nicht mehr im Nacken haben, sollten wir uns um unseren Gast kümmern.«

»Oh! Natürlich!« Rosamund machte einen richtigen Knicks vor Deven. »Willkommen in unserem Haus, Master Deven. Ich bin Rosamund Goodemeade, und das ist meine Schwester Gertrude. Und das ist Lady Lune.«

Schon seit Deven und sie in Schweigen verfallen waren, war Lunes Aufmerksamkeit auf den offenen Kamin gerichtet, das sicherste Ziel, das sie finden konnte. Jetzt sagte sie müde: »Er weiß es.« Sie drehte sich um und stellte fest, dass die Hauselfen die Augen aufrissen und etwas nervös waren. Nachdem sie ihre Arme aus deren verkrampfter Haltung um ihren Körper entspannt hatte, fügte sie an: »Er trieb den Schutzzauber von mir fort, als ich auf meinem Weg hierher war.«

Seine blauen Augen hätten ebenso gut vor einem Sturm verschlossen sein können, so wenig konnte sie aus ihnen lesen. Der Dienst bei Walsingham hatte ihn gut gelehrt – doch er hatte nie zuvor eine solche Verteidigung gegen sie genutzt. Nun, sie konnte ihn dafür nicht verurteilen. »Also, da hast du es, Master Deven«, sagte Lune zu ihm und hörte ihre eigene Stimme, als würde sie einer Fremden gehören. »Es gibt Feen am sterblichen Hof. Obwohl die meisten von ihnen heimlich kommen und sich nicht tarnen, wie ich es tat.«

Ein Muskel zuckte an seinem Kiefer. Als Deven sprach, klang es ebenfalls fast gar nicht wie seine natürliche Stimme. »Also warst du es die ganze Zeit. Ich hatte Dee im Verdacht.«

Gertrude fragte verwirrt: »Sie war die ganze Zeit was?«

»Der verborgene Spieler«, sagte Lune, die immer noch Deven ansah. »Der geheime Einfluss auf englische Politik, über den sein Herr Walsingham Verdacht geschöpft hatte.«

Verbitterung verzerrte seine Mundwinkel. »Du warst vor meiner Nase, die ganze Zeit.«

Lune setzte ihm ihr eigenes bitteres Lachen entgegen. »Es ist eine Nacht für solche Dinge, wie es scheint. Du liegst sowohl richtig als auch falsch, Master Deven. Ich war eine Spur zu deinem verborgenen Spieler – nicht der verborgene Spieler selbst. Es gibt zwei Königinnen in England. Du dienst einer, du suchst die andere.«

Ihre Worte durchbrachen die stoische Fassade, die er konstruiert hatte, während sie warteten, und enthüllte dahinter Verblüffung. »*Zwei* Königinnen …«

»Ja«, sagte Rosamund. »Und das ist vielleicht die Antwort auf die Frage, die Ihr uns gestellt habt, Lady Lune, ehe wir unterbrochen wurden.«

Das reichte, um sie von Deven abzulenken. »Was?«

Gertrude war ans andere Ende des Raums getrippelt, während sie sprachen. Etwas stieß gegen die Hinterseite von Lunes Reifrock. Sie blickte nach unten und sah, wie die Hauselfe einen Hocker schob, der beinahe so hoch war wie sie selbst. »Wenn wir dieses Gespräch führen wollen«, sagte Gertrude fest entschlossen, »dann werden wir sitzen, während wir das tun. Ich war den ganzen Tag auf den Füßen, habe gebacken und geputzt, und Ihr beide seht völlig erschöpft aus.«

»Ich habe nicht gesagt, dass ich bleibe«, sagte Deven mit einem weiteren Blick über seine Schulter auf das versiegelte Treppenhaus.

Lune lächelte ihn ironisch an. »Aber das wirst du. Du willst Antworten – du und dein Herr.«

»Walsingham ist *tot.*« In der Zeit, die er brauchte, um das auszusprechen, überbrückten zwei Schritte die Distanz zwischen ihnen, und Deven stand direkt vor ihr, während sein Zorn gegen sie aufwallte wie die Hitze vom Feuer. »Ich vermute, ich habe dir dafür zu danken.«

Ihre Knie gaben nach. Sie ließ sich unelegant auf den Hocker sinken, den Gertrude hinter sie gestellt hatte. »Er … was? Tot? Wann?«

»Spiel nicht die Unschuldige«, spie er. »Du wusstest, dass er nach dir sucht, nach Beweisen für die Hand deiner Königin. Er war eine Bedrohung, und jetzt ist er tot. Ich bin vielleicht der größte Narr der Welt – du hast mich jedenfalls wie einen solchen benutzt –, aber nicht ein so großer Narr, das zu glauben.«

Rosamunds Hand schloss sich um die Seide seines linken Ärmels und zog seine Finger von dem Schwertgriff zurück, den diese unbewusst gesucht hatten. »Master Deven«, sagte die Hauselfe. Der Mann blickte nicht zu ihr hinab. Die unebenen Schatten des Feuerlichts machten sein Gesicht monströs, verzerrten die klaren Linien seiner Gesichtszüge. »Lady Lune war im Gefängnis, als Euer Herr starb. Sie kann ihn nicht getötet haben.«

»Dann gab sie den Befehl, dass es getan wurde.«

Lune schüttelte den Kopf. Sie konnte Devens Blick nicht entgegnen. Sie fühlte sich nackt, schutzlos, wie sie ihm gegenüberstand, während sie ihr wahres Gesicht trug. Er hätte Anne nicht mit solchem Zorn und Hass angefunkelt. »Das habe ich nicht. Aber wenn er tot ist … wie?«

»Krankheit«, sagte Deven. »Oder so ließ man es wirken.«

Walsingham war oft krank gewesen. Vielleicht war er an einer natürlichen Ursache gestorben. Oder nicht. »Meine Aufgabe«, sagte sie und starrte unentwegt auf die zerzausten Federn an ihrem Rock, »war es, Walsingham zu überwachen, herauszufinden, was er wollte. Und, falls ich konnte, ein Mittel zu finden, um ihn zu beeinflussen.«

Deven reagierte mit blankem Ekel darauf. »Mich.«

»Er ist – war – ein scharfsinniger Mann.« Lune wich Devens unausgesprochener Frage aus. Sie konnte ihre Wahl nicht erklären, nicht jetzt. »Ich glaube, meine Königin fürchtete, dass er der Wahrheit näherkam. Du hast vielleicht recht, wenn du mir die Schuld gibst, Master Deven, denn ich erzählte Vidar – einem Fae-Lord –, was der Staatssekretär vorhatte. Nachdem ich aus Oatlands weggebracht wurde, leitete er vielleicht Maßnahmen ein, um diese Bedrohung auszuschalten. Aber ich habe das niemals befohlen.«

Gertrude hielt jetzt Devens anderen Ärmel, und das sanfte, aber drängende Zupfen der Hauselfen brachte ihn dazu, einen Schritt zurückzutreten, sodass er nicht länger über Lune auf ihrem Hocker aufragte. »Warum?«, fragte Deven schließlich. Etwas von seinem Zorn war aus seiner Stimme verschwunden und von Verwirrung ersetzt worden. »Warum sollte es eine Feenkönigin kümmern, was in Irland passiert oder was aus Maria Stuart wurde?«

»Wenn Ihr Euch hinsetzen wollt«, sagte Gertrude und kehrte mit geduldiger Entschlossenheit zu ihrer Aussage einen Moment zuvor zurück, »dann können wir diese Frage vielleicht beantworten.«

Als sie alle saßen und Tassen in der Hand hielten – der Familienname der Hauselfen war, wie Deven klar wurde, mehr als nur Worte –, begann die Frau mit den Rosenblüten, Rosamund, zu sprechen.

»Meine Lady«, sagte sie und neigte ihren Lockenkopf vor Lune. »Wie lange seid Ihr schon am Onyxhof?«

Lune hatte die Überreste ihres Federkleids ausgebreitet und ihr silbernes Haar glatt gestrichen, doch ihre nackten Füße waren immer noch eine unpassende Note, die schlanken Wölbungen von Matsch befleckt. »Eine lange Zeit«, sagte sie. »Nicht so lange wie Vidar, nehme ich an, aber Lady Nianna und Lady Carline sind vor kürzerer Zeit angekommen als ich. Lasst mich sehen – Y Law Carreg war damals Botschafter vom Tylwyth Teg …«

Es erinnerte Deven mächtig an seine ersten Tage an Elisabeths Hof. Eine Flut von Namen, die ihm unbekannt waren, Strömungen aus Bündnissen und Spannungen, die er nicht deuten konnte. Irgendwie machte das den Gedanken realer, dass es wirklich einen weiteren Hof in England gab.

Als Lunes Rezitation endete, sagte Rosamund: »Und wie lange sitzt Invidiana schon auf dem Thron?«

Die Elfenfrau blinzelte verblüfft. »Was für eine Frage ist das? Ein Zeitalter und einen Tag. Ich weiß es nicht. Wir sind keine Sterblichen, die in gemessener Zeit kommen und gehen.« Und tatsächlich hatte sie, wie Deven bewusst wurde, in all ihren Erklärungen über ihre Zeit bei Hof nicht einmal ein Datum oder eine Zeitspanne genannt.

Die Schwestern blickten einander an, und Gertrude nickte. Rosamund sagte mit simpler Präzision: »Invidiana wurde am fünfzehnten Tag im Januar im sterblichen Jahr fünfzehnhundertneunundfünfzig Königin über Fae-England.«

Lune starrte sie an, dann lachte sie ungläubig. »Unmöglich. Das sind kaum dreißig Jahre! Ich selbst bin schon länger am Onyxhof.«

»Wirklich?«, fragte Gertrude über ihre Mettasse.

Die Lippen der Elfenfrau teilten sich, doch ihr fehlten die Worte. Deven war still gewesen, seit sie sich hingesetzt hatten, aber jetzt sprach er. »Das ist der Tag, an dem Elisabeth zur Königin gekrönt wurde.«

»Ganz genau«, antwortete Rosamund.

Jetzt war er in Lunes ungläubiges Starren eingeschlossen. »Das ist nicht möglich. Ich *erinnere* mich ...«

»Das tun die meisten Leute«, sagte Gertrude. »Keine spezifischen Erinnerungen, die mit spezifischen sterblichen Jahren verbunden sind – nein, Ihr habt ganz recht, wir messen die Zeit nicht so genau. Vielleicht würden, wenn wir es täten, mehr Fae die Veränderung bemerken. Der Onyxhof als solcher existiert erst seit einunddreißig Jahren, vielleicht ein wenig länger, je nachdem, wie man das betrachtet. Vidar ist schon länger dort. Aber all Eure Erinnerungen an Invidianas Herrschaft reichen nicht weiter zurück als das. Ihr glaubt nur, dass sie das tun, und vergesst, was davor kam.«

Rosamund nickte. »Meine Schwester und ich sind beinahe die Einzigen, die sich daran erinnern, was davor kam. Francis war ein anderer. Sie ließ ihn sich absichtlich daran erinnern, glaube ich, und wir waren bei ihm, als es passierte. Er bewahrte uns vor dem Vergessen. Von den anderen, die es wissen, reitet jetzt jeder Einzelne mit der Wilden Jagd.«

Lunes silberne Augen weiteten sich, und sie stellte ihre Tasse mit vorsichtiger Hand ab. »Sie behaupten, Könige zu sein.«

»Und das waren sie«, bestätigte Gertrude. »Könige von Fae-England, von der einen oder anderen Ecke. Bis Elisabeth Königin wurde, und Invidiana mit ihr. In einem Tag – einem Augenblick – entthronte sie sie alle.«

Deven hatte nicht vergessen, wo das Gespräch angefangen hatte. »Aber warum? Das kann für Eure Art nicht normal sein.« Es war nicht normal für *seine* Art, im versteckten Keller eines Feenhauses zu sitzen und mit zwei Braunwichten und einer Elfe zu sprechen. Sein Met stand unberührt auf dem Tisch vor ihm. Er wusste es besser, als davon zu trinken. »Warum die Verbindung?«

»Wir sind Kreaturen der Magie«, sagte Rosamund so beiläufig, als würde sie ihn gerade daran erinnern, dass sie Engländer waren. »Und auf ihre eigene Weise *ist* eine Krönungszeremonie magisch. Sie macht einen König – oder eine Königin – aus einem gewöhnlichen Sterblichen. Gertrude und ich haben immer vermutet, dass Invidiana dieses Ritual ausnutzte, um ihre eigene Macht zu etablieren.«

Lunes Stimme kam von seiner rechten Seite, unsicher und schwach. »Doch sie tat mehr als das, oder nicht? Denn es gab einen Pakt.«

»Pakt?« Die Worte ließen es Deven kalt den Rücken hinunterlaufen. »Was meinst du?«

Für einen Augenblick glaubte er, sowohl Trauer als auch Panik in ihrer Miene zu lesen. »Erinnerst du dich, wie ich dich nach einem Sterblichen namens Francis Merriman fragte?« Deven nickte misstrauisch. »Er war vor meiner Nase, wie ich vor deiner war. Er … starb heute Nacht. Er erzählte mir von einem Pakt, den Invidiana, meine Königin, geschlossen hat und der, wie er sagte, Sterblichen und Fae gleichsam schadet. Und er flehte mich an, ihn zu brechen.«

Deven sagte: »Aber ein Pakt …«

»Muss beiden Parteien bekannt sein«, endete Rosamund für ihn. »Jeder Fae mit einem Hauch politischen Verstands weiß, dass Invidiana regelmäßig den sterblichen Hof beeinflusst und dies nutzt, um ihr eigenes Volk zu kontrollieren. Und von Zeit zu Zeit erfährt ein Sterblicher, dass er oder sie es mit Fae zu tun hat – gewöhnlich jemand, der ausreichend bezaubert ist, dass er es nicht verraten wird. Aber falls das, was Francis sagte, richtig ist … dann weiß jemand auf der anderen Seite ganz genau, was vorgeht.«

Die Worte schnürten Deven die Kehle zu. Er ließ sie eins nach dem anderen heraus, weil er fürchtete, was sie bedeuteten. »Der Staatssekretär … Er erzählte mir von einem verborgenen Spieler. Und er glaubte, der Spieler hatte – nicht oft, aber manchmal – direkten Zugang zu Ihrer Majestät.«

Er verpasste ihre Reaktionen. Er konnte sich nicht dazu bringen, von seinen geballten Fäusten aufzublicken. Die Andeutung war unglaublich, selbst wenn sie aus seinem eigenen Mund kam. Dass Elisabeth von Feen wissen sollte – nicht nur von ihnen wissen, sondern sich mit ihnen verbünden …

»Ich glaube es«, flüsterte Lune. »Tatsächlich ergibt es mehr Sinn, als mir lieb ist.«

»Aber *warum*?« Frustrierte Angst und Verwirrung brodelten in Deven. »Warum sollte ein solcher Pakt geschlossen werden? Was hätte Elisabeth daraus zu gewinnen?«

Ein ironisches Lächeln zuckte um Lunes dünne, geschwungene Lippen. »Sie behält ihren Thron. Wir haben hart gearbeitet, um ihn auf Invidianas Befehl zu sichern. Die Königin der Schotten hast du bereits genannt. Invidiana achtete sorgfältig darauf, sie als Bedrohung auszuschalten. Ebenso bei anderen politischen Komplikationen. Und die Armada ...«

Ihr Satz verklang, aber Gertrude beendete ihn ziemlich vergnügt. »Ihr habt Lady Lune für diese Stürme zu danken, die die Spanier von unseren Küsten fernhielten.«

Deven drehte sich der Magen um. Lune sagte: »Ich habe nur die Vereinbarung ausgehandelt. Ich habe selbst keine Macht, Stürme zu beschwören.«

Er suchte verzweifelt seinen Weg zurück zur Politik, fort von der Magie. »Und deine Königin hat im Gegenzug ihren eigenen Thron erlangt.«

Die schwarzen Federn, die er entlang des Weges aufgesammelt hatte, waren ihm irgendwann, nachdem er die Treppe heruntergekommen war, aus der Hand gefallen. Lune hielt die gebrochene Spitze von einer in den Fingern und zeichnete damit unsichtbare Muster auf die Tischplatte, ihr Blick entrückt. »Mehr als das«, sagte sie geistesabwesend. »Elisabeth ist Protestantin.«

Rosamund nickte. »Wogegen Maria Tudor und Maria Stuart beide Katholikinnen waren.«

»Was bedeutet das für euch? Sicher könnt ihr keine Christen sein?«

»Das sind wir tatsächlich nicht«, sagte Lune. »Aber das Christentum kann eine Waffe gegen uns sein – wie du selbst gesehen hast.« Deven hatte das auch nicht vergessen. Er würde es wieder benutzen, wenn nötig. »Katholiken haben Riten gegen uns – Gebete, Exorzismen und so weiter.«

»Genau wie die Kirche von England. Und viele puritanisch gesinnte Leute nennen eure Art alle Teufel. Sicher kann das nicht zu eurem Vorteil sein.«

»Aber die Puritaner sind wenige an der Zahl, und die Kirche von England ist eine neu gebildete Sache, der wenige mit irgendwelchem Eifer folgen. Sie ist ein Kompromiss, gestaltet, um so wenige wie möglich so wenig wie möglich zu verärgern, und sie existiert noch nicht lange genug, dass ihre Rituale wahre Macht erlangen konnten. Das Buch des gemeinsamen Gebetes ist für die meisten Leute eine leere Litanei, Form ohne die leidenschaftliche Substanz des Glaubens.« Lune legte die Federspitze auf dem Tisch ab und wandte ihm ihre Aufmerksamkeit zu. »Das könnte sich in den kommenden Jahren vielleicht ändern. Aber für den Moment ist die Thronbesteigung eurer protestantischen Königin ein Vorteil für uns.«

Er konnte seinen Puls schmecken, so heftig pochte sein Herz. Das Schachbrett in seinem Kopf formierte sich neu, Figuren mit neuen Farben gesellten sich in die Schlacht. Walsingham hatte sicherlich nie davon geträumt. Und wenn Beale es hörte …

Falls Beale es hörte.

In seinem persönlichen Glauben war Walsingham ein protestantischer Erneuerer gewesen, ein »Puritaner«, wie ihre Gegner sie nannten. Er hätte liebend gerne gesehen, wenn die Kirche von England ihre vielen verbliebenen papistischen Züge abgelegt hätte. Doch Walsingham war auch ein politischer Realist, der sehr wohl wusste, dass jeder Versuch einer umfassenden Reformation eine Rebellion provoziert hätte, die Elisabeth nicht überleben konnte. Beale andererseits sprach offen über seinen Glauben und warb bei Hof oft für die puritanische Sache.

Sollte Beale je hören, dass Elisabeth, die große Kompromiss-Schließerin der Religionen, einen Pakt mit einer *Feenkönigin* geschlossen hatte …

England stand bereits mit katholischen Mächten im Krieg. Sie konnte keinen weiteren innerhalb ihrer eigenen Grenzen kämpfen.

Deven sah von Rosamund zu Gertrude zu Lune. »Du sagtest, dieser Francis Merriman flehte dich an, den Pakt zu brechen.«

Lune nickte. »Er sagte, es sei ein Fehler gewesen und dass beide Seiten darunter gelitten hätten.« Ihr Zögern war schwierig zu deuten. Die silbernen Augen waren fremdartig für ihn. »Ich kenne die Auswirkungen dieses Pakts nicht, aber ich kenne Invidiana. Ich kann mir vorstellen, warum er von mir wollte, dass ich ihn breche.«

»Hast du vor, das zu tun?«

Die Frage hing in der Luft. So tief unter der Erde gab es kein Geräusch außer ihren Atemzügen und dem leisen Knistern des Feuers. Die Goodemeadeschwestern hatten mit identischen Mienen die Lippen zusammengepresst. Beide von ihnen beobachteten Lune, deren Blick auf der gebrochenen Federspitze vor ihr ruhte.

Deven hatte Anne Montrose gekannt – oder geglaubt, dass er sie kannte. Diese silberhaarige Feenfrau kannte er überhaupt nicht. Er hätte sehr viel gegeben, um in diesem Moment ihre Gedanken zu hören.

»Ich weiß nicht, wie«, sagte Lune sehr beherrscht.

»Das habe ich nicht gefragt. Ich kenne die Organisation eures Hofs nicht, doch zwei Dinge kann ich vermuten:

erstens, dass deine Königin nicht wollen würde, dass du dich in diese Angelegenheit einmischst, und zweitens, dass du bei ihr in Ungnade gefallen bist. Ansonsten wärst du nicht hier, barfuß und versteckt, während ihre Soldaten dich aus der Stadt jagen. Wirst du ihr also trotzen? Wirst du versuchen, diesen Pakt zu brechen?«

Lune sah zu den Goodemeades. Beide Gesichter der Hauselfen zeigten dieselbe Entschlossenheit. Es war nicht schwer zu erraten, was sie deren Meinung nach tun sollte.

Aber das, worum er sie bat, war Hochverrat.

Deven fragte sich, ob Walsingham je solche Skrupel verspürt hatte, wenn er seine Agenten darum gebeten hatte, jene zu verraten, denen zu dienen sie geschworen hatten.

Lune schloss die Augen und sagte: »Ja.«

ERINNERUNG
14.–15. *Januar* 1559

Trotz der Kälte drängten sich die Menschen auf den Straßen von London. In den südwestlichen Stadtteilen, im Nordosten – in all jenen Gebieten, die vom Zentrum entfernt lagen –, wanderten Männer betrunken umher und Frauen sangen Lieder, während Feuer an Straßenecken brannten, Inseln aus Licht und Hitze in der gefrorenen Luft schufen und Banner und die Kleidung der Wohlhabenden Spritzer aus bunten Farben darstellten. Überall in der Stadt waren Musik und Festlichkeit, und wenn sich im Hintergrund viele Sorgen machten oder Pläne schmiedeten, erlaubte man es keinen derartigen Dingen, das Erscheinungsbild universeller Freude zu stören.

Das Gedränge war im Herzen der Stadt am größten, an der großen Arterie, die von Westen nach Osten führte. Die Menge drängte sich entlang der Route so dicht, dass sich kaum jemand bewegen konnte, außer einigen schlanken Diebeskindern, die die reiche Beute nutzten. Petty Wales, Tower Street, Mark Lane, Fenchurch und die Gracechurch Street hinauf. Dann erstreckte sich der Kurs westwärts, führte Cornhill hinunter, an Leadenhall vorbei und auf die breite Durchgangsstraße von Cheapside. Die St.-Pauls-Kathedrale erwartete ihren Moment, und dann das große Portal von Ludgate, alle herrlich geschmückt. Von dort Fleet Street und die Strand und so nach Westminster hinunter, und auf jedem Schritt des Weges scharten sich die Bürger von London, um ihre Königin zu sehen.

Ein Aufruhr erhob sich, als die ersten Mitglieder der Prozession aus dem Tower traten, der zeitweise erneut als königliche Residenz genutzt wurde. Zu dem Zeitpunkt, als die schlanke Gestalt in Stoffen aus Gold und Silber in den Blick kam, die in einer Sänfte mit offenen Seiten saß und ihrem Volk zuwinkte, war der Lärm ohrenbetäubend.

Die Prozession bahnte sich langsam ihren Weg auf der festgelegten Route und hielt zu bestimmten Punkten für Vorstellungen an, die allen die Pracht und Tugend der neuen Herrscherin demonstrierten. Sie war keine passive Zuschauerin und fürchtete auch nicht die Kälte. Wenn sie etwas über dem Lärm der Menge nicht hören konnte, befahl sie, dass die Vorstellung erneut gegeben werden sollte. Sie rief ihren treuen Untertanen Antworten zu, berührte Fremde für einen Augenblick mit der Ehre und dem Privileg königlicher Aufmerksamkeit. Und sie liebten sie dafür, für das Versprechen einer Veränderung, das sie brachte, für die schwindende Schönheit, die allzu bald verblassen würde, um darunter ein Bauwerk aus Stahl zu zeigen.

Sie erreichte Westminster spät am Tag, erschöpft, aber strahlend nach ihren Anstrengungen. Die Nacht verging: in Trunkenheit für die Menschen von London, mit geschäftigen Vorbereitungen für die wichtigen Beamten in Westminster.

Am folgenden Morgen, als sie sich wieder aufmachte, spiegelte sie anderswo ein Schatten.

In einer blutroten Robe ging eine ungekrönte Frau über einen Pfad aus blauem Stoff von Westminster Hall zur Abbey.

In tiefstem Schwarz ging eine zweite ungekrönte Frau durch unterirdische Gänge vom Tower von London zu einer Kammer, die unter der Candlewick Street lag.

Westminster Abbey hallte von den wohltönenden Reden und der Krönungszeremonie. Schritt für Schritt wurde eine Frau in eine Königin verwandelt. Und einige Meilen entfernt hallte in den Gängen und Kammern des Onyxpalasts, an diesem Tag leer, die geisterhafte Stimme einer Fae, als sie sich eines Namens entledigte und einen anderen annahm.

Ein Schwert blitzte in ihrer Hand.

Der vorsitzende Bischof sprach traditionelle Worte, als der rothaarigen Frau die Symbole ihrer Herrschaft verliehen wurden. Der Klang hätte den Onyxpalast nicht erreichen sollen, nicht mehr, als die Schreie der Menge es sollten, doch es war keine Sache der Lautstärke. Für heute klangen die beiden Räume wie einer.

Dann begannen die Fanfaren, als eine nach der anderen drei Kronen auf einem rothaarigen Kopf platziert wurden.

Als im Onyxpalast der Schall der Trompeten erklang, blitzte das Schwert durch die Luft und schlug in einen Stein, der von der Decke der Kammer herabhing.

Betrunkene Feiernde in London hörten das Geräusch und hielten es für einen Teil der Festlichkeit: das Schlagen einer schrecklichen, triumphierenden Glocke, die die Krönung ihrer Königin markierte. Und bald genug kamen die Glocken, läuteten in Westminster und verbreiteten sich nach Osten in die Stadt, doch dieses Geräusch erreichte sie zuerst und dröhnte am tiefsten. In diesem Geräusch lag Herrschaft.

Jene Bürger, die zu diesem Zeitpunkt auf der Candlewick Street waren, verfielen in Schweigen und sanken in Ehrfurcht auf die Knie. Es kümmerte sie nicht, dass das Objekt, dem sie sich unterwarfen, ein halb begrabener Stein am südlichen Ende der Straße war, seine Kalksteinoberfläche verwittert und vernarbt, für jeden, der seine Geschichte nicht kannte, überhaupt nicht bemerkenswert.

Dreimal schlug der Stein seine Note an, als ihn das Schwert dreimal von unten traf, als dreimal die Kronen platziert wurden. Und beim dritten Mal grub sich das Schwert in das Herz des Steins.

Das gesamte sterbliche England bejubelte die Krönung von Elisabeth, der ersten jenes Namens, von Gottes Gnaden Königin von England, Frankreich und Irland, Verteidigerin des Glaubens, und so weiter; und das gesamte Fae-England erschauderte bei der Krönung von Invidiana, Königin des Onyxpalasts, Herrin über die Täler und hohlen Hügel.

Und ein Dutzend Feenkönige und Feenköniginnen schrie vor Wut auf, als ihnen ihre Herrschaft entrissen wurde.

Halb im Boden der Candlewick Street begraben, machte der Londonstein, die uralte Markierung, die, wie man sagte, dort vom Trojaner Brutus platziert worden war, dem mythischen Gründer von Britannien, der Stein, auf dem heilige Eide geschworen wurden, das halb vergessene Symbol der Autorität, gegen das der Rebell Jack Cade ein Jahrhundert zuvor sein Schwert geschlagen hatte, um seinen Anspruch auf London gültig zu machen, den Handel zwischen zwei Frauen fest.

Elisabeth und Invidiana.

Einem großen Licht und ihrem großen Schatten.

VIERTER AKT

»Oh nein! Oh nein! Versuch zeigt nur
den bitteren Saft verlorener Mühen;
wo früher Freude, befleckt nun Schmerz.
Nein, frühere Freude steigert den nunmaligen Schmerz,
während Erinnerung beide Gefühle enthält.«

Sir Philip Sidney
»The Smokes of Melancholy«

Sonnenlicht streichelt sein Gesicht mit Wärme, und Gras sticht durch das Leinen seines Hemds, um die Haut darunter zu kitzeln. Er lächelt mit geschlossenen Augen und lässt seine Gedanken auf der Brise treiben. Insekten singen ein sanftes Lied, zu dem Vögel die Melodie fügen. Er kann die Blätter rascheln hören und über den Hügelkamm ihr Lachen, hell und süß wie Glocken.

Die feuchte Erde gibt weich unter seinen Füßen nach, als er durch den Wald läuft. Sie ist ihm nicht weit voraus – er kann sie durch das wabernde, fleckige Smaragdgrün der Schatten beinahe erhaschen –, aber Äste halten ihn immer wieder auf. Ein dummes Spiel. Sie muss die Bäume gebeten haben, ihr zu helfen. Doch diese spielen zu hart, Zweige schnappen, zerreißen sogar sein Hemd, Blattränder werden scharf und zerkratzen sein Gesicht, während Eicheln und Steine seine Fußsohlen aufschürfen. Er hinterlässt eine Spur aus Fußabdrücken, die sich mit Blut füllen. Dieses Spiel gefällt ihm nicht mehr.

Und dann stoppt er am Rand eines Abgrunds, in den er beinahe stürzt.

Unten, so weit unten …

Sie könnte schlafen. Ihr Gesicht ist friedlich, lächelt fast.

Doch dann kommt die Verwesung, und ihre Haut zerfällt, wird schimmelfarben, faltig, geschwollen, aufgebläht, sinkt über ihr eingefallenes Gesicht, und er schreit auf, aber er kann nicht zu ihr laufen – die Schlange hält ihn in ihren Schlingen fest, und als er kämpft, um sich zu befreien, richtet sie sich auf und stößt zu, gräbt ihre Giftzähne in seine Stirn, sechs stechende Wunden, die ihn lähmen, seine Stimme stehlen, und sie ist für ihn verloren.

Die Fae, die sich um ihn geschart haben, lachen und haben grausames Vergnügen an seinem blinden Kampf, aber es verliert jeden Biss, als er sich in die Ranken sinken lässt, mit dem sie ihn gefesselt haben. Es ist so leicht, mit seinen Träumen zu spielen, und die Königin widerspricht nie. Nun lassen sie, von seinem stillen Schaudern gelangweilt, die Ranken wegfallen, als sie fortgehen.

Er wird im Nachtgarten zurückgelassen, wo die Pflanzen niemals Sonne oder Wind gespürt haben. Hoch über ihm blitzen kalte Lichter, schreiben undeutbare Botschaften. Vielleicht läge eine Warnung in ihnen, wenn er sie nur lesen könnte.

Was würde es ihm helfen? Er hat schon früher Warnungen bekommen und sie missverstanden.

Wasser sprudelt an seiner Seite. Wie er ist es begraben, von der Welt oben vergessen, von der Welt unten verachtet, festgekettet, um ihrem Vergnügen zu dienen.

Es hegt kein Mitleid für ihn.

Er weint über seinen Verlust, dort am Ufer des Bachs – weint blutige Tränen, die das Wasser für nur einen Augenblick beflecken, ehe sie sich ins Nichts auflösen.

Er hat die sonnenbeschienenen Felder verloren, das Lachen verloren, sie verloren. Er teilt ihr Grab, hier in diesen steinernen Hallen. Ihm bleibt nur noch der Tod.

Doch er kennt die Wahrheit.

Selbst der Tod kann ihn nicht wieder zu ihr bringen.

DAS *ANGEL INN*, ISLINGTON
25. April 1590

»Wir müssen Euch zurück in den Onyxpalast bekommen«, sagte Rosamund zu Lune.

Gertrude stand in einer Ecke und murmelte einer geschmeidigen grauen Maus etwas zu, die auf ihren aufgehaltenen Handflächen verständig nickte. Lune beobachtete sie, ohne wirklich nachzudenken. Ihre Gedanken schienen vor Erschöpfung und Schreck zusammengebrochen zu sein, nachdem sie sich zum Hochverrat entschlossen hatte. Es war eine waghalsige Entscheidung, sogar selbstmörderisch. Am nächsten Morgen würde sie bereuen, dass sie es gesagt hatte.

Oder vielleicht nicht? Ihr Blick wanderte erneut zu Deven, wie Eisen auf einen Magneten. Seine versteinerte Miene zeigte kein Bedauern. Sie hatte nie erwartet, dass er sich in diesem Netz verfangen würde, und konnte keine Möglichkeit sehen, ihn zu befreien. Egal wie verloren er jetzt auch sein mochte, er würde keinen Rückzieher machen. Obwohl dieser Pakt wohl von Vorteil für Elisabeth war, schadete er ihr auch. Das hatte Tiresias gesagt – nein, Francis Merriman. Der Seher hatte so hart gekämpft, um dieses Selbst wiederzuerlangen. Nachdem sie ihn getötet hatte, war das Wenigste, was Lune für ihn tun konnte, ihm seinen richtigen Namen zu gewähren.

Francis Merriman hatte geglaubt, dass dieser Pakt falsch war. Die Goodemeades stimmten ihm offensichtlich zu. Und Devens Herr mochte sehr wohl auf Invidianas Befehl ermordet worden sein. Sie kannte ihn zu gut, um zu glauben, dass er das ignorieren würde.

Lune selbst hatte außer ihrem Leben nichts mehr zu verlieren, und selbst das hing in der Schwebe. Aber war das ein ausreichender Grund, um ihre Königin zu verraten?

Schwache Erinnerungen regten sich tief in ihrem Kopf. Der Gedanke, so flüchtig empfunden, dass die Dinge einst anders gewesen waren. Dass die Fae in England einst wärmere Leben gelebt hatten – gelegentlich mit Intrigen gegeneinander, ja, gelegentlich grausam zu Sterblichen, aber nicht immer. Nicht dieses gnadenlose Leben aus Furcht und der immerwährenden drohenden Vernichtung.

Selbst jene, die weit vom Onyxpalast entfernt wohnten, lebten in seinem Schatten.

Der Onyxpalast. Rosamunds Worte drangen endlich durch. Lune setzte sich kerzengerade auf und sagte: »Unmöglich. Ich würde in dem Augenblick, wo ich einen Fuß nach unten setze, hingerichtet.«

»Nicht unbedingt«, sagte Gertrude. Die Maus war verschwunden. Jetzt schürte die Hauselfe das Feuer und legte ein zusätzliches Scheit hinein, sodass helle Flammen nach oben züngelten und den Raum erleuchteten. »Ich habe Cheepkin geschickt, um nachzusehen, ob irgendjemand die Leiche von Francis gefunden hat. Soweit wir wissen, sagt das Juwel Invidiana nicht, wenn jemand stirbt, also weiß sie es vielleicht noch nicht.«

Lunes Magen verkrampfte sich bei dem bloßen Gedanken, im selben Raum wie die Königin zu sein, wenn sie davon erfuhr. »Sie wird aber wissen, *wie* er starb. Und sie wird sich fragen, an wen er sie verraten hat.«

Rosamunds Nicken war nicht ganz beiläufig, aber es zeigte nur halb so viel Alarmierung, wie es nach Lunes Meinung sollte. »Weshalb wir ihr ein anderes Ziel für ihren

Verdacht geben werden. Und Euch im Tausch etwas Gutes tun, glaube ich, weil Ihr diejenige sein werdet, die es ihr sagt.« Die Hauselfe schürzte nachdenklich ihre sanften Lippen. »Sie wird trotzdem wütend und panisch sein. Sie wird sich fragen, ob Francis es geschafft hat, etwas zu sagen, bevor er starb. Aber das lässt sich nicht vermeiden. Wir können nicht vorgeben, dass er durch andere Mittel starb. Was wir tun müssen, ist sicherzustellen, dass sie nicht *Euch* verdächtigt.«

»Wen hattest du im Sinn?«, fragte Gertrude ihre Schwester.

»Sir Derwood Corr. Wir können ihn noch heute Nacht warnen, dass er fliehen muss, sodass er weit vom Palast weg ist, ehe sie versucht, ihn verhaften zu lassen.«

Deven sah Lune an, doch sie hatte nicht mehr Ahnung als er, was die Goodemeades meinten. »Wer ist Sir Derwood Corr?«

»Ein neuer Elfenritter am Onyxhof. Außerdem ein Agent der Wilden Jagd.«

Gertrude nickte zustimmend. »Sie fürchtet sie sowieso. Es kann nicht viel schaden.«

Sie schienen es ernst zu meinen. Ein Agent der Wilden Jagd, der die Onyxwache selbst infiltriert hatte – und irgendwoher wussten die Goodemeades davon und wollten den Ritter unbedingt vor Schaden bewahren. »Arbeitet Ihr mit der Wilden Jagd zusammen?«

»Nicht *direkt*«, sagte Gertrude und wand sich. »Das heißt, sie hätten es gerne. Wir beschlossen, ihnen nicht zu helfen, zumindest die meiste Zeit. Jemand anderer brachte Sir Derwood hinein. Aber wir behalten ihr Tun im Auge.«

Lune hatte keine Antwort auf diese außergewöhnliche Aussage. Deven, der auf seinem Hocker so weit zusammengesunken war, wie es sein steifes Wams zuließ, schnaubte. »Der Staatssekretär sagte, es sei unerhört, Frauen als Agenten zu nutzen, aber ich schwöre, für Euch hätte er eine Ausnahme gemacht.«

Sie sind keine Spione, dachte Lune. *Sie sind Geheimdienstleiter. Mit den Vögeln und Tieren aus den Wiesen als direkten Informanten.*

»Also«, sagte Rosamund resolut. »Sobald Cheepkin Bericht erstattet, Lady Lune, werden wir Euch zurück in den Onyxpalast schmuggeln. Ihr könnt Invidiana erzählen, dass Sir Derwood ein Verbündeter der Wilden Jagd ist. Sie wird feststellen, dass er geflohen ist. Sie wird annehmen, dass Francis mit ihm und nicht mit Euch gesprochen hat. Mit etwas Glück wird sie das gegenüber Euch besänftigen, zumindest ein wenig.«

Lune setzte nicht viel Hoffnung darauf. Würde sie wirklich gleich zu ihrem Rattenleben zurückkehren, wo sie sich vor Vidar und Dame Halgresta und allen anderen verstecken musste, die vielleicht auf die Idee kamen, Gunst zu erlangen, indem sie sie verletzten oder eliminierten?

Das niedrig glühende Feuer, das in ihrem Inneren seit ihrer Gefangennahme – nein, seit ihrer unrühmlichen Rückkehr aus dem Meer – gebrannt hatte, hatte eine Antwort darauf.

Ja, das würde sie. Sie würde zurückkehren und jedes letzte bisschen davon niederreißen.

Dann bin ich tatsächlich eine Verräterin. Möge all die Macht des Feenlandes mir helfen.

»Also gut«, murmelte sie.

Deven holte tief Luft und setzte sich auf. »Was kann ich tun?«

»Dafür ist jetzt keine Zeit«, sagte Gertrude. »Wir müssen Lady Lune zurückbringen, ehe jemand Francis findet. Darf ich Euch um einen Gefallen bitten, Master Deven?«

Er wirkte misstrauisch. »Was wäre das?«

»Nichts Gefährliches, mein Lieber. Nur Invidiana ein bisschen auszutricksen. Kommt mit mir, ich zeige es Euch.« Gertrude nahm ihn bei der Hand und führte ihn nach oben.

Lune sah zu, wie sie gingen, und blieb mit Rosamund zurück. »Ist das hier sicher?«, fragte sie leise. »Ich habe nicht daran gedacht, ehe ich herkam, aber Invidiana hat überall Spione. Sie könnte erfahren, was wir hier besprochen haben.«

»Das glaube ich nicht.« Jetzt klang Rosamund wirklich selbstgefällig. »Wir sind hier unter dem Rosenbusch – tatsächlich ganz *sub rosa*. Nichts, was hier passiert, verbreitet sich außerhalb des Raums.«

Zum ersten Mal blickte Lune nach oben, an die Decke der versteckten Kammer. Alte, knorrige Wurzeln breiteten sich wie Finger über die Decke aus, und winzige Rosen wuchsen schier unmöglich aus ihrer Rinde, wie eine Konstellation hellgelber Sterne. Das uralte Emblem der Geheimhaltung schenkte ihr einen Hauch Trost. Zum ersten Mal seit Ewigkeiten hatte sie Freunde, denen sie vertrauen konnte.

Sie hätte früher zu den Goodemeades kommen sollen. Sie hätte sie zu Francis Merriman befragen sollen.

Sie logen zu gut und überzeugten alle, dass sie sich aus solchen Angelegenheiten heraushielten. Aber wenn sie das nicht täten, hätten sie niemals so lange überlebt.

Lune wurde bewusst, dass es etwas gab, das sie nicht gesagt hatte. Die Worte kamen unbeholfen. Sie sprach sie so oft, aber so selten aufrichtig aus. »Ich danke Euch für Eure Freundlichkeit«, flüsterte sie, unfähig, Rosamund anzusehen. »Ich werde für immer in Eurer Schuld stehen.«

Die Hauselfe kam herüber, nahm ihre Hände und lächelte ihr ins Gesicht. »Helft uns, diesen Ort in Ordnung zu bringen«, sagte sie, »und die Schuld ist mehr als beglichen.«

Eine Laterne leuchtete an der Tür des Inns, und drinnen schien immer noch Licht. Weil es an der großen Straße nach Norden lag, war das *Angel* ein wichtiger Haltepunkt für Reisende, die es nicht in die Stadt schafften, ehe die Tore zur Abenddämmerung geschlossen wurden, und so war dort immer jemand wach, selbst zu einer solch späten Stunde.

Deven führte sein Pferd etwas benebelt auf die Straße. Der Teil von ihm, der daran gewöhnt war, Befehlen zu folgen, hatte aus irgendeinem Grund beschlossen, der kleinen Hauselfe Gertrude zu gehorchen, aber sein Verstand überschlug sich immer noch. Feen am Hof. Wie viele von ihnen? Er erinnerte sich an die Verfolgungsjagd über die Dächer und den Fremden, der verschwunden war. Vielleicht hatte er sich das Flattern von Flügeln nicht eingebildet.

Er stieg auf, ritt in den Innenhof des Inns und stieg wieder ab, damit jeder drinnen seine Ankunft hören würde. Dann warf er seine Zügel um einen Pfosten, trat durch die Tür und erschreckte einen jungen Mann mit schläfrigen Augen, der auf einem Tisch lag. Der Kerl setzte sich mit einem Ruck auf und ließ den feuchten Lumpen fallen, den er hielt.

»Sir«, sagte er, als er auf die Füße stolperte. »Braucht ein Zimmer, hm?«

»Tatsächlich nicht«, antwortete Deven. »Ich habe noch ein Stück zu reiten, ehe ich eine Pause mache. Aber ich bin ausgehungert und brauche etwas, um mich am Laufen zu halten. Habt Ihr einen Laib Brot übrig?«

»Äh ... wir sollten ...« Der junge Mann wirkte zutiefst verwirrt. »Ihr reitet weiter, Sir? Zu dieser Stunde in der Nacht? Die Stadttore sind verschlossen, wisst Ihr.«

»Ich reite nicht in die Stadt, und die Nachricht, die ich überbringe, kann nicht warten. Brot, bitte.«

Der Kerl deutete schlecht eine Verbeugung an und hastete durch eine Tür am anderen Ende des Raums. Einen Augenblick später kam er mit einem runden, krustigen Laib in der Hand wieder heraus. »Das ist alles, was ich finden konnte, Sir, und es ist einen Tag alt.«

»Das wird reichen.« Zumindest hoffte er, dass es das würde. Deven bezahlte den jungen Mann und ging hinaus, ehe er mehr Fragen beantworten musste.

Er ritt fort, schlug einen Kreis und kam zurück zum Rosenbusch. Gertrude hatte ihm eine Schüssel gegeben. Nun stellte er sie an der Tür eines Nebengebäudes des Inns ab, den Laib Brot darin, und fühlte sich wie ein riesiger Narr, als er sagte: »Nahrung für das Gute Volk; nehmt sie und seid zufrieden.«

Die kleine Frau tauchte so plötzlich auf, dass er beinahe seine Klinge gezückt und sie erstochen hätte. Die Nacht war nicht gut für seine Nerven gewesen. »Danke, mein Lieber.« Gertrude machte einen fröhlichen Knicks. »Wenn Ihr es jetzt bitte wieder mitnehmen könntet? Wir haben selbst natürlich einiges, einen netten kleinen Vorrat – wir müssen so oft anderen aushelfen –, aber falls Invidiana herausfindet, dass wir Lady Lune sterbliches Brot gegeben haben ... tja, wir werden es ihr ja nicht geben, oder? Ihr tut das. Also ist das alles in Ordnung und angemessen. Hat nie irgendetwas davon gesagt, dass ihr *Sterbliche* Brot oder Milch geben, und es ist ja nicht so, als hätte sie irgendein Recht, Euch zu sagen, was Ihr tun dürft. Nicht, dass sie das daran hindern würde, wohlgemerkt.«

Amüsiert nahm Deven die Schüssel und folgte der immer noch plappernden Hauselfe zurück zum Rosenbusch, der sich öffnete und sie nach unten gehen ließ.

Lune war immer noch in dem versteckten Raum, wo sie sich in einer Schüssel mit klarem Wasser die Füße wusch. Sie blickte auf, als er eintrat, und der Anblick schnürte ihm die Kehle zu. Die Bewegung war so vertraut, obwohl sich der Körper und das Gesicht verändert hatten. Er schob ihr die Schüssel ruppiger zu, als er vorgehabt hatte, und versuchte die erleichterte Freude in ihrer Miene zu ignorieren, als sie das Brot nahm. »Ich muss mir überlegen, wo ich das verstecke«, sagte sie. »Ihr seid clever, Gertrude, aber Invidiana wird trotzdem wütend sein, falls sie es erfährt.«

»Nun, esst jetzt ein Stück davon, meine Lady.« Die Hauselfe nahm Deven die Schüssel ab. »Ihr könntet eine Nacht mit ruhigem Schlaf hier gebrauchen, doch das können wir nicht riskieren. Ihr müsst so bald wie möglich zurück. Ist Cheepkin schon wieder da?«

»Während du draußen warst«, sagte Rosamund. »Noch hat niemand Francis gefunden. Ich habe sichergestellt, dass Sir Derwood weiß, dass er fliehen muss.«

»Gut, gut. Dann ist es Zeit, dass Ihr zurückgeht, Lady Lune. Seid Ihr bereit?«

Deven, der sie beobachtete, dachte, dass sie das nicht war. Dennoch nickte Lune zustimmend. Sie hielt den kleinen Laib in den Händen, als sei er ein wertvolles Juwel, zupfte einen Bissen heraus, steckte ihn in den Mund, kaute und schluckte. Er sah gegen seinen Willen fasziniert zu. Er hatte noch nie jemanden Brot mit solch aufmerksamer Sorgfalt essen sehen.

Rosamund erklärte ihm: »Es stärkt unsere Magie gegen jene Dinge, die sie zerstören würden. Durch sterbliche Orte zu reisen, ist ohne es gefährlich.«

Wie er bereits in genau jener Nacht gesehen hatte. Kein Wunder, dass Lune es wie etwas Wertvolles behandelte.

»Nun«, sagte Gertrude knapp. »Master Deven, würdet Ihr sie zurück nach London eskortieren? Es geht schneller, wenn Ihr reitet, und wenn Lady Lune sich nicht wie einen Mann aussehen lässt, sollte sie nicht allein reisen.«

Der Kommentar über die Tarnung brachte ihn mit einem Ruck zu unangenehmen Themen zurück. Lune rieb ihre Füße mit großer Konzentration trocken. Er wollte wirklich Nein sagen – aber er machte den Fehler, Gertrude und Rosamund anzusehen. Ihre pausbäckigen Gesichter lächelten in einer unschuldigen Bitte zu ihm hoch. Sein Mund sagte: »Das mache ich gerne«, ohne seinen Verstand zu konsultieren, und so war er festgelegt.

Lune stand auf, ließ das Handtuch auf ihren Hocker fallen und ging an ihm vorbei. »Dann lass uns aufbrechen.«

Zu dem Zeitpunkt, als er ihr folgte, war sie aus dem Hauptraum oben verschwunden. Er fand sie draußen, wo sie mit dem Rücken zu ihm wartete. Die Worte blieben ihm im Hals stecken. Er schaffte nicht mehr als ein steifes: »Mein Pferd ist in dieser Richtung.« Sein Brauner hörte auf, am Gras zu knabbern, als Deven die Zügel nahm. Keine Schritte ertönten hinter ihm, doch als er sich umdrehte, stellte er fest, dass sie nur einen Schritt hinter ihm war.

Außer dass es nicht sie war. Sie trug ein anderes Gesicht, ein menschliches. Nicht, wie er mit verzweifelter Erleichterung sah, das Gesicht von Anne Montrose.

»Wer ist das?«, fragte er und konnte die Verbitterung daraus nicht fernhalten.

»Margaret Rolford«, sagte Lune kühl.

Devens Mund zuckte. »Einst eine adlige Kammerzofe von Lettice Knollys, soweit ich weiß.«

Margaret Rolfords Augen waren im Sonnenlicht wahrscheinlich braun. In der Nacht wirkten sie schwarz. »Ich gratuliere dir, Master Deven. Du bist mir weiter gefolgt, als mir bewusst war.«

Es gab nichts, was er darauf sagen konnte. Deven riss sich zusammen, legte seine Hände um Margarets Taille – breiter als die von Lune und Anne – und hob sie in den Sattel. Dann schwang er sich hinter ihr hoch.

Als er Gertrudes Bitte stattgegeben hatte, war ihm nicht klar gewesen, dass diese bedeuten würde, die Strecke bis London mit seinen Armen um die Feenfrau zu reiten.

Deven biss die Zähne zusammen und trieb seinen Wallach mit einem Schenkeldruck an.

Die winzige Mondsichel war untergegangen, noch ehe er aus Mortlake zurückgekehrt war. Sie ritten in völliger Finsternis auf die wenigen blitzenden Lichter von London zu. Der Körper von Margaret Rolford war nicht geformt wie der von Anne Montrose – sie hatte einen kräftigeren Körperbau und war kleiner –, doch er löste trotzdem Erinnerungen aus. Ein kühler, sonnenerleuchteter Herbsttag mit gerade genug Wind, um das offene Haar einer Maid anzuheben. Beide von ihnen frei von ihren Pflichten, als sie sich mit anderen Höflingen vergnügt hatten. Die jungen Damen hatten alle zahme kleine Zelter geritten, aber Anne hatte mehr gewollt, und so hatte er sie auf den Sattel seines Braunen gehoben und war so schnell, wie er es wagte, eine Wiese entlanggaloppiert, während er ihren schlanken Körper sicher mit seinem gehalten hatte.

Das Schweigen war unerträglich. »Doktor Dee«, sagte er ohne Umschweife. »Er hat also nichts damit zu tun?«

Sie ritt steif, den Kopf von ihm abgewandt, obwohl sie seitlich auf dem Sattel saß. »Er behauptet, dass er mit Engeln spricht. Ich bezweifle, dass er mit uns sprechen würde.«

Uns. Sie mochte menschlich aussehen, wenn sie das wollte, doch sie war es nicht. *Uns* schloss ihn nicht mit ein.

»Aber ihr habt Agenten unter ... unter den Sterblichen.«

»Natürlich.«

»Wen? Gilbert Gifford?«

Eine nachdenkliche Pause. »Das kommt darauf an, welchen du meinst.«

»*Welchen?*«

»Der Gifford, der nach Frankreich ins Seminar ging, war genau der, der zu sein er behauptete. Der Gifford, der nun in einem französischen Kerker verrottet, ist jemand anderer – ein Sterblicher, der verzaubert wurde, um sich für jenen Mann zu halten.« Sie schnaubte verächtlich. »Eine schlechte Imitation. Er ließ sich so dumm verhaften.«

Deven nahm das auf, dann sagte er: »Und derjenige, der der Königin der Schotten Briefe überbrachte?«

Sie hielt wieder inne. Zweifelte sie gerade an ihrer Entscheidung, sich gegen ihre Herrscherin zu stellen? Deven wusste, was Walsingham mit Doppelagenten gemacht hatte, die ihn dann ebenfalls verraten hatten. Konnte er Lune das antun?

»Lord Ifarren Vidar«, sagte sie schließlich. »Als er fertig war, wurde ein Sterblicher an seine Stelle gesetzt, für den Fall, dass Gifford wieder nützlich werden sollte.«

Nicht, solange er in Frankreich im Gefängnis wäre. Deven fragte: »Henry Fagot?«

»Ich weiß nicht, wer das ist.«

Wie sehr konnte er darauf vertrauen? Sie hatte ihn über ein Jahr lang angelogen, mit jeder Faser ihres Wesens gelogen. Er vertraute den Goodemeades, aber warum? Welchen Grund hatte er, *irgendeiner* Fae zu vertrauen?

Sie näherten sich der Barbican-Kreuzung. »Wo soll ich hinreiten?«

Sie sah sich um, als hätte sie nicht bemerkt, wo sie waren. »Wir sollten durch Cripplegate hineinreiten. Ich werde den Eingang dort in der Nähe nutzen.«

Eingang? Deven lenkte sein Pferd an der Kreuzung nach Osten, was sie durch das schlafende Viertel St. Giles führte. Am Tor bestach er die Wachen, damit sie sie durchließen, und ertrug deren verschlagenen Gesichtsausdruck, als sie sahen, dass er mit einer Dame ritt. Was auch immer die Fee mit den Männern in Aldersgate gemacht hatte, er wollte nicht sehen, wie es hier passierte.

Dann waren sie zurück in der Stadt, wo die dicht gedrängten Gebäude finster und gesichtslos aufragten und nur gelegentlich eine Kerze durch ein Fenster schien. Es war schon extrem spät. Deven folgte der Wood Street, bis Lune sagte: »Hier links«, und dann einen Moment später: »Anhalten.«

Er zügelte seinen Wallach mitten in Ketton. Die schmalen Häuser um sie herum wirkten völlig normal. Welchen Eingang hatte sie gemeint?

Sie glitt hinunter, ehe er ihr helfen konnte, und hielt auf eine schmale, finstere Gasse zu. Zweifellos hätte sie ihn ohne ein Wort verlassen, doch Deven sagte: »Das ist gefährlich, oder nicht? Was du tun wirst.«

Sie hielt knapp hinter dem Eingang der Gasse an. Als sie sich umdrehte, war Margaret Rolford verschwunden. Das fremdartige, unmenschliche Gesicht war zurückgekehrt.

»Ja«, sagte Lune.

Sie starrten einander an. Er hätte sie gehen lassen sollen, ohne etwas zu sagen. Jetzt war es sogar noch unangenehmer.

Die Worte rissen sich los, ehe er sie aufhalten konnte. »Hast du mich verzaubert? Irgendeinen Feenzauber über mich gelegt, um mich dazu zu bringen, dich zu lieben?«

Lunes Augen leuchteten sogar in der beinahe völligen Finsternis. »Das musste ich nicht.«

Einen Augenblick später war sie fort, und er konnte nicht einmal sehen, wie. Irgendeine Tür öffnete sich – doch er konnte in der Mauer keine Tür sehen –, und dann war er allein auf der Ketton Street, wo ihm nur seine angespannten Muskeln und die schnell verfliegende Wärme an seiner Brust zeigten, dass dort überhaupt je eine Frau gewesen war.

IM ONYXPALAST, LONDON
26. *April* 1590

Eine Feenkönigin hielt am Morgen keine Prozession zur Kapelle ab, wie es eine sterbliche Königin vielleicht tat, doch man fand eine andere Gelegenheit für das Zeremoniell, das Elisabeths Glaubensbeweis begleitete. Invidiana verließ ihr Schlafgemach mit einer Entourage aus ausgewählten Damen, erhielt in ihrem Privatgemach eine Eskorte aus Lords, dann ging sie durch eine lange Säulenhalle zum Thronsaal, wo jeden Tag ein Fest für sie veranstaltet wurde. Es war eine Gelegenheit für Spektakel, eine Demonstration ihrer Macht, ihres Reichtums und ihrer Bedeutung. Jeder Fae, der in ihrer Gunst aufsteigen wollte, nahm in der Hoffnung teil, ihr ins Auge zu fallen.

Lune drückte sich hinter eine Säule, wo ihr Herz so laut pochte, dass sie glaubte, alle müssten es hören. Dies war der Augenblick, in dem sie den Goodemeades entweder vertraute oder nicht. Sie konnte ihr Leben in deren Hände legen oder wieder fliehen, und diesmal nicht zurückkehren.

Ein Rascheln sagte ihr, dass sich die Fae in der Galerie auf die Seiten zurückzogen, aus dem Weg der Prozession, die gleich eintreten würde. Jagdhörner bliesen eine kurze, herrische Fanfare. Sie riskierte einen Blick um die Säule und sah die Königin. Vidar war nicht bei ihr, aber Dame Halgresta und Lord Valentin Aspell, Lady Nianna, Lady Carline … wollte sie dies wirklich so öffentlich tun?

Der Moment war gekommen. Sie musste sich entscheiden.

Lune sprintete in die Mitte der Galerie und warf sich auf den Boden. Sie kalkulierte das präzise. Ihre ausgestreckten Hände blieben weit genug von Invidianas Röcken weg, dass nicht die Gefahr bestand, dass die Königin darüber stolperte, aber nahe genug, dass sie sie nicht ignorieren konnte. Sobald sie dort war, lag sie ganz still und spürte, wie drei Blutstropfen an ihrer Flanke heruntertröpfelten, wo die

Silberklingen von Invidianas Rittern ihre Robe durchstießen und ihre Haut aufrissen.

»Euer Gnaden«, sagte Lune in Richtung Boden, »ich bringe Euch eine Warnung vor Hochverrat.«

Niemand hatte sie erstochen – noch nicht. Sie traute sich nicht zu atmen. Ein Nicken von Invidiana ...

Die kühle, kontrollierte Stimme sagte: »Wäre das dein eigener Hochverrat, Lügnerin?«

Beflissenes Gelächter folgte der Frage.

»Die Wilde Jagd«, sagte Lune, »hat einen Verräter mitten unter Euch eingeschleust.«

Die verhasste, knurrende Stimme von Dame Halgresta sprach hinter Invidiana: »Lügen, Eure Majestät. Lasst mich dieses Ungeziefer entsorgen.«

»Lügen sind von einem gewissen Interesse«, sagte die Königin. »Unterhalte mich, Würmchen. Wen soll ich für einen Verräter halten?«

Lune schluckte. »Sir Derwood Corr.«

Keine Stimme reagierte auf ihre Anschuldigung. Sie hatte den Namen richtig gesagt, oder nicht?

Eine der Klingen, die in ihren Rücken stachen, verschwand, und dann schrie Lune auf, als sich die anderen beiden tiefer gruben. Jemand packte sie an den zerfetzten Überresten ihres hohen Kragens und zerrte sie auf die Füße. Als sie stand, fand Lune sich unter dem flammenden Blick eines gut aussehenden Elfenritters mit schwarzen Haaren und grünen Augen, der vor Zorn bebte.

»Lügnerische Schlampe«, spie er und verdrehte seine linke Hand an ihrem zerrissenen Kragen. Ein Schwert blitzte immer noch in seiner Rechten. »Glaubst du, du kannst von dort, wo du hingeschleudert wurdest, aufsteigen, indem du mich anschuldigst, einen treuen Ritter im Dienst Ihrer Majestät?«

Sonne und Mond. Er war nicht geflohen.

Lune wagte es nicht, Invidiana anzusehen. Selbst der winzigste Hauch eines Zögerns ... »Ein treuer Ritter?«, fragte sie, vor Abfälligkeit triefend. »Wie lange dient Ihr schon der Königin, Sir Derwood? Einen Wimpernschlag im Leben eines Fae. Welche Prüfungen haben Eure Treue ihr gegenüber bewiesen? War es so anstrengend, in Eurer feinen schwarzen Rüstung herumzustolzieren und ein freundliches Lächeln auf Eurem Gesicht zu halten?« Sie wünschte, sie würde es wagen auszuspucken, aber weil sie so in der Falle saß, konnte das nur in sein Gesicht gehen. »Euer Dienst besteht nur aus Worten. Euer Herz gehört der Jagd.«

Corr knurrte. »Für ein Würmchen ist es leicht genug, grundlose Anschuldigungen vorzubringen. Mein Dienst ist vielleicht noch neu, aber er ist aufrichtig. Wo sind Eure Beweise für meine Schuld?«

»Letzte Nacht habt Ihr eine Botschaft erhalten«, sagte Lune. »Von außerhalb des Onyxpalasts.«

Zum ersten Mal sah sie, wie sein Selbstvertrauen ins Wanken geriet. »Das kommt häufig vor.«

»Ach, aber mit wem habt Ihr kommuniziert? Und welche Antwort habt Ihr zurückgeschickt?« Sie sah einen Riss und hämmerte darauf ein. »Man sagt, die Jagd ist gerade im Norden. Wenn wir in diese Richtung schicken, werden wir Euren Sendboten finden, der sie sucht? Welche Nachricht überbringt er?«

Reiter der Wilden Jagd waren im Kampf tödliche Gegner, doch sie hatten nicht die Subtilität und die Nerven, um am Onyxhof zu überleben.

Lunes Kragen zerriss, als sie sich nach hinten stürzte. Nicht schnell genug. Die Spitze von Corrs Schwert schnitt in die Haut über ihrer Brust. Einer seiner Kameraden aus der Leibwache fasste nach seinem Arm, um ihn aufzuhalten. Invidiana tolerierte keine Morde vor ihr, die sie nicht selbst befohlen hatte. Aber Corr war zu neu und verstand das nicht. Metall knirschte, als seine Klinge hilflos an der Rüstung des anderen Ritters abrutschte.

Lune rollte sich eng ein, um sich vor den Füßen zu schützen, die plötzlich um sie herum trampelten, und sah deshalb nicht genau, was mit Corr passierte. Das Gedränge aus Körpern war ohnehin zu groß, als die Fae der Onyxwache sich schützend um ihre Königin scharten und Sir Prigurd mit seinen Riesenfäusten sich ins Getümmel stürzte, wobei sein gewöhnlich seelenruhiges Gesicht Zorn über den Verrat und das Scheitern seines neuesten Protegés zeigte.

Corr tat sein Bestes, um sein Leben teuer zu verkaufen, doch am Ende war es nur seine Leiche, die auf den Boden fiel.

Du hättest fliehen sollen, dachte Lune, als sie das Klappern hörte, mit dem seine Rüstung auf den Boden krachte. *Deine wahre Loyalität war zu stark. Das hier ist kein Ort für treue Ritter wie dich.*

Sie leistete keinen Widerstand, als sie wieder auf die Füße gezerrt wurde. Der Wachsoldat, der sie hielt, sagte nichts. Er hielt sie nur aufrecht, als sie ihr Gesicht zu Invidiana hob.

Lune sah die Königin erst nicht, nur die muskulöse Masse von Dame Halgresta. Dann trat auf ein unausgesprochenes Zeichen die Anführerin der Onyxwache zur Seite, verließ ihre schützende Stellung, behielt jedoch das Schwert mit der breiten Klinge in der Hand.

Invidianas kühle schwarze Blicke nahmen die traurigen Überreste von Lunes Kleid auf, das Blut, das jetzt auf ihrer Brust geronnen war. »Nun, Würmchen«, sagte sie. »Wie es scheint, hast du die Wahrheit gesagt – dieses Mal.«

Lune konnte nicht knicksen, weil der Leibwächter sie festhielt. Sie verlegte sich darauf, den Kopf zu senken. »Ich hätte Euer Gnaden meine Anwesenheit nicht ohne sehr guten Grund aufgedrängt.« Und das stimmte tatsächlich.

Um sie beide herum warteten Reihen von Lords und Ladys, Leibwachen und Dienern, bis auf den letzten bereit, zu lächeln oder sich angeekelt abzuwenden, wobei sie der Führung ihrer Königin folgen würden, wie Lune ab jetzt behandelt werden sollte.

»Lass sie los«, sagte Invidiana zur Leibwache, und die Hände verschwanden von Lunes Schultern.

Lune kniete sich sofort hin.

»Du bist dreckig«, sagte Invidiana in einem gelangweilten Tonfall, als würde der schiere Anblick von Lune schlecht schmecken. »Wirklich wie ein Wurm. Ich toleriere an meinem Hof keinen Dreck. Lass deine Wunden versorgen und mach dich sauber, ehe du dein Gesicht wieder hier zeigst.«

»Ich werde untertänigst den Befehl Eurer Majestät befolgen.«

In dem Moment, als sich Lune in die Hocke aufrichtete und die vorgeschriebenen drei Schritte auf eine Seite zurückwich, versammelte sich die Prozession wieder und zog weiter die Galerie entlang. Nur einige Goblins blieben zurück, um die Leiche von Sir Derwood Corr einzusammeln und zu entsorgen.

Lune erlaubte sich einen Blick auf sein schlaffes, blutbespritztes Gesicht. Niemand würde die Botschaft untersuchen, die er letzte Nacht erhalten hatte. Man würde annehmen, dass sie von der Jagd gekommen war. Doch anscheinend *hatte* er eine Antwort geschickt, und zwar nicht an die Goodemeades. Was hatte er der Jagd mitgeteilt? Dass die Goodemeades sich einmischten?

Sie musste sie warnen. Und sich dafür entschuldigen, dass sie Corrs Tod herbeigeführt hatte. Lune betrauerte ihn nicht, doch sie würden das tun.

Der stechende Schnitt über ihre Brust, die kleineren Wunden an ihrem Rücken gaben ihr jeden Grund, den sie brauchte. Einige Fae bei Hof praktizierten die Heilkunst, aber niemand würde es für seltsam halten, wenn sie zu den Goodemeades ging.

Corrs Leiche, an den Fersen gezerrt, wurde über den Boden aus der Galerie geschleift und hinterließ eine Blutspur. Lune riss ihren Blick los und sah, dass jene Fae, die noch in der Kammer waren, sie anstarrten und sich etwas zuflüsterten.

Invidiana hatte ihr die Erlaubnis gegeben, sich zu waschen und heilen zu lassen. Es war ein winziges Zeichen ihrer Anerkennung, doch trotzdem ein Zeichen. Sie sollte nicht länger gejagt werden.

Lune hielt den Kopf hoch und schritt mit all der Würde und Haltung der favorisierten Hofdame, die sie nicht länger sein wollte, aus der Galerie.

LONDON UND ISLINGTON

26. April 1590

Am Morgen wirkte alles so schrecklich unwirklich.

Colseys schweigend missbilligende Seitenblicke straften Deven für seine späte Heimkehr in der vorherigen Nacht. Der Diener hatte sich schlafend gestellt, als er heimgekommen war, doch Deven bezweifelte das. Er war direkt ins Bett gegangen und hatte unter Albträumen gelitten, in denen alle, die er kannte, Masken abnahmen und enthüllten, dass sie Fae waren. Jetzt wachte er im strahlenden Sonnenschein auf und hatte nichts, was an seine seltsame Nacht erinnerte, außer dem Gefühl, dass ihm Schlaf fehlte.

War irgendetwas davon passiert?

Deven stand auf und zog sich an, dann ließ er sich von Colsey rasieren, der die Stoppeln entfernte, die Ranwell zurückgelassen hatte. Nachdem sein Gesicht gehäutet war – Colsey hatte sich der Aufgabe vielleicht mit etwas zu viel Sorgfalt gewidmet, als wolle er es seinem Emporkömmling von einem Kollegen zeigen –, fragte sich Deven müßig, was er mit sich anfangen sollte.

Woraufhin er den Brief auf der Fensterbank sah.

Er starrte das gefaltete Papier an, als sei es eine Giftschlange, und trat nicht sofort näher. Aber der Brief blieb, wo er war, und darüber hinaus blieb er ein Brief. Schließlich ging er hin, streckte vorsichtig eine Hand aus und nahm ihn.

Außen stand »Master Michael Deven« in einer runden, ungelehrten Sekretärshandschrift. In das Wachssiegel war ein Bruchstück einer getrockneten Rosenblüte gedrückt.

Deven hielt die Luft an und öffnete mit einem Daumen das Siegel.

An Master Michael Deven, Castle Baynard Way, London, von den Schwestern Gertrude und Rosamund Goodemeade vom Angel Inn *in Islington,* sub rosa, *Grüße.*

Das Papier zitterte in seiner Hand. Also kein Traum.

Wir hoffen, dieser Brief findet Euch gut ausgeruht und bei bester Gesundheit, und wir bitten um Eure Anwesenheit im Angel Inn, *wenn sich die Gelegenheit ergibt, denn es gibt Themen, die mit Euch zu besprechen wir zuvor unterlassen haben, einige davon von großer Wichtigkeit. Sagt Euren Namen am Rosenbusch, wenn Ihr ankommt.*

Deven atmete langsam aus und faltete das Papier wieder zusammen. Hauselfen. Er erhielt jetzt Briefe von Hauselfen.

Colsey sprang auf die Füße, als sein Herr die Treppe heruntergerannt kam. »Mein Schwert und meinen Mantel«, befahl Deven, und der Diener holte sie bereitwillig. Doch als Colsey seinen eigenen Mantel anlegen wollte, hielt Deven ihn mit einer ausgestreckten Hand auf. »Nein. Du darfst einen weiteren Tag freinehmen, Colsey. Sicher kannst du nach so vielen Tagen im Sattel einige Zeit ohne Reiten brauchen, oder?«

Die Augen des Dieners verengten sich. »Du bist höchst gnädig, Herr – aber nein, danke. Ich bin fit genug, um noch etwas mehr zu reiten.«

Deven seufzte entgeistert. »Also gut – dann muss ich direkter sein. Du bleibst hier.«

»Warum, Sir?« Colsey presste entschlossen den Mund zu. »Du weißt, dass du dich auf meine Diskretion verlassen kannst.«

»Immer. Aber das ist keine Sache der Diskretion. Ich muss einfach allein gehen.«

»Reitest du wieder los, um den Nekromanten zu treffen?«

»Es gibt keine Beweise, dass Dee Nekromantie praktiziert, und nein, ich reite nicht nach Mortlake.« Deven sah seinen Diener streng an. »Und du wirst mir auch nicht folgen.«

Bei dem enttäuschten Ausdruck auf Colseys Gesicht war er froh, dass er die Warnung ausgesprochen hatte.

Deven fiel etwas ein, das ihn aufhalten würde – hoffte er. »Ich gehe Walsinghams Geschäften nach, Colsey. Und obwohl ich dir vertraue, gibt es andere, die das nicht tun. Du wirst zurückbleiben, außer du willst das verderben, was ich hier versuche.«

Obwohl Colsey den Rest seines murrenden Widerspruchs hinter zusammengebissenen Zähnen behielt, stellte Deven sich vor, er höre, wie ihm dieser folgte, als er wieder durch Aldersgate hinausritt und die Spur aus schwarzen Federn erneut aufnahm, der er in der Nacht zuvor gefolgt war. Weil er sein Ziel kannte, ritt er schneller und kam schnell zum stämmigen Gebäude des *Angel.*

Er ritt daran vorbei, band sein Pferd fest und suchte sich seinen Weg zu der Stelle hinter dem Inn.

Der Rosenbusch war da und wirkte im Tageslicht unauffällig. Er fühlte sich wie ein völliger Narr – doch wer war da, um ihn zu hören, falls er falsch lag? –, als er sich ihm näherte, sich räusperte, zu einer der Rosen bückte und murmelte: »Michael Deven.«

Einige Augenblicke passierte gar nichts, und sein Eindruck, dass er ein Narr war, steigerte sich. Doch gerade als er fortgehen wollte, raschelte der Rosenbusch, und dann war da eine Öffnung, aus der eine vertraute Gestalt trat.

Vertraut, aber viel zu groß. Gertrude Goodemeade strich ihren Rock glatt und lächelte ihn von einem Punkt an, der viel näher an seinem Schlüsselbein als seinem Nabel lag.

»Es tut mir leid, dass ich Euch habe warten lassen, aber wir hatten Euch nicht so bald erwartet, und ich musste die Tarnung anlegen.«

Sie sah immer noch wie sie selbst aus – nur größer. Deven vermutete, dass eine Frau, die weniger als vier Fuß groß war, am hellichten Tag Aufmerksamkeit erregt hätte. »Habt Ihr keine Angst, dass uns jemand hier stehen sieht, wenn der Rosenbusch ... offen ist?«

Gertrude lächelte vergnügt. »Nein. Wir sind nicht so leicht zu finden, Master Deven.«

Resolut griff sie nach seinem Arm. »Wollen wir gehen?«

Der Rosenbusch schloss sich hinter ihr, als sie ihn vorwärts zerrte. Deven hatte gedacht, dass sie vielleicht in den Wald hinter dem *Angel* gehen würden, aber sie führte ihn in die völlig gegensätzliche Richtung: zur Vordertür.

Deven hielt inne. »Was ist da drin?«

»Essen und Trinken«, sagte Gertrude. »Weil Ihr unserem nicht traut.«

Er hatte viel länger als üblich geschlafen. Jetzt war es Zeit zum Mittagessen. Gertrude sicherte ihnen einen Platz am Ende eines der langen Tische, und vielleicht gab ihnen irgendein Feenzauber ihre Privatsphäre, denn niemand setzte sich in ihre Nähe. »Ihr könnt den Met hier trinken«, sagte die getarnte Hauselfe. »Es ist sowieso unser Met – genau derselbe, den ich Euch letzte Nacht gab –, aber vielleicht traut Ihr ihm, wenn Ihr seht, wie andere ihn trinken.«

Ein Knurren in Devens Magen erinnerte ihn daran, dass er Hunger hatte. Er bestellte Würstchen, frisches Brot und einen Krug Bier. Gertrude wirkte ein wenig beleidigt.

»Wir haben Euer Wohlergehen im Sinn, Master Deven«, sagte sie ruhig.

Er entgegnete ihren Blick mit mäßigem Zynismus, der sich während seines Ritts nach Islington gebildet hatte. »Mit gutem Grund. Ihr wollt mich auch benutzen.«

»Zum Wohl derer, der Ihr dient. Aber wir wollen auch, dass Ihr in Sicherheit seid, meine Schwester und ich. Ansonsten hätten wir Euch letzte Nacht nicht hineingeholt, sondern draußen gelassen, wo Euch Dame Halgresta finden konnte.« Gertrude senkte ihre Stimme und lehnte sich näher zu ihm. »Das ist die eine Sache, vor der ich Euch warnen wollte. Sie wissen, dass Lady Lune eng mit Euch verbunden war und dass Ihr Walsingham gedient habt. Vielleicht suchen sie Euch noch heim. Seid vorsichtig.«

»Wie?« Das Wort kam mit scharfer Missbilligung heraus. »Anscheinend könnt Ihr Euch aussehen lassen, wie auch immer Ihr wollt. Irgendein Feenspion könnte Colsey ersetzen, und woher sollte ich es je wissen?« Dieser Gedanke versetzte ihm einen Schlag.

Gertrude schüttelte den Kopf, wobei sich Locken aus der Kappe auf ihrem Kopf lösten. »Es ist sehr schwierig, einen vertrauten Menschen nachzuahmen. Ihr würdet es bemerken. Aber es ist auch wahr, dass wir uns verwandeln können. Ihr habt allerdings eine Verteidigungsmaßnahme.« Sie holte tief Luft, dann flüsterte sie: »Den Namen Eures Gottes.«

Sie schrumpfte nicht, als sie das Wort aussprach. Deven nahm einen Bissen von seinem Würstchen und dachte an das Brot, das er Lune letzte Nacht gegeben hatte.

»Sie werden natürlich davor geschützt sein«, sagte Gertrude in einem normalen Tonfall. »Die meisten von ihnen jedenfalls. Aber viele werden trotzdem zusammenzucken, wenn Ihr diesen Namen aussprecht oder auf irgendeine Art

Eure Religion anruft. Es ist dieses Zucken, das Euch warnen wird.«

»Und was dann?«

Die Hauselfe hob etwas kleinlaut die Schultern. »Was auch immer wie das Beste scheint. Mir wäre lieber, wenn Ihr flieht, statt zu kämpfen – viele von denen, die sie vielleicht zu Euch schickt, verdienen den Tod nicht –, doch nur Ihr könnt beurteilen, wie Ihr Euch am besten in Sicherheit bringt. Und wir wollen wirklich, dass Ihr in Sicherheit seid.«

»Wer ist in dieser Angelegenheit ›wir‹?«

»Meine Schwester und ich jedenfalls. Ich habe kein Recht, für Lady Lune zu sprechen. Aber ich glaube aus tiefstem Herzen, dass auch sie will, dass Ihr in Sicherheit seid.«

Deven stopfte sich einen Bissen Brot in den Mund, damit er nicht antworten musste.

Gertrude sah sich im Inn um und schien gewillt, das Thema zu wechseln. »Sagt mir, Master Deven: Was haltet Ihr von diesem Ort?«

Er kaute und schluckte, während er den Raum betrachtete. Der Tag war sonnig und warm. Offene Fensterläden ließen eine frische Brise herein, während Talgkerzen das natürliche Licht ergänzten. Getrockneter Lavendel und andere verstreute Kräuter versüßten die Teppiche auf dem Boden, und die Tische und Bänke waren ordentlich geschrubbt. Das Bier in seinem Lederkrug war gut – überraschend süffig –, das Brot frisch, das Würstchen frei von unangenehmen Klumpen. Welchen Grund hatte sie für die Frage? »Es ist nett genug.«

»Habt Ihr irgendwelche Nächte hier verbracht?«

»Ein- oder zweimal. Die Betten waren erfreulich frei von unerwünschter Gesellschaft.«

»Das sollten sie sein«, sagte Gertrude mit einem Schnauben. »Wir klopfen sie jede Nacht aus, wenn sie nicht benutzt werden.«

»Ihr klopft …« Devens Stimme verklang, und er legte sein Brot weg.

Ihr Lächeln enthielt eine Art erfreuten Schalk. »Rosamund und ich *sind* Hauselfen, Master Deven. Oder hattet Ihr das vergessen?«

Er hatte es nicht vergessen, doch er hatte ihr unterirdisches Heim noch nicht mit dem Inn verbunden – und das hätte er tun sollen. Als er sich mit neuen Augen im Raum umsah, fuhr Gertrude fort. »Wir putzen jede Nacht – Schrubben, Abstauben, Flicken, wo es nötig ist. Das war schon unsere Aufgabe, ehe es ein *Angel* gab, seit ein anderes Inn an dieser Stelle stand. Sogar letzte Nacht, obwohl ich betonen möchte, dass wir es etwas eilig hatten, unsere Arbeit fertigzumachen, nachdem Ihr fort wart.«

Deven konnte der Frage nicht widerstehen. Das beschäftigte ihn schon ewig: »Ist es wahr, dass Ihr ein Haus verlasst, wenn der Besitzer Euch Kleidung anbietet?« Gertrude nickte. »Warum?«

»Sterbliche Kleidung ist wie sterbliches Essen«, sagte die Hauselfe. »Oder Fae-Kleidung und Fae-Essen, was das betrifft. Sie bringen einen Hauch von der anderen Seite mit sich. Trägt man sie, isst man sie, dann fangen sie an, einen zu verändern. Eine gewöhnliche Hauselfe wird beleidigt sein, wenn man das mit ihr versucht. Wir sind Stubenhocker und nicht oft begierig auf Veränderungen. Aber manche Fae ersehnen das Sterbliche. Es zieht sie an, wie eine Kerzenflamme die Motte.«

Die Feierlichkeit in ihrer Stimme entging Deven nicht. »Warum habt Ihr mich hierher gerufen, Mistress Goodemeade?«

»Um im *Angel* zu essen und zu trinken.« Sie hielt eine Hand hoch, als er daraufhin etwas sagen wollte. »Ich meine es ganz ernst. Ich wollte, dass Ihr diesen Ort seht, dass Ihr seht, was Rosamund und ich daraus machen.«

»Warum?«

»Um Euch zu bremsen, ehe Ihr anfangen konntet, uns zu hassen.« Gertrude streckte zögerlich die Arme aus und nahm seine Hände in ihre. Ihre Finger waren warm und irgendwie sowohl schwielig als auch weich, als ob die Sanftheit ihrer Berührung die Narben wettmachte, die ein Leben aus Kehren und Schrubben hinterlassen hatte. »Letzte Nacht habt Ihr von Politik und Morden gehört, Lady Lune als Flüchtling gesehen, die sich vor einer herzlosen Königin und deren Lakaien verstecken musste. Der Onyxhof verbirgt eine große Menge Hässlichkeit hinter seiner wunderschönen Fassade – aber das ist nicht alles, was wir sind.

Einige von uns finden einen Sinn im Leben, indem sie menschliche Heime warm und gemütlich machen. Andere zeigen sich Dichtern und Musikern, schenken ihnen einen kurzen Blick auf etwas mehr, verleihen ihrer Kunst Feuer.« Sie erwiderte ernst seinen Blick, während ihre dunkel-honigfarbenen Augen ihn anflehten, ihr zuzuhören. »Wir müssen nicht alle gefürchtet und bekämpft werden.«

»Einige Fae«, sagte Deven mit leiser Stimme, damit andere es nicht hören konnten, »spielen Sterblichen Streiche – selbst bis in deren Tod. Und andere spielen, wie es scheint, Politik.«

»Das ist wahr. Wir haben reichlich viele Kobolde – Schreckgespenster, Wichtel, Irrwische. Und unsere Adligen haben ihre Spiele genau wie Eure. Aber Ihr wendet Euch nicht wegen der Verschlagenheit einiger Menschen gegen alle, oder?«

»Ihr seid keine Menschen.« Dennoch war es so einfach, das zu vergessen, während ihre Hände seine über dem Tisch hielten. »Soll ich Euch nach denselben Maßstäben beurteilen?«

Ernst passte nicht gut zu Gertrude. Ihr Gesicht war für Fröhlichkeit gemacht. »Wir folgen Eurer Führung«, sagte sie. »Es gibt das Reich des Feenlandes, das weiter draußen liegt – hinter dem Horizont, jenseits des Zwielichts. Einige reisen dorthin, Sterbliche und Fae gleichsam, und manche Fae leben immer dort. Jenes Reich beschäftigt sich selten mit den Taten der Sterblichen. Doch hier, in den Schatten und Ritzen Eurer Welt ... Als Eure Anführer Streitwagen in die Schlacht mitnahmen, fuhren unsere bald ebenfalls auf Rädern. Als sie Streitwagen für Pferde verließen, nahmen unsere Elfenritter die Lanze. Wir haben unter uns keine Schusswaffen, doch zweifellos wird sich das eines Tages ändern. Selbst jene, die sich nicht nach Kontakt mit Sterblichen sehnen, imitieren trotzdem Eure Lebensweise auf die eine oder andere Art.«

»Selbst die Liebe?« Er hatte es nicht sagen wollen.

Ein herzzerreißendes Lächeln huschte über Gertrudes Gesicht. »Besonders die Liebe. Nicht oft, aber es kommt vor.«

Deven riss seine Hände los, wobei er beinahe seinen Bierkrug umwarf. »Also möchtet Ihr, dass ich daran denke, dass es Eure Königin ist, gegen die ich arbeite, und nicht das Fae-Volk als Ganzes.« Nicht Lune. »Ist es das?«

»Ja.« Gertrude faltete die Hände, als hätte sie die Vehemenz nicht bemerkt, mit der er sich bewegt hatte.

»Dann wie Ihr wollt. Ich werde daran denken.« Deven warf ein paar Münzen auf den Tisch und stand auf.

Gertrude holte ihn an der Tür ein. »Ihr solltet für einen Augenblick mit nach unten kommen, bevor Ihr aufbrecht. Ich habe etwas für Euch. Wollt Ihr das für mich tun?«

Er brauchte Zeit auf Abstand von Fae-Dingen, doch er konnte ihr die Bitte nicht verdenken. »Also gut.«

»Gut.« Sie ging an ihm vorbei ins strahlende Sonnenlicht hinaus und rief über ihre Schulter zurück: »Ach übrigens: Wir brauen auch ihr Bier.«

DAS *ANGEL INN*, ISLINGTON
26. April 1590

»Mistress Goodemeade.« Lune neigte den Kopf förmlich vor Rosamund. »Auf Befehl Ihrer Majestät ersuche ich um Heilung dieser Wunden, die ich erlitten habe. Wenige, falls überhaupt jemand, am Onyxhof empfinden in Anbetracht des kürzlichen Missfallens meiner Königin irgendeine Liebe für mich. Deshalb komme ich hierher und bitte um Hilfe.«

»Natürlich, meine Lady.« Rosamund machte als Antwort einen gleichsam förmlichen Knicks. »Bitte, kommt mit mir, und ich versorge Euch.«

Sie stiegen die Treppe hinunter, und dann stiegen sie noch weiter hinunter, und die mit Rosen markierten Bodenbretter schlossen sich hinter ihnen.

»Meine Lady!« Die Förmlichkeit machte Besorgnis Platz. »Cheepkin hat uns einiges von dem, was passiert ist, erzählt, aber nicht alles. Setzt Euch, setzt Euch, und lasst mich Euch versorgen.«

Lune hatte keine Energie und keinen Willen, ihr nicht zu gehorchen. Sie ließ sich von Rosamund auf den Hocker drücken, den Deven in der vorherigen Nacht besetzt hatte – es schien ihr wie vor einem Zeitalter. »Es tut mir so furchtbar leid. Corr war nicht geflohen ...«

Die Hauselfe schnalzte unglücklich mit der Zunge. »Das wissen wir. Oh, wenn er nur auf uns gehört hätte ...«

Geschickte Finger lösten jene Ärmel- und Taillenschnürungen, die noch nicht gerissen waren, dann schnürten sie am Rücken ihr Korsett auf. Lune zuckte zusammen, als der Stoff ihres Unterkleids sich löste, wo getrocknetes Blut ihn an ihre Haut geklebt hatte. Sie würde irgendwie neue Kleidung beschaffen oder sich sonst auf Zauber verlassen müssen, um ihren zerlumpten Zustand zu überdecken. Die Leute würden bemerken, dass sie eine Illusion trug, aber zumindest im Onyxpalast musste sie nicht befürchten, dass diese gebrochen würde.

Bis zur Taille nackt schloss sie die Augen, während Rosamund ihre Schnittwunden mit einem weichen, feuchten Tuch säuberte. »Ich fürchte, ich habe Euch in Gefahr gebracht. Weil Corr dort war, musste ich irgendwie den Verdacht auf ihn lenken, und ich sagte, er habe in der vorherigen Nacht eine Botschaft erhalten. Falls sie sie zurück zu Euch verfolgen ...«

»Macht Euch keine Gedanken«, sagte Rosamund. »Wir wären nicht hier, Gertrude und ich, wenn wir uns nicht um kleine Probleme wie das hier kümmern könnten.«

»Er scheint auch eine Nachricht nach draußen geschickt zu haben, an die Jagd. Zumindest geriet er in Panik, als ich ihn dessen beschuldigte. Aber ich weiß nicht, was darin stand.«

Das weiche Tuch hielt inne. Einen Augenblick später nahm es sein Werk wieder auf. »Etwas über meine Schwester und mich, vermute ich. Wir werden sehen.«

Lune öffnete die Augen, als Rosamund anfing, ihre Wunden mit einer kühlen, pflegenden Salbe einzureiben. »Lord Valentin befragte mich, ehe ich wegging. Wo ich sterbliches Brot herhätte – ich erzählte ihm eine einfache Lüge – und wie ich von Corr erfahren hätte. Sie fanden die Leiche von Francis, während ich dort war. Ich brachte Aspell dazu zu glauben, dass die beiden eine Verbindung hatten.«

»Dann müssen wir sicherstellen, dass sie den Boten nicht abfangen. Fühlt sich das besser an?«

»Sehr sogar. Danke.« Das Feuer schien den Trick herauszuhaben, wie man den Raum gerade genug wärmte. Die feuchte Kühle einer unterirdischen Kammer wurde perfekt ferngehalten, sodass Lune nicht zitterte, als Rosamund Verbandsmaterial aus einer kleinen Truhe holte. Zumindest nicht vor Kälte.

Die Hauselfe wickelte ihre Rippen und ihr Schlüsselbein in sauberes weißes Leinen mit weichen Kompressen über den Schnittwunden selbst. »Das sollte in drei Tagen verheilt sein«, sagte Rosamund, »und Ihr könnt nach einem Tag die Verbände abnehmen.«

Ehe Lune etwas darauf sagen konnte, erklangen von oben Schritte. Sie hatte niemanden durch den Rosenbusch sprechen hören wie in der vorherigen Nacht, als Dame Halgresta gekommen war. Zweifellos Gertrude, doch ihr gesamter Körper spannte sich an.

Der Boden rollte sich auf, und die Füße der Hauselfe erschienen auf der obersten Stufe in Holzpantoffeln. Doch ein Paar Reitstiefel folgte, das jemand viel Größerem gehörte.

Lune schnappte sich das Korsett ihres Kleides, gerade als Michael Deven ins Blickfeld kam.

»Oh!«, rief Gertrude aus, als Deven knallrot anlief und herumwirbelte. Der Boden hatte sich bereits hinter ihm geschlossen. Unfähig zu entkommen, drehte er ihnen resolut den Rücken zu. »Meine Lady, es tut mir schrecklich leid. Ich wusste nicht, dass Ihr hier seid.«

Lune glaubte ihr nicht ganz. Verärgerung rang mit einem unvertrauten Gefühl peinlicher Berührung, als Rosamund ihr in die verdreckten Überreste ihrer Kleidung half. Fae scherten sich, wenn sie unter sich waren, oft wenig um Schicklichkeit, besonders zur Zeit von Festlichkeiten, aber Sterbliche waren eine andere Angelegenheit. Speziell *dieser* Sterbliche.

»Ich wollte Master Deven nur ein Pfand geben«, sagte Gertrude, während sie eine Truhe öffnete, die an einer Wand stand. »Damit unsere Vögel ihn finden können, wenn er nicht daheim ist. Sie werden Botschaften für Euch überbringen, Master Deven, solltet Ihr uns etwas mitteilen müssen. Lady Lune, ich würde Euch auch eines geben …«

»Aber man könnte es bei mir finden«, beendete Lune ihren Satz. Die Ärmel ihres Kleids waren noch nicht wieder angenäht, doch zumindest war sie jetzt bedeckt. »Ich verstehe schon.«

»Ja, genau.« Gertrude brachte etwas dort hinüber, wo Deven immer noch auf der Treppe stand. Es sah wie eine getrocknete Rosenknospe aus, wirkte jedoch viel weniger zerbrechlich. »Da habt Ihr es.«

Er bewegte sich genug, um das Pfand anzunehmen, und betrachtete es. »Wieder Rosen, wie ich sehe.«

Gertrude schnalzte mit der Zunge. »*Ich* hätte etwas anderes als einen Rosenbusch gepflanzt, aber meine Schwester hatte solchen Gefallen an der Idee. Jetzt hat alles, was wir unternehmen, mit Rosen zu tun, und alle denken immer an sie. Ich hätte eine Blume in meinem Namen haben sollen.«

Rosamund antwortete mit spielerischer Schroffheit, und die beiden Schwestern neckten sich freundschaftlich, während sie Lune dabei halfen, sich fertig anzukleiden. Das nahm die Anspannung aus dem Raum, wie sie ohne Zweifel vorgehabt hatten, und nach einigen Momenten riskierte Deven einen Blick über seine Schulter, sah, dass Lune wieder schicklich war, und drehte sich schließlich um, um sie alle anzusehen.

»Ich wollte nicht so hereinplatzen«, sagte er mit einer steifen Verbeugung zu ihr. »Verzeih mir.«

Die routinierte Entschuldigung traf Lune viel heftiger, als sie es sollte. Seine Augen waren von einem helleren Blau als die des Sehers gewesen und sein Haar braun statt schwarz – er hatte nichts von dem entrückten Äußeren an sich, das das Leben im Onyxpalast mit sich brachte –, doch in ihren Gedanken hallte ihm eine bebende, beinahe unhörbare Stimme nach: *»Verzeih mir.«*

»Rosamund«, sagte sie und schnitt das freundliche Geplauder der Schwestern ab. »Gertrude. Letzte Nacht … Ich dachte nicht daran zu fragen. Zu viel anderes ist passiert. Aber ehe er starb sagte Tiresias – Francis einen Namen. Flehte sie um Vergebung an. Eine Fae-Frau, glaube ich. Suspiria.«

Sie erwartete, dass die Hauselfen den Namen erkennen würden. Sie erwartete nicht, dass er eine solche Wirkung hätte. Beide Schwestern japsten, ihre Mienen waren plötzlich schockiert, und Tränen stiegen in Gertrudes Augen.

Verblüfft fragte Lune: »Wer ist sie?«

Rosamund legte ihrer Schwester zum Trost einen Arm um die Schultern und sagte: »Eine Feenfrau, ja. Francis liebte sie zutiefst, und sie ihn.«

Solche Romanzen endeten oft in einer Tragödie, und umso mehr unter Invidianas Herrschaft. »Was ist mit ihr passiert?«

Die Hauselfe erwiderte ihren Blick ernst. »Sie sitzt auf einem Thron im Onyxpalast.«

Der Gedanke war so unglaublich, dass Lune sich dabei ertappte, wie sie an die Halle der Statuen dachte und versuchte, sich zu erinnern, ob dort irgendwelche Statuen auf einem Thron saßen. Aber Rosamund starrte sie ohne zu blinzeln an, und es gab nur einen Thron im gesamten unterirdischen Palast, nur eine, die darauf saß.

Invidiana.

Die eiskalte, gnadenlose Königin des Feenhofes, die nicht eher einen Sterblichen lieben – irgendjemanden lieben – konnte, als der Winter eine Rose hervorbringen konnte. Die Tiresias als das gequälteste ihrer Haustiere hielt, von unsichtbaren Ketten gefesselt, die er nur im Tod hatte sprengen können. Dass Francis Merriman sie einst geliebt haben mochte, das konnte Lune beinahe glauben. Sterbliche liebten oft unklug. Aber Rosamund hatte gesagt, dass Invidiana ihn auch geliebt hatte.

Gertrude sagte schluchzend zu ihrer Schwester: »Ich habe es dir gesagt. Er hat sich an sie erinnert. Sogar als sein

Verstand gebrochen war, als er alles andere verloren hatte, hat er sie nicht vergessen.«

Deven starrte sie alle völlig verwirrt an. Lune war sich nicht einmal sicher, ob sie allem folgen konnte. »Wenn das wahr ist … warum habt Ihr nie zuvor darüber gesprochen? Sicherlich ist das etwas, das wir wissen mussten!«

Rosamund seufzte und half Gertrude auf einen Hocker. »Ihr habt recht, meine Lady. Aber letzte Nacht hatten wir keine Zeit. Wir mussten Euch zurück zum Onyxpalast bringen, ehe jemand Euch wegen Francis' Tod verdächtigen konnte. Und Ihr wart verstört, Lady Lune. Ich wollte das nicht verschlimmern.«

Lune dachte an ihre Konfrontation mit Invidiana an jenem Morgen. »Ihr meint, Ihr wolltet nicht, dass ich mich Invidiana stelle, versuche, wieder in ihre Gunst zu gelangen, während ich weiß, dass der Mann, der vor meinen Füßen starb, sie einst geliebt hat.«

Die Hauselfe nickte. »Wie Ihr sagt. Ihr seid gut darin, die Dinge zu durchschauen, Lady Lune – aber hättet Ihr das tun können, ohne Euch selbst zu verraten?«

Lune nahm sich einen Hocker und sagte grimmig: »Das werde ich jetzt müssen. Was habt Ihr nicht erzählt?«

Deven lehnte sich an die Wand, verschränkte die Arme vor der Brust und hatte einen verschlossenen Gesichtsausdruck. Es war ein Anzeichen für Rosamunds eigenes Gefühlschaos, dass sie nicht versuchte, ihn dazu zu überreden, dass er sich hinsetzte, sondern auf der Kante eines der Betten saß und seufzte. »Es ist eine lange Geschichte. Ich hoffe, Ihr seid geduldig.

Gertrude und ich lebten einst im Norden, doch wir kamen vor … ach, vor Ewigkeiten hierher. Ich erinnere mich nicht wann. Ein anderes Inn stand damals an dieser Stelle, nicht das *Angel*. Die Sterblichen hatten ihre Kriege, und dann, als ein neuer König den Thron bestieg, der erste Heinrich Tudor, kam eine Frau an unserer Türschwelle an.

Sie ...« Rosamund suchte nach Worten. »Wir dachten, sie sei in einem schlimmen Zustand, als wir sie sahen. Später sahen wir, wie viel schlimmer es werden konnte. Suspiria war verflucht, versteht Ihr, für irgendein uraltes Verbrechen. Dazu verflucht, zu leiden, als sei sie sterblich. Es lag nicht daran, dass sie alt war. Fae können alt werden, wenn es in ihrer Natur liegt, und dennoch kann es ihnen sehr gut gehen. Sie *alterte*. Sie wurde krank und schwach – litt unter all den Gebrechen, die mit der Zeit mit der Sterblichkeit kommen.«

Deven machte ein leises Geräusch, und die Hauselfe sah ihn an. »Ich weiß, was Ihr denken müsst, Master Deven. *Oh, wahrlich, wie schrecklich, dass eine von Eurer Art ein Schicksal erleiden sollte, das jedem Sterblichen bevorsteht.* Ich erwarte nicht, dass Ihr viel Mitleid dafür hegt. Aber stellt Euch vor, falls Ihr könnt, wie es sich anfühlen würde, so zu leiden, wenn das etwas wäre, das für Euch *nicht* natürlich wäre.«

Ob er Mitleid empfand oder nicht, er zeigte es nicht.

Rosamund fuhr fort. »Sie erzählte uns, sie sei verdammt, so zu leiden, bis sie ihr Verbrechen gesühnt hätte. Nun, seit Ewigkeiten hatte sie gedacht, ihr Leid *sei* Sühne, wie die Buße, die Sterbliche für ihre Sünden leisten. Doch ihr war bewusst geworden, dass sie mehr tun musste – dass ihr Leid andauern würde, bis sie gutgemacht hätte, was sie falsch gemacht hatte.«

»Einen Augenblick«, unterbrach Deven sie. »Wie alt war sie, wenn sie ›seit Ewigkeiten‹ gelitten hatte? Es gibt

Grenzen, wie alt man werden kann. Oder wurde sie zu einer Grille wie Tithonus?«

Gertrude antwortete ihm mit immer noch belegter Stimme. »Nein, Master Deven. Ihr habt ganz recht: Es kann nicht ewig weitergehen. Sie wurde alt, und wenn die Spanne, die einem Sterblichen gegeben sein mag, aufgebraucht war, dann ... starb sie auf gewisse Weise. Sie legte ihren alten, kranken Körper ab und kam wieder jung und hübsch heraus, um einige Jahre jenes Lebens zu genießen, ehe alles von vorne anfing.«

Lune drehte sich der Magen um. Es war eine Sache, sich das Erscheinungsbild der Sterblichkeit als Schutzschild anzulegen. Wie ein Sterblicher krank zu werden und zu sterben allerdings – aus verwesendem, gealtertem, mit Leberflecken überzogenem Fleisch zu kriechen und zu wissen, dass sie wiederkommen musste ...

»Wir halfen ihr, so gut wir konnten«, sagte Rosamund. »Aber ihr Gedächtnis litt wie das eines Sterblichen. Sie konnte sich nicht klar erinnern, aus welchem Grund sie verflucht worden war. Sie wusste jedoch, dass ihr Verbrechen hier geschehen war, an dem Ort, der zu London wurde, und so war sie hierher zurückgekehrt, um jene aufzusuchen, die vielleicht wussten, was sie tun sollte.« Die Hauselfe lachte kurz, eher als ob sie sich an Erheiterung erinnerte, denn sie zu spüren. »Wir hielten sie für verrückt, als sie uns erzählte, welchen Plan sie geschmiedet hatte, um ihren Fluch aufzuheben.«

Hundert Möglichkeiten kamen Lune in den Sinn, jede wahnwitziger als die vorherige. Eher, um ihre eigene Fantasie zu bremsen, als um Rosamund zu drängen, fragte sie: »Was war das?«

Die Hauselfe schüttelte den Kopf, als könnte sie es immer noch nicht glauben. »Sie schwor, einen Feenpalast zu schaffen, unter der gesamten Stadt London.«

Lune richtete sich auf. »Unmöglich. Den Onyxpalast … sie kann ihn nicht geschaffen haben.«

»Ach?« Rosamund schenkte ihr ein kurzes Lächeln. »Denkt nach, meine Lady. Wo sonst auf der Welt wisst Ihr von einem derartigen Palast? Wo sonst ist die Feenmagie so immun gegen die Mächte von Eisen und Glauben? Fae leben in Wäldern, Tälern, Hügeln – nicht Städten. Warum gibt es unter London einen Palast?«

Rosamund hatte recht, und doch schockierte der Gedanke sie. Meilen an Korridoren und Galerien, Hunderte oder sogar Tausende von Kammern, der Saal der Statuen, der Nachtgarten, die versteckten Eingänge … das Ausmaß der Aufgabe verblüffte sie.

»Sie hatte natürlich Hilfe«, sagte Rosamund, als würde das es auf ein schaffbares Maß reduzieren. »Oh, gewaltige Hilfe – aber besonders von einer Person.«

Gertrude flüsterte: »Francis Merriman.«

Ihre Schwester nickte. »Ein junger Mann, den Suspiria kennengelernt hatte. Sie traf ihn, nachdem ihr Körper sich erneuert hatte, und sie wollte unbedingt verhindern, dass er sie je alt sehen würde, und ihren Fluch aufheben, ehe es dazu kommen sollte. Doch ich glaube, er wusste es sowieso. Er hatte eine seherische Gabe – Visionen über die Zukunft und gegenwärtige Dinge, die geheim gehalten wurden.« Mit bebenden Lippen hielt sie die Tränen zurück. »Sie nannte ihn oft ihren Tiresias.«

Deven blickte verständnislos auf. Natürlich. Er verstand nicht, wie jener Name verzerrt worden war. Es war nicht nur so, dass Francis Merriman vernichtet worden war. Der Mann war zu einem Teil einer Menagerie aus menschlichen Haustieren geworden, ein liebevoller Spitzname war Ausdruck der Kontrolle über ihn geworden.

»Also hat sie ihren Fluch aufgehoben«, sagte Lune. Gertrude schniefte wieder, was das Schweigen unangenehm machte.

Zu ihrer Überraschung schüttelte Rosamund den Kopf. »Nicht direkt. Sie schuf den Palast, doch als das getan war, alterte Suspiria immer noch wie zuvor. Sie versteckte sich unter Zaubern, um zu verhindern, dass Francis davon erfuhr. Ach, wie es sie schmerzte – zu sehen, wie er jung blieb, weil er mit ihr im Onyxpalast lebte, während sie immer älter wurde. Aber er wusste es, und das war auch gut. Er war es, der ihr letztlich half, den Fluch aufzuheben, mit einer seiner Visionen. Das war, nicht lange nachdem diese katholische Frau den Thron bestiegen hatte.« Der sorgenvolle Blick war zurück. »Wir freuten uns alle so für sie.«

Deven verlagerte sein Gewicht, und die Spitze seiner Schwertscheide kratzte über die verputzte Mauer. »Vier oder fünf Jahre später – wenn ich richtig gerechnet habe –, sagt Ihr, schloss sie diesen Pakt.«

Rosamund seufzte. »Sie tat *irgendetwas.* Binnen eines Tages wurde sie nicht nur Feenkönigin über ganz England, sie löschte auch Suspiria auf der ganzen Welt aus. Nachdem ihr Fluch aufgehoben war, hatte sie angefangen, einen Hofstaat um sich zu scharen. Damals, Lady Lune, kam Vidar zum Onyxpalast. Bevor sie gekrönt wurde. Doch er würde den Namen Suspiria nicht eher erkennen, als er sich an den Hofstaat erinnern würde, zu dem er einst gehörte. Für ihn wie für alle anderen hat es immer nur Invidiana gegeben: die grausame Herrscherin im Onyxpalast.«

Gertrude versuchte, ihr Gesicht mit einem völlig durchnässten Taschentuch zu trocknen, und flüsterte: »Aber wir erinnern uns an sie. Und genau deshalb helfen wir der Wilden Jagd nicht. Sie würden den Onyxpalast bis auf den letzten Stein abreißen, dessen Hofstaat in die vier Ecken von England zerstreuen ... und sie würden Invidiana töten. Und obwohl sie für uns verloren ist, wollen wir Suspiria nicht sterben sehen.«

Deven streckte sich und fischte ein sauberes Handtuch aus seinem Ärmel, das er Gertrude anbot. Sie nahm es dankbar und belohnte ihn mit einem tränennassen, zitternden Lächeln.

Lune saß schweigend da, nahm diese Information auf und versuchte, sie mit den Dingen in Einklang zu bringen, die sie in ihren Jahren am Onyxhof gesehen hatte. In weniger Jahren, als sie geglaubt hatte. Sogar der Palast selbst war nach Fae-Maßstäben neu. »Ihr mochtet Suspiria.«

»Ja«, sagte Rosamund ohne Umschweife. »Sie war damals warmherzig und freundlich. Doch an jenem Tag starb jede Freundlichkeit in ihr. Ihr habt die Frau, der wir halfen, nie kennengelernt.«

Oder die Frau, die Francis geliebt hatte.

Deven trat vor und legte seine Hände auf die Tischkante, dann richtete er sie mit konzentrierter Sorgfalt gerade. »Also, wie brechen wir den Pakt?«

Jetzt zuckte Rosamund hilflos mit den Schultern. »Wir haben gerade erst erfahren, dass dieser existiert, Master Deven. Und ich kann mir vorstellen, dass die Liste an Leuten, die seine Bedingungen kennen, wirklich kurz ist. Falls Francis sie kannte, starb er, ehe er das sagen konnte.«

»Was nur zwei übrig lässt, die sie kennen müssen«, sagte Lune. »Invidiana und Elisabeth.«

»Vorausgesetzt, wir liegen überhaupt richtig.« Deven hatte seine Blicke immer noch auf seine sorgfältig platzierten Hände geheftet. »Dass der Pakt mit ihr geschlossen wurde.«

»Vorausgesetzt, *du* liegst richtig«, entgegnete Lune etwas bissig. »Du bist derjenige, der das letzte Nacht vorgebracht hat.«

Das winzige Hängenlassen seiner Schultern besagte, dass er sich nur zu gut daran erinnerte und es bereute – doch sein Schweigen verriet ihr, dass er stattdessen keine bessere Erklärung anbieten konnte.

Ein Muskel an seinem Kiefer spannte sich kurz an, und durch Willenskraft lockerte er ihn wieder. »Ich vermute, du kannst deine Königin nicht dazu überlisten, die Bedingungen des Pakts zu verraten?«

Das Geräusch, das Lune machte, hatte nichts mit einem Lachen gemein. »Du bittest mich, die misstrauischste und politisch erfahrenste Frau zu überlisten, die ich je getroffen habe.«

»Elisabeth ist genauso«, begehrte er auf und richtete sich mit einer fließenden Bewegung auf. »Oder glaubst du, meine Königin ist eine größere Närrin als deine?«

Lune entgegnete seinen Blick ungerührt. »Ich halte es für weniger wahrscheinlich, dass deine Königin dich von einem ihrer Höflinge zur Nachmittagsunterhaltung umbringen lässt.«

Sie beobachtete, wie der verächtliche Stolz aus seinem Gesicht strömte, ein Tropfen nach dem anderen. Zuerst glaubte er ihr nicht. Dann, als ihr Blick nicht nachließ, tat er es. Und als sie sah, wie er es verstand, schnürte ihr der Schmerz die Kehle zu, so plötzlich, dass ihr Tränen in die Augen traten. Wie war das Leben gewesen, als sie unter einem anderen Herrscher gelebt hatte? Sie wünschte, sie könnte sich erinnern.

Lune stand auf und wandte sich ab, ehe er sehen konnte, wie ihre Miene ihr entglitt. Hinter ihrem Rücken hörte sie Deven murmeln: »Also gut. Ich werde sehen, was ich herausfinden kann. Das wird nicht einfach ...« Er lachte das leise, reumütige Lachen, das sie in Erinnerung hatte und das sie seit einiger Zeit nicht mehr gehört hatte. »Na gut. Walsingham hat mir beigebracht, wie ich Informationen herausbekomme, die andere geheim halten wollen. Ich hatte nie erwartet, das gegen eine Feenkönigin zu nutzen, das ist alles.«

»Lasst uns wissen, was Ihr herausfindet«, sagte Rosamund, und Gertrude wiederholte es, nachdem sie sich ein letztes Mal die Nase geputzt hatte. Sie fuhren fort, doch Lune ertrug es nicht länger, mit den dreien in diesen klaustrophobischen, versteckten Raum eingesperrt zu sein.

»Ich sollte zurückgehen«, sagte sie zu niemandem speziell. »Ich bin schon zu lange hier.« Sie ging die Treppe hinauf, ehe sie daran dachte, dass der Boden über ihr verschlossen war, aber dieser öffnete sich, als ihr Kopf sich den Bodenbrettern näherte, während zwei weibliche Auf-Wiedersehen ihr folgten, als sie hinausging. Lune blieb nur lange genug stehen, um den Tarnzauber wieder zu errichten, den sie hatte fallen lassen, und machte sich auf den Weg zurück in die Enge des Onyxpalasts.

ERINNERUNG
12. November 1547

Das verworrene Straßennetz, die aufragenden Massen aus Häusern und Geschäften, Tavernen und Amtsgebäuden – alles verdeckte eine zugrunde liegende Einfachheit.

Im Westen, Ludgate Hill. Einst Heim eines Dianatempels. Jetzt wurde er von der gotischen Pracht der St.-Pauls-Kathedrale gekrönt.

Im Osten, Tower Hill, der weiße Hügel. Das Bauwerk auf dem Gipfel war einst ein königlicher Palast gewesen. Nun diente es öfter als Gefängnis.

Im Norden die mittelalterliche Stadtmauer, die sich in einem Bogen krümmte und von den sieben wichtigsten Stadttoren durchbrochen wurde.

Im Süden die Sehne des Bogens: der gerade Lauf der Themse, eine breite Wasserstraße.

Eine Ost-West-Achse, die sich von Hügelgipfel zu Hügelgipfel erstreckte, mit der weltlichen Macht am einen, der spirituellen Macht am anderen Ende. Eine Nord-Süd-Achse, mit einer Barriere im Norden, Zugang im Süden und dem Walbrook, dem *Wall-Bach*, der die Stadt teilte und die zwei Pole verband.

Die unterirdischen Wasser des Walbrook flossen knapp am Londonstein vorbei, der sehr nahe am Zentrum der Stadt lag. Nahe genug.

Ein Schatten bewegte sich über den wolkenlosen Herbsthimmel.

Zwei Gestalten regten sich in der harten Erde und dem Gestein der Hügel. Ungesehen, als ihre kolossalen Körper standen, wo es keinen Raum für sie gab, streckten sie sich und ergriffen die Macht der Erde, die sie beherrschten.

Zwei weitere standen am Londonstein und sahen das rege Treiben in der Stadt um sie herum nicht. Ein Mann und eine Frau, ein Sterblicher und eine Fae.

Sie warteten, während das Licht um sie herum düsterer wurde.

Langsam, eine Person nach der anderen, begann das Treiben auf den Straßen der Stadt zu verblassen und innezuhalten. Gesichter drehten sich nach oben. Einige Leute flohen nach drinnen. Und die Welt wurde immer dunkler, als der Schatten des Mondes sich über das Antlitz der Sonne legte, bis nur noch ein Feuerring um seinen Rand brannte.

»Jetzt«, flüsterte die Frau.

Die Riesen Gog und Magog, die in den Hügeln von Ludgate und dem Tower standen, befahlen der Erde zu gehorchen. Die römische Quelle, die an den Grundmauern des Weißen Towers lag, erzitterte, ihre Steine bebten. Eine uralte Grube, die in den Ritualen für Diana genutzt worden war, öffnete sich unter der Kathedrale wieder, und auf dem Grund von beiden begann etwas zu wachsen.

Suspiria und Francis Merriman, die am Londonstein standen, streckten die Arme aus und fassten sich an den Händen, Sterblicher und Fae, um ein Werk zu verrichten, wie es das Land sich nie erträumt hätte.

Das schattenhafte Licht der Sonne fiel auf die Stadt und warf noch seltsamere Schatten, ein halbdunkles Spiegelbild von London, gleich und doch ungleich. Es sprang aus den Gebäuden, den Straßen, den Gärten, den Brunnen, und sank nach unten in den Boden.

In der Erde unter London nahmen die Schatten Form an. Straßen wurden zu Korridoren, Gebäude zu gewaltigen Kammern. Sie verwandelten sich dabei, verdrehten sich, schwebten, festigten sich zu neuen Konfigurationen, trotzten den gewöhnlichen Regeln natürlicher Geometrie. Und dann, als alles an seinem Platz war, wuchs Stein hervor, schwarzer und weißer Marmor, Kristall und Onyx, pflasterte die Böden, überzog die Wände und stützte die Decken in runden Kuppeln und riesigen gewölbten Spitzbögen.

Zusammen schufen sie dies, Suspiria und Francis, indem sie von der Fae-Stärke der Riesen zehrten, der sterblichen Symbolik der Mauer, der Weisheit von Vater Themse, der allein von allen Wesen das verstand, was London war, weil er sein Wachstum seit seinen frühesten Tagen bezeugt hatte. Im schattenhaften Licht der Sonne schufen sie einen Raum, der eine Lücke schloss und ein Refugium für Fae unter Sterblichen darstellte, aus dem die Kirchenglocken sie nicht vertreiben konnten.

Ihre Hände kamen auf dem Londonstein zum Liegen. Das Licht wurde wieder heller. Der Mond zog weiter auf seiner Bahn, und die Normalität kehrte in die Welt zurück.

Sie lächelten einander an, erschöpft, aber überglücklich. »Es ist getan.«

PALAST VON PLACENTIA, GREENWICH
28.–30. *April* 1590

Selbst die weitläufigen Gebäude von Hampton Court und Whitehall hatten nicht genug Raum, um jeden Höfling, Kaufmann und Würdenträger auf Besuch unterzubringen, der kam und um eine Audienz bei der Königin und ihren Adligen ersuchte, schon gar nicht mit ihren Bediensteten und ihrem Gefolge. Deven hatte um Urlaub gebeten und ihn erhalten, mit dem Ergebnis, dass man ihm, als der Hof nach Greenwich weiterzog, kein Gemach zugewiesen hatte. Er hätte vielleicht Lord Hunsdon um eines bitten können, besonders weil sich die Höflinge für den Sommer in ihre eigenen Residenzen zurückzogen, doch es war einfacher, ein Zimmer in einem nahen Gasthaus zu nehmen. Von diesem Ausgangspunkt, näher am Hof als sein Haus in London, aber nicht in dessen Mitte, versuchte er, sein Handeln zu planen.

Sorgfältig überlegte Fragen an die richtigen Leute brachten ihm eine vollständige Geschichte von Elisabeths Krönung ein, einschließlich derer, die daran beteiligt gewesen waren. Deven konnte die Möglichkeit nicht ausschließen, dass die Königin tatsächlich nicht die andere Partei in diesem potenziellen Pakt war. Es konnte wohl ein anderer gewesen sein. Lord Burghley kam ihm in den Sinn. Sir William Cecil, wie er damals geheißen hatte, war seit den ersten Tagen ihrer Herrschaft ein vertrauter Ratgeber gewesen, und nichts außer seinem Tod, dem er sich seit siebzig Jahren verweigerte, hätte ihn zum Rücktritt gebracht. Darüber hinaus hatte er Walsingham viel von dem beigebracht, was der Mann davon gewusst hatte, wie man einen Geheimdienst aufbaute.

Burghley war ein guter Kandidat. Er würde wohl sehr viel tun, um sicherzustellen, dass seine Königin auf ihrem Thron blieb. Doch die Frage blieb, wie er an ihn – oder eigentlich an irgendjemandem – mit dem Thema herantreten sollte.

Ich bitte untertänigst um Verzeihung. Aber habt Ihr zufällig vor einunddreißig Jahren einen Pakt mit einer Feenkönigin geschlossen?

Er konnte niemandem diese Frage stellen.

Deven vermutete, dass er zumindest einen Vorteil hatte. Lunes helle Augen waren ihm im Kopf geblieben, ihr resignierter Ausdruck, als sie so offen über die mörderische Unterhaltung ihrer Königin gesprochen hatte. Was auch immer sich ihm an anderen Hindernissen stellen mochte – egal wie sehr Elisabeth manchmal wütete und drohte, jemandem den Kopf abzuschlagen –, zumindest musste er nicht um sein Leben fürchten, wenn seine Herrscherin anwesend war.

Wie sollte er es angehen? Trotz all seiner schönen Worte darüber, versteckte Informationen herauszubekommen, konnte sich Deven nicht vorstellen, wie er anfangen sollte. Er war beinahe in Versuchung, Lune darum zu bitten, als Anne Montrose zum Hof zurückzukehren, und sie die Angelegenheit regeln zu lassen. Wenn die Leute sie für verrückt hielten, würde sie nichts verlieren. Deven andererseits ... er hätte Glück, wenn sie ihn einfach für verrückt hielten. Feen waren glaubhaft. Feen unter London weniger.

Doch die eigentliche Gefahr lag darin, dass sie ihm glauben könnten. Es war ein kleiner Schritt von Feen zu Teufeln, von Verrücktheit zur Ketzerei. Und dafür konnte selbst ein Gentleman hingerichtet werden.

Wenn er nur all dies entdeckt hätte, bevor Walsingham gestorben war! Deven wusste nicht, wie der Staatssekretär reagiert hätte, aber dann hätte er es zumindest mit jemandem teilen können. Walsingham, da war er sicher, hätte es geglaubt, wenn er ihm die Beweise gezeigt hätte. Doch Deven war zu langsam gewesen. Er hatte die Aufgabe, die sein Herr ihm gestellt hatte, erst beendet, als es zu spät gewesen war.

Der Gedanke kam ihm, als er am Ufer der Themse spazierte, wo der Wind vom Fluss her sein Haar nach hinten wehte, bis es in verfilzten Locken hochstand. Er hatte all das getan, weil Walsingham ihn darum gebeten hatte.

Und darin lag die Gelegenheit, die er brauchte.

Er ging zu Lord Hunsdon und bat um Hilfe. Beale hätte es zweifellos tun können, indem er seinen Einfluss als Sekretär des Kronrats nutzte, aber Beale wusste zu viel darüber, was er tat, und hätte zu viele Fragen gestellt. Hunsdons Hilfe war einfacher zu erhalten, obwohl er schrecklich neugierig über Devens Pläne und seine kürzliche Abwesenheit vom Hof war.

Ein Geschenk für Hunsdon, ein Geschenk für die Gräfin von Warwick, ein Geschenk für die Königin. Deven grübelte über Feengold nach und ob die Goodemeades nicht irgendwie die Ausgaben für diese Arbeit finanzieren konnten. Er war sich nicht ganz sicher, ob er es wissen wollte.

Seine Chance kam an einem kühlen, hellen Donnerstag, als der Wind Wolkenfetzen vor die Sonne trieb und die Königin auf die Jagd ausritt. Sie wurde wie immer von einer Auswahl ihrer Hofdamen, mehreren anderen Höflingen und Dienern begleitet, die sich um die Jagdhunde und Falken und weitere Ausstattung kümmerten, die Ihre Majestät mitnahm. Es kam ihm wie eine riesige Menagerie vor, als er an die wachsamen Blicke und lauschenden Ohren dachte. Doch es war das Beste, was er sich erhoffen durfte.

»Wie steht es um die Laune der Königin?«, fragte er Lady Warwick, als er mit den anderen in das unstete Strahlen des Morgens hinausritt.

Die Gräfin dachte ohne Zweifel, dass seine Frage etwas mit Anne zu tun hatte. »So wechselhaft wie das Wetter«, sagte sie und warf einen Blick zum Himmel auf die rasenden Wolken. »Was auch immer Ihr für ein Thema ansprechen wollt, Ihr solltet Euch überlegen, abzuwarten.«

»Das kann ich nicht«, murmelte Deven. Selbst wenn ihre Situation hätte warten können – worüber er sich nicht sicher war –, hätten seine Nerven keine Verzögerung ausgehalten. »Lord Hunsdon und Ihr wart höchst großzügig, dass Ihr dieses private Gespräch für mich eingefädelt habt. Wenn ich meine Chance heute nicht nutze, wer weiß, wann wieder eine kommt?«

»Dann wünsche ich Euch viel Glück, Master Deven.«

Mit diesen beruhigenden Worten begann die Jagd. Deven widmete nicht mehr als einen Bruchteil seiner Aufmerksamkeit dieser Aktivität und probte stattdessen im Kopf die Worte, die er sagen würde. Nach einer Weile stieg die Jagdpartie für eine Pause ab, und Diener fingen an, einen Pavillon zu errichten, in dem die Königin mit dem Earl von Essex speisen würde. Er sah, wie Lady Warwick an sie herantrat, die in der Hand das kleine Buch hielt, das Deven von seinem Vater bekommen hatte, und es der Königin präsentierte. Ein gemurmeltes Gespräch, und dann richtete Elisabeth einen scharfen Blick auf ihn, über die Wiese, auf der sie sich niedergelassen hatten.

Die langfingrige Hand winkte, sodass Edelsteine im Licht blitzten. Er ging dorthin, wo sie stand, und kniete sich im Gras vor sie hin. »Euer Gnaden.«

»Spaziert mit mir, Master Deven.«

Aufziehende Kopfschmerzen pochten an seinen Schläfen und hielten mit seinem donnernden Pulsschlag Schritt. Deven stand auf und folgte der Königin, respektvoll ein Stück hinter ihr, als sie zum Rand der Wiese schlenderte. Es waren zu viele Leute in der Nähe, die immer wieder in Hörweite kamen, doch er konnte sie kaum bitten, sich weiter zurückzuziehen. Es war bereits ein großer Gefallen, dass sie ihm diese halb private Audienz gewährte.

»Lady Warwick erzählt mir, dass Ihr eine Botschaft von einiger Wichtigkeit zu überbringen habt«, sagte Elisabeth.

»In der Tat, Eure Majestät.« Deven schluckte, dann setzte er mit den Worten an, die er den gesamten Vormittag und den halben Vortag lang geübt hatte.

»Vor seinem Tod stellte mir Sir Francis eine Aufgabe. Wäre ich ein klügerer oder talentierterer Mann, hätte ich sie vielleicht rechtzeitig beendet, um meine Entdeckungen mit ihm zu teilen, doch ich bin zu spät zu meinen Schlüssen gelangt. Erst in den letzten paar Tagen habe ich die Informationen aufgedeckt, die zu finden er von mir wünschte. Und in seiner Abwesenheit habe ich keinen Herrn, dem ich diese Angelegenheit in angemessener Weise berichten kann. Aber ich habe einen Eid geleistet, nichts, was die Person von Euer Gnaden betrifft, zu verbergen, und nach dem Verlust des Staatssekretärs gilt meine Treue durch diesen Eid allein Euch.« Er befeuchtete seine Lippen und fuhr fort. »Obwohl es vermessen von mir ist, glaube ich, die Sache ist ausreichend wichtig, dass sie die Zeit und Aufmerksamkeit von Euer Gnaden wert ist, und dass Eure Weisheit mehr als ausreichend ist, um zu beurteilen, wie man am besten weiter vorgeht.«

Weil er einen Schritt hinter Elisabeth ging, konnte er nur den Rand ihres Gesichts sehen, doch unter der Schminke glaubte er ein lebhaftes Interesse zu erkennen. Walsingham in gewissem Ausmaß und Burghley noch mehr hatten es sich angewöhnt zu versuchen, der Königin

Geheimdiensterkenntnisse vorzuenthalten. Sie zogen es vor, die Informationen, die sie erreichten, zu kontrollieren, um ihre Entscheidungen in die Richtung, die sie für geschickt hielten, zu beeinflussen. Doch Elisabeth mochte es nicht, gelenkt zu werden, und hatte eine große Vorliebe dafür, sie mit Wissen zu überraschen, das sie nicht von ihr erwarteten.

»Sprecht weiter«, antwortete sie, ihr Tonfall jetzt auf der angenehmeren Seite von neutral.

Ein nächster tiefer Atemzug. »Die Aufgabe, die mir der Staatssekretär stellte, war diese: Er glaubte, er hätte in den Abläufen der Regierung von Euer Gnaden die Hand irgendeines unsichtbaren Spielers entdeckt. Er wollte, dass ich herausfinde, wer das ist.«

Sie war eine zu erfahrene Politikerin, um Überraschung zu zeigen. Elisabeths energische Schritte wurden nicht langsamer, und sie drehte sich auch nicht um, um ihn anzusehen. Doch Deven bemerkte, dass ihr scheinbar zielloses Wandern jetzt ein winziges bisschen abwich, auf einen Birkenhain zu, der an die Wiese grenzte. Weg von jenen, die vielleicht lauschen würden.

»Und Ihr glaubt«, fragte die Königin, »dass Ihr einen derartigen Spieler entdeckt habt?«

»Das habe ich in der Tat, Madam. Und weil ich das getan habe, hielt ich es für umso entscheidender, dass ich diese Information allein Euch mitteile.«

Sie waren weit genug entfernt. Niemand würde sie belauschen. Elisabeth blieb stehen und drehte sich zu ihm um, sodass sie den weißen Baumstämmen den Rücken zuwandte. Ihr gealtertes Gesicht lag in undeutbaren Falten. Eine Wolke verdeckte die Sonne, dann wurde sie wieder weggeweht, und Deven dachte nervös, dass er vielleicht doch hätte warten sollen, bis er sie in einer besseren Laune vorgefunden hätte.

»Sprecht weiter«, befahl sie ihm wieder.

Zu spät, um sich herauszuwinden. Deven sagte: »Ihr Name ist Invidiana.«

Er hätte knien sollen, um diese Information zu überbringen. Das wäre respektvoll gewesen. Doch er musste stehen, weil er ihr ins Gesicht sehen musste, während er es aussprach. Das war seine einzige Chance, ihre Reaktion zu sehen, das einzige Mal, wo sie vielleicht einen winzigen Hinweis geben würde, der ihm sagen würde, was er wissen musste. Und selbst so verpasste er ihn beinahe. Elisabeth spielte dieses Spiel seit Jahrzehnten. Sie war eine talentiertere Schauspielerin als die meisten, die davon lebten. Nur der winzigste Hauch Anspannung in ihren Augenwinkeln zeigte sich, als er den Namen aussprach: für einen Augenblick dort, und dann verschwunden.

Doch er war dort gewesen, egal wie kurz.

Nun ließ sich Deven auf die Knie sinken, während sein Herz so wild pochte, dass ihm die Hände zitterten. »Eure Majestät«, sagte er und achtete nicht darauf, ob er sie unterbrach, weil er unbedingt die Worte aussprechen wollte, ehe sie etwas sagen, etwas leugnen konnte. »Seit Tagen halte ich mich jetzt für einen Wahnsinnigen. Ich habe ... Leute ... getroffen, mit ihnen gesprochen, Geschichten gehört, die unglaublich wären, wenn sie auf einer Bühne gespielt würden. Doch ich weiß, dass sie wahr sind. Ich bin heute zu Euch gekommen und habe riskiert, so offen über dies zu sprechen, weil Dinge in Bewegung sind, die eine so große Umwälzung bringen könnten wie jene, die aus Spanien drohte. Betrachtet mich als Boten, wenn Ihr wollt.«

Und damit verstummte er. Ihm fiel nichts mehr ein, was er sagen wollte. Das Licht blitzte um ihn herum, und der Wind blies stärker, als würde vielleicht ein Sturm aufziehen.

Über ihm erklang Elisabeths gemessene, kontrollierte Stimme. »Sie hat Euch zu mir geschickt?«

Er schluckte. »Nein. Ich repräsentiere ... andere.«

Schritte kamen näher. Satin raschelte, als Elisabeth denjenigen, wer auch immer gekommen war, mit einer Geste fortscheuchte. Als sie wieder allein waren, sagte sie: »Erklärt Euch.«

Diese beiden Worte klangen sehr, sehr kühl. Deven ballte seine Hände in den Handschuhen zu Fäusten. »Ich stehe mit einer Gruppe von ... diesen Leuten in Kontakt, die glauben, dass ein Pakt zwischen ihrer Königin und jemandem am Hof von Eurer Majestät existiert – vielleicht mit Euch selbst. Der Mann, der ihnen von diesem Pakt erzählte, stammte von unserer eigenen Art und hatte lange unter ihnen gelebt, doch er starb im Lauf dieses Geständnisses. Er behauptete, dass der Pakt beiden Seiten schade. Sie wünschen, dass er gebrochen wird, und haben mich darum gebeten, seine Art und Bedingungen herauszufinden.«

Wie er wünschte, er könnte ihr Gesicht sehen! Aber Elisabeth hatte ihm nicht befohlen, aufzustehen, und unterbrach auch seine Erklärung nicht. Er hatte keine Wahl, als fortzufahren. »Madam, ich weiß nicht, was ich denken soll. Sie sagen, sie sei nicht deren rechtmäßige Königin und dass sie in ganz England viele andere entthront habe, als sie ihren Thron bestieg. Sie sagen, sie sei kalt und grausam – das glaube ich zumindest tatsächlich, denn ich denke nicht, dass sie eine solche Furcht vorspielen könnten. Sie sagen, ihre Hilfe habe dabei geholfen, die Sicherheit von Euer Gnaden zu bewahren, und vielleicht ist das wahr. Aber falls ja …« Sein Herz pochte so laut, dass das gesamte Lager es hören musste. »Ich weiß nicht, ob dieser Pakt gebrochen werden *soll.* Selbst wenn ich seine Bedingungen kennen würde, ist dies keine Entscheidung, die ich treffen kann. Alles, was ich guten Gewissens tun kann, ist, das, was ich weiß, Euch zu Füßen zu legen und um Eure Weisheit und Euren Rat zu bitten.«

Die lange Rede machte seinen Mund knochentrocken. Wie viele Leute beobachteten sie gerade diskret und fragten sich, welche private Angelegenheit ihn auf die Knie trieb, während sein Gesicht so blass war? Zeigte Elisabeth Zorn, Verwirrung, Furcht?

Vielleicht hatte er gerade seine Karriere bei Hof beendet, an einem einzigen, katastrophalen Nachmittag.

Deven flüsterte: »Falls Eure Majestät in irgendeinem Handel gefangen seid, aus dem Ihr entkommen wollt, müsst Ihr es nur sagen, und ich werde alles tun, was ich kann, um das zu beenden. Doch falls diese Kreaturen Eure Feinde sind – falls sie die Sicherheit Eures Throns bedrohen –, dann bittet mich, sie aufzuhalten, und ich werde es tun.«

Das Sonnenlicht flimmerte, dann schien es mit erneuerter Stärke herab. »Wir danken Euch, Master Deven, und werden diese Information in unsere Überlegungen einbeziehen. Sprecht mit niemand anderem darüber.«

»Ja, Madam.«

»Das Mittagsmahl ist serviert, wie es scheint. Geht und speist, und schickt Lord Essex zu mir.«

»Ich nehme untertänigst meinen Abschied.« Deven stand auf, ohne sie anzusehen, wich drei Schritte zurück und verbeugte sich tief. Dann floh er und wünschte, es wäre keine Beleidigung, die Jagd früh zu verlassen, ehe ihm irgendjemand Fragen stellen würde, die er nicht beantworten konnte.

MOORFELDER, LONDON
1. *Mai* 1590

Die Feier begann in den Stunden vor der Morgendämmerung und würde mit dem Morgenlicht enden. Hier draußen zu tanzen – im Freien, unter den Sternen, und doch nur knapp außerhalb der Stadtmauern –, war ein Akt wahnsinnigen Trotzes, ein flüchtiges Lachen über die Massen an Menschheit, vor denen sie sich gewöhnlich verbargen, wenn sie ihre Feste unter der Erde oder an wilderen Orten abhielten. Es brauchte auch einen gewaltigen Aufwand an Anstrengungen.

Die Leinen der Wäscherinnen und die Ziele der Bogenschützen, die normalerweise die freie Fläche der Moorfelder übersäten, waren weggeräumt worden. Das Gras, zu staubiger Bräune und festgestampftem Dreck zertrampelt, war kurz lebendig grün und wuchs zu einem dicken Teppich, der die nackten Füße der Tänzer polsterte. Die dunklen, nüchternen Töne, die im Onyxpalast vorherrschten, machten Platz für grelle Farben: Pink und Rot und Hellgrün, Gelb und Blau und ein Wams in strahlendem Violett. Blütenblätter, frisches Laub, Federn, deren Ränder in fluoreszierendem Licht glänzten. Die Kleidung heute Abend bestand ganz aus lebenden Dingen, wachsenden Dingen, dem ersten Mai zu Ehren.

Und die Fae des Onyxhofs tanzten. Musiker woben wettstreitende Teppiche in die Luft, Flöten und Oboen und Tamburine schickten Klang und Licht und Illusionen hinaus, die den Tanz schmückten. Orpheus schlenderte am Rand entlang und sang für die vielen Liebespaare. Blüten schossen hoch, wo auch immer er hintrat. Große Lagerfeuer brannten in allen vier Ecken ihres Feldes, die mehr als einem Zweck dienten. Sie spendeten Wärme, Licht, Feuer für das Fest und Ankerpunkte für das gewaltige Netz aus Zaubern, das all diese Prasserei vor neugierigen Blicken verbarg.

Wenn die Sonne aufging, würden Sterbliche zu ihren eigenen Maifesten strömen. Sie würden in den Wäldern Blumen pflücken, um Maibäume tanzen und den Beginn von besserem Wetter genießen. Doch einige hatten früher angefangen: Hier und dort verirrte sich ein Mensch nahe genug an die Feuer, um die Schleier zu durchdringen, die sie verbargen, und die Mengen zu bemerken, die die Moorfelder übernommen hatten. Ein junger Mann lag mit dem Kopf auf Lady Carlines Schoß und aß aus ihren Fingern Trauben. Ein anderer kroch mit hochgerecktem Rumpf vor ihr auf dem Boden und benahm sich offensichtlich wie ein Hund in Menschengestalt – doch dieses eine Mal taten die, die über ihn lachten, dies ohne den Hauch kaltblütiger Boshaftigkeit, der gewöhnlich in ihren Stimmen gehangen hätte. Junge Mädchen wirbelten mit Feengentlemen, die Blüten in ihr Haar flochten und süße Nichtigkeiten in ihre Ohren flüsterten, über die Tanzfläche. Aber nicht jeder war jung: Eine kräftige Bauersfrau war nicht lange nach Sonnenuntergang am Vorabend zum ersten Mai aus ihrem Haus gegangen, um einen Hund wegzujagen, und nun stampfte sie mit den besten von ihnen einen fröhlichen Tanz, ihr Gesicht rot und vor Anstrengung glänzend.

Mitten in dieser Pracht fehlte eine Gestalt auffallend: auffallend, aber nicht vermisst. Die Wilde Jagd konnte auf diesem freien Feld leichter zuschlagen als in den unterirdischen Grenzen des Onyxpalasts, und so blieb Invidiana unter der Erde.

Ohne sie hatten sie mehr Spaß.

Die Abwesenheit der Königin half Lune, aufzuatmen. Weil der Wein wie Wasser strömte, waren alle fröhlich, und viele von ihnen vergaßen, jene zu ignorieren, die es verdienten, ignoriert zu werden. Außerdem hatten die angelockten Sterblichen keine Ahnung von Politik. Kurz nach Mitternacht stolperte ein junger Mann zu ihr, Weinkelch in der Hand, Mund träge und auf der Suche nach einem Kuss. Er hatte braunes Haar und blaue Augen, und Lune schubste ihn weg, dann bereute sie die Heftigkeit ihrer Reaktion. Aber sie brauchte die Erinnerung an Michael Deven und die Festlichkeit nicht, die heute an Elisabeths Hof herrschen würde.

Selbst in einer Nacht wie dieser hörte die Politik nicht völlig auf. Alle wussten, dass Tiresias tot war. Alle wussten, dass die Königin selten von irgendjemandem gesehen worden war, seit man seine Leiche entdeckt hatte. Einige dachten, dass sie um ihn trauerte. Als Lune sich an die Geschichte der Goodemeades erinnerte, lief es ihr kalt den Rücken hinunter. Invidiana trauerte um niemanden.

Doch sein Tod schuf eine Gelegenheit für jene, die sie brauchten. Einige, die Lune befragten, dachten, dass sie dabei subtil vorgingen. Andere versuchten es nicht einmal mit Subtilität. Gewisse Sterbliche behaupteten, die Fähigkeit zu haben, die Zukunft vorauszusagen. Waren irgendwelche von ihnen wirklich so begabt? Lune hatte am sterblichen Hof gelebt. Sie wusste vielleicht etwas. Sie durchlöcherten sie mit Fragen nach Informationen. Hatte sie Simon Forman getroffen? Was war mit Doktor Dee? Wusste sie vielleicht von irgendwelchen überzeugenden Scharlatanen, die man als Köder nutzen konnte, um einen politischen Rivalen ins Straucheln zu bringen?

Lune schloss sich den Tänzern an, um den Fragen zu entkommen, dann verließ sie die Tänzer, als das ihre Laune noch schlechter machte. Es gab für sie hier kein Entrinnen. Doch wo sollte sie hingehen? Zurück in den Onyxpalast hinunter? Dessen Enge war jetzt unerträglich für sie – und die Königin wartete unten. Zum *Angel Inn*? Sie wagte es nicht, zu viel Zeit dort zu verbringen, und außerdem waren die Goodemeades hier, zusammen mit jedem anderen Fae im Umkreis von Meilen. Lune wusste, dass die Goodemeades sie beobachteten, hielt jedoch Abstand.

Eine goldhaarige Elfendame, die sie vom Sehen, allerdings nicht vom Namen her kannte, lauerte ihr auf. War sie mit John Dee vertraut? Wo lebte er? War er alt genug, dass es nicht verdächtig wirken würde, falls er im Schlaf starb?

Lune floh vor ihren Fragen und ging in Richtung eines der Lagerfeuer. Als sie an dessen Rand ankam, wo die Hitze ihr Gesicht mit willkommener Kraft ansengte, stellte sie fest, dass dort eine weitere Person in dessen Tiefen starrte.

Von der gegenüberliegenden Seite des Lagerfeuers starrte das hohlwangige, dahinschwindende Gesicht von Eurydike sie an.

Die Anwesenheit des sterblichen Haustiers beim Maifest war wie eine Dusche mit kaltem Wasser aus der Themse. Ihre schwarzen, eingefallenen Augen sahen, was wenige andere sahen: die Geister der Toten, jene ruhelosen Seelen, die nicht zu ihrer Bestrafung oder Belohnung weitergezogen waren. Und es war nicht der Vorabend von Allerheiligen, nicht der Zeitpunkt für solche Dinge.

Doch sie tat mehr, als nur zu sehen. Wenigen Fae war bewusst, dass Eurydike nicht nur ein Spielzeug für Invidiana war. Sie war ein Werkzeug. Sie sah nicht nur Geister: Sie konnte sie ihrem Willen unterwerfen. Oder eher dem Willen der Königin.

Lune wusste es nur zu gut. Invidiana hatte Pläne geschmiedet, die direkt von Eurydikes spezieller Begabung abhingen, Pläne, die Lunes desaströse Mission zunichte gemacht hatte. Dem Meeresvolk fehlte es an wenig, und so hatten die Dinge, die sie ihnen anbieten konnte, keine Wirkung gezeigt. Was sie gewollt hatten, war die Beute aus ihren Stürmen: die Seelen jener Seeleute, die ertranken.

Zu welchem Zweck Invidiana eine derartige Geisterarmee genutzt hätte, wusste Lune nicht. Wäre ihr klar gewesen, dass ihre Königin vorhatte, eine zu schaffen, hätte sie vielleicht härter verhandelt. Das Meeresvolk hatte keine Möglichkeit, Geister scinem Willen zu unterwerfen. Doch sie hielt es für eine harmlose Sache, und so hatte sie zugestimmt, dass Eurydike für eine Weile bei ihnen bleiben würde, vorausgesetzt, die Geister würden nicht gegen den Onyxhof verwendet. Solange die Schiffe niemals Englands Küsten erreichten, welchen Unterschied machte es?

Invidiana hatte das anders gesehen.

Eurydikes Mund klaffte in einem hungrigen Grinsen voll gebrochener Zähne auf. Und plötzlich, obwohl das knisternde Lagerfeuer nur ein Stück weit weg war, wurde Lune kalt.

Geister.

Jene, die im Bann der Feenmagie starben, blieben oft als Geister da.

Francis.

Irgendwie hielt sie sich davon ab, wegzulaufen. Lune entgegnete Eurydikes Starren, als hätte sie keinen Grund zur Panik. Jenes hungrige Grinsen zog sich oft über das Gesicht der Frau. Es bedeutete gar nichts. Sie hatte keinen Beweis, dass Francis Merriman geblieben war. Nachdem er so lange im Onyxpalast gefangen war, war seine Seele vielleicht wirklich so schnell wie möglich in die Freiheit und zu ihrem Gericht geflohen.

Oder nicht.

Was wusste Invidiana?

Eine Reihe tanzender Fae lief vorbei, und jemand packte Lune an der Hand. Sie ließ sich davonzerren, folgte der Kette aus Körpern, die sich durch die Menge der Feiernden wand, und löste sich erst, als sie auf der anderen Seite des Feldes war, in sicherer Entfernung von Eurydikes geisterhaften Blicken.

Sie sollte jetzt fliehen, solange sie noch konnte.

Nein. Zu fliehen, würde ihr keine Sicherheit bringen. Invidiana herrschte über ganz England. Und vielleicht gab es gar nichts, vor dem sie fliehen musste. Doch sie musste mit dem Schlimmsten rechnen: dass die Königin den Geist von Francis hatte und von ihm wusste, was sich ereignet hatte.

Warum war Lune dann noch am Leben?

Ihr Kopf beantwortete diese Frage mit einem Bild: eine Schlange, die mit offenem Kiefer und einer Maus im Maul auf der Lauer lag. Es ist sicher, komm herein, komm herein. Warum nur eine Maus fressen, wenn man mehrere anlocken konnte? Und das bedeutete, dass sie nicht ihrem Instinkt folgen und in die Sicherheit fliehen durfte, die die Goodemeades boten. Invidiana konnte auf einen Verdacht hin ebenso handeln wie mit Beweisen, doch sie wollte wohl sichergehen, dass sie die wahren Verschwörer erwischte, und zwar alle von ihnen. Solange sie nicht sicher war …

Lune blieb auf dem Maifest, obwohl dies ihre ganze Willenskraft aufbrauchte. Und in den verbliebenen Stunden voll Tanzen und Trinken und Abwimmeln der Fragen von jenen, die einen neuen menschlichen Seher suchten, erkämpfte sie sich einen Moment in relativer Abgeschiedenheit, während Rosamund ihr einen Krug Met einschenkte.

»Er ist vielleicht ein Geist«, flüsterte Lune. Das war die ganze Warnung, die zu geben sie wagte.

PALAST VON PLACENTIA, GREENWICH
2. *Mai* 1590

In den Tagen nach seiner Audienz bei der Königin dachte Deven darüber nach, sein Quartier zu verlassen und dorthin zurückzukehren, wo Ranwell in seinem Haus in London wartete. Was ihn davon abhielt, war der Gedanke, dass er dort direkt über einem Feenpalast sitzen würde.

Also war er immer noch in Greenwich, wenn auch nicht bei Hof, als ihn der Bote fand.

Er versetzte Colsey in Hektik, als er ohne Vorwarnung verlangte, dass sein bestes grünes Satinwams gebürstet und bereit gemacht werden sollte, dass sein Gesicht schon wieder rasiert werden musste, dass seine Stiefel von winzigen Schmutzflecken gereinigt werden mussten. Doch man tauchte nicht ungepflegt aussehend auf, wenn man eingeladen wurde, mit der Königin auszureiten.

Irgendwie bekam ihn sein Diener schnell genug zur Tür hinaus. Deven legte die kurze Strecke zum Palast zurück, dann stellte er fest, dass er warten musste. Etwas war dazwischengekommen, und Ihre Majestät war beschäftigt. Er lief in einem Innenhof auf und ab, während sich ihm der Magen umdrehte. Hätte er an jenem Tag irgendetwas gegessen, wäre es wohl wieder herausgekommen.

Beinahe eine Stunde später kam die Nachricht, dass Elisabeth endlich fertig war.

Sie war prächtig in schwarz-weißen Satin gekleidet, der mit Süßwasserperlen bestickt war, ihr geschminktes Gesicht und ihr Haar darüber weiß-rot. Sie ritten natürlich nicht alleine aus. Deven mochte zwar einer ihrer Gentlemenpensionäre und deshalb ein würdiger Leibwächter sein, doch ein Mann reichte weder für ihre Würde noch für ihr Wohlergehen aus. Aber die anderen, die mitkamen, hielten Abstand, um die Illusion aufrechtzuerhalten, dass dies ein privater Ausflug und keine Staatsangelegenheit sei.

Jeder am Hof, vom eifersüchtigen Earl von Essex bis zur niedrigsten Landadligen und wahrscheinlich sogar die Diener, würde sich über den Ausritt wundern und über die Gunst spekulieren, die Elisabeth plötzlich einem unbedeutenden Höfling erwies. Dieses eine Mal jedoch war ihr Klatsch das geringste von Devens Problemen.

Sie ritten anfangs schweigend. Erst als sie weit weg vom Palast waren, fragte Elisabeth abrupt: »Habt Ihr sie getroffen?«

Er hatte irgendein Vorgeplänkel ihrer Diskussion erwartet. Ihre plötzliche Frage überraschte ihn. »Wenn Ihr Invidiana meint, Euer Gnaden, nein, das habe ich nicht.«

»Ihr könnt Euch glücklich schätzen, Master Deven.« Ihr Kinn war vom Alter erschlafft, doch darunter lag Stahl. »Was wisst Ihr über diesen Pakt?«

Deven wählte seine Worte sorgfältig. »Wenig bis gar nichts, fürchte ich. Nur, dass am Krönungstag Eurer Majestät Invidiana ihren eigenen Thron beanspruchte.«

Elisabeth schüttelte den Kopf. »Es hat weit davor angefangen.«

Die Aussage verblüffte ihn, doch er hielt seine instinktiven Fragen zurück und ließ die Königin in ihrem eigenen Tempo erzählen.

»Sie kam zu mir«, sagte Elisabeth leise, »als ich im Tower war.« Ihre Blicke waren auf irgendetwas in der Entfernung geheftet, und sie lenkte ihr Pferd mit unbewusster Leichtigkeit. »Meine Schwester hätte mich vielleicht hinrichten lassen. Dann kam eine Fremde und bot mir Hilfe an.«

Die Königin verstummte. Deven wollte sprechen, ihr sagen, dass wohl jeder dieselbe Wahl getroffen hätte. Jahre später hegte sie immer noch Zweifel, Unsicherheit über ihr Handeln. Doch er wagte es nicht, sich herauszunehmen, ihr Vergebung anzubieten.

Elisabeth presste die Lippen zusammen, dann fuhr sie fort. »Sie arrangierte meine Freilassung aus dem Tower und eine Vielzahl an Ereignissen, die dabei halfen, meine Thronfolge zu sichern. Ich weiß nicht, wie viel davon ihr Tun war. Nicht alles natürlich – selbst jetzt hat sie nicht so viel Kontrolle. Doch etwas davon war sie. Und im Gegenzug half ich ihr, als ich gekrönt wurde. Meine Krönung war auch ihre.« Die Königin hielt inne. »Ich wusste nicht, dass dadurch andere entthront wurden. Aber ich würde lügen, wenn ich sagen würde, dass mich das überrascht hätte.«

Sie zögerte wieder. Schließlich drängte Deven sie sanft. »Und seitdem, Euer Gnaden?«

»Seitdem ... geht es weiter. Sie hat mir geholfen, Bedrohungen meiner Person, meines Throns, meines Volkes auszuschalten.« Elisabeths Hände, in graues Hirschleder gehüllt, packten ihre Zügel fester. »Und im Gegenzug erhielt sie Zugeständnisse von mir. Politische Entscheidungen, die irgendeinem Zweck für sie dienen. Die Unterstützung von ... Sterblichen, um etwas zu manipulieren, das ihr wichtig ist.« Ihr Stolpern über das Wort war kaum merklich.

Deven wagte eine Erinnerung. »Der Mann, der davon gesprochen hat, hat, ehe er starb, behauptet, dass es beiden Seiten schadet.«

Zum ersten Mal, seit sie losgeritten waren, drehte Elisabeth den Kopf und sah ihn an. Die Wucht ihres Blickes erschütterte ihn. Es war leicht zu vergessen, wenn man sie mit ihren Höflingen lachen oder kokett über irgendein hanebüchenes Kompliment lächeln sah, dass sie die Tochter ihres Vaters war. Doch in jenem Blick lag all die legendäre Persönlichkeit und Willenskraft von Heinrich, dem Achten jenes Namens, König von England. Sie hatten Massen an Zorn in sich, die Tudors, und der von Elisabeth lag näher an der Oberfläche, als Deven bewusst gewesen war.

»Ich weiß nicht«, sagte Elisabeth, »was dieser Pakt ihre Seite gekostet hat. Es kümmert mich nicht. Sie hat mich oft manipuliert, gesteuert, in Positionen gedrängt, in denen ich mich ansonsten nicht befunden hätte. Selbst das hätte ich vielleicht ertragen, wenn es dem Wohlergehen meines Volkes gedient hätte. Aber bei unserer Cousine Maria ist sie zu weit gegangen. Ich weiß nicht, wie weit zurück ihre Einmischung geht, doch eines weiß ich: Wäre es nicht um diese

Einmischung gewesen, wäre ich vielleicht nie gezwungen gewesen, diesen Hinrichtungsbefehl zu unterschreiben.«

Deven sah vor seinem geistigen Auge die Schachfiguren, mit denen Walsingham ihn durch die Geschichte der Königin der Schotten geführt hatte – und die weiße Dame, wie sie allein stand, auf halbem Weg zwischen den beiden Seiten gefangen.

»Dann sagt mir die Bedingungen Eures Pakts«, sagte er leise, »und ich werde zusehen, dass er beendet wird.«

Sie wandte ihren Blick wieder der Landschaft vor ihr zu, die sich zu einem felsigen Hang hob. Die bewaffneten Männer waren immer noch überall um sie herum und hielten respektvoll Abstand, und Deven war froh um sie. Er konnte nicht gleichzeitig dieses Gespräch führen und nach Bedrohungen Ausschau halten. Wie leicht musste es für Fae sein, sich im Grün zu verbergen?

»Es war einfach genug«, sagte die Königin. »Kennt Ihr den Londonstein?«

»Auf der Candlewick Street?«

»Genau den. Er ist ein uraltes Symbol der Stadt und ein Stein für Eide. Der Rebell Jack Cade schlug einst auf ihn, um sich zum Herrn über London zu erklären. In dem Augenblick, als ich gekrönt wurde, stieß sie ein Schwert in jenen Stein, um ihre eigene Herrschaft zu beanspruchen.«

Das war vielversprechend. Es gab ihm ein physisches Ziel, das er angreifen konnte. »Wird es Eure eigene Stellung bedrohen, wenn ...?«

Elisabeth schüttelte den Kopf. »Mein Thron kam durch Politik und den Segen eines Bischofs, der im Namen Gottes sprach, zu mir. Was sie gestohlen hat, gehört rechtmäßig mir.«

Sie sprach selbstsicher, doch er hatte sie bei Hof gehört, wie sie mit überschäumender Selbstsicherheit verkündet hatte, dass Spanien es nicht wagen würde, eine weitere Invasion zu versuchen, oder dass irgendein Lord niemals ihrem Willen trotzen würde. Sie konnte Selbstsicherheit vorspielen, die sie nicht fühlte. Deven kam es vor, als hätte sich ein scharfer Stein in seiner Kehle festgesetzt, als er schluckte. Würde er den Fae dabei helfen, Invidiana zu entthronen, nur um festzustellen, dass seine eigene Königin gestürzt wurde?

Elisabeth war willens, es zu riskieren, um sich aus der Falle zu befreien, in der sie gefangen war. Er konnte das nicht infrage stellen.

»Wenn Ihr sie stürzt«, sagte Elisabeth in einem harten, brennenden Tonfall, »dann werde ich Euch gut dafür belohnen. Sie ist ein kaltes Ding und hat Vergnügen an Grausamkeit. Fürsten müssen oft gnadenlos sein. Das wusste ich, selbst ehe ich meinen Thron bestieg. Doch sie hat die Dinge zu weit getrieben, mehr als einmal. In ihr gibt es keine Wärme, keine Liebe. Und ich verachte sie dafür.«

Deven dachte an die Goodemeades – an Rosamunds Geschichte und das Gespräch, das er mit Gertrude geführt hatte – und antwortete sachte. »Man erzählt mir, dass sie einst anders war. Vor ihrer Krönung. Als sie noch als Suspiria bekannt war.«

Elisabeth spuckte aus und scherte sich nicht, ob die Geste rüpelhaft war. »Nicht, dass ich wüsste. Ich kannte diese Suspiria nie.«

Sie waren mehrere Schritte weitergeritten, ehe Devens Hände krampfhaft an den Zügeln zerrten. Sein Wallach stolperte, dann fing er sich. »Nicht einmal, als Ihr sie kennengelernt habt? Nicht einmal im Tower?«

Er hatte die Königin wieder eingeholt, und sie betrachtete ihn voll misstrauischer Verwirrung. »Der Name, den sie mir sagte, war Invidiana. Und ich habe nie erlebt, dass sie irgendeine Freundlichkeit oder menschliche Wärme zeigt, nicht seit dem Moment, als sie aufgetaucht ist.«

»Aber ...« Deven wurde zu spät bewusst, dass er vergessen hatte, Titel, höfliche Anrede, alles, was sich schickte, wenn ein Gentleman mit seiner Königin sprach, zu benutzen. »Nach der Geschichte, die man mir erzählt hat, Madam, war sie bis zum Augenblick ihrer Krönung als Suspiria bekannt, und als sie jenen Namen trug, war sie nicht so kalt und grausam.«

»Eure Freunde irren sich oder haben Euch angelogen. Obwohl ...« Elisabeths dunkle Augen schweiften in die Ferne, als sie erneut in die Vergangenheit blickten. »Als ich nach ihrem Namen fragte, sagte sie mir, er sei Invidiana. Doch die Art, wie sie das sagte ...« Die Königin wandte sich wieder ihm zu. »Es könnte das erste Mal gewesen sein, dass sie diesen Namen beanspruchte.«

Deven schwieg, während er versuchte, die Implikationen davon durchzugehen. Sein Kopf fühlte sich überfüllt an, zu viele Bruchteile von Informationen rangen miteinander, zu wenige davon passten zueinander.

»Ich werde diese Nachricht denen überbringen, die gegen sie arbeiten«, sagte er letztlich. Falls die Goodemeades ihn angelogen hatten – so vertrauenswürdig sie auch wirkten, er musste das in Betracht ziehen –, dann konnte er bei ihnen vielleicht irgendein Anzeichen provozieren. Und falls nicht ...

Falls nicht, dann war nichts ganz so, wie sie gedacht hatten.

»Ihr werdet uns über Eure Arbeit informiert halten«, sagte Elisabeth. Die Vertrautheit, die sie während des Ausritts gezeigt hatte, während sie von Dingen gesprochen hatte, die sie, wie er sicher war, niemand anderem enthüllt hatte, war spurlos verschwunden, und an ihrer Stelle war die Königin von England.

Deven verbeugte sich im Sattel. »Das werde ich, Eure Majestät, so schnell es geht.«

ERINNERUNG
31. *Januar* 1587

Die Kammer war düster und ruhig, weil all jene, die normalerweise darin arbeiteten, zu anderen Aufgaben verbannt worden waren. Wachen standen immer noch vor der Tür – in so gefährlichen Zeiten wie diesen stand es außer Frage, sie fortzuschicken –, doch die Frau im Inneren war so allein, wie sie nur sein konnte.

Die Schminke, die ihr Gesicht normalerweise abschirmte, war verschwunden und legte die Verwüstung frei, die von dreiundfünfzig Jahren aus Furcht und Zorn, Sorge und Besorgnis und der einfachen Bürde des Lebens angerichtet worden war. Ihre Schönheit war vergänglich gewesen und verblasst, als ihre Jugend schwand. Was blieb, war Charakter, der sich biegen, doch nie brechen würde, selbst unter solchem Druck wie dem, mit dem sie heute Nacht rang.

Sie schloss die Augen und biss die Zähne zusammen, als das Feuer flackerte und sie hinter sich eine Stimme sprechen hörte. Unangekündigt, aber nicht unerwartet.

»Ihr wisst, dass Ihr sie hinrichten müsst.«

Elisabeth fragte nicht, wie ihre Besucherin die Verteidigungslinien überwunden hatte, die ihre Kammer umgaben. Wie war es beim ersten Mal passiert? Das zu fragen, würde nur Atemluft verschwenden. Sie sammelte sich, dann drehte sie sich zu der Frau um, die auf der anderen Seite des Raums stand.

Frustrierter Zorn stieg bei diesem Anblick in ihr auf. Üppige Roben, glänzende Juwelen und eine Maske aus Schminke konnten die Illusion eines Körpers, der sich nie veränderte, schaffen, doch es war eine Illusion, nicht mehr, und eine, die mit jedem Jahr, das verstrich, schlimmer scheiterte. Die Kreatur, die vor ihr stand, war wahrlich alterslos. Invidianas Gesicht und Figur waren jetzt so perfekt, wie sie es im Tower gewesen waren, unberührt von der zerstörenden Hand der Zeit.

Elisabeth hatte viele Gründe, sie zu hassen, doch dieser lag ihren Gedanken nie fern.

»Nehmt Euch nicht heraus«, sagte sie als kühle Antwort, »mich zu instruieren, was ich tun muss.«

Invidiana glitzerte wie immer vor silbernen und schwarzen Edelsteinen. »Würdet Ihr lieber als schwach gesehen werden? Ihre Schuld ist nicht zu leugnen …«

»Sie wurde dazu *verlockt*!«

Die Feenfrau begegnete ihrem Zorn, ohne zu zucken. »Von Eurem eigenen Sekretär.«

»Mit Unterstützung.« Elisabeth spie die Worte. Niemand schien sie je zu hören, zu den unregelmäßigen Zeitpunkten, wo sich die beiden Königinnen von Angesicht zu Angesicht trafen. Sie konnte schreien, so viel sie wollte. »Wie viel Unterstützung habt Ihr gestellt? Wie viel Seil, mit dem sich meine Cousine vielleicht hängen konnte? Oder vielleicht war das zu unangenehm. Vielleicht war es einfacher, die Briefe direkt zu fälschen. Ihr habt das schon zuvor getan und sie am Mord ihres Gatten schuldig wirken lassen. Wäre die Sache nach Eurem Willen gelaufen, wäre sie tot gewesen, ehe sie Schottland je verlassen hätte.«

Die schwarzen Augen glitzerten voll kühler Belustigung. »Oder beim Verlassen getötet, außer dass der Nukelavee unerwartete Loyalität bewies. Mir wäre lieber, das Monster hätte sie ertränkt. Das hätte mir viele langweilige Mühen von meiner Seite erspart. Und dann wären Eure teuren Hände sauber.«

Worte schwirrten hinter Elisabeths Lippen, all ihre üblichen Eide, Flüche bei Gottes Tod und seinem Leib und zahllose andere religiöse Ausdrücke. Wie passend es wäre, sie ihr jetzt entgegenzuschleudern: Beweise, dass Worte des Glaubens, auch wenn den protestantischen Riten die Macht der katholischen Tradition fehlen mochte, dennoch Kraft enthielten.

Aber welchem Zweck würde es wiederum dienen? Nichts, was sie jetzt sagte, würde Maria retten. Es war bewiesen, dass die Königin der Schotten an einem Komplott gegen Elisabeth und England beteiligt war. Das war nicht zu verbergen. Dafür hatte Invidiana gesorgt. Elisabeths Ratgeber, ihr Parlament, ihr Volk – alle wollten Maria forthaben. Sogar Jakob von Schottland hatte sich den Umständen gebeugt. Sein letzter Brief, der auf einem nahen Tisch offen dalag, bot nicht mehr Schwierigkeiten als den schwachen Protest, dass seine Untertanen weniger von ihm halten würden, wenn er keinen Widerspruch gegen die Hinrichtung seiner Mutter einlegen würde.

»Und was, wenn ich es nicht tun will?«, fragte Elisabeth. »Es ist offensichtlich, dass Ihr sie für Eure eigenen Zwecke weghaben wollt. Was, wenn ich mich weigere? Was, wenn ich mich dieses eine Mal weigere, die Rolle einer Marionette zu spielen?«

Invidianas Lippen wurden in eisigem Missfallen dünner. »Würde es Euch besser gefallen, wenn ich meine Finger aus Euren Geschäften ließe? Euer Ende käme dann sicher schnell.«

Elisabeth sagte beinahe, sie solle es tun und verdammt sein. Die Bedrohungen für die englische Souveränität waren vielfach – sie standen im Krieg mit Spanien, und Leicester hatte den Feldzug in den Niederlanden vermurkst –, doch sie weigerte sich, sich selbst für ihr Überleben für von der Feenkönigin abhängig zu halten. *Sie* war die Königin von England, bei Gott, und brauchte keine schattenhafte Marionettenspielerin, die an ihren Fäden zog.

Dennoch konnte sie nicht leugnen, dass die Fäden existierten. Einige der Forderungen, die Invidiana an sie hatte, wirkten harmlos. Manche waren es nicht. Die Feenfrau hatte keine teuflischen Riten verlangt, keine mit Blut unterzeichneten Dokumente, aber sie hatte ihr einen wahren Preis auferlegt – wenn auch einen subtilen. Einen gnadenlosen Blick auf gewisse Angelegenheiten, kälter und härter, als er ansonsten gewesen wäre. Die andauernde Erinnerung an ihre eigene Sterblichkeit, noch unerträglicher wegen ihres Kontrasts mit der ewigen Jugend der Fee. Und, in einer Vermengung des Persönlichen und Politischen, Einsamkeit.

Einst hatte es viele Interessenten für ihre Hand gegeben. Leicester, Alençon, sogar den König von Schweden. Keinen ohne Komplikationen wegen Religion oder Fraktion, keinen ohne das Risiko, ihre Unabhängigkeit als regierende Königin zu verlieren ... doch es hätte vielleicht mit einem von ihnen Glück gegeben. Es hätte vielleicht Hoffnung auf eine Heirat gegeben.

Nichts davon war zu irgendetwas geworden. Und das, da war sich Elisabeth sicher, konnte sie ihrer dunklen Zwillingschwester, der lieblosen, herzlosen, einsamen Feenkönigin vorwerfen.

Gewöhnlich bereute sie den Preis nicht, den sie für die Sicherheit auf ihrem Thron zu zahlen gezwungen gewesen war. Was Elisabeth bereute, war die Kreatur, an die zu zahlen sie ihn gezwungen war.

»Ihr müsst sie hinrichten«, sagte Invidiana erneut. »Egal, wie Ihr an diesen Scheideweg gekommen seid, vor Euch liegt kein anderer Weg.«

Wahr und unentrinnbar. Elisabeth hasste die elfenhafte Frau dafür.

»Lasst mich in Ruhe«, fauchte sie. Invidiana lächelte – wunderschön und einen winzigen Hauch spöttisch – und verschwand wieder in den Schatten, kehrte dorthin zurück, woher sie gekommen war.

Allein in ihrem Schlafgemach schloss Elisabeth die Augen und betete. Am nächsten Morgen würde sie den Befehl unterzeichnen und ihre Cousine und ebenfalls Königin hinrichten lassen.

BIERHAUS, SOUTHWARK
5. Mai 1590

»Ihr müsst immer daran denken«, sagte Rosamund, »dass sie nicht allwissend oder allmächtig ist.«

Die Worte beruhigten Lune kaum. Überall um sie herum herrschte in der Schenke lebhaftes Treiben, Stimmen riefen in einem Dutzend Sprachen. Der Fluss strotzte vor Reisenden, Händlern und Seeleuten aus ganz Europa, und das Bierhaus am Südufer zog seinen Anteil daran an. Wer konnte sich an sie anschleichen, ohne dass sie es je bemerkte?

Rosamund schnalzte verzweifelt mit der Zunge. »Sie kann nicht überall Augen und Ohren haben, meine Lady. Selbst wenn sie seinen Geist irgendwie gefangen hat …« Die Aussicht ließ einen Schatten über ihr Gesicht ziehen. »Ich weiß, dass wir hier nicht die Rose als Schutz haben, aber das hier wird es genauso gut tun. Ihre Aufmerksamkeit ist dorthin abgelenkt, wo es wichtig ist, und das ist anderswo.«

Die Hauselfe hatte wahrscheinlich recht. Die größte Gefahr, die ihnen hier drohte, kam von ungepflegten Männern, die sie mit rüpelhaften Scherzen belästigten. Lune und die Goodemeades hatten sichergestellt, dass man ihnen nicht folgte, und weil Zauber ihr wahres Erscheinungsbild überdeckten, gab es hier nichts, was Invidianas Aufmerksamkeit angezogen hätte.

Sie konnten sich ebenso gut treffen. Falls Francis in Invidianas Fängen war, lag Lunes einzige Hoffnung darin, diese Sache zu Ende zu bringen.

Ihre Nerven spannten sich noch ein Stückchen mehr an, als sie sah, wie sich ein vertrauter Kopf einen Weg durch das Gedränge beim Mittagessen wand. Deven trug eine einfache Wollkappe und Kleidung, die eher für einen respektablen Kontoristen als für einen Gentleman angemessen war. Gertrude, die vor ihm ins Blickfeld kam, hätte jede Hausfrau aus der Stadt sein können. Die Hauselfe quetschte sich neben ihre Schwester, was Deven keine andere Wahl ließ, als den freien Platz neben Lune einzunehmen. Rosamund reichte ihnen beiden Bierkrüge.

Deven warf einen Blick um sich, dann sagte er in einem Tonfall, der im Lärm beinahe nicht zu hören war: »Passt auf, was Ihr sagt. Walsingham bekam oft Informationen aus dem Hafenviertel.«

Lune blickte Rosamund bedeutungsvoll an.

Er sah es, und ein ironisches Lächeln zog sich über seine Lippen. Für einen Augenblick waren sie beide sich einig. Gertrude, verflucht sei sie, wirkte selbstgefällig. »Beiden Seiten gleichzeitig zu entkommen, verlangt mehr Arbeit als das, ich verstehe. Einen Augenblick.« Er verschwand in der Menge und ließ sein unberührtes Bier und eine verfliegende Wärme an Lunes Seite zurück, wo er sich an sie gedrückt hatte.

Er kehrte bald wieder und gab ihnen einen Wink, ihm zu folgen. Bald waren sie im oberen Stockwerk, in einem separaten Zimmer, das kaum groß genug für das Bett und den Tisch war, die darin standen, doch zumindest wurde der Lärm gedämpft. »Jemand könnte immer noch versuchen, an der Tür oder durch die Wand zu lauschen«, sagte Deven, »aber das ist besser.«

»Damit kann ich helfen«, sagte Gertrude und stand von dort auf, wo sie in der Ecke gehockt hatte. Eine glatthaarige Ratte saß in ihren Händen auf den Hinterbeinen und lauschte mit intelligenter, neugieriger Miene, als Gertrude erklärte, was sie wollte. Deven beobachtete das gesamte Gespräch amüsiert, sagte jedoch nichts.

Als die Ratte fortgeschickt war, um sie vor Mithörern zu schützen, gab Deven den Frauen einen Wink, die verfügbaren Sitzplätze einzunehmen. Lune setzte sich auf die Bettkante – während sie versuchte, nicht daran zu denken, wofür es benutzt wurde oder was der Besitzer des Bierhauses über die vier Gäste denken musste –, und die Goodemeades nahmen sich die beiden Hocker.

Deven erläuterte ihnen in groben Zügen, was Elisabeth über den Londonstein gesagt hatte. »Aber auf dem Weg hierher bin ich daran vorbeigeritten«, sagte er, »und habe keine Spur von einem Schwert gesehen.«

Die Fae sahen sich alle an. »Hast du es je gesehen?«, fragte Gertrude, und Rosamund schüttelte den Kopf.

Lune konnte ihren Gedanken gut genug folgen. »Aber wer kennt jede Ecke im Onyxpalast? Es könnte dort sein.« Sie hatte Mitleid mit dem verwirrten Deven und sagte: »Der Londonstein ist halb vergraben, oder nicht? Das untere Ende könnte sich bis in den Palast darunter erstrecken. Doch falls ja, dann wissen wir nicht wo.«

»Sie könnte es wohl versteckt halten«, sagte Rosamund.

Deven wirkte weniger daran interessiert, als er es sein hätte können. Sein Gesicht war überraschend grimmig. »Es gibt ein weiteres Problem.«

Ihre Spekulationen verstummten plötzlich.

Er sah die Goodemeades direkt an. »Ihr habt mir kürzlich eine gute Geschichte erzählt, von Flüchen und verlorener Liebe. Meine Königin erzählt eine andere. Sie lernte diese Invidiana, beinahe fünf Jahre ehe sie gekrönt wurde, kennen und sagt, dass sie damals nicht freundlicher war als jetzt und auch keinen anderen Namen trug. Habt Ihr irgendeine Möglichkeit, das zu erklären?«

Lune war so verblüfft wie die Hauselfen. Hatten die Schwestern gelogen? Nein, das konnte sie nicht glauben. Selbst im Wissen, dass sie lügen konnten und das mit großem Geschick taten, glaubte sie nicht, dass sie ihre Verwirrung jetzt vortäuschten. War dies irgendein Spiel von Deven? Oder von Elisabeth?

»Das können wir nicht«, flüsterte Gertrude kopfschüttelnd. »Ich ... das ist ...«

Die unerwartete Feindseligkeit in Devens Tonfall hatte Lune abgelenkt, aber jetzt dachte sie über seine Worte nach. Fünf Jahre. Ihr Verständnis für sterbliche Geschichte war schwach, aber sie glaubte, dass sie sich daran erinnerte. »Maria war damals auf dem Thron. War das nicht damals, als Suspiria ihren Fluch aufhob?«

Rosamunds Stirn war immer noch gerunzelt. »Ich vermute schon, ungefähr. Aber ich verstehe nicht ...«

Lune stand auf. Deven beobachtete sie, und seine Augen erinnerten sie ständig an Francis – umso mehr, seit sie erfahren hatte, was Francis einst gewesen war. »Nicht, was *Invidiana* getan hat – was *Suspiria* getan hat. Das wusste er. Das versuchte er zu sagen!«

»Was?« Jetzt starrten alle sie an.

Sie drückte eine Hand gegen die steife Vorderseite ihres Korsetts, als ihr übel wurde. »Er litt Todesqualen, er konnte kaum sprechen, doch er versuchte, es mir zu sagen – er konnte die Worte nicht aussprechen ...« Ihre Finger erinnerten sich an das unkontrollierbare Zittern seines Körpers. Etwas Heißes spritzte über ihre Hand. »Das Letzte, was er sagte. ›Sie ist immer noch v...‹«

Lune blickte auf die blassen Gesichter der Goodemeades hinunter. »*Sie ist immer noch verflucht.*«

»Aber das ist unmöglich«, hauchte Rosamund. »Was wir jetzt sehen, ist kein Zauber. Sie ist so, wie sie scheint. Jung und schön. Sie *muss* den Fluch gebrochen haben.«

»Gebrochen?«, fragte Deven von der anderen Seite des Tisches. »Oder ihn irgendwie verändert? Ihn gegen eine andere Bedingung eingetauscht, seinen Klauseln entronnen?« Er zuckte mit den Schultern, als Lune ihm ihre Aufmerksamkeit zuwandte. »Ich weiß wenig über solche Dinge. Sagt Ihr mir, ob es unmöglich ist.«

»Aber ist es passiert, ehe sie Elisabeth traf?« Rosamund drehte sich auf ihrem Hocker um. »Oder danach?«

»Davor, glaube ich – aber nicht lange davor. Elisabeth glaubt, dass ihre Begegnung das erste Mal war, dass sie den Namen Invidiana beanspruchte.«

Gertrude packte die Hand ihrer Schwester. »Rose, denk nach. Das war, nachdem sie angefangen hatte, einen Hofstaat um sich zu scharen, oder nicht? Nein, sie war nicht so, wie wir sie jetzt kennen …«

»Aber das war vielleicht eine Maske.« Alle Farbe war aus Rosamunds Gesicht gewichen. Sie wirkte betäubt. »Sie könnte vorgegeben haben, dieselbe zu sein. Asche und Dorn – damals fing Francis an, seinen Namen zu verlieren. Erinnerst du dich? Danach nannte sie ihn immer Tiresias. Und er sagte, die Dinge hätten sich zwischen ihnen verändert.«

Lune sagte: »Dann war es *nicht* durch Elisabeths Zutun.« Alles, was sie für klar gehalten hatte, verschwamm, sodass sie nach Nebelschwaden fasste. »Aber er sagte, ihr Pakt …«

In das folgende Schweigen sagte Deven: »Vielleicht ist das eine dumme Frage. Doch welche Sicherheit haben wir, dass sie nur einen Pakt geschlossen hat?«

Niemand schien zu atmen. Sie waren alle so schnell auf den Gedanken an Elisabeth und den sterblichen Hof aufgesprungen – und sie hatten nicht falsch gelegen. Es *gab* dort einen Pakt. Aber war es das, was Francis gemeint hatte? Oder wusste er etwas, das sie nicht einmal vermutet hatten?

Lune flüsterte: »Wo sollen wir *anfangen*?«

»Beim Fluch«, sagte Deven. »Alles scheint sich aus dem ergeben zu haben, was auch immer sie tat, um ihm zu entrinnen. Das Erschaffen des Onyxpalasts konnte sie nicht befreien, habt Ihr gesagt. Was konnte das?«

»Etwas, das Francis gesehen hat«, sagte Gertrude. »Das glauben wir zumindest.«

Lune ließ sich langsam wieder auf das Bett sinken. Kurz betete sie, dass die Ratten ihre Arbeit machten und niemand diesem wahnwitzigen und verräterischen Gespräch lauschte. »Er sagte, dass sie es fehlinterpretiert hätte. Aber wir können nicht wissen, was sie getan hat, bis wir wissen, woraus sie entkommen musste. Welches Verbrechen beging sie, um auf solche Art verflucht zu werden?«

»Das haben wir nie erfahren«, antwortete Rosamund und wand ihre kleinen Hände vor Frust. »Selbst als sie es wusste, wollte sie es uns nicht erzählen. Oder sogar Francis, glaube ich.«

»Aber wo hat sie es selbst erfahren?«

Gertrude antwortete Deven wesentlich beiläufiger, als ihre Worte es verdienten. »Von Vater Themse.«

Seine Schultern zuckten. »Von *wem*?«

»Vom Fluss«, antwortete die Hauselfe.

»Vom Fluss.« Als es von ihm kam, war es ein Ausdruck seiner Zweifel, und er wandte sich für eine vernünftigere Antwort an Lune, als sei sie seine Verbündete im Unglauben.

»Dessen Geist«, sagte sie. Sein Kiefer schien bis auf den Boden zu hängen. Ihrer fühlte sich an, als würde er dasselbe tun. »Sie hat mit ihm gesprochen? Wirklich?«

Rosamund zuckte mit den Schultern. »Das muss sie haben. Wir waren nicht in London, als ihr der Fluch auferlegt wurde. Es war vor langer Zeit, als wir im Norden lebten. Gertrude erklärte ihr, dass sie jemanden finden musste, der vor langer Zeit schon hier war. An wen sonst konnte sie sich wenden, außer den alten Vater Themse selbst?«

An wen sonst, natürlich. Lune wurde schwindlig. Vater Themse sprach nur selten, und wenn, dann mit anderen Wasserkreaturen. Sie wusste nicht, was ihn möglicherweise dazu bringen konnte, mit einer Fae an Land zu sprechen.

Doch sie würde es herausfinden müssen, denn sie hatten sonst niemanden, den sie befragen konnten.

»Dann werde ich es heute Nacht versuchen«, sagte sie, und die Goodemeades nickten, als hätten sie nichts anderes erwartet. Sie erwiderte kurz Devens Starren und sah weg. Dies war eine Feenangelegenheit. Damit würde er nichts zu tun haben wollen.

»Wir sollten vereinbaren, uns wieder zu treffen«, sagte er in das Schweigen. »Eure Taube war höchst hilfreich, Mistress Goodemeade, aber ich bitte um Verzeihung, wenn ich die Kommunikation auf diese Art ... verstörend finde.« Als die Schwestern verständnisvoll lächelten, sagte er: »Es gibt eine Taverne an der Fleet Street, außerhalb der westlichen

Stadtmauer. Das *Checkers*. Sollen wir uns in drei Tagen dort treffen?«

Drei Tage. Er gab Lune zusätzliche Zeit, für den Fall, dass sie in der ersten Nacht scheiterte. Hatte er so wenig Vertrauen in sie?

Die Hauselfen stimmten zu, und sie trennten sich, wobei die Goodemeades zuerst aufbrachen. Als Lune mit Deven allein war, stellte sie fest, dass sie nichts zu sagen hatte.

»Viel Glück«, murmelte er schließlich. Seine Hand zuckte an seiner Seite, als ob er sie ihr beinahe kurz auf die Schulter gelegt hätte.

Diese simple freundschaftliche Geste traf sie unvorbereitet. »Danke«, flüsterte Lune darauf. Vielleicht führte dieses Bündnis mit ihr ihn dazu, ihr für das Leid, das sie ihm zuvor angetan hatte, zu verzeihen – zumindest ein wenig.

Er blieb noch einen Moment stehen und sah sie an, dann folgte er den Goodemeades zur Tür hinaus.

Als Lune allein mitten im Raum stand, holte sie langsam tief Luft. Vater Themse. Sie wusste nicht, wie sie ihn erreichen sollte, ganz zu schweigen davon, seine Hilfe zu erlangen ... Doch sie hatte drei Tage, um das herauszufinden.

FLUSS THEMSE, LONDON
5. *Mai* 1590

Sie hatte ihr Erscheinungsbild wieder verändert, doch Deven erkannte sie trotzdem. Es gab gewisse Angewohnheiten – die Art, wie sie ging oder ihren Kopf hielt –, die so kraftvoll seine Erinnerungen hervorriefen, dass sie ihn innerlich schmerzten.

Er folgte der getarnten Lune in sicherem Abstand, als sie das Bierhaus verließ. Um das zu tun, musste er vorsichtig vorgehen. Sie war misstrauisch und wachsam, als würde sie vielleicht beobachtet oder angegriffen. Es war eine Anspannung, die nicht aus ihr gewichen war, seit er sie in der Cloak Lane gefunden hatte, wo sie eine schlechte Imitation von Anne Montrose getragen hatte. Der bloße Gedanke, in solch ständiger Furcht zu leben, erschöpfte ihn. Im Vergleich zu ihrem Leben an ihrem eigenen Hof musste die Maskerade als menschliche Frau ihr wie ein Urlaub geschienen haben.

Nicht, dass das ein Jahr voll unendlicher Lügen entschuldigte.

Die Menschenmenge auf der London Bridge half ihm dabei, sich vor suchenden Blicken zu verbergen. So verkleidet, wie er war, fügte er sich ziemlich gut ein. Also folgte er ihr den ganzen Nachmittag, als sie am Flussufer entlang hin und her lief: erst zum Tower von London mit dessen Wasserpforte am Traitor's Gate, dann zurück nach Westen nach Billingsgate, zur Brücke, Queenhithe, Broken Wharf. Jedes Mal, wenn sie an einer Treppe zum Flussufer vorbeikam, blieb sie stehen und beobachtete gelegentlich die Schiffer, die Passagiere von einem Ufer zum anderen ruderten. Schließlich trugen ihre Füße sie nach Blackfriars, wo sich an der gegenüberliegenden Seite die lärmenden Wasser des Fleet in die Themse hinaus ergossen. Deven, der sich gefragt hatte, welche Art von Kreatur der Geist der Themse sein würde, dachte, dass er niemanden treffen wollte, der den Fleet verkörperte.

Anscheinend konnte Lune sich nicht entschließen, wo sie ihren Versuch machen sollte. War das so wichtig? Deven konnte sich vorstellen, dass die Themse an ihrem Ursprung im Westen ein anderes Wesen sein mochte als die Themse, die durch London floss, aber was die Blackfriars-Themse von der Themse an der Brücke unterscheiden mochte, da hatte er keine Ahnung.

Das war teilweise der Grund, warum er ihr folgte. Lune hatte nicht um Hilfe gebeten, doch seine Neugier war nicht zu unterdrücken. Obwohl sie von all diesem Marschieren stark auf die Probe gestellt wurde. Er hatte sich viel zu sehr ans Reiten gewöhnt.

Es wurde Nacht, und Lune zögerte immer noch. Die Sperrstunde war längst eingeläutet worden, und zum ersten Mal fiel ihm auf, dass seine einfache Tarnung ein Problem darstellen könnte. Ohne Pferd oder Schwert oder Aufputz oder irgendetwas anderem außer seinem Wort, das ihn als Gentleman identifizieren konnte, hatte er keine Ausrede, warum er so spät noch auf der Straße war. Dasselbe traf auf Lune zu – doch als er sich an die belämmerten Wachposten in Aldersgate in der Nacht, als sie aus der Stadt geflohen war, erinnerte, machte er sich um sie keine Sorgen.

Als der Mond am Himmel aufging, suchte sie sich ihren Weg zurück nach Osten, und Deven verstand endlich, worauf sie gewartet hatte.

Die Gezeitenwasser der Themse, die auf den Ruf des Dreiviertelmondes antworteten.

Als der Flusspegel stieg, folgte er ihr durch die Finsternis und belohnte sich geistig mit der Silbermünze, die er gewettet hatte. Lune hielt auf die Brücke zu.

Auf sie zu und darauf. Das große Steintor in Southwark wäre für die Nacht geschlossen, aber das nördliche Ende war offen. Deven fragte sich, was sie gerade tat, dann verfluchte er sich, weil er abgelenkt gewesen war. Er hatte sie zwischen den Häusern, Kapellen und Läden, die entlang der gesamten Brücke gebaut waren, verloren.

Nur das Klappern eines Schuhs wies ihm die Richtung. Als er an einer der wenigen Stellen, wo der Rand der Brücke zugänglich war, vorsichtig über diesen lugte, sah er, wie sich ein dunkler Schatten nach unten bewegte. Diese Verrückte hätte eine Barke anheuern können, um sie übers Wasser dorthin zu bringen – nun, vielleicht nicht. An der Brücke zu navigieren, durch die dicht gedrängten, engen Lücken zwischen den Pfeilern der Bögen zu fahren, war im besten Fall gefährlich. Selbst die stählernen Nerven eines Londoner Schiffers würden von einer Bitte, unterwegs einen Passagier abzusetzen, auf die Probe gestellt. Aber das wäre vielleicht immer noch besser gewesen, als an der Seite der Brücke hinunterzuklettern.

Lune erreichte das sichere untere Ende auf einer der Holzplattformen, die die steinernen Pfeiler vor Kollisionen mit Schwemmgut oder unglückseligen Barken schützten. Es gab keine Möglichkeit, wie Deven ihr folgen konnte, ohne gehört oder gesehen zu werden. Er hätte aufgeben sollen, und das wusste er, doch irgendwie bewegten sich seine Füße nicht heimwärts. Stattdessen trugen sie ihn zur anderen Seite der Brücke, einen Bogen weiter nördlich, und dann spürten seine Hände den rauen Stein, als sei dies nicht der schlimmste Impuls, den er seit der Nacht gehabt hatte, als er einer Feenfrau aus der Stadt gefolgt war.

Der erste Teil war einfach genug, wo sich der Pfeiler zu einer dreieckigen Spitze nach außen neigte. Der zweite, vertikale Teil war der Stoff von Albträumen, als er sich an Spalten klammerte, wo der Mörtel weggebröckelt war, und betete, dass er nicht auf die Plattform unter ihm stürzen und Lune aufmerksam machen würde, betete, dass er nicht in die Themse stürzen und schändlich ertrinken würde. Doch mittlerweile war es viel zu spät, um umzukehren.

Und dann war er in Sicherheit und versuchte, nicht daran zu denken, wie er wieder von der Plattform wegkommen würde, wenn das hier erledigt wäre.

Seine Kappe war vom Wind am Fluss weggeweht worden und im dunklen Wasser verloren. Deven zitterte etwas, obwohl ihm nicht kalt war, ging in die Hocke und sah vorsichtig um die Kante des Pfeilers, sodass er über den Zwischenraum dorthin blickte, wo Lune auf der nächsten Plattform stand. Nein, nicht stand, kniete. Das Rauschen des Flusses war leise genug geworden, dass ihre Stimme deutlich zu ihm getragen wurde.

»Vater Themse«, sagte sie respektvoll und feierlich. Der Tarnzauber, der sie den ganzen Tag versteckt hatte, war fort, doch der Schatten unter dem Bogen schützte sie vor neugierigen Blicken vom Flussufer. Nur Deven konnte sie sehen, eine silberne Gestalt mit gebeugtem Kopf. »Wie der Mond Eure Wasser ruft, so rufe ich, eine Tochter des Monds, Euch an. Ich bitte untertänigst um das Geschenk Eurer Präsenz und Eures Rats. Geheimnisse liegen in Euren Wassern, die Weisheit uralter Zeiten. Ich bitte Euch, mir die Geschichte von Suspiria und dem Fluch, der ihr auferlegt wurde, zu erzählen. Ich bitte nicht für mich selbst darum, sondern für mein Volk. Das Wohl der Fae-Rasse hängt vielleicht von dieser Geschichte ab. Für deren Wohl bitte ich Euch, hört meine Worte.«

Deven atmete kaum, sowohl aus Nervosität als auch aus Angst, gehört zu werden. Der Fluss züngelte an den

Planken der Plattformen, in einer Armlänge Abstand zu deren Oberkante. Jede winzige Bewegung fiel ihm ins Auge – welches Zeichen würde antworten? Ein Gesicht? Eine Stimme? –, doch es war nie mehr als Schwemmgut, das durch die schmalen Lücken zwischen den Pfeilern trieb.

Er wartete, und Lune wartete, und nichts geschah.

Dann legte sich ein weiteres Geräusch über das leise Murmeln des Wassers. Erst als es wiederkehrte, konnte er es identifizieren: kein Sprechen, sondern ersticktes Atmen, am rauen Rand schwindender Kontrolle.

»Bitte«, flüsterte Lune. Die Förmlichkeit war gescheitert. Jetzt sprach sie vertraut. »Bitte, ich flehe Euch an, antwortet mir.« Der Fluss gab keine Antwort. »Vater Themse ... wollt Ihr, dass ihre Macht andauert? Oder bedeutet Euch unser Handeln nichts? Sie hat ihren Hof verzerrt. Ich kann mich kaum erinnern, wo ich war, ehe ich herkam, doch ich weiß, dass es dort nicht so kalt war. Ich diente ihr treu, unter dem Meer, an Elisabeths Hof, überall, wohin sie mich befahl, und jetzt werde ich bis ans Ende meines Lebens gejagt. Es gibt für mich jetzt keine Sicherheit mehr, außer durch ihren Sturz. Ohne Eure Hilfe habe ich nichts. Ich ...«

Die Worte verstummten in einem weiteren erstickten Atemzug. Ihre Schultern hingen erschöpft herab, nachdem sie die Rüstung aus Vorsätzen und Zielstrebigkeit abgelegt hatte, die sie normalerweise zusammenhielten. Ihre Hände krallten sich an die Kante der Plattform, sodass in der Nacht die weißen Knöchel sichtbar wurden.

Er hätte ihr nicht folgen sollen. Deven beobachtete gerade etwas Privates, das sie nicht gezeigt hätte, wenn sie gewusst hätte, dass er dort war. Und es löste in ihm etwas

Unangenehmes aus, wo sich Groll festgesetzt hatte, als er zum ersten Mal ihr wahres Gesicht gesehen hatte.

Das war immerhin die Krux des Ganzen. Ihr *wahres* Gesicht. Das andere war eine Lüge. Er wusste das, und dennoch hatte ein Teil von ihm immer noch getrauert, ihr immer noch gezürnt, als hätte sie ihm irgendwie Anne Montrose weggenommen – als sei Anne eine echte Person, die von der Feenfrau entführt worden war.

Doch Anne hatte nie existiert. Es hatte immer nur Lune gegeben, die eine Rolle spielte, wie es so viele taten, wenn sie an den Hof kamen.

Aber die Rolle, die sie gespielt hatte, war auch ein Teil von ihr. In den Worten, die sie damals gesagt hatte, lag mehr Wahrheit, als ihm bewusst gewesen war: Sie konnte sich entspannen, wenn sie bei ihm war, wie sie es nirgends sonst tun konnte. Vielleicht war die Lune, die vor dem Onyxhof existiert hatte, mehr wie Anne gewesen.

Oder vielleicht nicht. Er hatte keine Möglichkeit, das herauszufinden. Doch eine Sache wusste er: Lune *war* Anne. Er hatte diese Feenfrau geliebt, ehe er die Wahrheit erfahren hatte, und jetzt, wo er sie kannte …

Seine Gefühle waren nicht mit ihrer Maske verschwunden.

Es mochte närrisch von ihm sein – zweifellos war es das –, aber es war wahr.

»Du hast nicht gar nichts«, murmelte er, indem er die Worte tonlos für sich selbst formte. »Du hast deine eigene Stärke. Und die Unterstützung der Goodemeades. Und … du hast mich.«

Das Stauwasser war gekommen, der Gezeitenwechsel. Der Fluss war nie ruhiger als jetzt. Warum hörte er dann ein Geräusch, als würde etwas seine Ruhe stören?

Sein erster Gedanke war, dass sich ein Boot näherte. Eine Hand glitt zu seinem Schwert. Dann erinnerte er sich, dass er es nicht dabeihatte, und griff stattdessen nach seinem Messer. Wie würde er seine Anwesenheit hier erklären? Doch es war kein Boot in der Nähe, und seine Finger ließen den Griff los, vor Schreck plötzlich geschwächt.

Das Wasser zwischen den beiden Piers wirbelte gegen alle Naturgesetze. Die Oberfläche stieg an, hob sich aufwärts, dann brach sie, und auf der Themse stand ein alter Mann, breitschultrig und groß, graubärtig, aber rüstig, in dessen Gesicht Jahrhunderte an Weisheit geschrieben standen.

»Selten spreche ich in diesen Zeiten, die meine Wasser so mit dem Gang des gewöhnlichen Lebens ersticken«, sagte der Geist des Flusses. Seine Stimme war tief und langsam, hob und senkte sich in einem stetigen Rhythmus. Der dunkelgraue Stoff seiner Robe schimmerte in den Falten mit einem Hauch Silber. »Doch selten rufen zwei mich zusammen herbei, Sterblicher und Fae. So komme ich, für die Kinder beider Welten.«

Deven erstarrte. Lunes Kopf zuckte hoch wie der einer Hirschkuh, wenn sie die Schritte eines Jägers hört. Konnte sie ihn sehen, so versteckt, wie er hinter der Kante des Pfeilers war?

Vater Themse sah ihn nicht an, doch er fühlte sich trotzdem beschämt. Er konnte sich nicht vor dem ehrwürdigen Geist verbergen.

Er trat um den Pfeiler, auf die nähere Seite der Plattform, dann machte Deven seine respektvollste Verbeugung, als würde er sich der Königin selbst nähern. »Wir sind höchst dankbar für Euer Kommen.« Im Hinterkopf sorgte er sich: *Welche Anredeform benutzt man für einen Flussgott?*

Lune stand langsam auf und starrte ihn an. Sie schien reflexartig zu sprechen: »Wie er sagt, Alter Vater. Ihr ehrt uns, indem Ihr heute Nacht aufsteigt.«

Deven bewegte sich weit genug, dass sie beide vor dem Geist standen, auf gegenüberliegenden Seiten des Bogens. Die unergründlichen Blicke von Vater Themse wogen sie nacheinander ab. »Tochter des Mondes, du hast den Namen Suspiria ausgesprochen.« Lune nickte, als würde sie ihrer Stimme nicht vertrauen. »Ein alter Name. Ein vergessener Name.«

»Nicht von allen vergessen«, flüsterte sie. »Wir suchen nach Wissen über sie – dieser sterbliche Mann und ich. Könnt Ihr uns von ihr erzählen? Welches Verbrechen hat sie begangen, dass sie verflucht wurde zu leiden, als sei sie menschlich?«

Der Blick des Geistes blieb auf unerklärliche Weise auf Deven geheftet, der versuchte, nicht zu schaudern. »Sie kam zu mir, um diese Geschichte zu hören, flehte für ein Jahr und einen Tag jede Nacht, bis ich Mitleid mit ihr hatte und sprach. Ihr Gedächtnis war durch ihr Leid vernebelt. Sie konnte sich nicht erinnern.

Es war vor langer, langer Zeit. Eine Stadt stand an meinem Ufer, wenig mehr als ein Dorf, außer dass der Anführer der sterblichen Leute innerhalb ihrer Palisaden lebte und ihr deshalb Würde über ihre Größe hinaus verlieh. In den hohlen Hügeln lebte die Feenrasse, und es gab oft Konflikte zwischen den beiden.

Und so wurde ein Vertrag geschlossen, ein Handel, um Frieden für beide Völker zu bringen. Das Feenvolk würde in Freiheit unter der Sonne wandeln, und Sterbliche in Sicherheit unter die Erde gehen. Doch es reichte nicht, sich einfach zu einigen. Der Vertrag musste besiegelt werden, ein Ritual durchgeführt, um beide Seiten daran zu binden, seine Bedingungen einzuhalten. Der Sohn des Anführers war mehr, als klug war, unter das Feenvolk gegangen und hatte dort viele Wunder gesehen, doch eines blieb ihm im Gedächtnis: die Schönheit einer Elfendame, die ihm das Schönste von allen Wesen schien.

So wurde es vorgeschlagen: dass der Vertrag durch eine Hochzeit besiegelt würde, die einen Sohn der Sterblichkeit mit einer Tochter des Feenlands vermählte.«

Der gemessene, fließende Tonfall von Vater Themses Worten trug den Rhythmus einfacherer Zeiten. Nicht das übervölkerte, schmutzige Gedränge von London, wie es jetzt war: die grünen Ufer der Themse, ein Dorf, das darauf stand, ein junger Mann, der von Liebe träumte.

Die Blicke des Flussgottes wogen Deven ab, sahen tief in seine Gedanken und das Eingeständnis, das er nicht laut ausgesprochen hatte. Dann fuhr der Geist fort.

»Doch die Dame verweigerte ihren Teil.

Der Traum, der hätte sein können, war gebrochen. Der Friede, der gewesen wäre, starb, ehe er begonnen hatte. Der verschmähte Mann verfluchte sie. Wenn sie die Sterblichkeit so sehr verachtete, dann verdammte er sie dazu, ihren Schmerz zu erleiden, Alter und Krankheit und Gebrechlichkeit zu spüren, bis sie ihren Irrtum verstand und sühnte.«

Lune flüsterte: »Der Onyxpalast.«

Endlich wandte Vater Themse ihr seine Aufmerksamkeit zu. »Der Zeitpunkt für Verträge zwischen den beiden Völkern ist verstrichen. Der Glaube der Sterblichen ist jetzt ein Bannfluch und treibt das Fae-Volk immer tiefer in die Wildnis, wo Religion und Metall noch nicht hinreichen.

Nur hier, an diesem einen Ort, leben Feen so dicht bei Menschen.«

»Doch das war nicht genug, Alter Vater«, sagte Deven. »Oder? Sie schuf den Onyxpalast und war immer noch verflucht. Wie entkam sie am Ende?«

Wasser kräuselte sich am Saum der Robe des Geistes. »Ich weiß es nicht«, sagte er einfach. »Das, was auf meinen Wassern, entlang meiner Ufer, seit Anbeginn der Zeit bis heute passiert: All das liegt in meiner Kenntnis. Doch das, was jenseits meiner Sichtweite getan wird, bleibt mir verborgen.«

In Lunes Blick las Deven die Gedanken, die seinen eigenen Kopf füllten. Sie hatten immer noch nicht die Antwort, die sie brauchten: welchen Pakt Suspiria geschlossen hatte. Aber diese Geschichte machte einen Unterschied, und wenn nur, weil sie ihnen dabei half, das Wesen zu verstehen, das einst dort gestanden hatte, wo Invidiana jetzt war.

»Ich werde Euch sicher ans Ufer tragen«, sagte Vater Themse und streckte seine breiten Hände aus.

Ohne nachzudenken, trat Deven vor, um das Angebot anzunehmen. Erst als es zu spät war, wurde ihm bewusst, dass seine Füße die Plattform verlassen hatten. Doch er stürzte nicht: Die Wasseroberfläche trug ihn wie ein leicht nachgebender Teppich, gegen jegliche Naturgesetze.

Lune nahm Vater Themses linke Hand, und dann strömte der Fluss unter ihnen. Mit sanfter Bewegung trug er sie unter der Brücke hervor, schräg über den Lauf des Wassers, bis sie an die Unterseite der Treppe von Lyon Key kamen, in Sichtweite der Mauer des Towers. Als seine Füße sicher auf dem Stein standen, drehte Deven sich um.

Vater Themse war fort.

Dann blickte er auf die schaukelnde Oberfläche und verstand. Der Flussgott war nie fort.

»Danke«, murmelte er, und Lune tat es ihm nach, ihre eigenen Worte nicht lauter als seine.

BRÜCKE UND DISTRIKT VON CASTLE BAYNARD, LONDON
6. Mai 1590

Lune wurde wie durch dichten Nebel bewusst, dass sie frei am Themseufer stand, ihre Elfengestalt nicht getarnt, mit Michael Deven an ihrer Seite.

Einen Tarnzauber hervorzubringen, war furchtbar mühsam. Sie hätte ihre Schutzschilde nicht senken dürfen, dort draußen auf der Plattform. Nicht nur hatte Deven gelauscht – warum war er ihr gefolgt? –, sondern sich selbst zu erlauben, ihre Beherrschung zu verlieren, war ein Fehler gewesen. Die Erschöpfung zerrte an ihr wie bleierne Ketten, und sie konnte sich nicht konzentrieren.

Welches Gesicht konnte sie aufsetzen? Nicht Anne Montrose. Nicht Margaret Rolford. Ihr erster Versuch scheiterte und verschwand, ohne auch nur auf die Probe gestellt zu werden. Sie holte tief Luft und versuchte es erneut. Die Illusion, die sie schuf, war armselig, unnatürlich generisch. Sie würde seltsam wirken, wie eine schlecht gearbeitete Puppe, wenn irgendjemand sie näher betrachtete. Doch es war das Beste, was sie zustande brachte.

Sie tauchte aus ihrer Konzentration auf, um festzustellen, dass Deven sie mit einem seltsamen Gesichtsausdruck beobachtete.

»Hast du einen sicheren Ort, wo du hinkannst?«, fragte er.

Lune zwang sich zu einem Nicken. »Es gibt eine Kammer im Onyxpalast, von der man mir erlaubt hat, sie für mich zu beanspruchen.«

Er biss sich auf die Unterlippe, offensichtlich eine unbewusste Geste. »Aber bist du dort in Sicherheit?«

»So sicher, wie ich irgendwo bei Hof sein kann.« Das klang sogar für sie steif. Sie wollte nicht wirken, als würde sie nach Mitleid heischen. »Wir sollten uns trennen. Es ist nicht sicher für dich, mit mir gesehen zu werden.«

Sie standen immer noch etwas unterhalb der Oberseite der Ufermauer, nicht dass diese sie sehr schützen würde. Deven präsentierte ihr eine aufrichtige Einschätzung. »Und wenn du jetzt dorthin gehst, so müde, wie du bist, werde ich auch nur ein wenig sicherer sein? Erschöpfung kann jeden Mann in einen Fehler treiben.« Sein Mund zuckte ironisch. »Oder jede Frau. Oder Fee.«

Lune wollte nicht von diesem Risiko hören. Sie hatte es selbst kalkuliert, immer wieder, selbst ehe sie in Ungnade gefallen war. Es war am Onyxhof normal. Ein Fehler, ein falsches Wort … Sie war jene Welt so furchtbar leid.

»Komm«, sagte Deven und nahm ihre Hand.

Sie folgte ihm wie betäubt, zu müde, um Fragen zu stellen. Er führte sie durch die Straßen, und es schien ihr, als würden sie ewig weitergehen, ehe sie bei einem Haus ankamen. Lune wusste, dass sie protestieren sollte – ihre Abwesenheit würde vielleicht Verdacht auslösen –, doch so traurig es auch war, der Gedanke, auch nur eine Nacht außerhalb des Onyxpalasts zu verbringen, reichte, dass sie vor Erleichterung schluchzte.

Eine einzelne Kerze erleuchtete ihren Weg, die an einer bei der Tür entzündet worden war. Sie gingen die Treppe hinauf, und dann machte irgendetwas einen fürchterlichen Lärm, als Deven es unter dem Bett hervor und zur Zimmertür hinaus zerrte. »Schlaf heute Nacht hier«, sagte er, ehe er sie allein ließ. »Ich bleibe in der Nähe.«

Das war nicht sicher. Doch Lune war weit über den Punkt hinaus, an dem sie widersprochen hätte. Sie ließ sich auf das Bett sinken, hielt kaum inne, um eine Decke über sich zu ziehen, und schlief ein.

Als der Morgen kam, fand sie sich in einer kleinen, bescheiden eingerichteten Schlafkammer wieder. Auf dem Boden neben ihr war eine große, leere Kiste. Der Lärm musste davon hervorgerufen worden sein, dass Deven eine Matratze unter dem Bett herausgezogen hatte.

Ihr Zauber war verblichen, während sie geschlafen hatte. Es war zu lange her, dass sie von jenem Brotlaib gegessen hatte. Lune schloss die Augen und baute ihn wieder auf, diesmal wesentlich besser, und machte sich zu einer jungen Frau mit rotbraunen Haaren und von der Arbeit schwieligen Händen, dann zupfte sie einen weiteren Bissen aus dem Klumpen, den sie bei sich trug. Sie hatte sich nicht getraut, ihn im Onyxpalast zurückzulassen.

In der Nachbarkammer lag die Matratze auf dem Boden. Sie fand Deven im Erdgeschoss. Lune blieb in der Tür stehen und sah sich um: ein bescheidener Zinnteller auf der Kommode, eine Zither mit zwei gerissenen Saiten in einer Ecke. Sie hatte letzte Nacht kurz gedacht, dass das Gebäude vielleicht irgendeinem ehemaligen Agenten von Walsingham gehören konnte, und hatte sowohl richtig als auch falsch gelegen. »Das ist dein Haus.«

Er hatte aufgeblickt, als sie gekommen war. »Ja.« Nach einer Pause fügte er an: »Ich weiß. Ich hätte dich nicht herbringen sollen. Aber ich war auch müde und wusste nicht, wo ich sonst hinsollte. Es kam mir unangemessen vor, meinen Vater in Gefahr zu bringen. Wir sollten das nicht wiederholen.«

Es war zu spät, um dies ungeschehen zu machen. Lune trat einige Schritte vor und glättete die Schürze über ihrem Rock. Sie sah wie ein Dienstmädchen des Hauses aus. »Dann werde ich mich jetzt verabschieden.«

»Sie wissen von mir, oder nicht?« Der Raum war düster, obwohl es Vormittag war. Deven hatte die Fensterläden geschlossen gelassen, und nur wenige Lichter brannten. Sie betonten die dunklen Ränder in seinem Gesicht. Er hatte nicht gut geschlafen.

»Ja«, sagte Lune. Sie holte tief Luft und fügte aufrichtig hinzu: »Das tut mir leid. Ich kann nicht die Rolle eines Manns spielen, und Walsingham hätte keiner Frau vertraut. Der einzige Weg, der mir offenstand, war eine Beziehung mit jemandem in seinen Diensten.« Das kam zu nahe an die Wunde zwischen ihnen. »Sie wussten, dass du mein Kontakt in seinem Umfeld warst.«

Er war wieder als Gentleman gekleidet, aber nicht komplett. Seine Diener waren nirgends zu sehen. Die Ärmel seines Wamses lagen über seinen Knien, und die Metallstifte der Verschnürungen baumelten lose an seinen Schultern. »Wäre ich immer noch in Gefahr, wenn es damit geendet hätte?«

»Ja.« Er verdiente Ehrlichkeit. »Sie würden dich töten, um sich selbst in Sicherheit zu bringen.«

»Tja.« Devens Finger strichen über die Ranken, die in einen Ärmel gestickt waren, dann hielten sie inne. »Meine

Königin hat mir befohlen, den Pakt mit deiner zu brechen. Selbst wenn diese Sache separat von der anderen ist, der wir hinterherjagen, sind wir aufeinander angewiesen. Aber ich weiß nicht, wie man wohl einem Fluch entkommt.«

Die Tür war hinter Lune, eine schweigende Erinnerung, dass sie aufbrechen sollte. Das zu tun, hätte jedoch ihre Fortschritte nur verlangsamt. Die einzig wahre Sicherheit lag darin, ihre Aufgabe zu vollenden. In der Hoffnung, dass sie gerade keinen schrecklichen Fehler machte, setzte Lune sich hin.

»Ich auch nicht. Ein Fluch kann nur zu seinen eigenen Bedingungen beendet werden. Aber das hat Suspiria versucht und ist gescheitert. Ich glaube nicht, dass irgendjemand sie freisprechen könnte. Der Mann, der ihn ihr auferlegt hat, könnte ihn vielleicht aufheben, doch er ist schon lange tot. Und Tiresias – Francis – glaubte, dass sie immer noch daran gebunden war.«

»Er hatte irgendeine Vision, haben die Goodemeades gesagt. Hat er darüber nie mit irgendjemand anderem gesprochen?«

Lune schüttelte den Kopf, eher verblüfft als in einer entschiedenen Verneinung. »Falls es Teil des Banns war, den sie ihm auferlegt hatte ... Sie hat dieses Juwel, das sie nutzen kann, um anderen Befehle aufzuerlegen, sodass sie gehorchen müssen oder sterben. Sie könnte ihn wohl gezwungen haben, nicht von dieser Vision zu sprechen. Doch selbst falls sie das nicht getan hat ... Er starb, ehe er es mir erzählen konnte.«

»Und er hat es niemals sonst erwähnt.«

»Woher sollte ich das wissen?« Frust stieg in ihr auf. Lune zwang sich, nicht gegen ihn auszukeilen. »Du musst das verstehen. Lang genug unter Fae zu leben, unseren Wein zu trinken, unsere Nahrung zu essen ... Das verändert einen Menschen. Und er war seit Jahren dort. Er fantasierte, er lebte in Träumen. Neun Zehntel von dem, was er sagte, waren Wahnsinn, und das andere Zehntel zu obskur, um es zu verstehen. Er hätte wohl einem Dutzend Leuten den Inhalt seiner Vision erzählen können, und wir würden es nie erfahren.«

»Hat er nie irgendetwas anderes gesagt?« Deven beugte sich vor, stützte die Ellbogen auf die Knie und machte ein ernstes und aufmerksames Gesicht. »Nicht direkt über die Vision. Alles, was mit Suspiria oder Flüchen oder dem Onyxpalast zu tun hat ... Er hätte nicht völlig zufällig gesprochen. Selbst Wahnsinnige folgen ihrer eigenen Logik.«

Das mochte auf gewöhnliche Wahnsinnige zutreffen, aber Tiresias? Unter Devens geduldigem Blick disziplinierte Lune ihr Gedächtnis. Wann sonst hatte er mit ihr über die Vergangenheit gesprochen?

Als er sie gebeten hatte, ihn zu finden.

»Er erinnerte sich an seinen Namen«, murmelte sie, als ihr das einfiel. »Ehe ich an Elisabeths Hof kam. Er bat mich, Francis Merriman zu finden. Erst später wurde mir klar, dass er vergessen hatte, wer er war.«

»Fang damit an«, sagte Deven. Sie hatten seit Monaten nicht mehr so zusammengearbeitet, indem sie versuchten, ein Bild aus Bruchstücken zusammenzusetzen. Und diesmal war sie auf seiner Seite. »Er wollte, dass du ihn findest. Als du das getan hast ...«

»Starb er.« Deven hatte Francis nie gekannt. Ihm konnte sie erzählen, was sie den Goodemeades nicht erzählen konnte, die den wahnsinnigen Seher geliebt hatten. »Ich zwang ihn. Er hatte Angst zu sprechen, doch ich wollte ihn nicht weggehen lassen. Ich dachte, ihn zu finden, würde meine Stellung am Onyxhof verbessern.« Ganz im Gegenteil, und die Erinnerung hinterließ einen bitteren Nachgeschmack. »Ich verlangte, dass er mir erzählen sollte, was er wusste. Und so starb er.«

Sie konnte nicht von seinen durchdringenden blauen Augen wegsehen. Deven sagte leise: »Hast du ihn gezwungen? Ihn gefoltert? Natürlich nicht. Du hast ihn vielleicht höchstens vom Fliehen abgehalten, doch falls da nichts ist, was du mir nicht erzählt hast, hat er beschlossen zu sprechen.«

Sie wollte nicht weinen. Lune wandte mit purer Willenskraft ihr Gesicht ab und betrachtete die Wandvertäfelung, bis sie ihre Fassung wiedererlangt hatte.

Deven gewährte ihr diesen Freiraum, dann sprach er weiter. »Geh zu dem Moment zurück, als er dich bat, ihn zu finden. Was hat er genau gesagt?«

Was *hatte* er gesagt? Lune versuchte, zurückzudenken. Sie hatte sich gefragt, wie sie Invidianas Gunst zurückerlangen sollte. Tiresias war in ihrer Kammer gewesen. Sie hatte sterbliches Brot ...

»Er sprach von Lyonesse«, sagte sie. »Dem verlorenen Königreich. Oder eher, er sah meinen Wandteppich von Lyonesse und sprach über Fehler, die gemacht worden waren, nachdem es versunken war.« Oder hatte er von anderen Dingen gesprochen? Vom Onyxpalast vielleicht? Sie konnte ihn jetzt vor ihrem geistigen Auge sehen, einen hageren, zitternden Geist. »Er wollte nicht träumen. Ich weiß, dass er seine Visionen für Träume hielt ... Dann sagte er etwas davon, dass die Zeit stillsteht.«

Das brachte beide von ihnen dazu, sich plötzlich aufzusetzen. »Das tat sie für Suspiria«, sagte Deven. Aufregung schwang in seinem Tonfall mit, die er mühsam im Zaum hielt.

Doch davor war noch etwas gekommen. *Falls ich diesen Francis Merriman finden sollte, was dann?*

Er hatte so klar geklungen und doch so seltsam gesprochen. Lune wiederholte seine Worte. »Steht still, ihr ewig wandelnden Himmelssphären …«

Deven stockte der Atem. »Was?«

Sie hatte keine derartige Reaktion erwartet. »Genau das hat er gesagt, als ich ihn fragte, was ich tun sollte. *Steht still, ihr ewig wandelnden Himmelssphären …*«

»*… auf dass die Zeit ende, und Mitternacht niemals komme.*«

»Diese Worte hat er nicht benutzt. Aber genau dann hat er gesagt, die Zeit steht still.« Devens Miene verwirrte sie. »Was ist los?«

Er antwortete mit einem halben Lachen. »Du gehst nie ins Theater, oder?«

»Nicht oft«, sagte sie und fühlte sich unbewusst in der Defensive. »Warum? Was sind diese Worte?«

»Sie kommen aus einem Theaterstück.« Deven stand auf und ging zum kalten Kamin, legte eine Hand auf den Sims und neigte sein Kinn beinahe auf die Brust. »Der Mann, der sie schrieb … Er hat in der Vergangenheit für Burghley gearbeitet, aber er ist mehr ein Dichter als ein Spion. Sir Francis' Cousin ist ein Freund von ihm. Ich habe ihn einmal bei einem Abendessen getroffen.« Er drehte sich um und sah sie an. »Sagt dir der Name Christopher Marlowe etwas?«

Lune runzelte die Stirn. »Ich habe ihn schon gehört. Aber ich kenne ihn nicht.«

»Genauso wenig wie sein Werk, wie es scheint. Die Zeilen kommen aus seinem Stück *Doctor Faustus.*«

Sie schüttete den Kopf. Der Titel sagte ihr nichts.

Deven biss die Zähne zusammen, dann sagte er: »Die Geschichte handelt von einem Mann, der einen Pakt mit dem Teufel schließt.«

Lune starrte ihn völlig bewegungslos an.

»Erzähl mir«, sagte Deven, »haben deine Leute irgendwelche Beziehungen mit der Hölle?«

Sie sprach durch betäubte Lippen, als würde jemand anderer für sie antworten. »Der Hof der Distel in Schottland zahlt ihnen alle sieben Jahre einen Zoll. Einen Sterblichen, nicht einen von ihnen selbst. Ich weiß nicht, wie sie an eine solche Verpflichtung gebunden wurden. Doch Invidiana ... Suspiria ... sie würde sicher ...«

»Hätte sie das nicht getan?« Devens Stimme klang von etwas verzerrt: Zorn, Furcht, oder vielleicht von beidem. »Nach dem, was du gesagt hast, hätte dein eigenes Volk keine Möglichkeit, ihre Schönheit wiederherzustellen, ohne ihren Fluch zu brechen. Und sie ist immer noch verflucht. Irgendeine andere Macht *muss* ihr geholfen haben.«

Keine himmlische Macht. Eine teuflische. Was hatte sie ihnen im Gegenzug angeboten? Jegliche Freundlichkeit, die sie einst besessen hatte, wie es schien. Und um diese Leere zu füllen, dürstete sie nach Macht, Herrschaft, Kontrolle. Sie machte aus dem Onyxhof eine Miniaturhölle auf Erden. Tiresias hatte oft genug gesagt, dass es so war.

Und er hatte ihr erklärt, was sie tun musste.

»Sonne und Mond«, hauchte Lune. »Wir müssen ihren Pakt mit der Hölle brechen.«

FÜNFTER AKT

»Ach, Faustus,
nun habt Ihr nur noch eine Stund' zu leben,
und dann müsst verdammt Ihr sein auf ewig:
Steht still, ihr ewig wandelnden Himmelssphären,
auf dass die Zeit ende,
und Mitternacht niemals komme!«

CHRISTOPHER MARLOWE
The Tragicall History of Doctor Faustus

Die lange Galerie ist von einem Ende bis zum anderen mit Wandteppichen geschmückt, jeder einzelne ein Wunder aus üppiger Seide und kunstvollen Details, mit Gold- und Silberfäden bestickt. Die Gestalten auf ihnen scheinen zu beobachten, mitleidslos und ohne zu blinzeln, wie er an ihnen vorbeistolpert, barfuß, ohne sein Wams, sein zerrissenes Hemd in Fetzen. Seine Lippen schmerzen grausam. Es ist niemand anwesend, um sein Leid zu bezeugen, doch die gestickten Augen lasten auf ihm, ein schweigendes und urteilendes Publikum.

Er wirbelt ohne Vorwarnung herum, spannt die Schultern an, um den Gestalten auf ihren Teppichen zu sagen, dass sie ihn in Ruhe lassen müssen – doch die Worte verlassen nie seinen Mund.

Die Szenerie, die seine Aufmerksamkeit geweckt hat, könnte jeden darstellen. Irgendeine Feenlegende, irgendeinen uralten Herrscher, dessen Name seinem Gedächtnis entfallen ist, der durch die Ritzen und Spalten geglitten ist wie so viel anderes. Doch sein Blick wird von den beiden zentralen Bildern gefesselt: einem einsamen Mann mit Schwert in einem Feld, der den Mond hoch über ihm anstarrt.

Seine aufgeplatzten Lippen teilen sich, als er die beiden betrachtet. Der zersplitterte Raum in seinem Kopf füllt sich plötzlich mit einem Schwall an anderen Bildern.

Er sieht eine andere Königin. Einen Baldachin aus Rosen. Einen Wintergarten. Einen Stuhl, allein in einem Raum. Blitze, die am Himmel zucken. Einen Brotlaib. Ein Schwert, gepackt von einer bleichen Hand. Zwei Gestalten auf einem Pferd.

Zersplitterten Kristall, der am Boden verstreut liegt, und einen leeren Thron.

Er drückt sich zitternd eine Hand auf den Mund.

Er hat es schon früher gesehen. Nicht dieselben Bilder, aber andere Möglichkeiten, andere Leute. Sie sind nicht eingetroffen. Doch wer weiß, wie weit in der Zukunft eine Vision liegen kann? Wer kann sagen, ob eine nicht doch noch wahr werden kann?

Einige von jenen, die er gesehen hat, sind jetzt tot. Das glaubt er zumindest. Er hat jedes Zeitgefühl verloren. Vergangenheit, Gegenwart und Zukunft haben schon lange jegliche Bedeutung verloren. Er altert nicht, genauso wenig wie sie, und es ist hier unten immer Nacht. Es gibt keinen Anker für seinen Verstand, der die Ereignisse ihren natürlichen Lauf nehmen lässt, erst Ursache, dann Wirkung.

Vielleicht ist es nicht mehr als die verzweifelte Hoffnung seines Herzens. Doch er klammert sich daran, denn er hat so wenig sonst. Und er wird diese neue mit den anderen begraben, so tief, dass selbst er sich nicht daran erinnern wird, denn das ist der einzige Weg, solche Dinge vor ihr geheim zu halten.

Sie hat einige davon erfahren. Oder wird sie erfahren. Genau deshalb sind jene Leute tot oder werden es sein.

Aber nicht er. Niemals er. Sie wird ihn niemals gehen lassen.

Er zupft die zerfetzten Überreste seines Hemds um sich herum zurecht und hastet von den Wandteppichen weg. Darf nicht dabei gesehen werden, wie er diese anschaut. Darf ihr diesen Hinweis nicht geben.

Eines Tages wird er vielleicht sehen, wie eine dieser Visionen wahr wird.

ST.-PAULS-KATHEDRALE, LONDON
6. Mai 1590

Deven dachte etwas verstört: *Gott sei mir gnädig. Ich bringe gerade eine Feenfrau in die Kirche.*

Ihrem Gesichtsausdruck nach zu urteilen, dachte Lune vielleicht gerade dasselbe. Weil ihr bewusst war, wie ihre Stimme an den Mauern hallen würde, murmelte sie bissig: »Vermutest du irgendeinen Priester hier, der sie aufhalten kann?«

»Nein. Aber zumindest werden wir innerhalb dieser Mauern weniger wahrscheinlich belauscht.« Mit einer Hand an ihrem Ellbogen zog er sie weiter das Kirchenschiff entlang. Draußen dröhnte im Kirchhof der übliche Lärm, Buchhändler und Buchkäufer und Männer, die nach Arbeit suchten. Das gewölbte Innere der Kathedrale blieb irgendwie unberührt von alledem, eine kleine Insel aus Heiligkeit inmitten von Kommerz.

»Wir können trotzdem nach drinnen kommen, wenn wir vorbereitet sind. Du hast mich selbst in der Kapelle gesehen.«

»Stimmt. Aber ich bezweifle, dass deine Leute einfach so hereinspazieren.« Deven verstummte, als einer der Domherren der Kathedrale vorbeiging und ihn seltsam ansah.

Ohne es zu bemerken, hatte er sie zu einer allzu vertrauten Stelle geführt. Lune achtete nicht darauf. Sie schien nicht zu bemerken, dass das prächtige Grab in der Nähe nicht nur Sir Philip Sidney, sondern auch dessen ehemaligen Schwiegervater Walsingham enthielt.

Deven blieb stehen und drehte sie, sodass sie ihn ansah. »Jetzt sag mir die Wahrheit. Hältst du es für bloßen Zufall, dass euer Seher diese Zeilen gesprochen hat? Wenn du *irgendwelche* Zweifel hast …«

Lune schüttelte den Kopf. Sie sah immer noch wie ein gewöhnliches Dienstmädchen aus, aber er hatte nicht länger irgendwelche Schwierigkeiten, sich ihr wahres Gesicht darunter vorzustellen, mit Silberhaar und allem. »Nein. Ich dachte damals sogar, dass er zurechnungsfähig klang … Ich konnte einfach keinen Sinn in seinen Worten erkennen. Und ich weiß von keiner Macht, die unsere Art besitzt, um eine solche Veränderung gegen die Kraft des Fluchs zu bewirken.«

Er hatte gehofft, sie würde sagen, dass es eine verrückte Idee war. Gehofft, aber es nicht erwartet.

»Wie brechen wir einen solchen Pakt?«, flüsterte sie. Sie wirkte verloren, als sei sie ohne Vorwarnung in ein Gebiet gestolpert, das ihrem Feenwesen fremd war. »Bloße Gebete werden nicht reichen. Und ich bezweifle, ob sie für einen Exorzismus stillhalten würde – falls so etwas sie überhaupt berühren würde.«

Trotz seiner Entschlossenheit, keine Aufmerksamkeit auf seinen toten Herrn zu lenken, ertappte Deven sich dabei, wie er auf das Grab starrte, das Walsinghams Leiche enthielt. Puritanischer Glaube wirkte stark gegen sie, hatte Lune gesagt. Puritanisch und katholisch. Er hatte kein gutes Verhältnis zu irgendwelchen Katholiken. Und er konnte in dieser Sache auf keinen Fall Beale um Hilfe bitten.

Nein, nicht Beale. Der Gedanke kam ihm wie ein Segen Gottes.

»Engel«, sagte Deven. »Um einen Pakt mit dem Teufel zu brechen … bräuchte man einen Engel.«

Lunes Gesicht wurde blass, als sie seiner Logik folgte. »Dee.«

Der alte Astrologe, der Philosoph der Königin. Wie viele von den Geschichten waren wahr? »Es heißt, er spricht mit Engeln.«

»Oder Teufeln.«

»Das glaube ich nicht«, antwortete Deven nüchtern. »Nicht nach dem, was ich von ihm gesehen habe ... Er hätte natürlich Frömmigkeit vortäuschen können. Aber fällt dir jemand Besserer ein?«

Sie wollte einen besseren finden. Er konnte sehen, wie sie es versuchte, sich Namen ins Gedächtnis rief und dann verwarf, einen nach dem anderen. »Nein.«

Jetzt bereute Deven seinen Besuch unter einem Vorwand einige Wochen zuvor. Wie würde er wirken, ein angeblich liebeskranker Narr, wenn er zurückkam und um Hilfe gegen eine Feenkönigin bat? Seine Audienz bei Elisabeth würde im Vergleich simpel scheinen. Doch Dee war schon seit vor ihrer Thronbesteigung ein treuer Unterstützer von Elisabeth. Es sollte möglich sein, ihn zu überzeugen, gegen ihren Feind zu handeln, egal wie seltsam dieser Feind auch sein mochte. Und Walsingham hatte ihn auf diesen Weg gebracht – obwohl der Staatssekretär nie erraten hätte, wohin er führen würde.

»Ich werde zu ihm gehen«, versprach Deven. »Ohne Verzögerung. Du ...«

»Ich werde die Goodemeades warnen.«

Er konnte sein ironisches Lächeln nicht ganz unterdrücken. »Sie haben einige Tauben darauf angesetzt, mich zu beschatten. Eine sollte bei meinem Haus sein. Sie wird eine Nachricht überbringen, falls du Papier finden kannst ...«

Ihr Mund zuckte, und er erinnerte sich daran, was vor den Türen der Kathedrale lag.

»Sie wird ihnen eine Nachricht überbringen«, sagte er lahm.

Dann standen sie in unbeholfenem Schweigen da, das gemeinsame Grab von Sidney und Walsingham eine stumme Präsenz neben ihnen.

Schließlich sagte Lune in einem steifen Tonfall: »Sei vorsichtig, wenn du reitest. Sie wissen, wer du bist.«

»Ich weiß«, antwortete er. Sie standen nur einen Schritt auseinander. Der Zwischenraum war sowohl eine klaffende Schlucht als auch intim nahe. Er hätte Annes Hand ergriffen, doch was würde Lune aus einer solchen Geste machen? »Sei selbst wachsam. Du bist es, die in das Schlangennest gehen muss, nicht ich.«

Lune lächelte grimmig und ging an ihm vorbei in Richtung der Kathedralentüren. »Ich lebe seit Jahren unter den Schlangen. Und ich habe mein eigenes Gift.«

DISTRIKT QUEENHITHE, LONDON
6. Mai 1590

Erst nachdem Lune gegangen war, wurde Deven bewusst, dass er seine Ärmel im Haus zurückgelassen hatte. Kein Wunder, dass ihn der Domherr angestarrt hatte.

Er musste sich vernünftig anziehen, wenn er Dee besuchen wollte. Er brauchte Colsey. Er brauchte sein Pferd. Der vorherige Tag hatte die Bruchstücke seines Alltagslebens über London verstreut hinterlassen wie Schutt nach einem Sturm.

Es dauerte bis in den Nachmittag, bis er sich wieder in Ordnung gebracht hatte. Colsey war aufmüpfig schweigsam, während er sich um seinen Herrn kümmerte, weil er zweifellos voraussah, was kommen würde. Er zuckte nicht einmal mit der Wimper, als Deven sagte: »Ich muss allein gehen.«

»Schon wieder.«

»Ja.« Deven zögerte. Wie viel konnte er sagen? Nicht viel. Er legte Colsey eine Hand auf die Schulter und versprach: »Das ist bald vorbei.«

Ranwell hatte aus irgendeinem Grund seinen schwarzen Hengst bereit gemacht. Das Streitross stand felsenfest da, als er aufstieg. Der Tag war halb verstrichen. Er würde die andere Hälfte damit verbringen, nach Mortlake zu reiten, und konnte nur darauf hoffen, dass Dee ihm eine Audienz gewähren würde. Zumindest wäre er aus London fort, und kein Feenpalast würde unter seinen Füßen lauern.

Das Gedränge auf den Straßen in der Stadt hatte ihn nie so sehr irritiert. Er hätte nach Westen reiten und die Pferdefähre in Fulham nehmen sollen, doch zu dem Zeitpunkt, als er daran dachte, war er auf halbem Weg zur Brücke, und umzukehren hatte keinen Sinn mehr. Ein Wagen, der gerade entladen wurde, hatte die Fish Street vor ihm fast vollständig blockiert. Deven stand kurz in seinen Steigbügeln auf und starrte finster das Chaos an, das sich ergab, als Menschen versuchten, sich durchzuquetschen. Dann warf er einen Seitenblick in eine schmale, von Lampen erleuchtete Gasse, an deren Namen er sich nicht erinnerte. Wenn ihn sein Gedächtnis nicht im Stich ließ, führte sie bis zur Thames Street weiter.

Er lenkte den schwarzen Hengst um die Kurve und bog um einen schwer beladenen Träger in die Gasse.

Lampenlicht zeigte seinen Weg durch die Schatten. Die Gasse führte ihn auf einen kleinen Hof, nicht die Thames

Street, doch auf der gegenüberliegenden Seite war ein Torbogen, und sein Pferd lief darauf zu, ohne dass er es antreiben musste. Die Lampe hing über dem Torbogen, half aber nicht dabei, die Dunkelheit darunter zu lindern ...

»Herr! *Nicht dem Licht folgen!*«

Ärger stieg in ihm auf. Was machte Colsey da, folgte ihm gegen seine Befehle? Er drehte sich im Sattel um, um den Diener zu tadeln, und schrie stattdessen auf. »*Achtung!*«

Colsey sprang gerade rechtzeitig auf die Seite, um den zupackenden Händen des Mannes hinter ihm zu entkommen. Eines seltsamen Mannes, in nicht mehr als einen kurzen Lendenschurz und Sandalen gekleidet, aber breitschultrig und muskulös wie ein Ringer. Er war jedoch unbewaffnet, und in dem engen Hof wäre es leicht genug, ihn über den Haufen zu reiten.

Außer dass Devens Pferd wie angewurzelt stehen blieb, als er an den Zügeln zerrte, und die Befehle seines Herrn ignorierte.

Und als er versuchte, ein Bein über den Sattel zu schwingen, um Colsey zu Hilfe zu kommen, stellte er fest, dass er daran klebte, als seien seine Füße an die Steigbügel gefesselt.

Das seltsame, gruselige Licht schwebte und pulsierte, als er darum kämpfte, sich zu befreien. Gegenüber schlug Colsey mit seinem Messer nach dem halb nackten Fremden, der seine Hiebe parierte und mit weit ausgebreiteten Händen auf ihn zu schritt. Bei Christus, das Pferd war nicht seines. Wie konnte er es je mit seinem eigenen Hengst verwechselt haben?

Jesus. »Im Namen Gottes, des Herrn«, knurrte Deven, »lass mich frei!«

Das Tier buckelte mit apokalyptischer Wucht und schleuderte ihn durch die Luft an die Mauer eines Nachbarhauses. Jeglicher Atem wurde aus Devens Lungen geraubt, und er krachte schwer auf den Dreck unter ihm. Doch er rappelte sich auf und sprang rechtzeitig auf die Füße, um zu sehen, wie die Kreatur erbebte und sich zu einer zweibeinigen Gestalt verwandelte, einem Mann mit einem schwarzen Haarschopf und riesigen, zermalmenden Zähnen.

Der Fremde, der mit Colsey kämpfte, blockierte den Ausweg zur Fish Street – Deven verspürte nicht mehr den geringsten Drang, durch den schwarzen Torbogen am anderen Ende zu gehen –, und als er hinsah, packte der Mann Colseys Messerhand und verdrehte sie grausam. Der Diener schrie auf und ließ seinen Dolch fallen.

Deven stürmte auf sie zu, doch sein Schwert war erst halb aus seiner Scheide, als etwas von der Seite gegen ihn prallte. Das Pferdeding schleuderte ihn wieder an die Mauer, und Deven japste nach Luft. Sein Reflex rettete ihn. Er zog sein Schwert trotzdem weiter und hatte jetzt drei Fuß Stahl, um die Kreatur fernzuhalten. Sie tänzelte zurück und war plötzlich vorsichtig.

Colsey hatte sich losgerissen, doch jetzt war er unbewaffnet. »Lauf zur Straße!«, brüllte Deven oder versuchte es zumindest. Die Worte kamen mit einem schmerzhaften Röcheln aus ihm. Wenn Colsey irgendwelche Hilfe holen konnte ...

Außer dass Colsey den Kopf schüttelte, zwei Schritte in seine Richtung trat und an Devens Seite zurückwich. »Verdammt noch mal«, knurrte Deven, »tu, was ich dir sage!«

»Und dich mit den zwei da zurücklassen? Bei allem Respekt, Herr, vergiss es.« Colsey machte eine ausholende

Bewegung, aber nicht auf seine Gegner zu. Devens eigenes Messer glitt aus seiner Scheide in die Hand des Dieners.

Sie hatten jedoch eine weitere Waffe, besser als Stahl. »Bei der allerheiligsten Dreifaltigkeit«, sagte Deven und machte einen Schritt nach vorn, »beim Vater, dem Sohn und dem Heiligen Geist …«

Weiter kam er nicht. Denn obwohl das Pferdeding zurückzuckte und das schwebende Licht verlosch, als hätte es nie existiert, rannte der seltsame Mann weiter, ohne zu zögern.

Seine Masse drängte Colsey von Deven ab und trennte sie wieder. Deven schlug zu, zog aber zurück, als der Fremde herumwirbelte und nach seinem Arm griff. Er wollte auf keinen Fall sein Schwert verlieren. Dann war das Pferdeding wieder da, trat nach ihm und bekam für die erlittenen Schmerzen einen Schwerthieb ab, während Colsey und sein Gegner sich umkreisten und Colsey mit dem Messer zuschlug, um ihn auf Abstand zu halten.

Aber nicht gut genug. Der Fremde wich einem Hieb aus und sprang auf den Diener zu. Ein schneller Tritt an die Hinterseite eines Beins ließ Colsey auf die Knie fallen, und dann schlossen sich die breiten, harten Hände um seinen Kopf.

Das Knacken hallte an den Mauern des kleinen Hofs wider. Deven überwand den Raum zwischen ihnen binnen eines Wimpernschlags, doch zu spät. Colseys erschlaffter Körper sank zu Boden, gerade als die Klinge seines Herrn eine Wunde in den Rücken seines Mörders schlitzte. Und den Fremden schien es nicht zu kümmern. Er drehte sich mit einem bestialischen Grinsen um und sagte: »Na dann komm«, und breitete seine tödlichen Hände weit aus.

Das Pferdeding zog sich zurück, hielt sich seine verwundete Lende und wirkte froh, diesen Kampf seinem Partner überlassen zu können. Deven konzentrierte sich auf den Mann vor ihm. Die Spitze seiner Klinge zuckte vor, einmal, zweimal, ein drittes Mal, doch der Fremde wich mit atemberaubender Schnelligkeit aus, mehr als ein Kerl von seiner Größe besitzen sollte. »Lass das Schwert fallen«, schlug der Fremde mit einem wild vergnügten Grinsen vor. »Stell dich mir wie ein richtiger Mann.«

Deven hatte kein Interesse an Spielchen. Er trat schnell vor und versuchte, den Mann an eine Wand zu drängen, wo er ihm nicht ausweichen konnte, doch sein Gegner machte einen Schritt zur Seite und setzte wieder dazu an, seinen Arm zu packen. Deven ließ seinen Ellbogen gegen die Wange des anderen Manns krachen, aber der Fremde blinzelte kaum. Dann waren sie in Bewegung, zurück über den Hof, nicht so sehr ein Vorpreschen oder Rückzug als ein Herumwirbeln in einer ständig wechselnden Spirale, während der Fremde versuchte, näherzukommen und ihn zu packen, und Deven, ihn auf Abstand zu halten. Er verwundete den Mann ein zweites Mal, ein drittes, doch nichts schien mehr zu bewirken, als ihn bluten zu lassen. Das Grinsen wurde wilder, die Bewegungen schneller. Jesus, was war er?

Sie waren beinahe am Eingang zum Hof. Dann verlor Deven den Halt, sein Fußgelenk knickte auf einer unebenen Stelle um, und etwas, das ein Vorpreschen hätte sein sollen, wurde zu einem Stolpern, sodass seine Schwertspitze sank und den Boden berührte.

Und ein Fuß in einer Sandale krachte von oben auf sie herunter, worauf der Stahl knapp vor dem Griff durchbrach.

Eine schwielige Hand hämmerte an sein Kinn und ließ ihn rückwärts taumeln, Deven schlug mit dem nutzlosen Schwertgriff um sich und traf Rippen, doch er hatte den Reichweitenvorteil eingebüßt. Einen Augenblick später war der Mann hinter ihm und hielt ihn im Würgegriff. Japsend drehte Deven seinen Griff und keilte blind nach hinten, wo er die zerbrochene Spitze in Fleisch bohrte.

Der Fremde ignorierte diese Wunde, wie er alle anderen ignoriert hatte.

Die Welt verblasste, helle Lichter tanzten vor Schwärze. Der Griff fiel ihm aus den betäubten Fingern. Deven fasste nach oben, versuchte, etwas zu packen zu finden, doch in seinen Armen lag keine Kraft. Das Letzte, was er hörte, war ein leises, spöttisches Lachen in seinem Ohr.

TURNAGAIN LANE, BEIM FLUSS FLEET
6. Mai 1590

Die trägen Wasser des Fleet rochen übel, selbst hier oben bei der Holborn Bridge, ehe er am Gefängnis und am Armenhaus von Bridewell und so weiter vorbeifloss bis zur Themse. Er war ein unheilvoller Fluss, und das war er immer schon gewesen. Immer wieder hatten die Sterblichen versucht, ihn zu reinigen und seinen Lauf wieder gesund zu machen, und immer wurde er wieder zu Dreck. Lune hatte einmal das Pech gehabt, die alte Hexe aus dem Fleet zu sehen. Seither hatte sie Abstand gehalten.

Außer, wenn sie keine Wahl hatte.

Die Taverne, die sie ihren Anweisungen zufolge finden sollte, war ein dubioses Gebäude in der Turnagain Lane, von der Art menschlichem Abfall bevölkert, der sich an den Füßen von London sammelte und um Brösel bettelte. Sie hatte sich als ältere Frau getarnt und war froh über ihre Entscheidung. Eine junge Frau hätte es nicht durch die Tür geschafft.

Man hatte ihr keine Beschreibung gegeben, doch der Mann, den sie suchte, war leicht genug zu finden. Er war derjenige mit der steifen Haltung und dem abschätzigen Grinsen im Gesicht.

Lune glitt auf einen Stuhl ihm gegenüber und verschwendete keine Zeit mit Vorgeplänkel. »Was wollt Ihr von mir?«

Der getarnte Vidar schnalzte mit der Zunge. »Keine Geduld und keine Manieren, wie ich sehe.«

Sie hatte kaum ihre Nachricht an die Goodemeades abgeschickt, als Vidars eigener Bote sie gefunden hatte. Die zusätzliche Verzögerung bereitete ihr Sorgen, und das aus mehr als einem Grund: Nicht nur würde Invidiana sich vielleicht über ihre Abwesenheit wundern, sondern die Geheimhaltung ihres Treffens mit Vidar bedeutete auch noch, dass er sie nicht wegen offizieller Angelegenheiten gerufen hatte.

Sie hatte nicht vergessen, was sie ihm schuldete.

Aber dies konnte sie zu ihrem Vorteil nutzen, wenn auch nur ein wenig. »Wollt Ihr, dass die Königin von dieser Unterredung erfährt? Es ist das Beste für uns beide, wenn wir uns beeilen.«

Wie hatte er es je geschafft, seine langwierige Maskerade als Gilbert Gifford durchzuhalten? Vidar saß stocksteif da, wie ein Mann, der in Wams und Hose gekleidet war, die ihm nicht passten und außerdem noch beschmutzt waren.

Lune vermutete, dass die Gunst, die er dadurch gewonnen hatte, ein ausreichendes Motiv gewesen war, um es zu ertragen. Obwohl er diese Gunst in letzter Zeit aufs Spiel gesetzt hatte. Sie hatte ihn seit Tagen nicht bei Hof gesehen.

Vidars Unbehagen betonte das Mysterium seiner Abwesenheit. »Also gut«, sagte er und ließ seine vorgespielte Sorglosigkeit fallen. Was darunter lag, war hässlich. »Die Zeit ist gekommen, dass Ihr das zurückzahlt, was Ihr mir schuldet.«

»Ihr erstaunt mich«, sagte Lune trocken. Sie hatte nicht geschworen, dabei höflich zu bleiben.

Er beugte sich näher. Das Gesicht, das er zur Tarnung ausgesucht hatte, war aufgedunsen und unrasiert, um zum Ambiente der Taverne zu passen. Er hatte allerdings vergessen, es stinken zu lassen. »Ihr werdet«, knurrte Vidar, »bezüglich jeglicher weiterer Agenten der Wilden Jagd, die Ihr vielleicht bei Hof entdeckt, schweigen.«

Lune starrte ihn an und vergaß für einen Augenblick zu atmen.

»Wie ich für Euch geschwiegen habe«, sagte er und spuckte die Worte eins nach dem anderen aus, »so sollt Ihr es für mich tun. Außerdem werdet Ihr nach dem Eid, den Ihr geleistet habt, kein Wörtchen über diese Sache zur Königin durchdringen lassen – auf *jeglichem* Weg. Versteht Ihr mich?«

Corr. Kein Wunder, dass Vidar in letzter Zeit so abwesend gewesen war. Er musste befürchtet haben, was Invidiana über den toten Ritter aufdecken würde … und über ihn.

Sonne und Mond – was hatte er vor?

Lune schluckte die Frage und ihre Unhöflichkeit hinunter. »Ich verstehe Euch sehr gut, mein Lord.«

»Gut.« Vidar lehnte sich zurück und starrte sie finster an. »Dann verschwindet hier. Ich mag Eure Gesellschaft nicht mehr als Ihr die meine.«

Diesem Befehl gehorchte sie gerne.

DISTRIKT FARRINGDON WITHIN, LONDON
6. Mai 1590

Ihr schnellster Weg zurück zum Onyxpalast führte durch das Newgate, und sie lief dorthin, während ihre Aufmerksamkeit zu nicht mehr als einem Zehntel ihrer Umgebung galt, als sie die Bedeutung von Vidars Befehl durchging.

Er musste ein Bündnis mit der Jagd geschlossen haben. Aber *warum*? Hatte er jegliche Hoffnung aufgegeben, Invidianas Thron für sich selbst zu beanspruchen? Mit ihrem jetzigen Wissen konnte Lune sich nicht vorstellen, dass jene Exilkönige es irgendjemandem gestatten würden, den Platz des Thronräubers einzunehmen. Falls er dachte, dass er sie ebenfalls betrügen konnte …

Sie war nicht mehr als zehn Fuß vom Palasteingang in den St. Nicholas Shambles, als ein Kreischen ihre Aufmerksamkeit ablenkte.

Panik brachte ihr Herz zum Stolpern. Während sie abgelenkt gewesen war, hätte sich leicht jemand an sie anschleichen können, und jetzt waren all ihre Nerven in Alarmbereitschaft versetzt. Niemand tat jedoch mehr, als sie misstrauisch zu betrachten und sich zu wundern, warum sie vor Schreck mitten auf die Straße gesprungen war.

Das Geräusch kam nicht von einer Person. Es kam von einem Eichelhäher, der auf der Dachrinne eines Gebäudes direkt vor dem versteckten Eingang hockte. Und er starrte sie direkt an.

Lune beobachtete ihn und machte vorsichtig ein paar Schritte auf ihn zu.

Flügel flatterten wild, als sich der Eichelhäher auf ihr Gesicht stürzte und seinen heiseren Ruf schrie. Sie zuckte zurück und riss die Hände hoch, um ihre Augen zu schützen, doch er griff nicht an. Er flatterte nur um ihren Kopf, ganz Federn und Lärm.

Sie hatte nicht die Gabe, mit Vögeln zu sprechen. Er hätte alles sagen können – oder nichts.

Aber er wirkte fest entschlossen, sie vom Eingang zum Onyxpalast fernzuhalten – und sie kannte jemanden, der ihn wohl geschickt haben konnte.

Lune trat einige Schritte zurück, wobei sie die gaffenden Metzger ignorierte, die sich an beiden Seiten der Gasse aufreihten, und hielt eine Hand hoch. Jetzt, wo sie zurückgewichen war, beruhigte der Eichelhäher sich und landete auf ihrem ausgestreckten Finger.

Etwas an ihrer Botschaft musste die Goodemeades in Panik versetzt haben. Aber was?

Sie wagte es nicht, zu ihnen zu gehen und zu fragen. Sie musste sich verstecken und den Schwestern dann eine Nachricht senden. Lune scherte sich nicht, wie es auf die Gaffer wirkte, nahm den Vogel in die Hände, schloss ihre Finger um seine Schwingen und hastete zurück durch das Newgate, während sie sich fragte, wo – falls irgendwo – sie in Sicherheit wäre.

IM ONYXPALAST, LONDON
7. Mai 1590

Sein Instinkt hielt ihn auf, ehe er sich bewegt hätte.

Er konnte spüren, dass Seile seine Knöchel aneinander fesselten und seine Arme hinter ihm. Der Stein unter ihm war kalt und glatt. In dem Moment, als er erwachte, sah er, ehe er seine Augen wieder schloss, einen Boden aus poliertem Schwarz und Weiß und Grau. Die Luft an seiner Haut, die geisterhaft durch die Schlitze in seiner Kleidung wehte, war kühl und trocken.

Er wusste, wo er war. Aber er musste mehr herausfinden.

Schritte schlugen auf dem Stein hinter ihm einen gemessenen Rhythmus. Deven hielt seinen Körper schlaff und die Augen geschlossen. Sollten sie ihn immer noch für bewusstlos halten.

Dann spürte er, wie er sich zu bewegen begann, ohne dass ihn eine einzige Hand berührte.

Deven fühlte, wie sein Körper hoch in die Luft schwebte und sich drehte, sodass er aufrecht hing und in die andere Richtung sah. Seine Arme schmerzten von der Lageänderung, weil sie durch die Seile und den Stein kalt und verkrampft waren. Dann sprach eine Stimme, so kühl und gefährlich wie Seide über Stahl. »Hör dein Simulieren auf und sieh mich an.«

Für einen Augenblick dachte er darüber nach, nicht zu gehorchen. Doch was hätte ihm das eingebracht?

Deven öffnete die Augen.

Die Atemluft strömte in einem Seufzen aus ihm heraus. *Oh Himmel, rette mich …* Man hatte von ihrer Schönheit gesprochen, doch Worte konnten sie nicht beschreiben. All die

Dichtkunst, die Elisabeth gewidmet war, all die übertriebenen, extravaganten Komplimente, die sie mit den glorreichsten Göttinnen im Heidentum verglichen – jeder Bruchteil davon hätte hierher, an diese Frau gerichtet sein sollen. Nicht der geringste Makel oder Defekt unterbrach die alabasterfarbene Glattheit ihrer Haut. Ihre Augen waren wie schwarze Diamanten, ihr Haar wie Tinte. Hohe Wangenknochen, fein gewölbte Brauen, Lippen in einer blutroten Schattierung, die gleichermaßen abschreckend wie einladend waren …

Die Worte kämpften sich aus ihm heraus, von irgendeinem ersterbenden Selbsterhaltungstrieb gedrängt. »Gott im Himmel …«

Doch sie zuckte nicht zurück. Diese roten Lippen öffneten sich zu einem arroganten Lachen. »Hältst du mich für so schwach? Ich fürchte deinen Gott nicht, Master Deven.«

Auch wenn sie den Allmächtigen nicht fürchtete, so hatte sein Name Deven trotzdem Kraft geschenkt. Er riss schweißüberströmt seinen Blick fort. Man hatte von Invidianas Schönheit gesprochen, doch er hatte sie sich wie Lune vorgestellt.

Sie war überhaupt nicht wie Lune.

»Du bist nicht überrascht«, sagte Invidiana nachdenklich. »Wenige Menschen würden in einem Feenpalast aufwachen und wären nicht verblüfft. Ich habe dich als Köder gefangen, doch du bist mehr als das, oder nicht, Master Deven? Du bist der Komplize dieser Verräterin Lune.«

Wie viel wusste sie?

Wie viel konnte er ihr vorenthalten?

»Sagt lieber ihr Sklave«, spie Deven, während er sie immer noch nicht ansah. »Eure Politik kümmert mich nicht.

Befreit mich von ihr, und ich werde Euch keine Probleme mehr machen.«

Ein weiteres Lachen, dieses so kalt und scharf, dass das Geräusch allein hätte Blut fließen lassen können. »Oh, tatsächlich. Es ist schade, Master Deven, dass ich dich nicht früher von Achilles habe einfangen lassen. Ein Mann, der so bereitwillig auf Lügen und Täuschung, Manipulation und Bluff zurückgreift, könnte wohl einen Platz an meinem Hof verdienen. Ich hätte vielleicht ein Haustier aus dir machen können. Aber der richtige Zeitpunkt für solche Dinge ist verstrichen.« Die mäßige Belustigung in ihrem Tonfall wurde härter. »Ich habe eine Verwendung für dich. Und falls diese Verwendung scheitern sollte ... dann wirst du mich auf andere Weise unterhalten.«

Deven erschauderte unkontrollierbar, als er das Versprechen in jenen Worten hörte.

»Du bist mein Gast, Master Deven.« Jetzt war es spöttische Höflichkeit, so verstörend wie alles andere. »Ich würde dich frei in meinem Herrschaftsgebiet herumlaufen lassen, aber ich fürchte, meine Höflinge unterscheiden nicht immer zwischen Gästen und Spielzeugen. Zu deiner eigenen Sicherheit muss ich Vorsichtsmaßnahmen treffen.«

Die Kraft, die ihn aufgehängt gehalten hatte, senkte ihn jetzt. Die Spitzen seiner Stiefel berührten den Boden. Dann schob sie ihn weiter, bis er auf dem Stein kniete, die Arme immer noch hinter dem Rücken gefesselt.

Sein Kopf wurde wieder nach vorne gezerrt. Er konnte nicht anders, als hinzusehen.

Invidiana nahm gerade ein Juwel aus ihrem Korsett. Er erhaschte einen Blick auf einen schwarzen Diamanten, der in Silber eingefasst und von kleineren Edelsteinen eingerahmt war. Dann versuchte er, zurückzuweichen, und scheiterte, als ihre Hand sich auf sein Gesicht zu streckte.

Das Metall war kühl an seiner Haut und wurde durch die Berührung nicht wärmer. Einen Moment später erschauderte Deven erneut, als sich sechs scharfe Spitzen beinahe bis aufs Blut in seine Haut gruben.

»Diesen Bann erlege ich dir auf, Michael Deven«, murmelte Invidiana, und die Melodie ihrer Stimme verlieh ihren Worten Schrecken. »Du wirst durch kein Portal, das existiert oder gemacht werden könnte, aus dieser Kammer fortgehen oder durch irgendwelche Mittel Botschaften nach draußen senden. Außerdem wirst du keine Gewalt gegen mich anwenden, sonst stirbst du.«

Durch jede Ader in seinem Körper strömte Eis. Devens Zähne waren fest zusammengepresst, sein Kiefer schmerzte von der plötzlichen Belastung, während sich sechs Nadeln aus Feuer in die Haut an seiner Stirn brannten.

Dann war es fort.

Invidiana setzte lächelnd das Juwel zurück, und die Fesseln, die ihn hielten, fielen ab.

»Willkommen, Master Deven, im Onyxpalast.«

DEAD MAN'S PLACE, SOUTHWARK
7. *Mai* 1590

Es hatte etwas grausig Angemessenes, dachte Lune, sich einen Steinwurf von einem bischöflichen Gefängnis voller Ketzer entfernt zu verstecken.

Aber Southwark war ein guter Ort zum Verstecken. Mit seinen Suppenküchen und Bärenjagden, seinen

Gefängnissen und der allgemeinen Freizügigkeit war es nichts Ungewöhnliches, dass eine Frau allein für eine kurze und undefinierte Zeit ein Zimmer mietete. Lune musste einfach verschwinden, ehe ihr Feengold – oder eher Silber – sich wieder in Laub verwandelte.

Hatte der Eichelhäher wirklich zu den Goodemeades gehört? Oder hatte er ihre Nachricht jemand anderem überbracht? Würden die Goodemeades kommen? Was war passiert, dass sie so fest entschlossen waren, sie vom Onyxpalast fernzuhalten?

Schritte auf der Treppe. Sie spannte sich an, während ihre Hände nach Waffen fassen wollten, die sie nicht hatte oder von denen sie nicht wusste, wie man sie benutzte. Dann eine leise Stimme von draußen: »Meine Lady? Lasst uns hinein.«

Lune versuchte, nicht vor Erleichterung zu zittern, und entriegelte die Tür.

Die Goodemeades schlüpften herein und schlossen die Tür hinter sich. »Oh, meine Lady«, sagte Gertrude, die zu ihr stürmte und ihre Hände ergriff, »es tut mir so leid. Wir erfuhren es erst, als es zu spät war!«

»Über den Pakt?«, fragte Lune. Sie wusste schon, als sie die Worte aussprach, dass es nicht das war, aber ihre Gedanken waren so darauf konzentriert, dass sie sich nicht denken konnte, was Gertrude meinte.

Rosamund legte ihr sanft eine Hand auf den Arm. Die Berührung allein verriet zu viel. »Master Deven«, sagte die Hauselfe. »Sie hat ihn gefangen.«

Es gab kein Entfliehen in Verwirrung, kein verzögertes Verständnis, während Lune fragte, was sie meinte. Der Zorn stieg sofort in ihr hoch, ein dumpfes Brodeln in ihrem

Herzen. »Ich habe darauf vertraut, dass Ihr ihn warnt. Er schwebt in genauso großer Gefahr wie ich. Warum habt Ihr nur mich gewarnt?«

Die Schwestern sahen einander verwirrt an. Dann sagte Rosamund: »Meine Lady … die Vögel haben Euch aus eigenem Antrieb aufgehalten. Ihre Leute haben ihn gestern auf der Straße in einen Hinterhalt gelockt. Wir erfuhren sogar erst später davon. Wir haben vor einiger Zeit Vögel ausgeschickt, um Euch beide zu beobachten. Sie hatten Euch verloren, aber als einer sah, dass Deven ergriffen wurde, beschlossen sie, die Eingänge zu bewachen und Euch aufzuhalten, falls sie konnten.«

Sie verloren. Weil Lune so furchtbar angestrengt versucht hatte, zu verhindern, dass ihr irgendjemand folgte, als sie zu ihrem Treffen mit Vidar gegangen war. Wo war sie gewesen, als man ihn angegriffen hatte? Hatte Vidar sie absichtlich abgelenkt?

»Erzählt es mir«, sagte Lune schroff und kühl.

Gertrude beschrieb es sanft, als ob das den Schrecken dessen, was sie erzählte, verringerte. »Ein Irrlicht, das ihn vom Weg abbrachte. Ein Geisterpferd, das sein eigenes Pferd ersetzte und ihn in die Falle trug.« Sie zögerte, ehe sie den letzten Teil anfügte. »Und Achilles, der ihn niederstreckte.«

Daraus konnte Lune einen winzigen Trost schöpfen: Invidiana konnte nicht vorhaben, Deven bis zum Tod kämpfen zu lassen, oder sie hätte sich Achilles für später aufgehoben und stattdessen Kentigern geschickt.

»Da ist noch mehr«, sagte Rosamund. »Sein Diener Colsey ist ihm gefolgt, wie es scheint. Ich weiß nicht, warum oder was passiert ist … aber er ist tot.«

Colsey. Lune hatte ihn kennengelernt, damals, als sie alle bei Hof gewesen waren und ihre größte Sorge gewesen war, wie sie Devens Heiratsantrag ausweichen konnte, ohne seinen Nutzen für sie zu verlieren. Sie hatte ihn und seine schweigende Loyalität zu seinem Herrn gemocht.

Tot, so einfach. Und Deven ...

Lune wandte sich ab und ging zwei Schritte. Sie konnte nicht weiter laufen. Das Zimmer, das sie gemietet hatte, war kaum größer als eine Pferdebox.

Der Köder war offensichtlich. Die Frage war, ob sie darauf eingehen würde.

Es machte kaum einen Unterschied, ob Invidiana den Geist von Francis Merriman hatte. Die Königin wusste genug. Würde Lune nun in ihre Falle tappen?

Ohne nachzudenken, ließ sie eine Hand an das Säckchen sinken, das das letzte Stück von dem Laib enthielt, den Deven ihr gegeben hatte. Sterbliches Brot. Sie hatte so viel davon gegessen, seit sie ihn kennengelernt hatte. Nicht genug, um sie menschlich zu machen, aber genug, um sie zu verändern.

Michael Deven liebte sie. Nicht Anne Montrose, sondern *Lune*. Sie hatte es in der Nacht erkannt, als er sie zu seinem Haus gebracht hatte. Was bedeutete diese Liebe für sie?

Würde sie sie wegwerfen und fliehen, um sich selbst zu retten?

Oder würde sie sie annehmen – sie erwidern – trotz ihres Preises?

Sie hatte diese Wahl nie zuvor in sich empfunden. Zu viel sterbliches Brot. Es führte sie an einen unvertrauten Abgrund. Ihre Gedanken bewegten sich auf seltsame Art, schwankend, verunsichert.

»Meine Lady?«, flüsterte Gertrude hinter ihr.

Lunes Hände verharrten auf ihrem Rock. Sie drehte sich um und stellte fest, dass die beiden Hauselfen sie mit zögerlicher Miene betrachteten. Es war das erste Mal, dass sie sah, wie sie Furcht zeigten. Sie hatten Jahre damit verbracht, gegen Invidiana zu arbeiten. Vielleicht war ihr Spiel jetzt schließlich zu Ende.

»Der Londonstein befindet sich im Onyxpalast«, sagte Lune. »Ebenso tut das Invidiana, die einen Pakt mit der Hölle geschlossen hat. Und genauso Michael Deven.

Ich werde tun, was wir geplant hatten. Ich werde Doktor Dee aufsuchen.«

ERINNERUNG
Vor langer, langer Zeit

Es gab eine Schönheit wie die Nacht, bleich wie der Mond, dunkel wie ihr Schatten, schlank und elegant wie strömendes Wasser. Ein junger Mann sah sie unter den Sternen tanzen und liebte sie. Er sehnte sich und seufzte nach ihr, bis seine Mutter befürchtete, dass er dahinsiechen würde, verloren in Liebesträumen. Denn dies geschah gelegentlich, dass Menschen aus Liebe zu den Fremden unter den Hügeln starben.

Derart war das Schicksal dieses jungen Mannes nicht. Ein Plan wurde geschmiedet, wonach er die wunderschöne Fremde zur Frau nehmen sollte. Großartige Vorbereitungen wurden von seinem und ihrem Volk getroffen, eine prächtige Mittsommerhochzeit am Flussufer, ein kleines Stück vom Dorf, wo der Vater dieses jungen Mannes herrschte.

Es würde Musik und Tanz, gutes Essen und Trinken geben, und wenn die jungen Mädchen und Männer des Dorfs sich in ihre Gäste von der anderen Seite verlieben sollten, wäre diese Hochzeit vielleicht nur die erste von vielen. Und wenn das erledigt wäre, hätte der junge Mann ein feines Haus, das er mit seiner Frau teilen konnte, und würde mit der Zeit seinem Vater als Herrscher nachfolgen und diese Gegend regieren.

So war es geplant. Doch es geschah nicht so.

Die Gäste versammelten sich unter dem dämmrigen Sommerhimmel. Auf der einen Seite die verwitterten Gesichter der Dorfbewohner, bei der Arbeit von der Sonne gebräunt, die alten faltig, die jungen pausbäckig, die die Leute auf der anderen Seite des Felds anstarrten. Dort standen große und kleine, breitschultrige und schlanke Kreaturen, manche mit Federn, Hufen, Schwänzen, Schwingen.

Diejenige, die der junge Mann liebte, sah ihr Volk in all seiner wilden Pracht an, und selbst deren Hässlichkeit war für sie schöner, denn das war es, was sie waren und immer sein würden.

Dann betrachtete sie die Dorfbewohner und sah, wie Unfälle ihre Körper vernarbten, wie sie schnell verfielen und stürzten, wie ihre Häuser auf nackter Erde standen und sie sich mit harter Arbeit ihren Lebensunterhalt abrangen.

Und sie fragte sich: *Soll ich von dem hier dorthin gehen?*

Also floh sie und ließ den jungen Mann allein unter dem aufsteigenden Mond, wo sein Herz in Stücke zersprang.

Er wurde krank und starb, jedoch nicht aus Liebe. Dennoch war er seltsam stolz auf seine Krankheit und lachte ein wahnsinniges Lachen, das seine Mutter unerträglich traurig machte. *Siehst du, wir beweisen, dass sie recht hatte.*

Wir sterben so schnell, so leicht. Sie wird noch, lange nachdem ich vergangen bin, hier sein. Ich trauere nicht um den Maikäfer oder hänge mein Herz an ihn. Warum sollte es für sie anders sein?

Bitterkeit vergiftete die Worte, das schreckliche Wissen, dass seine Liebe für die unsterbliche Kreatur, an die er sie geheftet hatte, wie nichts war.

Der Mond nahm ab und zu, und als er wieder voll war, starb der junge Mann. Auf seinem Sterbebett sprach er seine letzten Worte, nicht an seine Familie, sondern an die abwesende Kreatur, die sein Ende gewesen war. *Mögest du leiden, wie wir leiden, in Krankheit und Alter, auf dass du kein Entkommen vor dem findest, wovor du geflohen bist. Mögest du all die Last der Sterblichkeit fühlen und unter deiner Bürde aufschreien, bis du den Schaden gesühnt hast, den du angerichtet hast, und verstehst, was du verschmäht hast.*

Dann starb er und wurde begraben, und nie mehr versammelten sich die Dorfbewohner in Harmonie mit den Fremden unter den Hügeln.

MORTLAKE, SURREY
7. *Mai* 1590

Das Haus mit all seinen Anbauten und Erweiterungen war wie ein alter Mann, der im Licht der Nachmittagssonne träumte und sich zu einem entspannten Nickerchen ausgestreckt hatte. Doch Lune kam es unheilvoller als der Onyxpalast vor: eine Lauer voll unbekannter Gefahren.

Seien es Engel oder Teufel, die er drinnen heraufbeschwor, es war kein Ort, an den eine Fee gehen sollte.

Lune reckte ihre Schultern und näherte sich der Tür mit resoluteren Schritten, als sie sich fühlte.

Sie war eine einzelne Frau ohne Vorstellungsschreiben, um ihren Weg zu glätten. Doch das Dienstmädchen war leicht genug zu bezaubern, und Dees Frau stellte sich als mitfühlend heraus. »Er ist bei seinen Studien«, sagte die Frau und wiegte das Kleinkind, das sie auf ihrer Hüfte hielt. Die kleine Kreatur starrte Lune unverhohlen an, als könne sie durch den Tarnzauber sehen. »Aber wenn es dringend ist ...«

»Ich wäre höchst dankbar«, antwortete Lune.

Ihr Empfang war wärmer als erwartet. »Ihr werdet mir meine Offenheit in dieser Frage verzeihen«, sagte Dee, sobald die Formalitäten erledigt waren, »aber hat das hier irgendetwas mit Michael Deven zu tun?«

Das stand nicht in dem geistigen Skript, welches Lune auf dem Weg nach Mortlake vorbereitet hatte. »Entschuldigung bitte?«

Ein überraschendes Funkeln erleuchtete die müden Augen des Astrologen. »Ihr seid mir nicht unbekannt, Mistress Montrose. Eure Herrin, die Gräfin von Warwick, war seit meiner Rückkehr freundlich zu mir, und ich hatte die Ehre einer Freundschaft mit Sir Francis Walsingham. Als Master Deven an meine Tür kam und um Hilfe in der Angelegenheit mit einer jungen Edeldame bat, war es nicht schwer zu erraten, wen er meinte.«

Keine Magie, nur eine gute Auffassungsgabe. Lune begann wieder zu atmen. »In der Tat, Doktor Dee – es hat alles mit ihm zu tun. Werdet Ihr mir helfen?«

»Wenn ich kann«, sagte Dee. »Aber einige Dinge gehen über meine Einflussmöglichkeiten hinaus. Falls er in irgendwelchen politischen Schwierigkeiten steckt ...«

Nicht von der Art, die er meinte. Lune knetete ihre Hände auf dem Schoß und erwiderte den Blick des alten Mannes, wobei sie alle Aufrichtigkeit, die sie aufbringen konnte, hineinlegte. »Er ist in großer Gefahr, und zwar aus Gründen, die, wie ich befürchte, mir zuzuschreiben sind. Und es kann sein, Doktor Dee, dass Ihr der einzige Mann in England seid, der uns helfen könnte.«

Sein Gesicht erstarrte hinter dem schneeweißen Bart. »Und warum wäre das so?«

»Es heißt, Ihr sprecht mit Engeln.«

Alle Freundlichkeit fiel weg, doch seine Blicke waren so wachsam und ohne Blinzeln wie die eines Falken. »Ich fürchte, Mistress Montrose, dass Ihr ein überaus dramatisches Gefühl für seine Gefährdung, meine Fähigkeiten oder beides habt. Engel ...«

»Ich bin nicht überaus dramatisch«, fauchte sie und vergaß in ihrer Aufgewühltheit, höflich zu sein. »Das versichere ich Euch. Die Geschichte ist kompliziert, Doktor Dee, und ich habe keine Zeit, die ich dafür verschwenden kann, wenn Ihr mir am Ende erzählt, Ihr könnt mir nicht helfen. Führt Ihr Gespräche mit Engeln oder nicht?«

Dee stand von seinem Stuhl auf, während seine tintenbefleckten Finger seine lange Robe gerade zupften. Er drehte sich um, ging durch den Raum und sprach sehr überlegt. »Ich sehe, dass Ihr aufgewühlt seid, Mistress Montrose, und so möchte ich Euch zwei Dinge darlegen. Das erste ist, dass das Handeln von Engeln keine triviale Sache ist, kein Wunder, das man aus einer Laune heraus beschwören kann, um weltliche Probleme zu lösen.

Das zweite ...« Er hielt lange inne, und seine Hände, die er hinter dem Rücken verschränkt hatte, verkrampften sich.

Etwas machte seine Stimme härter und verlieh ihr Schärfe. »Das zweite ist, dass solche Anstrengungen einer Assistenz bedürfen – nämlich der Dienste eines Wahrsagers, der die Präsenzen sehen kann, wenn sie kommen. Mein ehemaliger Kamerad und ich haben uns getrennt, und ich habe keinen angemessenen Ersatz für ihn gefunden.«

Der erste Punkt bereitete ihr keine Sorgen, der zweite schon. »Könnt Ihr nicht ohne derartige Hilfe arbeiten?«

»Nein.« Dee drehte sich um und sah sie an. Seine Zähne waren zusammengebissen wie gegen irgendeine unglückselige Wahrheit. »Und ich möchte ehrlich zu Euch sein, Mistress Montrose. Manchmal bezweifle ich, ob ich *jemals* mit einem Engel gesprochen habe oder ob ich, wie man mir vorwirft, nichts anderes getan habe, als Teufel heraufzubeschwören, die zu ihrer eigenen Belustigung mit mir spielen.«

Ihr Mund war trocken. All ihre Hoffnung verflog. Wenn nicht Dee, wer dann? Ein Priester? Invidiana hatte schon zuvor Priester vernichtet. Und Lune glaubte nicht, dass ein Heiliger dem Ruf einer Fee antworten würde.

»Mistress Montrose«, sagte Dee leise. Trotz der Falten, die sein Gesicht ernst gemacht hatten, blieb seine Art mitfühlend. »Wollt Ihr mir nicht erzählen, was passiert ist?«

Eine einfache Frage mit einer gefährlichen Antwort. Dennoch kalkulierte irgendeine Ecke in Lunes Kopf bereits. Falls er nicht der Hexer war, den sie erwartet hatte, dann konnte ihn wohl ein Zauber lange genug betäuben, dass sie entkommen konnte, sollte alles schiefgehen. Sie würde Anne Montrose zerstören, aber jener Frau blieb ohnehin kein Leben mehr …

Sie dachte wirklich drüber nach, es zu tun.

»Kann ich Euch vertrauen?«, flüsterte Lune.

Er ging vor ihr in die Hocke, hielt aber einen gewissen Abstand zwischen ihnen ein, um sie nicht zu bedrängen. »Wenn es England oder der Königin nicht schadet«, sagte Dee, »dann werde ich mein Bestes tun, um Euch in gutem Glauben zu helfen.«

Die Tür war geschlossen. Sie waren unter sich.

Lune sagte: »Ich bin nicht so, wie ich scheine.« Und während sie aufstand, legte sie ihre Tarnung ab.

Dee stand einen Moment später auf und starrte sie an.

»Die Königin von Fae-England«, sagte sie, jeder Muskel angespannt und fluchtbereit, »hat einen Pakt mit der Hölle geschlossen. Ich brauche die Hilfe des Himmels, um ihn zu brechen. Von dieser Angelegenheit hängt nicht nur die Sicherheit von Michael Deven, sondern das Wohlergehen Eures eigenen Königreichs und Eurer Königin ab.«

Er schrie nicht. Er schleuderte ihr nicht den Namen Gottes als Verteidigung entgegen. Er tat nichts, als mit trüben Augen zu starren, als sei er von seinen Gedanken eingenommen.

»Also wenn Ihr keine Engel herbeirufen könnt«, sagte Lune, »dann erklärt mir, Doktor Dee, was ich tun soll. Denn ich weiß es nicht.«

Hinter der Maske seines Bartes zuckte sein Mund. Jetzt erkannte sie es als eine Art Verbitterung, die sie überraschte. »Habt Ihr ihn geschickt?«, fragte er abrupt.

»Michael Deven?«

»*Edward Kelley.*«

Der Name kam heraus wie ein Fluch. Woher kannte sie ihn? Sie hatte ihn irgendwo gehört …

»Als er zu mir kam«, sagte Dee kühl, »bot er an, mein Wissen in der Feenmagie zu erweitern.«

Die Erinnerung kam zurück. Ein Mensch mit verkrüppelten Ohren. Sie hatte ihn ein- oder zweimal bei Hof – ihrem eigenen Hof – gesehen und seinen Namen gehört. Sie hatte nie mehr erfahren. »Ich habe ihn nicht geschickt«, sagte Lune. »Aber irgendjemand hat das vielleicht. Wer war er?«

»Mein Wahrsager«, antwortete Dee. »Den ich lange der Täuschung verdächtigte. Er kam so plötzlich zu mir und schien so großes Talent zu haben, aber wir stritten so oft …« Jetzt erkannte sie den Unterton in seiner Stimme. Es war der Klang von betrogener Zuneigung. Dieser Kelley war ihm einst lieb gewesen.

»Er ist jetzt fort?«, fragte Lune.

Dee machte mit einer Hand eine abgehackte Geste. »Wir sind in Trebon getrennte Wege gegangen. Er ist jetzt Hofalchemist beim Heiligen Römischen Kaiser.«

Dann war er wirklich außer Reichweite. Lune rief: »Bitte, Doktor Dee. Ich flehe Euch an.« Nie in all den Zeitaltern, an die sie sich erinnern konnte, war sie, als Fae, vor einem Sterblichen gekniet, doch nun tat sie es. »Ich weiß, ich bin keine christliche Seele, aber Michael Deven ist eine, und er wird sterben, wenn ich das hier nicht aufhalten kann. Und stellt sich Euer Gott nicht gegen den Teufel, wo auch immer dieser wirken mag? Helft mir, ich bitte Euch. Ich weiß nicht, wen ich sonst fragen soll.«

Dee starrte blind auf sie herab, erneut geistesabwesend. »Ich habe keinen Wahrsager. Selbst Kelley hat mir vielleicht nichts als Lügen eingetrichtert, und ich selbst habe keine Gabe zum Hellsehen. Es mag sein, dass ich nicht mehr Macht habe, um Engel herbeizurufen, als jeder andere Mensch.«

»Wollt Ihr es nicht versuchen?«, flüsterte Lune.

Während sie ihre Blicke auf ihn geheftet hielt, sah sie die Veränderung. Irgendein Gedanke kam ihm, der all die Neugier seines formidablen Verstands weckte. Der Ausdruck, der in seinen Mundwinkeln zuckte, war nicht ganz ein Lächeln, doch er enthielt einige Hoffnung. »Ja«, sagte Dee. »Wir werden es versuchen.«

IM ONYXPALAST, LONDON
8. *Mai* 1590

Durst war die größte Bedrohung.

Deven versuchte, sich abzulenken. Der Raum war, wie ihm bewusst wurde, Invidianas Thronsaal. Er war weitaus größer als der von Elisabeth und hatte eine fremdartige Pracht an sich, von der eine sterbliche Königin nur träumen konnte, denn an diesem Ort konnte sich fantasievolle Architektur wahrlich ausleben. Die Säulen und Rippen, die die gewölbte Decke hielten, waren nicht mehr als eine Zierde, die irgendeinem mittelalterlichen Fiebertraum entsprungen war. Sie wurden nicht als Stützen benötigt. Ihre Zwischenräume waren mit Schnitzereien und Kristallpaneelen gefüllt, die wie ebenso viele zerbrechliche Damoklesschwerter aufgehängt waren.

Unter und zwischen diesen Strukturen schlenderten Fae umher, die er für die favorisierten Höflinge dieser Königin hielt. Sie waren ein schwindelerregender Haufen: Einige wirkten menschlich, andere übernatürlich hübsch, wieder andere bestialisch und in Firlefanz gekleidet, der sich zur Kleidung sterblicher Höflinge verhielt wie dieser Saal zu einem sterblichen Raum. Sie alle beobachteten ihn, doch niemand kam ihm nahe. Eindeutig hatte sich herumgesprochen, dass er nicht berührt werden sollte. Wie viel wussten sie darüber, wer er war und warum er dort war?

Weil es Deven an einer Antwort auf diese Frage mangelte, beschloss er, seine Grenzen auszutesten. Er versuchte, andere anzusprechen. Sie schreckten zurück. Er folgte ihnen und belauschte ihre Gespräche. Sie verstummten, wenn er näherkam, oder entsagten dem Vorteil, der Königin so nahe zu sein, und verließen den Saal komplett. Die Bruchstücke, die er mithörte, bedeuteten für ihn ohnehin nichts.

Er sprach vor ihnen über Gott, und sie zuckten zusammen, während Invidiana voll böswilliger Belustigung zusah.

Sie war weniger belustigt, als er beschloss, es weiter zu treiben.

Deven suchte sich einen Platz in der Mitte des Saals mit Blickrichtung zum Thron und bekreuzigte sich. Er schluckte gegen die Trockenheit in seinem Mund und begann zu rezitieren:

»Vater unser im Himmel, geheiligt werde dein Name. Dein Reich komme. Dein Wille geschehe, wie im Himmel, so auf Erden. Unser tägliches Brot gib uns heute, und vergib uns unsere Schuld, wie auch wir vergeben unseren Schuldigern. Und führe uns nicht in Versuchung, sondern erlöse uns von dem Bösen. Amen.«

Der Saal war halb leer, ehe er fertig war. Die meisten von denen, die geblieben waren, krümmten sich oder waren an die Mauern gesunken und wirkten, als sei ihnen übel. Nur wenige blieben unberührt. Diese hatten, wie er annahm, kürzlich sterbliche Nahrung gegessen. Doch selbst sie wirkten nicht glücklich.

Ebenso wenig tat das Invidiana. Sie war zum ersten Mal wütend.

Er versuchte es erneut, diesmal mit einer anderen Taktik, indem er verblasste Erinnerungen an Gebete ausgrub, die er von Gefängnisinsassen und rückfälligen Katholiken gehört hatte. »*Pater noster, qui es in caelis: sanctificetur nomen tuum …*«

Diesmal spürte sogar er dessen Wucht. Der Saal erbebte um ihn herum. Seine Pracht verblich, als könne er durch den Marmor und Onyx und Kristall auf blanken Fels und Holz und Staub sehen, und all die Fae stünden in Lumpen gekleidet da.

Dann krachte von hinten etwas gegen ihn, schleuderte ihn zu Boden und ließ ihm den Atem stocken. Sein katholisches Gebet endete in einem Grunzen. Eine Stimme sprach über ihm, eine, die er nur zu gut kannte, obwohl er kaum ein Dutzend Worte von ihr gehört hatte. »Soll ich ihm die Zunge herausschneiden?«, fragte Achilles.

»Nein.« Falls die lateinische Version Invidiana erschüttert hatte, so zeigte sie es nicht. »Vielleicht brauchen wir seine Redefähigkeit noch. Aber stopf ihm den Mund zu, damit er keine weiteren Blasphemien mehr äußern kann.«

Ein Stoffknäuel wurde Deven in den Mund geschoben und festgebunden. Sein Durst wurde sofort schlimmer, als jedes verbliebene bisschen Feuchtigkeit von dem Stoff aufgesaugt wurde.

Doch seine Gedanken galten kaum dem. Stattdessen dachte er darüber nach, was er gesehen hatte, in jenem Augenblick, ehe Achilles ihn umgeworfen hatte.

Invidianas Thron stand unter einem Thronbaldachin an der gegenüberliegenden Wand. Durch die Kraft seines

Gebets wirkte es für einen Moment, als würde dieser eine Öffnung verdecken und als läge etwas im Raum dahinter.

Wie er dieses Wissen nutzen konnte, wusste er nicht. Aber weil ihm seine Stimme weggenommen worden war, war das Wissen seine einzig verbliebene Waffe.

MORTLAKE, SURREY
8. *Mai* 1590

»Ihr seid wahnsinnig«, sagte Lune.

»Vielleicht.« Dee wirkte bei dieser Möglichkeit ungerührt. Zweifellos hatte man ihn dessen oft genug beschuldigt. »Aber Kinder sind als Wahrsager ideal. Kinder und jene, die unter Geisteskrankheiten leiden. Kelley war kein stabiler Mann – nun, vielleicht ist das keine Empfehlung, wenn er in Wahrheit nichts weiter tat, als mich zu täuschen. Trotzdem. Die besten Wahrsager sind jene, deren Verstand nicht zu sehr durch Gedanken an Möglichkeit und Unmöglichkeit gebunden ist.«

»Also Ihr selbst.«

Er schüttelte den Kopf. »Ich bin zu alt, zu sehr an meine Routine gewöhnt. Mein Sohn hat kein Talent dafür gezeigt, und wir haben keine Zeit, einen anderen zu finden.«

Lune holte langsam Luft, als würde das ihr Gefühl vertreiben, dass all dies irgendwo schiefgegangen war. »Aber wenn Ihr infrage stellt, ob Ihr überhaupt je zuvor mit einem Engel gesprochen habt, was unter Sonne und Mond lässt Euch dann glauben, dass ein solcher einer *Fee* antworten wird?«

Sie waren in seinem privatesten Arbeitszimmer, mit strenger Anweisung für seine überraschend große Familie, dass sie unter keinen Umständen gestört werden sollten. Lune hoffte, dass es so sein würde. Auf Dees Instruktion hin hatte sie seit dem Vortag keine Nahrung von irgendeiner Art zu sich genommen – was bedeutete, kein sterbliches Brot.

Er wusste sehr gut, was das bedeutete, denn sie hatte es ihm erklärt. Sehr ausführlich, als sie verstanden hatte, was er im Sinn hatte. Und das war gewesen, *ehe* er seine Entscheidung verkündet hatte, sie als seine Wahrsagerin zu verwenden.

Der Philosoph schüttelte wieder den Kopf. »Ihr versteht die Funktionsweise dieser Arbeit falsch. Obwohl Ihr ein Teil davon sein werdet, ganz sicher, wird es Eure Rolle sein, wahrzunehmen und mir zu erzählen, was Ihr seht und hört. Das Anrufen werde ich durchführen. Ich habe die letzten drei Tage gefastet und gebetet, denn ich hatte vor, es wieder mit meinem Sohn zu versuchen. Ich habe mich selbst geläutert, damit ich für ein solches Handeln angemessen bin. Der Engel – falls tatsächlich einer kommt – wird auf meinen Ruf kommen.«

Jetzt verstand sie das Fasten. Aber Gebete? »Ich habe keine derart gründlichen Vorbereitungen getroffen.«

Die Erinnerung dämpfte seinen Enthusiasmus. »In der Tat. Und falls das hier scheitert, dann werden wir es in drei Tagen erneut versuchen. Aber Ihr glaubt, dass Gefahr im Verzug ist.«

Invidiana hatte die Geduld einer Spinne. Sie würde drei Jahre warten, wenn es ihrem Zweck diente. Doch je länger Deven im Onyxpalast blieb, desto größer wurde die Wahrscheinlichkeit, dass die Königin ihn töten würde – oder Schlimmeres.

Schlimmeres konnte viele Formen annehmen. Eine Taufe zerstörte den Geist eines Fae und machte ihn von da an zu nicht mehr als einem Sterblichen. Dee hatte diesen Ritus nicht vorgeschlagen, aber wer wusste, welche Wirkung dieses »engelhafte Handeln« haben würde?

Das machte ihr mehr Angst als alles andere. Fae konnten getötet werden. Sie führten so selten direkt Krieg gegeneinander, weil Kinder sogar noch seltener waren. Aber der Tod kam vor. Außerdem wusste niemand, was, falls irgendetwas, jenseits davon lag, obwohl Fae-Philosophen die Frage ebenso diskutierten, wie es ihre menschlichen Gegenstücke taten. Die Unsicherheit verängstigte Lune weniger als die Sicherheit, sich in einen Menschen zu verwandeln. Es war eine Sache, ihnen nahezukommen und sich in der Wärme ihres sterblichen Lichts zu sonnen. Einer zu *sein* ...

Sie hatte ihre Wahl bereits getroffen. Jetzt konnte sie sich nicht mehr umentscheiden.

Lune sagte: »Erklärt mir, was ich tun muss.«

Dee nahm sie an der Hand und führte sie in eine winzige Kapelle, die neben seinem Arbeitszimmer lag. »Kniet Euch mit mir hin«, sagte er, »und betet.«

Ihre freigelegte Feennatur fühlte sich schrecklich verwundbar. Wenn sterbliches Brot sie schützte, konnte sie fromme Worte murmeln wie jeglicher Mensch. Aber jetzt?

Er schenkte ihr ein freundliches Lächeln. Falls ihr fremdartiges Erscheinungsbild ihn verstörte, hatte er schon lange aufgehört, das zu zeigen. »Ihr braucht Euch nicht zu fürchten. Ignoriert die Worte, die Ihr andere sagen hören habt – Katholiken und Protestanten gleichsam. Der Allmächtige hört die Empfindung, nicht die Form.«

»Welche Art von Christ seid Ihr?«, fragte Lune, halb verblüfft, halb um Zeit zu schinden.

»Einer, der glaubt, dass Wohltätigkeit und Liebe die wichtigsten christlichen Tugenden und der Grundstein der wahren Kirche sind, der sogar jenseits des tiefsten Schismas in der Doktrin liegt.« Seine knochige Hand drückte sanft auf ihre Schulter und leitete sie auf die Knie. »Sprecht aus Liebe und Wohltätigkeit, und Ihr werdet erhört.«

Lune starrte nach oben auf das Kreuz, das an der Wand der Kapelle stand. Es war ein einfaches Kreuz, kein Kruzifix mit einem gequälten Christus daran. Das machte es einfacher. Und das Symbol selbst störte sie nicht – nicht hier, nicht jetzt. Dee glaubte, was er sagte, aus ganzem Herzen. Ohne eine Willenskraft, die es gegen sie führte, war das Kreuz keine Bedrohung.

Sprecht aus Liebe und Wohltätigkeit, hatte er gesagt.

Lune faltete die Hände, senkte den Kopf und betete.

Die Worte kamen anfangs zögerlich, dann flüssiger. Sie war nicht sicher, ob sie sie laut aussprach oder nur im Kopf. Einige schienen nicht einmal Worte zu sein: nur Gedanken, Konzepte, unartikulierte Befürchtungen und Bestrebungen, die sie erst nach Art eines Handels darlegte – *helft mir, dann werde ich für Euch arbeiten* –, dann als Rechtfertigungen, Verteidigung, eine Entschuldigung für ihre Feennatur. *Ich weiß nicht, was ich im größeren Ganzen dieser Welt bin. Ob ich ein gefallener Engel, eine uralte Rasse, ein unwissender Teufel oder etwas bin, von dem die Sterblichen nicht einmal träumen. Aber würdet Ihr dieses Böse bestehen lassen, einfach weil ich diejenige bin, die gegen es arbeitet? Hört eine gute Tat auf, gut zu sein, wenn sie von einem heidnischen Geist getan wird?*

Schließlich ein wortloses Flehen. Invidiana – Suspiria – hatte diese Schlacht auf ein Lune fremdes Territorium verlegt. Ohne Halt, verloren in einer Welt, die fremdartiger als das Unterwasserreich war, kam sie ohne Hilfe nicht weiter.

So sehr steigerte sie sich hinein, dass sie vergaß, dass es nur eine Vorbereitung war. Sie zuckte erschrocken zusammen, als Dee sie wieder an der Schulter berührte. »Kommt«, sagte er und stand auf. »Jetzt machen wir unseren Versuch.«

Das Arbeitszimmer enthielt wenig: ein Regal mit wenigen zerfledderten, viel genutzten Büchern. Einen abgedeckten Spiegel. Einen Tisch in der Mitte, dessen Beine, wie Lune sah, auf Wachsrondellen ruhten, in die kunstvolle Symbole geschnitzt waren. Eine Tischdecke aus roter Seide bedeckte die Tischplatte und etwas anderes, Rundes und Flaches.

Auf dieses verborgene Objekt platzierte Dee eine Kristallkugel, dann trat er zurück. »Bitte, setzt Euch.«

Lune setzte sich vorsichtig auf die Kante eines Stuhls, den er vor die Kugel stellte.

»Ich werde die Anrufung sprechen«, sagte er und nahm eines der Bücher. Ein anderer gebundener Band lag mit einer aufgeschlagenen leeren Seite daneben. Sie erhaschte auf dem gegenüberliegenden Blatt einen Blick auf gekritzelte Handschrift, die offenbar seine Notizen waren, denn er hatte ebenfalls Tinte und eine Feder bereitgelegt.

Sie befeuchtete ihre Lippen. »Und ich?«

»Blickt in den Stein«, sagte er. »Konzentriert Eure Gedanken, genau so, wie als Ihr gebetet habt. Lasst Eure Atemzüge locker werden. Wenn Ihr irgendetwas seht, sagt es mir. Wenn irgendein Wesen zu Euch spricht, berichtet seine Worte.« Er lächelte sie wieder an. »Fürchtet keine bösen Geister. Die Unschuld Eures Ansinnens und die Formeln, die ich ausspreche, werden uns schützen.«

Er klang nicht so sicher, wie er es vielleicht konnte, und seine Hand verkrampfte sich um das Buch, das er hielt, als sei es ein Talisman. Aber Lune war über den Punkt hinaus, wo sie protestiert hätte. Sie nickte einfach und wandte ihre Aufmerksamkeit dem Kristall zu.

John Dee begann zu sprechen.

Die ersten Silben ließen es ihr kalt den Rücken hinunterlaufen. Sie hatte Englisch oder Latein erwartet, vielleicht Hebräisch. Die Worte, die er sprach, waren nichts davon und auch keine Sprache, die sie je gehört hatte. So seltsam sie auch waren, sie erschütterten sie bis aufs Mark, als ob ihre Bedeutung knapp hinter dem Ende ihrer Reichweite schwebte. Würde sie sich nur konzentrieren, würde sie sie vielleicht verstehen, obwohl sie sie nie zuvor gehört hatte.

Die Worte wogten immer weiter in einem wohltönenden, unaufhörlichen Gesang. Er flehte den Schöpfer an, wie Lune fühlte, pries die Pracht des Himmels und seines Herrn, beschrieb die kunstvolle Struktur der Welt von den reinen Reichen Gottes hinunter zum geringsten Teil der Natur. Und für einen kurzen Moment nahm sie es wie durch seine Augen wahr: einen wunderschönen mathematischen Kosmos, gefüllt mit Mustern, Korrespondenzen, Verbindungen, wie das am feinsten gebaute mechanische Gerät, jenseits der Macht jedes Verstands außer dem Gottes, um ihn in seiner Gänze zu verstehen, doch durch das Studium seiner Einzelteile begreifbar.

Diesem hatte er sein Leben gewidmet. Dem Verständnis des gewaltigsten Werkes Gottes.

In jenem Augenblick wirkten all die ziellosen, unsterblichen Zeitalter ihres Lebens im Vergleich öde und sinnlos.

Und dann fühlte sie, wie sie von einem Strahlen wie dem des Mondes durchflutet wurde, und ihre Lippen öffneten sich. Sie sprach, ohne nachzudenken. »Etwas kommt.«

Dees Anrufung war beendet, wie ihr bewusst wurde, aber sie wusste nicht, wie viel Zeit verstrichen war. Ein leises Kratzen drang an ihre Ohren: seine Feder auf Papier. »Was seht Ihr?«

»Nichts.« Die Kugel füllte ihr Blickfeld. Wie lange war es her, dass sie zuletzt geblinzelt hatte?

»Sprecht mit ihm.«

Was sollte sie sagen? Ihr Kopf war völlig frei von Worten. Lune suchte nach etwas, irgendetwas. »Wir – ich – flehe untertänigst um Eure Kraft, Eure Hilfe. Die Königin des Onyxpalasts hat einen Pakt mit der Hölle geschlossen. Nur durch Eure Macht kann er gebrochen werden. Wollt Ihr uns nicht helfen?«

Dann japste sie, denn der Kristall verschwand. Stattdessen sah sie eine Gestalt, ihre Form sowohl perfekt als auch undefinierbar. Der Tisch war verschwunden, der Stuhl war verschwunden. Sie stand in einem leeren Raum vor der schrecklichen Pracht des Engels und sank aus Respekt und Unterwerfung ohne nachzudenken auf die Knie.

Wie aus großer Entfernung hörte sie Dee ein Wort aussprechen, während seine eigene Stimme vor Ehrfurcht zitterte. »*Anael.*«

Ihr Geist lag frei, hilflos, vor der glänzenden Macht des Engels. Mit nur einem Gedanken konnte er sie zerstören, allen Feenzauber von ihrem Wesen fortreißen, sie als nichts weiter als einen sterblichen Überrest zurücklassen, auf immer getrennt von der Welt, die ihre gewesen war. Sie war keine große Legende des Feenlandes, die sich gegen Derartiges verteidigen konnte, und sie hatte sich dieser Macht aus freiem Willen unterworfen.

Alles, was sie jetzt noch verteidigte, waren, wie Dee gesagt hatte, Wohltätigkeit und Liebe.

Sie zitterte, als die Gestalt näherkam. Die Stärke hätte sie zerquetschen können, doch stattdessen hielt er sie wie einen zerbrechlichen Vogel auf seiner Handfläche. Lune spürte, wie sich Lippen auf ihre drückten, und das kühle Strahlen durchströmte ihren Körper. Dann waren sie fort.

»*Trage du diesen Kuss zu dem, den du liebst*«, sagte der Engel Anael, seine Worte die wahre und reine Form der Sprache, die Dee gesprochen hatte, eine Kraft aus Schönheit, die beinahe unerträglich war.

Dann wich das Licht zurück. Sie war auf ihrem Stuhl. Der Kristall war vor ihr. Sie waren wieder allein im Raum.

Dee murmelte einen abschließenden Segen und sank auf seinen Stuhl zurück, von dem er aufgestanden war, ohne dass sie es gesehen hatte. Das Notizbuch lag neben ihm, kaum berührt.

Lunes Blicke suchten die des Philosophen und sahen, dass sich ihr eigener Schock dort widerspiegelte.

Er, der keine Gabe zum Sehen hatte, hatte etwas gesehen. Und er wusste, genau wie sie, dass es eine wahre Engelserscheinung gewesen war und dieser auf ihr Flehen geantwortet hatte.

Trage du diesen Kuss zu dem, den du liebst.

Sie hatte diese Wahl getroffen. Was das bedeutete, wusste sie nicht. Sie hatte ihr Herz nie zuvor verschenkt. Wie ein Kuss ihr helfen würde, konnte sie sich nicht vorstellen. Es kam ihr wie eine schwache Waffe gegen Invidiana vor.

Doch es war die Antwort des Himmels auf ihr Flehen. Um Michael Devens willen würde sie in den Onyxpalast gehen und sich irgendwie ihren Weg zu ihm durchkämpfen. Sie würde ihm Anaels Kuss bringen.

Was danach passierte, lag in Gottes Händen.

DAS *ANGEL INN*, ISLINGTON
8. *Mai* 1590

»Sie muss abgelenkt werden«, sagte Lune. »Sonst wird sie all ihre Ritter und Leibwächter und anderen Ressourcen zwischen mir und Deven platzieren, und ich habe keinerlei Hoffnung, ihn zu erreichen. Sie werden mich töten, oder sie werden mich fesseln und vor sie zerren. So oder so werde ich es nicht schaffen, das zu tun, was ich muss.«

Die Goodemeades stellten diesen Teil davon nicht infrage. Lune hatte ihnen in kurzen Zügen erzählt, was sich in Mortlake ereignet hatte – kurz nicht deswegen, weil sie irgendetwas vor ihnen verbergen wollte, sondern weil sie wenige Worte besaß, um es zu beschreiben. Ihre Augen waren vor Bewunderung aufgerissen, und sie behandelten sie jetzt mit einem ehrfürchtigen und etwas furchtsamen Respekt, der sie nervös machte.

Nicht so viel Respekt allerdings, dass sie gewisse Dinge nicht infrage stellten. »Meine Lady«, sagte Gertrude, »sie wird erwarten, dass Ihr genau das tut. Ihr seid nicht zurückgekommen, was bedeutet, dass Ihr von Eurer Gefährdung wisst. Wenn Ihr nicht einfach in ihre Klauen spazieren wollt, dann müsst Ihr versuchen, ihre Aufmerksamkeit abzulenken. Doch sie wird jegliche Ablenkung als genau das erkennen – und sie ignorieren.«

Von der anderen Seite des rosengeschützten Raums meldete sich Rosamund, die seit einigen Minuten geschwiegen hatte. »Außer die Ablenkung ist etwas, das sie nicht ignorieren kann.«

»Das Einzige, was sie nicht ignorieren könnte, wäre ...«

»Eine echte Bedrohung«, sagte Lune.

Etwas, das Invidiana wirklich fürchten musste. Ein Krieg auf ihrer eigenen Türschwelle, in den sie ihre Soldaten senden musste, wenn sie nicht riskieren wollte, ihren Thron zu verlieren.

Die Liste an Dingen, die infrage kamen, war in der Tat kurz.

Gertrude war die Farbe aus dem Gesicht gewichen, und sie starrte ihre Schwester an. Ungewohnte Verbissenheit lag über Rosamunds Miene, aber falls eine Hauselfe militant aussehen konnte, dann tat sie es. »Wir könnten es fertigbringen«, sagte sie. »Aber meine Lady, wenn eine solche Kraft einmal entfesselt ist, ist sie nicht leicht aufzuhalten. Am Ende verlieren wir alle vielleicht sehr viel.«

Lune wusste das wohl. »Könnte irgendetwas sie aufhalten?«

»Wenn Invidiana das Schwert wieder herausziehen würde – vielleicht. Das erzürnt jene mehr als alles andere. Vielleicht wären sie zufrieden, wenn sie es aufgeben würde.«

»Doch das würde Invidiana nie tun«, sagte Gertrude. »Nur Suspiria, und vielleicht nicht einmal sie.« Sie starrte zu Lune hoch, während sich ihre Augen mit Tränen füllten. »Werden wir sie zurückbekommen, wenn Ihr fertig seid?«

Die unausgesprochene Frage: *Oder geht Ihr, um sie zu töten?*

Lune wünschte, sie könnte die Frage der Hauselfe beantworten, doch sie war ebenso blind wie diese. Die Macht des Engels wartete in ihr, fremdartig und lichtdurchflutet, doch sie wusste nicht, was jene tun würde. Konnte ein Feengeist in die Hölle verdammt werden?

Ihre Antwort kam als Flüstern: »Ich kann nichts versprechen.«

Rosamund sagte schwermütig: »Damit müssen wir zufrieden sein. Wir haben keine andere Wahl.«

»Ihr müsst schnell handeln.« Der Kloß aus Anspannung in Lunes Hals löste sich nie, hatte es nur für wenige zeitlose Momente in der Präsenz des Engels getan. »Nutzt Vidar.«

»Vidar?«

»Corr war sein Agent oder zumindest ein Verbündeter. Er befahl mir, über jegliche weiteren, die ich bei Hof finden könnte, zu schweigen. Ich kenne seinen Plan nicht, aber er muss einen haben. Wir können das nutzen.« Ihr Eid verbot ihr nicht, es den Goodemeades zu erzählen. Die letzte Person in der Schöpfung, mit der sie diese Information teilen würden, war Invidiana. Aber sie hatte nie erwartet, ein derartiges Schlupfloch zu nutzen.

Rosamund trat vor, strich sorgfältig ihre Schürze glatt und legte einen Arm um ihre blasse Schwester. »Trefft Eure Vorbereitungen, meine Lady. Gertrude und ich werden die Wilde Jagd holen.«

IM ONYXPALAST, LONDON
9. Mai 1590

Die Hitze der Sonne brannte auf seine Schultern und seinen ungeschützten Kopf. Es war ein langer Ritt gewesen, und er war müde. Er schwang sein Bein über den Sattel und ließ sich auf den Boden sinken, während er seine Zügel einem Diener übergab. Sie waren am Flussufer versammelt, eine elegante, lachende Menge, die Musik machte, Gedichte rezitierte und Karten spielte. Er sehnte sich danach, sich zu ihnen zu gesellen, aber ach! Er war so durstig.

Eine lächelnde, neckische Dame trat zu ihm, einen Kelch Wein in jeder Hand. »Mein Lord. Wollt Ihr trinken?«

Das punzierte Silber fühlte sich an seinen Fingern kühl an. Er blickte in die reichhaltigen Tiefen des Weins hinunter, roch seinen feinen Duft. Er würde nach diesem langen Ritt gut schmecken.

Als der Kelch halb an seinen Lippen war, hielt er inne. Irgendetwas ...

»Mein Lord.« Die Dame legte ihm eine Hand sanft auf den Arm, während sie nahe genug bei ihm stand, dass ihre Brüste gerade seinen Ellbogen berührten. »Mögt Ihr den Wein nicht?«

»Nein«, murmelte er und starrte den Kelch an. »Das ist ...«

»Trinkt«, forderte sie ihn auf. »Und dann kommt mit mir.«

Er war so durstig. Die Sonne war heiß, und der Wein war im Fluss gekühlt worden. Er hatte in letzter Zeit nichts gegessen. Der Wein würde ihm zu Kopf steigen. Doch sicher machte das keinen Unterschied – nicht in dieser lustigen, sorglosen Menge. Sie beobachteten ihn, warteten darauf, dass er sich ihnen anschloss.

Er hob den Kelch an seine Lippen und trank.

Die Flüssigkeit glitt seine Kehle hinunter in seinen Bauch, kühlte ihn und ließ all seine Nerven summen. Kein Wein, den er je getrunken hatte, hatte so geschmeckt. Er schluckte gierig und unersättlich. Je mehr er trank, desto mehr wollte er, bis er den Kelch kippte und die letzten Tropfen daraus leerte und zitterte, weil nicht mehr da war ...

Da war kein Sonnenlicht. Da war keine Wiese am Fluss. Da waren Höflinge, doch die Gesichter, die zusahen, waren wild und unmenschlich, und überall um ihn herum war Finsternis.

Die üppige Feendame trat von ihm zurück, ihr Gesicht strahlte vor Freude, und aus einiger Entfernung applaudierte Invidiana spöttisch. »Gut gemacht, Lady Carline. Achilles, du brauchst seinen Knebel nicht wieder anzulegen.« Die Königin lächelte Deven durch den Saal an und zeigte all ihr raubtierhaftes Vergnügen. »Er wird jetzt keine Beschwörungen mehr gegen uns aussprechen.«

Der Kelch fiel Deven aus der Hand und klirrte, leer bis auf den letzten Tropfen, auf den Steinboden. Er hatte jegliche Nahrung, jegliches Getränk verweigert, weil er die Gefahr kannte, doch am Ende hatte ihn sein Körper verraten, dessen sterbliche Bedürfnisse und Triebe ihn zu einem leichten Ziel für einen Zauber gemacht hatten.

Selbst wenn Lune jetzt käme, um ihn zu retten, war es zu spät.

Er suchte nach den Namen, die seine Verteidigung gewesen waren, und fand nichts. Ein Schleier vernebelte seine

Gedanken, verbarg das Antlitz von … was? Da war irgendetwas gewesen, er wusste es. Er war in die Kirche gegangen und hatte gebetet …

Aber die Gebete waren fort. Jene Kräfte waren nicht länger in seiner Reichweite.

Gelächter verfolgte ihn, als er davonstolperte und Zuflucht in einer Ecke des Saals suchte. Jetzt hatte ihn letztlich der Gleichmut, an den er sich seit seiner Gefangennahme geklammert hatte, verlassen. Er wollte mehr. Sein Körper schmerzte vor Sehnen, darum zu betteln. Ein weiteres Glas – auch nur einen Schluck …

Er knetete seine Hände, bis seine Knöchel knackten, und wartete schaudernd auf den nächsten Zug.

LONDON
9. *Mai* 1590

Der Mond stieg auf, als die Sonne unterging, und seine Silberscheibe kletterte stetig in den Himmel.

Die Glocken hatten zur Sperrstunde geläutet. London war im Bett – oder sollte es sein. Jene, die spät noch draußen waren, die betrunkenen Gentlemen und die Halunken, die darauf warteten, sich diese zur Beute zu machen, verdienten, wie einige sagen würden, was auch immer ihnen passierte.

Am nördlichen Horizont bauten sich ohne Vorwarnung Gewitterwolken auf.

Sie zogen von Norden nach Süden, gegen den Wind, wie es Wolken nicht tun sollten. In ihren Tiefen ein Donnern wie das Trommeln von Hufen auf der Erde, droben wo keine Erde war. Ein schreckliches Jaulen kam aus den Wolken, welches skeptischere Köpfe als Wildgänse abgetan hätten. Jene, die seine wahre Quelle kannten, versteckten sich.

Kurze Lichtblitze enthüllten, was in den Wolken lag.

Die Hunde rannten darin entlang, hüpften, stürmten, drängten sich in und aus dem Rudel. Schwarze Hunde mit roten Augen, weiße Hunde mit roten Ohren, und alle von ihnen stießen diesen schrecklichen, bellenden Ruf aus, anders als alle Hunde, die Sterbliche je gezüchtet hatten.

Pferde, mit Silber und Gold beschlagen, in denen spektrales Licht aufflammte. Gebildet aus Nebel, aus Stroh, aus Fae, die beschlossen, in dieser Gestalt zu laufen, brachte ihr gestreckter Galopp sie in furchterregender Geschwindigkeit näher. Und auf ihrem Rücken ritten Gestalten, die sowohl schrecklich als auch wunderschön waren.

Hirschgeweihe ragten in den Himmel wie riesige, ausgebreitete Kronen. Gefiederte Schwingen rauschten in der Luft, Flügelspitzen pfiffen im Sturm. Ihr Haar war gelb wie Gold, rot wie Blut, schwarz wie die Nacht. Ihre Augen brannten vor Zorn, und in ihren Händen lagen Schwerter und Speere aus Legenden.

Die vergessenen Könige von Fae-England ritten in den Krieg.

Sie hatte viele Namen. Wishthunde, Yethhunde, Gabriel Rachets, Dando und seine Hunde. Ein Dutzend Gesichter und ein Dutzend Namen für die Wilde Jagd, jetzt mit einem einzigen Ziel vereint.

Sie wollten keine Sterblichen in ihren Krieg verwickeln, und jahrzehntelang hatte ihre Feindin hinter jenem Schild sicher gelagert. Doch etwas anderes war verwundbar, konnte nicht völlig verborgen werden. Dies zu tun, hätte seinen eigentlichen Zweck verhindert und den Zauber gebrochen, den es festhielt. Und so stand es im Freien, ungeschützt, auf der Candlewick Street.

Die Wilde Jagd ritt aus, um den Londonstein zu zerstören.

ST.-PAULS-KATHEDRALE, LONDON
9. Mai 1590

Der Wind frischte schon auf, floh vor dem aufziehenden Sturm, als Lune das westliche Portal der St.-Pauls-Kathedrale erreichte.

»Die Eingänge werden bewacht sein, meine Lady«, hatte Gertrude gesagt, als die Nachricht gekommen war, dass der unwiderrufbare Zug gemacht, die Wilde Jagd über das Geheimnis des Londonsteins unterrichtet war und die Schlacht unter dem Vollmond stattfinden würde. »Doch es gibt einen, den sie nicht gegen Euch schützen kann.«

St. Pauls und den Weißen Tower. Die beiden ursprünglichen Eingänge zum Onyxpalast, im Licht der Sonnenfinsternis erschaffen. Letzterer lag innerhalb der Mauern einer königlichen Festung und würde darüber hinaus seinen eigenen Schutz haben.

Doch Ersterer lag auf christlichem Boden. Keine Feenwache konnte lang dort bleiben, egal wie sehr sie mit sterblichem Brot gestärkt sein mochte. Niemand war durch diesen gegangen, seit Invidiana Francis Merriman in die Kammern darunter gesperrt hatte.

Die einzige Frage war, ob er sich für Lune öffnen würde.

Sie ging an den Ständen der Buchhändler vorbei, die über Nacht geschlossen waren. Der Wind ließ Müll an ihren Wänden abprallen. Ein Knurren hallte durch die Luft, und sie blieb wie angewurzelt stehen. Licht blitzte über die Stadt, dann schallte vom Himmel über ihr ein Brüllen.

Sie erhaschte einen kurzen Blick auf sie, an der Turmspitze der Kathedrale vorbei. Dame Halgresta Nellt, die zu einer Höhe aufragte, die sie im Onyxpalast nie erreichen konnte. Sir Kentigern, zur Rechten seiner Schwester, der eine Herausforderung in den aufziehenden Sturm schrie. Sir Prigurd, zur Linken, dessen grobschlächtige Gesichtszüge zu einer Miene voll pflichtbewusster Entschlossenheit geformt waren. Sie hatte Prigurd immer am liebsten gemocht. Er war nicht so brutal wie seine Geschwister, und er war eine Seltenheit im Onyxpalast: ein Höfling, der aus Loyalität diente, egal, wie deplatziert diese war.

Sie standen an der Spitze der Onyxwache, deren Elfenritter in martialischer Pracht glänzten. Ihre Rüstungen leuchteten silbern und schwarz und smaragdgrün, und ihre Pferde tänzelten unter ihnen, Geisterpferde und Gestaltwandler und Grants, die begierig darauf waren, sich in die Schlacht zu stürzen. Dahinter standen die versammelten Reihen der Infanterie, Irrwichte und schwarze Hunde, Hobyahs und Gnome, all die Goblins und Pucks und sogar einfache kleine Hauselfen, die dazu verpflichtet werden konnten, zur Verteidigung ihres Heims zu kämpfen.

Der Onyxpalast. Er *war* ihr Heim. Ein finsteres und von seiner bösartigen Königin verdorben, aber dennoch ein Heim.

Ehe die Nacht verstrichen wäre, würde die Wilde Jagd ihn vielleicht bis auf den letzten Stein abreißen.

Doch wenn Lune zuließ, dass sie diesen Preis infrage stellte, würde sie verlieren, ehe sie überhaupt angefangen hatte.

Die großen Türen des Westportals schwangen auf, als sie näherkam. Nachdem sie eingetreten war, spürte sie, wie die Heiligkeit gegen ihre Haut drückte, seltsam nahe und doch fern. Die wartende Spannung des Engelskusses pulsierte in ihr. Wie ein Zeichen, das man Spähern zeigt, erlaubte er ihre Passage.

Sie wusste nicht, was sie suchte, aber die Macht des Engels war im Einklang damit, wie eine Saite, die einen Ton anschlug. *Dort.* Ein Stück Boden wie jedes andere im Kirchenschiff. Als sie darauf trat, lief eine Erschütterung durch ihre Knochen.

Hier explodierte Feenmagie nach oben. Hier sättigten heilige Rituale den Boden. Hier öffnete sich London nach unten in sein finsteres Spiegelbild.

Lune kniete sich hin und legte eine Hand auf den Stein. Der Zauber, der den Eingang schützte, sprach zu ihren Fingern. Francis hatte gebetet, sodass die Worte Gottes ihn von einer Welt in die andere gebracht hatten, ohne dass er von irgendwelchen Augen gesehen worden war. Für sie reichte die Berührung des Engels.

Hätte sie dort irgendjemand beobachtet, wäre der Boden unverändert geblieben. Doch für Lunes Blicke falteten sich die Steinplatten weg und gaben eine Treppe frei, die nach unten führte.

Sie hatte keine Zeit zu verlieren. Lune fasste Mut und hastete nach unten – und betete, dass die Drohung der Jagd ihre Aufgabe erfüllt hatte.

IM ONYXPALAST, LONDON
9. Mai 1590

Die Marmormauern hallten vom Donner oben, bebten, doch hielten stand.

Invidiana, die auf ihrem Thron saß, hätte eine Statue sein können. Ihr Gesicht verriet keine Nervosität – es war nichts als eine erstarrte Maske gewesen, seit eine hässliche Riesin die Nachricht überbracht hatte, dass die Wilde Jagd gegen London ritt.

Was auch immer er wohl gegen sie sagen konnte, dies musste Deven Invidiana zugestehen: Sie war in der Tat eine Königin. Sie erteilte knappe Befehle, ließ ihre Lakaien umherrennen, und binnen kürzerer Zeit, als er für möglich gehalten hätte, war die Verteidigung des Onyxpalasts organisiert.

Der Thronsaal war so gut wie leer. Jene, die nicht in die Schlacht gezogen waren, waren aufgebrochen, versteckten sich in ihren Gemächern oder waren in der Hoffnung, irgendwo Sicherheit zu finden, gänzlich geflohen.

Die meisten, aber nicht alle. Invidiana, die bewegungslos auf ihrem Thron saß, wurde von zwei Elfenrittern, schwarzhaarigen Zwillingsbrüdern, flankiert. Sie standen mit gezogenen Schwertern da, bereit, sie unter Einsatz ihres Lebens zu verteidigen. Eine menschliche Frau mit einem verblühten, eingefallenen Gesicht und toten Augen hockte am Fuß der Plattform.

Und Achilles stand nahe bei Deven, nur in Sandalen und einen Lendenschurz gekleidet. Sein Körper war vor Begierde, sich in das Schlachten zu stürzen, angespannt.

Das Donnern wurde lauter, bis der gesamte Saal bebte. Ein Krachen: Einige Schnitzereien hatten sich zwischen den Spitzbögen gelöst und stürzten auf den Boden. Deven blickte auf, dann rollte er sich gerade rechtzeitig aus dem Weg, um sich zu retten, als ein gesamtes Kristallpaneel auf dem Steinboden zersplitterte.

Achilles lachte ihn aus, während seine Finger den Griff des archaischen griechischen Schwerts streichelten, das er trug.

Wo war Lune in alledem? Hoch am Himmel, wo sie mit der Jagd ritt, um ihn zu retten? Kämpfte sie an irgendeinem Eingang gegen die Wachen, die sie aus dem Onyxpalast fernhalten sollten?

Würde sie das Wunder bringen, das er brauchte?

Er hoffte es. Doch ein Wunder würde nicht reichen. Wenn sie ankäme, würden Achilles und die beiden Elfenritter sie vernichten.

Sein Schwert war fort, im Kampf gegen Achilles zerbrochen. Er hatte nicht einmal ein Messer, mit dem er sich verteidigen konnte. Und er hatte keine Chance, sich einfach eine Waffe von dem Sterblichen oder den Rittern zu schnappen. Während er mit einem kämpfte, würden ihn die anderen von hinten erwischen.

Sein Blick fiel auf den Schutt, der sich jetzt auf dem Boden anhäufte, und ihm kam eine Idee.

Man sagte, Suspiria hätte ihren Geliebten wegen seiner Gabe Tiresias genannt. Sie hatte diese Praxis eindeutig fortgesetzt, indem sie Achilles nach dem großen Krieger aus griechischen Legenden benannt hatte.

Deven warf einen Blick nach oben. Weitere Elemente des Bauwerks knirschten und brachen. Er warf sich plötzlich auf eine Seite, als befürchte er, dass etwas auf ihn stürzen könne. Die Bewegung brachte ihn näher an Achilles, und als er sich auf die Knie erhob, lag ein Stück Kristall kühl in seiner Handfläche, dessen rasiermesserscharfe Kanten ihn blutig schnitten.

Er schlug aus und schlitzte mit dem Kristall über die Hinterseiten von Achilles' verwundbaren Fersen.

Der Mann schrie auf und brach zusammen. Niedergestreckt, aber nicht tot, und Deven durfte nichts dem Zufall überlassen. Er packte ein Bruchstück eines Silberfiligrans und ließ es auf den Schädel seines Feindes krachen, sodass es dessen Gesicht zu blutigem Brei schlug und den muskulösen Körper erschlaffen ließ.

Er bekam das Schwert des Mannes gerade rechtzeitig in die Hand, um sich den herbeistürzenden Rittern zu stellen.

Der Palast ächzte und bebte unter der Wucht der Schlacht darüber. Wie lange würden die Nelltgeschwister und ihre Armee die Wilde Jagd in Schach halten?

Sie rannte mit voller Kraft Richtung Thronsaal. Die Räume und Galerien waren verlassen. Alle waren in die Schlacht gezogen oder geflohen. Überall lag Schutt, Dekoration, die von den erschütternden Explosionen auf den Boden geschleudert worden war. Und dann waren die Türen zum Thronsaal vor ihr, fest verschlossen, doch ohne ihre übliche Wache. Sie sollte innehalten, am Türspalt lauschen und versuchen, festzustellen, wer drinnen war, aber sie konnte nicht stehen bleiben. Ihr fehlten sowohl die Zeit als auch der Mut.

Lune warf sich gegen die Türen und stürmte in den Raum dahinter.

Ein drahtiger Arm schloss sich in dem Augenblick, als sie hineinkam, um ihre Kehle, und etwas zerrte sie rückwärts. Lune schlug mit rudernden Armen um sich. Finger krallten sich in verfilztes Haar. *Eurydike. Sonne und Mond, sie weiß es …*

Achilles lag in einer Lache aus seinem eigenen Blut an einer Wand. Sir Cunobel von der Onyxwache stöhnte nicht weit entfernt auf dem Boden, kämpfte darum, aufzustehen, und scheiterte. Doch sein Zwillingsbruder Cerenel war noch auf den Beinen, und an dessen Schwertspitze stand mit dem Rücken an eine Säule gedrängt Michael Deven.

»Also«, sagte Invidiana von ihrem hohen, entfernten Thron herab. »Du hast mich höchst gründlich betrogen, wie es scheint. Und alles wegen *dem hier*?«

Deven war mitgenommen und verletzt, seine rechte Hand blutete. Große Risse liefen durch sein Wams, wo ihn sein Gegner beinahe aufgespießt hatte. Seine Blicke trafen ihre. Sie waren nicht so weit voneinander entfernt. Wenn sie nur zu ihm gelangen konnte, nur für einen Augenblick …

Einen Kuss. Aber war es wert, dass sie beide starben, um diesen zu geben? Was würde passieren, sobald sich ihre Lippen berührten?

Lune zwang sich, Invidiana anzusehen. »Ihr habt vor, uns beide hinzurichten.«

Die Schönheit der Königin war umso schrecklicher, jetzt wo Lune wusste, woher sie kam. Invidiana lächelte frohlockend. »Beide? Vielleicht, oder vielleicht auch nicht … Er hat Feenwein getrunken, verstehst du. Er wird schon unser. Sobald sie den ersten Schritt gemacht haben, ist es so einfach, sie tiefer hineinzuziehen. Und ihr habt mich zwei meiner Haustiere gekostet. Es scheint nur angemessen, dass zumindest eines ersetzt wird.«

Jetzt sah sie die Anzeichen im Glitzern seiner Augen, dem heftigen Erröten seiner Wangen über seiner bleichen Haut. Wie viel hatte er getrunken? Wie weit war er unter den Bann des Feenlands gefallen?

Etwas. Doch vielleicht nicht genug.

Lune wandte sich wieder an die Königin. »Er ist stur. Es ist ein Beweis Eurer Macht, dass er auch nur einen Schluck getrunken hat. Aber ein Mann mit ausreichender Willensstärke kann das verkraften. Vielleicht verweigert er noch mehr. Ich kenne diesen Mann, und ich sage Euch jetzt: Ihr werdet ihn verlieren. Er würde eher verhungern, als mehr aus Eurer Hand oder von irgendeinem Eurer Höflinge anzunehmen.«

Invidiana verzog die Lippen. »Erzähl mir jetzt, was du anbieten willst, Verräterin, ehe ich die Geduld mit dir verliere.«

Eurydikes knochiger Arm drohte, sie zu ersticken. Lune röchelte: »Versprecht mir, dass Ihr ihn am Leben lasst, und ich werde ihn dazu bringen, weitere Nahrung anzunehmen.«

»Ich gebe keine *Versprechen*«, fauchte Invidiana, als ihr Zorn plötzlich durchbrach. »Du bist nicht zum Verhandeln hier, Verräterin. Ich brauche nichts zu tun, worum du mich bittest.«

»Das verstehe ich.« Lune ließ sich fallen. Eurydike war nicht stark genug, um sie aufrecht zu halten, und so sackte sie auf den Boden auf die Knie, während die Sterbliche sich jetzt an ihren Rücken klammerte. Lune neigte den Kopf gegen den zerrenden Arm um ihre Kehle und sagte: »Weil ich nichts mehr zu verlieren habe, kann ich nur flehen und meine Hilfe anbieten – in der Hoffnung, ihm diese kleine Gnade zu erkaufen.«

Invidiana dachte für einige nervenzehrende Momente darüber nach. »Warum solltest du dir das wünschen?«

Lune schloss die Augen. »Weil ich ihn liebe und ihn nicht sterben sehen will.«

Leises, verächtliches Lachen. Invidiana musste es sich gedacht haben, doch das Eingeständnis amüsierte sie. »Und warum sollte er von dir annehmen, was er von uns nicht annehmen wollte?«

Ihre Fingernägel gruben Halbmonde in ihre Handflächen. »Weil ich einen Zauber auf ihn gelegt habe, als ich an den sterblichen Hof ging, damit sein Herz mir gehörte. Er wird alles tun, worum ich ihn bitte.«

Die Schlacht erschütterte immer noch die Mauern des Thronsaals. Das meiste, was fallen konnte, war gefallen. Das nächste, was einstürzen würde, war der Saal selbst.

Eurydikes Arm verschwand von ihrer Kehle.

»Beweise, dass deine Worte wahr sind«, sagte Invidiana. »Zeig mir, dass dieser Sterbliche deine Marionette ist. Verdamme ihn mit deiner Liebe. Dann erhöre ich dein Flehen vielleicht.«

Lune drückte eine zitternde Hand an den kalten Boden und schob sich auf die Beine. Sie stellte fest, dass Eurydike ihr einen eingedellten Kelch hinhielt, der halb mit Wein gefüllt war. Sie nahm ihn, machte einen tiefen Knicks vor der Königin und wandte sich erst dann um, sodass sie Michael ansah.

Seine blauen Augen starrten sie undeutbar an. Es gab keine Möglichkeit, ihm zu erklären, was sie vorhatte, keinen Weg, anzudeuten, dass ihre Worte Lügen waren, dass sie keinen Zauber auf ihn gelegt hatte, dass sie ihn lieber tot sehen würde, ehe sie ihn hierließe, damit er von

Invidiana gequält würde, wie es Francis geschehen war. All das musste später kommen – falls es ein Später gab.

Alles, was jetzt wichtig war, war, nur für einen Pulsschlag in seine Nähe zu kommen.

Sir Cerenel machte einen Schritt zur Seite, als sie näherkam, hielt jedoch seine Klinge weiter an Devens Kehle, und jetzt glitt ein Dolch hervor, dessen Spitze auf sie gerichtet war. Lune trat näher, hob den Kelch und beugte sich noch etwas dichter, sodass sie ihm ins Gesicht lächeln konnte, als würde sie aus einem Zauber schöpfen. »Trink für mich, Master Deven.«

Seine Hand schleuderte den Kelch auf den Boden, und in dem Augenblick, als dieser zwischen ihnen verschwunden war, warf sie sich nach vorn und küsste ihn.

Als sich ihre Lippen berührten – als Lune ihn zum ersten Mal als sie selbst ohne Maske zwischen ihnen küsste –, erklang im Onyxpalast eine Stimme, hoch und rein, die die Sprache sprach, welche jenseits von Sprache lag.

»Jetzt seien all jene befreit, deren Liebe sie in Ketten geführt hat.«

Feuer brannte wieder auf Devens Stirn, sechs Punkte in einem Kreis, und er schrie unter Lunes Mund auf, weil er glaubte, dass er gleich sterben würde.

Doch es war ein reines Feuer, eine weiße Hitze, die wegbrannte, was auch immer Invidiana dort platziert hatte, und es bereitete ihm keine Schmerzen. Als es endete, wusste er, dass er frei war.

Er war auch nicht der Einzige.

Der Elfenritter taumelte weg und ließ mit ausgestreckten Händen seine Waffen fallen, als hätte ihn die Macht jener

Engelserscheinung geblendet. Die sterbliche Frau stürzte zu Boden, ihr Mund zu einem stummen Schrei aufgerissen.

Und im Zentrum des Saals, genau an der Stelle, wo Deven gestanden und gebetet hatte, sah er einen schlanken, dunkelhaarigen Mann mit saphirblauen Augen.

Francis Merriman stand frei und aufrecht da, seine Schultern gespannt, sein Kinn hochgereckt, seine Augen klar. Deven konnte sehen, wie ein Schatten von ihm abfiel, der letzte Überrest von Tiresias, des wahnsinnigen Spiegelbilds, das so viele Jahre verloren durch diese Hallen gewandert war. Doch es war nur ein Schatten: Der Tod hatte ihn aus dem Griff der Träume befreit und den Mann zurückgebracht, den Suspiria einst geliebt hatte.

Und Invidianas eisige Ruhe zerbrach unter seinem Blick.

»Kontrolliere ihn!«, schrie sie die Frau auf dem Boden an, während ihre Finger sich an die Armlehnen ihres Throns krallten. »Ich habe ihn nicht gerufen ...«

»Dennoch bin ich gekommen«, sagte Francis Merriman. Seine Stimme war ein heller Tenor, klar und einprägsam. »Ich bin nie von deiner Seite gewichen, Suspiria. Du dachtest, du hättest mich gebunden, erst mit deinem Juwel, dann durch Margarets Künste ...« Die sterbliche Frau japste bei dem Namen. »Aber die ersten und wahrsten Ketten, die mich banden, waren jene, die ich selbst geschmiedet hatte. Sie sind mein Gefängnis und mein Schild. Sie haben mich nach meinem Tod gegen dich geschützt, sodass ich dir nichts erzählt habe, von dem ich nicht wollte, dass du es weißt. Und sie bringen mich jetzt zu dir.«

»Dann werde ich dich verbannen«, spie Invidiana. Zorn verzerrte ihre melodiöse Stimme. »Du bist ein Geist, nichts weiter. Welche Hölle wartet auf deine verlorene Seele?«

Sie hätte die Hölle nicht erwähnen sollen. Francis' Miene verfinsterte sich vor Trauer. »Du hättest diesen Pakt nicht schließen müssen, Suspiria. Ebenso wenig hättest du dich vor mir verbergen müssen. Hieltest du mich mit meiner Gabe für blind für das, was du warst? Was du erlitten hast? Ich blieb bei dir, obwohl ich es wusste, und wäre weiter geblieben.«

»Bei mir geblieben? Bei was? Einer schrumpelnden, verwesenden Hülle – du sprichst von Gefängnissen, und doch weißt du nichts über sie. In seinem eigenen Fleisch gefangen zu sein, während einen jeder Tag den Würmern näherbringt – ein passendes Schicksal für dich vielleicht, aber nicht für mich. Ich tat, was er verlangte, und dennoch half es nichts. Warum sollte ich es weiter versuchen? Ich wollte seine Strafe *nicht mehr* ertragen.«

Dann wurde ihr Kreischen tiefer, und ihre Stimme war wieder kühl. »Ebenso wenig werde ich dich ertragen.«

Sie hob ihre langfingrigen Hände wie zwei weiße Spinnen in der Düsternis. Devens gesamter Körper spannte sich an. Eine Finsternis lauerte am Rand seines Gesichtsfelds, tiefer als die Schatten des Onyxpalasts und bösartiger. Eine Verderbnis, die der Reinheit gegenüberstand, die ihn durch Lunes Kuss berührt hatte. Sie wartete nur darauf, bis jemand sie hereinließ.

Francis hielt sie auf. Er trat mit gemessenen Schritten vor, näherte sich dem Thron, und gegen ihren Willen zuckte Invidiana mit bebenden Händen zurück. »Du hast ihnen deine Seele nicht gegeben. Eine solche Närrin warst du nie. Nein, du hast etwas anderes eingetauscht, oder nicht?« Seine Stimme war voll Trauer. »Ich habe es gesehen, an jenem Tag im Garten. Ein Herz, im Tausch für das, was du verloren hattest.«

Ihr Mund verzog sich vor Zorn: ein offenes Eingeständnis ihrer Schuld.

Der Mann, der ihr Geliebter gewesen war, beobachtete sie mit traurigen Blicken. »Du hast dein Herz verkauft. All die Wärme und Zuneigung, die du fühlen konntest. All die Liebe. Die Hölle gewann das Böse, das du angerichtet hast, und du gewannst eine Maske aus altersloser, unsterblicher Schönheit. Aber ich kannte dich ohne diese Maske, Suspiria. Und ich weiß, was du vergessen hast.«

Er stieg die Stufen zur Plattform hinauf. Invidiana wirkte wie gelähmt, während sie ihre schwarzen Augen ohne zu blinzeln auf ihn geheftet hielt.

»Du hast dein Herz, Jahre bevor du es dem Teufel verkauft hast, verschenkt«, sagte Francis. »Du hast es mir geschenkt. Und so gebe ich es dir zurück.«

Der Geist ihrer Liebe beugte sich zu ihr und küsste sie, wie Lune Deven Augenblicke zuvor geküsst hatte.

Ein Schrei gellte durch den Onyxpalast, ein Ausdruck purer Verzweiflung. Die makellose, schmerzhafte Schönheit Invidianas verschrumpelte und zerfiel, sackte in sich selbst zusammen. Die Frau selbst schrumpfte, verlor ihre imposante Größe, bis das, was auf dem Thron saß, wie ein Mädchen wirkte, noch nicht voll ausgewachsen, auf einem Stuhl, der zu groß für es war. Aber kein Mädchen hätte je so alt ausgesehen.

Deven wich angewidert vor dem uralten, verhärmten Ding zurück, zu dem Invidiana geworden war.

Als der Pakt mit der Hölle brach, als die Königin des Onyxhofs schrumpfte, da verblasste auch der Geist von Francis Merriman. Er wurde immer bleicher, und seine letzten Worte zogen als Flüstern durch den Saal.

»Ich werde auf dich warten, Suspiria. Ich werde dich nie verlassen.«

Der letzte Hauch von ihm verschwand aus dem Blickfeld.

»Bitte – verlass mich nicht.«

Deven und Lune blieben vor dem Thron im Onyxpalast zurück, die einzigen beiden, die immer noch standen.

Ein Geräusch peitschte durch die Luft, leise aber leidenschaftlich: teils Knurren, teils Kreischen. Die Kreatur vor ihnen hätte nicht fähig sein sollen, sich zu bewegen, doch sie schob sich vorwärts, stellte sich auf die Füße, und sie hatte ihre eindrucksvolle Präsenz nicht verloren. Hass pulsierte aus ihr wie Hitze aus einem Schmiedefeuer. Ihre Stimme war ein zerfetzter Überrest ihrer selbst und presste die Anschuldigung hervor: *»Ihr habt das über mich gebracht!«*

Lune öffnete den Mund mit drängendem Blick. Aber Deven trat vor und stellte sich zwischen seine Dame und die wahnsinnige Hülle der Königin. Er erkannte das, was er in ihren Augen sah. Zorn, ja, aber Zorn, um zu verdecken, was darunter lag: ein unendlicher Abgrund aus Schmerz. Sie hatte ihr Herz zurück. Damit mussten all die Emotionen gekommen sein, die sie verloren hatte. Einschließlich Reue für das, was sie dem Mann angetan hatte, den sie liebte.

Er musste es jetzt sagen, ehe es zu spät war. Die Gelegenheit würde nicht wiederkehren.

»Suspiria.« Es war wichtig, dass er ihren Namen benutzte. Die Stücke hatten sich tief in seinem Kopf zusammengefügt. Er sprach aus Instinkt. »Suspiria – *ich weiß, warum Ihr immer noch verflucht seid.«*

Die verwitterte Hexe zuckte bei seinen Worten zusammen.

»Ihr lagt bei so vielem davon richtig«, sagte er. Lune trat einen Schritt vor und stellte sich an seine Seite. »Ihr habt für Euren Fehler gebüßt. Der Onyxpalast war eine Schöpfung, die einer Legende würdig wäre – ein Ort, wo Fae sicher unter Sterblichen leben konnten, ein Ort, wo die beiden zusammenkommen konnten. Ihr habt so viel davon richtig gemacht. Aber Ihr habt nicht *verstanden.*

Der Sohn des Anführers hat Euch geliebt. Doch Ihr habt die Sterblichkeit verachtet, nicht wahr? Ihr konntet nicht ertragen, Euch daran zu ketten. Und so habt Ihr ihn weggestoßen, seine Liebe weggestoßen als etwas Wertloses, denn was kann es wert sein, wenn es so schnell stirbt? Aber die Zeitalter, die Ihr danach ertragen habt, müssen Euch etwas gelehrt haben. Sonst hättet Ihr nicht diesen großartigen Palast gebaut. Und Ihr hättet nicht Francis Merriman geliebt.«

Er konnte dessen Anwesenheit immer noch spüren. Der Geist war verschwunden, aber Francis war es nicht. Der Mann hatte es selbst gesagt. Er würde sie nie verlassen. Die Liebe, die er empfand, verband sie noch immer.

Und er hatte *ihr* die Fähigkeit zu lieben zurückgegeben.

»Ihr habt alles richtig gemacht«, sagte Deven. »Euer Fehler kam, als Ihr nicht darauf vertraut habt. Mit einer Zukunft an der Seite des Mannes konfrontiert, den Ihr geliebt habt – unter einer Art Sterblichkeit zu leiden, ja, zu altern, während er ewig jung geblieben wäre –, habt Ihr erneut Eure Furcht, Eure Verachtung triumphieren lassen. Ihr habt seine Liebe weggestoßen und die Liebe, die Ihr für ihn empfunden habt. Ihr habt es nicht geschafft, deren Wert zu erkennen.«

Ein Herz, gegen das eingetauscht, was sie verloren hatte. Jugend. Schönheit. Unsterblichkeit. Die Antwort hätte direkt vor ihrer Nase gelegen, hätte sie sie nur angenommen.

Verlass mich nicht, hatte Francis gesagt.

»Ihr seid erneut mit dieser Entscheidung konfrontiert«, flüsterte Deven. »Eure wahre Liebe wartet auf Euch. Ehrt diese Liebe, wie sie es verdient. Stoßt sie nicht ein drittes Mal weg.« Diese Welt funktionierte nach gewissen Regeln, die er ihr oder Lune nicht erklären musste. Was ein drittes Mal getan wurde, war für immer getan.

Zum ersten Mal, seit sie mit Invidiana verhandelt hatte, sprach Lune. »Wenn wir einmal lieben, können wir es nicht zurücknehmen«, sagte sie. »Wir können nur in dem, was es mit sich bringt, glänzen – Schmerz ebenso wie Freude, Trauer ebenso wie Hoffnung. Er ist jetzt ebenso sehr eine Fae-Kreatur wie ein Sterblicher. Wohin Ihr gehen werdet, weiß ich nicht. Aber Ihr könnt mit ihm gehen.«

Suspiria hob ihr welkes Gesicht und senkte die klauenartigen Hände, die sie gehoben hatte, um es zu verbergen. Erst nach einem Augenblick wurde Deven bewusst, dass sie weinte. Die Tränen strömten durch die tiefen Täler ihrer Falten, beinahe vor Blicken verborgen.

Invidiana war böse gewesen. Suspiria war es nicht. Er spürte einen scharfen Stich im Herzen, und einen Moment später fühlte er, wie Lunes Hand in seine eigene glitt.

Die Veränderung geschah zu subtil, um sie zu beobachten. Ohne, dass er es beobachten konnte, wurden die Falten flacher, die Leberflecke begannen zu verblassen. Wie das Alter sie vor einem Augenblick geschrumpft hatte, agierte es jetzt umgekehrt. All die Jahre fielen ab und enthüllten das Gesicht der Frau, die Francis geliebt hatte.

Sie hatte die bleiche Haut, das tintenfarbene Haar, die schwarzen Augen und roten Lippen. Doch was in seiner Perfektion verstörend gewesen war, war nun bloße

Feenschönheit: einen Schritt von der Sterblichkeit entfernt, genug, um einem den Atem zu rauben, aber erträglich. Und *richtig*.

Eine letzte, kristallene Träne verweilte am Ende ihrer Wimpern, dann fiel sie.

»Danke«, flüsterte Suspiria.

Dann verschwand sie wie Francis Merriman, und als der Thron leer war, wusste Deven, dass sie beide für immer fort waren.

Für einen Augenblick standen sie schweigend mit der Leiche von Achilles und den zusammengekauerten Gestalten von Eurydike und den beiden Elfenrittern im Thronsaal, während Lune verarbeitete, was sie gerade gesehen und getan hatte.

Dann knackste eine Säule und brach entzwei, und Lune wurde bewusst, dass der Donner nicht aufgehört hatte. Er war nähergekommen.

Und Suspiria war fort.

Deven sah die plötzliche Panik in ihrem Gesicht. »Was ist los?«

»Die Jagd«, sagte sie unnötigerweise. »Ich sollte Suspiria bitten ... der Stein ... Sie glauben, dass die Könige vielleicht nachgeben, wenn sie ihre Herrschaft aufgeben würde – aber was wird jetzt passieren, wo sie fort ist?«

Er rannte los, ehe sie auch nur fertig gesprochen hatte, sprintete in einem Höllentempo durch den Thronsaal und hielt direkt auf den Thron zu. Nein, nicht direkt. Er lief auf eine Seite davon und packte die Kante des großen Silberspitzbogens. »Hilf mir!«

»Bei *was*?« Sie kam trotzdem zu ihm. »Der Thron ist egal. Wir müssen den Londonstein finden ...«

»Er ist hier!« Sehnen zeichneten sich auf seinem Handrücken ab, als er wirkungslos am Thron zerrte. »Eine geheime Kammer – ich habe sie vorher gesehen …«

Lune stand nur einen Augenblick erstarrt da. Dann stürzte sie nach vorn und fing an, an der anderen Seite des Sitzes zu zerren.

Er bewegte sich widerwillig, wie um seinen Schatz zu beschützen. »Helft uns!«, fauchte Lune, und sei es aus reflexartigem Gehorsam oder aus dem einfachen Wunsch, nicht durch die Hand der Jagd zu sterben, richteten sich erst Sir Cerenel und dann Eurydike auf und kamen ihnen zu Hilfe. Zu viert zwangen sie den Thron von der Mauer weg, bis dort eine Lücke entstand, die gerade breit genug war, dass Lune und Deven durchschlüpfen konnten.

Die Kammer dahinter war nicht mehr als ein Alkoven, kaum groß genug für sie beide und den Stein, der aus der Decke ragte. Ein Schwert war bis zur Hälfte in der körnigen Oberfläche des Kalksteins versenkt. Sein Griff hing gerade dort, wo ihn die Hände einer extrem großen Frau vielleicht erreichen konnten.

Lune wusste nicht, welche Wirkung das Schwert jetzt hatte, wo eine Hälfte seines Pakts aus der Welt verschwunden war, doch falls sie es als Beweis für Invidianas Sturz zur Jagd bringen konnten … eine magere Hoffnung, aber ihr fiel sonst nichts ein, was sie versuchen konnten.

Ihre eigenen Finger reichten lange nicht bis zum Heft. Sie sah Deven an, und der schüttelte den Kopf. Invidiana war sogar größer als er gewesen, und er wirkte, als wollte er ohnehin kein Feenschwert berühren.

»Heb mich hoch«, sagte Lune. Deven legte seine blutbefleckten Hände um ihre Taille, spannte sich an und hob sie in die Luft, so hoch er konnte.

Ihre Hand schloss sich um den Griff, aber das Schwert löste sich nicht.

Stattdessen zog es sie mit Deven an ihrer Seite nach oben.

CANDLEWICK STREET, LONDON
9. *Mai* 1590

Sie verstand die Wahrheit, als sie mit Übelkeit erregender Geschwindigkeit vom Alkoven auf die Straße darüber gesogen wurden. Der Londonstein, halb vergraben, erstreckte sich nicht bis in den Onyxpalast hinunter. Der Stein dort unten war einfach ein Spiegelbild des Steins oben, die zentrale Achse des gesamten Komplexes, den Suspiria und Francis erbaut hatten. In diesem kurzen, quälenden Augenblick fühlte sie, dass sie nicht nur am Londonstein, sondern auch bei St. Paul und am Tower, an der Stadtmauer und am Themseufer war.

Dann stand sie auf der Candlewick Street, Deven an ihrer Seite, das Schwert immer noch in der Hand.

Überall um sie herum herrschte Krieg. Einige kämpften noch am Himmel. Andere hatten die Schlacht nach unten auf die Straßen verlagert, sodass Waffenklirren aus der Bush Lane und von St. Mary Botolph und St. Swithins hallte und sich dort traf, wo sie standen. Hunde jaulten, ein Ton, der es ihr kalt den Rücken hinunterlaufen ließ, und irgendjemand blies ein Horn, dessen Ruf über die Dächer der Stadt schallte.

Doch sie hatte nur Augen für eine Gruppe aus berittenen Gestalten, die wenige Schritte von ihnen entfernt stand.

Sie streckte das Schwert in den Himmel und schrie: »*Das reicht!*«

Und ihre Stimme, die den Schlachtenlärm nicht einmal ansatzweise hätte übertönen sollen, dröhnte lauter als das Horn und sorgte für beinahe sofortige Stille.

Sie starrten sie an, von überall in ihrer Umgebung, wo der Kampf getobt hatte. Sie sah Sir Kentigern nicht, aber Prigurd stand über dem bewegungslosen Körper ihrer Schwester, ein blutiges Zweihandschwert in der Hand. Vidar fehlte ebenfalls. Auf welcher Seite kämpfte er? Oder war er geflohen?

Es war eine Frage, die sie später beantworten würde. Im plötzlichen Schweigen senkte sie die Schwertspitze, bis diese auf die Reiter zielte – die uralten Könige von Fae-England.

»Ihr habt Krieg in meine Stadt gebracht«, sagte Lune in einem gebieterischen Tonfall, einem gedämpften Echo des Befehls, der die Schlacht beendet hatte. »Ihr *werdet* ihn wieder mit fortnehmen.«

Ihre Gesichter und Gestalten waren dumpf vertraut, halb im Gedächtnis gebliebene Schatten von kaum vierzig Jahren zuvor. War einer von ihnen ihr eigener König gewesen? Vielleicht derjenige, der jetzt nach vorne kam, ein Mann mit Hirschgeweih und ebenso grausamen wie wilden Blicken. »Wer seid Ihr, dass Ihr uns einen derartigen Befehl erteilt?«

»Ich bin die Königin des Onyxhofs«, sagte Lune.

Die Worte kamen als Reflex, ohne nachzudenken. An ihrer Seite spannte Deven sich an. Das Schwert musste in ihrer Hand zittern, doch sie wagte es nicht, ihre eigene Verblüffung zu zeigen.

Der Elfenkönig starrte sie finster an. »Jener Titel ist gestohlen. Wir werden zurückholen, was uns gehört, und nicht zulassen, dass eine Thronräuberin sich uns in den Weg stellt.«

Hände schlossen sich um Speere. Der Kampf konnte jeden Moment wieder anfangen.

»Ich bin die Königin des Onyxhofs«, wiederholte Lune. Dann fuhr sie fort, indem sie demselben Instinkt folgte, der sie dies hatte verkünden lassen. »Aber nicht die Königin von Fae-England.«

Das Starren des geweihtragenden Reiters wurde noch finsterer. »Erklärt Euch.«

»Invidiana ist fort. Der Pakt, durch den sie Euch Eure Herrschaft vorenthielt, ist gebrochen. Ich habe ihr Schwert aus dem Londonstein gezogen. Deshalb gehört die Herrschaft über diese Stadt mir. Euch werden jene Kronen zurückgegeben, die sie vor Jahren gestohlen hat.«

Ein rothaariger König sprach, weniger feindlich als sein Kamerad. »Doch London gehört weiter Euch.«

Lune entspannte ihren Griff am Schwert, richtete die Spitze zum Boden und entgegnete seinem Blick als Gleichrangige. »Ein Ort, der verachtet wurde, bis der Palast erschaffen wurde, denn Fae leben in Tälern und hohlen Hügeln, weit von sterblichen Blicken entfernt – außer hier, im Onyxpalast. Er war nie eines Eurer Königreiche. Invidiana hatte keinen Anspruch auf England, aber hier an diesem Ort schuf sie ein Reich für sich selbst, und jetzt gehört es mit Recht mir.«

Sie hatte das nicht geplant. Ihr einziger Gedanke war gewesen, das Schwert als Beweis für Invidianas Sturz zu diesen Königen zu bringen und zu hoffen, dass sie um Frieden verhandeln konnte. Aber sie spürte die Stadt unter ihren Füßen, wie sie sie nie zuvor gespürt hatte. London gehörte *ihr.* Und auch wenn sie Könige sein mochten, hatten sie kein Recht, sie hier herauszufordern.

Sie machte ihren Tonfall sanfter, verlor aber nicht ihre Autorität. »Jede Seite hat heute Nacht Tote zu betrauern. Aber wir werden uns bald in Frieden treffen, alle Könige und Königinnen von Fae-England, und wenn unser Vertrag geschlossen ist, werdet Ihr in meinem Reich willkommen sein.«

Der rothaarige König war der erste, der aufbrach. Er riss sein Pferd herum, sodass dessen Vorderhufe in die Luft stiegen, und stieß einen lauten Schrei aus. Hier und dort folgten Kriegertruppen seiner Führung, sprangen wieder in den Himmel und verschwanden aus dem Blickfeld. Einer nach dem anderen folgten ihm die anderen Könige, wobei jeder einen Teil der Wilden Jagd mitnahm, bis die einzigen Fae, die noch auf den Straßen verblieben waren, Lunes Untertanen waren.

Einer nach dem anderen knieten sie sich vor ihr hin.

Als sie alle überblickte, sah sie zu viele bewegungslose Körper. Einige konnten vielleicht noch gerettet werden, aber nicht alle. Sie hatten einen blutigen Preis für ihre Krone bezahlt, und sie wussten nicht einmal, warum.

Das würde nicht einfach werden. Sir Kentigern und Dame Halgresta, falls sie überlebten, Lady Nianna – Vidar, falls sie ihn finden konnte. Und zahllose andere, die daran gewöhnt waren, sich mit Zähnen und Klauen ihren Weg an die Spitze zu erkämpfen und die Königin zu fürchten, die über ihnen stand.

Das zu ändern, würde langsam gehen. Doch es konnte heute Nacht anfangen.

Zu ihren neu erworbenen Untertanen sagte Lune: »Kehrt in den Onyxpalast zurück. Wir werden im Nachtgarten reden, und ich werde alles erklären, was hier vorgefallen ist.«

Sie verschwanden in die Schatten, sodass Lune und Deven allein auf der Candlewick Street zurückblieben, während der Himmel über ihnen schnell aufklarte.

Deven atmete langsam aus, als ihm schließlich klar wurde, dass sie vielleicht – endlich – in Sicherheit waren. Er hatte überall Schmerzen, und ihm war vor Hunger schwindlig, aber die Euphorie, die einer Schlacht folgte, setzte ein. Er ertappte sich dabei, wie er Lune verschmitzt angrinste und sich fragte, wo sie mit den Dingen anfangen sollten, die sie sagen mussten. Sie war jetzt eine *Königin.* Er wusste kaum, was er davon halten sollte.

Sie setzte an, sein Lächeln zu erwidern – dann erstarrte sie.

Er hörte es auch. Ein entferntes Geräusch – irgendwo in Cripplegate, dachte er. Ein einsames Glockenläuten.

Mitternacht war angebrochen. Bald würden alle Glocken in der Stadt läuten, vom kleinsten Gemeindekirchturm zur St.-Pauls-Kathedrale selbst. Und Lune stand ungeschützt im Freien. Die Macht des Engels war aus ihr gewichen. Das Läuten würde sie verletzen.

Doch es würde auch etwas anderes zerstören.

Er hatte es gespürt, als sie durch den Londonstein gezogen worden waren. Die St.-Pauls-Kathedrale, einer der beiden ursprünglichen Eingänge zum Onyxpalast. Der Abgrund klaffte immer noch im Kirchenschiff auf, ein direkter Durchgang von der sterblichen Welt zu den Fae, offen und ungeschützt.

In zwölf Schlägen der gewaltigen Glocke würde sich jeder Zauber, der den Onyxpalast zur Realität machte, auflösen, vom heiligen Klang zerfetzt.

»Gib mir deine Hand.« Deven packte diese, bevor sie sich überhaupt bewegen konnte, nahm ihre linke Hand in seine linke und zerrte sie zwei Schritte zur Seite zum Londonstein.

»Wir sind drinnen nicht in Sicherheit«, rief Lune. Ihr Körper zitterte wie Espenlaub, als weitere Glocken zu läuten anfingen.

Deven riss seine rechte Hand an die raue Kalksteinoberfläche. »Wir gehen nicht nach drinnen.«

Es war die Achse von London und dessen finsterem Spiegelbild, die Nabe, die die beiden zusammenhielt. Suspiria hatte den Palast nicht allein erschaffen, weil sie das nicht *gekonnt hatte*. Etwas Derartiges konnte nur sowohl von Sterblichen als auch Fae-Händen geschaffen werden. Deven hätte sein Leben darauf verwettet, dass Francis Merriman ein echter Londoner war, in Hörweite der Stadtglocken geboren.

Genau wie Deven selbst.

Mit seiner Hand auf dem Herzen der Stadt fasste Deven blind danach und rief Kräfte herbei, die dort von einem anderen Paar vor ihnen niedergelegt worden waren. Er hatte vom Feenwein getrunken. Lune hatte die Macht eines Engels in sich getragen. Sie waren beide verändert. Sie gehörten beide ein wenig zu beiden Welten, und der Onyxpalast antwortete ihnen.

Die Themse. Die Mauer. Der Tower. Die Kathedrale.

Als der erste Schlag der großen Glocke über die Stadt dröhnte, spürte er, wie der Ton über und durch ihn strömte.

Wie eine Kaimauer, die einen Hafen im Sturm schützt, nahm er die Wucht dieser Kraft auf und befahl dem Eingang, sich zu schließen.

Ein vierter Schlag, ein achter, ein zwölfter. Das letzte Hallen der Glocke von St. Paul verklang, und danach schrittweise die weiteren Glocken von London. Deven wartete, bis die Stadt völlig still war, ehe er seine Hand vom Stein nahm.

Er blickte langsam, vorsichtig auf, halb panisch, dass er falsch gelegen und den Palast gerettet, Lune aber verwundbar gemacht hatte und sie jetzt ins Nichts zerspringen würde.

Lunes silberne Augen lächelten in seine, und sie nutzte ihre verschränkten Hände, um ihn zu ihr zu ziehen, damit sie einen Kuss auf seine Lippen hauchen konnte. »Ich werde dich zum ersten meiner Ritter machen – wenn du mich als deine Dame haben willst.«

ERINNERUNG
9. Januar 1547

Der Mann ging eine lange Säulengalerie entlang, lauschte, wie seine Stiefelabsätze auf dem Stein klackten, strich mit den Fingern bewundernd über die Säulen, als er an ihnen vorbeikam. Es war unmöglich, dass dies alles hier war, dass es im Lauf bloßer Minuten erschaffen worden war, und dennoch hatte er es mit eigenen Augen gesehen. Tatsächlich war es teilweise sein Tun.

Der Gedanke verblüffte ihn immer noch.

Das Gebäude war gewaltig, viel größer, als er erwartet hatte, und bisher beinahe völlig verlassen. Die Schwestern hatten beschlossen, in ihrem eigenen Haus zu bleiben, obwohl sie von Zeit zu Zeit zu Besuch kamen. Andere würden kommen, hatten sie ihm versichert, sobald sich die Nachricht weiter verbreitete, sobald die Leute sie glaubten.

Bis dahin waren es nur er und die Frau, die er suchte.

Er fand sie im Garten. Sie nannten ihn so, obwohl er kaum begonnen war: Wenige tapfere Häuflein Blumen – ein Geschenk von den Schwestern – drängten sich um eine Bank, die am Ufer des Walbrook stand. Sie saß nicht auf der Bank, sondern am Boden und ließ ihre Finger mit einem gedankenverlorenen Gesichtsausdruck durchs Wasser gleiten. Die Luft im Garten war angenehm kühl, ein sanfter Kontrast zur winterlichen Welt draußen.

Sie bewegte sich nicht, als er sich neben sie auf den Boden setzte. »Ich habe Samen mitgebracht«, sagte er. »Ich habe kein Talent zum Pflanzen, aber ich bin sicher, wir können Gertrude überreden – weil es keine Rosen sind.« Sie antwortete nicht, und seine Miene wurde sanfter. Er fasste nach ihrer näheren Hand und nahm sie in seine. »Suspiria, sieh mich an.«

In ihren Augen glitzerten Tränen, die zu vergießen sie zu stolz war. »Es hat nichts verändert«, sagte sie, während ihre leise, melodische Stimme bebte.

»Hast du dieses Geräusch vor einer halben Stunde gehört?«

»Welches Geräusch?«

Er lächelte sie an. »Ganz genau. Alle Kirchenglocken in der Stadt haben geläutet, und du hast gar nichts gehört. Das hier ist ein Hafen, wie er *nie* existiert hat, nicht einmal in Legenden. Mit der Zeit werden viele Fae kommen. Alle von ihnen können in völliger Sicherheit unter einer sterblichen Stadt leben, und du sagst, es hat sich nichts verändert?«

Sie zog ihre Hand aus seiner und sah wieder weg. »Es hat den Fluch nicht gebrochen.«

Natürlich. Francis kannte Suspiria schon weitaus länger, als sein Aussehen nahelegte. Er lebte nun seit vielen Jahren nicht mehr unter Sterblichen. Dieser Palast war ein ganz eigenes Projekt gewesen, eine Herausforderung, die sie beide faszinierte, und sie hatten viele große Träume, was sie damit machen konnten, jetzt, wo er erbaut war. Doch er war für einen anderen Zweck erschaffen, einen, der Suspirias Gedanken nie fernlag.

In jener Hinsicht war er gescheitert.

Er drängte sich näher und drückte sanft auf ihre Schultern, bis sie nachgab und sich mit dem Kopf auf seinem Schoß hinlegte. Mit sorgfältigen Fingern strich er ihr Haar zurück und fragte sich, ob er ihr erzählen sollte, was er wusste: dass das Gesicht, welches er sah, eine Illusion war, errichtet, um das Alter und den Verfall dahinter zu verbergen. Die Wahrheit schreckte ihn nicht ab – aber er fürchtete, dass es sie abschrecken würde zu wissen, dass er es wusste.

Also blieb er wie immer stumm und schloss die Augen, verlor sich in ihrem seidigen Haar, dem leisen Rauschen des Walbrook.

Das sanfte Geräusch befreite ihn von den Schranken seines Verstands, trug ihn in jenen Raum, wo der Griff der Zeit erschlaffte und wegfiel. Und in jenem Raum formte sich ein Bild.

Suspiria spürte, wie sich sein Körper veränderte. Sie setzte sich auf, glitt aus seinen plötzlich erstarrten Armen und nahm sein Gesicht in ihre zerbrechlichen Hände. »Eine Vision?«

Er nickte, noch nicht fähig zu sprechen.

Das sehnsüchtige, liebende Lächeln, das er so gut kannte, machte ihr Gesicht sanfter. Er hatte es in letzter Zeit nicht oft gesehen. »Mein Tiresias«, sagte sie und strich mit einem Finger über seine Wange. »Was hast du gesehen?«

»Ein Herz«, flüsterte er.

»Wessen Herz?«

Francis schüttelte den Kopf. Zu oft war es so, dass er etwas sah, ohne es zu verstehen. »Das Herz wurde gegen einen Apfel aus unzerstörbarem Gold eingetauscht. Ich weiß nicht, was es bedeutet.«

»Ich auch nicht«, gab Suspiria zu. »Aber das ist nicht das erste Mal, dass uns eine solche Bedeutung entgeht – ich glaube auch nicht, dass es das letzte Mal sein wird.«

Er rang sich wieder ein Lächeln ab. »Ich bin ein armseliger Seher. Vielleicht bin ich schon zu lange unter deiner Art und kann nicht länger den Unterschied zwischen wahren Visionen und meiner eigenen Fantasie erkennen.«

Sie lachte, was er als Sieg zählte. »Welch Spiele wir daraus machen könnten. Die meisten Fae würden sogar bei den seltsamsten Dingen glauben, dass es ehrliche Prophezeiungen sind. Wir könnten an Hernes Hof gehen und dort große Verwirrung verbreiten.«

Wenn es ihre Laune verbessern würde, würde er es gerne tun und den Zorn des großen geweihtragenden Königs riskieren. Doch ein Geräusch lenkte ihn ab, etwas lauter als das sanfte Plätschern des Bachs. Jemand kam durch den Gang, der zum Garten führte.

Suspiria hörte es auch, und sie standen gerade rechtzeitig auf, um zu sehen, wie die gedrungene Gestalt von Rosamund Goodemeade in einem Torbogen erschien. Sie war auch nicht allein: Hinter ihr stand ein Fae, den er nicht erkannte, von der Reise schmutzig und erschöpft, mit einem großen Rucksack auf dem Rücken.

Francis nahm Suspirias Hand, und sie hob die Augenbrauen. »Wie es scheint, ist ein weiterer gekommen, um sich uns anzuschließen. Komm, heißen wir ihn gemeinsam willkommen.«

GROSSER PARK VON WINDSOR, BERKSHIRE
11. *Juni* 1590

Die Eiche mochte seit Anbeginn der Zeit stehen, so uralt und gewaltig war sie gewachsen, und ihre ausgebreiteten Äste streckten sich wie mächtige, schützende Arme und warfen smaragdgrüne Schatten auf den Boden darunter.

Unter diesem Blätterdach standen mehr als vierzig Personen, die größte Versammlung von Fae-Hochadel, die England je gesehen hatte. Aus Cumberland und Northumberland bis Cornwall und Kent und all den Ländern dazwischen waren sie gekommen: Könige und Königinnen, Lords und Ladys, eine atemberaubende Ansammlung aus großen und adligen Persönlichkeiten, deren Bedienstete aus der Entfernung zusahen.

Sie trafen sich hier, weil es neutraler Boden war, in sicherer Entfernung von dem Territorium, das unter Disput stand, und dem Feenpalast, den viele immer noch für eine unnatürliche Schöpfung hielten, ein Emblem der Königin, die sie hassten. Unter dem wachsamen Schutz der Eiche, dem uralten Baum der Könige, versammelten sie sich, um die Angelegenheit zu diskutieren – und letztlich, um die Souveränität einer neuen Königin anzuerkennen.

Es war eine Formalität, wie Lune wusste. Sie hatten ihr Recht auf London in dem Augenblick anerkannt, als sie ihrem Befehl gefolgt und aufgebrochen waren. Ihre Finger strichen über den Griff des Schwerts, als einer der Könige eine wohltönende, kunstvolle Rede über die traditionellen Rechte eines Feenmonarchen hielt. Sie wollte nicht Invidianas Thron erben. Er brachte zu viele dunkle Erinnerungen mit sich. Die Mauern des Onyxpalasts wären nie frei von Blut.

Doch diese Entscheidung konnte, wie andere, nicht ungeschehen gemacht werden.

Die Reden dauerten schon eine ganze Weile. Lune vermutete, dass sich ihre Mitmonarchen in der Wiederherstellung ihrer Würde und Autorität sonnten. Aber mit der Zeit wurde sie ungeduldig. Sie war froh, als ihre eigene Gelegenheit kam.

Sie stand auf und stellte sich dem Kreis aus Herrschern, während das Londonschwert in seiner Scheide in ihren Händen lag. Das Kleid, das sie trug, mitternachtsblaue Seide, auf der Mondlicht und Diamanten glänzten, fühlte sich seltsam auffällig an. Sie erinnerte sich noch an ihre Zeit in Ungnade, als sie sich in den Ecken des Onyxpalasts versteckt und in Fetzen ihrer eigenen Hofroben gekleidet hatte. Aber die Wahl war wohlüberlegt: Viele von denen, die um sie versammelt waren, trugen Leder oder Blätter, Kleidung, die jene der Sterblichen weniger genau widerspiegelte.

Lune musste ein Argument anbringen. Und zu diesem Zweck hob sie ihren Blick vorbei an denen, die direkt unter der Eiche versammelt waren, und blickte zu den wachhabenden Rittern und Damen, die dahinter warteten.

Sie hob eine Hand und gab ihm einen Wink, dass er näherkommen sollte.

Michael Deven, der zwischen den Goodemeadeschwestern stand, zögerte, was sein gutes Recht war. Aber Lune hob eine Augenbraue, und so trat er vor, stellte sich einen Schritt hinter ihre linke Schulter und verschränkte die Hände hinter dem Rücken. Auch er trug prächtige Kleidung, die an diesem Tag von Fae für ihn hergestellt worden war.

»Jene von Euch, die heute hier versammelt sind«, sagte Lune, »erinnern sich an Invidiana, und zwar nicht gerne. Ich selbst habe schmerzliche Erinnerungen an mein Leben unter ihrer Herrschaft. Aber heute bitte ich Euch, dass Ihr Euch an jemand anderen erinnert: eine Frau namens Suspiria.

Was sie versuchte, ist, wie manche sagen würden, jenseits unserer Fähigkeiten. Andere würden vielleicht sagen, dass wir es nicht versuchen *sollten*, dass die Welten von Sterblichen und Fae getrennt sind und das immer bleiben sollten.

Aber wir leben hier, in den Tälern und den hohlen Hügeln, weil wir nicht an diese Trennung glauben. Weil wir Geliebte unter ihrer Art suchen und Hebammen für unsere Kinder, Dichter für unsere Hallen, Hirten für unsere Rinder. Weil wir ihnen mit Schutzzaubern helfen, Bannern für die Schlacht, sogar den heimischen Aufgaben im Handwerk und beim Putzen. Unser Leben ist mit ihrem zum einen oder anderen Grad verknüpft – manchmal zum Guten, manchmal zum Bösen, aber nie völlig getrennt.

Suspiria fing an, an die Möglichkeit einer Harmonie zwischen diesen beiden Welten zu glauben, und schuf den Onyxpalast, um diesen Glauben zu verfolgen. Doch wir tun

Unrecht, wenn wir nur von ihr sprechen, denn dabei fehlt das halbe Herz des Projekts: Der Palast wurde von einer Fee und einem Sterblichen geschaffen, von Suspiria und Francis Merriman.«

Lune streckte ihre Hand aus, nahm die von Deven und brachte ihn vorwärts, bis er neben ihr stand. Seine Finger spannten sich um ihre an, doch er kooperierte, ohne zu zögern.

»Ich würde den Onyxpalast nicht beanspruchen, wenn ich ihren Glauben nicht teilen würde. Und ich werde weiterhin seine Verfechterin bleiben. Solange ich regiere, werde ich einen Sterblichen an meiner Seite haben. Seht uns an und wisst, dass ihr auf das wahre Herz des Onyxhofs blickt. All jene, die zustimmen, werden immer in unseren Hallen willkommen sein.«

Ihre Worte klangen deutlich durch die unbewegte Sommerluft. Lune sah hier und dort Stirnrunzeln und Widerspruch, unter den Königen, unter ihren Dienern. Sie erwartete es. Doch nicht alle runzelten die Stirn. Und sie hatte ihren eigenen Standpunkt als Königin etabliert – ihre Ähnlichkeit mit Suspiria, ihren Unterschied zu Invidiana –, und das war hier und heute mehr als alles andere ihr Ziel.

Der Tag endete nicht mit Reden. Es würde in jener Nacht Festlichkeiten geben, und sie würde teilnehmen, wie es eine Königin musste. Doch zwei Dinge würden davor passieren.

Sie spazierte mit Deven im Zwielicht am Ufer eines nahen Bachs entlang, wieder Hand in Hand. Sie hatten im Monat seit der Schlacht viel miteinander gesprochen, die letzten Lügen ausgeräumt, die Geschichten über das geteilt, was passiert war, während sie getrennt gewesen waren. Und die Geschichten über das, was passiert war, während sie zusammen gewesen waren – Wahrheiten, die sie nie zuvor eingestanden hatten.

»Immer ein Sterblicher an deiner Seite«, sagte Deven. »Aber nicht immer ich.«

»Das würde ich dir nicht antun«, antwortete Lune ruhig und ernst. »Es war nicht nur Invidianas Grausamkeit, die Francis verzerrte. Zu lange unter Fae zu leben, wird dich früher oder später ins Unglück stürzen. Ich liebe den Mann, der du bist, Michael. Ich will dich nicht zu einer gebrochenen Hülle machen.«

Er konnte ihre Welt nie völlig verlassen. Der Feenwein, den er getrunken hatte, hatte seine Spuren hinterlassen, wie es Anaels Macht an ihr getan hatte. Aber sie musste ihn nicht völlig verschlingen.

Er seufzte und drückte ihre Hand. »Ich weiß. Und ich bin dankbar dafür. Aber es ist leicht zu verstehen, wie Suspiria in die Verzweiflung getrieben wurde. Unsterblichkeit überall um sie herum, und keine für sie.«

Lune blieb stehen und drehte ihn so, dass er sie ansah, dann nahm sie seine andere Hand. »Betrachte es mit meinen Augen«, sagte sie. »All die Leidenschaft der Menschheit, all das Feuer, und ich kann nicht mehr tun, als mich an dessen Rand zu wärmen.« Eine Vorahnung von Trauer machte ihre Stimme rau. »Und wenn du fort bist, werde ich nicht trauern und mich erholen, wie es ein Mensch wohl würde. Eines Tages kann ich wohl einen anderen lieben – vielleicht –, aber diese Liebe wird nie verblassen, und auch der Schmerz über ihren Verlust nicht. Wenn mein Herz einmal verschenkt ist, kann ich es nie zurücknehmen.«

Er rang sich ein Lächeln ab. »Francis gab Suspiria ihr Herz zurück.«

Lune schüttelte den Kopf. »Nein. Er teilte es mit ihr und erinnerte sie, dass sie ihn liebte, immer noch und für immer.«

Deven schloss die Augen, und Lune wusste, dass er sich wie sie an jene Augenblicke im Onyxpalast erinnerte. Doch dann rief eine Eule, und er streckte sich mit einem Seufzen. »Wir werden anderswo verlangt. Komm – sie mag es nicht, wenn man sie warten lässt.«

SCHLOSS WINDSOR, BERKSHIRE
11. *Juni* 1590

Als alle Diener und Kammerzofen hinausgeschickt worden waren und der Raum bis auf sie drei leer war, sagte Elisabeth: »Ich denke, es ist Zeit, dass Ihr mir Euer wahres Gesicht zeigt, Mistress Montrose.«

Deven beobachtete Lune aus dem Augenwinkel. Sie musste die Aufforderung halb erwartet haben, denn sie zögerte nicht. Das goldene Haar und die rosige Haut verblassten, und die fremdartige Schönheit einer Feenkönigin nahm deren Platz ein.

Elisabeth presste kurz den Mund zu einer dünnen, harten Linie zusammen. »Aha. Ihr seid ihre Nachfolgerin.«

»Ja.« Deven zuckte zusammen, weil Lune auf eine untertänige Anredeform verzichtete, doch sie hatte damit recht. Elisabeth musste sie als Mitkönigin, als gleichgestellt betrachten. »Und im Namen meines Volkes biete ich Euch eine aufrichtige Entschuldigung für all das Übel an, welches Euer Königreich von der Hand Invidianas erlitten hat.«

»Ist das so.« Elisabeth spielte an ihrem Seidenfächer herum und betrachtete Lune. »Sie tat viel Übles, das ist wahr.«

Deven konnte sich nicht entscheiden, welche Königin er ansehen sollte, etwas an Elisabeths Verhalten jedoch löste tief in seinem Kopf einen Gedanken aus. »Eure Majestät«, fragte er an die alternde sterbliche Frau gerichtet, »wie lange wisst Ihr schon, dass Anne Montrose nicht das ist, was sie zu sein scheint?«

Elisabeths finsterer Blick zeigte unerwartete Belustigung, und ein Lächeln zuckte um ihre Mundwinkel, stolz und ein wenig selbstgefällig. »Meine Lords im Kronrat machen sich große Mühe, das Handeln meiner königlichen Vettern in anderen Ländern zu beobachten«, sagte sie. »Irgendjemand musste ein Auge auf diejenige werfen, die direkt neben uns lebte.«

Das verblüffte Lune wirklich. »Habt Ihr ...«

»Von anderen gewusst? Ja. Nicht von allen davon, ganz sicher. Zweifellos sandte sie zeitweise Agenten, um meine Lords und Ritter zu manipulieren, die ich nie sah. Aber ich wusste von einigen.« Jetzt war der Stolz deutlich zu sehen. »Margaret Rolford zum Beispiel.«

Lune blieb kurz der Mund offen stehen, dann erlangte sie ihre Würde wieder und nickte aus respektvoller Anerkennung. »Gut beobachtet. Ich wäre überrascht, dass Ihr mir erlaubt habt, am Hof zu bleiben – aber andererseits ist es besser, die Agenten seines Feindes zu kennen und zu kontrollieren, oder nicht?«

»Ganz genau.« Elisabeth trat mit nachdenklichem Blick vor. Sie war etwas größer als Lune, aber nicht viel. »Ich kann nicht sagen, dass ich Euch mögen werde. Es gibt zu viel böses Blut, das nicht so leicht zu vergessen ist. Aber ich hoffe zumindest auf friedliche Beziehungen.«

Lune nickte. Als er die beiden betrachtete, bemerkte Deven ihre Farbwahl: Lune in Mitternachtsblau und Silber, Elisabeth in rotbraunem Brokat mit Gold und Juwelen. Keine trug Schwarz, obwohl Elisabeth es oft vorzog. Wegen des hervorstechenden Kontrasts mit ihrem rotbraunen Haar und ihrer weißen Haut oder aus irgendeiner obskuren Verbindung zu oder einem Wettstreit mit Invidiana? So oder so, es schien, dass beide fest entschlossen waren, sich von dieser Vergangenheit zu unterscheiden, zumindest für heute.

Elisabeth hatte sich abgewandt und war wieder auf und ab gelaufen. Jetzt sprach sie abrupt. »Was sind Eure Intentionen meinem Hof gegenüber?«

Dies war der wahre Zweck des Treffens, der Grund, warum »Mistress Montrose« Schloss Windsor einen Besuch abstattete. Deven und Lune hatten es besprochen, ehe sie gekommen waren, doch keiner von ihnen konnte erraten, welche Antwort Elisabeth hören wollte. Alles, was sie anbieten konnten, war die Wahrheit.

»Es ist ein empfindliches Gleichgewicht«, sagte Lune. »Invidiana mischte sich zu sehr ein, lenkte Euer Handeln für ihre eigenen Zwecke und verstieß gegen Eure souveränen Rechte. Ich habe nicht den Wunsch, es ihr in dieser Hinsicht gleichzutun. Aber wir haben auch kein Interesse daran, zu sehen, dass England an eine katholische Macht fällt. Ich spreche nicht für alle Feenkönigreiche, doch falls es einen Bedarf für Verteidigung gibt, wird Euch der Onyxhof zu Hilfe kommen.«

Elisabeth nickte langsam und dachte darüber nach. »Ich verstehe. Nun, ich habe genug von Pakten. Ich will keine Schwerter in Steinen, die uns aneinander binden. Falls aber eine derartige Bedrohung kommen sollte, werde ich Euch beim Wort nehmen.«

Dann wandte sie sich ohne Vorwarnung an Deven. »Was Euch betrifft, Master Deven – Ihr habt angeboten, mich von diesem Pakt zu befreien, und das habt Ihr getan. Was wollt Ihr im Gegenzug von mir haben?«

Sein Kopf war völlig leer. Wie Colsey gelacht hätte, wenn er ihn jetzt gesehen hätte, und Walsingham ebenso. Er war mit dem festen Plan an den Hof gekommen, Karriere zu machen, und jetzt, wo seine große Chance gekommen war, fiel ihm nichts ein, um das er bitten wollte. Sein Leben war so anders verlaufen, als er erwartet hatte.

Er kniete sich hin und sagte das Erste, was ihm in den Kopf kam. »Madam, nichts außer Eure gnädige Erlaubnis, meinem Herzen zu folgen.«

Elisabeths Antwort war kühl und direkt. »Ihr könnt sie nicht heiraten, wisst Ihr. Es gibt in ganz England keinen Priester, der Euch vermählen würde.«

John Dee würde es vielleicht tun, aber Deven hatte noch nicht den Mut gefasst, ihn zu fragen. »Ich spreche nicht nur von einer Heirat.«

»Ich weiß.« Ihr Tonfall wurde sanfter. Tief darin hörte er das Echo einer leisen Trauer, die ihr Herz nie verließ. »Nun, es kann nicht offiziell gemacht werden – ich hätte keine Lust, es meinen Lords im Kronrat zu erklären –, aber falls unsere königliche Cousine hier es annehmbar findet, sollt Ihr unser Botschafter am Onyxhof werden.«

Er konnte Lunes Lächeln beinahe hören. »Das wäre höchst erfreulich für uns.«

»Danke, Madam.« Deven senkte seinen Kopf noch tiefer.

»Aber da gibt es ein Problem.« Elisabeth trat vor und legte ihre weißen Finger unter sein Kinn. Dann hob sie seinen Kopf, sodass er keine Wahl hatte, als ihren dunklen, ruhigen Blick zu erwidern. »Es wäre eine Beleidigung, einen einfachen Gentleman zu entsenden, um eine derart wichtige Stellung einzunehmen.« Sie tat, als würde sie darüber nachdenken, und er sah das große Vergnügen, das sie daran hatte, Ehrungen und Belohnungen an jene zu verteilen, die ihr gute Dienste geleistet hatten. »Ich glaube, wir werden Euch zum Ritter schlagen müssen. Nehmt Ihr an?«

»Aus ganzem Herzen.« Deven lächelte zu einer seiner Königinnen hoch und sah aus dem Augenwinkel, wie seine andere Königin denselben Gesichtsausdruck hatte.

Es war eine geteilte Loyalität, und sollte ein Tag kommen, an dem Elisabeth sich gegen Lune wenden würde, würde er es bereuen, eine solche Stellung zu halten.

Aber er konnte die Feenwelt nicht verlassen, und er konnte Lune nicht verlassen. Also würden sie gemeinsam sicherstellen, dass dieser Tag nie kommen würde.

EPILOG

PALAST VON RICHMOND, RICHMOND
8. *Februar* 1603

Der Husten ging nie mehr ganz weg. Sie schickten Doktoren, um sie zu quälen. Sie brachte die Energie auf, um diese wieder hinauszuschicken, doch jedes Mal wurde es schwieriger. Der Regen peitschte pausenlos gegen die Fenster, ein langer, trüber Wintersturm, und es war leicht zu glauben, dass sich die ganze Welt gegen sie gewandt hatte. Sie saß auf Kissen vor dem Feuer und verbrachte viele lange Stunden damit, in seine Tiefen zu starren.

Ihre Gedanken schweiften jetzt ständig ab. Sie vergaß, was sie gerade getan hatte. Cecil kam gelegentlich mit Papieren, die sie unterzeichnen musste. Die Hälfte der Zeit war sie überrascht, wenn sie sah, dass es Robert, Williams buckliger kleiner Sohn war. Der falsche Cecil. Burghley, ihr alter, vertrauter Cecil, war gestorben ... vor wie langer Zeit nun?

Zu lange. Sie hatte sie alle überlebt, wie es schien. Burghley, Walsingham, Leicester. Ihren alten Feind, Philip von Spanien. Essex, am Tower Hill hingerichtet – oh, wie falsch er gelegen hatte. Sie hätte anders mit ihm umgehen können, vielleicht, doch am Ende hätte er ihr nie verziehen, dass sie eine alte Frau war, zu stolz, um nachzugeben, zu stur, um zu sterben. Sie ging auf die Siebzig zu. Wie viele konnten sich damit brüsten, ein so hohes Alter zu erreichen?

Sie konnte sich einige denken, doch ihre Gedanken zuckten zurück. Jene Gedanken waren zu schmerzhaft, jetzt wo die Krankheit und Schwäche des Alters sie schließlich besiegten.

»Aber ich habe es gut gemacht, oder nicht?«, flüsterte sie ins Feuer. »Ich habe es gut gemacht. Es lag nicht alles an ihr.«

Sie warf einen Blick hinter sich und erwartete halb, eine große Gestalt in den Schatten zu sehen, doch niemand war da. Nur zwei ihrer vertrautesten Zofen, die müde Wacht über ihre nörgelnde alte Königin hielten und regelmäßig versuchten und daran scheiterten, sie zu überreden, ins Bett zu gehen. Sie sah wieder weg, schnell, bevor diese zu ihrem unaufhörlichen Refrain ansetzen konnten.

Manchmal konnte sie beinahe glauben, dass sie es sich alles eingebildet hatte, seit ihrer Besucherin im Tower. Aber nein – es war echt gewesen. Invidiana und der ganze Rest.

So viel Bedauern. So viele Fragen: Was wäre anders gewesen, wenn sie diesen Pakt nie geschlossen hätte? Hätte die Armada die Küsten von England erreicht und Parmas riesige Armee gebracht, um sie zu überrennen und dem Joch von Spanien zu unterwerfen? Oder wäre sie nie so weit gekommen? Vielleicht wäre sie im Tower gestorben, für ihre protestantische Ketzerei hingerichtet, oder man hätte sie einfach an der feuchten Kälte dort verenden lassen, so wie sie jetzt verendete. Maria Stuart hätte vielleicht ihren Thron bekommen, eine katholische Maria, die einer anderen gefolgt wäre.

Oder nicht. Sie hatte dreizehn Jahre ohne Invidiana überlebt, durch ihre eigene Gerissenheit und Willensstärke und die Hilfe jener, die ihr dienten. Sie war die Königin von England, von Gott gesegnet, von ihrem Volk geliebt, und sie konnte für sich selbst stehen.

»Und das habe ich«, flüsterte sie, wobei sich ihre Lippen beinahe tonlos bewegten. »Ich bin eine gute Königin gewesen.«

Der Regen, der an die Fenster trommelte, gab keine Antwort. Aber sie hatte diese im Jubel ihrer Untertanen gehört, in den Liedern ihr zu Ehren, im Lob ihrer Höflinge. Sie war nicht perfekt gewesen. Doch sie hatte ihr Bestes getan, so lange sie konnte. Jetzt war die Zeit gekommen, um ihre Bürde jemand anderem zu übergeben und zu beten, dass er gut mit ihrem Volk umging.

Zu beten, dass sie sich an sie erinnerten, und zwar gerne.

Elisabeth von England starrte ins Feuer und sank in Träume von ihrer glorreichen Vergangenheit, eine alte Frau, ausgezehrt und krank, doch vor ihrem geistigen Auge, jetzt und auf ewig, die strahlende jungfräuliche Königin.

DANKSAGUNGEN

Ich schulde den vielen Leuten, die mir bei der Recherche zu diesem Buch geholfen haben, großen Dank. Während meiner Reise nach England haben mich folgende wundervolle Freiwillige unterstützt: Victoria Northwood vom Shakespeare's Globe Library and Archives, Kate Wheeldon aus Hardwick Hall vom National Trust, Alison Heald von den Historic Royal Palaces, Susan Holmes vom Tower von London und Alden Gregory vom Hampton Court Palast. (Die Szene auf dem Dach ist seine Schuld.)

Außerdem danke ich Kevin Schmidt für die Astrologie im dritten Akt, und Dr. William Tighe, der mich alles über die Gentlemenpensionäre gelehrt hat, was ich weiß, und mir noch dazu seine Dissertation geschickt hat. Ihn trifft keine Schuld, sollte ich einen Fehler gemacht haben.

Schließlich muss ich noch Kate Walton danken, dafür dass sie im Juni 2006 jemanden brauchte, der sie auf einer späten Fahrt zum Flughafen wachhält. Es war die erste von vielen ergiebigen Gesprächen über diese Geschichte, und ohne Kate wäre sie nicht die gleiche.